谨以此书献给我的亲人和生我养我的那片土地

欢颜

秋灵◎著

国际文化出版公司
·北京·

图书在版编目（CIP）数据

欢颜 / 秋灵著. -- 北京 ：国际文化出版公司,2021.11
ISBN 978-7-5125-1353-2

Ⅰ. ①欢… Ⅱ. ①秋… Ⅲ. ①长篇小说－中国－当代 Ⅳ. ①I247.5

中国版本图书馆CIP数据核字(2021)第214386号

欢颜

作　　者	秋　灵
策　　划	郭海涌
责任编辑	王逸明
出版发行	国际文化出版公司
经　　销	全国新华书店
印　　刷	北京虎彩文化传播有限公司
开　　本	710毫米×1000毫米　　　16开
	30.5印张　　　　　　470千字
版　　次	2021年11月第1版
印　　次	2021年11月第1次印刷
书　　号	ISBN 978-7-5125-1353-2
定　　价	88.00元

国际文化出版公司
地　　址：北京朝阳区东土城路乙9号　　邮　编：100013
总 编 室：(010) 64271551　　　　传　真：(010) 64271578
销售热线：(010) 64271187　　　　传　真：(010) 64271187-800
E-mail：icpc@95777.sina.net

目录

上

部

一

陕北黄土高原与关中平原接壤处,有片布满沟壑的台原地。公元 446 年朝廷在这里建县,命名为登城。从登城县城出发西北去五十余里,途中翻过一条城西河一条安宁河,便到了一个小镇——丰镇。镇东五里有个村子叫姬家洼,姬家洼西北去五里有座山,叫壶山。

壶山远观像把茶壶,海拔只有一千多米,山势一点不险。站在山上往东、西、南三个方向看,一眼就可以看出去十几里。丰镇上的房舍、安宁河上泛起的粼粼波光,还有一条条弯曲狭长的土路、一道道斜插而下的深沟……无不尽收眼底。

不知从哪朝哪代开始,壶山上修建起了庙宇,大大小小四十多个庙宇盘山而建,里面供奉着民间传说中的各路神仙,吸引了本县以及比邻三县的无数乡民前往朝拜,于是,就有了每年的农历三月三、四月一、七月三壶山庙,三月三庙会最为隆重。

这日,鸡刚叫头遍,欢颜就一骨碌从被窝里爬起来。她捅了捅还在酣睡中的妹妹欢蓉,叫她赶紧往起起。

欢蓉睡得正香,被人突然这么一捅,立马就醒来,心脏扑通扑通顿时跳到了嗓子眼。她眨了眨眼睛,等弄清是姐姐欢颜捅她后,便恼火地甩了下胳膊,吼道:"弄啥呀?"

"忘了今儿要干啥了?!"欢颜没好气地说,"——懒虫!"

欢蓉睡得迷迷糊糊,一时想不起今天有啥重要事要干,就闭着眼睛使劲想。她想了半天,终于想起今天是壶山庙会的正会日,父亲姬崇德要带全家去逛庙会。

欢蓉急忙睁开眼,掀开被子坐起来,看了看窗子。窗缝里没有一丝光,屋外依旧很黑。

"这么早就把人往起叫——催命呀!"欢蓉嘟囔着抓住被子往后一倒,眼睛一闭,又睡了。

这时,家里的公鸡叫了第二遍。

欢颜不再理妹妹,摸索着在炕墙上找到那盏油灯的灯柱,点亮了灯柱顶上油碗里的油捻子,将母亲头天晚上给她和妹妹拿出来放到炕头的新衣服一件件穿上,然后下到脚地,开始梳洗打扮起来。等对铜镜里的自己很满意了,欢颜才走出屋门,到堂屋里去帮母亲拾掇饭菜了。

这是公元 1892 年农历三月初三的早上。

这年,欢颜还不到十三岁。

欢蓉嫌灯亮,烦躁地将被子拉上来,蒙住了头。可她却再也睡不着了。姐姐穿衣、洗脸、开门、关门的声音弄得她早没了睡意。她不敢再留恋热乎乎的被窝,立马坐起来,穿上新衣服,蹬上鞋,一溜烟似的跑去了堂屋。

姬崇德赶着一驾单套马车,拉着一家老小出姬家洼村的时候,天已经亮了。虽然迎面吹来的风仍有些寒意,但空气里却已明显有了早春的气息。姬崇德不由得眯起那双大花眼,耸起略有点鹰钩状的鼻子深深地吸了口气。不料,那清冷的空气却弄得他连打了两个喷嚏。他用手抹了抹鼻子和嘴,不禁咧嘴一笑。他扭过头看了一眼车厢里端庄富态的老伴和穿戴一新的两儿两女,心里顿时满是幸福和知足。他姬家在姬家洼虽算不上数一数二的大户,却也是比较殷实的人家。在他看来,这种日子才是最好的日子,没有大富大贵人家的烦恼,也没有吃了上顿接不上下顿的苦愁。自古就有"富不过三代"一说,大富大贵的后面,必然隐藏着某种祸根……他把这种令他十分满意的小日子归因于姬家传下来的医术。从他这辈往上数,连续几辈都有行医之人,做实实在在的事,为乡邻帮实实在在的忙,因而无论外面的世事如何混乱,他姬家都不会断了糊口的粮和挡风御寒的衣……

马蹄踏在清晨的乡间土路上,发出噗噗踏踏的声响,那节奏匀称的噗踏声,让姬崇德想起了许多往事,也让他看到了眼前的现实。再过一个多月大儿子尚文可就满十八岁了,是时候让他经见一些事了。想到这里,姬崇德就转过头朝车厢里说:"今儿尚文跟着我,尚礼带着你两个妹子陪你妈烧香、看戏。日落前咱在山门口见。"

尚礼是他的二儿子,比尚文小三岁,比欢颜大两岁。每年逛庙会,姬崇德除了看热闹,就主要是沿路看看各种货物的行情,与一些熟人坐在道边的茶摊上喝喝茶,谝谝闲传,了解了解新近发生在周围的事……今天,他决定带着尚文做这些。

"我不用陪,让娃们自己去逛。"女人姬孙氏对着姬崇德的后背说。每年庙会,她都是提着一篮子提前几天就准备好的香、蜡、裱纸,从山底的山神庙、马王庙和牛王庙拜起,经过关公庙、无量神庙,一个个神像拜上去,直拜到山顶的太上老君庙,所有的神庙拜完,就基本到后响了。起初,几个娃还都跟着她,好奇心一过,就感到了拜神的单调和乏味,闹着要离开。她怕他们在神像前说一些对神不敬的话,就不强求他们了,由着他们被尚文带着穿梭于人群中,吃各种小吃,看社火、杂耍或坐在戏楼底下看秦腔大戏。

"让娃们陪你走一段,替你携携篮子。"姬崇德不容置疑地说。

"也行!"姬孙氏温厚地应了一声。她扭头看了看坐在身边的两个女儿,不放心地对坐在对面的二儿子尚礼叮咛道:"山上啥人都有,可得把你两个妹子看好了!"

"你妈说得对哩,可霎闹出啥乱子了!"姬崇德大声提醒尚礼。

姬崇德不爱说话,在儿女们面前话就更少,除了欢颜,其他几个儿女都很怕他,根本不敢在他面前随便搭腔,更不用说随便顶嘴了。这时,就听欢颜抢着说:"大,你放心,出不了乱子。"

"哼!看把你给能的!"比欢颜小一岁半的欢蓉显然不满了姐姐的插话,翻着白眼朝欢颜悄声嘟囔了一句。

欢蓉的低声嘟囔还是被父亲姬崇德听到了耳朵里。他在心里暗暗发笑,欢颜和欢蓉,都是自己亲生的女儿,可两个娃不论是脾性还是长相都截然不同,自己也总是掩饰不住地偏向着欢颜,不论欢颜咋与自己顶嘴,自己都不恼不烦,常常惹得欢蓉心生妒忌,总是像个斗鸡一样去掐姐姐。

马车驰入官道时,太阳已经升起来了。欢颜发现,路边的树上已经冒出了毛茸茸、淡绿色的嫩芽,田里的小麦已有一尺来高,绿油油的,看上去就像一块块绿色的毯子,偶尔还有一株、两株的杏树、桃树和梨树从远处闪过,粉红的桃花、洁白的梨花开满枝头。这一切的一切都使那片布满沟壑、看上去灰秃秃的旷野,显露出了勃勃生机。

欢颜正沉浸在四野的美景和早晨清新的空气所带来的享受中,却听见二哥尚礼闷声闷气地问:"颜,你今儿还准备啥都不干,单看戏吗?"

"那当然!"欢颜毫不犹豫地说。

"好吧……"尚礼有些无奈地说。欢颜的话意味着他又得和欢蓉陪着她在戏楼底下坐上大半天,别的啥也干不成。

欢颜捏了捏二哥尚礼的胳膊,挤了挤眼,暗示了某种意思。尚礼心领神会,一阵窃喜。

欢颜虽得父亲娇惯、宠爱,却没有养成刁蛮骄横的脾性,反而总是时时处处替两个哥哥和妹妹欢蓉着想,总是在父母面前替他们打圆场。

马车行至山根的马家坡时,太阳已经升得很高了。马家坡离山脚还有一段慢坡道,外地人一般都将车马寄放在马家坡的亲戚或熟人家,然后再步行上山。

姬崇德将马车停放在一个远房亲戚家的马号里,将给亲戚带的礼物卸下,然后就被亲戚请到家里坐下来喝茶拉家常。他在亲戚家的椅子上刚坐下,一杯热茶还没喝完,欢颜就来偷偷拽他的衣服了。做父亲的,对宝贝女儿的意图心领神会,于是,就起身向亲戚告辞,引着一家人步行上山了。

那条慢坡道上,行人已经熙熙攘攘。农历三月的天气,太阳一出来,身上立马就暖和起来,人们穿着或黑或白的家织粗布夹袄以及清一色的黑色夹裤和夹马褂,清爽干练,精神头十足地往山上走着。

姬崇德一家刚踏进山门,就听见了有一声没一声的锣声鼓声和镲声。欢颜知道,那是山脚下戏楼里的鼓乐手在准备家伙什了。"我去看看。"欢颜对父亲撂下一句话就直奔戏楼而去。姬孙氏望着女儿远去的背影,不无担心地对男人姬崇德说:"这都快十三岁了,还疯成这样!"

"能疯成啥样——她也就是对戏着迷。"姬崇德不以为然地说。

"不管咋说,往后可不能再由着她的性子胡来了!"姬孙氏一脸严肃地说。姬崇德未再言语,心里却也潮起了一种说不清的滋味。他的宝贝女儿已经大了,能让他还这么宠着、惯着的时日其实已经不多了。

尚文将胳膊上装有母亲敬神用品的篮子交到尚礼手上,又将父亲肩上写有"姬"字的褡裢取下来,搭到自己肩上,然后就随着父亲先走了。这当儿,欢颜已跑到戏楼跟前,打听到了山上、山下今儿都分别是哪个戏班子、准备唱哪出戏,她决定上到山上,看山上戏楼里的戏。

尚礼挎着母亲烧香用的篮子,领着两个妹子扶着母亲拾级而上。

与姐姐欢颜爱看戏不同,欢蓉更喜欢那些吃食摊上现做的吃食——喝一碗鸡蛋醪糟,吃几个油糕、角角馍……巴不得能一个摊位接一个摊位吃过去。每次欢颜拉着欢蓉和两个哥哥看戏,她总是在戏楼底下坐不到一袋烟工夫就坐不住了,戏楼边上那些小吃摊上的香味总能飘进她的鼻子,勾引得她一次又一次缠着大哥领她去买。而尚礼,则更喜欢看杂耍、社火,甚至看耍猴。

姬孙氏和两个女儿都是小脚,无法走得太快,到山神庙门口时,已经到了正午。他们又热又累,已经有些走不动了。姬孙氏就让大家在山神庙门口坐下来歇息。尚礼从篮子里拿出碗,在山神像前的泉眼里接了冰凉的泉水让大家喝了后,才带着两个妹妹继续上山,留下母亲姬孙氏逐庙拜神。

尚礼他们来到山顶的平台上往下望时,山道上已布满了黑压压密密麻麻的行人。山顶平台的戏楼上,幕布已经布置停当,乐人们已在台上敲敲打打、拉拉、吹吹,开始热身。戏楼底下已经站着零零星星的观众,等着大戏的开演。

尚礼从戏楼后台租来了一条长板凳,放在欢颜满意的地方,让欢颜和欢蓉坐下,自己则四处张望,看有没有自己喜欢的东西。社火队伍还没有上来,他们要到戏楼里的戏演到一半进入中场休息时才能进入平台表演。尚礼只好坐下来陪妹妹们等着大戏开演。

欢颜的眼睛一直盯着戏楼上看,她想知道戏楼上的戏班子是不是大家所说的刘家洼的戏班子,有没有她最喜欢的角儿——刘润生。刘润生的戏欢颜看过,他那举手投足、一颦一笑间透出来的妩媚样儿简直比女人还女人。

　　这天的大戏果然是刘家洼戏班子演的秦腔全本戏《赵五娘吃糠》,饰演青衣赵五娘的正是刘润生。

　　锣鼓开场后,欢颜一直死死地盯着台上看,不放过任何一句对白一句唱词。戏快演到一半时,欢蓉果然又坐不住了,她又要二哥尚礼带着她去买好吃的。尚礼看看四周,见欢颜的周围都是些上了年纪的男人,就叮咛欢颜几句,领着欢蓉挤出人群,买吃食去了。

　　事情就是这么凑巧。尚礼带着欢蓉刚走不久,戏楼底下便起了骚乱。不知因为啥,两个男人开始吵架,没吵几句,就动手打了起来。情急之中其中的一个提起条凳就朝对方身上抡。对方一躲闪,板凳抡到了后面人身上。后面的人正在看戏,平白无故挨了一板凳,顿时跳将起来骂声不绝地冲将过来……一时间,戏楼底下厮打成了一片。人们怕被误伤,纷纷往外躲,结果,人推人,人挤人,挤倒了一大片。

　　欢颜坐在前头,由于入戏太深,根本没听见后面的打闹,等她意识到不妙时已为时太晚。她被后面的人连板凳带人一下子往前掀了过去。眼看着就要摔个大马趴了,一只手突然抓住了她的胳膊扶住了她。完全没有防备的欢颜,顿时被这一系列突如其来的状况吓得魂飞魄散。她下意识地喊了一声:"哎哟……"捂着胸口大喘气,喘了几口后才想起扭过头看是谁平白无故地推了自己。

　　欢颜惊魂未定地转过头,却发现一个身穿灰色夹长袍,个子高挑,体型略瘦的少年正站在自己的左后方,一只手抓着她的胳膊。她吃惊地看了看少年的脸,又看了看那只抓着自己胳膊的手。还没等她反应过来,那只手就已像被烙铁烫着了一样,迅即松了开来。那少年红着脸,一双手交互握了又松开,好像那双手突然成了多余的东西,不知放到哪里好。他支支吾吾道:"哦,看你快被挤倒了,就……"欢颜连忙双手在腰间一握,弯腰低眉,学着戏里人的样子欠了欠身,表示了自己的感激。两对眼神相撞的瞬间,欢颜的心顿时一颤。

　　那少年稳了稳自己的情绪,然后对欢颜笑笑,说:"看戏看得那么专意,后面这么大动静都没听见。"

欢颜发现,少年笑起来竟是那么好看,那双单眼皮的眼睛亮亮的,好像里面藏着两汪水,两个嘴角往上翘起,使得两颊上显出两道浅浅的纹来。还有那个轮廓清晰、高挺的鼻子,使那张脸上的表情说不出的明亮动人。

欢颜看呆了,竟不知如何回他的话。这时,就听见二哥尚礼着急地朝这边喊:"颜——你没事吧?"

听见二哥叫,欢颜赶忙转过头去接应:"没事,二哥!"欢颜看着二哥拉着欢蓉从右前方挤到自己身边后才又转过身看那少年,却发现那少年已经不见了。她呆呆地站了许久,然后才怅然若失地坐到条凳上接着看戏。可她却再也看不进去了,总觉得有双眼睛不知从什么地方看向自己。她想寻找那双眼睛,却没有勇气。于是只能就那样直挺着身子静静地坐着,煎熬般地等着整部戏的结束。

戏终于演完了。太阳也快落山了。尚礼去戏楼后面还板凳,欢颜就趁机往四下里看,希望能在某个地方发现那个身穿灰布长袍、瘦高挺拔的少年。可她却连少年的人影儿也没看见,内心里立时就被无限的失落所填满。

下山的路上,欢颜一句话也不说,只闷着头走路。坐上了马车,欢颜仍是一言不发。尚文觉得奇怪,就问欢颜道:"戏不好看?"

"嗯!"欢颜懒懒地说。

"戏楼底下打起来了,把戏给搅和了。"欢蓉插嘴道。

"伤着没有?"母亲着急地问。

"没有!"欢颜的回答仍是懒懒的两个字。

姬崇德回过头看了眼欢颜,一句话也没说。

二

从山上回来后,欢颜一直闷闷不乐寡语少言甚至有些呆呆怔怔。以前她也有过这么几回,看完戏回来一直情绪低落,问她出啥事了,她都说没有,就是高兴不起来。后来,家人渐渐明白,她是入戏太深,还沉浸在戏中人物的命运里出不来。不过用不了几天,她就又有说有笑没事人一样了。可这次不同,五六天已经过去,欢颜仍是闷闷不乐、茶饭不思,常常一个人坐着发呆,脸上的表情有时还让人捉摸不透。

姬孙氏对男人姬崇德说:"我看颜儿这女子有些不对劲哩——"见男人似听非听,她就提高了嗓门,"你没见她那样子——一个人坐着坐着就突然两个嘴角往上一翘,想笑不笑的,一会儿又眼睛、鼻尖红红的,像是在哭……怪吓人的……"

"有啥吓人的!"姬崇德拖着他那浑厚的男声很不以为然地说,"娃大了,许是有啥心事了……你刁空问问。"

其实就是姬孙氏不说,姬崇德自己也发现了欢颜的异样,但作为父亲,对这个已经半大不小的女儿,有些话他已经不能随便问了。

"清明快到了,会不会是撞上啥不干净的东西了?"姬孙氏瞟了姬崇德一眼,放低声音试探性地问。姬崇德不吭气,只顾蹲在地上低着头叠那堆粮食布袋。见男人没说啥,姬孙氏认为他是接受了这个猜测,也就继续说道:"要不……咱给娃培治培治①?"

姬崇德一听这话,停下手中的活,猛地抬头训斥女人道:"胡说啥哩?!"
姬孙氏被这么一训,立马不言语了。

姬崇德觉察出自己的话太冲,马上放软了语气说:"我总觉得咱颜儿是有心事了,但这心事是啥、因啥而起,又搞不清白……你说,那天上山时还好好的,也就看了个戏,那戏也不是啥怪戏,咋就弄成这样了……"

"从小惯哩,这下好,惯出事了!"姬孙氏低声嘟囔了一句。

姬崇德是娇惯着欢颜,但他不是平白无故地惯她,他有他的道理。前面连生两个男娃,到了欢颜是个女娃,本就让姬崇德喜出望外,偏偏欢颜还长得好看心疼人,出生时天上还出现了异象,这就让姬崇德深信这个孩子绝非一般孩子,一定会给他和这个家带来好运。

———————————

① 当地方言,做法事调治。

事情是这样的,这片黄土旱塬上一直都是旱时多于涝时,可不知怎么,那年的雨水却格外的多。进入农历七月,一直连阴雨不断,几家村人的院墙都被雨水浸倒了。姬崇德闷在家里,不能出去做生意,也不能到地里干活,感觉整个人都像发了霉一样。就在这时,欢颜出生了。当姬崇德从接生婆的嘴里得知刚刚降落到他家炕上的新生命是个女娃时,他发现下了快一个月的连阴雨竟突然停了,阴沉沉的天顿然放晴。姬崇德的心里顿时变得无比敞亮,他站在院子里,大声对窑里炕上的女人说:"你有功哩——给咱生了个宝贝疙瘩!"他的脑子里顿时闪过秦腔《全家福》里的一句戏词"传下去众人马安营扎寨,不由得豪杰我喜笑颜开……"他当即对窑里的女人说:"这女子就叫欢颜吧!"

躺在炕上的女人说:"行么,你乐意叫啥就叫啥!"

乡里的男娃出生时,家人为了孩子好养活,都会给孩子先起个狗啊、猪啊的贱名做小名,等长大了要上私塾了才会给起个官名。而女娃不同,只有一个小名,没有官名,比如黑女、罢女、秀女等,等长大嫁人了,便是这个小名也不会被人叫了,而是随着丈夫和孩子被叫成了"谁谁屋里的"和"谁谁他妈",文雅一点的称谓,便是在丈夫的姓后面加上她们自己的姓,被叫成某某氏。欢颜出生那天,姬崇德一高兴,便给她起了这样一个文雅的名字,小名就叫了"颜"。来年二女子出生时,姬崇德为了让两个女子的名字连着,就给二女子取名"欢蓉",小名叫"蓉"。

欢颜出生后,一向不苟言笑、家教十分严厉的姬崇德,一反常态,把这个宝贝女儿宠爱得不能再宠爱,不管啥时候外出回家,总是顾不上别的先找女儿欢颜,把她抱着、背着、架在脖子上半天不撒手。欢颜爱笑,一笑就露出两个小酒窝,为看她的小酒窝,姬崇德常常当着女儿的面学狗叫学猫叫。欢颜说话走路比一般孩子都早,不到三岁就能说来回话,生了气还会噘个小嘴训斥人。姬崇德喜欢看欢颜生气时训斥他的样子,出门回来给欢颜买来各种女孩子的稀罕物却不急着给她,故意惹她生气,等着她的训斥。

尽管姬崇德很宠欢颜,但他还是认为女子是给别人家养的,只有儿子才是他姬家的后。所以,他只让尚文、尚礼两个儿子读了书、识了字。但欢颜聪慧,记性也好,在哥哥们的诵读中,《三字经》《百家姓》《千字文》……

也装进了她的脑子。

那年春天一个风和日丽的日子,离姬家洼五里地的丰镇上有集,姬崇德套了驾马车带着姬孙氏和尚文、欢蓉去镇上赶集,留下欢颜和尚礼在家看门。尚礼拿了本《千字文》坐在桌前念。他摇头晃脑"玛呐玛呐"了半天,然后合上书开始背,可他没背几句就感觉到有些内急。他把书夹在脖子下面一边解裤带一边往茅厕跑,嘴里还不停地"玛呐玛呐"背着。

过了很长时间尚礼才从茅厕回来,嘴里还是去茅厕时背的那几句。坐在炕上纳鞋垫子的欢颜忍不住笑话二哥道:"这都半天了,咋还是这几句?是不是……哈哈哈……是不是后面的都让你拉到茅厕去了……"

尚礼不服气,瞪着眼睛说:"好像你有多能行似的,你背背试试。"

没想到,一篇《千字文》竟被六岁的欢颜滚瓜烂熟地背了下来。

第二日,姬崇德检查尚文和尚礼的功课,让他俩给自己背书。姬崇德坐在堂屋八仙桌旁的太师椅上,手里拿把银色的水烟锅,一边呼噜噜吸烟,一边眯缝着眼听儿子背。

轮到了尚礼,"天地玄黄,宇宙洪荒,日月盈昃……嗯……日月盈昃——"尚礼抬头偷偷看了看父亲。父亲面无表情,正将一撮黄亮绵软的烟丝按到水烟壶嘴上,然后"噗"地一声吹燃了媒头,再将媒头上的火对准烟丝呼噜噜吸起来。

看父亲这边没有异样,尚礼便把求救的目光投向炕上的妹子欢颜。欢颜心领神会,停下手中的活,伸长脖子悄声递过来一句"辰宿列张"。

尚礼立即大声背"辰宿列张,寒来暑往,秋收冬藏,闰余成岁……闰余成岁——"眼光再一次投向炕上,炕上就递来一句"律吕调阳",炕下的立即接"律吕调阳,云腾致雨……"

"露结为霜"还未出口,姬崇德已抓起八仙桌上的戒尺,打在尚礼的身上……

当下,姬孙氏见男人没发火,就又抱怨了一句:"惯得疯迷看戏不说,还一看戏就犯魔怔……"

要说欢颜喜欢看戏,还得从她在厦子①里的听书说起。每年秋季,都会遇上长达数日的连阴雨,这是庄稼汉们难得的休息时间,村里的男人们大多都躲在屋里睡大觉。而姬崇德却将两个儿子和几个自家屋的男娃集合到厦子里听尚文和尚礼轮流念书、读戏文。少不更事的欢颜便坐在男娃堆里,听他们念书、谈天论地。她听得非常认真,书里的人和事就悄悄地进了她的脑子,进了她的心。听着听着,她便忘了身在何处,眼光停在念书人的脸上,心却飞出了厦子,成了书中的人,活在了书中的日子里。

那年秋天的一个阴雨绵绵的下午,尚文在厦子里念《薛仁贵征东》,念了整整一下午,晚上喝汤前已经念完了第四回《大王庄仁贵落魄,怜勇士金花赠衣》。

……穷困潦倒的薛仁贵寄居在柳员外家,帮忙看管木料,做些杂活。柳员外的千金柳金花见薛仁贵在大风雪天还只穿一件破破烂烂的单衣冻得瑟瑟发抖,就起了怜悯之心。那天入夜,风雪更大了,柳金花欲送件衣服给薛仁贵御寒。因为风大吹灭了柳金花手中的灯,她只好在黑暗中摸索着,从衣柜里摸出一件衣服,从楼上扔到楼下已经在敞棚里睡着的薛仁贵身上。谁料她摸出的那件衣服竟是父亲柳员外买给她的用大红绸缎做的衣服……柳员外发现薛仁贵衣服下面套的竟是女儿的那件红缎衣服后,误以为女儿柳金花私送定情物给薛仁贵,一气之下便要将女儿柳金花处死。无奈之下,柳金花只好在母亲、哥哥及乳母的帮助下设计出逃……

欢颜正听得来劲,父亲却突然叫了停,说:"今日就念到这儿吧!"说罢便起身,从门口墙上的木楔上拿下自己的草帽往外走。

尚礼和堂兄尚仁以及几个远房的叔伯兄弟不敢迟疑,也站起来拿着各自的雨具跟在姬崇德身后往出走。

尚文合上书准备往外走时,却见妹子欢颜仍傻傻地瞪着一双圆眼睛愣在那里不动弹。他走过去捅了捅欢颜的肩膀,说:"还不赶紧走,让咱大看见,你可就甭想再进厦子听书了。"

欢颜悻悻地回到堂屋,帮着母亲盛汤、端菜、拾馍。饭毕,她又帮着母

---

①　当地方言,一面斜坡的房子。

亲收拾碗筷刷锅洗碗喂猪喂鸡。她手里在不停地干活,脑子却分明不在活上,整个傍晚都不曾说过一句话。母亲姬孙氏有些纳闷,问欢颜:"哪里不禅活①了?"欢颜赶紧摇头说:"没有,没有。"

晚上躺在炕上,欢颜仍在想柳金花和薛仁贵:大风雪天的,弓鞋小脚的柳金花逃到哪里去了?那薛仁贵又去哪里了?她在心里不停地埋怨父亲怎么就在这个紧要处叫停了!

那天夜里,欢颜做了个梦,梦见自己在雪地里走,四面都是白色,她找不着路,不知往哪边走。正急得想哭,就见前面突然出现了一个身材魁梧五官端正的大汉。那大汉上身只穿一件汗夹②却看不出一丝冷意。仔细一看,那大汉的眉眼竟有几分像大哥尚文,他正笑吟吟地伸着双手朝自己走过来,眼看着就要走到自己跟前了,自己却慌得不知如何是好……

院子里突然传来一阵公鸡的打鸣声,将正在睡梦里的欢颜吵醒。她睁开眼,有那么一会儿竟弄不清自己是在梦里还是在现实中。当她发现自己正躺在自己和欢蓉的西窑里,周边没有雪也没有什么大汉时,就不免有些气恼。她翻过身,闭上眼,想再回到刚才的梦里,让那梦接着做下去,可她却彻底地醒了。她突然想起了什么,就飞快地穿上衣服下到脚地打开窑门往外看。

外面仍淅淅沥沥地下着小雨,欢颜心想,今儿又能接着听书了。她心满意足地返身上到炕上,叠被子、扫炕,来到堂屋帮母亲扫地抹桌子、拉风箱做饭。

早饭后,欢颜急急火火收拾了碗筷和灶间,端上自己的针线蒲篮,早早地就坐到厦子里,等着父亲和哥哥们进来继续念《薛仁贵征东》。

姬崇德看过《薛仁贵征东》,他知道下面这一回讲的是《富女逃难托乳母,穷汉有幸配淑女》。当着一堆晚辈的面听这一回不免会让自己尴尬,但又不能让尚文绕过这一回,他知道几个年轻人正等着听这一回呢,若是不让尚文念,他们必会胡思乱想,把一段本无邪念的文字想歪了,还不如大大

---

① 当地方言,舒服。

② 当地方言,背心。

方方让尚文念去,自己回避开就是了。

父亲说他有事没去厦子,尚文接着头天的念。

……薛仁贵与柳金花分别出逃后在一个破庙里相遇,走投无路的柳金花便由乳母做主将她许配给了薛仁贵,并商定在薛仁贵的寒窑里成婚……

听到这里,欢颜提着的心才算落了下来。

……从破庙到薛仁贵的寒窑还有十几里地,外面雪厚路滑,柳金花已颠着一双小脚走了二十里地,双脚已经疼痛难忍,还要再走十几里地实属困难。薛仁贵见状,便将柳金花背起来驮着走了……洞房花烛夜,二人说不尽的恩爱……

尚文念着,眼睛时不时越过书的上面偷偷瞟妹子欢颜一眼,他发现妹子又在犯迷症了——她的眼睛看着这边,脑子却分明在厦子外,粉脸上是毫无掩饰的向往的神态……

来年的壶山庙会上,上演秦腔全本戏《八件衣》,尚文想看,又担心欢颜、欢蓉两个妹妹不愿意,就对欢颜说:"《八件衣》可比《薛仁贵征东》有意思多了。"

欢颜一听还有比《薛仁贵征东》更好的戏,当即就说要看戏,不逛了!

那天,欢颜跟着大哥坐在山顶的戏楼底下第一次完整地看完了一部全本戏。虽然一些唱词还听不太懂,但舞台上人物的关系和主要故事她却都看懂了。曾经在厦子里听到的柳金花和薛仁贵突然变成了舞台上实实在在、声情并茂的杜秀英和张成愚,而且,杜秀英和张成愚的故事还更加凄婉动人,欢颜从他们的故事里,看到了另一种复杂多变、与自己的生活完全不一样的生活。从此,欢颜迷恋上了看戏。无论哪里有戏她都想去看。壶山庙会期间上演的大戏,更是不能错过。看得多了,她也能随着板胡、梆子的板眼哼唱上几句。

此刻,姬崇德被女人数落着,脑子里想着女人刚才的话,就说:"要数落了,那就试着培治培治。"

当天晚饭后,姬孙氏告诉欢颜和欢蓉,晚上睡觉别关门,她有事要进去。晚上,估摸着两个女儿已经睡着后,姬孙氏就舀了半碗凉水,拿了三根筷子、一把菜刀,和一些小米、白面,放到一个食盘里,端到欢颜和欢蓉睡的西窑。

欢蓉已经睡熟,欢颜虽闭着眼睛却没有睡着。她听见母亲推门进来,点了油灯,将手里的家伙什放到炕头。她虽不知道母亲这是要干啥,但却懒得睁眼看究竟。她就那么一直闭着眼,佯装睡着了。

姬孙氏走到欢颜的头顶处站住,给嘴里含了一口碗里的水,然后抬高下巴,"噗"地吹出一层水雾,喷洒到欢颜的脸上和身上。欢颜被母亲嘴里的水弄得一激灵,但却不想睁眼问母亲这是在弄啥。她继续闭着眼装睡。

喷过水后,姬孙氏拿起那三根筷子,在碗里蘸了蘸水,然后在欢颜的头上、身上绕圈圈,边绕边说:"头上来,头上去;身上来,身上去;脚上来,脚上去……"

绕完、说完,她便将三根筷子并拢竖在碗里,嘴里低声说道:"你得是她婆?是的话,就赶紧站住!"

筷子没有立住。她又重复了一遍上面的步骤,说了另一个过世了的亲人的名字。筷子依然没有立住。这样反复了好几次,每次都换一个已经过世亲人的名字,从欢颜的奶奶、爷爷,到外公、外婆再到大伯……当说到欢颜二伯的名字时,筷子立住了。

"我知道你是爱娃哩,可你是阴间的人……比不得在阳间……你这一爱,咱娃就病了,你赶紧把娃放了,我给你把米、面、水都拿上……你赶紧走,回你下边去……把咱颜儿放了……"说着,姬孙氏拿起盘子里的那把刀,拦腰砍向碗里立着的三根筷子,将那三根筷子砍倒在顺势接着的另一只手里。

姬孙氏边念叨边从盛有米、面的碗里各捏了一撮放进盛水的碗里,然后端着这只碗往外走去。

"走!跟我走!这水呀,米呀,面呀,都给你咧,赶紧带着回下边去,别再缠咱颜儿咧——你看咱颜儿已经成啥样子咧,你就甭再惦记她咧……"姬孙氏一路念叨着走到梢门口。梢门早已被姬崇德打开,大敞着。她脚步不停地走出去,然后将碗里的水泼洒到街巷的中间。她转过身回来,关了梢门,将那只碗扣在前院厦子侧面的一个洞洞里,那三根筷子被扣在碗底下。

母亲端着碗往外走时,欢颜睁开了眼睛,她望着母亲的背影问自己:

"难道自己这么难受是被鬼缠着了？那这个鬼是谁呢？是母亲嘴里说的那个二伯吗？显然不是。"

姬孙氏的这番培治似乎并未见效，欢颜依然低沉着情绪，活在别人看不见的世界里。十几天来，欢颜的脑子里一直被一些问题纠缠着，她不想想这些问题，可这些问题就是不听招呼地往她的脑子里钻。她想知道山上遇见的那个少年是谁，叫什么名字，家住哪里，今年多大了；他那天怎么就一下子抓着了自己的胳膊将自己扶住了；他为啥在自己站稳了还没撒手；他说"看戏那么专意，后面打起来了都不知道"是啥意思——难道他一直在看自己——那又是啥时候开始看的呢，自己那时有没有做不得体的事，比如擦眼雨时擤了鼻涕……她被这些问题搅和得吃不下饭，睡不着觉，干活打不起精神，脑子里塞满了那少年的样子：瘦高的个子，明亮的眼睛，排列整齐洁白的牙齿，还有——还有好听的声音。自己为啥就忘不了他哩！难道自己真的是被鬼缠着了？欢颜迫切地想知道这些问题的答案，却越想越糊涂。她试图问大哥尚文，大哥与她最要好，最懂她的心思，可她又隐约觉得，这些问题不能问。于是，欢颜只能这么苦苦地想着，熬着。

三

就在欢颜苦苦冥想着这些她人生中第一次遇到的难题时，有个人也深深地陷入了这种既痛苦也甜蜜的心绪中，只是，他年龄比欢颜大三岁，读过书，没有欢颜那么多的疑问，而且清晰地知道这种煎熬人的东西叫相思，不是什么被鬼缠了身。

那天，他陪着母亲上山逛庙会。当他们上到山顶，穿过阳门进入正院的时候，就听到了不远处戏楼里的锣鼓声。母亲知道儿子的心思，就说："儿呀，你去看戏，妈烧完香就在这儿等你。"

"不用,妈,"儿子懂事地说,"我先陪你老烧香,完事后,咱娘儿俩再一块儿去看戏。"

"妈听不太懂,挤在人堆里就是个活受罪。"当妈的说着就将儿子往外推,"你快去,妈待会儿坐在这里听听锣鼓点就行。"

少年只好告别母亲,出得阳门,穿过那条通往平台的墨林小道,来到平台的入口处。他没有急着去戏楼底下,而是站住脚扫视了平台一圈。这里地势高,比平台上要高出十来级台阶,站在这里,可以清楚地看见整个平台上的一切。

他的眼光转到了戏楼底下,只见那里已经聚集着百十来号看戏的人。前面的人或蹲或坐在地上,中间的人,坐在租来的条凳上,后面和两侧的人都站着。少年突然被人窝里冒出来的那点醒目的白色所吸引。他凝神望去,原来那是一个身穿乳白色衣服的女子,正坐在四周都是穿着灰色或黑色长衫、大襟夹袄的男人堆里,静静地看戏。少年很好奇,这个时节,女孩子们都喜欢用大红、大绿来打扮自己——此刻的戏楼前面就挤着许多穿红戴绿的女孩,这个女子却怎么穿着乳白色的衣服?这是一个啥样的女子?

少年来到戏楼底下,看了一会儿台上的戏,却发现自己根本看不进去,心里仍惦记着那个谜一样的女子。

他鬼使神差地挤进了人窝,挤到了那女子左边不远处。从那里,他可以清楚地看到那女子的身影和大半个脸——她皮肤白皙,头发整整齐齐梳到脑后,编出一个又黑又粗又亮的辫子,垂至腰际的辫梢上,系着一个粉红色的丝质手帕。宽松的乳白色衣服,光亮柔软,一看就是用上好的缎子面料做成,而且做工讲究。在那白色上衣左前胸靠近硬挺挺领子的地方,绣有一簇花朵,粉红、亮黄的花朵之间是深棕色、曲折的根茎,花的底座上是一堆簇拥着花朵的墨绿色的叶子。这簇花和发梢上系着的那个粉色帕子,以及那一头乌黑整洁的头发,成为那身乳白色衣服的极好点缀,衬得那张脸看上去无比清雅、脱俗。女子的眼睛上,是长长的睫毛,随着眼睛的一开一合,不住地上下扑闪。鼻子和嘴巴看上去也是那么的小巧精致……少年突然想起了在山下田野里看到的那树洁白的梨花——猛一看这女子,不就是一朵清雅素净的梨花吗!

少年看到的女子，就是欢颜。

姬崇德是个做药材生意的人，经常会到外地去采买、出售药材，每年都会往长安跑几趟，回来时就会买一些好东西，比如江南的丝绸面料。他买的最多的，其实还是给欢颜的衣料。这不只是为了哄欢颜开心，也是为了他自己高兴。他姬崇德在别的地方可以不与人比，在自己宝贝女儿欢颜的穿戴上却一定要与周围的人一争高低。欢蓉比姐姐只小一岁半，他买衣料也都买双份。欢颜不愿意总跟妹妹穿一样的衣服，就让父亲买成不一样的花色，让妹妹欢蓉先挑。欢蓉肤色黑，同样一件衣服穿在欢蓉身上总是没有穿在欢颜身上好看。欢蓉喜欢艳色，每次都会将那些颜色鲜艳的面料先挑走，剩下淡黄、浅绿、粉红、乳白这些素净颜色为主的面料就留给了欢颜。不料，欢颜穿上这些素净衣服后，却显出别样的美来。这美，脱离了艳俗，多了文雅与沉静，使欢颜看上去就像是从诗文里走出来的人一样，给人以清风明月般的悦目赏心。久而久之，欢颜也爱上了这种素净衣服。父亲姬崇德再出门时，也就会在这些素净面料上多花心思。

那天早上，欢颜穿好衣服，梳好头，又翻出去年她过生日时父亲送给她的新项圈和新手镯戴上，她对着铜镜左照右看，总觉得哪里有些不对劲，思量半天才明白，自己已经是大姑娘了，再戴这些东西似乎都已经不太合适。于是她将项圈和手镯卸下来，只在辫梢上系了个粉色的小丝帕。

为掩饰自己的荒唐，少年强迫自己看向戏台，但眼睛却总是不由自主地落在那女子的身上。他发现她已完全进入到戏台上的剧情里了，脸上的表情不断变化着，时不时，还会旁若无人地流眼泪，手里的帕子已经将两只眼睛擦得通红。

就这样，少年一直目不转睛地看着那梨花般的女子，而那女子却一直目不转睛地看着台上的赵五娘。

不知过了多久，身后出现了骚乱，人群撞过来，使少年趔趄了一下，他这才回过神来，急忙扭过头看。他被人群夹裹着，忽而往右，忽而往前，不一会儿，竟被推挤到了那女子身后。他刚在心里暗自庆幸能更近距离地看这女子了，人群却从女子的右边拥过来，往她身上直戳戳倒过去。他来不及反应猛地抓住了女子的左胳膊，才使那女子没被撞倒。显然，这突如其来的一幕吓着了那女子。那女子转过身时，他惊讶地发现，那张脸远比他从侧面看时更加甜美、迷人，甚至还透着一丝可爱的稚气。他看呆了，一时竟忘了自己的手还抓在女子的胳膊上。

女子被她哥叫住转过身去时，他才突然想起母亲还坐在正院的石头上等自己，便不得不一步一回头地从人窝里挤出去，朝正院跑去。

从山上回来后，那梨花般的女子一直在少年的脑海里挥之不去。他一遍又一遍地回忆着那天见到女子后的一切。回忆她的衣着，她的眉眼，还有她看戏时那投入的样子……她的一切都是那么的美好，让他魂牵梦绕。

在这一次次的回忆中，少年不断地添枝加叶，使她在自己的心目中有了一个完整、立体的形象。他的手心里，仿佛还残留着她那娇小胳膊上的余温——不，不只是余温，还有那绸缎衣袖光滑的质感以及光滑衣袖下那饱满、富有弹性、凝脂一样的肌肤所带给他的前所未有的体验……她成了他梦中实实在在的佳人。

每天从早到晚，他都在想她。早晨，他会想她是否听见了鸟鸣鸡啼；夜晚，他会想她是否看见了天上的星星月亮；下雨了，他会想她是否感受到了那丝丝细雨带来的凉意；花开了，他会想她是否闻到了那阵阵扑面而来的花香。

他随父亲在地里干活，远处传来一声声凄婉的歌声，那是村里的那个老光棍又在唱了。老光棍年轻时喜欢过一个不该喜欢的女子，这份注定没有结果的感情，使他凄苦了一生。以前少年听这老光棍的歌，感觉只是一些酸词滥调，现在少年却在他的歌声里听出了浓浓的相思与深深的无奈。于是，一段词，就出现在少年的脑海里，和着那老光棍嘴里的音韵，从少年的心里缓缓流淌出来：

　　　　醒着的时候，
　　　　把你藏在心尖尖，
　　　　藏呀在心尖尖。

　　　　睡着的时候，

把你挂在嘴边边，

挂呀在嘴边边。

杏花儿落了梨花开，

春天过去是夏天。

啥时能与你见面面，

见呀面面。

人说相思成疾，少年觉得，自己已经真真的病了，为那梨花般的女子病了，病得不轻。

欢颜的"病"比少年的"病"来得快，去得也快。从山上回来后的第十三天，她的"病"就突然好了。不知是父亲姬崇德为治她的"病"故意这么安排还是原本就是这样，总之，欢颜是在吃晌午饭时听了父亲的那句话，"病"才突然好的。

姬崇德一边用筷子搅着碗里滚烫的米汤，一边轻描淡写地说："我这几天就把尚文送到镇上的普仁堂去……"

"啊？为啥？不是还要等个把月吗？"欢颜突然急急地问，这是她这些天来所说的第一句完整话。这些天她都是别人不问她，她就不说，别人问了，她也只是哼一声或摇摇头、点点头，有时甚至毫无反应。

普仁堂里坐堂的是一名在当地小有名气的老中医，叫李东梁。几年前姬崇德曾带着长子尚文专程去拜会过他，想让尚文拜他为师，但却被他拒绝了。他将尚文上上下下打量了一番后，说："娃看着是个灵醒娃①，你们姬家也是医学世家，有这方面的传承，娃学成个看病先生没一点问题……只是现在还太小，过几年待娃大一点再说。"

姬崇德本想解释一番，说尚文虽小，但打小学东西就比同龄娃快，做事也比同龄娃持重老成，现在学应当没问题。但他怕这话会引起李东梁不悦，就只好将到嘴边的话咽了回去。李东梁看出姬崇德的心思，忙补充道："当

---

① 当地方言，聪明的孩子。

下我这儿还有两个没有出徒的伙计,这么小个普仁堂,没那么多病人,也装不下这么多学徒。"

听了这话,知道李东梁有难处,姬崇德赶紧说:"好,好,好,听先生你的,过几年我再带娃来。"

前几天,姬崇德想起这档事,就带着尚文去见李东梁,李东梁见尚文已经长高了很多,嘴唇上也已冒出了毛茸茸的胡子,就不再推辞爽快地答应了。

第二天,姬崇德在镇上那家最好的饭馆里摆了一桌丰盛的酒席,为尚文举行了拜师仪式,当下约定,再过个把月,等其中的一个徒弟出徒离开了,就让尚文正式进入普仁堂学医。

见宝贝女儿终于开口说话了,脸上的表情也活泛了许多,姬崇德揪成一疙瘩的心才缓缓松开。他不由得和姬孙氏对视了一眼,然后装作没事一样地回答欢颜道:"李先生后来叫人稍话给我,说这几天那个学徒就走了。"他看看欢蓉,"这两天你姊妹两个得赶紧帮着你妈给你大哥再缝上一床新被褥,把你大哥要带的行李准备准备。"

姬孙氏趁机接过话茬说:"你大哥去当学徒,吃住都在李先生家,没啥大事,不能回来……往后你们再想见你大哥可就难了。"

欢颜听了这话,如梦初醒,她瞪大眼睛,看向大哥。大哥朝她点点头,说:"等哥学成回来,你可就成大姑娘了,说不清都嫁人了,和哥待在一起也就剩这几天了——还天天不理哥!"

欢颜突然鼻子一酸,眼泪夺眶而出。为躲避尴尬,她赶紧起身跑到大哥的椅子后面,一把从后面抱住大哥,将头埋在大哥的脖子里。

尚文放下筷子,扭身在欢颜的头上轻轻拍了拍,不料,却引得欢颜失声痛哭。她"呜呜呜"地哭着,越哭越伤心,越哭声音越大,最后竟放开嗓子大哭起来。

欢颜这一哭,姬崇德夫妇紧皱的眉头便渐渐舒展开来。不管自己的宝贝女儿前阵子是因啥犯了"病",作为父亲,姬崇德都感到了前所未有的心疼和有劲使不出来的无奈。他多想将宝贝女儿从那看不见的牢笼里解救出来,却不知锁着那牢笼的锁子钥匙在谁手里。他突然意识到,自己再也不可能像以前那样,当自己的宝贝女儿不开心时,只要自己送给她一个好玩的、好吃的,或一件好衣服就能让她转忧为喜、破涕为笑了。

现在,看见欢颜终于将自己从那个他看不见的牢笼里释放出来,姬崇德的眉眼里怎能不泛起一层细细柔柔的光来!

有了欢蓉后,姬孙氏就将欢颜交给了婆婆带。婆婆身体不好,尚文一从学堂里回来,就跑去堂屋帮祖母带欢颜。

尚文背着欢颜,边晃身子边唱从祖母那里听来的歌谣:"搭罗罗,喂面面,喂哈一斗一罐罐,白的献 ya ya①,红的惯娃娃,丢哈麸子喂猪娃……"欢颜安静地趴在大哥的背上,一双黑葡萄似的圆眼睛眨巴眨巴,好像能听懂似的。

欢颜能满地跑了,大哥就带着她蹲在院子里看蚂蚁搬家。

她再大一点了,大哥就将一根绳子绑在厦子的门框上,将她放在上面悠她,嘴里说:"颜儿打秋千喽……"欢颜"咯咯咯"地笑。

再后来,每到春天,父亲姬崇德就在门前的两棵老槐树上绑一根废弃的井绳,中间固定一块木板,做了一个很大的秋千。欢颜坐在木板中间,大哥的两只脚分站在两边,将她悠得很高很高。秋千往上荡时,欢颜高兴得笑,从上面往回落时,欢颜却吓得闭着眼睛直喊叫。从最低处一过,欢颜又大叫着对大哥说:"再高点! 再高点!"大哥就咬着牙使劲往上蹬木板,脸憋得赤红,满头满脸都是汗。

夏天到了,门前的老槐树上长出茂密的绿树叶,树叶里,突然冒出一串两串乳白色的槐花。槐花的香气顿时飘得整个村巷都能闻见。欢颜指着老槐树对大哥说:"哥,我想要那个。"

"行! 你等着,哥给你钩去。"

大哥拿来祖母闭窗的竿竿,前面用绳子绑上一个用铁丝弯好的钩钩,站在树底下,够着一串槐花后,就将竹竿在手里一拧,槐花就掉进了树下欢颜那双早早就伸出去的小手里。欢颜高兴地将槐花塞进嘴里,清香甘甜从

---

① 当地方言,神。

她的小嘴进到肚子里,进到心里。

隔壁二妈家有棵沙果树,没等沙果熟透,欢颜就急着要吃。大哥央求二妈获得准许后,就爬到树上给欢颜摘。欢颜站在树下,仰着小脸指挥大哥:"这边那个。"大哥摘下那个扔给她。她又说:"那边那个。"大哥调转身子,往上爬,抓住一个树枝拉过来,摘下她指的那一个。

夏天的树上会掉下浅绿色的挂线虫,欢颜很好奇,想看挂线虫怎么走,但又害怕将那毛茸茸、软绵绵的东西放在手上。大哥就将挂线虫放在自己的手上,让欢颜仔细看。欢颜睁着一双大圆眼睛,跺着脚、拍着小手叫:"啊呀……它走路一躬,一躬的……"

大哥用一根细线,绑在一只叫金牛的昆虫腿上,让欢颜牵着线在巷子里跑。她跑着,不时回头看看那个被自己操控着的"飞翔物",觉得异常神奇。金牛"嗡嗡嗡"在头上飞,大哥"嘿嘿嘿"在后面追,欢颜在前面"咯咯咯"笑。

大哥晚上要读书,欢颜去搅和,非让大哥给她讲写的啥,大哥就把她抱到膝头,认认真真给她讲,不管她听得懂听不懂。

欢颜从小伶牙俐齿,亲戚邻居都喜欢逗她,每次问她:"你长大了给谁做媳妇呀?"欢颜总是瞪着眼睛说:"当然是给我大哥呀!"那口气好像是说,这还要问吗!

欢颜痛痛快快哭了一场,那些烦恼与苦闷一下子就全被眼泪冲走了。哭完了,"病"也就好了。欢颜突然觉得,自己这些天真是"被鬼缠住了","吃了迷魂药了",竟会为一个素不相识的人大费心思,竟对自己最爱的大哥那么冷淡——她的心里充满了对大哥的歉疚。

后来的几天里,欢颜除了按照母亲的吩咐精心为大哥缝被褥,就一直跟在大哥的后头嘘寒问暖,形影不离。弄得大哥的心里倒有了几分难受。

十天过去了,大哥没有走,欢颜窃喜。

二十天过去了,大哥没有走,欢颜明白了父亲的苦心。

一个月过去了,大哥却真的去了镇上。

四

尚文去镇上当学徒后,欢颜感到家里突然像少了许多人似的,实在有些冷清。她央求父亲带她去看大哥,父亲答应了,但却说大哥刚去,得让他适应一段时间再说。欢颜盼星星盼月亮,终于盼到了父亲带她去看大哥的这一日。父亲拿着要送给大哥师傅的一卷上好烟叶、一小坛烧酒和母亲为大哥烙的一袂袂白面坨坨馍、一小罐里面混着小肉丁的油泼辣子引着她刚到普仁堂门口,还没来得及整理衣服,她就尖着嗓子朝门内喊:"大哥……大哥……"她等不及父亲跟上来,一把掀开挂在普仁堂门上的布帘子,跨进了诊室。

尚文正在诊室后面的院子里帮师娘搬一个大木箱,听见欢颜的叫声,立马放下箱子往诊室跑。

尚文的师傅李东梁正在诊室里给一个病人号脉,见一个半大不小的女娃突然冒冒失失闯进来,不由得皱起了眉头。欢颜一看里面没有大哥,还有人在看病,就赶紧收住脚和嗓门,不好意思地吐了吐舌头,冲着里面的人笑了笑,还弯了弯腰表示了歉意。

姬崇德跷进门槛时,看见李东梁正在给人看病,就瞪了欢颜一眼,责怪她的冒失。欢颜见诊室内没有大哥,也瞪圆了眼睛询问似的看父亲。

李东梁见姬崇德进来,便明白了眼前这个女子可能就是尚文的妹子。这女子虽然冒失了点,但那清秀的眉眼、素净的衣着打扮,以及后来的行为举止,却让他感到眼前一亮,犹如一缕春风拂面而来。李东梁吊起他那双三角眼冲着姬崇德和欢颜笑了笑,做了个请坐的手势,又冲着站在身旁给他打下手的尚文的师哥摆摆头,示意他去招呼客人,接着就埋下头继续专心号他的脉了。

姬崇德拉着欢颜在诊室西墙下那排条凳上刚坐下,尚文就从院子里穿过普仁堂后面的隔间,掀起挡在隔间和诊室间的布门帘,疾走进来。见师傅正在号脉,尚文立马放轻了脚步,忍住心头的狂喜,来到父亲和欢颜面前。他接过师哥端过来的两碗茶水,对师哥笑着低声说:"我来——"

尚文将两碗茶水递给父亲和妹子,眼睛亮亮的,全是喜悦。欢颜抿了口茶水后就将手中的茶碗递给父亲,她看看大哥,又看看父亲,一副着急的样子。父亲只好摆摆头,示意她和尚文到门外去。

欢颜拉着大哥来到诊室外面,急不可耐地将大哥走后家里所发生的一切仔仔细细地告诉了大哥。她说得手舞足蹈,一会儿捂着嘴笑,一会儿噘着嘴生气。尚文认认真真听她讲完才将自己也攒了一肚子的话一气儿说给欢颜:"……白天我在诊室打杂,晚上就熬油点灯看师傅给我的医书,背汤头①……我已经把师傅给我的那两本书全看完了,还思量着再过几天,就给师傅告个假回家一趟,一来看看咱大咱妈和你们兄妹仨,二来在厦子里二伯留下的那些医书里翻一翻,挑上几本拿到普仁堂来看……师傅见我这么快就把他交给的两本书都看完还给了他,还疑心我根本没用心,有天吃完饭后就把我叫住,考了我书上的好几个问题,结果你猜怎么着——我全能背下来,还说了些我的看法。师傅大吃一惊,不光夸了我,还说我比前面几个师哥都强……"

大哥尚文两眼放光、异常兴奋地说着他在普仁堂的这段生活。欢颜听着听着,心里就有些失落,心想,我那么想你、操心你,你却一点也不想家、不想我,一个人在这里享快活哩。

与大哥分手后,欢颜无心在镇上转悠,坐上父亲赶的马车就回了家。路上,她将大哥给他说的那些话,一五一十全学说给了父亲,父亲听完,那张"国"字形大脸上却浮出一丝担忧来。

欢颜不知道,父亲的担忧其实在他刚才与大哥的师傅李东梁谈话时就已经有了,只是那时他还不十分清楚其中的缘由,现在听欢颜这么一说,他就全明白了。

原来,欢颜和尚文出去后,姬崇德坐在那里边品茶边等。李东梁很快就给病人号完了脉。他接过徒弟递给他的毛笔,在徒弟铺开的处方纸上写下药方,就让徒弟领着病人从穿通②到东隔壁自己开的药铺里抓药,他则起

---

① 中药配方歌诀。

① 当地方言,相邻两房之间的通道。

身客客气气地将姬崇德请到诊室后面的堂屋,请他喝茶抽烟,与他聊天气、聊今年麦子的长势、聊新近的一些见闻,就是只字不提尚文。姬崇德觉得有些反常,只好主动提说:"尚文初来乍到,啥都不懂,肯定没少给您添麻烦、懂烂子②。他若是有啥不懂规矩的地方,还请师傅您多指教,不要顾忌!"

李东梁只不咸不淡地说了一句:"尚文好着哩……好着哩!"

见实在没啥可说了,姬崇德便起身告辞。李东梁留他吃饭,他婉言谢绝了。两人闲话着走到院子时,李东梁突然问:"刚才那女子是尚文的妹子吧? 多大了?"

"是他大妹子,马上十三了。"姬崇德说。

"哦……长得怪心疼人的!"李东梁由衷地夸赞道。

姬崇德最愿意听人家夸他的宝贝女子欢颜。听了李东梁这话,刚才因李东梁不提尚文在他心里所浮起的阴影顿时一消而散。

"哎,叫我和她妈给惯得——你看,今天进门时那冒冒失失的样子——让你见笑了!"姬崇德趁机向李东梁解释,"平日里她与他大哥尚文最好,从小到大几乎没分开过,这次尚文走后,这女子想他大哥想得不得了,非要让我带着来看……"

此刻,赶着马车的姬崇德听了欢颜的话后不由得长叹一声,在心里说:这娃不懂事啊! 咋能这么做学徒!

见大哥在普仁堂待得舒心,欢颜回到家后就不再那么担心大哥、想大哥了。她的生活完全步入了正轨,每天除了帮母亲做饭、喂猪、扫院子,就是坐在纺车前纺线,坐在炕上纳鞋底。屋里屋外,又时常飘着她那清脆、开心的声音。

其实,欢颜不知道,大哥对她说的只是这段生活的一部分。对家人,他决定把那些不愉快统统咽到肚子里。

李东梁医术虽好,心眼却小,为人自私小气。尚文刚到时并不知道这点,就干了些让师傅不高兴也让自己心里不舒服的事。

---

② 当地方言,惹事。

　　刚到普仁堂,尚文对一切都充满好奇,做事情总是充满激情。他快活地在诊室里打杂、看师傅给人看病,勤快地帮师娘干这干那,没出几天,就很喜欢学医这档事了。他从师傅的看病过程中悟到,要想成个好郎中,首先就得弄懂并记住那些繁复的医理,记住各种现有的汤头,而这些,都只能靠自己去用功看、下势背,别人帮不了也给不了自己。他逮住一切空余时间看师傅让他看的《黄帝内经》和《金匮要略》,还把上面的一些重要内容誊抄到自己的本子上。

　　晚上,师哥和药房伙计都睡下了,他还点灯熬油用功。师哥曾好心劝他,晚上别点灯熬油,操心师傅生气。可他不听,他觉得师傅不至于那么小气,一碗灯油能值几个钱!

　　那碗灯油很快就被尚文熬完了,尚文端着灯去找师娘添油,师娘脸露难色地说:"咋这么快就没了? 这让你师傅知道了,还不得训我……"

　　尚文顿时尴尬得脸都红到了脖子根。心想,这灯油既不能吃也不能喝,不就是多看了会儿书么。

　　师娘迟迟不接灯,继续有一下没一下地抹着她的桌子。尚文尴尬地站在原地,走也不是,不走也不是。他人生第一次遭此冷遇,第一次被人这么数落,而且是为了看书学习,内心里的羞惭和委屈简直到了极点。他真想找个地缝钻进去或转过身一走了之。但理智告诉他,不能这样做。他咬咬牙,鼓足勇气说:"往后,我晚上就不看书了。"

　　"其实,也不是不叫你们看书,主要是你师父觉得,你们忙了一整天,晚上得好好睡觉,睡好了,第二天才有精神给人看病不是!"师娘笑笑说。

　　打那以后,尚文晚上就不再看书了。但他却会抓住白天一切可利用的时间拼命看,很快,师傅给他的那两本书就全被他看完了。他将那两本书还给师傅,心想既已看完,就不要再留在自己身边,免得惹师傅不高兴。他也想,师傅见他看完了这两本,兴许会给他换另外两本来看。但他想错了,师傅并未给他别的书,而是考了他这两本书上的几个内容。

　　师傅的小心眼,尚文也是从这次师傅考他后体会到的。那天吃完晌午饭,师傅叫住他,考他,他背得很好,而且还说了自己的理解和看法。师傅当时表扬了他,夸他比前面的几个师哥都强。但尚文没发现,师傅那张脸上同时也浮出了一丝不悦。

尚文得到师傅的认可和夸赞后，心里自是高兴，做事就有些收不住自己。一次，师傅诊完脉，给病人说："我给你开几副药，你回去吃了就好了。"

病人拿着师傅开的方子准备穿过穿通到隔壁药柜上去抓药，尚文却偏偏在这时多了句嘴，他边陪病人往穿通走边说："你这得的是脾胃虚弱饮食积滞症，这神曲、山楂、麦芽用的是焦神曲、焦山楂、焦麦芽……你要注意按时吃饭，不要见饭好了，就吃得太多太快……"

病人高兴地走了，师傅的脸却沉了下来。一些老病人看完病，指着尚文对李东梁夸奖说："你这个徒弟不错啊，将来一定不得了……"李东梁听着就觉得有些刺耳。

刚开始的时候，李东梁见姬崇德给尚文拜师时出手大方，尚文也彬彬有礼，聪明又有眼色，每次外出出诊就都带上尚文。但现在，李东梁对尚文仍客客气气，但出诊时却不再带他了，也不主动给尚文讲看病的那些事，甚至还总是让尚文待在后院帮自己的老婆干活或与雇的短工一起干地里的活。这样一来，尚文待在诊室里的时候就越来越少。

有天半夜，突然有人拍打普仁堂临街的门。这时大家都在睡梦中，躺在诊室里当班的尚文被敲门声惊醒，他立马从诊床上跳下来开门。原来是有人请师傅出急诊。尚文简单问了病人的情况后，折身回来走到师傅和师娘住的堂屋门口，隔着门窗叫醒师傅，说了有人请出急诊的事，并将病人的情况向师傅做了转述。

"知道了。"师傅隔着门窗说。

按照惯例，谁当班谁就跟着师傅出急诊。尚文高兴地回到诊室，脱下无袖汗衫、短裤，换上长衫、长裤，然后，就和来人站在诊室门口等师傅。见师傅出来，尚文忙上去接师傅手中的药箱，师傅却摆摆手说："你就甭去了，大半夜的，关了门睡吧！"尚文尴尬地缩回手，站在诊室里愣怔、难过了大半天。

尚文这个年纪，正是长身体的时候，每顿饭都吃得很多。有天，他吃完一老碗①面，再去锅里舀，就发现没有了。他刚想问师娘，还有没有别的吃的，

---

①　当地方言，大碗。

师哥却给他递了个眼色,阻止了他。回到厦子,师哥对他说:"你咋能放开肚子吃哩,你没见每顿吃饭时,咱师傅的那双三角眼一直在咱仨的筷子上转悠,生怕咱多夹一筷子、多吃一口……"

一向不爱说话的药房伙计这时也忍不住插话道:"你们没发现吗,师娘的馍越蒸越小,数量也越来越少……原来每次还能吃三个,现在吃上两个就没了……"

"咋没发现,如果是吃面,连汤带面也就只一碗,想再要,没了……"师哥接话说。

尚文这才明白了师傅多次在他面前说的那句话的真实用意。从他踏进普仁堂那天开始,师傅就抓住一切机会对他说:"咱是学医的,要懂得养生哩,常言道'要想身子安,三分饥和寒'……"晚上睡觉,尚文的肚子咕咕咕直叫,师哥就打趣道:"这下知道'三分饥'是啥滋味了吧?等到了冬天,咱师傅还会让你知道啥是'三分寒'!"他们住的厦子,到了冬天,西北风一吹就透。师傅既不让他们生炉子,也不允许他们烧炕,说年轻人火力旺,受点寒对身体有好处。白天他们待在厦子里还不如待在外面暖和,他们也就很少进厦子。到了晚上,那炕上的被褥更是冰凉如石头,简直无法躺进去。师哥说,他们整个冬天都是穿着棉衣棉裤睡觉。刚上炕时,脚冻得不行,就把裤子褪下去一点,让两只脚缩在热乎乎的裤管里,等脚热了,全身暖和过来,才能把紧缩的全身放松,才能慢慢睡着。

好长时间,尚文都没回家取书,欢颜又开始想大哥了。她再次恳求父亲带她去镇上看大哥,顺便给大哥送书。父亲答应去看尚文,却不答应带她,理由是怕她的冒失让尚文师傅不高兴。欢颜对父亲保证,绝不会再冒失了。但父亲还是坚决不带她,说再过十天半月麦子就熟了,收完麦,尚文肯定能回来一趟。

话说上次姬崇德和欢颜离开普仁堂后,李东梁就把尚文叫到堂屋,先是说:"你大太客气了,带来这么好的烟叶和酒。"接着又问,"今天来的你这个妹子是你屋老几?你屋里还有啥人?"

见师傅突然又变得这么热情,尚文一时竟有几分感动,心想,父亲只送给他一包烟叶、一小坛酒,他待自己就这么热情了,看来师傅并没有那么不通人情。

后来,李东梁有事没事就与尚文拉家常。主要是李东梁问,尚文答,多是问尚文家的人和事,问的人里,又多是问欢颜。有一天,李东梁终于忍不住问尚文:"你那妹子——欢颜,有主了没有?"

"没有呢,师傅!"尚文不假思索地说。说完,尚文才觉得这事有些不对劲,师傅为啥总要打听欢颜的事呢!他偷偷观察师傅脸上的表情,想发现他说这话的用意。但他却在师傅的脸上什么也没有发现。

五

姬崇德不知道尚文要哪些书,也不敢贸然前去给尚文送书,怕惹李东梁不高兴。但他想来想去,觉得还是应该去一趟,至少可以私底下提醒提醒尚文,徒弟应该咋当,不要师傅给他立个竿竿,他就不知好歹地往上爬。他也想在麦收前,给李东梁再送些礼,顺便看看李东梁家里还有啥忙要帮。

姬崇德走进普仁堂时,诊室里恰好没有病人。见姬崇德进来,李东梁立马满脸堆笑,一双三角眼吊得老高。他从桌子后面绕出来,热情地拱手抱拳,嘴上一连串的客套话。他将姬崇德请到后院堂屋,亲自给姬崇德熬茶斟水递烟,说:"尚文到街上一个病人家去送药了,一会儿就回来。"

"没事,没事!我这次来不为看他,主要是想看看你这儿还有啥忙要帮——这眼看着可就要搭镰收麦了。"姬崇德扯着他那浑厚的声音朗声说。

"哦,你老哥太客气了!咱屋没啥忙要帮——就那点地,有这几个学徒,再雇个短工,用不了两天,三下五除二就收割碾打完了。"李东梁说,他马上话题一转,道,"尚文这娃不得了!有过目不忘的本事,这才多长时间,就把《黄帝内经》《金匮要略》全看完了,很多地方还背得滚瓜烂熟。"

听李东梁夸尚文,姬崇德提着的心终于放了下来,看来是自己想多了,问题没那么复杂。他忙说:"他一个碎子①,能有啥本事,还不是您这师傅教得好!"姬崇德明白,光是记性好管啥用,关键是得有看病的能耐,得从李东梁这里学到看病的真本事。因此,他尽可能地对李东梁表现出真诚和恭敬来。

"我带了那么多徒弟,像他这样很快就能上道、全身心扑在这事上的,的确还没遇见过。尚文这娃,将来一定会有大出息。"李东梁仍在发着由衷的感叹。

姬崇德还想客套客套,却被李东梁摆手制止了,说:"你坐着,我去让屋里的①给咱弄几个好菜,咱老哥俩好好喝上几盅——"

姬崇德以为李东梁留他吃饭只是像前几次那样客套客套,忙站起来借势告辞,准备往出走。李东梁却走过来按住他的肩膀,一定要他留下来吃顿饭再走。姬崇德只好坐下。

李东梁出去不一会儿,尚文进来了,看见父亲,高兴地问:"大,你咋来了?"

"我来看看你和你师父。"姬崇德从放在门口的随身褡裢里,拿出一个袱袱,交给尚文,"这是颜儿给你烙的坨坨馍。"他看了看尚文,"咋看着瘦得很……吃不饱?"

"没有,没有……能吃饱!"尚文赶紧笑着说。

姬崇德将尚文上上下下瞅了一遍,自言自语道:"看样子是抽条了……又瘦又高的。"他逮住这个机会赶紧低声教育尚文,"……千万记住,凡事不要逞能,一定要尊敬你师傅,这样,人家才会教你东西……"

"大,你放心,我知道该咋做。"尚文打断父亲小声说,他怕师傅会马上进来,就赶紧将这几天一直闷在心里的一件事告诉了父亲,他说,"大,自打你和颜儿上次来过以后,我师傅经常向我打听咱屋的事,还老问颜儿的事。前两天还问我,颜儿有主了没有。"

姬崇德一听这话,顿时恍然大悟,心说,难怪他今天表现得这么热情,原来在这儿等着呢!他赶紧问尚文:"你咋回的话?"

---

① 当地方言,小孩。

① 当地方言,夫人。

"我当时没反应过来,说了实话。"尚文说,语气里充满自责。

尚文和父亲都不说话了。

过了一会儿,姬崇德问尚文道:"我记得上次在你的拜师宴上,你师傅带了他那个独苗儿子,他多大了?人咋相?"

"那就是个傻傻——都九岁了,还数不了几个数……"尚文着急地说。

"哦,大知道了,你去忙你的吧!"姬崇德说。

尚文正要出去,师傅李东梁进来了,他对尚文说:"快去帮你师娘烧火,我让你师娘做几个好菜,我要和你大好好喝几盅,说说话。"

尚文点头答应,临出门前扭过头不放心地看了父亲一眼。父亲并不看他,跟没事人一样只顾笑着对李东梁说:"哎呀,这就太麻烦他师娘了……非要弄的话,那就随便弄几个菜行了。"

虽然饭菜并不怎么合姬崇德的口味,但看得出,尚文的师娘已用了很大心思。桌子的四角摆放了两凉两热四道菜——一碟凉调红萝卜丝,一碟凉调黄瓜丝,一碟韭菜炒鸡蛋,一碟青辣子炒绿柿子,中间还摆着一大品碗扇着许多肥肉片子的辣子豆腐粉条和一碗现蒸的面辣子。

饭间,李东梁不断给姬崇德让菜,招呼他:"多吃点……多吃点!"尚文的师娘站在窑后头,时不时过来给姬崇德斟酒、续茶水。

姬崇德的脸上堆着笑,内心却一直提着警惕,等待着李东梁开口。喝过一阵酒后,李东梁有了醉意,一张脸红得跟抹了胭脂似的,说话时舌头也有些不利索。姬崇德的酒量本来就大,经尚文那么一说,他一直都提着小心不敢轻易端酒杯,所以,此刻依然十分清醒。

李东梁果然说上了:"老哥,你看……咱把这师徒关系再往前推一推咋相?"

"好啊,你说咋个推法?"姬崇德故作糊涂地问。

"你那天领来的那个女子,叫什么来着……哦……欢颜……长得水灵,我一看就特别喜欢,把她说给我儿,咱再做个儿女亲家……亲上加亲,你看咋相?"李东梁断断续续、含混不清地说。

自打李东梁从尚文嘴里得知欢颜还未许配人后,就一直琢磨着咋个才能把欢颜娶给自己的独苗儿子。他和女人商量,看找谁去提亲合适。女人说:

"姬崇德那么稀罕那女子,不一定愿意哩。"

"那可不一定,我是他儿子尚文的师傅——不看僧面看佛面,碍着这层师徒关系,恐怕他想拒绝也不好开口哩!"李东梁说。

女人想了想就出了个主意,说:"要不咱先瞅机会探探姬崇德的口风,他如不拒绝,咱就再托媒人去提亲……"

姬崇德听了李东梁这话,便毫不犹豫地将心里已经想好的托词说了出来,语气里不无遗憾:"哎哟,他师傅,你咋不早说,我求之不得哩……"李东梁一听这话,止不住兴奋得回脸看了眼站在身后的女人,与自己的女人会心地对了下眼神。可还没等他将一双醉眼从女人的眼睛上移过来,就听见姬崇德又说了后面这些话,"可真是不巧啊……我上次从你这回去后,刚把娃的亲事给定了……这门亲是我与生意上的一个朋友老早就说好了的,只是前几年觉得娃还小,没走礼数,上次回去,把礼数给走了……"

听完姬崇德后面这话,李东梁和他女人的脸顿时都阴了下来。李东梁的那双三角眼从姬崇德进门后一直往上吊着,现时立马耷拉了下来。后面的酒也就喝得十分尴尬寡味,姬崇德便知趣地起身道别离开了。

姬崇德回家后,心里一直不舒服,但又不敢把这事说给女人姬孙氏,女人家心性小,一旦知道他的宝贝儿子在普仁堂像小媳妇一样受气,还不得让他把尚文领回来!不过这李东梁也太气人了,啥人嘛!做事如此自大、冒失。仗着自己是尚文的师傅,就想让他姬崇德那如花似玉、人见人爱的宝贝女子给他那半傻儿子做媳妇。他也说得出口,还直戳戳说到他姬崇德当面,让彼此都下不来台!让他姬崇德难堪也就罢了,尚文往后的日子可咋过?!就李东梁那个小心眼,还不得把尚文揉把死。哎!尚文也真是可怜,那么乖、那么懂事个娃,从小到大没让他这个做父亲的操过一丝心,没受过他一句骂,如今这刚涉世,就摊上这么号人,摊上这么档事,真是难为死娃了。他真后悔当初没听镇上那个老朋友的劝,将尚文送去了普仁堂当学徒。当时那朋友就说:"李东梁为人小气,心眼又小,要不是因为他是个郎中,看病还行,镇上的人恐怕都不愿与他打交道。"可自己当时认为,只要看病行就成,尚文是从他学看病的本事,又不是从他学为人处世,他小气,咱大方些,他心眼小,咱心眼大些不就行了……姬崇德做生意,几十年走南闯北,啥样的人没见过,啥样的事没经过,从来就没有什么人和事是他对付不了的。可现在,为了儿子他竟想打退堂鼓了,心想,索性让尚文回来,违约赔银子认了。可他转念又想,姬家洼到镇上也就五里地,大家低头不见抬头见,以后撞见了,彼此的脸往哪儿搁……思来想去,姬崇德还是决定,让尚文继续在普仁堂里待着。他对自己说,权当是给尚文上活人①的课哩——林子大了,啥鸟都有,世界大了,啥人都会遇上,要想有出息,就得让他学会跟各种人打交道,要让他忍受得住各种人和事!

与父亲的纠结相比,尚文要简单清爽得多。他压根就没想过要退缩,也没想过能退缩。那天发生的一切,加上之前与师傅相处数月中一来二去的碰撞,尚文已经总结出了与师傅相处的合适距离和方式。他不仅不再在师傅面前逞能,还事事赔着小心。他每天从早到晚,几乎不怎么说话,只一门心思低着头干活,扫院子、担水、拉土、拉粪……只有师娘说屋里没啥活了,他才进到普仁堂,给师傅端茶倒水,接送病人。师傅不问他,他就什么话也不说。

李东梁那天提亲不成,还在姬崇德父子面前失了面子,心里很是恼火。姬崇德走后,女人关了门,就与李东梁一起数落指责起姬崇德来,嫌他不给他们面子。李东梁的女人一边收拾碗碟一边气愤地说:"早知道是这相,就不费那么大劲做这顿饭了!"她摔摔打打,将碗、盘碰撞的声音弄得很大,好像是在跟那些锅碗瓢盆置气。李东梁借着酒劲破口大骂姬崇德,一些话简直不堪入耳,女人被吓得使劲往下按,说:"快住嘴吧,数落几句就行了,咋还骂起人了,操心让尚文听见……你毕竟是他师傅,这么脏的话骂出口,以后让人家咋再叫你一声师傅!"

李东梁把手中的茶水碗往桌上一蹾,梗着脖子硬着舌头吼道:"听见了又咋?我还就不想给他当这师傅了!"

李东梁早年丧母,缺乏母爱,李东梁的女人比李东梁大四岁,处处让着李东梁,因而在女人面前,李东梁就表现得十分任性。现在,听李东梁这么

---

① 当地方言,做人。

任性胡说,女人便苦口婆心劝道:"又胡说了不是,咋个不给尚文当师傅法?难不成给姬崇德说'嫌你不把你女子许配给我儿'?这话要是传出去,咱还咋活人,还咋再给咱儿色②媳妇?!"

李东梁的母亲与这女人的母亲是亲姊妹,李东梁与这女人便是姨表姐弟,二人从小到大总会在外婆家相遇。李东梁是独苗,被家人娇惯得有些不合群,每次去外婆家,舅舅家的几个孩子都不太待见他,只有这个姨表姐愿意带他一起玩。姨表姐比舅舅家的几个娃都大,会玩的东西也多,性格还活泼开朗,自然就受到了舅舅家几个娃的追捧。有了姨表姐的关照,舅舅家的几个孩子也就不敢太欺负冷落李东梁。为了感激表姐的关照,李东梁总会将自己一些好吃、好玩的带给姨表姐。稍大一点后,二人之间便生出一些男女情愫。

李东梁十二岁那年,他母亲因病去世,可李东梁照旧偷偷摸摸与表姐来往。李东梁的父亲是看病先生,人称李先生。李先生得知儿子与他表姐的私情后坚决反对。他反对的理由不能给儿子李东梁说——他总不能对李东梁说:"你妈在世时,每次去你外婆家,你那狐媚姨经常借没人时给我胡骚情勾引我哩……上梁不正下梁歪,她那女子肯定也好不到哪里去。"他只能对李东梁说:"你给我趁早收了这个心!"

李东梁却说:"我就要跟她好。"

李先生看说不通,只好把儿子关起来,不让他再跑出去见他那姨表姐,让他慢慢收心。可有一天,当李先生被人请去家里看病时,李东梁就趁机从里面将门扇卸下来,跑了。

李东梁与表姐双双离家出走,十来年杳无音信。他们先跑到合阳县,后又跑到韩城县,眼看着从家里偷出来的盘缠就要花光了,李东梁才在韩城县城一家中医堂里找了个事做,他们也才定居在了韩城县。

那是一家不小的中医堂,光诊室就有好几间,坐堂先生好几个,每天前来扎针、推拿、按摩、拔火罐、灸艾灸的人出出进进,从不间断。他进去找事做时,正赶上他们找打杂的伙计,李东梁给中医堂掌柜的说,他家也开着中

---

② 当地方言,娶。

医堂,他一直在中医堂里帮忙干活,父亲交给他许多看病的本事。掌柜的问他,咋不在自家的中医堂干,跑出来干啥? 他说,家里弟兄太多,想出来自己闯闯。

中医堂掌柜的一听就留下了他,让他在中医堂里打杂。

天长日久,李东梁与中医堂里的每个人都熟了后,遇到病人多时,他就自告奋勇帮忙给病人拔火罐、灸艾灸,干一些简单的,不至于把病人治死的活。

李东梁跟着中医堂里的师傅们干了几年,学了很多东西。

李东梁的第一个孩子是个儿子,刚生下来时,他就悲哀地发现,这儿子两眼间的距离太宽,鼻梁太塌,凭着自己仅有的医学经验判断,这儿子将来有可能就是个傻傻! 他劝已经做了自己媳妇的姨表姐把这娃扔了,说:"谁捡着,就给谁,没人捡,就让他自生自灭吧。"

表姐一听,坚决不同意,说:"你们李家几辈单传,万一将来不是傻傻呢?"

这娃被留了下来,长到半岁时,旁人都看出了他的傻来,李东梁夫妇却不以为然。也是,一个娃再怎么傻,在父母的眼里都是最好、最灵醒的。

这娃是在春天生的,李东梁给他取名春生。他们真正接受了春生的傻,是在春生长到四岁时。别人家这么大的娃都已经能唱歌谣了,春生却还不怎么会说来回话。

春生六岁那年,李东梁的父亲——李先生——突发脑中风,瘫在炕上,吃喝拉撒离不开人。老汉不得不让自己的徒弟四处打听,将那个独苗儿子李东梁找回来。

李东梁早年丧母,如今父亲一个人瘫在炕上,只有几个学徒和伙计打点普仁堂,自己赌气不回去也不是个事。于是李东梁回到镇上,撑起了家里和普仁堂的所有事情。

李先生瘫在炕上整整三年,表面上接受了儿子的婚事,内心里却为在这件事上妥协给了儿子、儿媳而感到憋屈和难受。他不太跟儿子说话,更不怎么搭理儿媳妇。儿媳妇自然知道他还与他们扭着那股劲,对老汉的态度自然就不好。每次喂饭,戳戳攘攘,弄得老汉经常背过头掉眼泪。倒是那个傻孙子春生,对爷爷却特别好,没事就钻进爷爷的窑里,坐在爷爷的炕上陪爷爷说话。爷爷因为脑中风,说话说不清,傻孙子因为傻呆也说话说不清,外人从窑门口走过,常以为老汉一个人在里面自言自语哩。

其实,春生长大以后也不是全傻,偶尔你还会觉得他好像啥都明白。就拿对待爷爷这件事来说,李先生甚至认为他的亲孙子是世上最灵醒、最善良、最好的孙子。

春生见母亲每顿给爷爷端去的饭都是清汤寡水,看不出一点油腥还总是些剩菜剩饭,他就藏下自己碗里的好饭菜,趁母亲不注意,偷偷端到爷爷窑里,喂给爷爷吃。爷爷的那些徒弟来看爷爷时拿的好吃食,总是被母亲没收了藏在案板上头那个罐罐里,一口都不给爷爷吃。母亲不在时,春生就会爬上案板,从架到案板上面的罐罐里掏出那些好吃食,拿给爷爷吃……

如果说李先生晚年还有一点幸福的话,那一定是这个傻孙子春生给他的。但这点幸福却结束得太早了。

那年秋天,下了快一个月的连阴雨,雨过天晴后,春生和几个比他小的娃在村边玩。他们在一堵倾斜着、快要倒塌的墙底下看屎巴牛①滚屎蛋。突然墙上头往下刷刷刷地落下土来,娃们都抬起头来看,有个大一点的娃就喊:"赶紧跑,墙要塌了。"

别的娃都跑了,春生却仍蹲在那里看。刚才那些娃们围得太紧,挡得春生啥也看不见,这下好了,他们都跑了,春生一个人可以好好看了……

春生被倒下来的土墙埋在了里面,他刚觉得咋突然啥都看不见了,就啥也不知道了……

几个碎娃吓坏了,站在那里一直哭。

好久,过来一个大人,问他们哭啥哩,其中一个指着倒下来的土墙说,春生在里面。

李东梁将儿子刨出来时,儿子已经死了,但那张脸上却挂着笑。

这件事对李东梁的打击远远没有对他的老父亲李先生的打击大。没过几天,李先生就走了。

———————————

① 当地方言,屎壳郎。

在春生后头,李东梁的老婆还怀过两个娃,但都未到三个月就胎死腹中了,直到秋生的出生,家里才总算看到了点希望。

秋生也是个男娃,生在秋天,因而得了此名。秋生生下来时看着比春生正常得多——两只眼睛之间的距离没那么宽,鼻子也没那么塌,舌头也没那么大。以至于在他长到五岁前,李东梁都坚定地认为他是个正常娃,只是智力发育比别的娃慢一点罢了。

但到了五岁,李东梁就不得不接受秋生也是个不正常娃的现实了——五岁了,还不识数,怎么教也教不会。李东梁自己骗自己说,秋生只是比一般娃老实而已。正因为想着秋生比一般娃老实,李东梁才想给他找个灵醒媳妇,以便将来继承祖业,接管他们李家经营了两辈的普仁堂,也就有了向姬崇德提亲想把欢颜说给秋生这档事。

六

第二天酒醒后,李东梁将辞尚文这件事认认真真想了想,他心里明白,其实根本就没法辞掉尚文。这事只要一传开,别人肯定都会说是他李东梁的不是。因为尚文在他这儿的几个月里,已经在街上有了很好的口碑,更何况,姬崇德与镇上四条街的许多人都很熟,朋友很多,闹开了,这些人自然都会站在姬崇德一边。

日子就这么一日日过着,终于到了麦收时候。尚文、师哥和药房徒弟,整天都忙在地里和场院里。他们与雇来的短工一起,不出几天就把师傅地里的麦子收割、碾打、晾晒完毕。

收完麦,乡里人开始用新麦磨成的白面,蒸成包包①去走亲戚看忙

---

① 当地方言,形似寿桃,有半个篮球大,顶部裂开形成五个小鼓包的大馍。

罢②。按照惯例，李东梁要给几个徒弟放十天假，让他们回家看看家人。

尚文早已开始兴奋起来，他实在太想家了。自打上次父亲走后，几十天过去了，他都未再见过父亲，也未得到过家里的任何消息，不知道家里的麦子收完了没有，收成好不好。

晚上喝完汤③，李东梁将尚文的师哥和药房伙计留下来，吩咐他们收拾收拾，次日一早就回家去。尚文看见师哥和药房伙计在厦子里收拾行李，心里十分难受——师傅为啥单单不放自己的假？难道就那么不待见自己？

第二天一大早，尚文送走师哥和药房徒弟，回到诊室，准备扫地抹桌子，师傅却叫住他，说："你跟我到堂屋来。"好长时间师傅已经没有单独跟他说过话了，尚文不知师傅有啥事，心里七上八下十分不安。

进到堂屋后，师傅将桌上放着的一个包有东西的袱子递给尚文，说："你也收拾收拾回家吧，顺便把这个包包馍替我和你师娘带回去，送给你大和你妈。"

尚文瓷在那里，不知道该说啥，师傅的举动着实出乎他的意料，让他感到有些受宠若惊。

其实是尚文这些天的谨言慎行、卖力干活，感化了李东梁，李东梁心里的那点不舒服已渐渐被尚文消融，现在，他想借此事主动缓和他与尚文父子之间的这层关系。

尚文拿着师傅和师娘给的包包馍黑水汗流赶到家时家人正在吃饺子。尚文一见全家人手里端的被蒜辣子水水浇得红哈哈的饺子，嘴里的口水顿时就汪出满满一口。他一边吞咽口水，一边从桌上的瓷盆里捏起一个饺子往嘴里送，都顾不上跟家人打招呼。

几个月没见宝贝儿子，姬孙氏喜得不知如何是好。她守在尚文跟前一个劲儿地问东问西，却不知道安顿儿子坐下来吃饭。倒是欢颜当即跑去案上，给大哥拿来碗筷，盛满饺子，浇上蒜辣子水水，递给大哥。她还在洗脸盆里拧了个凉毛巾，让大哥在嘴里嚼饺子的空隙擦擦满脸的汗。

---

②　当地方言，麦收后互相询问收成、慰问走访的一种礼节。

③　当地方言，吃完晚饭。

尚文顾不上回母亲的问话，只一个劲儿地往嘴里塞饺子。姬崇德看得心疼，就对女人说："先甭问了，让娃踏踏实实吃上几口再说。"

尚文一口一个饺子，饺子在他的嘴里，嚼不了几下就咽下去了，一碗饺子很快就进了肚。欢颜一看，便默默地走到窑后头，拿盆挖面，舀水和面，准备给大哥重新做饭。

姬孙氏细细打量着儿子——儿子又黑又瘦，原本很赢人的那双大花眼，现在看上去却大得有点与脸不配套。再看儿子的吃相，就跟几年没吃过饭似的……当妈的，心里一阵难过，眼泪顿时就扑啦啦掉了下来。她转过身，偷偷用身上的围裙擦眼泪，啥话都不再问了。

晚上睡下，姬孙氏埋怨男人道："让你去看看儿子，给儿子送些吃的，你推三阻四的不去，说他在那里啥都好。现在你看，这叫啥都好？一定是吃不饱……正是长身体的时候，瘦成那样子，个子也没见长多少……"

姬崇德不言语，由着女人发牢骚。

次日一大早，尚文钻到中院堆放杂物的那间厦子里，将祖先留下来的那几箱医书搬出来，在里面翻找，想挑几本拿到普仁堂看。姬崇德趁机走进去与尚文单独说话。他悄声问儿子："你师傅待你咋相？为颜儿的事没刁难你吧？"

"没有，大！"尚文停住手，站起来，看着父亲说。

"那你咋瘦成这相？你妈担心你吃不饱。"姬崇德说。

"能吃饱……嗯……可能是我师傅家的饭菜不合我口味——师娘做的饭，哪有我妈和颜儿做的饭好吃……"尚文笑着说，黑瘦黑瘦的脸上，露出一口醒目的白牙和一对醒目的白眼仁，让姬崇德心疼不已。他知道尚文懂事，怕他和他妈操心，一定没说实话。

姬崇德走出厦子，吩咐女人抓只鸡杀了，给尚文补。他还在村子里四处打听，看谁家这几天过事①杀猪，想给尚文弄些猪肉吃。他终于打听到邻村一户人家给娃娶媳妇，昨天后响刚杀了头猪。他赶紧骑马过去，好说歹说，让人家让出十来斤猪肉卖给他。他把肉提回家，当下就让姬孙氏给尚

---

① 当地方言，办红白喜事，或给孩子过满月。

文煮了两斤,让儿子端上一碗肉吃。剩下的肉就蒸包子、包饺子、燣臊子,变着花样给尚文吃。

没想到,姬崇德在厦子里问尚文的那几句话,却被路过厦子门口的欢颜听到了,弄得欢颜直在心里犯嘀咕:父亲说"为颜儿的事,他没刁难你吧"是啥意思?难道上次自己冒冒失失闯进诊室找大哥,惹恼了大哥的师傅,让他刁难大哥了?欢颜心里难过极了。父亲走后,她便进到厦子对大哥说:"大哥,都是我把你害了。"说着,眼圈就红了。

"胡说啥哩!"尚文吓了一跳,心想这事咋就让欢颜知道了。他放下手中的书,两只手搭在欢颜的肩膀上安慰道:"别胡思乱想了,哥啥都好着哩……只不过是馋你和咱妈做的那口饭食了。"

"上次我冒冒失失闯进诊室去找你,是不是让你师傅不高兴了?"欢颜嘟哝着嘴难过地问。

尚文一听这话就放心了,看来欢颜并不知道师父想娶她给秋生做媳妇这事,就笑着说:"哪里呀,你走后,我师父还夸你长得水灵哩。"

欢颜高兴了,对哥哥撒娇道:"那我以后就经常做些好吃的给你送去,让你变得白白胖胖的。"

"胡说哩,哪能经常送吃的呀,哥又不是三岁娃。"

尚文在家待了七天,第八天就返回了普仁堂。师父给了他十天假,他没休完就回去了。他在家实在待不下去,他不愿意让一家人天天啥也不干,只围着他转,变着花样给他做好吃的——麻食、油泼面、兹卷、搅团、南瓜面……从早到晚就看见母亲、欢颜和欢蓉娘仨在灶巷、锅台、案板前忙乎了。父亲更是过分,冒着酷暑,一趟一趟往丰镇跑,给他买水盆羊肉、油糕和甑糕。他想在厦子看会儿书,欢颜和母亲却不断地进来打搅,一会儿送一个甜瓜,一会儿又端几牙西瓜……他想,再这么住下去还不得把一家人给累死。

尚文回普仁堂那天,欢颜拉着他的手不放,她拉着哭腔央求父亲道:"别让我大哥去了……行不?"

没等父亲搭话,尚文就扳过欢颜的肩膀看着她的眼睛说:"你不能让哥学了一半就回来呀,嗯……再过一两年,哥就学出来了,那时,哥就再也不走了。"

姬孙氏给尚文带了一褡裢吃食:白面坨坨馍、装在小罐罐里带肉丁的油泼辣子,还有一些时令果子。尚文看着这些东西,嗔怪道:"妈,你这简直把我当毛毛娃了么!"

他嘴上这么说,心里却美滋滋的,他非常愿意将这些东西带走,吃不饱肚子的滋味,实在不好受。

这次回来,尚文充分体会到了家的温暖,就像雨露,像阳光,滋润、温暖、抚慰了他那颗挫败、受伤的心。现在,他的心里,又充满了自信和对美好未来的憧憬。

尚礼把哥哥的行李和父亲送给李东梁的礼物放到父亲套好的马车上后,尚文走上前来与他告别,说:"厦子里的那些书,以前觉得就是一堆陈年废纸,这次回来一看,发现全都是些好东西……你没事了,也可以翻着看看。"

尚礼点了点头。

尚文回到普仁堂后,发现师傅像变了个人似的,对他格外和气。他和师哥、药房徒弟帮着雇来的一个短工,给师傅把那几亩麦地犁了、耙了,施上肥,撒下玉米种子后,师傅又开始带他出诊了。

来年暑期,师傅便开始让尚文上手诊脉开方,但尚文依然事事赔着小心,处处不敢自己做主,开出去的方子总是先让师傅过目,看君臣佐使搭配得是否合适。师傅当着病人的面,给他如此这般地品评指点一番,他将方子按照师傅的指点一一修改后才领着病人走过穿通到隔壁的药房里去抓药。在这品评指点的过程中,师傅那强烈的自尊心得到了满足,而尚文也收获了知识和师傅随后的好脸色。

最难的时候熬过去后,日子就过得非常快。转眼尚文在普仁堂做学徒就要满两年了。李东梁虽已开始让他搭脉开方,但还是不让他沾手正骨、治瘸这些由他父亲李老先生传下来的看家本事,有时甚至都不让他看一眼。有这类病人了,李东梁都是让尚文的师哥打下手。因此,尚文整天除了看一些简单的病外,就是给病人按摩、拔火罐、灸艾灸。

这天一大早,诊室突然来了个病人,脖子僵得不敢动,给人说话,先要转身子,让身子带着头转过来才看着人说话。李东梁比病人高,病人还得龇牙咧嘴挑着眼皮往上斜瞅。尚文一看就知道这是落枕了。他很想看师傅咋治这类病,但又担心师傅不乐意让他看。上几回遇到这类病人,师傅都借故把他支开了。

尚文看了看师傅和病人,然后就自觉地往后院走去,已经走到隔间门口了,却听见师傅突然叫他:"夔跑……过来给我搭把手。"

尚文赶紧折身回来。

师傅让他把一把椅子搬过来放在诊室中间,又让他把病人扶着返身坐到椅子上,让病人的双手抓住椅背。师傅先给病人按摩肩颈,按摩完又在病人的颈部扎了几针,之后,师傅就站到病人身后,左手固定住病人的头,右手大拇指在病人的后脖颈上捋着上下摸,摸完,闪开身子让尚文摸。尚文学着师傅的动作上下摸了几遍,原以为师傅会给他讲点啥,师傅却啥也没讲。他只好赶紧让开,看师傅接下来要干啥。只见师傅用左胳膊夹住病人的头,右手大拇指始终按住病人脖颈后面的某处,左胳膊将病人的头左右轻轻地晃了两下后突然一扳。

师傅松开病人的头和脖子,对病人说:"动动脖子看看。"病人小心翼翼地扭了扭脖子,嘴里叫道:"哎呀,能动了!"

师傅吩咐尚文:"以后每天给他按摩一下肩颈,再做个艾灸。"

"这都好了,就不用了吧?"病人大约是怕花钱,这样说。李东梁抬起他的三角眼看了看病人,发现病人只穿身夹衣。虽说时令已进入春分,但春寒料峭,天气仍十分寒冷,他们师徒都还穿着棉袍、棉裤,这病人却只穿身夹衣,整个脖子还都裸露在外面。"你这是受了风寒,脖子上的气血郁结,运行不畅,睡觉姿势再不对,脖子上的疙节就给弄错位了。我刚才只是给你把疙节正过来,还得解决你的气血不通问题……要不然,还会再犯。"李东梁对病人解释说。

那天晚上回到厦子,尚文反复摸着自己的后脖颈,琢磨师傅上午的那一连串动作。最后,他总结出这个病的特点和看这个病的几点要领。尚文觉得,这一切的关键就在于那一扳,但扳之前,首先得摸出问题所在。

那天之后的几天,尚文只要一闲下来,就将大拇指按压在自己的后脖颈上捋着摸,他想,要知道哪里出了问题,就得先知道没出问题时是啥样。

事情就这么凑巧。不出十天,这个病人又来了——又落枕了。上次他离开诊室时,李东梁吩咐他多穿些衣服,护住脖子,告诉他还得再来按摩、艾灸几次,光弄一次不行。可那人却再没来过,这下果然又犯了。但这次不凑巧,李东梁因事一大早就带着尚文的师哥出远门了,两天后才能回来,没人给他治。

那人一听就急了,攒着眉头瞪着眼问尚文:"这可咋办?"

尚文知道他很难受,可也没办法,只好说:"你到西街的那家中医堂看看!"

镇上总共有两个中医堂,普仁堂在东街,另一个在西街。西街的坐堂先生不会正骨,尚文想,说不定人家会治落枕哩。

听尚文这么说,那病人立时就躁了,吊着眼对尚文嚷嚷道:"要是那边能治,我早走了,还用得着在这儿和你磨牙……"

"怪谁哩? 你要是按我师傅说的,多来按摩、艾灸几次,不就没这事了!"尚文没好气地说。尚文想,这人也是活该,舍不得花钱,没按师傅说的来,现在又犯了还这么横。他不再搭理他走到隔壁药房和药房伙计说别的事去了。

那人见尚文不再搭理自己,就又觍着脸艰难地扭身子带头、斜眼龇牙地追到隔壁向尚文解释道:"不是我不来,这不是穷——没钱么!"他央求尚文,"要不,你试着给我弄弄……"

尚文一听这话,心就一下子软了。他放软语气说:"这哪有你说的那么简单……弄不好,可是要出人命的!"

"上次你不是也搭手弄了吗? 你就试试,出了事,我不怪你!"病人恳求道。

他又艰难地连头带身子一起转过去,用手指了指药房伙计,说:"让他给咱作个证……是我求的你,弄失塌①了,不怪你!"

病人难受成这样,师傅两天后才能回来,这么耽搁着也不是个事,万一错过了治疗时机,不知道病人还会出啥事。想到这里,尚文看向药房伙计,像是对药房伙计,也像是对自己,试探性地说:"那我就试试?"

---

① 当地方言,坏。

"你抻探②着点,应该不会有啥事,最多不见效!"药房伙计鼓励尚文道。他知道尚文素来胆大心细,他就亲眼见识过尚文在师傅示范过一次后就给病人扎针,那么长的银针从病人脑袋上扎进去,扎那么深,他的手都不抖一下。

尚文将师傅上次的治疗过程在心里反复想了几遍,然后才让病人坐到椅子上开始检查、治疗……胳膊一扳,尚文的心都快从嗓子眼里跳出来了。他慢慢松开手,十分紧张地看了看病人的面色,发现病人的面色没啥异样,才说:"你慢慢动动,试试看……"病人试探性地扭了扭脖子。"好了……"病人兴奋地叫道。尚文这才长出了口气。

在接下来几天的按摩、艾灸中,尚文对这病人都格外关照。每次来都嘘寒问暖,对他回去后的感觉尤其问得仔细。尚文还专门问了他睡觉的姿势,并做了进一步的指导。还将自己的一件衣服送给他,让他保护好脖子。

尚文这么做,除了要追踪自己的治疗效果,更主要是感激着这个病人对自己的信任。要不是他以性命相托,他哪能学会师傅的这一手。

李东梁从外地回来后,尚文并没敢对他提说这件事。但那个病人却高兴地到处给人学说尚文给他治病的经过。他是在夸尚文,更是夸自己——夸自己敢让生手拿自己练手。在他添油加醋的叙说中,大家的反应都是对尚文赞不绝口。这样一来,这事也就传到了师傅李东梁的耳朵里。

李东梁将尚文叫到堂屋,劈头盖脸训斥了一顿:"……你咋这大胆?咹?出了人命算谁的?……"李东梁的心里有醋意,但也确实很担心,凡事不怕一万,就怕万一,毕竟人命关天!

李老先生在世时,以治疗痹症、正骨出名。李东梁很小就离家出走,回来时父亲已瘫在炕上不能动了。因此,李东梁从父亲那里继承下来的只有痹症的诊治。

李老先生治疗痹症的绝活主要在用药上。那些内服的、外用的药,从来都是他自己熬好、配好了直接给病人。瘫到炕上后,他把这些秘方交给了儿子李东梁。依着李东梁的人品个性,尚文知道,师傅是永远也不可能将那秘方告诉自己和他的师兄弟们的,因此,尚文也就不做这种妄想。他

---

② 当地方言,慢、轻。

只在这类病人的诊断上下功夫,而师傅恰恰在这类病的诊断上不避讳他们。不出半年,啥症是啥病,要外治还是内治,还是内外兼治,尚文就弄得八九不离十了。治疗上,剖脓、引流、换药,都是些烦琐活、脏活,师哥总会借故躲开,尚文却不然,他一定会按照师傅的吩咐认认真真去做。病人的伤口经他这么悉心处理后,总会好得快些。尚文也就从中积累了很多经验,对不同的痹症有了鉴别能力,师傅所用药的成分也就猜出了几分。

尚文好像天生就对学医有悟性,每一种病况,只要师傅带他治过一次,他就基本能上手了。

七

尚文在普仁堂待满三年就出徒了。按理他还应在普仁堂给师傅再白干两年,但师傅却在他出徒的第二天就让他回去了。

李东梁让人捎话把姬崇德叫到普仁堂,说:"你把尚文领回去吧……他出徒了!"

姬崇德一听这话,以为尚文又逞能惹师傅不高兴了,赶紧赔不是,说:"您千万甭生气哈,千错万错都是我这当大的错——是我教子无方!"

"你这说的哪里话,不瞒你说,的确是我再没啥教尚文了。"李东梁说。

"瞧您说的,就是您遗下的那点,也够他娃拾一辈子的。"姬崇德说。见李东梁没岔话,姬崇德又说,"就是您觉得没啥再教了,也得让他给您出几年的力才行啊!"

李东梁摆摆手,说:"这就不用了!尚文这娃脑子灵光,我的那点本事他都学会了,再说,看病这事,也还得自个儿在干中慢慢悟,积累经验……依他现在这情况,完全可以自己坐堂开诊了!"

李东梁不让尚文在普仁堂接着干,的确还是他的那点小心眼在作怪。

尚文的聪明、灵活、善良、勤快,在镇上很多人的心目中,已经留下了很好的印象。他清晰地看到,只要假以时日,尚文一定会成为一个不错的郎中。如果还让他在镇上待下去,不说两年,就是一年,尚文都会在镇上积累出不少人脉。镇子与姬家洼这么近,镇上的人口就那么多,尚文要是抢走了自己的病人可咋办? 那可就真应了"教会徒弟,饿死师傅"那句老话了!

话已说到这份上,姬崇德也就不再对李东梁说什么了。他郑重其事地对尚文说:"俗话说,一日为师终身为父……给你师傅磕个头,往后要勤来看你师傅,一辈子孝敬你师傅!"

尚文端端正正站到师傅面前,十分认真地跪在地上,给师傅连磕了三个响头。三年来,师傅虽然让他受过许多委屈,给过他很多难堪,有时甚至还像防贼一样防着他,但师傅毕竟教会了他许多东西,让他从一个啥也不懂的门外汉学成了一个能看一些常见病症的郎中。三年的朝夕相处,让他们已经非常熟悉了彼此,就像一家人一样。此刻,他看着师傅那已经斑白了的双鬓,再想想他那个半傻的儿子秋生,心里不知怎么就突然谅解了师傅,内心里满满的,只剩下了感激。

尚文磕完最后一个头抬起头来的时候,脸上已挂满热泪。

见尚文这样,李东梁也动了容,他眼眶红红地将尚文从地上扶起来,拍着尚文的肩膀说:"以后有啥不懂的,就只管来问师傅!"

尚文告别了师傅、师娘,告别了药房徒弟和新来的师弟,拿上行李,坐上父亲的马车就回了家。当普仁堂一寸寸远去、最后终于消失在他的视野里的时候,他有过一丝怅然。但这怅然很快就被田野里那绿油油的麦苗所带来的勃勃生机所替代。一个无比美好的计划这时在他的内心里升腾而起——拥有一个属于自己的医堂,这医堂的名字刹那间也清晰地出现在他的脑子里——慈济堂。

尚文回家后的第三日,姬崇德又赶着马车,带着尚文来到普仁堂。他们从马车上卸下一大吊子猪肉、一捆烟叶、一大坛酒、几匹布后,就将李东梁夫妇接到姬家洼。姬崇德摆了一桌由周围村子里的几个乡绅出席、规格很高的谢师宴,十分隆重地答谢了李东梁。自此,尚文正式结束了他的学徒生涯,步入了行医人的行列。

　　谢师宴后,父亲找人将一间厦子刷新一番,专门腾出来让尚文看病用。

　　姬崇德这一辈弟兄三个,他排行老三。大哥出生不久就夭折了。二哥继承祖业学了医,不到三十岁已在方圆几十里有了一定名气,但三十一岁那年却因一场意外而过早地离了世。那年冬天,他与家里的一个老长工去青峰山进药材,回程中天上下起了大雪,坡陡路滑,在一个急转弯处,内侧的车轮突然一打滑,车辕猛地往沟沿的方向打过去,拉车的马和车上的人都来不及反应,便被失控的车带着一起翻向了沟底。露在雪地外面的车辕让寻疯了的家人发现了他们,但那已是几天后的事了,人和马早已断了气,被深埋在沟底的雪里。二哥去世后,父亲让姬崇德学了一些有关药材方面的知识,农闲时,姬崇德就上山收购药材,然后下山卖到各地的药铺。姬崇德的父亲和二哥去世后,姬家洼整个村子再没出过一个像样的看病先生,村人生病后无论病轻病重都得跑到五里外的丰镇去看。姬崇德曾规劝二哥的儿子尚仁继承父业去学医,但尚仁偏偏不喜欢学医而喜欢做木匠,说一看医书就头疼,背了一星期,一个汤头也背不下来,姬崇德也就不再勉强,给侄子找了个木匠师傅让侄子跟着去学做木工活了。

　　如今尚文学成归来,村人自是十分高兴,但让一个毛头小伙子给自己看病,心里还是有些不踏实。因此,尚文起初所看都是些头疼脑热、跑肚拉稀的寻常小病,重一点的病村人依然会去丰镇看。对此,尚文并不生气着急。他继承了祖先在医学方面的好悟性,也继承了祖先宽厚、持重的品行。

　　为了让病人信任自己,从开始看病那日起,尚文就认认真真地对待每一个病人。他把每个病人的病症和自己所开出去的药方记录在一个本子上,过几天他还会主动上门到病人家询问效果,然后再在自己的本子上写上治疗心得。这样一来,他不仅在病人那里留下了好口碑,还迅速积累起了看病的经验。他还从镇上买来一些常用的药备上,遇到一些病急的人,就直接把药配了,给病人省了很多事。

　　没多久,前来找尚文看病的人越来越多,病的种类也越来越多。遇到拿不准的病,尚文就让病人先回去,自己则拿出祖先留下来的那些医书和笔记细细查看,查找对应的药方。如果还拿不准,尚文就会跑到镇上请教师傅,甚至跑到外地请教那些有名的郎中。起初,那些名郎中不愿给他指点,尚文就提着大礼给人家送,一连几天跑到人家门上诚恳求教。他虚心求教的态度,以及他那不俗的谈吐、学识和气度,总能打动这些同行前辈,也就总能让他们给他指点一二。

麦子熟透后,姬崇德安排尚文到丰镇帮师傅收麦。

尚文来到镇上,一头扎进师傅家的麦地里。从割麦、拉麦、碾场,到装完囤,尚文都像家里的主人一样,带着一个短工和师弟没黑没明地干,比他在普仁堂时还卖力。师傅感动得不知说啥好,心想:都说"人走茶凉""过河拆桥",尚文却不是。

随后的各种大小节日里,尚文必定会带上重礼到师傅家看望。每次踏进师傅家门,尚文都是先问师傅和师娘有啥活要干。见瓮里的水不满,他就拿起水桶和扁担往井台上走。见家里正在往地里拉粪,他放下褡裢就上去拉车……在尚文之前师傅带过十来个徒弟,都是外乡人,每年见不了几面。由于李东梁的为人,有的徒弟到镇上来办事,也总是绕着普仁堂走。如今尚文经常上门看望自己,还像自己的儿子一样主动干活,李东梁的心里甚是欣慰,与尚文之间的那点芥蒂也就慢慢消除。

他们师徒常坐在炕上喝酒,一喝就是大半天。谈天说地,互相交流看病的心得。但即便是喝高了,尚文也不忘在师傅面前尽量表现出应有的谦卑,不让师傅的心里有一丝一毫的不舒服。

尚文给自己立的看病规矩中有"三不看":喝了酒不看;自己生病时不看;师傅没看好的病不看。他怕喝了酒、生了病后看病看不准,当然,没有重要的事情他也绝不会沾酒,自己生点小毛病也不算病。

别人问他,为啥师傅没看好的病不看,他说:"我师父比我强,我师傅都没看好,我就更看不好了。"这话自然也就传到了李东梁的耳朵里,他听后自然心满意足,同时也产生一番感慨。

尚文渐渐有了名气,家里总有病人送来的吃食,一篮鸡蛋,一封点心,一筐苹果或一捆葱、蒜……姬崇德走在街巷里,总能收获村人对尚文的夸赞,回到家再看尚文时,姬崇德的眉眼里就全是藏不住的欢喜与满足。

尚礼生日这天,姬孙氏在做晌午饭时专门给尚礼做了碗细绒绒面,里面卧了个荷包蛋。她还单独煮了个鸡蛋塞到尚礼手里。尚礼手握鸡蛋,爬在炕桌上大口大口往嘴里吸溜面时,父亲姬崇德正坐在炕桌上首喝糊汤。

姬崇德边往嘴里扒拉糊汤,边从碗沿的上面盯着尚礼看,这娃都十七岁了,日子过得可真快呀!

吃过饭,姬崇德照例坐到八仙桌旁过烟瘾,见尚礼手握鸡蛋准备往出走,就把尚礼叫住,说:"你站住,大有话对你说。"

尚礼立马站住,一时不知道自己又做错了什么要被父亲训诫。

一直以来,尚礼都活在大哥尚文的阴影里——大哥实在是太聪明、太懂事了。他比自己长得更像父亲——阔脸、厚唇、浓眉大眼,身板结实。而自己——瘦脸、瘦身子、小眼睛、薄嘴唇……好几次,尚礼对着瓮里的水看自己,觉得自己既不像父亲也不像母亲,就怀疑自己不是父母亲生的。父亲经常嫌他站没站相,坐没坐样,问他:"你的骨殖哩?"父母总是有意无意地拿他与大哥比,弄得他越来越觉得自己哪哪都不行。他几乎完全封闭着自己,轻易不敢说话,更是轻易不表达自己的意愿。现在,父亲突然叫住他,他不由得不在心里犯嘀咕。

姬崇德看着眼前这个已经比尚文高出半头,却在自己面前仍战战兢兢、不敢拉展说话的儿子,心里不禁潮起一丝歉疚来。两个儿子只差三岁,就因为尚文是长子又从小懂事听话,而尚礼从小贪玩不爱读书,自己就看尚文什么都好,对尚礼,好像不训斥几句就不会跟他说话似的。尚文去镇上做学徒这几年,尚礼成了家里的主要劳力,整天在自己的眼皮底下活动,自己才有机会认真观察这孩子,他发现这孩子其实也并不像自己认为的那么不懂事。他每天从学堂回来,放下书本就帮着家里的长工干地里的和家里的活,农忙那几天,经常累得头一沾枕头就睡着了……

姬崇德将嘴里的那口烟慢慢吐了出去,在烟雾里眯缝着眼睛看尚礼,然后尽量放软语气问:"今天一过,你可就十七岁了,对自己往后的事可有打算?"

"我也想学医——当郎中。"尚礼不假思索地说。

姬崇德一愣,问:"为啥?"

"我最近看了一些厦子里的医书,觉得特别有意思。"尚礼看着父亲,眼睛亮亮地解释道。大哥从普仁堂回来那次,对尚礼的触动很大。看着大哥踌躇满志的样子,尚礼很是羡慕。大哥走后,他按照大哥的吩咐,从厦子里的那些医书里拿了几本,每天晚上睡前坐在灯下看。奇怪的是,一直不喜欢读书的他,竟也读了进去。

姬崇德用下巴指了指桌子对面的椅子,示意尚礼坐下,自己则接着吃自己的烟,心里一边琢磨尚礼的话、合计尚礼的事。等把一锅烟吃完把水烟锅放到桌上时,他的想法已形成。他一面用手掸着身上的烟灰一面对尚礼说:"你能琢磨自己的事,这很不错。但自古就是一山不容二虎……你兄弟俩要是都做了郎中,势必会因抢病人而起事端,弄得兄弟间不和……"

"那我就到外地开个中医堂。"尚礼急忙低声嘟囔了一句,眼睛看着自己的脚。

"在外地开中医堂?"姬崇德吃了一惊,转身看着尚礼,"哪有那么容易?!"见尚礼不吭声,他接着说,"你去外地抢人家的饭碗,人家能愿意?更何况,人都欺生,遇上啥事,谁帮你?!"

"这也不行,那也不行……我总不能只在地里刨食吧?!"尚礼有点急了,第一次大着胆子跟父亲顶嘴。

"当然不能只在地里刨食!"姬崇德果断地说,"你看,大帮你弄个像样点的药铺,咋相?"

尚礼抬起头,看着父亲,嘟哝着嘴不说话。

"你哥看完的病人,就让到你的药铺去抓药,一来方便了病家,二来你也不愁没生意……这是天大的好事哩!"父亲进一步解释说。

尚礼想了想,点头同意了,说:"行吧,我听大的。"

两日后,姬崇德便带着尚礼出门拜师学药材的炮制方法去了。

安顿好尚礼的事,姬崇德便请人将三进院子里的厦子进行了改建。原本中院和前院都各有东西相对四间房,姬崇德分别在前院和中院的西面将两间厦子打掉隔断,弄出两间宽敞明亮的房子来,中院那间改建出来的大房让尚文坐堂看病,前院那间留给尚礼做药铺。

尚礼出门学习三个月后回来了。姬崇德本想请人推八卦，给尚文的中医堂和尚礼的药铺起名字，不料，他们却都已想好了名字。尚文已经给中医堂起名叫"慈济堂"，用"慈善、救济苍生"之意。

现在，尚礼问父亲："药铺叫'百草厅'咋相？"

"行么……响亮！"

姬崇德见两个儿子对自己的事都如此上心，心里自是高兴。从此，他就开始隔三岔五带着尚礼往青峰山跑，教尚礼辨识药材、熟悉药材的收购途径、结交药材生意上的朋友。尚文也刁空过来跟尚礼探讨药材的炮制方法。没多久，一个像模像样、品种齐全的药材铺就在姬家的前院开业了。

姬崇德再去山上采购药材时，就会给尚礼采购回那些价钱高但却品质好的药材。尚礼将这些药材按照尚文的配方进行加工，做成丸药和膏药，放到自家的百草厅里卖。

尚文看过的病人，一抬腿就进了尚礼的百草厅去抓药，常常是药到病除，这就使尚文和尚礼两兄弟在附近村镇都有了不小的名气。

八

姬崇德带着两个儿子紧锣密鼓筹建慈济堂和百草厅的日子里，欢颜和妹妹欢蓉无忧无虑地跟着母亲做着各种家务。

转眼进入了腊月，天气格外寒冷，西北风整天呜呜地刮个不停，刮到脸上像刀子割一样疼。一场雪过后，家家的房檐上都垂下了一尺多长的冰凌。

在这样的天气里，没什么要紧事男人们都不出门，窝在家里的热炕上抹花花、谝闲传、睡大觉。尚文却更忙了。他每日都要看上十几个病人，还要被人接出去好几回，不是这家的人高烧不退、咳嗽不止，就是那家的人喘不过气来。尚文常常正吃着饭，就被来人叫走了。

有一回,尚文从外面出诊回来,鼻子被冻得像颗大樱桃。一进门,他就放下药箱,不停地跺脚、搓手,说话时空气在他的上下牙齿间发出嘶嘶的声音,他说:"啊呀……嘶……嘶……这天冻的……嘶……嘶……都快把人……嘶……嘶……冻成房檐上挂的冰凌了——"

已经过了饭点,全家人都已吃完饭,父亲和尚礼在百草厅整理刚进回来的药材,欢颜和欢蓉坐在炕上搓捻子、母亲坐在炕上纺线。见大哥回来,欢颜立马放下手中搓捻子用的筷子,收拾起面前弹好的棉花和搓捻子用的砖,下到脚地给大哥拾掇饭。

尚文给人看病遇到饭点,如是家境好的人家,人家留他吃饭,推辞不过他也就留下来吃了;如是遇到家境不好的人家,尚文都会婉言谢绝,回家吃。今天去的这家,家境不好,欢颜就给大哥留了饭菜在锅里。

欢颜从锅里把给大哥留的饭一一端到炕上的小方桌上,正在纺线的母亲扭过头问欢颜:"看看饭还热不热……这都啥时辰了!"说完,她把刚抽出来的一条线抬胳膊绕到锭子上。

"热着哩,我给灶膛煨了火。"欢颜说。

欢颜心细,怕大哥尚文一时半会儿回不来,做完饭就铲了锨煤捂在锅底的炭火上,再把周围的炭灰往中间围了围,最后还用碳锨在上面拍了拍。这样,既让锅里笼屉上的饭菜保持了温度,还不至于干了锅。

尚文端起面前热气腾腾的糊汤,美美地顺着碗边转着吸了一口,然后舔了舔嘴唇,说:"啊呀,这下全身都暖和了。"他放下糊汤碗,拿起一个冒着热气的蒸馍,掰开来,加进去厚厚一层油泼辣子,然后一大口咬下去,一个蒸馍顿时就少了一小半。他边嚼边说:"妈,你说,谁要是娶了咱颜儿做媳妇,是不是做梦都得笑醒了。"

欢颜立即接话道:"我才不嫁人哩,我要给你做一辈子饭。"

"不害臊!"欢蓉一翻眼,说。

"胡说啥哩!你哥马上就要色媳妇了——"炕上的母亲边纺线边插话道。

"我是我哥的亲妹子,妹子给哥做饭咋就是胡说哩!"欢颜理直气壮地说。

姬孙氏停下手中的纺车,转过她那富态的身子严肃地警告欢颜道:"过几年你也要发落①出去,这样的疯话以后可不许再说了……"

就在这时,门房杨老汉领着一个四十来岁的男人掀开棉门帘进来。他们进来的那一瞬,一股冷风打着旋儿也破门而入,使整个窑里的气温瞬间降了几分。

最近几个月来,家里不分昼夜地来人,不是直接来看病就是请尚文出诊,有时还会几个人扎堆来,姬崇德看尚文忙不过来,便将自己的一个远房表哥——杨老汉——从外地请来住在梢门旁的那间纳门厦子里帮着看门、安排病人看病。

被杨老汉领进屋的男人见尚文正在炕上吃饭,就不好意思地说:"才吃啊!"他弓着腰,两只手袖在袖筒里,清鼻涕吸溜吸溜,一不小心就会掉到地上。

尚文当即放下筷子问:"得是家里谁病了?"

那人说:"是我妈……今早起来一直吐,都把苦胆吐出来了,刚才……刚才——"

"刚才咋咧?"尚文问。

"刚才突然人事不省了……还不停地伸胳膊蹬腿哩……"

尚文没等他说完,就下到炕下蹬上棉鞋拿着药箱和棉帽往外走。

母亲心疼儿子,劝道:"这才刚把碗端上就又走呀?"

尚文一边打开门掀起棉门帘往外走,一边说:"命不等人呀,妈……等会儿回来再吃!"

尚文赶到那家,见那男人的母亲还在抽,就赶紧给她扎针……

老人的胳膊腿慢慢不蹬了,人也渐渐醒了过来,尚文这才坐下来给她号脉、开药方子……没过几天,老人就能下地做饭了。

经尚文看好的病人越来越多,一传十,十传百,尚文的名气越来越大,每天天不亮找尚文看病的人就在姬家的大门口排起了队。有的人因为病

---

① 当地方言,嫁。

太重来不了，家人就前来排队接尚文去家里看。姬崇德在梢门内的巷道两边摆了两溜儿板凳，让门房杨老汉安排前来看病的人按照先后顺序坐在上面等。

尚文每天起床后，都要走到巷道里看有没有急病、重病的人，有了，他就先给看，不管对方来得早晚，没有，他就按排队的顺序看。遇到接他去家里看病的人时，排在后面的一个就会跟在尚文的后头跟到上一家，待尚文给上家看完病，再直接将尚文接到他家。因此姬家梢门口那四个有着憨态可掬狮子头、祥云花卉底座的拴马桩上总是拴着来接尚文去家里看病的马车或牛车。

五月上旬的一天，天刚亮，便有一架马车疾驶进街巷里，马蹄嘚哒、嘚哒有节奏的响声惊醒了许多人。当马车驶到姬家的梢门口时，马车夫便"吁"的一声将马车停了下来。他啪啪啪拍响了姬家梢门上的铜环。

门房杨老汉趿拉着鞋跑出来开门，得知来人是家里有人得了急症后，就一路小跑着往中院跑，可还没等他跑到中院尚文已提着药箱出来了。

尚文边走边把鞋往脚上抠。这时，欢颜却突然从西边的窑里跑了出来，她一把从大哥手里抢过药箱，要跟着大哥一起去出诊。

"都十六岁的女子了，哪能再跟着我抛头露面……好好在家待着！"尚文露着一口雪白整齐的牙齿嗔怪道，他夺过药箱转身就走。就在他转身的那一瞬，脑后又黑又亮又粗又长的辫子便在他那高大笔挺的后背上甩出一道美丽的弧。晨曦透过屋顶，撒在院子里，也撒在尚文的身上，撒在尚文那件乳白色的夹袄上。欢颜看呆了。尚文已大踏步走出了院子，马蹄声也已渐渐远去，欢颜却还傻傻地站在院子里一动不动。她的脑子里仍是大哥那踌躇满志的神采，仍是大哥那口雪白的牙齿和白色夹长衫上那又黑又亮、又粗又长的辫子。

这一幕，成了欢颜一辈子的记忆。

尚文在慈济堂坐堂时，欢颜常常会溜进去站在角落里看他给人看病。因为年纪已经不小了，父母不允许欢颜再在外人面前抛头露面，为此，欢颜做了一套男装穿戴在身上。她成功骗过了前来看病的许多人，甚至刚穿上时还骗过了父亲。

那天,父亲外出回来从慈济堂门口经过,看见里面多了个帮忙的少年,心里就想:这尚文啥时候招了个徒弟,也不给我这个当大的言语一声——真是翅膀硬了!这么大的事,自己就拿主意办了!

姬崇德当下就沉下了脸,回到堂屋吃起了闷烟。直到晚上喝汤时,姬崇德还吊着脸等尚文给他主动解说学徒的事,可一顿饭都快吃完了还不见尚文吭声。姬崇德再也憋不住了,就黑着脸问尚文:"你雇了个学徒?"

"没有啊!"尚文一脸懵懂地看着父亲说。

姬崇德一听这话,更来了气,他啪地放下筷子,厉声说:"还真长本事了,唵?已经给你大不说真话了!"

"雇学徒这么大的事,我咋能不跟你老商量!"尚文又委屈、又着急地说。

正在灶间忙活的欢颜突然反应过来,叫道:"啊呀,大,你是不是把我当成学徒了?"

"放屁——我能不认识你?!"姬崇德越发生气了,心想,就连自己的宝贝女子也替尚文打圆场,搭伙儿欺瞒自己。

"啊呀,我忘了——"尚文一拍脑门说,"大,你肯定是把颜儿当学徒了……颜儿怕你不让她进诊室见人,就在你出远门这些天,给自己做了身男娃衣服穿上在诊室帮忙……"

听到这话,姬崇德看了看欢颜,又看了看尚文,一时间竟有些哭笑不得,而其他人顿时都笑得吃不成饭。

后来,欢颜给她的后人们回忆起那段经历时,她的后人们问她,一个女娃,咋就那么喜欢给人看病?她说,当年自己整天待在大哥的慈济堂里,起初只是为了跟大哥待在一起,她喜欢大哥,尤其喜欢给人看病时的大哥,她觉得那时的大哥身上,有一种特别的东西让她很是着迷,可后来,随着她经见大哥给人看病的事越来越多,她发现给人看病原来这么美好,三几下功夫,就能让那么难受的人好起来,甚至能救人一命,她也就越来越喜欢看病这件事了。

欢颜女扮男装混在慈济堂里,一会儿看看大哥,一会儿看看病人。大哥的每个动作,每个表情她都不放过,看得十分入迷。

大哥撩起长衫坐到椅子上,抓过病人伸过来的手号脉。他紧闭双眼,凝神聚气,三根手指头按在病人的手腕上,一会儿这个使劲,一会儿那个用力,就像跳舞一样。那张轮廓清晰的脸时而像在凝神琢磨,时而又像是一切都了然于胸。病人的家人围站在病人身后大气不敢喘一声,眼睛紧紧地盯在大哥的脸上,提着的心随着大哥脸上的表情上下翻腾。大哥睁开眼睛询问病人吃得咋样、睡得如何、大小便可好时,病人的家人才长长地舒了口气,开始回答大哥的问话。号完脉,大哥查看病人的舌苔,掰开病人的眼睛看,最后,才拿过纸墨,开方子。大哥一边将墨迹未干的方子交到病人手里,一边交代着如何煎药如何吃东西……如此这般。病人和他家人的头像鸡啄米一样不住地点。他们恭恭敬敬奉上银两,没有银两的就很不好意思地把带来的吃食放到桌上。这时的大哥,脸上总是堆着笑,嘴里说着"好,好,好",然后就帮着病人的家人将病人扶到院子里的木轮车上,送出梢门,看着他们走出去很远了才折身回来。

每次送完病人,欢颜都急不可耐地询问大哥,刚才是如何诊的病,如何用的药。对于这个充满好奇的妹子,尚文表现得很有耐心,他会毫无保留地将自己所知道的一切告诉她。

七月中旬的一个下午,尚文在一阵阵蝉鸣声中午休起来。农忙一过,人们才似乎有了时间生病、看病。整个上午,尚文都在慈济堂里忙乎,连口水都没顾上喝,直到正午,才把病人看完。他草草吃了碗捞面,就一头倒在厦子里自己的炕上睡着了,不知不觉间,竟睡去了两个时辰。

尚文用在凉水里浸过的手巾擦了把脸,顿时感觉神清气爽,全身的疲乏一消而散。他站在院子的阴凉处伸了伸懒腰,然后就往梢门内的巷道里走,想看看是不是又有病人来了。

门房杨老汉听见尚文的脚步声,忙从他的纳门厦子里出来,迎上去说:"看你睡得沉,就没叫你……又有几个病人在巷道里候着了。"

尚文出现在巷道入口处时,几个或坐在条凳上或蹲在地上的人顿时都起身向尚文跟前凑过来。在这几个人中,有一个五十出头的陌生男人,他走得很缓很迟疑,一双眼睛一直疑惑地盯着尚文看,好像他来并不是为了看病,而是为了寻人。这就让尚文不得不留意起他来。

　　像往常一样,尚文看了看,发现没有重病的人,便让大家按先来后到的顺序依序进去看病,其他人继续坐在巷道里的条凳上等候。

　　那个五十出头的男人来得最早,便跟着尚文进了慈济堂。尚文给他让座倒茶后,就在桌旁的椅子上坐下来,问:"哪里不得活了?"

　　这人从沟南来,得的是胸背疼,已经十多年了,每天晚上都会不停地打嗝反酸反食,感觉肚子又胀又疼,不能吃东西,有时感觉冷,有时又觉得热。这一两年每天晚上和早晨都还会跑肚拉稀……他前前后后找了全县很多名医看,就是不见好。这日他慕名来找尚文,却发现尚文竟是一个毛头小伙子,心里不免打起退堂鼓来。无奈他排在第一个,还没等他想清楚要不要进去让尚文看时就被尚文请了进来,他只好硬着头皮,看尚文能有啥招数。

　　"我从沟南来。"那人答非所问地说。尚文一听是从沟南来的,便又仔细将对方打量了一番。看他一副皮包骨头的样子就知道病得时日已经不短而且一定没少找人看。

　　尚文一边给那人号脉一边详细询问他的病症和看病经历。那人详细说了病症,对看病的经过却说得含含糊糊,总是说半句留半句。尚文心里觉得好笑,便不再多问。他给那人号了脉,看了舌苔,又摸了摸肚子,然后坐下来,端起茶杯慢慢品茶。他不说话,也不给那人开药方,弄得那人丈二和尚摸不着头脑,只能一脸狐疑地看着尚文。

　　这时,欢颜揭帘进来,见大哥和来人都不说话,觉得奇怪,就假装在里面的柜子里找东西,两只耳朵竖着努力听这边的动静。

　　尚文慢条斯理地品完茶,放下茶杯,然后才转过脸如此这般地给那人分析起他的病症来,他说:"我觉得……啊……你的病是寒积造成的,寒积不通,不通则痛,遇寒热都痛。因此,需要用温性泻下的方子先稍稍下之,通过泻下荡涤寒痰实疾,然后,再用一段健脾养胃的方子调理——"

　　尚文停下来,看了看那人的反应。

　　"那该用啥方子?"那人问。

　　"这温性泻下的方子自当首选巴豆剂,"尚文说,"……嗯……这巴豆用药很是讲究,它不能单用,要与其他药配在一起才行,而且不能是汤剂,只能是丸药,用量也要小……嗯……巴豆的加工也要讲究些,得先把巴豆杵烂,大概要杵三千下左右吧,然后用草纸沾吸去油脂,再与别的药混在一起,混匀……嗯……服了巴豆剂寒积就通了,但还会有呕酸反食症候,这不用担心,咱再用理中丸加附子、吴茱萸治疗就是了……服了后面这些药后会泻下八九次,但只需喝碗凉茶就能止住……这样一来,我想你的胸背疼也就好了。"

起初尚文说这番话时,那人还是一副将信将疑的神情,可随着尚文的辨症一步步深入,那人的神情就发生了戏剧性的变化,不仅脸上有了喜色还情不自禁地点头,等尚文说完,他激动地说:"不愧你的名声啊,我愿意试试,愿意试试。"他将身子往尚文这边转了转,"不瞒你说,我看了十几年病,还头一回听人这么辨我的病症,兴许你说的有道理哩。"他接着就给尚文叙说了以前哪些郎中都给他开了哪些药方,他说这些药方都没见效,而且越治越重。

"这巴豆剂这么讲究,我到哪里弄呀?"那人问。

"你如信得过,我就叫我兄弟尚礼给你配……你不妨先在我屋住下,等药配好了再拿着药回去。"

"信得过,信得过!"那人感激地说,"如果方便,我就住在你屋治,治好了再回去。"

病人如释重负地被门房杨老汉接走安顿在门房旁边的那间纳门房里住下。

一直站在角落里的欢颜问大哥:"你平日看病可不是这样,刚才说了这么多分析病症的话,是不是怕人家不信你?"

"我妹子的确灵光!"尚文笑着说,"俗话说,'久病成良医',这人看了十几年的病,对自己的病比一般郎中都懂,不给他说透,他能信我?你是没看见他刚进来时那架势,一副不信任的样子……这不信任,就是再好的药也治不好他的病。一些病,三分是治病,七分是治心哩……"

那人用了尚文的方子果然如尚文所说,先有些泄,后就不吐不反酸了,再后来就能进食了,周围的人眼看着他一天天胖了起来。那人也自此逢人就学说尚文给他治病的经过,一时让尚文的名气传得更远了。

九

入秋后的一个下午，欢颜干完家务活又换上男装混进了慈济堂看大哥看病。这时的欢颜已经对一些常见病症的诊治有了一些了解，大哥忙起来时她就在一旁搭手帮忙。那天下午，屋外的天气依然很热，在太阳底下晒一会儿，就觉得浑身发烫。西晒的太阳也让慈济堂里闷热得像个蒸笼。

尚文一直在给人看病，头上的汗不断地往下流。欢颜心疼大哥，拿来一把竹皮扇子，借大哥看病间歇喝水时给大哥扇。

这时，一个五十来岁的男人被一个少年搀扶着进来。男人双手插在直挺挺的腰上，迈着极小的步子一点一点往进挪，清瘦的脸难受得抽作一团。尚文赶紧放下茶杯上前搀扶住男人，关切地问："腰疼？"

"是……往瓮里倒水……谁知道就突然动不了了……"男人因为疼痛说得断断续续。

"午饭前，我大去井台上绞了一担水回来……他刚提起一桶水准备往瓮里倒，突然就觉得腰疼得动不了了。"少年接过父亲的话说，"我劝他找人看看，他说歇一会儿就好了，结果躺都躺不下……勉强躺下了，却翻不了身……常听人说你正骨很厉害，我们就找来了……"

欢颜从这父子俩进门的那一瞬，就注意起了少年：瘦高的个子，匀称的身材，嘴边两颊上还有一对浅纹，说话时脸上堆着一层礼貌的微笑，一对单眼皮的眼睛闪着亮亮的光，透着一股聪明、明亮劲儿……欢颜觉得这张脸好像在哪儿见过，就迅速在脑子里搜寻，可她却怎么也想不起来。她在心里对自己说：人家长得这么好看，自己咋可能见过。她又想了想……兴许是在大哥念的戏文里听过吧！欢颜不禁为自己的胡思乱想感到好笑。她转身准备走到诊床跟前把诊床往外挪一挪以便大哥扶病人上床，这时，她听到了少年说的上面的那些话，不由心里一颤，这声音咋这么熟悉！几乎就在她心颤的同时，她想起了一个人——那个几年前在壶山庙会上遇到的曾让她犯过一场病的男孩！欢颜的心顿时突突突狂跳起来，两个脸颊滚烫得像有火在烤。她想立马转过身去,仔细看看眼前这个少年是不是就是几年前自己见过的现如今已长大了的男孩。可她却不好意思、不敢转过身去,心想,自己穿成这样——男不男、女不女的,让他认出了会咋想?

欢颜低着头,准备侧身,拿上桌上的水壶往外走。"把诊床往外拉拉!"偏偏这时,大哥尚文却冲她说了话。欢颜只好低着头默默地走到诊床跟前,将床往外拉了拉。

这时,那少年和大哥已经扶着少年的父亲走到了床边。他们将少年父亲小心往床上扶的时候,欢颜偷偷瞄了少年一眼,这下,她确定无疑了,这就是几年前自己在壶山上见过的那男孩,他的眉眼、他嘴边两颊上浅浅的纹都没有变,变的,只是已长高了的个头,略微变粗了的声音和嘴唇上多出来的那一溜细绒绒的胡子。

少年一直忙着将父亲往床上弄,并没注意欢颜这个穿着男装却迈着碎步的人。尽管欢颜在她的鞋外面套了一双哥哥尚文的大鞋,她走路的样子只要用心看,仍能看出小脚女人走路的样子。

少年的白绸长衫上已浸透了汗,紧贴在身上。但无论有多狼狈,在欢颜的眼里,他都是那么的与众不同,浑身上下都散发着一种摄人魂魄的魅力。欢颜这么想着,羞涩就爬上了她的脸。她悄悄从诊室退出去,到自己和欢蓉住的西窑里把那身水红衣服换上——她穿那身水红衣服时谁都说好看。她用水洗了把脸,对着镜子梳了梳头。看着铜镜里的自己,她的心依然怦怦直跳。

坐在炕上纳鞋底的欢蓉一直一言不发,姐姐欢颜的一举一动全收在了她的眼里。就在欢颜要出门时,她才酸酸地说了句:"大中午换衣服,准备勾引谁去呀?"

欢蓉的声音让欢颜意识到炕上还坐着个妹妹。欢蓉的话也提醒了她——要是大哥看见自己平白无故突然换回了女装,还梳洗打扮了一番,不也得起疑心?那少年要是刚才也看见了自己的穿戴,这会儿发现自己换了衣服又会咋想?想到这里,欢颜就将那身水红衣服脱下,换了件与那件灰色男装颜色接近的白绸衣服出去了。

这边,欢颜穿了脱、脱了穿,不停地换衣服,那边,尚文在少年父亲的背上按摩,扎针,扳动……一圈治疗下来,少年父亲的腰就能动了。

"刚才还疼得要命哩……真是手到病除啊!"少年的父亲高兴地连声夸赞尚文,"年纪轻轻竟有这般了不起的医术……不得了,不得了!"

"叔,你过奖了,这本来就不是啥大病,是你老提水桶倒水时没使好劲,把腰闪了。"尚文笑着说,"不过我可得给你提个醒,这闪过一次就容易闪第二次、第三次,往后搬重东西,可得注意了。"

"往后就不让我大搬重东西了。"少年笑着说,一笑,嘴角两边的纹更清晰,使那张脸变得非常动人。他把脸转向父亲,道,"有我哩!"

少年付了尚文看病的钱后,向尚文作揖致谢。欢颜正好端了茶盘进来,她把两杯茶水放到桌上,头也不抬地对少年和他父亲细声说道:"天热,喝些凉茶再走吧!"

"不了,不了,嫂子!"少年忙对欢颜作揖说。

"谁是你嫂子?!"欢颜嗔怪道,一张粉脸顿时红到了脖根。

少年一时窘在那里,不知怎么是好。他下意识地抬头打量了一眼欢颜,这一眼不要紧,欢颜那美丽的容颜顿时让他认出了她是谁——这不就是那个在自己的心里扎下了根,让自己魂牵梦绕、朝思暮想了好几年的梨花般的女子吗?!眼前的她,将乌黑熨帖的头发梳在脑后,编出一个长长的辫子,脸上的皮肤白皙光洁,看不见一点瑕疵,一双迷人的大眼睛,瞳仁又黑又大,像一对黑葡萄似的,那只精致的鼻子下面,一张小嘴抿着,嘴角正俏皮地向上翘起……少年呆了!呆过之后,心便狂跳起来,他意识到了自己的失态,急忙低下头看自己的脚尖。

"哦,不知者不为过,这是我妹子。"尚文笑着向少年解释,他又转身对欢颜说:"人家又不是故意的。"

少年的父亲忙低声训斥儿子:"多大的人了,还这么冒冒失失!"心想,儿子也不好好看看,哪有过了门的女人还留着辫子不盘爪儿的!"失礼!失礼!"少年的父亲对欢颜和尚文拱手说。

少年还想说什么,却被父亲轻轻推了一下,说:"赶紧走,别耽搁你先生哥给后面的人看病!"少年忙点点头,十分窘迫地跟在父亲的身后从慈济堂往出走,额头原来的汗还没落尽,现在又冒出细细的一层来。

欢颜跟在大哥后面,将这父子俩送到梢门外,看着少年将父亲扶上牛车,然后挥鞭向东走去。

夕阳的余晖洒在少年的身上,让少年看上去像是走进了画里。少年的身影渐渐远了,尚文已经转身回去了,欢颜还傻傻地站在街巷里望着少年的背影出神。

少年在村口拐角处突然回头向这边看了看,然后才消失不见了。

尚文没有发现欢颜的异样,他忙着去给后面的病人看病。

欢颜没再进慈济堂,她怅然地回到自己的窑里,随手拿起一个鞋帮缝缀起来。欢蓉问她话,她不搭,像根本没听见一样。

晚上喝汤时,尚文才发现了欢颜那副失魂落魄的样子,问道:"出啥事了?"

"我有那么老吗?"欢颜噘着嘴问。

"咋想起问这话?"尚文有些丈二和尚摸不着头脑。

"你没听人家叫我嫂子哩!"欢颜嘟着个嘴说。

"哦,为这事啊!谁让你钻到我的慈济堂去,让人产生误会。哦……对了,你中途还出去换了女装——"尚文笑着说,即便现在,他也没意识到欢颜与那少年间刚才都发生了什么,"那小伙子根本就没咋看你,他只是凭直觉打了个招呼……你不至于生这么大气吧?"

"她喜欢上人家,可惜人家没看上她!"欢蓉拖腔带调地说。

"你胡说啥哩?"没等欢颜开口,尚文先训斥了欢蓉。他重新打量欢颜,欢颜却不再吭声了。

此后的许多天里,欢颜又像丢了魂一样,少年的脸一直在她的眼前晃悠,挥之不去,少年说话的声音也总会在她的耳边响起。她无数次将那少年与大哥相比,两个人虽然差不多一样高,但大哥双眼皮大花眼、方脸盘。而那少年却是瓜子脸、单眼皮。单从长相看,二人一点都不像。但不知为什么,欢颜却总能在那少年的身上看到大哥尚文的影子,具体是什么,她却说不清。

欢颜从此害起了相思病。

入冬不久，姬崇德便开始给尚文张罗起结婚的事。这门亲事是一年前就订了的，媳妇是丰镇西街一个王姓人家的女儿，叫瑞雪，尚文的师傅李东梁给保的媒。王父在丰镇开一个铺子，主要经营农具和粮食。家里一女一儿，与姬家也算得上门当户对。尚文是长子，瑞雪是长女，双方家长对这门婚事的重视程度可想而知。他们完全按照当地的婚俗礼仪，十分排场、十分认真地走完了婚前所有的程序，并请算命先生选择好了结婚的黄道吉日。

尚文从小懂事孝顺，现在又出息成了小有名气的看病先生，因此，在尚文的婚事上姬崇德特别用心。他不仅请了所有沾得上沾不上边的亲戚，还请了生意上的许多朋友。有些被尚文看过病的乡邻得知尚文要结婚，也纷纷赶来庆贺。这样一来，婚礼前好几天，姬家上下就已经开始热闹起来，每天从早到晚进进出出的人络绎不绝——杀猪宰鸡，磨面磨豆腐，架棚安灶，布置婚房，写请柬对联……几十号人忙成一团。

结婚的头天下午，欢颜和妹妹欢蓉跟着二妈在婚房里忙乎，做布置婚房的扫尾事情。欢颜亲手为大哥铰了一个大红"囍"字，贴到炕中央的墙上。尚文搬了把椅子进到婚房时，见欢颜正站在脚地望着那个大红"双喜"出神，就笑着逗她，说："瓜女子，愣啥神哩？赶明儿，就该给你自己铰"囍"字了。"不料，这话却惹恼了欢颜，"你胡说啥哩？"欢颜嚷道，两行眼泪顿时流了下来。

欢颜用袖子抹着眼泪跑出去后，尚文问二妈："我没说啥呀？"他感到十分纳闷。

"舍不得她哥结婚呗……"二妈笑着说。

"肯定也想嫁人了——"欢蓉一如往常，总要说句损损姐姐的话。

欢颜跑到院子里，却发现院子里到处都是忙碌的人，连痛痛快快哭一场的地方都没有。她跑到牲口室，见里面没人，就靠在墙头捂着嘴，哭了一场。在欢颜的心里，大哥一直都只属于她欢颜——他给她念戏文，领着她玩，让她看他号脉看病，让她以他为荣……但现在，大哥却要与另一个陌生女子一起住在那间厦子里卿卿我我，欢颜接受不了。她知道自己的这种反应不正常，也努力说服自己要接受眼前的现实——大哥就是大哥，早晚都要成婚,而她欢颜也早晚都要嫁人离开姬家——可她就是控制不住自己内心里的难过和失落。

其实欢颜的难过和失落,不只来自大哥,还来自那个与她有过两面之交的少年。大哥后来打听到他是董家村人,姓董。欢颜突然强烈地思念起那个董姓少年来,比以往任何时候都强烈。自从上次他消失在村口,她的魂好像又跟着他的背影一起走了,每天干活、吃饭、睡觉的,只是她的躯壳。纺线的时候,他的脸会出现在纺车的锭子上,他微笑着,看着她。纳鞋底时,他的脸又出现在鞋底上,还是那么静静地微笑着看着她。做饭时,他的脸浮在案板上、落到锅里头,晚上睡觉,他的脸又悬在黑漆漆的窑顶上……

尚文放下椅子跑出去找欢颜,可屋里屋外找了一圈也没发现欢颜的踪影。在院子里他撞见了父亲,父亲将他叫到堂屋,给他安排了一堆事情去办,他只好暂时放下欢颜不管。直到晚上和邻①结束,尚文才找到机会安慰妹妹欢颜。他说:“瓜女子,这点绞你都翻不开?”

欢颜痛痛快快哭过一场后,心里已舒服多了,她瞪了大哥一眼什么也没说。

“媳妇咋能跟我妹子比?!妹子是骨肉,打断了骨头连着筋。媳妇是啥?是外人!要是娶进门对我妹子不好,我立马就休了她,你信不信?”尚文煞有介事地说。

“呸呸呸,还没娶进门就说休的话……到时,只怕你心疼得舍不得哩……”欢颜说。

婚礼按计划顺利进行。姬崇德七碟子八碗碗好酒好肉好茶好烟大宴亲朋乡邻。他专意托人从大荔请了个会做“关中十三花”酒席的大厨来做十三花。茶果九盘,全部为油炸的果子——果子片片、果子疙瘩。酒席九个——四荤四素,外加一个酒碟子。中间换菜十三个,饭席十三个。十几个端盘子的小伙子手脚不停地端着凉菜、碗子、肉辣子、炒菜、汤,穿梭于席棚与厨间。

---

① 当地方言,请帮忙的人吃饭,执事布置任务、安排分工。

欢颜被母亲安排在堂屋里收礼、搭馍^①。她拿了个板凳坐在窑后头，有客人进来，她就起身接住礼物，或一节布、或一副大花馍、或一挂炮仗。花馍摆放在院子里临时支起的架子上。那些颜色艳丽、造型各异的花馍，引来亲戚邻居们的围观。

尚文师傅李东梁走进梢门时后面跟着两个尚文的师弟，他们抬着一对巨大的花馍一路吆喝着张张扬扬进来。"避开，避开"其中一个师弟大声喊着。他们将花馍放到条桌上。显然，条桌的宽度有些不够，这个师弟就又嚷嚷道："这么小的地方，咋放呀？姬家洼人没见过大花馍吗？"

李东梁赶紧扭过头训斥道："瞎嚷嚷啥哩……闭嘴！"

李东梁和两个徒弟被尚文和他父亲姬崇德请到堂屋里去喝茶吃烟歇息，院子里姬家洼的一个后生就悄声嘀咕："皮干啥哩？没见识，馍大就好啊？也不好好瞅瞅旁边那对花馍。"

旁边的那对花馍虽然个头不大，但做工却非常精细，颜色也十分艳丽。一个上面插着一只高扬着脖颈的公鸡，一个上面插着一只肥嘟嘟的母鸡。公鸡和母鸡的眼睛、翅膀都非常逼真。馍的周围还插有很多面做的各色动物、花卉和蔬菜。

围观的人指着那些花馍评头品足——这只公鸡做得传神，那只喜鹊做得可爱，这对花馍上的花鸟鱼虫捏得实在逼真，那对花馍上插的花做工实在精细……然后，就开始议论，哪对花馍是谁家的，出自哪个巧媳妇的手。不一会儿，就由花馍引出许多是是非非、家长里短来。

欢颜把这些礼拿出来后就顺手将蒸好的要搭的碎馍^②从一个大瓮里拿出来，按照母亲告诉她的"一对花馍搭三十二个碎馍，一节布搭十六个碎馍，一挂炮仗搭十六个碎馍……"依据礼物轻重数好碎馍数量包到相应的袱子里，然后再摆到窑后头板柜的柜盖上。吃完席，客人们进屋拿自己的袱子回家，欢颜再把每个客人的袱子找出来，连同里面搭的馍一起送还客人。那些袱子大多为自家织出来的，有原色线的，有蓝线、黄线与红线织成

---

① 当地方言，回礼。

② 当地方言，四折馍。

格子状的,一些家境稍好一点人家的袱子则是赶集时从镇上买的印染着艳丽、漂亮花卉、人物图案的袱子。有些袱子买的是同一家的货,因而花色、图案完全一样,但欢颜却一件也没弄混淆。谁家的袱子啥样子她记得很清,能轻而易举准确地找出来。一些亲近一点的亲戚,家里有老人,欢颜就早早让人在灶上切些肥肉片子,夹几个肉夹馍,放进他家的袱子里,在递给客人袱子时,叮咛一句,回去给老人。

　　整个婚礼期间,除了在新娘被迎进来在院子里举行婚礼仪式时跑出去看了一会儿热闹外,欢颜再没离开过堂屋窑后头半步。

　　妹妹欢蓉穿着新衣服不断出出进进,手里的好吃食没断过。母亲走进来,让欢颜去吃她最爱吃的麦子泡,欢颜不去。吃席时,母亲让欢颜去吃席,欢颜也不去,说窑后头的活离不开人。母亲让二妈替她一会儿,欢颜说,别人一替就乱套了。母亲只好让欢蓉把一碗红油麦子泡和一个白蒸馍端到堂屋窑后头,让欢颜吃了。

　　那天,那么多客人的袱子,欢颜竟没弄错一个。坐在炕上的几个年长婆子,看着欢颜在窑后头不紧不慢、有条不紊地忙乎,嘴里直夸说,一个欢颜顶得上好几个婆娘媳妇。

　　婚礼热热闹闹结束后,生活进入了新的秩序。家里只添了瑞雪一口,却像多了许多人似的,原来的家庭氛围悄然发生了变化,每个人的行为举止也都发生了细微改变。一向不苟言笑的姬崇德变得更加沉默寡言。他要么不说话,一说话便是对某件事情做了不容置疑的决定。他外出的时候多了,回到家都以沉默示人。他的这种沉默让全家人尤其是瑞雪不知所从,对他这个一家之主更加心生敬畏。而体型高大富态的姬孙氏,从尚文结婚个把月起,就再未走近过锅台、案板,她将这一切统统交给了儿媳妇瑞雪。欢颜也一改以往爱与大哥、二哥嘻嘻哈哈开玩笑的习惯,仿佛突然变了个人。只有欢蓉,仍是那副与谁也不亲,与谁也不远的样子,一些原先要她干的活,现在可以随时喊一声"嫂子"就让瑞雪替她干了。

尚文与瑞雪的婚房设在中院东面靠北的那间,尚礼住在前院东面靠北的那间,欢颜和妹子欢蓉仍住在后院堂屋西边的窑里。

每天早上,瑞雪总是全家起得最早的那个。听见中院里的门响,欢颜就不得不爬出被窝,出去与大嫂一起干活。欢蓉不以为然,她对欢颜说:"大嫂是媳妇,不能睡懒觉,咱是女子,用不着起那么早……现在不睡懒觉,等以后嫁了人,想睡都睡不成了……"

"你睡你的,反正我不睡。"欢颜说。她心里明白,大嫂要是看见她们姐妹都在睡懒觉只有自己忙里忙外,心里一定会不舒服,那样一来,大哥和全家人就都不会好受了。因此,欢颜不光不睡懒觉,还总是与大嫂争着抢着干活。

瑞雪在家是长女,家务活本就样样都会,做媳妇的礼数也都懂,因此做了尚文的媳妇后,就处处尽量做得周全,不让家里人有话可说、有理可挑。但不知为什么,欢颜总感觉与这个大嫂之间隔着一层什么东西,没有什么话可说。

一次,欢颜和大嫂一起陪大哥出去办事,她故意走在大哥和大嫂之间。大哥和大嫂说话不方便,拐弯时,大哥就走到大嫂这边,让大嫂走在中间,欢颜见状,脸马上拉了下来,嘴噘得老高。瑞雪明白,欢颜这是吃自己的醋了,忙把欢颜拉到她和尚文之间。突然起了风,大嫂穿得单薄,身子不由得一激灵,大哥忙脱下自己长衫外的短褂,披在大嫂身上……欢颜为此气恼了好长时间。

就在欢颜为大哥身边多出来个瑞雪而伤脑筋时,瑞雪怀上了孩子。眼见着瑞雪的肚子越来越大,大哥对瑞雪的关心越来越密,欢颜才不得不接受了这个令她难以接受的现实——大哥就是大哥,他有他的日子,而自己也必将离开大哥去过属于自己的日子。

　　尚文的孩子还未出生,姬崇德就给尚礼娶了亲。女方是鲁家湾的鲁香莲。香莲有个哥哥,也是个看病先生,他对尚文、尚礼兄弟俩早有耳闻,力劝父亲将妹妹许配给尚文的弟弟尚礼。

　　姬崇德得知香莲的哥哥也是看病先生,就毫不犹豫地答应了媒人这门亲事,并迅速为尚礼成了婚。

　　姬崇德想尽可能将一碗水端平——给尚文的尚礼也尽可能要有,但尚礼毕竟是老二,自古长幼有别。为了不在瑞雪娘家人那里落下话说,姬崇德给尚礼的婚礼虽然也办得十分体面,但还是不及尚文的婚礼那样隆重。

　　为了互不干扰,姬崇德把尚礼的婚房设在前院尚礼原来住的厦子里。

　　香莲从小娇生惯养,许多家务事都不懂。刚过门时还经常把事情做错,不是炒菜忘了放盐,就是煮面时拉风箱扇灭了火。别人还没说她,她自己就先哭上了。因此,整天就见她吊个脸,像谁欠了她八吊钱似的。对此尚礼十分恼火却又无计可施。于是他就从早到晚待在他的百草厅里不出来。

　　这天晚上喝完汤,尚礼把碗一搁,又钻到百草厅里去了。他坐在凳子上,给面前的药碾子里放了一把晒干的草药,然后把裤腿挽高,两脚蹬着碾子轱辘把,前后滚动着轱辘碾药。他两眼盯着碾子轱辘在碾子槽里咣当、咣当滚,脑子里却乱七八糟想心事——同为媳妇,大嫂精明强干,整天乐呵呵,与自己的媳妇香莲形成了鲜明对比。本来自己从小就不如大哥聪明好看,在家人眼里自己一直都比大哥矮三分,如今娶下这么个媳妇,不仅没给自己在家人面前长脸还让自己更加难堪……他使劲蹬碾子轱辘,好像要把这些烦心事一一碾碎似的。

　　尚礼就这么与谁赌气似的一直咣当、咣当蹬碾子,直到很晚才筋疲力尽地回到厦子里睡下。他本以为香莲已经睡着了,没想到她却醒着,香莲说:"家里老老小小都看不起我,就连自己的男人也躲着我……这日子还有啥过头——"说着,又嘤嘤地哭了起来。

　　尚礼起初还耐着性子劝她,说:"你多心了,家里没人怪你,慢慢来,家务事没那么难。"

　　可香莲不这么认为,她一一罗列两位老人的偏心眼:"凭什么尚文的婚房可以在中院,你尚礼的就得在前院,明明中院还空着房哩……你大每次对你哥说话都带着笑,对你尚礼说话却总绷个脸……"

尚礼终于听不下去了,他呼地掀开被子坐起来,拎过媳妇就朝屁股上打,边打边咬着牙低声吼:"你再敢胡说,看我不打死你。"

香莲刚要放声大哭,就被尚礼一巴掌捂住嘴憋回去了。尚礼恶狠狠道:"你敢出声,今黑就给我滚出去,别想再进我姬家的门。"

香莲再不敢大声哭了。

见媳妇没再大哭,尚礼也软了心,他放软语气说:"我今黑给你把话说明白,我姬家不是旁人家,不许你在我屋搬弄是非……我咋能跟我哥比,且不说我哥是长子,光我哥看病给家里挣得那些钱和名声就不是我能比的……"

那晚尽管尚礼把声音压得很低,但他们吵架的声音还是从前院穿过圆形的拱门钻进了中院,被尚文两口听了个仔细。尚文对瑞雪说:"尚礼媳妇从小娇生惯养,在娘家没干过啥活,你要处处帮衬,不能把她与你相比。"

"谁比了?是她自己多心。"瑞雪理直气壮地说,"再说,我咋帮,我今天教她擀面,她就老大不高兴,好像我是故意让咱妈知道她不会我会一样……"

尚文听后不再言语了。

第二日,尚文将欢颜叫到一边,说:"《小姑贤》《小姑不贤》你都听过,如今你可得做个贤小姑,帮帮你二嫂啊!"

欢颜一听就笑了,说:"我还听说过'清官难断家务事'哩!"

但从此欢颜就神不知鬼不觉地帮二嫂解了很多围,也偷偷教会了二嫂许多家务活。在欢颜的帮助下,香莲不仅学会了日常家务,性格也变得开朗起来,从早到晚与欢颜形影不离,姑嫂之间似有说不完的话,关系处得比与欢蓉还亲,这种关系一直延续了一生。

没多久,香莲就听见婆婆对公公夸她,说:"咱这老二媳妇在娘家是个宝贝疙瘩,啥都舍不得让干,如今到咱家却什么都能干了,真是难为她了。"

"这媳妇是个明白人……尚礼以后有福哩。"姬崇德对女人说。姬崇德轻易不夸人,尤其是对自己的晚辈。香莲无意间听到了公婆对自己的夸奖,心里自是十分受用。从此,前院的厦子里就会时常传出尚礼夫妻的说笑声。

　　麦收前的一天,姬崇德去镇上赶集。他在牲畜市上买了一头骡驹,然后牵着到铁匠铺找铁匠李,想让铁匠李打上蹄掌。姬崇德坐在铁匠铺门口的条凳上,一边品铁匠李端给他的酽茶一边看街上的行人,有一句没一句地和铺子里正忙着干活的铁匠李闲聊。突然,他看见一个白衣少年从街东面向这边走过来。那少年头戴一顶草帽,肩上搭个粗布褡裢。一阵风吹过去,掀起了少年的衣摆,吹动了少年头顶的草帽。只见他不慌不忙地按住头顶的草帽,又扯了扯卷起的衣摆继续从容地绕过行人往这边大踏步走来。那飘动的白绸衣服、那高挺的身段,都让他在密密麻麻的人群里显得十分醒目。然而吸引姬崇德目光的不只是这些,他在这少年的身上似乎还看出了某种别人少有的东西。姬崇德看呆了,心里直嘀咕:这是谁家的后生?!

　　那少年径直走到铁匠铺门口,摘下头顶的草帽,冲着坐在门口的姬崇德微笑着点了点头。姬崇德认真看那少年的脸。平心而论,少年的五官拆开来看,每个部位都不见得有多出众——眼睛不大,还是单眼皮,鼻子虽然精致,但嘴唇却显得有些薄——但它们组合在一起,再配上微笑时两颊显现出的那两道浅浅的纹,就让那张脸显出一种出众的魅力——清秀、端庄、稳重、和善、自信。

　　少年走进铁匠铺,叫了声"李伯"后就对着铁匠李拱手作揖。正在低头干活的铁匠李忙停下手中的活抬起头打招呼。

　　"李伯,我要的那些镰刀片打好了没有?"少年问。

　　"好了,好了!"铁匠李说,转身去帘子后面的套间取那些打好的镰刀片。

　　少年扛着装有十几把镰刀片的褡裢从铁匠铺走出来时,姬崇德仍坐在门口直眼看他。少年不好意思地对姬崇德笑了笑,然后就大踏步地走了。

　　少年走后,姬崇德忙向铁匠李打听:"这是谁家的后生?"

　　铁匠李说:"董家村董秀才的长子董墨林。"

　　姬崇德知道董家村有个董秀才,却不甚了解他家里的具体情况。铁匠李便一五一十地说给他听。

董秀才膝下有两个儿子,董墨林是老大,老二叫董义林,兄弟俩的脾性完全不同。墨林继承了父亲的儒雅、好学,从小在壶山书院念书,写得一手好文章,去年本要去县上考秀才,因为父亲生了重病只好放弃。老二义林生性顽劣、脾气暴躁,从小游手好闲,总爱生些事端。董秀才在世时没少在这个二儿子身上花气力,但无论他怎么劝说整治都无济于事,有几次还差点把自己气得背过气去。董秀才去年冬天突发急病走了后,长子墨林便担起担子,打理起家里的一切事项。大家都没看出这孩子年纪轻轻却行事稳重,说话很有分寸,脑子也很活络,比他父亲还要强上几分,唯独对那个兄弟义林也是毫无办法。董秀才在世时那义林总还收敛一些,不敢太乱来,董秀才一过世,义林做事就无所顾忌了,根本不把他哥墨林放进眼里,最近还和一帮人耍起了钱……

姬崇德牵着新买的骡驹回到家时已是掌灯时分。他将骡驹交给门房杨老汉后就一脸心事地走到后院,他看见欢颜和欢蓉的窑里亮着灯,门窗大敞着,欢颜的身影被灯光投射到西边的那扇门上,就不由得收住脚步透过窗子往里望。

欢颜盘腿坐在炕上,手里拿着一块红绸子,正就着炕台上的那盏灯往红绸子上绣东西。姬崇德知道,欢颜这是在为即将出嫁的妹妹欢蓉绣枕头哩。麦收后,欢蓉就要被发落到张卓村的大户张兴旺家,给张兴旺的小儿子张大壮做媳妇,而他原本是要将欢颜发落过去的。

自打尚礼色完媳妇,上门来给欢颜说媒的人就没断过,但男方不是小门小户就是与姬家洼离得太远,姬崇德都不满意。张家是大户,张卓村小半个村子都是张家的宅基,离姬家洼也不远,因此,当张家托媒人来提亲时,姬崇德就满口答应了。

按说这是一门不错的亲事,可欢颜就是死活不愿意。问她原因,她什么都不说,只三个字"不愿意"。婚姻之事从来都是父母之命,媒妁之言,哪轮得上欢颜挑挑拣拣。可欢颜不同于别人,从小到大,姬崇德就见不得她受一丁点委屈,现在,见欢颜死活不愿意,他只好将二女子欢蓉发落了过去。

大壮还在母亲肚子里的时候,母亲就得了痨病,成天咳嗽不止,使得大壮没到日子就早早地被生了出来。大壮生下来时,弱小得像个小鸡娃,母亲成天把他肉贴肉裹在自己怀里。父亲给大壮找来一个奶妈,奶妈的好奶水让大壮的身子迅速胖了起来,但比起一般孩子来,大壮的身体还是显得有些单薄,三天两头生病。因此,张兴旺的母亲对这个小孙子格外心疼,比其他任何一个孙子都上心。如今老人已近八十,气喘病越来越重,她担心咽气前还看不到宝贝孙子大壮的媳妇,就天天催促儿子兴旺赶紧给大壮把媳妇色了,欢颜不行,欢蓉也可以。

按说,姐姐出嫁后,妹子才能嫁人,由于张家催得紧,姬崇德只好越过欢颜,先将欢蓉的婚事办了。而欢颜的婚事也就成了姬崇德一桩很重的心事——或许自己就不该那样娇惯颜儿,凡事由着她的性子;或许自己就不该让颜儿整天跟在她大哥尚文的屁股后头跑进跑出,到头来除了她大哥谁也看不上……

对于欢颜跟屁虫一般整天跟在尚文屁股后面,姬孙氏没少数落姬崇德和尚文,但他父子俩全把她的话当了耳旁风。

姬孙氏抱怨姬崇德道:"已经这么大的女子了,还留在家里,我看将来咋发落得出去!"

对于女人这样的抱怨姬崇德从来不接话,不接话其实就等于接了话:你说得对,但这不是没合适人家么!

其实在姬崇德的心里,或许压根就没觉得有哪个后生能配得上她的宝贝女子颜儿……

想到这里,站在院子里的姬崇德不由得"唉!"了一声。不料,这一声却惊动了屋内的欢颜。欢颜忙放下手中的针线活下到炕下,走出来。

"大,你回来了!我给你弄饭去……"欢颜喜眯眯地迎着父亲说,伸手就想取父亲肩上的褡裢。

"大在镇上吃了……你忙你的。"姬崇德摆摆手说,抬脚往自己的屋里走去。

晚上熄灯后,姬崇德忍不住将白天在镇上见到白衣少年的事细细地说给了女人。末了,他不无遗憾地长叹口气,说:"唉!原本觉得这个墨林不错,肯定能合了咱颜儿的意,但谁料想他却有那么个兄弟……"

"有那么个兄弟,再好的日子也能被踢踏光了……我看,还是死了这条心,另做打算——"姬孙氏果断地说。

那晚,姬崇德半天睡不着觉,他前前后后想了很多,第二天早上出门前便打定主意:颜儿的婚事还得从长计议,断不能因为年龄大了就草率嫁出去。

收完麦碾完场又将晒干的麦子装进囤里、瓮里后,欢蓉就欢天喜地地被发落到了张家。

十一

眼见得家里的日子越来越好,姬崇德却偏偏染上了头疼病。起初他以为是牙疼,让尚文给他把那颗牙拔了,可拔完牙,疼痛仍一点没见减轻。每次犯病姬崇德都要用手紧紧地捂住脸,好像一松手疼痛就会更加剧烈难忍似的。每次吞咽唾沫都会让疼痛带得半个脑袋像刀割一般,无奈,姬崇德就不吃不喝也不敢咽口水,口水顺着他的口角直往下流,经常将面前的地弄湿一大片。实在忍不了了,姬崇德就会用脑袋撞墙,常常撞得满头满墙都是血。

尚文给父亲拔了一颗牙后就知道不是牙的问题了。他遍翻医书找方子,想方设法给父亲治,针没少扎,汤药也没少喝,艾灸没少灸,但父亲的病就是不见好,而且越犯越勤。

这时有一个姬崇德生意上的朋友在看望姬崇德时带来了一点烟土,让姬崇德试试。

姬崇德知道烟土的害处,一直训诫家人不许沾那东西。因此那人一走,他就拿起那包烟土往茅厕走,准备将其倒进茅坑里。姬孙氏却挡住他,说:"兴许这东西管用,少吸一点——病好了,咱就戒……"

姬崇德没有扔那包烟土,但也没有吸,他把它藏在柜子里的一个盒子里。

有天,姬崇德又犯病了,看见他又用头使劲撞墙,姬孙氏便从柜子里拿出那包烟土让他吸。这一吸不要紧,姬崇德的头疼竟立马减轻了许多。自那以后,姬崇德再犯病,等不得女人劝他,自己就失急忙慌地去拿烟土吸了,可这也就让他染上了烟瘾。

姬崇德躺在厦子的炕上吞云吐雾,老鼠便在房梁上吐雾吞云,天长日久,老鼠也染上了烟瘾。

一次,姬崇德外出采购药材半月未回,厦子里的老鼠烟瘾发作,在厦子里乱撞,姬崇德回来时,厦子的地上竟躺了数十只撞死的老鼠……

秋末的一日下午,突然有个四十出头的陌生男人出现在姬家门口,他牵着一头毛驴,肩上搭一个褡裢,给门房杨老汉说明缘由后,他便将手里的缰绳交给杨老汉,捎上褡裢径直往堂屋走去。

欢颜正在西窑里经布。她按照自己想要织的图案,将已缠有不同颜色线子的竹筒筒插到钉在一块木板上的长铁钉上,然后再将几十个竹筒筒上的线头捏在一起,拉长线子,固定在地上的一个铁楔上。她在地上钉了好几个铁楔。母亲姬孙氏急火火进来时,欢颜正拉着那几十股线在脚地的铁楔间来回跑,将合成一股的线子缠绕到铁楔上,线筒筒被她拽得哗哗哗响,十分悦耳动听。

母亲大声说:"来了个卖烟土的,说是与你大说好了,可你大和你两个哥这会儿偏偏都不在……"

欢颜没听清,大声问:"咹?"她同时站住脚,停下手中的活。

母亲重复说了一遍,欢颜这才松开手中的线子,走过来对母亲说:"你和我大嫂先招呼客人喝水、吃烟,我去把我大抽的烟土拿来与他带来的比对比对,如果差不多就按原来的价买了。"

姬孙氏从大襟衣服口袋里掏出一串钥匙递给欢颜,欢颜接了钥匙就去父亲抽烟的厦子打开柜子取烟土。她走到堂屋,将两种烟土在门口光线好的地方比对。她先看了看两个烟土的成色,又分别将两种烟土放到鼻子底下闻了闻,最后从二哥的百草厅里取出秤中药的秤,秤了来人所带那包烟土的分量。那人说:"把算盘拿来,咱算一算。"

大嫂瑞雪去窑后头取算盘,还没等她把算盘拿过来,欢颜已心算出了钱数,来人一愣,将信将疑,心想,所称烟土有整有零,这女子咋心算得这么快? 他接过瑞雪递过来的算盘拨起来,结果与欢颜所说数目分毫不差。当下,那人吃惊地对姬孙氏说:"你这女子好生了得,竟算得这么快、这么准! "

姬孙氏笑笑说:"我这女子从小就会算账。"

欢颜往堂屋外走,跨过门槛时提起了裙摆,露出了她那对精致的三寸金莲。来人望着远去的欢颜不住地点头。

没过几日,这人又来登门拜访,这次,他在驴背上搭了捎马,里面装了两捆棉花。他是来向姬崇德提亲的,男方恰好就是姬崇德在镇上遇见的那个名叫墨林的董家的白衣少年,也就是曾在壶山上的戏楼前与欢颜巧遇,后来又带着父亲找尚文看病误将欢颜叫嫂子、让欢颜朝思暮想的那个人。

到欢颜家提亲的这个男人是董秀才的一个朋友,名叫赵栓柱。有年他做生意,被人设计陷害,差点丢了性命,是董秀才为他写的一纸诉状救了他的命,从此,他逢人便说,董秀才是他过命的朋友。董秀才突发急病去世时,赵栓柱正在外地进货,回来听说董秀才已过世,就专程去董家村祭拜,看望董秀才的老伴董王氏和两个儿子。宽慰的话说了很多,临走时他对董王氏说:"如今,我老哥不在了,家里有啥事老嫂子你就只管给我说。"

董王氏长叹一声道:"唉,墨林本来要去考秀才,他大这一走,家里的大小事都搁在娃身上,秀才也考不成了……"

"考秀才这事倒也不急,缓两年再考也不迟。"赵栓柱宽慰道。

"那倒是……可如今娃连个媳妇也没说下。"董王氏说。

"贤侄还没媳妇? "赵栓柱感到有些纳闷,心想墨林这娃长得一表人才,家境算不上富裕,但也还说得过去,咋就没说下媳妇。

"他大过世前,有人来提亲,墨林说等他考中秀才了再说,他大觉得这样也好,就没说这事……现如今,秀才考不成,婚事也给耽搁下了。"董王氏进一步解释说。

"老嫂子,你放心,这事包在我身上……"听了董王氏的话,赵栓柱拍着胸脯大包大揽地说。

从此,赵栓柱果真就操心起墨林的婚事来。那天离开姬家时,他从门房杨老汉嘴里打听到欢颜还未婚配,骑上毛驴就去了董家村董秀才家,把遇见欢颜的事前前后后学说给董王氏。他问董王氏道:"把这女子说给咱墨林,你觉着咋相?"

"那自然是再好不过了!"董王氏高兴地说。当下,她就颠着一双小脚跑出去将墨林从地里叫了回来。

自打男人去世后,家里的大小事情她都与墨林商量,这门婚事,事关墨林本人,她更要征得墨林的同意了。

墨林一听栓柱叔要给自己说的这门亲事正是姬家洼那个看病先生尚文的妹子,心里顿时像吃了蜜一样甜。他按捺不住内心的激动,顾不得等母亲跟上,一路狂奔着回了家。

上次在尚文的慈济堂时,墨林的注意力全集中在父亲那疼痛难忍的腰上,根本没留意穿着男装酷似打下手小伙计的欢颜。欢颜换了女装进来时,他以为端茶送水的女子是尚文的媳妇,没看一眼就将欢颜误喊成了嫂子,及至听见欢颜的嗔怪,他才抬头打量了一眼欢颜。看见欢颜的那一瞬,他呆住了,不敢相信自己的眼睛——怎么会呢?在他心上已经扎下根、住了几年、让他朝思暮想却又不知踪影的女子怎么会突然就出现在自己眼前?!父亲催促他离开时,他才发现了自己的失态,也才意识到自己刚才将她称作嫂子时的唐突。他感到狼狈极了,自己不仅满脸黑水汗流,还说错了话……墨林不敢再抬眼多看欢颜一眼,只一味地低着头搀着父亲往外走。赶着牛车走在欢颜家门前的巷道时,墨林能真切感受到有对温柔的目光一直落在自己的背上。他被这目光弄得十分不自在……回到家,墨林越想越后悔,后悔自己当时的莽撞和粗心。后悔自己没多看那女子几眼,也没能问她叫什么名字。但他也感到庆幸,庆幸因为给父亲看病,阴差阳错见到了那女子。难道这一切都是上天的安排?!

给父亲看病回来后的一段日子家里不断有人来提亲,墨林都以要考秀才为名推脱,他多想对父亲说,自己其实是看上了那天在姬家慈济堂里见到的那个女子。他想求父亲托人去姬家提亲,却几度欲言又止。他怕遭父亲斥责,说他不把心思用在"正道"上。心想,眼下只能先去考秀才,等考中秀才了再求父亲去姬家提亲。可谁料想,自己尚未考上秀才,父亲却过世了。现在,他孤儿寡母的家境,就是那女子愿意,恐怕她的父母也不会答应啊……

墨林一路狂奔到家,看见栓柱叔后,一面弓背作揖,一面气喘吁吁地说:"叔,让你费心了!"

"看你这样子,是愿意了?"赵栓柱高兴地问。

"我妈和叔觉得行,那就行。"墨林红着脸说。

董王氏赶回家,看着儿子脸上那难掩的兴奋样,自是十分高兴。只是她很纳闷,墨林一句话都没问就答应得那么干脆。她略带不解地看了儿子一眼,这一眼恰被墨林捕捉了个正着。他不好意思地说:"那年我大闪了腰,我带我大去她家找她哥看病,在她哥的慈济堂里见过她——人挺好的。"

"见过呀?!"赵栓柱说。心想,难怪墨林不愿找别的女子,姬家那女子,任谁见了都会放不下。

"只是……我大的孝还没守满三年,要不,还是等给我大过完三周年再说?!"墨林看着母亲说。

董王氏道:"你娶不到媳妇,没有子嗣,光守孝有啥用?!"

"再说……"墨林欲言又止。

"还有啥顾虑?"赵栓柱问。

"人家不见得愿意哩。"墨林低声嘀咕了一句。

"愿不愿意,我先跑一趟再说。"赵栓柱表现出很有把握的样子。于是,就有了赵栓柱到姬家洼提亲这一行。

现在,赵栓柱和姬崇德正坐在姬家的堂屋里说这事,赵栓柱说完后,姬崇德却并不表态,他只是十分客气地招呼赵栓柱吃烟、喝茶。

"董家书香门第,墨林知书达理……多少人上门提亲,他们娘儿俩都没看上,偏偏看上了咱女子,这说明啥……俩娃有缘分哩……"赵栓柱见姬崇德不表态,进一步劝姬崇德道。

"你老弟真会说笑,他们娘俩又没见过咱女子,咋就看上咱女子了?"姬崇德笑着反驳道。

"听墨林说,有年夏天他带他大来找尚文看病时,与咱女子见过一面。"赵栓柱说。

"这样呀?!"姬崇德感到有些惊讶。他沉默了片刻,还是忍不住问了那个一直缠绕在他心里的问题:"听说这墨林还有个兄弟——好像不咋……"他把后面的话咽了回去。

"噢,你说义林呀,那孩子也就淘了些……再过两年大一点、醒事了,就好了。"赵拴柱笑笑,轻描淡写地说。

赵拴柱来提亲的事,被端茶倒水的香莲听见,当下就跑到欢颜的西窑,将来人的话说给欢颜。欢颜一听,高兴得尖叫道:"是吗?!"她顾不得害羞,忙去慈济堂把正在坐堂的大哥拉到院子里,把事情的原委细说了一遍,然后就求大哥去给父亲说情,应下这门亲事。

得知男方就是那年曾用牛车拉着他父亲来看病的少年时,尚文说:"那小伙子还真不错哩……我这就去给咱大说去。"

尚文进到堂屋,将父亲借故叫到院子里,把欢颜的话和自己的看法给父亲学说了一遍,姬崇德听完便哈哈大笑,说:"天意呀! 这是天意……天意不可违!"

农历十月初八早晨,瑞雪给姬家生了第一个孩子。那时,姬崇德刚从外面回来,女人姬孙氏对他说:"生了,生了……你猜是个啥?"

"看你兴成那样,八成是个带把的!"姬崇德打趣说。

女人点头,脸上的笑容更加灿烂了。姬崇德早已给这个头孙子想好了小名——大宝。大宝长到去私塾念书的年纪后,姬崇德想了整整一夜,才给大宝起了个官名——君来。

欢颜很爱大宝,没事了就抱着大宝玩。看着她逗大宝时那满眼、满心慈爱的样子,大嫂就打趣道:"赶明儿,你有了自己的娃,还不知要稀罕成啥样哩!"

"大宝是我姬家的后,跟我自己的娃一样。"欢颜说。

"羞! 羞! 羞! 还没嫁人哩,就说这话。"二嫂一边用指头刮自己的脸一边笑话欢颜。

十二

过完阴历年,气候开始逐渐回暖。趁着地里的活还不太多,董王氏便琢磨着把欢颜娶进门。于是,赵栓柱便以媒人的角色频繁往返于董家与姬家,商量订婚、结婚的相关事宜。

姬崇德顾念墨林孤儿寡母,从订婚开始就对墨林不做任何要求,彩礼给多少、婚房设在哪里……一概由着墨林和他母亲去做主经办,弄成啥样是啥样,唯独对结婚那天的排场他有自己的想法,他要给欢颜一个当地最排场最讲究的婚礼。他给欢颜准备的嫁妆十分丰厚,从金银首饰到居家过日子的生活用品一应俱全,而且都是些上等货。

按说,婚前合八字合日头①都是男方先找算命先生合,合好后写在纸上,媒人把这个日头递交给女方,女方再找算命先生投日头②,如果的确没问题才定日子结婚。因为姬崇德与丰镇的一个算命先生有着多年的交情,墨林家里又孤儿寡母没有父亲,姬崇德就自告奋勇揽下了为两个孩子合八字这件事。

赵栓柱将墨林的生辰八字送给姬崇德的当天下午,姬崇德就拿着两个孩子的庚帖去了镇上,找算命先生合八字。

姬崇德喜滋滋地来到算命先生家,屁股还没在椅子上坐稳就急不可耐地将两个孩子的庚帖拿了出来,交到算命先生手里。

"这回是给谁看?"算命先生接过庚帖,笑眯眯地问。尚文、尚礼和欢蓉结婚时,姬崇德都是请他合的八字。他坐到桌对面的椅子上,将庚帖在桌上摊开,然后将那副用细绳子挂在脖子上的老花镜戴上。

"这回是我的大女子颜儿,劳烦老弟你给好好看看。"姬崇德的脸上仍是抑制不住的笑。

"看你老哥兴成这样,肯定是门不错的人家。"算命先生从花镜的上面

---

① 当地方言,确定结婚的日期。

② 当地方言,核对。

瞪着眼睛打趣姬崇德道。他低头看了看庚帖,又掐着手指算了算,脸上的笑容顿然凝结成一团阴云僵住了。

"得是有啥不合适?"姬崇德见状忙问。

算命先生不言语,一双眼睛盯着庚帖不停地眨巴。

"有啥不合适,你就直说!"姬崇德故作轻松地说。

"老哥,咱女子属兔?男方属鼠?"

"对呀!"姬崇德瞪圆了眼睛说。

"哎——古人云'宁破十座庙,不拆一门婚'……"算命先生自顾自地嘀咕。

"啊呀,有啥话,你就直说么!急死人了!"

"老哥,你没听说过'鼠兔不到头'这句话吗?"

姬崇德一听,顿时脑子嗡的一声,坐在那里,说不出一句话来。

"这也就是一说……嗯……合不合还得细看娃们的四柱是不是相生相克……"算命先生见状赶紧解释道。

"那你就给咱看看娃们的四柱!"姬崇德忙说。

算命先生只好起身走到屋后,用一把钥匙打开一个柜子,从里面翻出一本书,坐回桌前翻看。他在画有一张类似八卦图、旁边标有密密麻麻文字的那页停了下来,然后将墨林和欢颜的年柱、月柱、日柱、时柱在上面反复查对。

姬崇德见他的眉心越蹙越紧,一颗心也随之揪成了一个疙瘩。

"你老哥知道——我道行不深,看不明白啊!"算命先生看了半天,合上书时,却说了这样一句话。

姬崇德知道人家是在推脱,也就不再强求。他放下合八字的银两匆匆往外走。算命先生追上来,硬将姬崇德放在桌上的银两塞回姬崇德的手里。当地有个不成文的规矩,卜到不好的卦或合到不合的八字,卜卦人就分文不收。姬崇德见状,一颗心顿时变得瓦凉瓦凉的。

姬崇德脚步沉重地回到家,一进梢门,便在前院大声叫尚文。尚文正在慈济堂给人看病,听见父亲厉声叫他,以为出了啥事,赶紧跑了出来。

"你来一下。"姬崇德看都不看尚文一眼沉着脸闷声说。

尚文本想说慈济堂里还有病人，见父亲一脸阴云，就啥也没说跟在父亲屁股后头进了堂屋。

姬崇德将合八字的事简短地告诉了尚文，然后交代说："颜儿跟你最亲，你好好劝劝她……这门婚事不行了！"

尚文乍一听这事也是大吃一惊，难以接受。眼下，父亲让他去劝妹妹欢颜放弃这门婚事，他就不得不克制住自己的情绪，认真思考到底该如何面对这件事了。

自从父亲答应了这门婚事，欢颜就一直沉浸在幸福中，一天从早到晚兴得合不拢嘴。她和两个嫂子坐在炕上绣裹肚、信擦，缝被子、衣服，精心为自己准备嫁妆。大嫂取笑她："是不是巴不得明日就嫁过去呀？"她竟毫不掩饰地说："是又咋样？当年你不也猴急地想早早嫁给我大哥！"大嫂挥舞着手中的针仵装要扎她，姑嫂三人"咯咯咯"笑作一团。

尚文知道，欢颜断然不会答应放弃这门婚事，就试探性地对父亲说："大，你知道颜儿一心想嫁给墨林，墨林也是非我妹子不娶……而且，这结婚用的东西都准备好了，这时给她说不行，我估计她肯定不愿意！"

"不愿意也得愿意！'八字不合'，说破天也没有用！"姬崇德厉声说。

其实，姬崇德选择让尚文去做欢颜的工作，也是不愿意面对欢颜那难过的样子。

"大，你看这样行不行？"尚文想了想说，"咱再请个高人给看看……你那朋友不是也说他道行不深……若是咱请人细看了四柱，发现没有大碍，咱再请人给培治培治，兴许就没啥了。"

姬崇德觉得尚文的话有些道理，第二天就出去托人四处打听，寻找合八字的高人。他打听到，赵庄就有这样一位高人，于是就亲自前往拜访。传说这算命先生熟读《奇门遁甲》《六柱预测学》《透天机》，经他手看过的风水、合过的八字桩桩应验，在全县都很有名气。许多达官贵人都亲自登门造访，掐算官运、财运和婚姻，卜算宅基吉凶。

姬崇德赶到赵庄那个算命先生所在的村子时已是半后晌，他一路打听着来到算命先生家门口，却发现他家的梢门紧锁着。姬崇德向左邻右舍打听，都说不知算命先生的去向。他只好蹲在算命先生家的梢门口等，直等到太阳落山,也没见那人的踪影,没办法,姬崇德只好往回走。

那天姬崇德从赵庄回到家时,天已经黑透了。他筋疲力尽地坐在堂屋的桌旁抽闷烟,心想,兴许这位算命先生是提前卜算到了今日会有人来合一桩不合的八字,就故意躲起来了。看来,两个娃的确是有缘无分啊!

抽完烟,姬崇德咬了咬牙,将欢颜叫到跟前,给她说明原委,然后就劝她放弃这门婚事,他说:"明早我让你大哥去告诉你栓柱叔,让他转告墨林和他妈,大家也都好另做打算。"

"不行!"欢颜大声嚷道,"那些烂脏人胡说哩——我才不信!"她瞪圆的眼睛和坚定的声音都给父亲传达着一个信息——她决不放弃这门婚事。

"这可由不得你!"姬崇德吼道,他站起身准备上炕睡觉,"回你屋去吧!"

"这事就得由我……"

欢颜在脚地默默地站了一会儿才转身合上堂屋的门出去了。临出门时,她声音很低地说了一句:"要想毁了这门亲事,除非我……"后面的话姬崇德和姬孙氏都没听清楚,或者是她压根就没说出口。

欢颜走后,坐在炕上铺被褥的姬孙氏突然像想起啥似的问姬崇德:"她说除非……除非啥?难不成……还想寻死觅活?"

"你闭嘴!"姬崇德吼道,"快去把尚礼媳妇叫起来,让她这几天陪着颜儿睡。"

整整两天,欢颜都用被子蒙着头躺在炕上不吃不喝不说话。尚文劝父亲道:"这样下去可真要出人命了,还是找个人给培治培治吧!"

姬崇德见宝贝女子这样,也是心疼难忍,无奈之下,只好花重金请来一位"高人"给欢颜和墨林进行了培治。

得知两个孩子的"八字不合"后,董王氏也劝墨林放弃这门婚事,墨林却说:"合不合我也要娶她……除非她不愿意。"董王氏见劝说墨林放弃这门婚事根本不可能,也就只好接受了姬崇德的办法,积极给墨林培治。这一过程被有限的几个人秘密完成,亲戚邻里并不知晓,就连墨林的亲弟弟义林也没被告知。

相亲、订婚的议程有序进行,婚期也很快敲定,可两家人在满脸笑容的后面却都掩饰着一种近乎悲壮的情绪。这种情绪在欢颜和墨林的心里有过,但很快就被一种强烈的向往所替代,他们就像经历了一场生离死别一样,对彼此的期盼较之以往任何时候都更加强烈。

墨林在母亲和本家大伯的指点下,着手筹办婚礼——请相奉、礼笔、厨师、乐人,打扮花车、磨面、搭席棚……忙得不可开交,他要努力将这一切做到最好,为了他心心念念想娶进门、与他共伴一生的女子——欢颜。

没过多久,墨林就在欢快喜庆的锣鼓唢呐声和噼噼啪啪的鞭炮声中,将身着华服的欢颜娶进了门。

那天,鸡还没叫头遍,前来帮忙的本家婆子媳妇们就已开始为欢颜梳洗打扮了。欢颜的二妈在头几天就为欢颜开了脸。她将一根在膝上搓好的细线一头咬在嘴里,一头绕在手指上,中间被另一只手拦腰一勾一拧弄成剪刀状,把欢颜额头、鬓角和脖子上的汗毛拔掉。现在,她用抹上头油的篦子将欢颜的头发梳得油光发亮、一丝不乱,在脑后盘出一个结结实实的发髻,为欢颜开脸上头。当欢颜从里到外换上早已准备好的绣有鸳鸯图案的红色绸缎裹肚、红色内衣和棉衣时,天已经麻麻亮了。她端过母亲为她做的荷包蛋,刚咬了一口,鼻子就开始发酸,眼睛发红,惹得母亲和一圈的婆子媳妇们也跟着抹眼泪。二嫂香莲劝欢颜道:"一定得把这荷包蛋吃了——顶饱还不胀肚……"欢颜点了点头,强将那两个荷包蛋咽了下去。

眼看着迎亲的队伍就要到了,却不见了姬崇德,问谁都说好像刚才还在哩。欢颜一听,立马从炕上下来。帮忙的婆子们立时大叫道:"可不能胡跑啊!人家马上就来了!"

欢颜不管,蹬上鞋就往外走,边走边说:"耽误不了!"

欢颜来到中院父亲吸烟休息的那间厦子门口,发现门从里面拴着,就爬在门缝上柔声叫:"大……你把门开开……我知道你在里头。"

里面没有动静。欢颜就拉着哭腔说:"你老要是舍不得,我……我就不嫁了……"

这时,就听见里面有了窸窸窣窣的声音,接着门闩被拉开,门被打开。一股浓浓的水烟味随之扑面而来,欢颜看见,父亲一手端着他那把水烟锅一手拿着媒头颓然地出现在门口,在他身后豆大的灯苗被从门口吹进去的凉风吹得飘摇不定,弥漫在整个屋子里的烟雾让那黄色的灯光看起来混浊暗淡。

姬崇德低声训斥欢颜道:"抽口烟都抽不安生……这马上就要成人家屋里的人了,咋还一点轻重都掂不清……啥嫁不嫁的……"他还要说啥,却说不出来了,下巴上的胡子一颤一颤。他转过身往桌旁走,欢颜看见他抬起胳膊用袖口蹭了蹭眼睛,一向笔挺的脊背好像突然驼了许多,人也好像苍老了许多。欢颜看得心疼,扑通一声跪倒在地上,一声"大"刚一出口就泣不成声了。她对着父亲连磕了三个响头,然后才在前来找她的二嫂香莲的催促下起身回到了西屋的炕上。

迎亲的队伍在一阵欢快的锣鼓唢呐声中来到了梢门口。屋里屋外顿时像在烧开的油锅里倒进去了一碗水——炸了起来。"来了……来了……"有人跑进西屋来对炕上的欢颜和婆子们说。"来了……来了……"有人从堂屋跑出去对灶房里的人说。

其实,就是他们谁也不说,那顿然响彻在黎明时分的锣鼓唢呐声也已将这一讯息传达给了每一个人,当然除了那些还赖在炕上睡懒觉的碎娃。天没亮时,赶来参加欢颜婚礼的一些亲戚的碎娃已被母亲从热被窝里拉出来强行穿上新衣服,可他们实在太困了,母亲的手刚一松,他们就又倒在炕上睡着了。现在,他们再一次被母亲拉起来:"醒醒……醒醒——没听见迎亲的已经来了……"

从困顿中顿时兴奋紧张起来的人们,各就各位忙活起自己所承担的那部分事体来。尚文和尚礼带着本家的几个男丁已经来来回回往梢门口跑过好几回了,一直没见迎亲的队伍来。早春黎明的天气还有些寒冷,他们的手脚都已冻得有些发疼了。他们刚折回前院东侧临时腾出来用于招待客人的厦子里,准备在新盘的泥炉上烤烤火,锣鼓唢呐声却突然响了起来。他们急忙又折身跑出梢门,将提前挂在梢门口的两挂鞭炮点燃。

噼噼啪啪的鞭炮声停下来后,尚文和尚礼便与墨林和迎亲队伍的领队——墨林的本家大伯——作揖行礼。墨林的本家大伯从花轿里将欢颜要穿的华服、鞋子,还有一只被红绸子拴着双爪的红公鸡和四色果品、一吊五花肉拿下来,一一交给前来迎接他们的瑞雪和香莲。最后,他在花轿里看了看,见轿子里只剩下那把避邪的剑后才放心地放下轿帘随大家一起进了梢门。

姬崇德听见唢呐声,便从中院的厦子里出来,他边走边用双手将整个脸搓了搓,将有些蓬松的头发往脑后捋了捋,又将身上崭新的缎质棉衣棉袍往展拽了拽。当他出现在迎亲人面前的时候,已是精神抖擞,满面笑容了。他拱手作揖,说着由衷的客套话。很难相信,这就是刚才那个把自己关在厦子里抽闷烟、伤心无助得像个小男孩的姬崇德。

迎亲的队伍总共七个人,短短的几个时辰里,他们要在姬家吃三顿饭,麦子泡、饸饹和席。为了不让别家结婚的女子抢了头彩,墨林的本家大伯不断地催促着大家:"赶紧些,赶紧些……"

墨林的一个远房兄弟拿着一沓裁成绺绺的黄纸提早出门压止活①。

上轿前,香莲把自家准备好的那只系着红绸子的麻麻母鸡和墨林本家大伯带来的红公鸡一起抱着放到花轿里。一个妇人抱着一个三四岁的"叫魂娃"来到欢颜面前,让那男娃叫娘,男娃不叫,妇人就急了,摇晃着男娃的身子说:"咱不是说好了吗,咋不叫了?"她威胁说,"你要是不叫,可就没油炸果子片片吃了哦……"

"娘……"就听那男娃扯着稚嫩的嗓门大声喊了一声,竟惹得大家都笑了。

一般人家的嫁妆都是被人抬着,墨林深知丈人姬崇德的心思,就按当地最排场的方式安排了一辆三套的马车。

"驾!"坐在车头的车把式在地上甩了一个响鞭,拉着嫁妆的马车便绝尘而去。

出了姬家洼,车子慢了下来,快到董家村时,车子又再次快了起来。车把式的吆喝声、摔鞭声不绝于耳,生生地造出了千军万马般的气势来,使得沿途遇见的人无论男女老幼都不得不停下来向他们张望,投去赞许的目光。

---

① 当地方言,在花轿要经过的每个十字路口,把黄纸绺压在不去的方向上。

进村时,马车又缓了下来,他们穿过用红绸子拉开来临时弄出来的彩门,然后才又一阵呼啸,扬鞭而去。

嫁妆车走后,欢颜乘坐的花轿才尾随着吹鼓手出了村。尚文身披红花骑着一匹枣红马走在花轿的前面压轿。作为"送女"的二妈和大嫂瑞雪搀扶着欢颜上轿时,香莲走过去悄悄握紧欢颜的手,不说一句话,却将千言万语传递给了欢颜。

花轿走后大约半个时辰,姬孙氏才与后场去的送饭的坐上马车去了董家村。

刚才十分热闹的院子瞬间寂静了下来,整个三进院子里,除了帮忙的村人收拾锅碗瓢盆的声音,就是公鸡们有一声没一声的打鸣声。姬崇德的心突然空落落的,无着无依。他独自走进堂屋,一屁股坐进八仙桌旁的椅子里,半天都愣怔着,不想干啥。

十三

从姬家洼到董家村的路上,欢颜的脑子里想了许多事。她想到了十几年的成长过程;想到了父亲和大哥曾经给过她的那些爱;想到了那年在壶山上初见墨林时产生的心动以及后来那折磨人的懵懂相思;想到了在大哥的慈济堂里再见墨林时的那种惊喜与羞涩;想到了墨林当时的窘态……她当然也想到了自己与墨林那不合的八字以及可能会出现的不幸——算命先生的话不可能不在她的心里留下阴影。但这又能怎样,她爱墨林,墨林爱她,这就够了。她在心里对自己说,一定要做个好媳妇,好儿媳,好母亲,

—————————————

① 当地方言,女方的宾客。

决不能让自己的婚姻出现任何问题。

　　欢颜正想着,唢呐锣鼓声又一次突然响起,不一会儿,花轿停了下来。她从轿帘的缝隙里往外看,就看见了墨林正悄悄地往轿子里边看。墨林的这一眼,让欢颜的心都化了,她想,这辈子就是与他只做一日夫妻,也是心甘。

　　他们在村口换了喜花后,墨林便上马,引着花轿进了村。

　　太阳已经升起,董家的梢门口已聚满了看热闹的人,他们围着轿子窃窃私语,有后生就悄悄撩起轿帘偷看欢颜。

　　相奉头①拉长声唱道:"打——轿。"声音刚落,就见墨林本家的一个婶子端着一个盛有各色豆子的碗拨开人群挤到了花轿跟前。她是精挑细选的两个"依母"中的一个。只有上有父母下有儿女中间有丈夫而且家庭和睦的女人才能被选做"依母",能被选做"依母"的女人自然感到十分荣光。墨林的这位婶子小鼻子小眼,个子也不高,几颗刺龅牙一天从早到晚露在嘴唇外面,只要一说话,就带得唾沫星子四溅,平日里断不可能成为大家关注的焦点。现在,她被男男女女、大大小小的几十双熟悉、不熟悉的眼睛注视着,就感到了从未有过的荣耀。她在轿前站定脚,先煞有介事地将人群扫视了一圈,然后两只手倒换着盛豆子的碗慢条斯理地往上撸袖子,这衣服是她专为此事赶做的一件新衣服,为做这件衣服,耗去了她两天两夜的时间,也耗去了她很多的心思。昨晚,当这件衣服终于大功告成穿到身上时,她那老实巴交、不善言辞的男人竟用了好几个酸词夸她好看,他还说:"明日给咱好好舞弄舞弄,让那些平日里狗眼看人低的人都看看,咱日子虽说过得紧巴,但咱屋人全乎……"

　　这时,有后生不耐烦了,嚷嚷道:"快赶紧些! 看把你好事多得不行!"

　　众人哈哈大笑,有人拍了一下后生的头,说:"是人家墨林色媳妇,又不是你,你猴急得想咋?"

　　众人笑得更浪了。在这当儿,那女人已抓起一把豆子朝花轿的这边撒过来,豆子打到花轿上,又从花轿上弹起来,落在围观人的脸上,大家便嘻嘻哈哈四散躲开。

---

①　当地方言,主事的,奉音 hong。

　　那女人十分张扬地绕着花轿边走边撒碗里的豆子，撒过一圈后，另一个早已站到轿前的"依母"才将四个夹有肥猪肉片子的白蒸馍，从花轿的四角往对角扔，人群又一次出现了骚动。

　　这个"依母"虽然比第一个长相要好，但身材却略显肥胖。看得出她也经过了一番精心打扮，只是没有第一个"依母"那样张扬。她每走到花轿的一个角，人群就往她对面的那个角拥。吃了打轿的馍会得好运，人们齐刷刷伸着两只手，都想接住那打过来的夹着肥肉片子的白蒸馍。

　　打完轿，相奉头又高声唱道："拉——扫——帚。"一个六七岁的男娃，拉着一把上面挂着双爪核桃和双爪石榴的大扫帚绕着花轿转了一圈。

　　相奉头又唱道："燎——轿。"一个男子双手紧紧攥着一把点燃的干草走近花轿，将冒着白烟的干草托着，绕着花轿左右各转了三圈，以驱逐花轿在路上可能遇到的邪气。

　　打完轿、燎完轿，便开始燃放鞭炮。胆小的人赶紧捂着双耳往后躲。

　　"下——轿。"相奉头的唱声一落，吵闹的人群顿时安静下来，人们又赶紧往轿子跟前挤，几十双眼睛瞬间齐刷刷集中在轿帘上。

　　欢颜被二妈和大嫂搀扶着踩着轿前的条凳下到轿下，当她那精致的三寸金莲刚在条凳上落下，就听到了一片不小的嘘声。欢颜的脚刚踩到地上，前面的一个小伙子便将几把豆子往欢颜的头脸上打过来，两个"依母"赶紧将准备好的红布扯开挡在欢颜的前面。

　　二妈和大嫂将欢颜搀扶着跨过轿前的火盆，然后将欢颜交到头戴礼帽、身披大红花的墨林手中，由他牵着往院子里走。墨林走得很慢，时不时回过头来看一眼欢颜的脚下，生怕她会因顶着盖头看不清路而被什么东西绊着了。

　　欢颜被墨林牵着，心里说不出的甜蜜。她在心里默默祈祷：老天爷啊，请你开恩，就这样让墨林一直牵着我走下去吧！她透过盖头，偷偷看墨林。墨林的一举一动都让她心醉。她在心里一遍遍感念父亲，感念他让自己遂了心愿嫁给了眼前这个男人。

　　就在欢颜胡思乱想的当儿，她已被墨林牵着走到了墨林母亲跟前。他们在相奉头的宣声中，拜天地、拜高堂。墨林的父亲已经过世，堂上坐的只有墨林的母亲董王氏。看到儿子引着媳妇跪在面前,董王氏喜极而泣,心想,要是自己的男人能看见今天这一幕该有多好……今日自己对男人也算有了交代,往后自己就是有个三长两短也不怕了……

看见董王氏哭,许多婆子媳妇也跟着抹眼泪。董秀才的突然离世,让这个可怜的女人顿时苍老了许多,让还是少年的墨林突然老成了很多。站在一旁的相奉头悄悄捅了捅董王氏的肩,低声说:"老嫂子,大喜的日子,可不敢这样!"董王氏这才止住抽泣,一边擦眼泪一边说:"我这是高兴——高兴得……"

欢颜被一伙人簇拥着入洞房,门却被锁着,几个董家的后生嚷嚷着要手巾,不给手巾不开门,瑞雪给了其中一个手巾,另一个却说,钥匙在自己手里,瑞雪只好又给了他一条,如此这般,瑞雪把五六条手巾给了五六个小伙子后,他们才把门打开。

这当儿,一些婆子媳妇们去看那些放在院子里的嫁妆。她们一层一层数着绑在一对板柜上的被褥,在雕花的衣服架子前细细辨认彩绘在那上面的图案,她们亲手摸了摸铜质的洗脸盆、洗脸架和黄亮亮的铜灯柱……嘴里情不自禁地发出"啧啧"之声。

洞房里,墨林本家大伯的儿子盛林准备将反铺在炕上的席子翻过来,他故意磨磨蹭蹭,说席子扎手,扎得他抓不住。欢颜的大嫂瑞雪就赶紧从衣服下面抽手巾。她和二妈在出门前,将几十条手巾叠成长方形,搭在系在腰上的带子上,整整搭了厚厚的一圈,外面特意穿件宽松衣服罩着,需要手巾时,她们就从衣服下往出抽。这些手巾都是欢颜自己亲手织的,颜色鲜艳,各色条纹的宽窄设计别致,比别人家婚礼用的手巾大出很多,还织得密很多,因而成了那天的抢手货。

盛林接了手巾垫在手里,将席子反过来后,就拿着一把上面绑着核桃花生枣的扫帚在炕上拍,边拍边说:"拍一拍,掸一掸,乡党听我把歌念,男大当婚女要嫁,嫁妆用车拉到这①。一对箱子红堂堂,被褥放在箱盖上。梳头桌,梳妆匣,陪的脸盆带架架……"他突然停下来不拍不说了,转向瑞雪

———————————

① 当地方言,音 zha。

说:"不给手巾咋拍呀? 你看我这嫩手都快叫这笤帚弄烂了!"

瑞雪赶紧又抽出两条手巾递给他。他拿上手巾说:"啬皮得很么,这笤帚这么粗,两条咋包得住呀?"瑞雪又赶紧递上两条。

"……先响鞭,后放炮,欢颜下轿墨林笑。大门外,换喜花,乡党兴的笑哈哈……"他又停下来不拍不说了。瑞雪又赶紧递上两条手巾,说:"赶紧垫上,操心把你的嫩手弄疼了!"引得大家哈哈大笑。

在这一要、一给中,就有了婚礼的热闹。盛林说着说着又停了。"又咋了?"瑞雪笑着问。

"口渴咧。"盛林说。

瑞雪赶紧给他倒茶水。

"……红头绳,绿手帕,明年生个胖娃娃。扎扎角②,红头绳,满院跑得蹬蹬蹬……不拍咧,不撺咧,生个带把的就算咧……"

一段说辞竟让盛林闹了很长时间,引得围观的婆子媳妇笑声不断。盛林见大家高兴,更是挤眉弄眼,拖腔拉调,耍怪搞笑。

翻正了席子、铺好了褥子床单,欢颜才得以坐到炕上,洞房里的事情也才算告一段落。

人们一窝蜂似的从洞房出来后,前场去的送饭的女人们便被请去吃下马饭。吃完下马饭,前场去的全体宾客才被墨林的本家大伯叫去他家吃远接面。吃完远接面才又回到墨林家准备正式吃席。

后场的送饭人到了后,被墨林的三叔请去吃腰食。吃完腰食,举行了认舅和认老舅的仪式,欢颜的母亲就拿出提前准备好的两袱子手巾和套袖,与欢颜的二妈一起散活①。

吃席的时候,墨林的兄弟义林请了一群狐朋狗友坐到一张桌子上吃席。起初他们还算规矩,吃着吃着,几杯酒下肚就都张狂起来。他们大声划拳,大声说脏话,有人甚至将一只脚踩在凳子上与划拳的对手叫板。划着划着,不知怎么吵了起来,其中的一个急了,抓起身边的酒盅将满满一盅

② 当地方言,冲天辫。

① 当地方言,把这些东西散给墨林家的亲戚和帮忙干活的人。

白酒泼到对方的脸上。后者见状，也将一盅酒泼过来。相奉头过来好言劝说，却被义林用胳膊拨到一边，说："闪一边去，关你屁事！"

相奉头气得嘴唇发青，全身直哆嗦，他转身将墨林的本家大伯叫来。董秀才这一辈叔伯弟兄总共三个，他排行老二，与墨林的三叔是亲兄弟，与墨林的大伯是叔伯兄弟。按说墨林的三叔应该与墨林最近，但由于三叔娶了个强势又爱搬弄是非的三婶，弄得两家人的关系反而不如与本家大伯近。

只见那大伯训斥义林道："你哥结婚哩，你不说帮忙，还在这瞎搅和啥哩？"

"谁搅和了？是他搅和我哩知不知道！"义林赤红着一张醉脸梗着脖子喊叫道。

"你这不是胡搅蛮缠么？！"大伯嚷道，下巴上的一撮胡子气得直颤。其他桌上吃席的人听到这边的动静都围过来看热闹。

"我咋胡搅蛮缠了？你去问他，他把一个啥货娶进门了？"义林见围观的人多起来，更加来了劲，声音也更大。

"胡说啥哩？这话你也敢胡说？"大伯的语气顿时软了下来，两只眼睛狐疑地看看四周。

"我哪里胡说了，你去问镇东街的算命先生，是不是他俩的'八字不合'……既然'八字不合'，咋还非得把人嫁过来，说不定她就是个'扫帚星'……嫁不出去了，硬塞到我屋……"义林嘴里含混不清、断断续续地说。

啪，一记耳光重重地落在义林的脸上，顿时将义林的醉酒打醒，他这才闭嘴不言语了，大家也才看见墨林不知啥时候已两眼冒火全身颤抖着站在了众人面前。

见此情景，义林那些狐朋狗友的气焰顿时熄灭。他们纷纷起身离席，东倒西歪地往梢门外走。义林还想留住他们，见墨林已经红了的眼睛刀子一样逼视着自己，也就没敢叫那些人，起身跟着他们灰溜溜地走了。

"都回自己的桌上去，都坐回去吃席吧……"相奉头说。

"年轻人，喝多了嘴上就没个把门的，胡说八道哩么……大家要信那些酒话……"墨林的大伯解释说，一脸的尴尬。

"失礼！失礼！"墨林努力让自己面部的表情放松下来，给大家深深地作了个揖,然后转身进屋去了。

发生这一幕时,欢颜的娘家人正被安顿在厦子里吃席,墨林端着酒壶站在一旁招呼客人们饮酒吃菜。义林的朋友闹起来时,村里端盘子的一个小伙子怕出事,就跑到厦子悄悄把墨林叫出来,让他过去管一管。没想到,还没等墨林走到席棚跟前,义林就已经说出了那些混账话。

两家人一直小心隐瞒着的"八字不合",这下被义林当众捅了出来,而且还胡说成欢颜是个"扫帚星",这让墨林简直无法容忍。乡里人整天就怕没是非,一点事很快就会被传得尽人皆知,成为茶余饭后的谈资和笑料。有些人的舌头上就像带着毒汁,能将人活活毒死。墨林和母亲知道义林是啥货,这事一直都瞒着义林,可义林的狐朋狗友多,他不知怎么就从外面听到了这事。昨天,他还为这事与母亲大闹过一场,质问母亲:"难不成你想让这个'扫帚星'毁了这个家?"

母亲矢口否认,说:"胡说啥哩?人家是啥人家,能看上咱屋已经是烧高香了。"她进一步警告义林,"你给我把你那烂嘴闭紧,耍在外面胡说,操心你哥收拾你!"

"哼!收拾我?!收拾我也得他屁股干净才行。"义林歪着脑袋瞪着眼说。

"你这娃咋油盐不进哩?你哥咋屁股不干净了?!"

"就这事……没完!等我打听清楚了……就是结了婚我也得把她赶出去,耍想祸害我……"

尚文听见外面的动静要出去看究竟,却被瑞雪制止了,瑞雪说:"过事、过事,就是乱事哩,肯定是有人喝多了。"

日头快要落下去的时候,欢颜的娘家人才吃完正席,坐在墨林家堂屋喝茶水小坐。墨林的母亲董王氏拉过欢颜母亲姬孙氏的手说:"咱娃进了我董家的门,就是我董家的一口人了,我会把她当自家的女子看待的,你们只管放心……"

"放心着哩,你们董家书香门第,墨林这娃也知书达理,必定不会亏待了我颜儿……"姬孙氏拍着董王氏的手说,"要是她有啥不对处,你也不要迁就,只管骂,只管打……"

两个妇人就像完成某种仪式一样,你一言我一语地将这些不疼不痒的客套话说了一遍后,姬孙氏就起身准备告辞。她和几个娘家的女眷来到洞房,对端坐在炕上的欢颜低声叮咛了一番,然后就和男人们坐上马车回去了。

欢颜目送着母亲、二妈、两个嫂子及其他娘家来的女眷走出洞房,心里却突然感到从未有过的空落,她那么想尽快嫁给墨林,那么想尽快离开娘家,如今坐在了墨林的炕上,却突然很想自己的娘家,想父母,想哥嫂,想家里的瓶瓶罐罐、猪马牛羊。那些与自己朝夕相伴的一切,如今已变得不是想见就能随便见上了,那个家已变得不是想回便能回去的了……一串眼泪终没忍住,顺着欢颜的双颊流到了嘴边,流到了颌下。

吃席、帮忙的人陆续散尽后,喧嚣了一整天的董家的院子才渐渐安静下来。

大约是听了义林说过的那些话,晚上竟没有后生来闹洞房。不可否认,义林的话,就像一枚炸弹,将本来光光鲜鲜、排排场场的一个婚礼炸得面目全非。参与婚礼的人们,除了义林的那些话,其他的一切似乎都没在他们的脑子里留下印象。

十四

送女的人到家还没坐稳,义林的那些混账话就传进了姬崇德的耳朵。姬崇德气得直发抖,他喊叫着让尚文和尚礼赶紧套车,与他一块去董家村将欢颜接回来,把这门婚退了……

尚文、尚礼好说歹说,才将父亲劝回堂屋坐下。尚文劝道:"这婚礼已经办完了,现在将颜儿弄回来,以后还让她咋活人呀?"

尚礼接话说:"……那义林是啥货色大家谁不知道,谁会相信他的话!"

姬崇德没有去董家村把欢颜弄回来,却病了一场,好像是自己做了啥见不得人的事一样，日日不出门。

新婚夜里，墨林筋疲力尽地走进洞房，看见欢颜端坐在炕上，心里顿时涌起无限的歉疚和心疼。他不知道欢颜是不是听见了义林的那些话，如果听见了，她的心该有多难受。为了能跟自己在一起，她不惜与最疼爱她的父亲闹，躺在炕上不吃不喝好几日；为了跟自己在一起，她放弃了张家那么富贵的人家不嫁而选择了他这个孤儿寡母的董家……自己真是太大意了，竟没防备住义林，让他说出那么恶毒的话来。那些话，会不会让他们朝思暮想的聚首，变成冷冰冰的面对……墨林的心里充满担忧。

望着欢颜端坐炕上有些孤寂的身影，墨林多想冲上去，一把将她揽入怀里，给她温存，给她抚慰。可内心的歉疚却使他的步子变得沉重而缓慢。他终于鼓起勇气，走到了炕边，用他最温柔、怜惜的目光看向欢颜。让他欣慰的是，他在欢颜的脸上，竟没有看到气恼，也没有看到羞涩和胆怯，看到的，只有同样的温存和怜惜。他的鼻子一酸，眼睛一红，嘴里发出一连串的"颜……"将欢颜紧紧地揽入了怀中……

义林的话欢颜并不是没听见。她或许没听完整、准确，但大概的意思已从那扇小飘窗飘进了她的耳朵。她在心里一遍遍对自己说："既是自己选定了这门婚事，再难，也要往前走，再苦，也要往肚里咽。"洞房花烛夜里，她努力装作不曾听到过义林的话，努力让自己表现出一个新媳妇应有的喜悦与幸福。

但那夜，欢颜却几乎一夜未睡，他从墨林几乎听不到的呼吸声里断定墨林也一夜未眠。她默默祈祷：老天爷呀，如果我和墨林注定要经历什么劫数的话，那这一切的苦难就都让我一个人受了吧！不要折磨他！

第二天早上，欢颜跟着墨林到堂屋给婆婆问安，婆婆的一双杏仁眼不断地在她的脸上来回打转，欢颜知道，婆婆这是想从她的脸上读出义林的那些话在她身上所起的反应。她故意装作没事人一样，高高兴兴地做着过门第二天新媳妇该做的一切——给祖先的牌位上香、扫地、抹桌子、做饭、吃饭、刷锅、洗碗……墨林一直跟在她身边，告诉她什么东西放在什么地方，时不时地，还会上手去帮她。

欢颜出去喂猪时，董王氏将墨林叫住，嘴闭着往门外努了努，悄声问："昨黑，她没说啥吧？"

"没有……"墨林说。

"看那样子，像是没听见义林的那些混账话。"董王氏说，眉头的川字纹十分清晰。

"义林的声音那么大，不会没听见……我慢慢给她解说，你老别挂在心上……"

母子俩便都沉默了。

见母亲不再有话要说，墨林赶紧出去帮欢颜喂猪。在猪圈旁，他试图给欢颜解释头天义林的那些混账话，却被欢颜把话岔开了。

喂完猪，欢颜解下围裙，站在堂屋门口等婆婆和墨林引着她去自家屋①和邻居家认门、认亲。董王氏坐在炕上迟疑了半天，才缓缓下到炕下。她慢腾腾包头巾，慢腾腾戴袖套，就像要干一件并无多大把握的大事一样，最后，她终于咬咬牙，下了决心，引着欢颜和墨林出了门。

在自家屋和邻居家里，欢颜遭遇了一大早婆婆看她时的眼光，更遭遇了一些媳妇轻蔑甚至有些幸灾乐祸的皮笑肉不笑。但欢颜并没有因为这些眼光与冷笑而表现出任何的不安和反感，她反而显露出一种发自内心的满足、喜悦与轻松。她双手搀扶着婆婆，笑眯眯地跨入、跨出着这些人家的门槛。婆婆每介绍一个人给她相认，她就喜滋滋地叫一声那人的称谓，然后弯腰问好。

"这是你三叔。"婆婆指着一个黑瘦的男人说。

"三叔好！"欢颜深深地弯腰。

"这是你三婶。"婆婆指着一个中年女人对她说。

"三婶好！"欢颜笑眯眯地将眼光停留在那双从她一进门就对她不怀好意的丹凤眼上。欢颜的头和身子都弯下去半截了，眼睛却还盯在那双丹凤眼上，使那双丹凤眼不得不赶紧躲闪开来。

每认一门亲、一户门，大家都要寒暄几句，欢颜回答每个人的问话时，

---

① 当地方言，本家。

都要回过头笑眯眯地看一眼婆婆,好像在说"我说的对吧?""是这样吧?"这就让为婆婆的感到十分受用。

董王氏原本并不打算让欢颜去认门、认亲。墨林的婚事没有董秀才在人前撑着已经让她觉得自己比别人矮了三分,如今义林再这么一闹,不正中了某些人的下怀,这些人看热闹不嫌事大,正等着看自己的笑话,在背后嚼舌根。墨林的三婶就不是个省油的灯,万一她因"八字不合"不让欢颜认亲,自己这张老脸到时该往哪里放?……但她见欢颜那么坚定地站在门口等她下炕,好像没事人一样,也就不好张口说不去的话了。

婚后第三天,墨林去姬家洼回门。

墨林套了辆牛车,装上回门的礼当①,拉着欢颜。他坐在车辕上,一句话不说,一副心事重重的样子。

"义林的话我听见了,但你用不着担心!"欢颜打破沉默道,"我才不在意旁人咋看、咋说……日子是咱俩过,与旁人没有关系……"

听欢颜这么一说,墨林的心顿时就舒展开许多。他扭过头深情地望着欢颜,不知说什么好。他万万没有想到,这副娇小、柔美的身体里竟有如此豁达、自信的胸怀。他为自己低估了欢颜而感到羞愧。

"看啥哩?我脸上又没长花。"欢颜被墨林看得不好意思,嗔怪道。

"世上哪有比你还好看的花?!"墨林痴痴地说。

"只怕你过不了多久就看厌了。"欢颜说。

"不准胡说!"墨林大声阻止道,"一辈子都看不厌。不,两辈子、三辈子……"

听到墨林说这样的话,欢颜的心不知怎么就突然颤了一下,她赶紧阻止墨林道:"谁要你的两辈子、三辈子,只要有你这辈子我就心满意足了。"

墨林望着远处灰秃秃的田野,一时竟不知怎么去接欢颜的话。

一只麻雀在道旁的干草里觅食,瘦小、单薄的身影被牛车惊了起来。欢颜望着那只麻雀在不远的枯草地里落下来,自言自语道:"还不知道我大知不知道这事,就怕他老人家听了义林那些话……会受不了。"

---

① 当地方言,礼物。

"只要你不往心里去,你大那儿,我想好了——愿打愿罚,都由他老人家!"

牛蹄和车轮的声音在清晨寒冷的旷野上回荡,墨林和欢颜这对刚完婚的新人默默地坐在车上,他们对未来充满希望却又挥不去因"八字不合"在心里潜伏着的那片淡淡的阴云以及这阴云所带来的恐慌和担忧。

门房杨老汉听见敲门声,赶紧出来开门,他刚一打开梢门,欢颜的声音就嚷嚷着从前院传到了后院:"大、妈、大哥、二哥、大嫂、二嫂、大宝……"

尚文在头一天就安顿好了欢颜他们回门时的所有事项。今天一大早他就在厦子、堂屋里来来回回走,心里盘算着万一父亲对墨林发起脾气来,自己该如何收场。他几度走进堂屋,想对父亲说,墨林马上就要到了,总得见见面吧。可他见父亲仍躺在炕上闭着眼睛不动弹,就不敢作声了。他悄悄给母亲使眼色,让母亲叫父亲,母亲却对他摇摇头,表示自己也不敢。此刻,听到欢颜那夸张的喊叫声,尚文和尚礼都赶出去迎接。两个嫂子也赶紧从后院的灶房里往出跑。

尚文引着欢颜和墨林往中院自己的厦子里走,说:"咱大受了点风寒,昨黑发烧头疼,一夜没合眼,我刚给吃了些药让睡下……你俩先到我屋坐会儿。"

欢颜一听就知道大哥是在骗她。看来,义林的那些话已经传到了父亲耳朵里,对父亲来说,那些话无异于一把刀子插到了心上。她看了看墨林,然后站住脚对大哥说:"哥,你说实话,咱大是不是被义林的那些话气着了?你可得替我好好劝劝咱大,义林的那些话就是胡说哩,"她又看了墨林一眼,接着对大哥说,"我和墨林都不往心里去,让咱大也甭往心里去——他要有个三长两短,我可咋活呀?!"说着说着,眼睛就红了,憋在内心的委屈顿时一股脑涌了上来。

"这咋还哭上了?爱哭爱哭,叫墨林看了笑话……啥三长两短的,咱大是那号人吗?!"尚文嗔怪欢颜道。

"大哥,千错万错都是我的错。我大走得早,我这个当哥的没管教好义林……这次事先也没有给义林把话说清楚……我这就去给老丈人赔不是去……"墨林说完,转身就要往外走。

"先甭去——"尚文一把拉住墨林,说,"既是这,我就实话给你俩说了——前天从董家村一回来,我大就听说了这事,一气之下就病倒了,几天都不出门……你恐怕还真该好好管管你那兄弟义林哩,家和才万事兴么!"

"义林那日是喝多了,他平时不是那样子……对吧?"欢颜见大哥说墨林,忙收住哭替墨林辩解。

尚文心里暗暗好笑。他拍着欢颜的肩膀笑着说:"这才过门几天,就护着墨林,把亲哥的话不当话了……"

一切都已经说开,尚文便带着欢颜两口去堂屋看望父母。没想到,尚文刚掀起堂屋的棉门帘,就听见父亲在堂屋里说:"这刚嫁人,就不懂规矩了! 回门来,也不先给你大你妈问声好?!"

欢颜抢到大哥前面,一把推开堂屋的门,扑通一声跪到脚地。墨林见状,忙也跟着跪下,说:"叔,都是我不好,给你老添堵了!"

尚文进得门来,看见父亲不知啥时候已起床穿戴整齐地坐在八仙桌旁了,他那颗悬着的心这才彻底放了下来。

"快起来,地上凉。"姬孙氏伸出一双胖手,示意墨林和欢颜从地上起来,墨林和欢颜却固执地跪着一动不动。

"你妈说的话没听见呀?"姬崇德看着欢颜和墨林说。墨林和欢颜这才如释重负地站了起来。欢颜发现,才两天不见,父亲的一双大眼睛已深陷下去,眼周竟有了大大的一圈黑晕。

姬崇德一句话也不说,只闷着头吃烟。

父亲下炕了,这在尚文看来就是天大的好事。

在尚文的操持下,姬家隆重地招待了墨林这个新婿。姬崇德什么批评指责的话都没对墨林说。倒是墨林,两杯酒下肚,就坐不住了。他借着酒劲对姬崇德说:"叔,你放心,我会把颜看得比我还重……义林那天喝多了,胡说哩……您老可千万甭往心里去……我回去……好好收拾他……不再让他犯浑……"墨林的话越说越多,欢颜不知道,他竟这么能说,"我大走得早,我兄弟俩年少不更事……往后,您老就是我的当家人……您老就多指教……日久见人心……"要不是欢颜将墨林硬拉得坐下,估计他会说个没完。

　　饭后,姬崇德按照礼数,请欢颜的一个本家远房叔带着墨林去自家屋认亲,去村里挨门挨户认门。父亲如此宽容地对待了墨林,让欢颜的心里更加不好受。她很清楚,父亲这是为了她而把那巨大的羞辱强咽了下去……

　　回婆家前,欢颜又一次跪到父亲面前,哭得泪人一般。

十五

　　那日大闹婚礼后,义林数日未回家。他混在丰镇的赌场里,没黑没明地赌。赢了,就将那些银子不当银子地乱散,输了就垂头丧气,喝闷酒。实在困了,就到客栈里睡上一觉。

　　往常义林要是一夜未回,董王氏都会指派墨林去镇上找,不是在赌场,就是在酒馆,墨林总能找着义林。起初,义林对被哥哥在这些地方找到还感到有些不安,他给哥哥解释说"自己这才刚到"或者"谁谁谁叫哩,抹不开面子"。后来,被哥哥在这些地方找到的次数多了,义林也就不好再撒谎,也觉得没必要再撒谎了。每次墨林带着义林走在回家的路上,他都会掰开来揉碎了地给义林讲道理:"赌博、吸大烟、酗酒,这些东西沾不得,沾上了就会倾家荡产……""咱大走得早,长兄如父,我得对你负责……""我要不管你,任你这么下去,咋对得起咱那死去的大……""让咱妈过个安稳晚年,好不好?"……劝诫的话说了一河滩。起初,义林当着墨林的面还答应得很好只是转身就忘了,后来,他就厌烦了墨林的这些说教,说:"你说来说去不就这几句……烦不烦啊?我耳朵都听出茧子了。"一副油盐不进的样子。

　　如今,义林一连几天都没回来,墨林曾提出要出去找,却被母亲阻止了,董王氏说:"欢颜刚过门,把义林硬叫回来,义林再犯起浑来胡闹,让街坊四邻看笑话不说,让人家欢颜咋想?传到人家娘家,恐怕欢颜她大和她哥也不干……”于是,母子俩只好暂时由着义林在外面混,而义林也正乐得没人管,整天就在镇上逍遥快活。

义林回到家已是五天后的事了。他将身上的钱输光花净又赊了许多账,直到赌场和酒馆都不再让他赊账也不让他进门了,他才不得已回了家。再硬气的人,到了山穷水尽的时候,那份硬气也会瞬间坍塌,更何况是义林呢。他耷拉着脑袋,灰头土脸地回到家,一进堂屋门就直奔挂在窑壁上的馍笼,从里面拿了两个凉馍,从水缸里舀了一瓢凉水,站在水缸旁边吃边喝。

母亲董王氏见他突然回来,心里既惊又喜——毕竟是自己的亲生儿子,春寒料峭,他一个人在外混了这么些天,一定冻坏、饿坏了。其实,这些天里,董王氏对义林生气归生气,心里却没一日不惦记。现在,见义林突然破门回来,董王氏便有一肚子的话想问:“你这些天都疯到哪里去了?钱花光了吧?受冻挨饿的滋味不好受吧?……”可她终究没将这些关切的话问出口,因为她知道灶台旁还站着一个刚过门的儿媳欢颜。董王氏把到嘴边的话咽回去后,就用一双眼睛又爱又恨地瞪着饿狼似的儿子义林看。

正在灶间刷锅洗碗的欢颜,见突然进来一个小伙子,不问青红皂白就直奔馍笼拿馍,一时没反应过来。她停下手,将探寻的目光转向炕上纳鞋底的婆婆,见婆婆那副又爱又恨的样子,才意识到这可能就是那个还未与自己正式见过面的小叔子义林。可他长得也与墨林太不像了,他比墨林壮实,五官的尺寸比墨林都大一号。

欢颜看了一眼婆婆,就转向义林,问道:“这是我兄弟——义林吧?”

义林好像没听见欢颜的话一样,仍然自顾自地啃他的凉馍。

“还不赶紧见过你嫂子!”坐在炕上的董王氏赶紧对义林说。

“噢……先覅吃了——太凉!”欢颜听婆婆这么一说,确定是义林,就对义林说,“我给你烧煎水、烤馍……灶膛的火还没熄,一会儿就好!”

义林依然不与欢颜搭话,继续一口馍一口凉水地吃着、喝着。义林实在太饿了,两个凉馍进肚,就跟掉进一个无底洞似的,根本没什么反应。他还想再从馍笼里取馍时，欢颜已做好了一碗热气腾腾、打有鸡蛋花的拉麦①，端到了他的面前。

欢颜说："你先喝口热拉麦，暖和暖和身子……馍马上就烤好。"

义林本想志气一点，不吃欢颜做的饭而去馍笼里再拿两个凉馍再舀一瓢凉水，可他的身子一万个不答应。他本来就连冷带饿身上没多少热气，刚才那两个凉馍和一瓢凉水进肚，将残留的那点热气全吸走，使他顿时从里到外已彻底凉透了。这种凉透了的滋味实在不好受！他狠了狠心，端起拉麦碗就往肚子里灌，顾不得"志气"，顾不得不好意思，更顾不得热拉麦烫嘴、烫舌头、烫肚子。一碗滚烫的拉麦被他三下五除二吸溜一光。

欢颜烤好两个黄澄澄的蒸馍，新泼了一碟油泼辣子，端到义林跟前，说："慢慢吃，不够了我再给你做。"

看着义林二话不说抓起热烤馍往嘴里塞，一口咬下去又被烤馍烫得龇牙咧嘴的样子，欢颜不由得转过头与炕上的婆婆相视而笑。欢颜心想，义林其实还是个没长大的孩子！

义林比墨林小六岁，比欢颜小三岁，说他小，其实也已十六岁了，在这片土地上，十六岁的男孩结婚成家、顶门立户的大有人在，可义林今天进门后的一系列表现让欢颜不得不觉得他就是个还没有长大的男孩。

趁着义林吃馍的当儿，欢颜赶紧出去，在院墙根的柴火堆里抱了一抱柴火，携了一笼麦衣到厦子，给义林烧炕。她想，义林吃饱了肯定就要睡了，看他那样子，大概也是好几天没睡好。

墨林从外头回来，见厦子里冒烟就走进去看。欢颜悄声对他说："义林回来了。"

"他还有脸回来！"墨林一听就来了气，他转过身，准备往堂屋冲。

欢颜赶紧拉住他，问："你弄啥去？"

"我得好好说说这浑小子……自己说了那么多混账话，还好像是别人欺负了他似的，离家出走这么久……"墨林气哼哼地说。

"你快悄声些！人好不容易回来了，就甭再给气走了……我看他这些

---

① 当地方言，放了调和面面和盐的白面糊糊。

日子在外头也没好过到哪里去……"

　　义林吃饱喝足后果真就到厦子里睡觉了。他衣服不脱就钻进热被窝里，没多久就起了呼呼的鼾声。

　　义林闷头睡了整整一下午，直到晚上喝汤才被母亲推醒。看着已经狼狈得像个丧家犬的义林，无论是董王氏还是墨林，一时都不忍心再斥责他了。饭桌上，欢颜专门给义林炒了一碟鸡蛋，炖了一碗辣子粉条萝卜，放到义林跟前。义林低着头狼吞虎咽吃了几口后，才意识到这两道菜竟是专门为自己做的，就赶紧将这两道菜往桌子中间推了推，说："妈、哥，你们也吃！"他又抬起头，不好意思地对站在锅台边的欢颜说，"你也吃！"

　　婚后，欢颜秉承了姬家对女人的全部良好家训。鸡叫头遍她就起了床，扫院子、烧水，给婆婆倒尿盆，伺候婆婆、墨林、义林洗脸喝水。欢颜爱干净，每天早上都会拎一桶水将全家人的瓦罐尿盆在茅厕里刷了又刷，涮了又涮。她干活麻利，每顿吃饭，大家还在吃饭时，她已将灶台、案板收拾停当；饭毕，婆婆还没剔完牙，她已洗完碗，刷完锅，提着一桶泔水去喂猪了。干完这一切，欢颜就坐在西屋的炕上开始做针线活。欢颜的针线活在姬家洼时就没人能比，现在到了董家村，她更是用心用意地去做。婆婆董王氏拿着欢颜做的针线活，经常露出一副不可思议、喜出望外的神色。

　　欢颜嫁过来不久，董王氏就经常出去串门。她拿着一个鞋底子，坐在邻居家的炕上，与邻居说东谝西，最爱说的还是夸媳妇。她说："……我就没见过像她那样干活麻利的人，一眨眼的工夫，那一串活就都给干完了。"她也会说，"……你是没见我那媳妇擀面，哎哟，就跟跳舞一样，一根擀面杖，在她手里舞来舞去，蹭蹭蹭擀过去，刷一下铺开来，看得我眼花缭乱，那面擀得呀，要多薄有多薄……"她还会说，"……你没见过我那媳妇纳的鞋底子，硬邦邦的……还有她绣的花，简直像真的……那线纺的，又细又匀……"

　　听的人听出了一肚子的妒火，也听出了一肚子的怨气——嫉妒董王氏娶了个好儿媳，怨恨自己的儿媳既懒又笨。

　　董王氏夸欢颜，是由衷的。自从欢颜进门后，她的日子简直过得就跟皇太后一般。她没再进过灶巷，就是欢颜下面条需要人帮忙拉一会儿风箱，也是墨林抢着坐到灶巷里。家里的一切突然都变得那么清爽。屋里屋外干干净净不说，每顿饭还都那么可口。欢颜做饭，无论几口人，无论什么饭，她都能做得不多不少刚刚好。自从欢颜进门，一家人就再没吃过剩饭。家里也再没扔过放坏了的食物，欢颜总能将一切食材及时搭配着、变着花样做给一家人吃。

　　婚后的墨林仍坚持着夜读的习惯。每天晚上，他在处理完家里的所有事项后，总要坐在桌前看一会儿书。这日，墨林刚在桌前坐下，欢颜就凑过来问："这是啥书？"

　　"《论语》。"墨林说。他很奇怪，欢颜竟对他看啥书感兴趣。墨林接着看自己的书，看了一会儿，他抬起头，发现欢颜正静静地坐在炕上一动不动眼巴巴地看着他。墨林以为自己这样看书冷落了欢颜，就说："算了，不看了……陪你说说话。"

　　"不用不用，你看你的。"欢颜忙阻止说。

　　"那你给我说，你刚才在想啥呢？一动不动的。"

　　"也没想啥，就是不想打搅你看书。"

　　"打搅不了！"

　　"能给我说说，书里都说了些啥吗？"欢颜瞪着一双渴望的眼睛问，"小时候，我经常听我哥在厦子里念书，书里人过的日子比咱过的日子有意思哩……"

　　"噢，是吗？那你都听过啥？"墨林好奇地问。

　　"很多，都是些戏文……不过，我想听你给我念你看的这本书。"

　　"这本书叫《论语》，你听着啊，我给你念几句——或曰：'以德报怨，何如？'子曰：'何以报德？以直报怨，以德报德。'"墨林停下来，抬头问欢颜，"听不懂吧？"

　　欢颜略作沉思，十分认真地说："我不知道'或曰'是啥意思，但我知道'子曰'是孔子说的意思……我也知道'以德报怨'是啥意思——嗯，就是旁人对你再不好，你也要对他好……"

　　墨林吃惊极了，他瞪大了眼睛，半张着嘴望着欢颜，这么晦涩难懂的文言文，她居然能听懂一些，她是怎么做到的?! 见墨林这副吃惊的样子，欢颜笑着说："小时候,我两个哥经常给我大背书,跟这差不多的话我听过,也听我大给我哥解说过……只是你刚才念的'以直报怨'是啥意思,我没弄懂……"

"'以直报怨'就是以你的率直、公正去对待那些对你不好的人。"墨林赶紧用一种欢颜能听懂的语言解释给欢颜听。

"那我觉得还是'以德报怨'好——他对你不好,你仍然对他掏心掏肺地好,就不信,感化不了他? 只要他还有良心,早早晚晚,他的良心都会让他对你好的……就是他还对你不好,至少也不至于再作恶害你吧……你没见书上说'人之初,性本善'吗? ……"

墨林根本没料到,欢颜对这几句话还会有自己的理解和看法,更没料到,她会运用自己知道的那点知识来为自己的看法佐证。他痴痴地望着欢颜,心里说不出的赞叹与爱惜。

后来的日子里,墨林每天晚上看书,对面都会坐着眼睛睁得大大的、全神贯注的欢颜,他也就将看书变成了出声读。读完,他依然会问欢颜听出是什么意思。欢颜将自己理解的意思说给墨林听。她的理解有时是对的,墨林大加赞赏,有时简直是牛头不对马嘴,墨林就笑得在炕上打滚,这时,欢颜那软绵绵的拳头就会像雨点般落在墨林的身上。笑过之后,墨林会很认真地给欢颜讲那些话的真正含义。

这样甜蜜的日子过了一段时间,墨林对欢颜说："我看的这些书,都是些科举考试要用的书,你不一定爱听,往后,你就不要每天晚上这么辛苦地陪我了!"

"科举考试要用的书? 你还想考秀才?"欢颜问。

"秀才算啥,我想中进士哩!"墨林半开玩笑半认真地说。

没想到,为了他的这句话,欢颜竟搭进了她整个一生的幸福。

"那就好好看,说不定就中进士了。"欢颜一脸认真地说。

"嗨! 我也就是一说,你还当真了! 咱哪有中进士的命啊! 能中个举人,就烧高香了!"墨林也认真起来。

"进士不都是人中的? 他旁人能中,咱就也能!"欢颜坚定地说。

欢颜觉得家里的杂事太多,影响墨林念书,就建议他再去壶山书院专心学习,争取来年去县上报考秀才。

壶山书院位于董家村西南的安城村,距董家村大约七里地,是成姓人家祖上三兄弟合资兴办的义学,也是这片土地上方圆几十里唯一的一所书院。书院里学生的年龄相差很大,小到不足十岁的娃娃,大到二十多岁有志考取功名的小伙子。墨林的父亲董秀才就是在这所书院里学成考中的秀才,当时在安城村和董家村一带都引起了很大轰动。董秀才博学强记,文章评古论今,很有水平。他还形成了自己特有的幽默、轻松的文风。在很长一段时间里,董秀才都是当地学生心目中的头号偶像。但不知何故,他考举人却是屡考不中。后来,他就彻底灰了心,不再考了。他被壶山书院聘为教书先生,一教就是很多年。

墨林八岁时,董秀才将墨林带到书院,跟他一起吃住。墨林白天听旁的先生讲课,晚上听父亲指点,很快就在学生中崭露头角。董秀才见墨林记性好,也爱学习,就默默地寄厚望于墨林,希望他将来能替自己实现夙愿——考中举人。

董秀才在书院那些年,他的父亲在家里种地、打理家里的事情,父亲去世后,董秀才不得不将墨林留在书院继续学习,自己则告别了书院回家务农。不出几年,墨林经过了一系列考试,成为童生,获得了科举考试的资格。就在墨林准备报考秀才的时候,董秀才却突发急病过世了。

当下听了欢颜的话,墨林笑着劝欢颜道:"用不着再去壶山书院了,这些东西以前先生们和咱大都给我教过,我只需在家认真温习就行。"

其实,在墨林心里,不去书院主要是不愿将家里这一摊事全扔给瘦弱的欢颜。

墨林每晚的夜读,成了他们夫妇必做的事情。欢颜相信,只要他们这么一步一步往前走,墨林就一定能实现他和父亲董秀才的心愿。无数个夜深人静的夜晚,一盏油灯下,《论语》《孟子》《大学》《中庸》《诗经》《尚书》《礼记》《周易》《春秋》,这些科考的四书五经被墨林读了又读。那些油灯下读书的时刻,成了他们一生中最幸福的回忆。

这一晚,欢颜突然对墨林说,想学写自己的名字。墨林就在桌上铺上一张宣纸,教欢颜写。墨林先写下一个"姬欢颜",然后在旁边写下一个"董墨林",他说:"你看,这是你的姬欢颜,这是我的董墨林……"

那夜,墨林手把手教欢颜写下了许多"姬欢颜"。第二天早上,墨林一觉醒来发现欢颜正坐在桌前抹眼泪,眼前是头天晚上欢颜学写自己名字的那张宣纸。他吃惊地下到炕下扶住欢颜的肩膀问:"咋哭了?"这时,他在那张宣纸上的每个"姬欢颜"旁边发现了一个歪歪扭扭的"董墨林",眼泪已将一片"姬欢颜"和"董墨林"打湿、洇开,模糊难辨。墨林似乎明白了欢颜为什么会哭,他紧紧地将欢颜揽在怀里,柔声说:"还为'八字不合'犯愁啊?老天爷咋舍得将你我分开——我们的好日子还长着哩!"

十六

义林在家安生待了一段时间,手脚就又痒痒了。一天,他趁哥哥下地干活、母亲去邻居家串门,就从母亲的钱盒子里偷走一些银子跑去了镇上。他在镇上只待了两天,还没等哥哥墨林腾出手去找他,自己就低着头回来了。墨林一看,知道他又没干啥好事,便问他是不是又去赌了、哪来的银子?义林闭口不言。董王氏见状,赶紧跑去窑后头放衣服的板柜里找出那个钱盒子打开来看,结果,发现里面的银子已所剩无几。董秀才去世时,家里还有些积蓄,墨林结婚用掉一部分,被义林分几次偷偷摸摸拿走一部分,剩下的已经不多了,董王氏怕再被义林偷走,就将钱盒子藏来藏去,不断变换地方。那天,她也是大意,出门时忘了锁柜子,让义林钻了空子……董王氏又气又急,立时犯了心疼病。她脸色苍白,嘴唇青紫,一手捂着胸口,一手指着义林断断续续地骂:"那可是你……你大……留给咱一家人的……活……活命钱啊……你个……挨千刀的……"

义林低声犟嘴道:"我不是想把以前输掉的本翻回来么?!"

早上义林本来只拿了母亲钱盒里的一点银子出门,可他快出院子时,突然想起了自己在酒馆、客栈和赌馆里赊的那些账,心想,这点银子还完账可就剩不多了,还咋翻本?!舍不得孩子套不住狼,以前之所以输,就是因为总是小打小闹,这回,多拿些本钱,说不定,一把就能把以前输了的全部赢回来。等赢了再把母亲的这些银子神不知鬼不觉地放回去,不就万事大吉了!他返回去,将盒子里的那些银子又拿走了一部分。谁料想,那些账在这短短的几个月里已翻了好几番,他与人家理论,人家好像比他还有理。强龙压不住地头蛇,无奈,他只好如数还上欠账。等他还完所有赊账和利息,身上的银子已经所剩无几了。他站在赌场里犹豫了半天,怕万一输了,可就把父亲留给他们母子的活命钱基本输光了,母亲一旦发现,还不得当场气死。可他转念一想,把这点银子放回去,哥哥和母亲也同样不会放过自己,到那时,自己就是想翻本也没赌资了。他一咬牙,一跺脚,坐在了赌桌前。

结果,他又输了个精光。

欢颜和墨林将董王氏扶到炕上躺下,她一边给婆婆捋胸脯,一边示意义林赶紧出去,别再站在那里让母亲看着生气。她又让墨林烧些煎水,给婆婆喝。

婆婆的脸色渐渐缓过来后,便失声痛哭起来,她边哭边说:"……这往后的日子可咋过呀?!……"

欢颜劝婆婆道:"我娘家陪给我的那些首饰还值几个钱,往后家里要用钱了,就拿些出去卖……咱这日子照样能过!"

听到这话,墨林当时就感到羞愧得无地自容。和欢颜结婚还不到半年,就要沦落到让她卖陪嫁首饰过日子的地步,这事要传出去,让姬家人怎么看他墨林!但他一时也没有别的办法可想,总不能眼睁睁看着母亲因为这事而急出个好歹来!

义林这么一折腾,董家原本还算松宽的日子一下子就紧巴起来,墨林整天愁眉不展,也无心再看书备考。他想,自己给不了欢颜富足的生活,也决不能让她变卖自己的首饰过日子。他暗自打算,等收完麦,种完秋庄稼,就跟着堂哥盛林去山里贩盐。至于考秀才,只能搁到以后再说了。

欢颜看出墨林的心思,就背着墨林借了头毛驴骑着回了趟娘家。她想从父亲那里借些银子贴补家用,让墨林不至于因为缺钱而犯心慌,耽误了考秀才的大事。但当她看见父亲那因为吸大烟而日渐灰暗、苍老的脸时，就怎么也开不了口了。父亲本就因为她和墨林"八字不合"以及义林赌博而不同意这门婚事，是自己死活要嫁过去，如今，他要知道义林赌完了家里的积蓄，老人家还不被活活气死。

姬崇德见宝贝女子突然回来，就嚷嚷着让两个儿媳妇给欢颜做好吃的。他笑眯眯地问欢颜："咋突然回来了？"

欢颜坐到炕边，一边扇扇子一边说："昨黑我做了个梦，梦见你和我妈都病了，今早醒来，心里一直慌慌的，回来看看……"

母亲姬孙氏握着欢颜的一只手，说："我和你大都好好的，这梦呀，都是反着的！"

"墨林咋没陪你来？"父亲姬崇德突然狐疑地问

"这不马上要收麦了，屋里活多，我就没让他来。"欢颜说得合情合理，父亲也就没再多想。但尚文却不信欢颜的这些话，直觉告诉他，妹子颜儿突然回来一定另有原因。

吃过饭，尚文悄悄把欢颜叫到他的厦子里，问道："和墨林吵架了？"

"没有，没有！我咋会和墨林吵架！"欢颜忙摆手说。

"那就是遇上啥难处了？"尚文盯着欢颜的眼睛问。欢颜只好将家里的变故原原本本说给大哥听。

尚文从柜子里拿出一些银子塞到欢颜手里，说："你先用着，过段时间，大哥再给你送些过去！"

欢颜知道，家里的银子都是父亲掌管，大哥手里只有当日看病挣的银钱和一些要找病人的碎银，她对大哥尚文说："你咋来这么多银子？我不能要！"

"放心拿着，这是前阵子咱大让我买木料和砖瓦的银子——咱大想把门楼翻新一下……这不，病人一直太多，腾不出手……眼下又要收麦了，办不成这事。你先拿去应急。"

"那还是算了，到买木料、砖瓦时，你拿不出银子可咋办？"欢颜推辞说。

"到时我再给咱大慢慢说……咱一大家子，咋都好办，拿上！"尚文不容推辞地将银子塞给欢颜，"义林这赌博的毛病还真得让墨林下势治哩，要不然,日子可真没办法过了!"

农历五月下旬的天气,已经十分干热。欢颜从娘家回来时,天已经擦黑。她又累又渴,回到家就直奔堂屋烧煎水喝。墨林见她进门,一句话不说,就沉着脸一瘸一瘸地从堂屋往外走。欢颜觉得纳闷,便站住脚问婆婆没出啥事吧。婆婆说:"中午回来听说你回娘家了,就一直吊着个脸……你回娘家咋不跟他言语一声?"

"噢,为这事呀!"欢颜如释重负地说。她又接着去烧她的水了。

"你大你妈都好着吧?"董王氏问。

"好着哩。"欢颜说着,就站起来,从她拿回来的袄袄里掏出大哥给她的一包银子递给婆婆,"我大给了些银子,让咱先用着。"

"这咋能行! 不行,不行!"婆婆摆着双手忙不迭地说,"你说做了个瞎瞎梦,要回去看看……咋是要银子去了,早知道你是去要银子,我说啥也不让你回这趟娘家……"

婆婆死活不接银子,欢颜只好把银子放到炕沿上一言不发地低下头接着烧水。婆婆见状,赶紧解释道:"知道你是为咱屋好,但咱也不能拖累了你娘家不是!"

"我知道回去要银子不好,这不眼瞅着要收麦了,咱不得雇几个短工帮忙? 光墨林一个咋行!"欢颜说。

董王氏听欢颜这么一说,就语塞了,一时瓷在那里不知该咋办。董秀才在壶山书院教书时,家里一直雇着个长工,平时地里的活,都是父亲带着长工一起干。到了农忙时,书院临时放假,董秀才才从书院回来帮帮忙。父亲去世后,董秀才不得不辞掉书院的差事回到家。没了书院的收入,董秀才只好辞掉长工,只在农忙时临时雇几个短工帮忙。董秀才谢世后,墨林沿袭了父亲在世时的做法。如今,家里的那点积蓄已被义林折腾得所剩无几,再雇短工,工钱都成问题了……董王氏自觉理亏——谁让自己生养了义林这么个败家子呢?! 谁让自己没把男人留下的那点家底看住呢?! 她长叹一声,道:"哎,都是妈不好,没管教好义林,让你跟着受罪!"

听婆婆这么说,欢颜忙劝婆婆道:"都是一家人了,就不说两家人的话！”她起身再次将那些银子拿起来往婆婆手里塞。

婆婆仍是死活不接，说：“既已拿回来了，就留下先用着，等咱有了，再给你大还上……不过，这银子还是放到你那儿比较妥当——放在我这儿，保不准哪天又让义林给逮摸走了……”

欢颜想想也是，就将银子收了起来。

欢颜回到西屋，见墨林在假模假式地看书，就将书夺了下来，嗔怪道："看不进去就甭看了！"

墨林想夺回书，见欢颜黑水汗流的样子，也就作罢。可他两眼盯着前面的脚地，仍是一言不发。

中午从地里回来，一听母亲说欢颜因为做了个噩梦回娘家看父母去了，他就断定欢颜是去娘家借银子了。他那强烈的自尊心顿时被伤害到了极点。他不只为欢颜没告诉他自作主张回娘家要银子生气，还为自己没管教好义林，让义林闯出如此大的祸事生气。他觉得自己活得实在有些窝囊，窝囊到了要让欢颜回娘家去乞讨……吃饭时，他没敢在母亲跟前说啥，匆匆往嘴里扒拉了几口饭，就回到西屋躺在炕上生闷气去了。他越想越生气，越想越觉得自己应该做些啥，于是，他爬起来，气哼哼奔出去，一脚踢开厦子的门，将义林从炕上薅起来，吼道："我为啥就摊上你这么个兄弟?!"

义林正在困午觉，被哥哥这么突然薅起来，一时还有点摸不着北。他揉揉眼睛问："我在这睡得好好的，咋惹着你了?"

"你把家都快踢踏光了，咋惹着我了?!"墨林两眼冒火，嘴唇发抖，脸色惨白。

"我好几天都没去赌了。"义林低声申辩道。

"你倒想赌！家里还有银子让你赌吗?!"墨林握紧拳头，实在想狠狠地揍义林一顿，可他终究下不去手。他站在地上，牙齿咬得咯吱咯吱直响，最后，狠狠地踢了一脚桌子。只听咔嚓一声，一条桌子腿断了，墨林右脚的大拇趾也折了。他迅速扶住墙，抬着那只受伤的脚，一动不动，脸上的五官因为疼痛而错了位。他缓了一阵，等钻心的疼过去后，才继续发狠声道："你要再敢去赌，我就一头撞死到你跟前！"

义林从没见哥哥发过如此大的火，也从没听哥哥说过如此狠的话，他立马乖乖地低下头,不敢犟一句嘴。

墨林声嘶力竭地发了一阵火后,突然感到全身像抽了筋骨一样疲乏无力。他变了声调,十分悲哀地、一字一顿地说:"难不成,你要连这院子庄子和那二十来亩地都给踢踏光,让咱妈拉着枣棍去要饭?"

义林偷偷看了看哥哥,发现哥哥的眼睛里蓄满了泪,他这才意识到问题的严重。要是搁往常,义林才不会听哥哥这种没完没了的训斥,肯定会摔了门,一走了之。可今天,他被哥哥的行为震慑住了。他知道自己闯了祸,但怎么也没想到,这祸会让哥哥如此伤心,哥哥眼中的泪花比抽到他脸上的耳光还让他感到震惊和害怕。义林当即跪到地上,说:"哥,我保证不再赌了。"他举起右手,"要是再赌,你就把我这只手剁了!"

此刻,欢颜看着一脸阴云的墨林,忙软了声说:"我回娘家借银子去了——怕你不同意,才背着你去的……"

"知道我不会同意,还去?"墨林仍望着前面的地,用一种极其哀伤的语气说。

欢颜顿时不言语了,她也被墨林反常的情绪震慑住了。

"你考虑过我的感受吗?"墨林的声音很小,却冰凉刺骨。欢颜这才意识到,自己回去借银子,不是给家里解了围,而是伤害了墨林,伤得很重。她小心翼翼解释道:"眼看着要收麦了……咱得雇人干活呀!"

"为啥要雇人?我没长手呀!"墨林突然提高了嗓门,扭过脸看着欢颜说。

"你要干活,还要读书,身体咋吃得消?"欢颜弱弱地说。

"你以为借钱雇人干活,这书我还看得进去……"墨林的语气又低沉了下来,充满悲哀。

"甭生气了……我不知道这事会让你这么难过……以后凡事都跟你商量着来!"欢颜实在不愿意看见墨林那难过的样子,赶紧赔不是。

这件事是欢颜嫁到董家后与墨林发生的第一次,也是唯一的一次不愉快。从那以后,她牢牢记住了一点,墨林的自尊高于一切。

　　这年的雨水特别多,为了避免将满地黄灿灿的麦子泡进雨水里,墨林领着义林和雇来的几个短工没黑没明地抢收。他那天在厦子踢桌子腿时,踢折了大拇趾,欢颜连夜将他的一只鞋前面铰开,接了一节布缝上,让他松松宽宽穿在那只受伤的脚上。由于受了伤,很多活墨林都无法干,他只能拄着一根棍子,瘸着一只脚,指挥着义林和那几个雇来的伙计干。义林竟也服从了哥哥的安排,表现得比以往任何时候都听话。

　　这天上午,墨林照常领着义林和几个伙计在地里割麦子,欢颜和婆婆在家里为地里干活的人准备午饭。临近正午,白晃晃的日头像一个巨大的火球挂在天上,麦田里热浪滚滚,空气干热得仿佛随时都会起火。墨林见干活的伙计们已黑水汗流干了一上午,未割的麦子所剩不多,便准备招呼伙计们将已经割好的麦子装车往场院里拉,拉完后就回家吃饭、休息,后晌再来将剩下的麦子收割完。这时,他却看见欢颜和母亲挑着两根扁担,颠着两双小脚摇摇摆摆从地头过来。他忙吩咐义林过去接。

　　欢颜走到墨林跟前后对墨林说:"今儿这天干热成这样,估计暴雨随时都可能会来……我和咱妈商量,让大伙在地里吃早晌饭,抓紧把剩下的那点活干了,咋相?"

　　墨林抬头看了看天说:"行么!只是……"他压低声音,"又热又累一上午了,人家怕不乐意哩!"

　　"我给他们说。"欢颜说着就转过身,大声对正在干活的伙计们说:"大伙都先停一停听我说……今天这天,随时都可能下雨,劳烦大伙在地里把饭吃了,然后接着把那点麦收完。"说着,她就走过去帮着婆婆将篮子里的饭菜往出端,"知道这样连轴转很累,我婆婆专门吩咐给你们加了一些好饭食,回头还会给你们加些工钱。"

　　话音一落,就有一个伙计说:"行么!我们快些吃,吃完赶紧干活。"

　　大家紧锣密鼓将剩下的麦收割完,装上车拉回场院,支成麦垛。当他们刚支完麦垛,一道闪电就从天边划过,紧接着便是一声炸雷,晴朗的天空顿时乌云密布,不久,便下起了哗哗的白雨。

　　此事让几个干活的伙计惊诧不已,他们赞叹欢颜:一个小脚女人对天气竟有如此准确的判断,实在让人佩服!而墨林在心底里也是更加佩服了欢颜,心想,欢颜绝非一般只会围着锅台转的女流之辈,她聪明,能辨事,做事又非常果断、有办法,往后要是自己出了远门,她也完全能将家中里里外外的事情打点好。因此,一系列计划便在墨林的心里迅速孕育而成。

收完麦,墨林看着几个雇来的伙计将地收拾好,种上秋庄稼后,就跟着堂哥盛林去山里倒腾小买卖了。他们将盐、棉花、布从山下拉到山上,卖给山里人,又在山上收购些玉米、小米和蘑菇,卖到山下的几个村子,从中赚些差价。十天半月走一趟,三四个月下来,竟也挣得了不少银子。

起初,欢颜很反对墨林去做这些事,她觉得墨林的年纪已经不小了,当务之急应是读书备考秀才。墨林则劝她,冬天封山后,还会有好几个月的时间可以看书。欢颜也就同意了。

整个冬天,墨林都闷在屋里读书。为了不干扰他,欢颜将纺车和织布机都搬到堂屋,每天与婆婆挤在一起干活。

来年四月上旬的一天,墨林终于迎来了等待已久的考试。他带着欢颜为他准备好的干粮、换洗衣服和盘缠,带着父亲传给他的砚台和毛笔一大早就走出了梢门。他几乎是怀着一种虔诚的心将父亲的那方砚台装进行囊的。那砚台是父亲在考秀才前,专门找人定做的,砚台的底部刻着一个草书的"董"字。父亲就是用这方砚台写出了那些好文章,考中了秀才。墨林也希望这方砚台能带给自己好运气。

墨林只让怀有身孕挺着个大肚子的欢颜和母亲将自己送到梢门口,他不想让街坊四邻都知道自己去赶考。在他看来,作为董秀才的儿子,这件事早在他通过童子试后就该完成了,拖到现在才去做实在没什么值得炫耀的。

十七

墨林走后第三天,他的第一个孩子出生了。那天上午,欢颜打了勺糨糊,找出些破布片弄湿,铺在桌子上打袼褙。打到一半时,她突然感到肚子疼,越疼越厉害越疼越紧,她知道这是要生了。墨林走前曾问她是不是快到日子了,她怕墨林为此事分心,谎称还有个把月,其实也就是这十来天的事。可谁知这孩子连十来天也熬不住,要提前几天出来。

欢颜赶忙起身准备生娃的一切事宜。墨林不在家,婆婆又是个胆小怕事的人,欢颜就没把要生了这事告诉婆婆。她忍着疼照常做了晌午饭,照常提着刷锅水喂了猪。到了半夜,疼痛越来越紧,而且已经破了水、见了红,她才起来敲响婆婆的门将婆婆叫了起来。

果不其然,董王氏一听,顿时就紧张得乱了手脚。

董王氏的头胎孩子因为难产而胎死腹中,她自己也险些丧了命,因此她怕欢颜再有啥闪失。当下,她颤着身子、颤着声,将义林从厦子叫起来,指派他赶紧去村里叫接生婆。义林出去后迟迟不见回来。董王氏急得一边搓手,一边在脚地里乱转,嘴里不停地念叨:"这货死哪里去了……咋还不回来?"

躺在炕上已疼作一团的欢颜,一边宽慰婆婆一边吩咐婆婆将炕上的一面席子揭掉,将自己提前准备好的那笼干麦秸倒到炕上铺开,再帮她把身子移过去,让她的下身刚好放到那片铺开的麦秸上。欢颜强忍着疼对婆婆说:"我见过我妈给我嫂子接生,知道咋弄……你就按我说的做……放心……不会有事!"

其实,欢颜哪里见过母亲给嫂子接生,她是为了安慰婆婆才编出了这些话。她虽没见过母亲接生,但两个嫂子生娃时,她却帮母亲准备过接生用的东西,也听母亲她们说起过接生的事。

义林并没有故意耽搁时间。他跑到接生婆家,接生婆不在,去她女子家了。好在她女子家并不远,就在邻村。义林只好跑去她女子家,将接生婆请回来。大半夜,黑灯瞎火,没个车拉,也没个驴骑,义林只好将接生婆背着一路小跑着回来。等义林上气不接下气地将接生婆放到自家院子里时,欢颜已把孩子生下来了。她指挥着婆婆配合自己的每次用力使劲将孩子往下推。孩子终于生下来后,她又用虚弱的语气指挥着婆婆将孩子的脐带剪断、结扎好,将孩子嘴里的脏水掏干净,身上的胞衣擦净,用干净绵软的包布包好放在她的怀里……

新生婴儿是个男娃。

墨林的考试顺风顺水，当他志得意满赶回家时，儿子已能睁开眼看他了。在墨林心里，这无异于双喜临门！他顺嘴就给儿子起了个小名"双喜"。他抱起儿子，望着炕上的欢颜，满眼满心都是感激。董家是书香之家，就像父亲当年给自己起了墨林这个名字一样，墨林也将对双喜的期许体现在给他起的官名里，没等双喜长到要上学念书的年纪，墨林就已给他取好了官名——董子昂，因为他最喜欢唐代诗人陈子昂那风骨峥嵘、寓意深远、苍劲有力的诗风，更喜欢陈子昂那轻财好施、慷慨任侠的为人。

子昂刚过完满月，墨林的喜报就来了——他以全县第一名的成绩，高中了秀才。

短暂的兴奋过后，墨林就拿起一本《春秋》坐到油灯下，夜夜苦读起来。他铆足了劲，准备参加三年后的乡试——考举人。按照当时的规定，考中秀才后，还须有三年州府书院学习的经历，才有报考举人的资格。墨林决定，来年开春，就去关学书院学习。当下，最要紧的，是一边看书，一边拼命为家里赚钱。

农忙之余，墨林又跟着堂哥盛林山上、山下跑生意。墨林他们的生意虽说只是些小打小闹的跑脚买卖，但墨林说话彬彬有礼，秤杆上实心实意，那些老主顾们都很照顾他的生意。在与他们的攀谈中，墨林了解到耀头窑的粗瓷大碗和黑釉瓷罐、瓷瓮很受山民欢迎，但由于山路难走，路上常有磕碎损耗，一般人都不愿意做这个出力不讨好的生意。于是，墨林说服堂哥盛林在贩棉花的同时，从耀头窑拉上一些粗瓷碗和黑釉瓷罐包到棉花里到山里卖。这样一来，他们每跑一趟，就能挣到比以前更多的银子。

转年开春，墨林已攒够了学费和家里日常花销所需的银子。他顺利通过了书院组织的入学考试，进入了长安的一个官办书院——关学书院学习。

去书院前的某一天，墨林看着一家老小，突然有些不忍。母亲董王氏见他心事重重的样子，便劝道："不放心就甭去了……已经中了秀才，在村上、镇上的私塾里谋个事,安安生生教书,我看就挺好……"她其实更想说的是:举人哪是那么好中的?! 你大辛辛苦苦学了大半辈子,考了大半辈子,都没考中,你咋可能考中? 你大为这事窝心了一辈子,好像干了啥见不得人的事似的,最后早早地就走了……现如今,你若再考不中,一家人跟着你受罪不说,只怕你心里的那份难受还要比你大重哩……可她没说出口。

墨林劝母亲道:"一想到要把屋里这一摊事留给你和双喜他妈,我这心里就着实不忍……可人往高处走,水往低处流,我学到一半就不再往前走总是件不美气的事——如是那样的话,都对不住我大……"

董王氏只好苦笑着啥话也不说了。

堂哥盛林听说墨林要去城里的书院念书,专门来劝墨林:"你做生意是把好手哩——脑子灵活,有眼光,还有好人缘。现在只是这么小打小闹,就挣那么多,要是专门腾出手弄这事,我敢打赌,不出几年,你就能在咱这儿富甲一方!"他不无遗憾地摇了摇头,"为啥非要去书院吃那苦受那罪?"

墨林笑笑说:"人各有志,我喜欢读书! 再说,我也想替我大完成一桩心愿!"

"你是喜欢做官吧? 做官有啥好,一朝君子一朝臣,这会儿看着风风光光,那会儿说不定就倒栽了……"盛林不以为然地说。

"我才不喜欢做官哩!"墨林忙插嘴道。

"不喜欢做官,中那举人又有啥用?"盛林不解地问。墨林笑了笑,没回答。"不懂! 真不懂你们这些读书人!"盛林将脑袋摇得跟拨浪鼓似的。

晚上,欢颜问墨林:"你对盛林哥说的是真话? 想中举人,却不想当官?"

"当然是真的,咋,连你也不信?"墨林反问道。

"我信! 我大不让我两个哥参加科举考试,就是不想让他们做官。"欢颜若有所思地说,"但我觉得,能做个清官也不错,就像……海瑞。"

墨林忍不住笑了,用手指点着欢颜的鼻子说:"你也太高看你男人了,海瑞是啥人,哪里是我所能比的?"

"做不了海瑞那么大的事,也可以学着他的样子,做个清官给世人看看!"欢颜仍十分认真地坚持着自己的看法。

"好好好,我就做个清官给世人看——八字还没见一撇哩就说这话,让人听见了,还不笑话死咱俩……"

二人说笑着,好像墨林已经考中了举人似的,双双沉浸在这件事所带来的幸福中。墨林突然严肃起来,道:"说实话,我一点也不担心你操持家事的本事,但我却担心你的身体——上有老下有小,中间还有个败家的……哎,实在是不放心啊……"

"有啥不放心的,咱妈身体眼下看着还算硬朗,义林自打上次之后也没再进过赌场……他慢慢大了,也就懂事了……再不济,还有我娘家的两个哥呢……"欢颜打趣说,"找我两个哥帮忙干活,不会伤你的脸面吧?"

墨林顿时不好意思起来。

墨林给家里拉足了垫猪圈、茅厕的土,给水瓮里挑满了水,给面瓮里磨满了面,才恋恋不舍地踏上了去书院的路。临出门前,他专意将义林叫到一边说:"哥以前说你说得不对的地方,你要放在心上……哥一走,这个家可就全交给你了,有啥事,勤与咱妈和你嫂子商量着点……哥拜托你了!"

"哎哟,瞧你这婆婆妈妈的样子,一点也不像要中举人的人……家里交给我,你就放心走吧!我保证……不再赌了!"

墨林没想到义林会说出这一番话来,一时竟鼻子一酸,红了眼圈。他重重地拍了拍义林的肩膀,头也不回地走了。

关学书院在长安城南,离城区还有一段距离。书院里的学生,个个都十分用功,没有特别的事情,轻易不会离开书院而浪费时间,更不用说去城里闲逛了。

和墨林同住一屋的同学叫吴炳义,陕南商洛人,已经在书院学习一年了。单从他的穿戴和日常用品看,墨林就知道他是大户人家的子弟。但吴炳义却没有任何大户人家子弟的傲慢和不可一世,相反,还十分热情随和。不出几天,墨林就与吴炳义熟络起来。每天晚上熄灯后,他们都会敞开来聊很长时间。墨林自觉自己读了很多书,自八岁起就跟着父亲在壶山书院泡着,耳濡目染,也算长了些学问,后来跟着堂哥盛林跑生意,也算经历了一些事,可几个月下来,墨林发现,与吴炳义相比,自己简直就是井底之蛙。吴炳义不仅通古博今,见多识广,而且还有一种特殊的魅力。这魅力是什么,墨林一时说不清,是蓬勃的朝气,是旺盛的生命力,是做人的格局? 或许都是,或许又都不是。墨林心想,不走出来,还真不知天地之大,人上有人! 可后来接二连三发生的许多事情,却让墨林对吴炳义的看法发生了变化,他甚至对吴炳义有些不屑。

那是放完忙假回书院后的一段时间,吴炳义经常会在晚饭后偷偷跑出书院,半夜才翻墙回来。墨林问他干啥去了,他神神秘秘地不说,还一再要墨林不要把他每晚溜出去的事告诉他人。书院管理很严,每天晚上都会有当班先生来查铺,吴炳义经常让墨林替他说谎、打圆场。

吴炳义家里有钱,墨林猜想,他溜出去的那些晚上,一定没干啥好事,不是去逛窑子就是去赌博了,总之肯定都是些见不得人的、蝇营狗苟的事。有钱人不都这样吗!

墨林虽心里对吴炳义不屑,嘴上却也不好多说什么。像吴炳义这种见多识广的人,又岂是他这种没见过多少世面的人所能劝说得了的?! 只怕还没等自己开口,就被他一阵雄辩驳回来了。墨林只能保持沉默,甚至有意疏远起吴炳义来。

这天晚上,吴炳义匆匆吃完晚饭又走了。半夜,墨林已经睡了一觉,他才翻墙回来。他蹑手蹑脚进门,呼哧大喘地上到床上,然后就钻进被窝里一动不动了。

不一会儿,墨林听见院子里传来一阵杂沓的脚步声。有人在院子里说:"明明看见朝书院这边跑过来了……"

"我睡觉一向很轻,根本没听见有人进来啊!"这是门房大爷的声音。

另一个人说:"要是翻墙进来哩?"

门房大爷的声音又说:"不可能,这院墙高成这样,根本翻不进来。"

那些人打着火把,返回前院去了。

过了一会儿,墨林听见门口又有了动静。一个人低声说:"把人都叫起来,说不定就是这个书院里的先生或学生。"

"咱根本就没看清人长啥样子,把他们都叫起来也没法辨认啊?!"另一个说,"……我看今黑咱还是撤了吧!"

又一阵杂沓的脚步声伴着火把的亮光渐渐远去后,院子里才彻底静了下来。墨林听见吴炳义在床上轻轻地动了一下。

第二天早上吃饭时，大家都在议论这件事。有人问墨林："昨晚上听见院子里的动静没有？"

"没有啊，啥动静？"墨林一脸懵懂地问。他悄悄转过头，瞥了一眼邻桌的吴炳义，吴炳义正低着头将一口米汤送进嘴里。

从大家的窃窃私语中，墨林觉得这事好像并不像嫖娼、赌博那么简单。但到底是什么，却没有一个人告诉他，大家都神神秘秘地不说破。

墨林想，一定是出大事了。

当天晚上，吴炳义又跑出去了，而且再没有回来。

书院找墨林问情况，墨林啥也不知道。书院就将吴炳义的铺盖和一切学习、生活用品收拾走了。

后来，有人说吴炳义在外面赌博，欠了赌债，跑回家拿银子去了。他拿了银子，回来还了赌债，就不好意思再进书院学习了。也有人说，吴炳义家的一个亲戚从日本回来，在城里约见了吴炳义后，就将吴炳义带出国，到日本读书去了……

对这些说辞，墨林都不相信。吴炳义在墨林的眼里，从此蒙上了一层更加神秘的面纱。

墨林去书院后，欢颜就将子昂完全交给了婆婆董王氏带。她则像个男人一样，成天颠着一双小脚钻到地里带着义林锄草、施肥。忙起来时，她就提上一瓦罐米汤，包上几个蒸馍夹辣子，和义林在地里吃晌午饭。每天晚上，当她脱下鞋和布袜时，那双小脚就火辣辣的钻心疼。她强忍着疼，用开水烫脚，将脚上的水泡、血泡挑开，将里面的血水挤出去，然后再用干净布紧紧包扎起来。

墨林刚走时，欢颜夜夜都会躺在炕上想墨林，想得半天睡不着觉。她不知道他是否适应了书院的生活，惦记他临走时干了那么多活，身体有没有被累坏。她也想知道，墨林每天看完书躺在书院的床上后，会不会也像她想他一样，想起她。她甚至想，墨林到了城里，会不会遇上一个别样的女人，然后就忘了她和这个家……这样想了几天后，欢颜不再想了。她没精力想了。她每天回来,全身的骨头都像散了架。吃过饭,洗了锅,喂完猪,她的腿就已经沉得迈不动了,经常是没脱衣服,就倒下睡着了。

义林突然像变了个人似的。每天不用欢颜叫,就主动从厦子里出来,跟着欢颜去地里干活。欢颜想,义林还不满二十岁,正是长身体的时候,可不能累坏了身体,吃饭时,她就给义林以特殊关照,捞面碗里卧个鸡蛋,盘子里多夹些菜。活多时,她就雇个短工临时帮忙,活少时,她就劝义林说:"你多睡会儿,这点活,不着急!"

慢慢地,义林也知道了心疼嫂子,他对欢颜说:"地里的活有我哩,你只管安顿就行了。"脏活、重活,他总是抢在嫂子前面,不让她沾手。

一天晚上,欢颜睡得迷迷糊糊,突然被外面的说话声吵醒。她披衣下炕,走到院子里去看,才发现是婆婆正站在院子里对义林嚷嚷。欢颜的第一反应是,义林又要出去赌博了,一颗心顿时就凉了。她问婆婆道:"出啥事了?"

婆婆没好气地说:"你去猪圈看看!"

欢颜急忙往猪圈走,心想,义林不至于大半夜把猪拉出去卖吧?那猪总得叫吧?欢颜还没走到猪圈跟前,就借着月光看见了猪圈门口的粪土。她立即明白了,义林这是半夜起来出猪圈①哩。她吃惊地转过脸看向义林,义林却不好意思地低下了头。

"就是想干活,也没这么干的……日子长着哩,有的是活让你干……"董王氏还在心疼地嚷嚷着,义林却已一言不发地转身回厦子去了。

第二天一大早,欢颜正准备出去雇人,把义林头天晚上从猪圈里出出来的粪土拉到地里,却见义林从厦子出来,二话不说就拿起锨往独轮推车上装粪土。

欢颜说:"你干了半晚上活了,回去再睡会儿——这点活,我找个人干了。"

义林不吭声,只一个劲地往小推车上装粪土。

"为啥要大半夜起来干活?"欢颜问。

义林头也不抬地说:"白天干,你不得跟着一起干……我不想让你那

---

① 当地方言,把粪土弄到猪圈外面。

么累……"

欢颜一听这话，顿时就傻在了那里。她看着义林推着粪车出了梢门，怎么也不敢相信，曾经因为她和墨林的"八字不合"而骂她是"扫帚星"，一心想把她扫地出门的义林，竟能替她着想，干出这么让她感到贴心的事来。

十八

夏收时，关学书院放假。墨林片刻也不耽搁，就往回走。当他踏进村子时，离老远，就看见了义林和欢颜，他们正一前一后，领着几个临时雇的短工从地里回来。今年气候干燥，麦子熟得早，欢颜和义林已经带着几个短工搭镰收割了。

看见又黑又瘦的欢颜和义林，墨林的鼻子直发酸，一句话也说不出来。他急忙迎上前去，从欢颜的手里拿过镰刀和草帽，一路与他们相跟着回到家。

董王氏将一大锅面用笊篱捞到盛有冰凉井水的黑釉大瓷盆里过凉后，再捞到案板上，又把提前熟好的油浇上去，拌了拌。她要让地里下苦的人一进门就能吃上凉爽爽的干捞面。

听见院子里起了脚步声，董王氏赶紧将晾在案板上的捞面往一只只大老碗里抄。听见墨林叫妈，她先是一愣，马上扔下筷子和碗迎了出去，她捶着墨林的胳膊说："哎呀，你可算是回来了！"眼睛顿时就红了。

怕自己做饭时子昂会从炕上掉下来，董王氏用一根绳子把子昂拴在炕墙上的铁环上。

看见欢颜回来，子昂马上哭着往欢颜身上扑。他才不理会那个激动得一声接一声叫自己"儿子"的男人。

整个忙假，墨林都在起早贪黑地干活，地里干完干家里的。他还把新打的麦子拉了几布袋交给堂哥盛林，让他刁空帮着去卖了。

　　墨林回来,欢颜的心轻松了许多。这一轻松,瞌睡就骤然多起来,好像永远也睡不够似的。有墨林和义林在地里招呼着,欢颜便不用往地里跑了。她除了帮婆婆做饭、料理家务外,就是给墨林做棉衣。她还想再给墨林做床厚一点的棉被,让他走时带上。可她缝着缝着,就会因为打盹而被针扎了手指。一身棉衣、一床棉被缝完,欢颜的手指上已是千疮百孔。她摸着疼痛的手指头,就有些出神。

　　每晚忙完,墨林都想跟欢颜说说话,问问家里的事,说说书院的事,可每次还没等他说上几句,就听到了欢颜的鼾声。

　　收假前,墨林借看忙罢带着欢颜去了姬家洼。尚文和尚礼都怀着浓厚的兴趣问了墨林在书院里的许多事。坐在一旁的欢颜听得两眼直放光,心想,短短数月,墨林竟长了这么多知识和见闻!看来自己、义林和婆婆这半年的辛苦一点也没白费。

　　临走前,姬崇德拿出一些银子给墨林,说:"拿去交学费吧!"

　　墨林忙推辞说:"学费早就备好了……我们是晚辈,不孝敬你老银子已是大不孝了,咋还能从你老这儿拿……"

　　"那就贴补家用……忙不过来,就雇个长工!"姬崇德说着,不容推辞地将银子塞到墨林手中,还扭过头看了一眼又黑又瘦的女儿欢颜。

　　自从正月初二拜完年后,欢颜再没回过娘家。麦收前,姬崇德曾派尚礼去董家村,看欢颜要不要帮忙,尚礼回来说墨林要回来,他也就没把此事放在心上。这次欢颜回来,他简直都快认不出她了。看见她为董家操劳成这样,姬崇德的心像针扎一样疼。

　　墨林见丈人执意要给,只好将银子接住,十分尴尬地站着,不知如何是好。欢颜见墨林无所适从的样子,也怕父亲难过,便从墨林手里拿过银子,装进随身背的褡裢里,对父亲说:"用不着雇长工,有义林和我就够了……义林一下子长大了,变得很懂事,已经顶个壮劳力用呢!"她看了眼墨林,"再说,农忙时他都会回来……临时再雇几个短工就行了……"

　　见女儿这般有主意,姬崇德也只好啥话都不说了。

　　放完假返回书院时,墨林也变得又黑又瘦,让书院的先生学生几乎都没认出来。大家发现,回家一趟,墨林变得比以前更加用功了,大有一举拿下举人的架势。

秋末的一天,欢颜和义林在苞谷地里割玉米秆,义林在前面割,欢颜在后面拾,他们想一鼓作气将那点活干完,就一直干到了天黑。他们一人抱一捆玉米秆往地头走时,欢颜的脚底下突然被砍断的玉米茬拌了一下,差点摔倒,这要摔倒了可就会被玉米茬扎进身上、脸上,后果不堪设想。就在这紧要关头,义林一把抓住了欢颜。

欢颜惊魂未定地回过头看时,竟在义林的眼睛里看见了一种似曾相识的东西。她突然想起了当年在壶山戏楼前发生的那一幕,想起了墨林抓住她胳膊时看她的眼神……欢颜的心不觉咯噔了一下。

他们谁也没说话,继续默默地往地头走,默默地将玉米秆堆放到地头。

第二天吃晌午饭时,欢颜照例在安顿好婆婆和义林吃饭后追着子昂给子昂喂饭。子昂不到两岁,正是蹒跚着满地乱走不好好坐下来吃饭的时候,每顿吃饭都得人追着喂。

婆婆吃完饭过来接替欢颜给子昂喂。欢颜端起案板上的面碗,刚用筷子搅了一下,就发现碗里有些不对劲——里面有一个荷包蛋。她抬头看义林,义林正笑眯眯地看着她,见她看他又立马不好意思地低了头,起身出去了。欢颜的心里又是咯噔一下。这鸡蛋是自己放到义林碗里的,现在却出现在自己的碗里,一定是义林借自己追着子昂喂饭时,偷偷抄进自己碗里的。欢颜顿时惊出一身冷汗来。

欢颜留意起义林来。她发现义林洗头勤了,换衣服也勤了,和自己说话,还没等说脸就先红了……看到义林的这些变化,再联想到义林那天在地里扶住她时的眼神和他偷偷抄进自己碗里的荷包蛋,欢颜害怕了。她觉得自己必须马上做些什么,阻止这件事情继续往下发展。

这天,欢颜说自己有别的事要做,打发义林自己去地里干活。义林走后,欢颜对婆婆说:"义林已经不小了,是不是该给他说门亲了。"

"等墨林考完举人再说,现在哪还顾得上这事。"婆婆说。

"咱先托人给踅摸着点,一有合适的就定下,等墨林考完回来再娶进门。"欢颜劝婆婆说。

"只怕这象难瞅哩……谁愿意把女子给义林?！我都不好意思给媒婆提说这事。"婆婆这才说出了自己的真正顾虑。

"义林咋了?你看他现在多好——又勤快,又干净,也没再赌过……你老没听人说,'浪子回头金不换'?你老还是先找媒婆说说。"欢颜仍恳求婆婆,见婆婆点头答应了,欢颜忙进一步说,"不如今日就去,正好我在屋看着双喜。"

在欢颜的一再催促下,董王氏只得拿了十个鸡蛋去村里的一个媒婆家托她打听,看有没有合适的女子,给义林说门亲。

那媒婆起初还面露难色,后经董王氏一番解说,也就答应了。董王氏说:"你知道,生完墨林我就一直怀不上娃,隔了好几年才有了义林……那些年,他大带着墨林在壶山书院,我一个人带着义林,也就不免对他有些娇惯……义林其实也不是啥坏娃,就是有些淘气……唉,等我发现不能再惯着时,他已淘得有点不像话了……没想到,墨林这一走,他竟突然收了心,一下子长大了。天天跟着他嫂子在地里忙乎,这大半年,都没出过门。"

"我也看见他经常在地里忙乎,很能下苦哩!"媒婆说。

"就是,就是!"董王氏赶紧说

不出几天,媒婆就找好了一户人家的女子,上门来给董王氏提说。董王氏一听很是满意。吃饭时,她将此事说给欢颜和义林听。

欢颜一听,高兴地说:"好呀,好呀,这门亲事不错哩——是吧,他二大?"她把头转向义林问。没想到义林竟啪的一声,撂下筷子出去了。

董王氏和欢颜你看看我,我看看你,不知是哪句话没说合适。董王氏道:"这又犯了哪门子毛病?"

"估计是害羞了!"欢颜说。

后来的几天里,义林见着欢颜就把脸吊得很长,不跟她说一句话。欢颜找机会对义林解释说:"你也不小了,该成家了……"

"我的事用不着你操心!"义林狠嘟嘟地说。

欢颜开始有意地避着义林了,她尽量不与义林单独相处。

进入冬天后,欢颜整天都猫在西屋里做她的针线活,而义林则躺在厦子里睡大觉。不到饭时,他们几乎见不上面。

年前,关学书院放假,墨林从书院回来。墨林进门没几天,义林又开始往外跑了。墨林紧张地问欢颜："他会不会又去赌了？"

欢颜说："他手里没钱，拿啥去赌？"她想了想，又说，"这一年到头，把义林累得不轻，现在农闲，他出去找那些伙计说说话，散散心也是应当！"

欢颜说对了，义林的确是找他的伙计们聊天散心去了。他见不得哥哥墨林看欢颜时那甜腻的眼神，见不得他们互相关心、心疼的样子。他甚至有些讨厌哥哥墨林，埋怨他既然选择了读书，就该好好在书院里待着，干吗总要回来。回来就回来呗，干吗还要整得跟新婚似的，跟欢颜腻在一起一刻也不想分开……做给谁看哩？！哥哥不回来，这个家很温馨，自己很愿意待在家里，地里的活再多、再累，他心里舒坦。可哥哥一回来，自己就成了碍人眼的外人……

其实，义林不知道，这不是哥哥的错，而是他自己出了问题。墨林从新婚开始，就很注意自己与欢颜之间的分寸。无论他们私下里多么恩爱，在人前从来都不会表现得过分亲密。倒是他义林，喜欢上了不该喜欢的人。在与欢颜共同干活、共同吃饭的这些日子里，他发现欢颜不光贤淑、聪明、能干、有主见，还长得十分迷人。在欢颜那一双水汪汪、黑葡萄似的眼睛里，他看到的永远都是善良、单纯和美好。起初，他只是跟着欢颜被动地干活，慢慢的，他觉得每天跟欢颜在地里待着，心里就特别踏实。再后来，看见欢颜为了操持家务累成那样，他就心疼得不得了，就想多干些活，尽量不让她操心受累。再后来，他发现自己已离不开欢颜了，每天躺在厦子里，就盼着天赶紧亮起来，天亮了，他就又能见到欢颜了。从小到大，他没做过梦，最近他却美梦、噩梦连续不断，梦里全是欢颜。义林不懂得，他对欢颜的这种感情才是万万不能有的！

墨林过完年返回书院不久，欢颜发现自己又有喜了。这次的反应与上次怀子昂时完全不同。怀子昂的前几个月，她只是有些犯困，后来就什么难受也没有了。可这一次，从一开始她就基本吃不进东西，好不容易吃进去两口，过不了多久就又全吐了出来。义林以为欢颜生了病，急得要去请郎中，母亲董王氏却笑着说："傻瓜，请啥郎中——你嫂子又有喜了！"

欢颜又有喜了，这对董王氏和欢颜来说都是天大的喜事，但对义林来说却是一个沉重的打击，他似乎醒悟过来，无论自己与这个女人相处得多么近,她永远都只能是哥哥墨林的女人,自己永远都只能是她的兄弟。

欢颜吃不进东西还呕吐不止,瘦得没了人形,整日没精打采,地里的活自然也就干得很少。没有她在地里,义林干活就觉得十分乏味,整天提不起精神,懒洋洋的,地里的活基本没咋干。一次,尚文来看欢颜,发现地里的杂草比麦苗都高,就帮着义林在地里锄了大半天草。因为第二天要出诊,尚文当晚就回去了。第二天尚礼又来了,帮着义林将地里没干完的活干完。从此,只要一有空,尚文尚礼两兄弟就会轮流来帮义林干活。也才没让那二十来亩地荒了。

这天吃完饭,欢颜在锅台上刷锅,董王氏陪着子昂玩。义林突然大声问母亲:"上次那门亲事还算数不?"

欢颜和董王氏都不敢相信自己的耳朵。

"你说啥?"董王氏问。

欢颜停下手中的活,看向义林。

"我说,我同意寻媳妇了!"义林毫无羞涩地说,"如果上次那门亲事不成,就重寻一门。"说着,义林瞥了一眼欢颜。欢颜马上低下了头,继续刷她的锅。

"哦,哦,我去找媒婆问问,只要你愿意寻!"董王氏高兴地说。

义林的亲事很快定了下来,女方不是上次提说的那个,而是青峰山的一个女子。这家人穷,娃又多,这女子去年在苞谷地里掰苞谷时还被村里的一个男人祸祸①过,因此,他们不在乎义林以前干的那些事,不要多少彩礼就愿意将女子发落过来。这女子被人祸祸的事,他家人捂得很严,不光媒人不知道,就是女子家周围的人都不知道,董王氏和欢颜更不知道了。

董王氏本想等墨林考完举人再给义林完婚,但见欢颜害喜害成那样,一时半会儿嫑说地里的活指不上,就是家里的事也操持不过来,就决定提早给义林把婚结了——家里实在需要人手!

结婚的日子定在麦收后,那样,墨林就可以利用忙假回来操办义林的婚礼了。

---

① 当地方言,糟蹋。

虽说女方家并没啥要求,但欢颜和董王氏商量,还是要有个像样点的仪式才行。自打敲定婚期那日起,两个女人便开始紧锣密鼓地为义林的婚礼操持起来。欢颜硬撑着虚弱难受的身子,为义林缝了两床被子,纳了一双鞋。等墨林放暑假回来时,一切都已准备就绪,只差一个婚礼了。

麦子一收完,墨林便按照母亲的要求,给义林办了个简单却也热热闹闹的婚礼。婚礼结束后的第二天,墨林便返回了关学书院。

义林的媳妇姓孙,叫腊梅,比义林大两岁。刚进门时,腊梅和义林还算恩爱,腊梅比义林大,懂得心疼义林。她的家务活虽不及欢颜干得好,但也还说得过去。

一般女人怀上娃害喜最多也就三个月,三个月一过就啥事没有了,可欢颜不同,半年已经过去,她却依然恶心呕吐,吃不进东西。因而,她每天除了做饭、吃饭、打扫卫生外,基本上不进堂屋,与腊梅撞面的机会不多,两妯娌的关系也就显得比较融洽。

可不出数月,欢颜就经常会在半夜里听到从义林的厦子里传出来的打闹声。作为嫂子,她不好出去干涉,只能第二天悄悄观察腊梅和义林脸上的表情。第二天,她却啥也没发现。欢颜想,厦子晚上的那些动静兴许是人家小两口的炕头之欢,也就没把此事放在心上。

对于夜间义林厦子里越来越频繁的打闹,董王氏根本没听见。她上了年纪后耳朵开始背了,外面就是翻了天,她也不容易发现。

十九

阴历九月的最后一天,欢颜和墨林的第二个孩子出生了,这是个女娃。随着她的出生,欢颜的恶心、呕吐也顿然消失。她突然变得非常能吃,好像要把怀胎十月欠下的饭食全都补回来似的。能吃，身体便复原得快，奶水也就很旺，女儿发育得就好。等墨林放假回来时，看到的就是一对面若桃花的母女了。墨林给女儿起名静怡，不言而喻，是希望女儿成为一个像欢颜那样沉静、清雅的女子。

欢颜发现，墨林在家的那些日子，厦子里的打闹声基本就听不见了。她后来才知道，那些打闹其实全都因了自己而起，消失却是因了墨林。

原来，义林结婚当晚就看腊梅不顺眼了，因为他发现腊梅的身上并没像他的那些狐朋狗友说的那种"见红"。如果说只是没"见红"也就罢了，可腊梅咋连一点疼的表情都没有，感觉不到疼也就罢了，她咋一点羞涩都没有，甚至还表现得那么受用，义林联想到腊梅家人不要彩礼的事，心想，难不成腊梅已经不是个完整女人了？他顿时看腊梅就不顺眼了……有疑问归有疑问，义林毕竟没真正碰过女人，不知道完整的女人应该是啥样。因此，他把对腊梅的厌恶藏了起来，白天该怎么着就怎么着，有时为了气欢颜，还故意在欢颜面前对腊梅做出些亲密的动作来。可一到晚上，他就会背对着腊梅睡，不愿再碰她一下。

腊梅并不知道这些，她以为义林还小，还不太懂得这种事。每到晚上，只要义林一上炕，腊梅就主动过来撩拨他。没想到，她的主动撩拨，让义林更加反感，常常将她十分厌恶地推开。

这样的日子一久，腊梅就熬不住了。有天晚上，腊梅气愤地说："我咋嫁了个阉驴……这不是让我守活寡吗?！"

义林憋了很久的火顿时噌地一下蹿到了脑门，他发着狠声说："你说谁是阉驴？贱货！"

腊梅哪是随便让人骂的主儿，她与义林对骂起来，骂着骂着就动起了手。他们都不愿将这件事让欢颜和董王氏听见，因此总是动嘴少，动手多。第二天，他们又都装得跟没事人一样。

一天晚上，义林已经睡着了，腊梅却还睡不着。正当她在炕上"翻烧饼①"时，就听见义林嘴里不停地念一个人的名字。起初她以为他醒着，后

---

① 当地方言，翻来覆去睡不着。

来才发现他是在说梦话。她爬到他嘴边听,听到了一连串的"颜儿"。腊梅心里犯嘀咕:"颜儿"是谁?

第二天,腊梅问义林:"颜儿是谁?"

义林警觉地说:"不知道! 你问这弄啥?"

"不弄啥!"腊梅说。

义林的反应让腊梅产生一种不祥的预感:梦里一个劲儿叫喊的名字,咋能不知道,这其中肯定有啥见不得人的事。"颜儿"不会是一个女人的名字吧? 如果是,那这女人一定就是义林好过的女人。难怪他对自己提不起劲,原来是心里早有了一个女人。

腊梅越想越气,下决心一定要把这个叫"颜儿"的人挖出来。

这天早上,腊梅在堂屋里扫地,见屋里只她和婆婆董王氏,就问:"妈,颜儿是谁?"

"是你嫂子的小名,你问这做啥?"

"没啥,突然想起有人提说过这么个名字。"

当天晚上,腊梅就不依不饶地责问义林:"你俩到底啥关系? 睡着了都叫她的小名……""难怪每晚不碰我,原来心里早有人了……""既然喜欢她,又色我做啥?……""她肚子里的娃不会就是你的吧? 你哥不在屋,你俩竟干下这种伤天害理的事,就不怕遭天打五雷轰?"……

腊梅越说越来劲,越说越难听。义林怕被母亲和欢颜听见,开始还忍着,后来就实在忍不住了。他怒斥道:"你满嘴胡喷啥粪哩? 自己是个啥货不清楚吗? 咋还好意思说旁人……滚! 从我屋滚出去! 明早我就休了你!"

腊梅毕竟婚前失过身,她以为义林知道了自己婚前的事,怕义林休了自己,那晚就没再敢吱声。可腊梅咋能轻易咽下这口气,就是能咽下这口气,也受不了义林对她的冷落。每晚和义林躺在一张炕席上,却得不到他的一丝温存,经常弄得她火急火燎。实在忍不住了,她就一把将义林的被子揭掉,将正在睡梦中的义林踹醒……一家人在一起吃饭的时候,腊梅的眼睛就在欢颜和义林的脸上扫来扫去,试图从中发现些什么。有时她也会故意刁难一下欢颜让义林看。欢颜将这一切都当作腊梅不懂事,根本不放在心上,照样坦坦荡荡地做她该做的事。但义林却不饶腊梅。只要腊梅白天刁难了欢颜,晚上义林就会找借口收拾她。这让腊梅更加确信他与欢颜之间有问题。墨林回来后,腊梅见墨林对欢颜和静怡那么好,就想:如果静怡不是墨林的,墨林会不知道? 知道了还会这么对欢颜和静怡好吗? 绝对不会! 可见是自己多心了,静怡不是欢颜和义林的。

腊梅与义林间的打闹消停下来。她每天跟着义林在地里干活。欢颜则和婆婆在家里看孩子做针线,打理家务。

日子就这么在锅碗瓢盆的碰撞中往前过着。

腊梅过门后的第二年,欢颜怀上了墨林的第三个孩子,怀这个孩子时的反应与怀静怡时的反应一模一样,整个十个月怀胎期间,她又一直吐天吐地,吃不进东西,眼瞅着人就又瘦了一圈。董王氏和欢颜的心里都很明白,这胎肯定又是个女子。

有次墨林从书院回来,董王氏对墨林说:“看来这胎还是个女子!”语气里充满遗憾。

“女子有啥不好? 你看双喜他妈,不就比一般男人还能干吗?!”墨林笑着说。

“女子是没啥不好,但终归是人家的人哩。”董王氏不无遗憾地说,“你说这腊梅,过门也一年多了,那肚子咋就没一点动静哩?”

“这种事急不得……兴许过些时日就有了呢!”墨林说。

董王氏一想,也是,自己不就结婚几年后才怀上了第一个娃,生了墨林后又一直再怀不上,过了六年才又有了义林。

他们谁也没有想到义林和腊梅会是那样一种生存状态。

来年春天,欢颜顺利生下第三个孩子。这孩子果然是个女孩。为了与静怡的名字相连,墨林给这个女儿起名“静文”。静文仿佛知道母亲的艰难似的,出生后就很少哭,她吃饱了就睡,睡醒了就吃,非常好带。

静文半岁时,墨林终于通过了层层考试,考中了文举人。

墨林是整个登城县有史以来第一个高中文举人的人,一时间,轰动了十里八乡。发榜的第二天,登城县衙按惯例专门为墨林举办了鹿鸣宴,十分隆重地款待了墨林,以示庆贺,全县的文武官员以及文人墨客都到场参加了这次盛宴。他们一起吟唱《诗经》里的《鹿鸣》诗，还请人跳了魁星舞。

参加完鹿鸣宴，墨林便胸前戴朵大红花，骑着县衙配给他的那头毛鬃光亮高大健壮的枣红马回了家。此刻，他最想见的是欢颜，是全家老小。他要与他们一起分享这份荣耀。

墨林一路春风得意踌躇满志地款款而归，沿途所经村庄无不在村口摆上和桌，敲锣打鼓相迎。每到一个村口，墨林都依礼下马拱手作揖，接过地方官员及乡绅们递过来的美酒一饮而尽。他晕晕乎乎地与迎接他的官员和乡绅们寒暄，晕晕乎乎地拱手弯腰向他们致谢，然后晕晕乎乎地上马，接着再走。

墨林高中举人的消息不等他到家，就已经传到欢颜和全家人的耳朵里。欢颜当时正在院子里晒粮食，一听这消息，就扔下手中的笤帚，跑到堂屋，将这天大的喜讯告诉给正在炕上哄静文睡觉的婆婆董王氏。她一面说着，一面喜极而泣。

董王氏一听，先是不信，继而也是眼眶一红，抹起了眼泪。男人董秀才在世时，多么想中举人，却屡屡不中，不知为此事伤了多少心。自己的心也一直被他吊着忽上忽下了几乎一辈子，其中的滋味只有她自己知道。如今儿子墨林只考了一次就中了，这一定是董秀才在天之灵护佑的结果。她赶紧让欢颜将董秀才和祖宗的牌位请出来，点上香、蜡，供上贡品。

义林和腊梅正在地里干活，听见这消息后便高兴得一路狂奔回来。在义林看来，哥哥墨林这个举人，可不是他一个人挣来的，而是全家人尤其是欢颜的吃苦受罪换来的，他要赶回去与她一起分享。

墨林进村时，村里已安排好人在村口敲锣打鼓欢迎了。他被人簇拥着进到院子，又被人里三层外三层地围着站在院子里问东问西。许多平时非常熟络的邻居，此刻竟像是看稀客一样看着他。墨林越过人头寻找欢颜，就看见她穿戴得整整齐齐，正静静地站在窑门口笑眯眯地望着他。他在她的脸上，又看到了那新婚夜里曾看到的令人心醉的满足与幸福。

墨林匆匆摘下大红花，洗了把脸，然后就引着一家老小到场院里参加村里为他举办的庆贺宴了。

场院里临时搭建了炉灶，摆了二十多张桌子，邀请了村里每户的当家人来参加庆贺宴。那天的场院里聚满了乡邻,热闹非凡。

一连几天,家里都有人来,有的还特意备了厚礼,在他们看来,不久的将来,墨林必会做大官,谁不希望能有个做官的朋友呢!按照当时的惯例,墨林中了举人后,只需再参加一次朝廷举行的任职考试,就可以任个知县了。

可墨林并不想当官。

回家第二天,墨林带着欢颜专程去姬家洼,他要将这一喜讯告诉给老丈人。他刚一踏进老丈人家的屋门,在椅子上还没坐稳,老丈人就直截了当地问道:"这往后可有啥打算?"中了举人这件事,早已被那些奔走相告的乡邻传进了老丈人一家的耳朵里。

"去壶山书院教书。"墨林不假思索地说。

"好!这打算好!"姬崇德一拍大腿,朗声首肯道。

对墨林不去做官只想去书院教书这件事,欢颜并不赞同,但她也不赞成墨林去外县当知县。她力主墨林接着在关学书院读书,备考进士,等中了进士再去谋个更大的官职,做个她理想中能为民办事、办事公道的大清官。她相信墨林有中进士的能力,也相信墨林有做大清官的本事。她对墨林说:"读书人谁不想考到头,我知道你是怕我受累才不愿再考进士……这么多年咱都熬过来了,也不差这一哆嗦——你只管去念、去考!能考多远考多远!屋里有我哩……"

墨林握着欢颜粗糙的双手,不无心疼地说:"我不能光考虑我,为了我的念想,让你和全家人再那么没黑没明地操劳。"

"你的念想不也是咱大的念想?不也是我的念想?!"欢颜动情地说。

墨林不愿伤欢颜的心,就答应她在壶山书院边教书边读书备考,他说:"我之所以不愿再去关学书院,除了嫌那里离家太远,照顾不上家,开销也大外,主要还因为最近一年多来,城里一直在吵吵,说朝廷要废止科举,改为西学……我要是去城里的官学书院花上那么多精力和钱财备考,万一没等到考试,科考就被废止了,那咱不是太不合算了?!不如我就在壶山书院里边教书边备考……科考不废止能考最好,如若科考废止不能考了也不可惜!"

欢颜见墨林说得有理,也就同意了。

秋天开学时,墨林已被录用进入壶山书院教书了。

壶山书院的先生和学员以极大的热情欢迎了墨林,说他们父子是壶山书院走出去的人才,最后又都能不忘书院,回报书院,是书院的最大骄傲,并以他们父子的事迹来激励书院里正在求学的学子。

给壶山书院的学生教书,对墨林来说,那简直就是小菜一碟。他一边教书,一边继续苦研四书五经。父亲屡考不中的魔咒被他打破后,他对中上进士已充满信心。

一人得道,鸡犬成仙。墨林中了举人,整个董家家族的人都得人敬重,受人欢迎。义林趁势就结交了些有钱人,与他们合伙做生意。在做生意的同时,义林也经常跟着他们混迹于县城里的赌场和花柳巷,对家里的事从此不闻不问。

义林的这种变化,其实源自他对家庭生活的绝望。他本以为娶了腊梅,就可以慢慢地从对欢颜的苦恋中解脱出来,可没想到,自打腊梅进门后,他就没过过一天舒坦日子。现在,哥哥墨林学成归来,这个家所带给他的那点吸引力便荡然无存。哥哥墨林虽在壶山书院教书,却隔三岔五回来,与欢颜恩恩爱爱地在他眼前晃悠,好像时刻提醒着他,欢颜只是他义林的嫂子,他不能对她有任何的非分之想。义林不愿意回家还有一个原因,就是不愿面对腊梅。他对腊梅怎么也提不起兴趣。一看见腊梅,就想到人家所说的"残花败柳"。每天晚上与这样一个"残花败柳"躺在一张炕席上,对他实在是一种折磨。他作为一个成熟男人的生命之旅才刚刚开启,不能就这么毁了,他要为自己好好活一把。

对于义林的变化,欢颜不好多说什么,义林毕竟已经成家,有自己的媳妇管着,更何况,欢颜已从腊梅时不时流露出的那些情绪和言语里,听出了腊梅对她和义林之间的误会和对她的怨恨。

为了让墨林能安心在书院教书、学习,欢颜又开始起早贪黑操持起家里的事务,打理起家里的那些地。她将三个孩子全留给婆婆董王氏带,自己则与腊梅从早到晚在地里忙乎,她们干不动的农活就雇人来干。

子昂六岁生日一过,墨林就将子昂带到了壶山书院。一来,他希望子昂能继承祖训,将来也做个读书人;二来,他也想替欢颜和母亲分忧。

子昂进入书院的第二年过完年,墨林就将他托付给书院里那个做饭的大娘,让子昂吃住在她家,自己则赴京参加农历五月底的会考去了。

二十

墨林走后的一天下午,欢颜和腊梅去地里干活,董王氏抱着静文,拉着静怡去后槐院①串门子。后槐院有一户人家的老婆婆与董王氏关系十分要好,两人经常互相串门,坐在一起拉家常。去年冬天,这家添了个孙子,叫石头,最近刚满半岁。石头白白净净,见人逗就笑,一笑就露出刚刚冒出来的两个小牙,十分招人喜爱。

五岁的静怡跟着奶奶董王氏经常到这家串门,对石头的喜爱甚至胜过了对自己的亲妹妹静文。她每次去,都守着石头不离开,亲亲他的小脸,摇摇他胖嘟嘟的小手,甚至把他抱起来晃悠。起初,石头奶奶见静怡抱石头,还紧张兮兮地用手托着,生怕静怡把石头掉到地上。慢慢的,她发现静怡很会抱娃,抱得很稳当,也就撒手由着她抱了。她对董王氏直夸静怡,道:"你这怡儿有几分像她妈哩,长得漂亮不说,还很聪明,你看,她抱石头这两下,多倒窍!"

有天,石头奶奶对董王氏开玩笑说:"你看怡儿那么稀罕石头,不如将来就把她给我石头算了!"

董王氏笑着说:"胡说啥哩,怡儿比石头大了四岁多,我们哪等得起!"

---

① 当地方言,后边的巷子。

这天,静怡跟着奶奶一进石头家屋门就直奔炕上的石头而去。她伸出手要抱石头,石头奶奶就将石头递到她手上。静怡接过石头,然后往起一抱,不料用劲太猛,石头竟从她的肩膀上直接往后栽了下去,石头头朝下,跌到了脚地上。只听咚的一声,就什么也听不见了。

这一切发生的实在太快了,坐在炕上的石头奶奶和站在静怡身后抱着静文的董王氏,都还没来得及反应,一切就已结束了。

董王氏"啊呀"一声,将静文扔到地上,就去抱石头。石头奶奶也飞快地下到脚地蹲下来看石头……可石头——已经没气了。

两个老人又是叫"石头"又是摇石头,石头软得像面条一样没有任何反应。石头奶奶把脸贴到石头的鼻子跟前,试试有没有气,试完就坐在地上抱起石头失声痛哭:"石头,石头,你这是咋了? 你可别吓唬婆啊……"

董王氏一听,顿时吓得直哆嗦。她抱起正在地上哭着的静文,拉起痴呆呆站在那里一动不动的静怡就往外走。石头奶奶突然反应过来,扔下石头就扑过来抓住董王氏不让走,哭喊道:"你赔我孙子……你赔我孙子呀……"她将一对凶狠的眼光移向静怡,然后放开董王氏,起身扑到静怡跟前,劈头盖脸就是一顿毒打,她又掐又扇,又捶又踢,静怡一动不动,不知道躲,也不知道哭。

董王氏见拉扯不开,就扯着嗓门对石头奶奶喊道:"你打死她又有啥用,让我赶紧出去给咱叫人去……看看石头还有没有救……"石头奶奶这才松了手,号啕着转身回去看石头。

董王氏拉起静怡,一路小跑着出了石头家的梢门。她挡住一个正在街巷里玩的男孩,说:"你赶紧到村头,把杨郎中叫来……石头出事了……让他赶紧过来给看看。"

那男娃跑走后,董王氏又跑到一户人家,将静怡和静文交给这家的老太太看着,自己则跑到地里找欢颜和石头父母。她颠着一双小脚跑到半路,碰见村子里的一个男人正往回走,就挡住那人,让赶紧去找石头父母,说石头出事了。那人走后,她才颤颤巍巍跑到自家地里,一看见欢颜,就软瘫到地上。

董王氏上气不接下气地将话说完,欢颜一听,脑子顿时嗡的一声,立马扔下手里的锄头,颠着一双小脚往石头家跑。

　　欢颜跑进石头家时,石头的父母和杨郎中都已进了门。石头的母亲跑过去,一把从婆婆手里将石头抢过来,用她的脸贴着石头的脸喊叫石头的名字。石头父亲吼道:"别嚎了! 先让杨哥看看!"他将杨郎中让到石头跟前。

　　杨郎中摸了摸石头的脉,又翻了翻石头的眼皮,然后摇头说:"已经没了!"

　　石头父亲不信,嚷道:"不可能,不可能……你再好好看看。"

　　石头的脸已经惨白,手脚已经冰凉。石头奶奶和石头妈一听杨郎中的话,当下就双双哭得背过气去。杨郎中拿了根银针就近扎在石头母亲的人中上,欢颜则将石头奶奶扶住,用指甲掐她的人中。石头奶奶和石头妈很快就被弄醒了。石头奶奶一睁眼,看见扶着她的是欢颜,突然像发了疯似的又打又抓,嘴里喊着:"还我孙子,还我孙子呀……"

　　石头父亲嚷道:"别嚎了,到底咋回事?"

　　石头奶奶这才将事情的经过说了一遍。

　　石头的父母一听这话,二话没说,就扑上来抓住欢颜的头发又踢又打。欢颜的一把头发当下就被石头他妈薅了下来,鲜血顺着她的脸直往下流。石头父亲的一个耳光狠狠地扇到欢颜的耳朵上,欢颜顿觉眼前一黑,耳朵一鸣,倒在地上啥也不知道了。

　　杨郎中听了石头奶奶的诉说,感到吃惊之余也为石头一家感到痛心。石头父亲上面连续四代单传,到了石头父亲这一辈,媳妇迟迟怀不上,经常找他给看病、调理。药没少吃,针没少扎,可就是不见效。为了要娃,石头奶奶经常陪着石头妈到壶山上烧香求神。前后折腾了十来年,才总算在去年年初怀上了石头。事情总是这么不顺,石头妈怀石头不到三个月就有点见红,一家人又着急得来请他看。他给石头妈开了几副安胎药让她服了,让她好好静养上一阵子。石头奶奶从那天起,再没让石头妈干过一点活……因此,看见石头父母气愤地上前揍欢颜,杨郎中也就没上前劝架。他想,尽管是失手,但毕竟人家这么宝贝的娃在你女子手摔死了,人家出出气,打几下也是应当。可当他看见石头父母出手那么重,还疯了似的停不下手时,就看不下去了。他想，再不上手把这两口子拉开，恐怕欢颜就要被他们活活打死了。

在杨郎中的拼命拉劝下，石头的父母才算住了手，欢颜才算慢慢醒了过来。

满身是伤的欢颜被杨郎中搀扶着送回家没多久，就听见石头父母又咆哮着来砸她家的梢门了。石头父母手里拿着镢头和铁锨，完全是一副拼命的样子。

墨林的本家大伯闻讯赶来，还没等他开口劝说，石头父亲的镢头就抡了过来，幸亏老汉躲闪及时，才没被击中。

听见动静，全村的人几乎都跑过来看究竟。大家七嘴八舌地议论，也有人上前宽慰石头父母，可石头父母谁的劝说都不听，继续挥舞着镢头、铁锨砸墨林家的梢门，咆哮着"杀人偿命"，让欢颜出来赔石头。

就在这时，人们听见了另一个噩耗——石头家西隔壁的女人边往这边跑边扯着嗓子喊石头父亲："赶紧回去看呀……你妈上吊了！"

这女人从地里回来听说石头的事后，本想过去看看，当她走进石头家院门口时，就听见石头父母正在骂欢颜，她便没敢进去，心想，事关两家人，又都是乡里乡亲，这会儿进去，弄不好，就会把自己也卷到是非里去。她退出石头家梢门，返身回到自己家。后来，她听见隔壁院子里静了下来，作为一墙之隔的邻居，人家屋出了这么大的事，不过去看看，安慰安慰，实在有些说不过去。于是，她就又过去了。这时，天已经完全黑了，石头家的梢门大敞着，堂屋的门也开着。她快步走到堂屋门口时，就看见一个人影正吊在堂屋的门框上晃来晃去。她走近一看，才发现是石头奶奶上吊了，舌头已经吊在嘴的外面。她赶紧上去抱石头奶奶的腿，想把她放下来，可她却怎么也抱不动，放不下来。她喊叫石头的父母，没人应，只好赶紧跑到街巷里，一路喊叫着跑到墨林家的梢门口。

董王氏从地里回来，先与腊梅去邻居家将静怡和静文带回家。起初，她还不停地训斥静怡："谁让你抱人家娃了？自己的妹子都不抱，偏偏要去抱人家的娃……这下好，出人命了吧?!"当她发现静怡已经被吓得痴痴呆呆了，才闭上嘴不再言语。

　　自下午出事以后,静怡就没哭过一声,也没说过一句话,别人不动她,她就一动不动。

　　董王氏历来胆小怕事,见欢颜满头满脸流着血,被杨郎中搀扶回来,又扑通一声软瘫在了地上,她哭着对欢颜说:"都怪我呀,千不该万不该将静怡领到他屋去串门!"

　　"现在说这还有啥用……当下最要紧的是赶紧想办法,看咋赔人家——石头毕竟是人家全家的命根子……"欢颜忍着疼,有气无力地说。

　　杨郎中走后,欢颜吩咐腊梅:"赶紧把梢门关好,操心他们待会儿打上门来。"

　　果不其然,腊梅刚关上门走进来,石头的父母就开始砸门了。

　　当夜,欢颜将家里的全部积蓄和自己的全部首饰找出来,准备第二天托人先给石头父母送过去。她想,石头父母现在都在气头上,肯定没办法说话,等他们气消些了,再与他们好好议议这事,看咋解决。欢颜做好了砸锅卖铁赔偿人家的准备。

　　董王氏哭过之后,说:"人家那是条人命呀,恐怕光钱解决不了,要抵命哩……让我去抵命吧!"

　　"娃是失手,又不是故意的——哪能就抵命呢?!"欢颜说,"再说,就是要抵命,也轮不到你,我去!"

　　欢颜虽是这么劝婆婆,但她的心里也是害怕极了。家里出了这么大事,墨林和义林两个男人却偏偏不在家,就是让人出去找,一时半会儿也找不回来。去娘家叫两个哥来吧,也被他们堵着出不去门……欢颜急得团团转,顾不得头上还在往外渗血,更顾不得全身的伤都在疼。

　　石头父母赶到家将石头奶奶放下来时,老太太已根本不可能救过来了。石头父母这才停了打闹,叫来乡邻,商量石头奶奶的后事。他们托人连夜出去报丧,将石头的几个舅舅、堂舅叫来,准备让他们帮着与董家闹事。

　　石头奶奶上吊的消息传到董家,已是第二天早上的事了。一大早,欢颜爬在梢门的门缝处往外看,发现街巷里并无什么人,她又用耳朵贴着梢门听,也没听见什么动静,这才小心翼翼地打开梢门,拿着头天晚上准备好的那些东西去找本家大伯,想让大伯出面找个中间人来与石头家说和此事。可她还没走到大伯家就听到了石头奶奶上吊的消息。欢颜顿时双腿发软，站立不稳，心想，此事已根本没办法说和了！

欢颜强打精神，扶着墙一步步挪到大伯家，求大伯赶紧去托人到她娘家搬救兵，同时再托人去寻义林和墨林，让他们赶紧回来。

大伯觉得事到如今，也只能按欢颜的办法去办。昨晚得知石头出事后，他本想出面帮帮欢颜，没想到石头父母的情绪已经失控，差点要了他的老命。盛林出门不在家，他只好反身去找墨林的三叔——毕竟他在血缘上与墨林最近。他对墨林的三叔说："现如今墨林和义林都不在，你是他亲叔，可得出面帮帮双喜妈啊！"

墨林的三叔是个窝囊废，一向听老婆的。当下，他看了看老婆，没敢吱声。墨林的三婶一听这事，竟有些幸灾乐祸，只见她不阴不阳地说："双喜他妈不是能行得很嘛？让她自己想办法……再说，墨林都是举人了，还用得着咱这平头百姓帮忙……"

无奈，墨林的大伯只好狠狠地瞪了坐在那里闷声不响的墨林的三叔一眼，摇摇头，走了。

这事实在是太大了，面对石头父母疯狂的样子，村里的人也都不愿意掺和进来。一时间，欢颜陷入极度的无助之中。

尚文、尚礼接到报信后，当即赶到董家村。临出门前，姬崇德将尚文叫到跟前，给他带了些银子，叮嘱道："不到万不得已，咱不动手，毕竟是咱娃失手丢了石头的性命……现在还搭进去人家老人一条命——"

"我知道！咱是帮办后事去的，不是闹事去！"尚文说，他想了想，又说，"这事恐怕光银子摆不平哩……得报官！"

"不用咱报——恐怕人家早就报了！唉，走一步看一步吧！是福不是祸，是祸躲不过，有啥事，赶紧托人回来给我报信。"姬崇德忧心忡忡地说。

尚文、尚礼走后，姬崇德越想越放心不下，他到隔壁找到本家侄子尚仁，让他找些人，带着去董家村，以防对方失控再打起来。就是不打，也好为他的颜儿壮壮胆。村里的男人一听欢颜出了这么大事，都撂下手中的活，跑来要去帮忙。他们的家人大多都找尚文看过病，正愁没机会回报尚文哩，更何况，欢颜是他们姬家洼嫁出去的女子，他们也不能任由董家村人这么欺负她。

墨林走时,将子昂留在壶山书院,现在出了这么大一桩事,姬崇德怕石头家人再去壶山书院将董家唯一的男娃子昂带走,闹出什么可怕的事情来,尚仁带着人一离开,他就去了安城村,从壶山书院把外孙子昂接到了姬家洼看护起来。

尚文、尚礼到董家村没多久,堂哥尚仁就带着一帮小伙子赶到了。欢颜千恩万谢了他们,将他们安顿在西窑里喝水,自己则出来,与两个哥哥在厦子里商量对策。欢颜说:"看样子,一时半会儿没办法说和,石头有好几个舅舅、堂舅,那个小舅还是个不要命的主……只怕他们会动手要人命哩!"

"他不要命,咱也不怕!有堂哥带来的这些小伙子哩!"尚礼安慰欢颜说。

"话虽这么说,但事情毕竟是因咱而起,咱可不能主动出手,再亏了理。"尚文看了看尚礼又看了看欢颜,说。于是,他们商定,让大家都先别出去露面,小心守在家里,等待事态发展。

在等待的过程中,尚文给欢颜处理了伤口,对在堂屋炕上看着静文的董王氏宽慰了一番,就把静怡抱在膝上十分和善地说:"不怕,啊!有你妈和舅舅哩……怡儿不怕!"他看得出,这事的确把静怡吓得不轻。自从出事后,欢颜一家都紧张得顾不上做饭,也没心思吃饭,静怡也就没人照顾,那小嘴已经干裂得起了皮。当下尚文吩咐尚礼赶紧烧些开水,随便做些啥饭,让老人和静怡先吃了。腊梅一听,忙说:"我去,我去!"

腊梅刚出去,墨林的大伯就进来了,说:"中间人去了石头家,说明了咱屋的诚意。人家说,得先让怡儿给石头守孝三天,其他事,等埋完人再说。"

欢颜当下就反对道:"不行!不能让怡儿去……娃已经吓成这样了,再这么折腾,还活得了吗?"

尚文赶紧让尚礼将静怡带到西屋去,他们出去后,尚文对欢颜说:"说这些话,得避着点怡儿,甭再吓娃了!"

墨林的大伯苦愁着脸说:"那这事,可就得僵在这儿了。"

欢颜想了想，说："他们非要这么弄的话，那我去——我替怡儿给石头披麻戴孝！"

墨林的大伯和尚文都说："这咋行！"

欢颜说："不这么弄，还有啥办法？现如今也只能这样了！"

欢颜从家里找出一套旧孝服套在身上，准备往石头家走。

"你不能去！"尚文拉住欢颜说，"你跟石头差着辈分不说，他们万一再对你动起手，那可咋办？"

大家商量来商量去，商量不出个结果。最后欢颜说："还是让我去吧，我诚心诚意替怡儿受过，也算是对石头娃和他婆有个交代。"

大家你看看我，我看看你，都无计可施，只好让欢颜去了。

尚文不放心，欢颜走后，就悄悄尾随着她来到石头家稍门外。他发现，石头父母并未再打欢颜，甚至连骂声都没听见，也就放心地返身回来了。

欢颜跪在石头和他奶奶的灵前，整整守了三天三夜。石头家人轮流吃饭时，却没一个人来招呼欢颜，叫她吃饭。还是村里帮忙的一个妇女看不过眼，给欢颜送过几次热馍和煎水，欢颜象征性地吃喝过几口。

石头父亲安排人将已故父亲的墓挖开，准备将母亲与父亲合葬一室，又让人在父亲墓的下首打了个新墓，准备把石头葬在里面。按当地习俗，七岁以下的娃没了，都不会被下葬，更不允许葬进坟地里，一般都是在涧畔挖个浅坑裹个衣服被单就埋了，怕对孩子的爷爷奶奶不好。石头的爷爷奶奶都死了，石头又是他父母和奶奶那么稀罕的一个孩子，石头父亲决定在自家的坟地里下葬石头，村人就都给予了理解。

二十一

按当地习俗，这种非正常死亡的人下葬，都不安排吹鼓手。当石头家人跟着抬棺木的村人把两副棺木急急火火往地里送的时候,欢颜突然觉得哪里好像有些不对劲——他们原来那么气势汹汹,现在却怎么一点都不闹就要埋人了?而且还把埋人的时间突然提前了?他们怎么不难为自己,甚至连一句让静怡或者自己披麻戴孝把石头和他奶奶送到地里的话都没说?不对!肯定哪里不对!

欢颜惊恐地奔向家里,奔向静怡待的厦子,可她却在厦子里没看见静怡。她又去了堂屋和西屋找,也没找见。

"我一直让腊梅陪着娃在厦子,不想让娃听见大人们说这些事。"坐在西屋的哥哥尚文说,他一听静怡不见了,不觉也惊出一身冷汗,"腊梅呢?是不是腊梅领着怡儿干啥去了?"

大家当即分头找腊梅。

欢颜在茅厕里找到了腊梅,她问腊梅静怡呢,腊梅支吾着说:"到石头家找你去了——不是你叫吗?"

尚文一听就急了,扯着声叫道:"大伙赶紧拿上家伙往坟地跑——怡儿出事了!"

欢颜的眼前顿时一黑,腿一软,栽倒在了地上。

"还愣着弄啥?赶紧带路!"尚文顾不得欢颜,直冲腊梅吼道。董王氏抱着静文跑出来,看见欢颜倒在地上,撂下静文就上来救欢颜。

尚文一行人按着腊梅的指点,一路狂奔着赶到地里。

小棺木已被放到了墓坑里,正准备往墓室里移,站在墓坑上的人,手里拿着铁锨往下看着,准备随时往里面填土卷墓,而那口大棺木还停在一边。

尚文一看便确定无疑——他们将静怡装进棺木里了!他当即扒开人群,跳进墓坑,推开移棺木的人,说:"住手,他们把我怡儿活埋了!"

那两人一愣,看了看棺木,又互相看了看,一时瞪圆了眼睛瓷在那里不知道该咋办。

尚文拼尽了全身的力量使劲用铁锨撬棺盖,站在上边帮忙的人没听清尚文的话,一见这情形,忙喊叫道:"这咋回事?咋突然跳进去一个人?"

"就是呀,咋回事嘛!"

尚礼、尚仁这时也已反应过来,他们也顺着墓道边溜了下去,帮尚文撬棺盖。那两个站在墓道里的人见状,就爬了上去,把那狭小的空间留给了尚文兄弟。

石头小舅见状,当即跳下去,站在棺盖上,挥舞着双手,将尚文、尚礼他们往一边推,他扬起头朝上面喊道:"抄家伙,打呀! 不能让他们撬棺!"

石头父亲和石头的其他几个舅舅、堂舅,以及几个亲戚一听这话,忙从村里卷墓人的手里夺过铁锨,疯狂地往墓坑里填土。湿土刷刷地落在尚文尚礼和尚仁的头上。尚文瞅着机会,大声冲着上面的人喊:"怡儿被他们活埋了,还不赶紧搭手救人?!"

从姬家洼来的几个小伙子一听尚文发了命令,才放开手,上前与石头家亲戚厮打起来,努力阻止他们往墓坑里填土。一时间,双方在墓坑上下混战成了一片。

董家村帮忙卷墓的村人一听静怡被活埋在下面,顿时都慌了神——如果静怡死了,他们可就脱不了干系,而且,尚文看病远近闻名,墨林还是个举人,以后备不齐还要求到人家这两个人门上……短暂的慌神后,他们就知道了自己该向着哪边。他们上手将石头父亲和他家的亲戚死死抱住,打斗才慢慢平息下来,棺木也才得以被撬开。

果然,静怡被装在棺材里,放在石头的旁边。她闭着眼,面色苍白,一动不动。尚文顾不上别的,赶快将手放在静怡的鼻子底下试,他的手一点也感觉不到静怡的呼吸,他又赶紧摸静怡的脉,谢天谢地,静怡的脉象还有。"还活着!"尚文惊喜地喊。他一把抱起静怡,迅速通过尚礼、尚仁,将静怡传递到了墓坑上边。

见棺木被撬开,静怡被抱出,石头的母亲疯了似的扑上去从姬家人的手里抢静怡,口里喊着:"杀人偿命,天经地义!"

姬家人刚才都把注意力放在那些动武打人的男人身上,谁也没防备石头母亲。石头母亲起初只是被两个女眷搀扶着瘫坐在地上哭天抢地,当她发现棺木已被撬开,静怡已被抱出来时,却突然止住了哭声,饿虎扑食般从地上爬起来,向着抱着静怡的人扑过去。她抢过静怡,转身就往墓坑边跑,没跑两步,脚底下被土块绊了一下,在她倒地的瞬间,静怡被重重地摔了出去。

刚刚爬上墓坑的尚文见状,忙扑过去看静怡……这次,静怡彻底地没气没脉了！尚文声嘶力竭地号叫道："你们还有人性吗?!"

刚爬上墓坑的尚礼一听大哥这声悲怆的号叫，二话没说就抢过身边一个人手中的铁锨，愤怒地抡向了近旁石头的父亲。双方顿时又打斗开来。

村里帮忙卷墓的人见情况不妙，都纷纷躲开，有些甚至悄悄往回走了。

欢颜天旋地转、摇摇晃晃赶到地里时，静怡已经死了。双方的人还在厮打，静怡被放在地上无人管。本村的一个好心人将静怡从打架者混乱的腿脚之间抱过来，抱给了欢颜。

欢颜摸了摸静怡的脸，一句"怡……儿……"没叫出口，就又晕厥过去。

腊梅刚才一直吓得躲在一边，对方女人多，她一个人，不敢上手。这会儿见欢颜来了，才敢过来，可欢颜已晕厥过去。她大声喊道："别打了，我嫂子不行了……"

双方都打红了眼，根本顾及不了这一锨、一镢头下去会不会出人命。现在突然听人这么一喊，以为打出人命了，立马都停了手，往这边看……

尚文扔下铁锨跑过来看欢颜，一番救治后总算将欢颜救了过来。

一个老汉这时走到石头父亲跟前，劝道："快别再打了，你妈还放在那里没下葬哩！"

这老汉是石头奶奶的一个娘家弟弟。他从一开始就主张和解，不主张打闹。他说："小娃又不是故意的，只是失手。"可此话一出，就遭到了石头父亲和石头小舅的严厉斥责，说他胳膊肘往外拐。后来，他们再商量这事时，就避着他，不让他知道，他也就懒得再管了。可他万万没料到，他们不只是闹一闹，而是活埋了静怡！刚才他曾试图拉住石头父亲，让尚文他们赶紧将静怡救走，可他压根就近不了石头父亲的身。

欢颜被尚文救过来，搀扶回家后，就一直抱着静怡哭，她哭死过去，被尚文救过来，又哭死过去。幸亏有尚文在身边及时救治，才没出大事。

静怡的尸体还没来得及料理，董王氏就走了。她是喝老鼠药死的，喝得很多，在炕上只打了几个滚就死了。自从得知石头奶奶上吊后，董王氏就起了死的念头。她一生胆小怕事，遇事缺乏主见。可这一次，她的脑子却十分清晰，她在心里一遍又一遍地念叨："杀人偿命，这是自古以来走到哪都不会变的理……虽说石头的死是静怡失手，但那毕竟是石头父母的命根子,现在,石头奶奶也死了,自己这个老太婆不去抵命,让谁去抵?!更何况,此事本就因自己而起……自己要是不那么爱串门子,不去石头家不就没这事了……自己要是能管住怡儿,不让她抱石头,不也就没这事了……"她找来了老鼠药,整整一大包,藏在炕上的棉被里,随时准备吃下去。可那几天,大家都忙着处理石头的事,静文放在炕上没人管,她只好先替欢颜经管着静文,替她最后再分担点事情。静怡一死,她就一秒钟也活不下去了。自己活泼可爱的孙女,竟因自己而被人活埋了,就是欢颜和墨林能原谅自己,自己也原谅不了。石头父母如此狠心,下一步,还不知会对她董家的谁下手?只有自己赶紧了结了这条老命,才有可能让他们收手……

那些天,欢颜安顿几个哥哥和娘家村里的小伙子们住在西屋,她、腊梅和静怡住在厦子,婆婆带着静文住在堂屋。那晚,婆婆对腊梅说:"让文儿今黑跟你们睡吧,我好几天都没睡好了……今黑,让我好好睡一觉。"

腊梅把静文抱走后,董王氏就关了门,从被子里拿出那包老鼠药,直接倒进嘴里。咽不下去,她才走到水瓮跟前舀了一瓢凉水仰起脖子往下灌。她捂着肚子上到炕上,扭曲了几下就走了。

静怡的尸体停放在西屋的后面,欢颜被哥哥尚文再次弄醒后,她就挣扎着下地给静怡找衣服,她想给静怡穿身新衣服。这时,腊梅却将哭着喊着的静文抱进来,说:"哄了半天了,哄不下。"

欢颜非常虚弱地问:"咱妈呢?给咱妈——她跟惯咱妈了。"

腊梅说:"咱妈今黑要自己睡,说她几天都没睡好了……估计这会儿已经睡着了。"

欢颜当下就警觉起来,变脸失色地对腊梅说:"你赶紧过去看看,看咱妈没事吧!"

腊梅嘴里嘟囔着"能有啥事?!"慢吞吞地过去了。

那天,石头的几个舅舅、堂舅接到石头被摔死了的消息后,连夜就赶到了董家村。石头的小舅是个典型的莽汉,在当地都没几个人敢招惹。他一进门就说:"姐,自古杀人偿命,咱得让她家人抵命哩!"

石头的大舅相对老实,说:"咋抵?我看还是报官吧,让官府来断!"

"咋报?官家会向着咱?那墨林可是个举人!"石头的小舅说。

"举人咋了？举人也得杀人偿命！我看就让他儿双喜来抵命——我明天就去壶山书院，把那小子给弄死！"石头父亲恶狠狠地说。

"我看还是把那女娃弄来，跟石头一起埋了，给咱石头弄个阴婚媳妇——她不是喜欢抱石头吗，就让她抱个够。"石头小舅说。

石头父亲当即点头说："行，就把那小东西活埋了，咱石头到那边也就不孤单了。"

一个可怕的阴谋就这样诞生了。他们先是想让静怡给石头披麻戴孝，然后借机将静怡装进棺材里与石头一起埋了，没料到，欢颜竟然会自己受辱，亲自来，没让静怡过来。于是，他们就另生一计，将静怡骗过来。他们让帮忙的一个村里的女人去欢颜家找腊梅要静怡，说欢颜同意让静怡过去与她一起守孝。那女人找到腊梅，说明缘由，腊梅二话没说就将静怡交给了那女人。腊梅起初心里还犯嘀咕，要不要给尚文他们说一声，毕竟没看见欢颜就将静怡给了他们家。但她转念一想，欠人家两条人命，去两个人给人家守孝也应当。再说，她一直怀疑静怡是欢颜和义林所生，一直想找机会报复，就是没机会。这下好了，可以让这个孽种好好吃吃苦头，让她和她母亲去给人家好好披麻戴孝去。她一想起义林经常将静怡抱着，给她从地里折回来玉米甜甜①吃，摘回来嫩豌豆角吃，她就恨得咬牙切齿。腊梅将静怡交给那人时，对静怡说："既是你妈叫你过去，你就去吧……不怕，有你妈在，他们不敢把你咋样！"

静怡是个聪明娃，搁往常摊上这事，她绝不会听腊梅的跟着这人过去。但现在，她被连日的恐惧、饥饿弄得已经有些脑子不清了。她木呆呆地看了眼腊梅，啥也没说就跟着那人乖乖地去了。

那人牵着静怡的手走到石头家梢门口时，等在那里的石头父亲就把静怡接走了，他说："你去忙吧，我给怡儿弄身合适的孝服穿。"

石头父亲将静怡带到厦子里，等在厦子里的石头小舅，对着静怡的后脑勺就是一棍子，静怡当下就被打晕过去。欢颜上茅厕时，他们就趁机将打晕了的静怡抱过去，装进了停在窑后头石头的棺材里，盖上棺盖，钉了棺。

---

① 当地方言，嫩玉米秆。

两家人的战火随着董王氏的去世而自动熄灭。

埋完董王氏和静怡的那天晚上，欢颜默默地将几张纸铺在桌上，磨好墨，将大哥叫过来说："大哥，给我写状子，明早我就去县衙！"

一向息事宁人、主张以德报怨的欢颜，此刻却对处置石头一家变得异常坚决。

尚文拿起毛笔，说："是得告，毕竟石头的死是怡儿失手伤人，而怡儿的死却是他们蓄意杀人……不能让怡儿就这么白白……"尚文说不下去了。

第二天一大早，尚文就陪着欢颜去县衙递状子了。

因为这件事骇人听闻，也因为尚文和墨林都是有名望的人，县衙很快就受理了这桩案子，派出兵卒将参与和见证了这件事的一干人等全部带到了县衙审问。石头的父亲和小舅对蓄意活埋静怡这件事供认不讳。县衙当堂就将二人收了监，没过多久就被双双问斩。其余人等也都量刑给了相应杖责。

义林得到消息赶回家时，石头的父亲和小舅已经被收监。尚文见义林已经回来，就和尚礼回了姬家洼。

那天打斗时，包括尚文、尚礼在内姬家洼去的人全都受了伤。好在都只是些皮肉伤，经尚文治疗后很快都恢复了正常。姬崇德为表谢意，专门给这些小伙子的家里送去了银两。姬崇德不放心，还专门跑去董家村看望了女儿欢颜，要将欢颜和静文接到娘家照看起来。可欢颜不去，说她还要给婆婆守孝，也得看着静怡的坟，怕石头家人再将静怡盗了。姬崇德只好留下她，暂时将静文带到姬家洼。

二十二

义林这次出门，先是到县城见一个生意上的朋友，谈了谈生意上的事。

谈完事,这人说有一桩买卖要去长安跑一趟,问义林愿不愿意一起去。义林一听,就跟着去了,他还从来没去过长安,想借机在长安好好玩玩。这朋友其实是做烟土买卖的,他有意结交义林,想着一旦墨林中了进士,当了不得了的大官,义林这个朋友可就能派上大用场了,他愿意在义林身上提前投资。他让义林跟他一起做生意时,义林说他没钱,这朋友就说让他入干股,既不花钱,也不出力,只是跟着他四处跑跑,生意做成后给他分红,做不成赔了都算他的。既然不用出钱,还经常好吃好喝四处闲转,义林当然十分乐意。他不出钱,也就不过问买卖上的具体事情,人家给他多少是多少。

义林待在长安的那段时间,除了陪着他的那个朋友见了几个人,谈了谈生意上的事,便就整天与那个朋友泡在酒馆和窑子里。义林还从来没进过窑子,被里面一个涂脂抹粉、温柔体贴的窑姐伺候过一次以后,就再也离不开她了。那个朋友有事急着回县上时,义林谎称自己在长安还有别的事要办,就没跟着他一起回去,在长安继续待了下去。

这天清早,义林从窑子里出来,准备到附近吃点东西,头天晚上与那个叫作小红的窑姐又快活了整整一夜,现在又累又饿。

他在街边的一个小吃摊上喝醪糟的时候,遇见了一个同县的乡党。闲聊中,那人得知他是董家村人,便问他知道不知道他们村前两天刚出了一档闻所未闻的大事。义林说他已经出来好几天了,不知道。那人就给他大概说了事情的经过——董家村一户人家五岁的女娃,抱邻居家半岁的男娃时,用劲太猛,男娃从肩膀上掉到地上,摔死了。男娃家人一气之下竟将这个女娃给活埋了。

义林一听,顿时惊得目瞪口呆。他觉得那人说的简直就是静怡和石头!他急忙问那人,有没听说这女娃是谁家的?那人说不知道,光听说那女娃她大是个举人!义林手里的筷子当即就掉到了地上,他站起身抬脚就往回家的方向跑……

此刻,看着母亲和静怡的牌位,看着一下子憔悴苍老了许多的欢颜,义林的心疼极了,他后悔死了。自己咋就这么混呢!哥哥不在家,自己理应好好在家照顾好一家老小,却出去在窑子里鬼混,短短十多天,就让家里一下子搭进去了两条人命……义林犯起浑来,也是个天不怕地不怕的主儿,他心想,要是当初自己在家,就绝不可能让石头家人得手。他想找石头家人算账,可欢颜和尚文已经告了官,对方的人也已经被收了监。他想埋怨尚文他们没将静怡看好,竟让对方将静怡在这么多活人的眼皮底下给活埋了……可他自己干啥去了? 自己又有啥资格埋怨人家……义林空有一腔愤怒没处发泄,只能独自一人在厦子里咬牙切齿,捶胸顿足。

欢颜每天都呆呆地坐在那个小小的坟堆前给静怡说话,她一遍又一遍喃喃地说:"怡儿呀,是妈对不住你! 妈咋就傻到了将你留给腊梅……妈咋就傻到了让他们在妈眼皮底下将你活活地塞进了棺木……是妈害了你呀! 呜呜呜……怡儿呀,你别怕,他们再也弄不走你了,有妈在这儿守着你哩……"欢颜一会儿说,一会儿哭,哭完了说,说完了哭,整个人像发了癔症。

义林只要发现欢颜不在西屋,就让腊梅到坟上去找,让她无论如何也要将欢颜叫回来。起初腊梅还去,后来就不愿去了。她说:"这哭也哭了,闹也闹了,还没完没了了……做出这副可怜相,给谁看哩!"

义林见腊梅说话如此刻薄,还话里话外带着刺,就骂道:"你狗日的到底去不去?"

现在家里只有他们俩了,是骂是打,彼此都无所顾忌。腊梅讥笑一声,道:"咋啦,心疼了? 心疼了,就自己去叫!"

义林一听,就又咬着牙,甩给腊梅一句:"贱货!"腊梅急了,骂道:"你说谁是贱货? 你俩才是贱货……生出那么个贱种。"

义林上去扇了腊梅一个大嘴巴。腊梅见义林下手这么狠,将自己的嘴都打出了血,便捂着流血的嘴,边哭边骂,更加口无遮拦。

义林万万没有想到,腊梅竟会如此歹毒。难怪欢颜老说怪她把静怡交给了腊梅,说不定腊梅当时就是故意将静怡给他们的。这么一想,义林不寒而栗。他上去揪住腊梅的头发,狠狠地往腊梅身上踢:"你他妈原来和旁人合起伙来害自家人哩? 你这个帮凶、贱货、杀人犯……"

义林将对石头家人和腊梅的愤怒以及对母亲、静怡的歉疚、对自己行为的懊悔,全部化作手脚上的力气,重重地落在腊梅的身上。腊梅被义林打得喊爹叫娘,杀猪一般号叫。要不是被邻居跑过来拉住义林,腊梅真有可能会被义林打死。

腊梅那天让来人将静怡带走，是想让静怡和欢颜受受罪，伤伤义林的心。但她却怎么也没料到石头家人会那么没人性到活埋了静怡。如果她知道他们会那样做的话，她就是豁上性命也不会让他们将静怡带走，毕竟静怡和她是一家人。当看见静怡被活埋时，她害怕极了，也后悔极了，自己怎么这么蠢，都到啥时候了，还想着报复义林和欢颜，这下好了，成了杀害静怡的帮凶，就是跳进黄河里也洗不清了，欢颜和尚文一定不会饶了自己。她做好了让他们骂，让他们打的准备，打定主意，无论他们怎么骂、怎么打，自己都绝不还嘴还手。可后来，尚文和欢颜都对此事只字未提。就在她以为此事已经过去了时，义林回来了。义林的难过，义林对欢颜的关心，都让她感到极不舒服。为了欢颜，他竟无所顾忌地将自己像个使唤丫头一样使唤来使唤去……她对他们的妒火又燃了起来。

姬崇德得知这些事后，又专程去了趟董家村。他劝女儿欢颜与义林把家分了，欢颜不同意，她说："就是要分，也得等墨林回来再说——不能让他回来一看，人没了，家也破了！"说着，又流起了泪来。

"正因为墨林不在才要分……你还没听够腊梅的那些话吗？"姬崇德说。

"她爱咋说咋说，我身正不怕影子斜……权当没听见！"欢颜说。

"好我的女子哩，唾沫星子能淹死人！墨林不在，你成天跟义林在一口锅里吃饭，在一块地里干活，让别人不信腊梅的那些话都难啊！"姬崇德说。

欢颜最终还是同意了父亲的建议——与义林分了家。

墨林只有一个舅舅，如今已年迈走不动路，欢颜便托盛林套了辆牛车将他拉到董家村，让他出面为她和义林分了家。

起初舅舅并不同意，也说等墨林回来了再分，可等他听完欢颜所说的分家理由后，就二话没说，让欢颜将墨林的三叔和本家大伯叫来，与他们一起商量着给欢颜和义林把家分了。

当墨林的舅舅、大伯和三叔来到厦子，给义林说了分家的事后，义林先是一愣，然后就沉默不语了。虽说自己曾怨恨哥哥管教自己；怨恨哥哥将一个"八字不合"的女人娶进门；怨恨哥哥在他面前与欢颜那么恩爱……但哥哥毕竟是哥哥，是他现在在这个世上唯一的真正意义上的亲人，他不能让他回来时看见自己扔下他的女人和娃们不管而过起了自己的小日子……可不分家,腊梅的毒舌早早晚晚都会要了欢颜的命。

腊梅见义林迟迟不吭声,就插嘴道:"舅、大伯、三叔,你们看他那样子——分家,那不是要他的命吗?我就知道他舍不得。"

"滚出去,操心我撕烂你的嘴!"义林吼道。

"腊梅,不是我说你,男人在这儿说话,你插得哪门子嘴。"墨林的舅舅忍无可忍地训斥道。

义林沉默了一会儿就点头同意了。

这个家倒也分得轻松。无论欢颜还是义林都没什么意见。腊梅私底下给义林嘟囔过几句,被义林呵斥退了。

分完家,姬崇德安排人过来在欢颜和义林的院子中间打了一堵墙,在临街的墙上开了一扇门,将一院庄子一分为二。

墨林为长,自然住在东面那半院子里,义林为幼,就住在西面的半院子里,从此一家人变成了两家人,各过各的日子。

二十三

墨林离家赴京赶考时,天就已经开始旱了,整个春天没下过一场透雨,入夏后,更是天天毒日头暴晒,地里瘦小的麦苗开始一片片变得蔫黄。

欢颜还没从痛失爱女的绝望中缓过劲来,就不得不与义林分家,刚分完家,就又不得不面对越来越重的旱情。在墨林回来前,她不能让家里再因为饥荒发生任何变故。她咬着牙让自己强打起精神,面对眼前的现实。每天太阳落山后,她就雇上几个短工,从井里挑水,浇到分给她的那些地里。一瓢水倒到麦苗周围,转眼就不见了踪影。村人看见她这么做,都嘲笑她瞎耽误工夫。可欢颜不理他们,仍自顾自地做着这些。

好不容易挨到了麦收,她家的收成却不足往年的五成。

义林那边的地,因为一次水也没浇过,麦子只有五六寸高,无法用镰刀割,只能用手去拔,麦稀粒瘦,最后连种子都没能收回来。

欢颜雇了两个人,将麦子收割完后就直接拉到院子里关了梢门碾打。她没敢放到场院里去碾打,怕被人看见了再惦记她的这点收成。可她没想到,两个雇来的短工竟变着花样偷走了她不少打好的麦子。他们把麦子藏在鞋里,拽在裤腰里,装在裤管里,一趟一趟,偷偷带出去好几次。欢颜虽心知肚明,却也并不说破,因为这两个短工在她家已干了好几个夏天,她很了解他们,都是十分本分的人,如今这么偷,一定是没有办法了!

勉强种上秋庄稼后,欢颜便从娘家将静文和子昂接了回来,没再让子昂去壶山书院念书。

董家村的村西头有座破庙,庙里的无量神像早已残缺不全,庙的后背墙也已坍塌了一半,庙门口的地上堆满湖基疙瘩和垃圾。麦收后,村里有人说,天气如此干旱,绝不是正常现象,一定是啥地方惹恼了老天爷,老天爷成心要给人脸色看哩。这时,就有人想起了村西头的那孔破庙,想起了庙里残缺不全的无量神像,提出让村人合伙修整神像和庙的后背墙。这个提议很快就被全体村人接受并开始付诸行动。全村老少都十分虔诚、十分积极地参与到修缮神像和庙后背墙的活计中。匠人是从外地请来的,安排在村里一户人家吃住,其他人家给这家出粮食,实在拿不出粮食的人家,就多出些劳力。欢颜家没劳力,就主动多拿了些新麦交给主事的人。

无量神像和庙的后背墙很快被修好了,全村人举行了十分隆重的祈雨仪式。那天一大早,子昂被母亲叫起来,洗了脸,洗了脚,换上一身新衣服。日头一出来,他就拎着一个小板凳被母亲领着和妹妹静文一起来到村西头那个修建好的庙的对面。那里有个废弃的破窑,破窑前有一块空地,空地上有个碾盘,上面正坐了一圈未出嫁的十几岁的女子。她们个个穿红戴绿,打扮一新。每人面前都扣着一个底朝上的笸子。她们嬉笑着,用白面捏“猫耳朵”,每捏好一个,就放到面前的笸底上,不一会儿就放满了一笸底。

子昂被母亲带进破窑时,那里已有二十来个跟他差不多大小也是穿戴一新的男娃,正静静地坐在临时搬来的小凳子上,兴奋地睁大双眼,望着门口。欢颜给子昂找了个地方让他把小板凳放下坐上,告诉他,待会儿就有人送煮好的白面"猫耳朵"给他吃,让他坐在那里等着。子昂说:"让文儿也吃点吧,她可以坐到我腿上。"

欢颜说:"文儿是女娃,不行哩!"

说完,欢颜就牵着静文出去了。

子昂已有大半年没吃过纯白面了,想着马上就有白面"猫耳朵"吃,他的口水立马汪了出来,使他不得不赶紧往下咽。

过了一会儿,刚才那几个姐姐果真端着一碗碗热气腾腾的白面"猫耳朵"进来了。子昂从一个姐姐手里接过"猫耳朵",顾不得烫嘴,三下两下就吃光了。

吃光了"猫耳朵",子昂他们二十来个男娃,被人引着往出走,刚出到门外,就被一条条湿抹布重重地抽打到脸上,那些小一点的男娃顿时被打得哇哇大哭。

子昂年龄稍长,他没有哭,用胳膊挡住那些湿抹布拼命往远处跑。一个姐姐跑上来抓住他,掰开他的胳膊抽打他。

子昂这才发现,抽他们的,正是刚才那些穿红戴绿,满面笑容,捏"猫耳朵",端"猫耳朵"给他们吃的姐姐们。他很难将面前这些面露愠色手里拿着湿抹布追着他们这些男娃狠狠抽打的人与刚才那些面带笑容温柔可亲的姐姐们联系起来。子昂好生奇怪,她们这是咋了?咋变脸变得这么快……后来,子昂才知道,这是祖祖辈辈传下来的一个祈雨仪式,要用他们这些童子的眼泪和尿,从老天爷那里换雨来……

那天下午,日头最毒的时候。欢颜将静文留给子昂,让他在屋好生看管,自己则拿着香蜡到村头的涝池里去祈雨。

干旱,蒸发完了涝池里的水,涝池底的淤泥干裂成龟背状。欢颜来到涝池时,那里已有几十个男人跪在干裂的涝池底。女人没资格祈雨,她就将香蜡裱纸交给主事的人。只见那些老老少少的男人们,点着香蜡,跪拜敬神。有人开始低声念经,吟唱。唱毕,众人就随着他一步步往前跪行。他们跪行上涝池的坡道,又跪行过碳渣坡,一直跪行到刚修缮好的无量神庙里,将香蜡插进无量神前的香炉里。

墨林的本家大伯叩完头,往起站时,却怎么也站不起来,主事人赶紧上前将他搀扶起来。只见墨林本家大伯双膝上的裤子都已经磨破,腿上血肉模糊,与破了的裤子粘在一起。

欢颜家里原来就有存粮,这半年家里吃粮的人又少,加上今夏收的那点麦,她家里暂时还不至于像一些人家那样去吃野菜。

这天中午,刚吃过饭,墨林的三婶来找欢颜。她站在炕前,东一句、西一句地与正在灶台上刷锅洗碗的欢颜聊天。

结婚这么多年,三婶几乎没与欢颜走动过,更没主动踏进过欢颜的家门一步,欢颜有事找上她的门,她也总是冷冰冰对待,前段时间出了静怡那件事后,她躲得远远的,不帮忙不说,还冷眼看欢颜的笑话,唯恐事情闹得不够大。三婶对欢颜的这种态度,让欢颜在很长一段时间里都想不通。她只能理解为,三婶认为自己与墨林的"八字不合",怕沾上了,晦气。

其实,欢颜不知道,三婶这人本身就为人刻薄,嫉妒心很强,见不得人好。欢颜漂亮,聪明能干,与墨林恩爱,墨林中了秀才又中了举人,他们的儿女个个水灵可人……这一切都让三婶心生嫉妒。她再看自己的那个憨憨儿子和憨憨儿子所生的几个秃小子,一个个长得歪瓜裂枣不说,还光知道憨吃憨睡,看不出将来能有一点出息。她这一比不要紧,心里的恨意就迅速滋长起来。她把这一切都归之于她的男人——墨林的三叔。为什么同为一双父母所生,自己男人与他哥哥董秀才的差距却这么大?!

三婶将一个灰色布袋攥在手里,在十个手指间缠来绕去。欢颜看见她手里的小布袋,就知道她是来借粮的。最近总有人来借粮食,都说是借,其实哪还会还啊,用什么还呢!她有多少粮食能让人借?!她感到了一种前所未有的担忧。今天要借粮的人是三婶,是墨林血缘上最近的人,纵然她欢颜心里有一千个一万个不愿意,也不能不借。欢颜一边将锅里的刷锅水往盆里舀,一边想着这些心事。

三婶站了半天都不说借粮的话,欢颜的心里就有些过意不去了,毕竟三婶也是个要强的人!欢颜把准备好数落三婶的话咽了回去,改口问:"等我把锅洗完,就给你灌点粮食,先让你和三叔应应急……"

三婶的脸上顿时堆满了笑,没说话,却不住地点头。等欢颜端着洗锅水准备往泔水桶里倒时,三婶突然上前,很不好意思地挡住她说:"你刷锅时,我听见你那锅底厚厚的,能不能把这盆里的刷锅水也让我端回去?"

欢颜吃惊得简直要掉了下巴。她不知道三婶家的日子已过成了这样!饥饿已让人完全失去了尊严!她默默地从三婶的手里拿过那个灰色布袋,到窑后头装了满满一袋子麦,递给了她。

入秋后,天依然旱着,欢颜雇人种在地里的棉花只长出一拃多高,玉米也高不过一尺,眼看着秋庄稼的收成根本无望,欢颜却一点办法也没有。天旱了这么久,一桶水泼在地里,嗞的一声就不见了踪影,井里的水也明显不多了,每次绞上几担后,水就不那么清了。要想再靠浇水来救秋庄稼,已根本不可能。就在欢颜为秋庄稼发愁的时候,地里的那些棉花叶与玉米秆竟被人洗劫一光,这也就彻底断了欢颜拯救秋庄稼的念头。

"墨林咋还不回来!"欢颜在心里焦急地说。她为待在外面的墨林担心,不知他身上带的盘缠还有没有,身体咋样,有没有生病……

墨林走时说,农历五月二十一日会试,一个月后发榜,如果榜上无名,就可以回来,若榜上有名,还要再参加殿试,殿试发榜后才能回来,也就是说最迟农历十月底就回来了。欢颜推算着墨林回来的日子,现在没回来,那就是会试通过了!这样一想,她的心里就感到了很大安慰,暗暗耻笑自己见识短——真是妇道人家,一点也沉不住气!

欢颜带着两个娃,好不容易熬到了农历十月底,墨林却依然没有回来,而且没有半点音讯,她心里的担心与焦急到了无以复加的程度。她再也等不下去了,跑到娘家,给父亲说了自己的担心。父亲差尚文去县衙和长安,托人四处打听,看看有没有其他人也去参加了会试,他们回来了没有,见没见着墨林。

尚文出门数日,打听来的消息是,农历六月二十二日会试结果就已发榜,没有墨林的名字;去参加会试的人,也没看见墨林去考试。

欢颜一听,顿时就慌了神,这可怎么办?墨林一定是出事了!

姬崇德当即让尚礼和侄儿尚仁放下手头的所有事,一起去京城寻墨林。尚文连夜托人画了一幅墨林的画像让尚礼他们带上。

尚礼与堂哥尚仁拿着墨林的画像出发了。他们每人骑一匹马,一路打听着往京城方向飞奔而去。有人说见过这么个读书人,有人说没见过。

快二十天后,尚礼他们已接近了京城,在一家客栈住下。像这一路进入其他客栈时一样,尚礼一进客栈就拿出墨林的画像向柜台后面的店掌柜打听。店掌柜接过墨林的画像看了看,突然眉毛一挑,提高了嗓门问尚礼道:"画像上这人叫什么名字?是胖是瘦?大概有多高?"

尚礼一听这话,就觉得有希望。他与尚仁忙你一言我一语地将墨林的名字以及外貌特征详细地告诉了店掌柜。

店掌柜脸上的表情凝重起来。尚礼和尚仁意识到情况有些不妙。尚礼问店掌柜道:"你见过我这妹夫,对吧?是不是出啥事了?"

店掌柜并不急着回答尚礼的问话,而是说:"我出去一会儿,你们先坐下喝喝水,等我回来再给你们慢慢说。"他叫来店小二,让他招呼着尚礼和尚仁,自己则急匆匆走出柜台,穿过后门出去了。

二十四

半袋烟工夫后,店掌柜回来了,手里拿着个蓝布包袱。他将包袱放到桌上,打开。尚礼一眼就认出了里面包着的那个砚台——这是墨林的砚台!他霍地站起来,一把抓起砚台,翻过来看砚台的底部,底部赫然刻着一个"董"字。

"这是我妹夫的砚台——出啥事了?"尚礼焦急地问。

店掌柜在尚礼旁边的板凳上坐下,抬手示意尚礼也坐下。尚礼坐下后,店掌柜才给尚礼和尚仁说了以下这些话:

"大约半年前,一个肩上搭着褡裢,胳膊上挎着这个包袱的读书人住进了我这客栈——现在看来那就是你妹夫,叫啥?噢,董墨林——他在我这里住了总共不到十天,每天除了下来吃饭外基本都待在客房里看书、写字。

"有天,我原来那个店小二临时有事出去了,你这妹夫下来要热水,我只好亲自烧好水给他送上去。

"我走进他的房间时,他正趴在桌子上写字,面前就放着这个砚台。你们别看我是个开店的,对砚台啊,印章啊,这类文房之宝,却很感兴趣。因为这方砚台样子特别,我就顺嘴问了你妹夫一句:'这砚台很别致啊,哪里买的?'他说:'这是我大中秀才前,专门找人定做的,这下面还有我家的姓哩。'说着,你妹夫就将砚台举得高高的,让我往砚台底下看。我一看,砚台底下果真有个'董'字。因为楼下没人照应,我没敢多待,看完砚台就下了楼。

"两天后,一群官兵突然在半夜里闯进了我这客栈,说要捉拿一个犯人,那人就在我这客栈二楼顶头的那间客房里。当班店小二不想让他们上楼,说等把我从后院的家里叫来再说,但那些兵根本不容他多说,一把把他推开,就冲到楼上抓人去了。

"不知怎么这事走漏了风声,等他们上到楼上时,那个人已经翻窗跑了。官兵扑了空,不甘心,就将我那店小二抓走了。

"我当时在客栈后院的家里睡觉,院子里的狗叫声把我吵醒,心想院子进贼了?就悄悄坐起来,准备摸根棍子出去看看。这时,就听见前院的客栈里乱哄哄的。我赶紧穿上衣服往前院跑,等我跑进客栈时,就看见那些官兵已经打着火把绑着我那店小二出了客栈前院的大门。

"我追了十来步,想问那些官兵为啥抓我那店小二,但我没追上,也不敢再追,怕连我也绑走了。

"我返身回到客栈里看少没少东西。等查看到二楼时,十几个客人都从客房的门口探出头来问我出啥事了。我说不知道。我见楼道顶头那个客房的门大敞着,就进去看,才发现里面的那个人已经不见了。

"第二天早上,我去你妹夫的客房里送水,敲了半天门,没人答应,我怕你妹夫出啥事,就和几个店客一起将门板卸下来,进到屋里。结果,屋里没人,窗子却大敞着,我猜想,他是从窗户跑走了。可他为什么要跑,不光我不知道,周围的店客也都不知道。

"当天下午,我那店小二被放回来了,他说,住店的客人里有人报官,说我们客栈里住了个'革命党'。可店小二说,官兵搜到你妹夫房间时,你妹夫还在里面,官兵根本就没搭理他。他是啥时候走的,为啥要走,为啥不从正门走而是从窗户走了,我和店小二都想不通。唯一的可能是,那个'革命党'后来返身回来劫持了他。因为那个'革命党'刚住进来时,你妹夫跟他说过话,当时,他还不理你妹夫,说你妹夫认错人了……"

"那这砚台是咋回事?我妹夫走的时候落在这里了?"尚礼着急地问。

"不是落在这里,是后来被人带到这里。"店掌柜接着说了后面这些话。

"这事过去几天后,我这店里来了个小伙子。当时我正在柜台上扒拉着算盘算账,听见外面有人嚷嚷着要住店、吃饭,就抬起头看。只见那小伙子身穿灰色长衫,一摇一晃地进来。他的肩膀上就挎着这个包袱。

"那人皮肤黝黑,说话粗声大气,在柜台上办住店手续时,我见他那双手的指甲缝里全是黑污垢,心想,这号人怎会是穿长衫的人!等那人办好手续准备坐下来吃饭时,我的脑子里突然闪过了你妹夫的样子。我仔细看了看那人身上的长衫,再看了看他带的包袱,发现那长衫和包袱都与你妹夫的一模一样。因为你妹夫那件长衫的左袖口上有片很大的墨渍,包袱的中间绣有四朵白色的梨花。

"这一发现,让我吓出一身冷汗来。我将店小二叫到一边,将我的发现悄悄告诉他,让他留意这人,并想办法尽可能稳住他。

"我走到后厨,让那个烧火的伙计赶紧出去报官,说我的店里来了个可疑人。

"过了半个时辰,官兵仍没来,那人却突然改变了主意不住店要走,他站在柜台前让我给他退银子。情急之下,我给店小二使了个眼色,我俩一前一后将这人堵住。我问这人这包袱和他身上穿的衣服是哪里来的,他说:'关你屁事!'我说:'不说清,你就不能走。'

"我抓住他放在柜台上的包袱。我那店小二说:'这明明就是前几天在我这店里住过的一个客人的东西,怎么落到了你手里,你把他怎么了?'

"那人见挣脱不掉,说:'不是我把他怎么了,是官府把他抓了,抓他时,这包袱扔在路边,被我捡了。'

"这几年,经常有这种事发生,更何况,你妹夫本来就走得蹊跷。他这么不打磕绊地说出这番话,弄得我和我那店小二一时也不知该不该信他。我们互相看了对方一眼,不知道接下来该怎么办。就在我们愣神的时候,这小子突然推开我那小二撒腿跑了。我那店小二跑出去追,没有追上。那人急于脱身,便将这包袱落在了柜台上。我打开包袱一看,里面除了这个砚台,这身棉衣和这个单长衫,别的就什么也没有了……"

尚礼问:"我那妹夫还欠你们客栈的住店钱不?"

店掌柜忙说:"不欠,不欠,我这里都是一天一结,他离开的那天上午就结过账了。"

那夜,尚礼和尚仁躺在客栈的床上几乎一夜未合眼。墨林生死未卜,刚得到的一点线索,马上又断了,而且,根据店掌柜的话判断,墨林无论是被官府抓了还是被这个小偷害了,情况都十分糟糕。他们不知道店掌柜的话是不是可信,更不知道那个穿着墨林衣服,拿着墨林包袱人的话是不是可信——如果有那么个人的话。

接下来该怎么办?到哪里去找那个人?尚礼与尚仁的意见出现了分歧。尚礼相信店掌柜所说的一切都是真的,当务之急是找着那个穿着墨林衣服的小子。尚仁问:"你凭啥相信店掌柜的话。"

"凭直觉。"尚礼说。

"凭直觉我还觉得是店掌柜害了墨林哩,店掌柜说的那个店小二咱咋没看见。"尚仁说。

"我问过店掌柜了,他说,那店小二家里有事,一个多月前就离开了。"尚礼说,"要是店掌柜害了墨林,那他大可不必将墨林的包袱拿出来给咱看。"

尚仁没再说啥。

第二天一大早,尚礼、尚仁离开了这家客栈,往京城方向而去。他们现在不光要打听墨林的下落,还要打听那个小伙子的下落。

黄昏时,尚礼他们来到京城,见城门旁的墙壁上贴着几个人的画像,就勒住马停下来看。那些画像一看就不是才贴上去的,因为纸张已被风吹日晒得有些发黄了,有几张画像已残缺不全。

尚礼他们下马,走上前去仔细查看。这一看不要紧,尚礼差点没被惊晕过去,因为有副画像竟与墨林长得一模一样。尚礼的身子晃了一下,赶紧扶着马站稳。尚仁在一旁低声说:"褒吓唬自己,你看那名字,不是墨林!"

"墨林要真当了'革命党',哪还会用真名!"尚礼低声说。

"你啥时见墨林干过那号事? 啊,这来京城考个试,就成了要被杀头的'大人物'了?!"尚仁说。

这时,有两个清兵走过来,他们上下打量着尚礼和尚仁,问:"在这儿站了这么久? 怎么,认识这上面的人?"

"不认识,不认识!"尚礼赶紧摆手说。

"不认识就赶紧滚!"一个兵嚷道。

"就是认识又咋样? 这几个人几个月前就被问斩了。"另一个说。

尚礼和尚仁在京城住了数日,四处打听,他们现在不光要打听墨林和那个小伙子的下落,还要打听画像上那个人到底是不是墨林,因为画像上的那个人与墨林实在太像了,而且那个人是官府认定的"革命党"。但他们现在的打听就不敢像前面那样明目张胆——他们不敢将墨林的画像拿出来问人,只能坐在小饭馆里,装着没事一般,随口问旁边的客人一句。他们得来的消息是,城门口所贴画像上的人,都是"革命党",几个月前就被抓住了,抓住后,连堂都不过,拉到菜市口就被砍头了。

尚礼和尚仁来到礼部,想看看墨林有没有来过礼部,因为会试是由礼部主持进行。可礼部哪是谁想进就能进的,他们被守门的清兵挡在了礼部的大门外。

就在尚礼为进不去礼部而一筹莫展时,一件意外事情发生了。

尚礼和尚仁正坐在一个小摊上吃东西,尚礼一抬头,看见一辆马拉轿车在街对面停下来。一个丫鬟模样的女子从轿车里下来后,转身从后面的一个阔妇人手里抱过一个一两岁的孩子。这女子一手抱孩子,一手扶着后面的妇人下车。妇人下得轿车后,她们就准备往街边那个店铺里走。这时,却听见那个丫鬟高叫道:"少爷,少爷……"

妇人马上爬上去看那被丫鬟叫少爷的孩子,嚷嚷道:"啊? 儿啊,你这是咋了?"

尚礼当即跑过去看。只见那孩子牙关紧闭,口吐白沫,两眼上翻,胳膊腿正一蹬一蹬地抽。

尚礼让那丫鬟赶紧将孩子平放到她们下轿时踩过的凳子上，那妇人看他一眼没理他，只顾着大喊大叫，那孩子的脸眼看着就憋成了紫茄子。尚礼大声说："我是郎中。"那妇人这才停住喊叫，将信将疑地吩咐丫鬟将孩子平放到凳子上。

尚礼将孩子的嘴硬掰开，将一根指头放到孩子上下两排牙中间。他忍着疼，腾出一只手掐孩子的人中……

孩子终于长长地吸了口气，又吐出了一口气，"哇"地哭出了声。

尚礼把指头抽出孩子嘴的时候，深陷在他指头上的几个牙印瞬间就冒出血来。妇人赶紧掏出自己的帕子，让尚礼包手指。尚礼没有拒绝。包完手指，尚礼给那孩子做了一番检查，然后对那妇人说："孩子是热惊，吃些药就好了。"当下，尚礼就跑到道旁的一个店铺里，借了纸笔给那妇人写了几味药，让她着人去抓。

妇人要给尚礼银钱答谢，尚礼谢绝了。妇人上下打量了一番尚礼，说："听口音先生不是京城人，不知到京城有啥事？"

尚礼想了想说："来打听个事。"尚仁给尚礼使眼色，不让他往下说，尚礼装作没看见，接着说，"想看看有个人去没去礼部参加今年的会试。"

"这事早就张榜了呀！"妇人说。

"我就想知道一个叫董墨林的去没去礼部报到。"尚礼说。

"那你们打听到了吗？"妇人问。

"没有，进不去礼部的门，这不正在这发愁哩，就看见你们从马车上下来……"尚礼笑了笑说。

"嗨，巧了，我家老爷就在礼部当差，我让他帮你问问不就得了。"妇人笑着一拍手说。

"那就再好不过了……有劳夫人了！"尚礼赶紧弯腰作揖。

第二天晚上，这妇人差人到尚礼他们住的客栈，将问来的情况告诉了尚礼。礼部没有董墨林这么个人来报到，更没看见这么个人去参加会试和殿试。

尚礼和尚仁在京城整整待了七天，再没有得到任何线索。眼看着身上的盘缠就要花光了,他们只好带着墨林的衣服和砚台回了家。

看着二哥尚礼带回来的墨林的"遗物",欢颜怎么也不相信墨林就这么轻易地死了。她抱着这些"遗物",呆坐在墨林每晚读书时坐的那把靠背椅里不住地摇头,嘴里喃喃地自言自语:"不可能,不可能——好端端的一个人,咋可能就这么死了……"

欢颜欲哭无泪。

赶来看望女儿的姬崇德对欢颜说:"给墨林弄个衣冠冢吧,也好让他的魂有个落脚处。"

"不弄……我活要见人,死要见尸!"欢颜倔强地说。她要接着出去寻墨林,被父亲阻止了,他说:"你去哪里找?"姬崇德看了看子昂和静文,"你走了,娃们咋办?"

看着两个守在一旁可怜巴巴的孩子,欢颜的心全烂了,她不能丢下他们不管啊!见欢颜没再犟嘴,姬崇德又说:"再说了,如果他真的没死,终有一天他自己就会回来……"

为了孩子们,欢颜只好打消出去寻找墨林的念头。但她却日日站在村口,望眼欲穿地等着墨林回来。她望着那条弯弯曲曲的小路,想着墨林去京城赶考时那俊朗潇洒的样子,心里生出万分的悔意:要不是自己非要让他接着考进士,他就不用出这趟远门,也就不会像现在这样,活不见人,死不见尸;墨林不走,兴许怡儿也不会去石头家,怡儿不去石头家,石头就不会死,怡儿也就不会惨遭毒手,婆婆也就不会喝老鼠药……欢颜越想越觉得愧疚。

二十五

天越来越冷,西北风整天呜呜地吼着。欢颜仍旧日日站在村口,等墨林回来。她站在风口,一任那刀子一样的风穿过自己身上的每寸肌肤。开始她还能感觉到疼,后来就什么也感觉不到了。她深陷在对墨林、对往昔一切的回忆中,也深陷在无法向人言说的悔恨中。她的眼泪在一次次的回忆与悔恨中流下来,又一次次在凛冽的西北风中冻结成冰挂在脸上。慢慢的,她全身的血液也被冻结了,使她已流不出一滴眼泪来。她就这么睁着一双悲怆无泪的眼,站在风里继续等着墨林,继续惩罚着自己。

村里人看见欢颜每天站在风口一动不动,都以为她疯了。不然,她怎么一点也不知道冷呢!

欢颜病了,高烧不退,嘴里不断说着子昂和静文听不懂的胡话。子昂吓坏了,跑到村里去找杨郎中。杨郎中家的梢门紧锁着,子昂只好跑回来,敲响二大义林的梢门。

来开门的是腊梅。腊梅将梢门开了一半,发现是子昂,就停住手挡在门口问:"哎哟,这是谁家的娃,我咋不认识。"

"二妈,是我——双喜……你咋连我都不认识了?"子昂可怜兮兮地说。

"双喜是谁? 我不认识。"腊梅说,双手往中间一推,就想关门。

"我妈病了,病得很厉害,你过去看看行吗?"子昂挡住门,拉着哭腔说。

"病了……找郎中看呀,我又不是郎中!"腊梅迟疑了一下,但还是将子昂关在了梢门外。

子昂不知道,自从分家后,腊梅就没过过一天好日子。义林对她依然带搭不理,在义林面前她就像个无影人一样。腊梅受不了义林的冷漠,就骂义林:"心头肉分出去过了,把你的魂也勾走了吧?"义林嘴里永远只有两个字:"贱货!"腊梅自然又是一串回骂,义林也就又是一顿拳脚相向。于是,他们两天一小闹,三天一大闹,日子过得不像日子。刚分家时,义林还去地里干活,腊梅也乐得跟着义林去地里。后来,天气干旱,庄稼收成无望,义林就不再去地里了。腊梅见义林不去地里,自己也不去了,她说:"凭啥你一个大老爷们在屋歇着,让我一个小脚女人黑水汗流地在地里刨。"

义林说:"你咋不去地底下待着——那里凉快!"

"你咒我死,我偏不死……想让我给你们腾地方,我偏不腾……气死你……"腊梅说。

义林的朋友再没找义林说生意上的事,也没再分给义林钱。义林也不好去找人家问。他待在家里天天与腊梅怄气吵架,一气之下,就将这两年"做生意"挣的那些银钱往腰里一缠,跑去了长安,见青楼里的老相好小红去了。

义林在长安花光了身上的钱,待不下去,才又回到了家与腊梅一起共度饥荒。活命都已成问题,哪还有心思和精力互相吵架斗嘴,二人之间的口角也就慢慢少了许多。

义林从长安回来后,才得知哥哥墨林已经出了事。为什么会是这样?短短一年不到,家里就没了三条人命,难道这一切都与哥哥和欢颜的"八字不合"有关?

义林爬在炕上号啕大哭了一阵后,就想过去看看欢颜和两个娃,在这个世上,他们已是他仅有的亲人了。

腊梅拴着门不让义林过去。义林觉得自己似乎也没脸过去,在欢颜需要自己的时候,自己都去了哪里?!他没有再与腊梅吵,浑身像泄了气的皮球,软塌塌地没有一点力气。他回到自己的屋里,不搭理腊梅,也不再与腊梅吵。

现在,欢颜病了,腊梅以为是欢颜派子昂过来找义林,气就不打一处来,心想,义林好不容易收了心,倘若让他知道欢颜病了,那他还不得铺上盖上地去照顾,如此下去,哪还再有她腊梅的日子过!于是她狠下心,关上梢门,转身进屋去了!

子昂站在门外哭了一会儿,听见腊梅已经回屋去了,只好离开。

没办法,子昂只好去东隔壁找张婶。张婶家的梢门开着,子昂端直跑进去。张婶家正准备吃饭,她的五个大大小小的娃正趴在炕墙①上,眼巴巴盯着冒着热气的锅看。张婶拿着一块脏兮兮的抹布将炕墙上的几个窝窝抹了抹,然后就揭开锅盖,拿起木勺,从锅里舀了一勺汤水往那几个窝窝里倒。几个娃顿时就像饿虎扑食一般爬上去将自己面前窝窝里的汤水一吸而光,吸完后,还伸出长长的舌头将那窝窝舔了舔。大一点的娃吸得快,吸

---

① 当地方言,挡在灶台与炕之间的一个矮台子,上面铺有一层厚厚的木板。

完自己窝窝里的就去抢着吸小一点娃的,于是就出现了打闹声和哭声。

子昂气喘吁吁站在门口,惊得不相信自己的眼睛,一时竟忘了自己是干啥来了。

张婶忙着给几个娃舀汤,顾不上搭理子昂。坐在板凳上看几个娃抢吃食的张叔问道:"子昂,你咋来了?"

子昂赶紧说:"我妈病了,病得厉害……不停地说胡话哩……"说着说着,又哭了。

"快去,快去……你赶紧过去看看!"张叔站起来对张婶说。

张婶将木勺交给自己的男人,跟着子昂就往欢颜家跑。

张婶家没地,平时都靠男人给人熬活^②过日子,旱灾发生后,没人再雇他干活,家里就没了收入。他们的娃多,个个又都是狼崽子一样能吃的男娃,一家人很快就开始饿起了肚子。他们将能吃的都变着花样吃了,实在揭不开锅时,张婶就端着个碗去左邻右舍借,被她借的最多的还是欢颜。许多人家听见敲门声先爬在门缝看,一看是她,就躲着不开门。只有欢颜,每次都会开门借给她,借到后来,她自己都不好意思再去欢颜家借了。现在一听欢颜病了,需要她帮忙,她打心眼里愿意去帮。

张婶进屋一看,欢颜正昏沉沉地睡在炕上,她上手一摸,欢颜的身子烫的像个火球。这些日子欢颜天天站在村口的风头上,一定是受风了。张婶当即烧了些热水,把欢颜的全身擦了一遍,又扶起欢颜,给她灌进去很多热水。

欢颜的烧退下去一点后,就慢慢清醒过来。她看见苍白、浮肿的张婶守在自己身边,心里顿时充满感激。她硬撑着坐起来,要给张婶和子昂兄妹做饭吃。张婶忙说:"你身子虚,我来,我来。"

张婶往起站时,眼前一阵发黑,差点跌倒。欢颜便硬撑着下到脚地,帮着张婶熬了一锅稠稠的糊汤。

借着做饭、吃饭那会儿工夫,张婶对欢颜说了许多宽心话。吃完饭,欢颜把提前舀好的一碗糊汤给张婶,让她端回去给孩子们吃,欢颜还从盆里

---

② 当地方言,打长工。

盛了一碗干苞谷糁让张婶一起带回去。

那晚,欢颜做了个梦,梦见墨林拿着一本书,笑眯眯地朝她走来。他拉起她的手,将她拉到一个山坡上,那里开满红、黄、紫各种鲜花。天突然黑了,空中出现了一弯月亮,还有很多星星,将山坡照得很亮。墨林拉着她的手,在明晃晃的月光下来到一个沟里。他们顺着沟的斜坡肩并肩躺下,墨林扭过头望着她,却并不说话。他突然咧嘴笑了,露出那两排整齐的牙齿,那些牙齿在月光下,反射出瓷白的光。她再看他的眼睛,那双眼睛充满温柔。她将头转过去看天上的星星,星星越来越多,多得有些像撒在场院里未扫干净的芝麻。过了一会儿,她又扭头看墨林,却发现墨林那温柔的眼睛里全是泪光,而他的脸,越来越紫……这时,突然来了许多人,他们将墨林从她身边抬走。墨林的一只手紧紧地抓着她的手,那些人就上来将墨林的手掰开来,抽走。那些人迅速将墨林抬走了。透过十几条腿的缝隙,她看见墨林的手脚、胳膊、腿也在迅速变紫,然后变黑,硬挺挺支棱着伸向空中……欢颜急得大喊,却怎么也喊不出声。她嘴里那一连串的"嗷嗷嗷"声惊醒了子昂,子昂吓坏了,他推着母亲叫:"妈,你咋了?"

欢颜醒了。

欢颜喘着粗气坐起身,刚才的梦仍清晰地浮现在脑子里。难道墨林真的出事了? 这是墨林在给自己托梦吗?

过了数日,欢颜的病才慢慢好了。她想起那晚的梦,就按照父亲的吩咐,请人给墨林做了个衣冠冢,将他的衣服、砚台和那个她在上面绣了四朵梨花的袄子埋进去,并让子昂和静文两个娃为墨林披麻戴孝。

从那之后,欢颜便从失去墨林的失魂落魄中走了出来,她一再对自己说:要看护好两个娃,如果墨林真的再也回不来了,那这两个娃可就是墨林在这世上留给自己的全部念想。她让自己重新忙碌起来,每天除了照顾好两个娃的吃穿,就是陪着子昂念书。当她坐在子昂对面,细细端详子昂念书时的眉眼时,她才发现子昂的长相竟与当年的墨林一模一样,那双纯净的单眼皮的黑眼睛,那个高挺、标致的鼻子,那凝神看书时迷人的神态,简直活脱脱就是当年的墨林。欢颜常常看着看着,就觉得有些恍惚,以为对面坐着的就是他日思夜想的墨林。

就在欢颜的心情一天天逐步好起来的时候,一个巨大的噩耗却从娘家传来。

二十六

旱情刚出现一点迹象时,姬崇德就雇人重修了门楼,加固了院墙,紧接着,他辞退了家里的长工,只留下门房杨老汉守门。

为治"牙疼",姬崇德不得不吸食大烟,慢慢地也就染上了烟瘾,到这时,他已离不开了烟土。一年多来,他一直为女儿欢颜家里的事忙前忙后,竟没腾出手去为自己买些烟土存起来。随着旱情加重,烟土的价格不断上涨,想买点烟土已变得越来越难。眼看着家里的存货就要光了,姬崇德急得坐卧不宁。他托人四处打听,打听到啥地方有烟土卖主了,便带上银子去买,为此没少吃苦受罪,拿到手的烟土却少得可怜。

入夏前,姬崇德又打听到了一个卖主,这人刚从青峰山里带了一些烟土下来,住在青峰山脚下的一个客栈里。这时候的村外,经常会遇见饿急了的饥民,他们看见谁手里有东西,二话不说便上去抢。为不引人注意,姬崇德这次决定让看上去很不起眼的门房杨老汉去办此事。

那天早上,姬崇德将杨老汉叫到堂屋,将一些银票和几个掺了玉米面的麦面蒸馍交到杨老汉手里,吩咐他去见那个烟土卖主。杨老汉一字一句、清晰而坚定地对姬崇德说:"你放心,哥就是拼了这条老命也要把这事给你办好了!"

杨老汉将那些银票缝在腰带里缠在腰上,外面套了件破衫子遮住,将几个馍掖进怀里,然后就拄着一根酸枣棍,佝偻着身子,往青峰山脚下的客栈走去。

正午时,杨老汉已走出村子二三里地了,他感到又饥又渴,两腿直打漂,就在路边坐下,四下里看了看,发现没什么人后,才从怀里掏出一个馍,准备先咬上几口,压压饥,止止头晕,再继续赶路。可他才咬了几口,就有一只脏兮兮、瘦骨嶙峋的手从背后伸过来,一把把他手里的馍抢了去。还没等杨老汉反应过来,那人已将馍塞进自己嘴里,狼吞虎咽地吃光了。杨老汉怎么也想不通这人到底是从哪里冒出来的。

杨老汉只好继续往前赶路。他又热又累又饿,没走几步就感到头晕眼花,不得不再次坐下来歇息,偷偷啃食怀里的馍。就这样,平时只需半天就可以走到的路让他整整走了一天。等他赶到山脚下时,天已经擦黑。他按照姬崇德交代给他的地点,七拐八拐找着了那个客栈和住在客栈里的卖主,不料对方却说:"我不要银票,只要粮食,你让你们东家装上两担麦来换。"

杨老汉一听就蒙了,这不抓瞎了吗!他不想无功而返,就苦口婆心地劝对方收了银票,将烟土让他带回去。可对方就是不松口。杨老汉见没有任何回旋的余地,只好收起银票原路返回。

天已经完全黑了,杨老汉孤身一人蹒跚在客栈外的小道上。他走着走着,突然听到身后有脚步声传来,他紧张地回头看,可还没等他转过身,就被两个人用布袋套住了头,按在了地上。他在布袋里拼命挣扎喊叫:"谁呀?为啥套我?"没人理他。那两个人十分默契、十分麻利地将他的衣服扒光,又将他推到道旁的壕沟里,然后就拿着他的衣服和腰带跑了。

等杨老汉从布袋里费力钻出来爬上壕沟时,早已看不见了那两个人的踪影。杨老汉颓然地蹲在地上。望着月光下那条弯弯曲曲伸向远处的小路,脑子里突然闪过一个可怕的念头,抢他的可能就是刚才在客栈里见到的那两个卖主——只有他们知道自己身上有银票……杨老汉顿时惊出一身冷汗来。他想去找那两个人把银票要回来,可转念一想,能干出这号事的人,绝不是什么善茬,哪要得回来,弄不好还得挨顿饱打。

弄丢了银票,又被扒光了衣服,杨老汉感到羞愧难当。离家前,他曾向姬崇德夸下海口一定要办好这事,可现在,事情没办成,还落得这样一副惨相,哪里还有脸再去见姬崇德!更何况,弄丢的那些银票,对他一个孤老汉来说可是个天大的数字,他用啥去还人家……思来想去,想来思去,杨老汉就决定不回去了！他改道上了青峰山,心想,能躲姬崇德多远就躲多远,等过了这阵子,看看情形再说。

一天一夜过去了,姬崇德还不见杨老汉回来,便让尚礼去那个客栈打听。尚礼去客栈一问才知道,那两个所谓的卖主在杨老汉去的那天晚上就退店离开了,店主根本就没看见杨老汉这么个人。

尚礼回家后把情况告诉了父亲,然后问:"……我杨伯会不会直接带着银票跑了? 这年头,肚子饿得已经让人失了德行了!"

"不会! 你杨伯不是那号见钱眼开的人……一定是遇到啥事了,那两个卖主不是也不见了?!"姬崇德说,"赶紧再托人打听你杨伯的下落,银票没了事小,出了人命事大!"姬崇德为自己选了杨老汉去办此事感到后悔不迭,如果杨老汉真的出了事,那他不等于害了杨老汉吗!

可没有烟土咋行?! "牙疼"病犯起来简直让人死的心都有……姬崇德继续打听烟土卖主。这次姬崇德打听到的卖主在青峰山里的青峰沟,他决定铤而走险,自己亲自去一趟。

尚文、尚礼得知父亲要亲自去青峰沟买烟土,急忙进到堂屋劝阻。几年来,青峰山的匪患一直都很严重。刚开始,他们只是抢些牲畜、粮食,索要些银两,一年多来,旱灾使家家户户闹饥荒,一些人为了有口饭吃,就上青峰山入伙做了土匪。土匪的队伍不断壮大,需要的粮食和钱财也就越来越多,他们的手段就变得越来越残暴,绑票、杀人越货屡屡发生。几股土匪中,有一股势力最大,其头目叫梁大奎,副头目叫杨树生,他们手下有几十号人,经常在夜间下到山下,破门入室抢劫。抢劫不到,就设法绑大户人家的票,然后让其家人拿着钱财去赎,稍不如意还会撕了票。大户人家为防匪患,家家户户的院墙都筑得很高,梢门都换成了很厚的石板门,门闩都用上了很粗的木杠子。有些家底厚实的人家,还雇了人,扛着土枪护院。

尚文和尚礼前后脚走进堂屋,看见父亲正穿着一身长工的破衣服,脸上抹了锅底灰,头上戴着一顶破草帽,准备往外走。尚文忙上前对父亲说:"大,不能去啊! 青峰山土匪那么多,万一撞上土匪了咋办?"

"这饥荒还不知道要闹到啥时候,烟土现在已经这么稀缺,再不去,恐怕就弄不到了。"姬崇德说,他看了看自己身旁的老伴姬孙氏,"你妈知道,我现在压根就离不开那东西——与其'牙疼'死,还不如去冒冒这个险!"说完,就抬腿想往出走。

尚文抓住父亲的胳膊不放,说:"就是去,也是我们去,哪轮得上你老去呀!"

姬崇德拨开尚文的手说:"我都是黄土埋到脖子上的人了,有个闪失也没啥,你们还年轻,咱一家可还指望着你们呢!"

欢颜出嫁后,尚文媳妇瑞雪在君来后面生了一个女娃,与君来相差三岁,取名菊菊。尚礼媳妇香莲为姬家添了两个男孩,分别与君来相差一岁和四岁,为了与君来的名字相连,他们的官名分别叫君安和君明,小名分别叫二宝和三宝。现在,香莲的肚子里还正怀着一个,已经很显怀了。姬崇德说得对,这么一大家子妇孺,没有尚文和尚礼哪能行!

姬崇德顿了顿又说:"万一我被土匪绑了票,你们可千万甭用粮食去赎,用银子甚至地都行……咱屋的粮食已经不多了,那可是咱一家的活命粮……咱不能因为断了粮而绝了户!"说罢,他转向姬孙氏,"你也给我记住了,不管发生啥事,都不能动咱屋的粮!"姬孙氏看着他,无奈地点了点头。

尚文和尚礼见劝说父亲不下,只好由他,但坚持要他带上仁武,以便路上照应。姬崇德答应了,心想,就是绑票,土匪也只会绑自己,不会绑仁武,不会给仁武带来啥祸事。

仁武是姬崇德出了五服的远房侄子,父亲死得早,家里只有他和一个老母亲,日子过得恓惶,姬崇德经常接济他们母子。

那天,当仁武母亲得知姬崇德想带上仁武上青峰山买烟土时,二话没说就答应了。

姬崇德和仁武走后,姬家上下都把心提到了嗓子眼儿,整日坐卧不宁。

第三天中午,仁武上气不接下气地回来了,只见他蓬头垢面,身上的衣服已被撕扯得成了絮絮,一见到尚文,就软瘫到椅子上,说:"尚文哥,不好了……我伯让土匪给绑了,让我回来报信赎人呢。"

尚文一听这话,立时瞪圆了眼问:"你说啥?我大被土匪绑票了?是哪股土匪?绑在哪?"

"就是那挨千刀的梁大奎……就在青峰沟!"仁武拉着哭腔说。

尚文一听是梁大奎,脑子嗡的一声,身子一软,一屁股坐到了仁武对面的椅子上。他有气无力地自言自语道:"完了,完了……怕啥偏来啥……这下可是完了!"

这当儿,瑞雪一边给仁武倒水,一边问仁武:"没说咋个赎法?"

"说了——三十石粮食,还说一点都不能少。"仁武望着瑞雪说。

"期限几天?"尚文问。

"三天。"仁武竖起三根手指头看着尚文说。

"快去把尚礼叫过来,一起商量,商量。"尚文吩咐瑞雪道。

瑞雪走后,尚文详细询问了仁武父亲被土匪绑票的经过。

那天,姬崇德和仁武穿着破破烂烂的衣裳,装成灾民的样子,带了一些吃食,拄着酸枣棍小心翼翼地上了青峰山。为不引人注意,他们特意选了一条不常有人走的羊肠小道往山上走。待他们十分艰难地赶到青峰沟的村口时,已是夜半时分。正值八月中旬,一轮满月明晃晃地在天上照着,青峰沟在白晃晃的月光下清晰可辨。二三十孔依山而挖的土窑洞稀稀落落散布在沟沟壑壑之间。每孔窑里的灯都熄灭了,没有任何声音,天地间一片寂静。

姬崇德并不确定要见的那个烟土卖主住在其中的哪一孔窑里,他还得找人打听。于是,姬崇德便停下脚步,对走在前面的仁武说:"咱先停在这儿,歇歇,天快亮时再进去。"说罢,就一屁股坐到地上。

他们走了一天半夜,两个人早已精疲力竭。听到姬崇德的话后,仁武立即站住,将肩上的破褡裢放到地上,和姬崇德面对面坐下。

仁武从褡裢里摸出一块饼来,准备递给姬崇德。姬崇德正在脑子里合计,天亮以后该怎么去打听卖主的住处,怎样才能拿到烟土,然后怎样脱身。突然,一声咔嚓声从仁武的身后传来,紧接着又听见"呱、呱"两声青蛙的叫声。仁武正感到纳闷,哪来的青蛙? 就听到姬崇德低声说道:"不好,可能遇上土匪了!"

听到这话,仁武不由得打了个寒战,一滴一滴的冷汗瞬间就从每个张开的毛孔里渗出来。姬崇德不待惊慌失措的仁武反应过来,已站起身,跨前一步,抓起地上的褡裢,呵道:"赶紧往回走!"

这时，姬崇德发现在他们四周的不远处，已经露出四五个人影，他们每个人的手里都端着一杆长枪，一边往这边靠拢，一边把枪栓拉得哗啦、哗啦响。

从仁武身后靠过来的那个人吼道："哪一路的？报上姓名来——不言传①，我可就开枪了！"

姬崇德发现已跑不掉了，就索性站住，朝着喊话的人说："山下高家桥的，来山上贩点东西，走错路了。"

"贩啥东西？"那人一边问，一边一步步往这边靠拢。

"想贩点粮食，家里揭不开锅了！"姬崇德说。

"哈哈哈哈，到青峰沟贩粮食？亏你想得出来！"另一个说，"我们弟兄还吃不饱哩，你竟想从我们这儿贩粮食。"

这时，这伙人已走到姬崇德和仁武跟前，将他们围住。先前问话的那个可能是这几个的头儿，只见他收起枪，一把夺过姬崇德手里的褡裢，其余几个继续用枪指着姬崇德和仁武。

那人将褡裢的两个口分别倒过来抖了抖，见只有几块硬邦邦的杂粮饼从褡裢里掉出来并没有其他东西，就一边摇头一边绕着姬崇德转，上上下下打量姬崇德和仁武，说："既是贩粮食，就该带着银子，银子呢？藏到啥地方了？"

姬崇德忙抬手从缝在裤腰上的口袋里掏出银票，递给面前的土匪，还将口袋翻了个个儿，说："就这些。"又说，"银票既已给你们了，那就放我们走吧！"

那人看了看手里的银票，又捡起地上的几块饼交给身边的一个土匪，想了想，对姬崇德说："走吧！"

姬崇德赶紧捡起地上的褡裢，拽住愣在那儿一动不动，像根木桩子似的仁武往山下走。姬崇德知道，仁武身上缝着更多的银票。

没跑几步，姬崇德就听见身后的那个土匪头说："今黑饿不着了，咱有饼吃了！银票明早交给梁老大，饼咱分着吃了，没啥意见吧？"

_____

① 当地方言，说话。

其余几个土匪忙说:"没意见! 没意见!"

其中一个还说:"有饼吃,还能有啥意见! 赶快分,这肚子已经饿得像猫挖哩!"

梁老大? 难道自己这是闯进恶名远扬的土匪头子梁大奎的匪窝里了?! 姬崇德顿时感到脊背上直冒凉气。这时,他听见后边的一个土匪突然说:"不对呀,咋觉得这老汉有点面熟哩——像……姬家洼的姬财东。"

姬崇德一听这话,立即拉起仁武的手快跑起来。

刚才那个土匪看见他们突然快跑起来,就喊:"肯定是姬财东,不然他咋突然跟兔子一样跑得那么快!"

"狗日的,差点把到嘴的肥肉给丢了!"土匪头对那几个土匪嚷道,"还等啥哩? 追呀! 这可是送上门来的肥票,交给梁老大,肯定有重赏!"

二十七

天亮后,姬崇德和仁武被五花大绑带到青峰沟的议事厅。议事厅其实就是一孔比较大点的土窑洞,里面摆了一张条桌,一把太师椅和几把椅子。一个四十多岁的中年男人坐在那把太师椅上。这人中等身材,长得又白又瘦,感觉一阵大风就能把他从那把太师椅上吹起来。他端把白铜水烟锅,拿根媒头,正面无表情地吸着烟。

姬崇德和仁武被带到他面前时,他抬头看了看,突然站起身,满脸堆笑地对姬崇德说:"哎哟,还真是姬老哥呀! 一大早就听他们嚷嚷着说绑着了姬家洼的姬财东,我还不信哩!"

姬崇德忙道:"实在不知道这是你梁老大的地盘,打搅了……你说个数,放我们回去,我凑够了,立马让人……"

梁老大打断他说:"姬老哥不愧是个明白人,那我也就不绕弯子直接跟你说了。说这里有烟土卖，那是我故意放出去的话，是我给像你这样想买烟土的有钱人下的套——我不这样放话，谁会到我这穷山上来啊！"说着，他又一次坐回到太师椅里，放下手中的烟锅，"实话告诉你，你要的烟土呢，我这儿一点都没有——天旱成这样，哪有烟土卖。但我想要的粮食，你老哥屋里却肯定有……你粮食那么多，不如接济接济我这些弟兄！"

他又一次站起来，将两只手抄到身后走到姬崇德跟前，稍微压低了声音说："我梁大奎不是那种忘恩负义的人，你给我粮食，将来你老哥屋里遇到啥难处，我肯定也会帮你。"

姬崇德忙说："我屋的粮食基本光了……你梁老大办法多，我多给你些银子，你可以拿去倒腾些粮食！"

梁大奎伸伸懒腰，打了个长长的哈欠，然后转身对那个早已恭候在旁，蠢蠢欲动的胖家伙说："看来，我的话姬老哥听不懂，你再给他解说解说！"说罢，就迈着四方步摇晃着身子走出议事厅，回去睡回笼觉了。

那个又黑又胖的矮家伙不是别人，正是心狠手辣的副头目杨树生。梁大奎的手下绑了票，都是交给他整治，他对整治人有一种特别的快感，即便是被绑票的人家按照他们的要求去赎，也没有一个绑票能囫囵着回到家。这也就是为啥乡民一听梁大奎、杨树生这股土匪就会变脸失色。

当下，杨树生吩咐手下道："去，拿些辣面子来，让我好好玩玩这老东西！"

杨树生将手下拿来的辣面子，用桌上碗里的水和了和，然后猛地泼到姬崇德的脸上，姬崇德没防备，辣椒水泼进了他的眼睛里，一时间疼得他直叫唤。

杨树生问："咋相？你那粮食可以给我了吧？"

姬崇德气愤地说："你个猪狗不如的东西，还想要粮食？！"

杨树生没想到姬崇德不但不求饶，还当着自己弟兄的面骂出这么难听的话来，顿时恼羞成怒，大声嚷道："去，把锤子拿来，我就不信收拾不了这狗日的老东西！"

他让手下把姬崇德放倒在地，将姬崇德的一条腿抬到台子上，然后就准备抢起锤子往姬崇德的腿上砸。仁武这时却拼命喊叫道："不能砸！不能砸啊！砸了你就弄不到粮食了！"

仁武的话提醒了杨树生，他停下握在手里的锤子想了想，说："是呀，这一锤子下去，估计这老东西的命就没了……"他眨巴了几下眼睛，说，"那我就把这老东西的桃胡①给敲了！"

随着一声惨叫，姬崇德疼死过去，仁武也被吓得晕了过去。

仁武醒来时，发现自己正被两个土匪拖着往外拉。他们把他拖到山路口，一个土匪给他解开绳子，说："快回去报信吧，让姬家三日后拿三十石粮食来赎人，晚了，可就见不到人了……那杨副头目可是个杀人不眨眼的生生货！"

仁武全身的衣服已被撕扯得破破烂烂，里面的银票早已被他们搜走。三日，他仁武赶回去就要一天一夜，满打满算只有两日时间去弄这三十石粮食，就是神仙也办不到啊！但仁武不容自己多想，只能拼命往回跑。

尚礼急匆匆进到大哥的屋里时，发现大哥一脸凝重地坐在桌旁的椅子上，桌对面的仁武正眼巴巴地望着大哥。

见尚礼进来，仁武赶紧起身让座，靠着炕墙顺势蹲在炕前的地上。

这时，瑞雪走了进来。尚文忙吩咐瑞雪道："赶紧去给仁武弄口饭吃，再找身我的衣服给仁武换上。"瑞雪刚转身要走，尚文又叫住她，说，"这事先要声张，尤其不能让咱妈知道了。"瑞雪点点头，出去了。

瑞雪出去后，尚文把情况大概给尚礼说了一遍，然后问道："你有啥主意？"

"能有啥主意！你说咱大，不让去非去……非要往那土匪窝里钻！"尚礼抱怨道。

"现在说这些还有啥用？只说咱咋赎人呀！"尚文打断尚礼说。见尚礼不吭声，尚文接着说，"我有个主意……你们看行不行？"

尚礼和仁武当即都瞪大了眼睛齐声说："你说！"

尚文便如此这般地讲了他的想法，说毕，他长叹一声，道："唉！事到如今，我想来想去也只有这一条路可走了。"

---

① 当地方言，脚内、外上踝。

尚礼当即说："是福不是祸,是祸躲不过!咱赶紧按你说的分头办!"

第二天,仁武就返回青峰沟见到了梁大奎。他对梁大奎说,姬家两兄弟答应了赎人条件,但有几个请求,让他带话给梁老大。梁大奎摆出一副爽快样子,笑着说："久闻姬家大儿子是个明白人,医术也高……说吧,啥条件?我能答应的就尽量答应……说不定,我这些兄弟以后犯了啥病,还要到他门上求他给看哩!"

仁武忙说姬家的确已拿不出三十石粮食了,尚文希望梁老大能宽限几日,容他向亲戚、朋友筹借。

梁大奎摆手打断仁武,说："行,那就再宽限他五日!"

仁武却说用不了五日,尚文说再给两日就行……他也担心他大的身体哩。

梁大奎一听这话便哈哈大笑起来,笑毕转向杨树生说："人家这是怕你厚待他大呢!"

杨树生得意地咧着嘴朝梁大奎讪笑。

梁大奎转过身,又对仁武说："那就按姬尚文说的办,三日后一手交粮,一手交人。"

仁武赶紧说："还有个请求,就是我尚文哥觉得,如果按梁老大你说的地点交换的话,拉着那么多粮,走那么远的路,太惹眼,说能不能把交换的地点放在离我们村近一点的丰镇上?"

梁大奎一边踱着四方步绕着仁武晃晃悠悠转圈,一边思量,最后说："也别丰镇了,就在老君庙吧!"

仁武想了想,说："行!行!那就按你说的——在老君庙!"

仁武心想,这正是尚文想要的结果。

"告诉姬尚文,甭想给我整啥花花肠子,小心我灭了他们全家!"梁大奎补充说。

"他哪敢啊……我一定把话带到!"仁武忙说。他悄悄抬眼看了看梁大奎和站在一旁的杨树生,小心道,"我尚文哥还让我带话,请二位高抬贵手,善待他大。"

梁大奎慷慨地说："放心,我们吃不了他大!"他转向杨树生,调侃道,"他大可没白蒸馍好吃,你说是不是?"

杨树生甩着一脸横肉,龇着一口黄牙对仁武吆喝道:"怕他大受罪,就快些把粮食送上来!"

仁武去青峰沟后,尚文立即写了封信,连同一些银票一起让尚礼带着去县上找张知县搬救兵。

张知县是姬家洼的外甥,叫张继业。几年前,他舅舅去世,他前来姬家洼奔丧,与尚文有过一面之交,不过,那时他还不是知县,只是县衙里的一个小官。当时,他舅舅的丧事还没办完,他自己却突然犯了病,感觉天旋地转,站立不稳,还不住地恶心、呕吐。他不得不躺倒在地,紧闭起双眼,一动不动。大家都不知道他这是犯了啥病,几个后生将他抬到木轮车上,小心翼翼地拉到尚文的慈济堂。尚文给张继业扎针、旋转脑袋身子、熬药喝药,前后治疗了好几天,张继业的头晕才被治好。临走时,张继业抓住尚文的手说:"你可是我的大恩人呀!以后有啥难处了,一定到县上来找我,我必当尽全力相助!"第二年,张继业就当了知县,尚文没想到,今日还真有事要找他帮忙了。

尚礼当日就赶到了县上,可张知县却因公去了外地。尚礼坐卧不宁地在县衙附近的一个客栈里熬过了一夜又一天,第二日傍晚,当他看见张知县时,兴奋得眼里都闪出了泪花。

他被张知县请到家里后将藏在衣服底下的银票和大哥的书信递给张知县,并将家里遇到的事细说了一遍。张知县看完信,听完尚礼的述说后,说:"青峰山梁大奎与杨树生这股土匪,早已成咱县的一大祸患,县衙早就想把他们给剿灭了,但这一年多来,灾情严重,也就没顾上他们……现在看来,剿灭这股土匪已经刻不容缓!"他拿起一个水杯为尚礼倒了杯水递上,想了想,又说:"是这,你先在我这儿歇下,明天一大早我去想法弄些人手来……就是剿不了这股土匪,也要帮着把你大弄回来——于情于理,我都该帮这个忙!当年你哥救过我,今日你屋这事也就是我的事!"

尚礼听了张知县这番话,不觉长出一口气,连连点头,表示感谢。

第二天一大早,张知县就出去了,尚礼焦急地等了整整一天,却不见张知县回来。心想,别看张知县嘴上说的好,可能早已躲起来不准备再见自己了。

正当尚礼准备起身往回走时,张知县却疲惫不堪地回来了。一进门,他就对尚礼说:"总算想方设法调集了五十来个兵!"

"太好了……他们人呢?我马上带他们回去。"尚礼喜出望外地说。

"今天太晚了……明天中午你们再往回走,天黑前刚好进村,以免走漏了风声……"

尚礼觉得张知县说得有道理,就在张知县家又住了一夜。第二天中午吃过饭,尚礼才被张知县领到县衙将那临时调集到的五十个兵领着回了家。天黑透后,他们才悄悄进了姬家的梢门。

尚文吩咐家人立即安排这些兵住下,并给他们煮了一锅稠糊汤,蒸了两锅蒸馍,泼了一碗油辣子,让他们饱吃了一顿。尚文告诉他们,如果能把他大顺利救回来,每个人还会得到一升玉米作为酬劳。这些兵一听,立即来了精神,七嘴八舌地告诉尚文,别说对付几十个土匪,就是几百个土匪也不在话下。

安顿好这帮兵后,尚文与尚礼来到后院父母住的堂屋。他们关好门窗,移开堂屋后墙下的瓮和杂物,扒掉后墙上的一片泥皮,拆下那个洞口的土坯,然后端着油灯顺着那个两人宽的甬道走了进去。

穿过大约两米长的甬道后,他们进入一个小窑洞里。这里没有门窗,摆放着六个巨大的海子瓮①,每个海子瓮上都压着一块石板,周围的缝隙用泥严丝合缝地糊着。

尚文将油灯放进窑壁上的窑窝里,与尚礼一起将瓮上糊着的泥铲掉,揭去瓮盖,满满一瓮扁豆就出现在眼前。

他们连续打开了三个海子瓮,里面分别装着扁豆、小麦和玉米。他们将这三海子瓮的粮食全部装进布袋,扛到堂屋,准备第二天一大早给土匪送去。

尚礼去县上搬救兵时,尚文将此事告诉了母亲。他没敢说土匪要粮食的数量,也没敢将自己的计划全盘告诉母亲,只说:"人家只要粮,咱不动粮

---

① 当地方言,口径很大的瓮。

恐怕不行了！"

"救人要紧——好在咱还有些粮食。"姬孙氏说。她虽紧张着急，但见尚文很有把握的样子也就不多说什么了，一切任由尚文做主。

姬崇德的父亲在箍这院子窑时，在堂屋的窑后头套了一个小窑洞，顶上留有一个拳头大的窟窿，平时用一块砖塞着，上面堆着一个麦秸zi②，外人一概不知这个窟窿的存在。窑顶的土被碾压得平展展，每年麦收或秋收后，将粮食拉到窑顶晒，夜深人静时，他们才将一条用布单缝成的像漏斗一样的细长桶，从那个窟窿穿到窑里，将白天在窑顶晒干的粮食漏到窑里的海子瓮里。这个秘密一直传到尚文、尚礼这里，每年都是姬崇德在窑顶往下漏粮食，尚文和尚礼在窑里接，一瓮满了，再装一瓮。他们将装满粮食的瓮上盖、密封，瓮里的粮食便不会生虫、发霉。在各种粮食里，扁豆最不易生虫、发霉，因此，姬崇德前几年还陆陆续续买了些扁豆储藏在这个套窑里，以备不时之需。为防外人知道，干这些活时，只有姬崇德老两口和尚文、尚礼知道，欢颜和欢蓉还有后来的两个嫂子一概不知。

尚礼去县上搬救兵时，仁武从青峰沟回来，尚文与他从土壕里拉了两车土，装进布袋里，准备第二天装在车底下冒充粮食。

这一晚，尚文躺在炕上辗转反侧难以入睡，他起身把尚礼叫到慈济堂里，说："……你看这些兵现在信誓旦旦的，那是为着这一口吃食，到了明天，说不定一看见这些粮食就会抢了粮跑掉……到时，咱可拿他们一点办法都没有！"

尚礼忙问："那可咋办？"

"我想，后半夜就让仁武带上这些兵提前赶到老君庙去，埋伏在老君庙周围……明早，咱屋的人再拉着粮车去老君庙换人。"尚文说。

"咱屋哪有这么多人啊？三十石粮食——要装好几车哩。"尚礼说。

"咱这几年给人看病，总还为下些乡邻，你明早起来，到村里叫上十来个人，再借上几辆车，就说要他们帮忙往老君庙拉些沙子、石灰，回来后，每人发一升扁豆。"尚文说。

---

② 当地方言，麦秸垛。

尚礼点头答应。

尚文又补充说："为防万一,咱还是把屋里的那杆土枪带上,藏在粮食堆里。"

"我看还是甭藏枪了,万一被发现,那咱大可就回不来了。"尚礼说。

尚文点点头,沉思片刻,说:"甭让咱那三个秃小子知道……万一再有个啥闪失?"尚礼没说话,尚文又说,"车拉到后,就让帮忙的人赶紧往回走,以防牵连了人家……"

尚文把能想到的都叮咛了一遍后,尚礼才回到自己的厦子,躺下。

后半夜,仁武将兵头叫醒,让他领着那些兵跟着自己走。瑞雪和香莲提着馍笼给每人发了两个热蒸馍夹辣子。他们吃完热蒸馍喝完煎水,便跟着仁武悄没声息地去了老君庙。

二十八

老君庙位于青峰山上,离山脚不远。从姬家洼出发,大约走七八里慢坡道就进了青峰山,进山后,在狭窄的山路上攀爬两三里就到了老君庙。老君庙地名是因道旁的庙宇群而得名——很多年前,这里曾建有宏大的庙宇群,进出青峰山的人,都会去庙里拜神祈福,顺便歇脚,因而,这里一度香火很旺。后来不知什么原因,庙宇失火,这里变成了一片废墟。庙宇群位于山路西侧,山路在这里变得平缓,穿过这段平缓路段往北,便又是陡峭的山路了

那天中午,尚文和尚礼带着十几个村民,拉着几辆沉甸甸的木轮车,按照约定,汗流浃背地赶到老君庙。尚文让这些人将木轮车停放在路边后,就吩咐他们赶紧回去找瑞雪领扁豆。

村民们刚走,梁大奎的队伍就从北头山坡上过来。梁大奎和杨树生每

人骑一匹瘦马,其余人都跟在他们周围走着。他们有的扛枪,有的拿刀。姬崇德被五花大绑着一瘸一拐地走在队伍中间。

尚文远远望去,梁大奎的队伍大约来了三四十人,心想,如果那些官兵不临阵逃跑的话,自己得手的把握还是很大的。

按照计划,梁大奎走到北面坡底、尚文走到南面坡顶,双方就停下来,中间隔着一段平缓路段,土匪那边先过来一两个人验粮,如果没问题,土匪就多过来些人拉粮,尚文他们则同时过去接父亲姬崇德。

早上装车时,尚文他们将装土的袋子放在每辆车的底部,将装粮食的布袋摞在上面。尚文想,如果土匪发现不了下面那些黄土,便会拉着车子往北走,那时,他们是负重爬坡,而自己这边则是用车拉着父亲朝南轻装下坡。仁武和官兵头目会在土匪拉着粮车往北爬坡时,指挥官兵包围上去,剿灭土匪。如若不幸,验粮土匪发现了车底袋子里的黄土,仁武便会提早让官兵先干掉梁大奎和杨树生,只要官兵能按计划打死梁大奎和杨树生,其余土匪势必会乱作一团,轻而易举地被官兵抓获,仁武便可趁机救出姬崇德。至于车上面的那些粮食,正好犒赏这些官兵……

尚文正这么想着,就见前面梁大奎的队伍停了下来。

一切按计划顺利进行,验粮土匪并没有发现车底下藏着的黄土。

可当尚文驾着一瘸一拐的父亲由北往南走,二十几个土匪已拉起粮车由南往北走时,意外却突然发生了。埋伏在残垣断壁后面的官兵一看土匪拉起了粮车,就不顾事先的约定纷纷从掩体里冲出来,直奔粮车而去,跑在最前面的那个还边放枪边大声喊叫:"谁也甭想把粮食弄走……"

官兵一窝蜂似的往粮车跟前跑,根本不听仁武的劝阻。仁武急得直跺脚,喊道:"让你们剿匪哩,你们倒成土匪了!"

官兵们冲到粮车跟前,不管三七二十一先从车上往下搬粮食,他们自己先就挤成了一团。土匪们一看粮食被抢,也都上来抢,粮车被撞倒,粮食和黄土撒了一地,官兵和土匪都趴在地上使劲往布袋里装粮食,粮车周围顿时骂声、叫声、枪声四起,混乱成一片。

尚文正驾着父亲往南走,见官兵突然提前冲了出来,就赶紧蹲下来背起父亲往前跑。尚礼见情况有变,也跑过来接应。

官兵冲出来时,梁大奎先是一愣,但马上就反应过来,嚷道:"妈的,还给老子报了官——打死你狗日的……"他举起手里的盒子炮朝姬崇德的后背就是一枪。姬崇德身子一歪,差点从尚文背上掉下来。杨树生一听,也举起手里的盒子炮瞄着姬崇德和尚文打。尚文背着父亲一会儿往左,一会儿往右呈蛇形拼命往前跑。

仁武这时跑过来扶住姬崇德,与尚文一起往前跑,有好几发子弹从他们身边飞过,差点打中尚文和仁武。这时尚礼已从一个当兵的手里夺过了一杆长枪,他边往尚文这边跑,边向北面坡根骑在马背上的梁大奎和杨树生开枪。

尚礼的枪声吸引了梁大奎和杨树生的注意力,他们顿时都朝尚礼这边开起枪来。由于射程太远,他们打不中,就双双两腿一夹,催马过来。这时,尚文已背着父亲跑到了粮车跟前。粮车旁的土匪正忙着与官兵撕扯,根本顾不上他们。他们绕到粮车后面,迂回着往前跑。

梁大奎和杨树生的马根本跑不起来,山道上已堵塞着扛粮的官兵、土匪、粮车和洒的满地都是的粮食,梁大奎和杨树生只好下马。就在这时,尚礼瞄准杨树生就是一枪,杨树生应声倒地。就在尚礼准备再给梁大奎一枪时,却突然感到胸部一震,然后整个人倒了下去。

这一枪正是前面的梁大奎所打,他还想继续过来朝尚文他们开枪,却发现盒子炮里的子弹已经没了。他跑到杨树生身边,弯腰捡起杨树生的盒子炮,等他直起腰时,背着姬崇德的尚文已不见了踪影,尚礼也被仁武拖到了粮车后面。

梁大奎把目光转向粮车周围的官兵和土匪,这才发现满眼都是身穿朝廷兵服的官兵,他权衡了一下双方的力量,不敢恋战,赶紧让身边的一个土匪把杨树生弄到马背上,自己则骑上另一匹马,嘴里喊一声"撤!"就带着一干土匪朝北跑了。

尚文将父亲放到空车上,准备折身回去找尚礼,却见尚礼已被仁武背着过来,他们的身上全是血,尚文顾不上多想,迎上去扶住尚礼,将他放到父亲躺着的那辆车上,拉起车子就往山下跑。

跑出去一段路后,见没有土匪追来,尚文才停下车子查看尚礼和父亲的伤势。尚礼早已闭气,他的脸色惨白如一张白纸。那颗子弹打中了他的前胸。姬崇德身上的那一枪打在腰上,伤口还在往外不停地渗血。尚文赶紧从长衫上撕下一绺布,包紧了父亲的伤口。父亲已经昏迷不醒,被杨树生用锤子敲伤的脚已溃烂发臭。

尚文拉着车正往回跑,迎面撞见了端着家里那杆土枪还未满十岁的侄子君安。他身后不远处是拿着铁锹和一根擀面杖的君来和君明,三个娃都已跑得满脸通红,上气不接下气。

君来是姬家的长孙,像父亲尚文一样,从小得到了家人更多的关爱,他也像父亲一样,从小懂事、孝顺。君安的性格与君来截然不同,他遗传了父亲尚礼的好动、爱热闹,从小就爱爬树,掏鸟窝,一副天不怕地不怕的样子。相对于亲哥哥君安,君明更像堂哥君来,他也更喜欢君来,成天像跟屁虫一样跟在君来后头。君安很不服气,经常借故收拾弟弟。三个娃在一张桌子上吃饭,君来总会将自己碗里的好吃的省下来,悄悄夹到君明碗里,惹得君安经常生气。

那天早上出发前,尚文将儿子君来叫醒,吩咐他起来后就去二大尚礼的厦子陪君安和君明玩,告诉他不管出了啥事都要看住君安,不要让他走出梢门半步。君来懂事地答应了。

回去的那些村民,一进村就跑去尚文家领扁豆,他们将听到枪响的事告诉了尚文家人。

姬孙氏正焦急地在脚地转圈,一听来人说听到枪声就变脸失色地叫道:"这可咋办呀?!不让你大去,偏要去——这下掉进土匪窝里,连两个儿也搭进去了……"

这些话一字不落地进了正在堂屋里吃饭的君安的耳朵,他猛地将碗往前一推,霍地站起来,双目圆睁着问君来:"哥,你知道这事不?"

"不知道!"君来摇头说。

"走,救咱爷和我伯、我大去!"君安说着就走到窑后头,从板柜里拿出那杆土枪,"妈,火药哩?"他扭脸问门口的母亲。

"好我的祖宗哩,你甭要再添乱了!"母亲香莲过来从君安的手里夺枪。

"在这呢。"君来从柜子底下翻出一个小木盒子,递给君安说。

君安一甩胳膊，将母亲甩到一边，说："甭耽搁正事！"他接过君来手里的木盒，抽出上面的木盖子，将里面的铁砂火药倒进临时找来的一个手绢里，然后就往外走。他边走，边往枪里塞铁砂火药。

君来顺手抓起窑后头的一把铁锨扛到肩上，跟着君安往出走。

"我也去！"君明一看君来往外走，急忙离开桌子朝君来跑去。君来站住脚，在屋子里扫视了一圈，最后从案板上拿起擀面杖递给君明。

"我也去！"君来的妹妹、不到六岁的菊菊说。她跟着三个男娃往外跑。君安转过身使劲推了她一把，将菊菊推坐在地上，说："这是男人的事，你凑啥热闹！"

菊菊顿时蹬着腿扯开嗓子大哭起来。

正在炕边劝说婆婆的瑞雪，见几个娃相继往外走，急忙过来拉住君来，说："找死啊——不能去！"

"嫂子，你快看，咱妈这是咋了！"香莲突然扯着嗓子喊。瑞雪只好放开君来，赶紧转身去看婆婆。

尚文看见三个娃跑过来，赶紧停下车，气喘吁吁地嚷道："都给我往回走！"

"我爷和我二大咋了？"君来看见车上躺着的姬崇德和尚礼，变脸失色地问。

"这还看不出来，被土匪打伤了呗！"君安翻着眼睛冲君来喊道。

"回去再说，赶紧往回走！"尚文厉声说。

"土匪人呢？"君安问，"你们都回去，我给咱收拾那帮狗日的土匪去。"他两眼圆睁，梗着脖子，抄着枪，拎着包有火药的手绢，呼哧呼哧直喘粗气。

"听你伯的！"仁武不容分说，拉起君安就往回走。

尚文与仁武拽着三个碎小子将姬崇德和尚礼拉回家时，太阳已经偏西，院子里炙热难耐。尚文顾不上多想，一进门就吩咐前来开门的瑞雪赶紧去清理那间堆放杂物的纳门厦子，好停放尚礼。他又吩咐仁武与君来，将父亲姬崇德抬进慈济堂，他要抓紧时间给父亲救治。

君安一听就急了，他冲着大伯尚文嚷道："咋把我大放到纳门厦子去？

不给我大治呀？"

"二宝……"二宝是君安的小名,尚文走过去,扶住君安的肩说,"你大他……已经咽气了!"尚文的鼻子一酸,声音哽咽,眼泪夺眶而出,他为没能把尚礼安全带回家而愧疚自责。

君安紧紧抱住父亲,扯着还没变声的嗓子哭喊道:"不可能……我大没死……大……"

站在一旁的君明一看哥哥哭,也跟着大哭起来。

君安他们出门时,姬孙氏急火攻心,顿时背过气去。瑞雪与香莲顾不得拉三个娃,双双奔过去手忙脚乱地救婆婆。婆婆醒来后就一直在哭。瑞雪与香莲一直陪着婆婆,好言好语相劝:"帮忙的那些人只听见枪响,兴许是土匪虚张声势,咱嫑自己吓自己!"

"尚文兄弟俩带足了粮食,土匪没有不放人的道理!"

"还有那些官兵哩,土匪哪敢跟官兵作对!"

……

"回来了,回来了!"她们终于听见了外面急促的敲门声。瑞雪高兴地溜下炕,跑出去开梢门。

当香莲搀扶着婆婆走出堂屋,还未走到中院时,君安和君明的哭声就传进了她们的耳朵。香莲心里咯噔一下,两腿一软,差点瘫倒在地。她肚子里还怀着孩子,走路十分不方便。只见她松开婆婆,挺着腰,浑身像筛糠一样颤抖着来到前院。

姬崇德在被尚文扎了几根银针后才慢慢醒过来,他听到从纳门厦子里传过来的香莲的哭喊声,就用极其微弱的声音问尚文:"尚礼出事了?"

尚文没答话,仍低着头给他处理伤口。

"都怪我呀!"姬崇德猛然抬起头,发出一声悲怆的呼喊,然后一头栽下去咽气了。

姬崇德咽气不久,他的老伴姬孙氏因悲伤过度也跟着走了。

大家手忙脚乱刚把姬孙氏停放到纳门厦子里的门板上不久,香莲肚子里的孩子就掉了,掉下来不久也死了。

欢颜接到娘家出事的消息后,当即引上一双儿女跟着报信人赶回了娘家。当她战战兢兢推开娘家厚重的梢门,跨进院墙高筑的大院,进入那间纳门厦子时,摆在她眼前的,竟是父亲、母亲、二哥、小外甥齐刷刷的四具尸体。报信人只说,父亲被土匪梁大奎绑了票,两个哥哥去赎人时与土匪发生了冲突,二哥和父亲受了伤。她当时就不信送信人的话——与梁大奎那股土匪撞上,哪会只是受点伤这么便宜。

　　一路上,欢颜的心一直都在突突直跳,想了很多可能发生的情形,可她怎么也没想到,情况竟会如此糟糕,她顿时眼前一黑,晕了过去……

　　欢颜被弄醒后,抱着她的二妈就吩咐儿子尚仁赶紧把她弄到堂屋去,以免她再因伤心过度而晕厥过去,欢颜却挣扎着摆摆手,硬撑着站起来,苍白着脸,踉跄着走到四具尸体跟前。她没有哭,而是一一察看了躺在那里的四位亲人。当她看到盖脸布下父亲那苍白、消瘦、布满胡茬的脸时,终于没能忍住,失声痛哭起来。

　　她捧着父亲的脸,仰着头哇哇大哭,哭得撕心裂肺,疼得肝肠寸断,那声音足以刺破房顶划破长天。

　　她将自己的脸紧贴在父亲的脸上,仿佛要将父亲那冰凉的脸暖热。

　　她一声接一声地叫父亲,仿佛要将父亲那一点点飘向神秘空间的魂灵唤回来……

　　可父亲仍是那么冰凉地躺着,没有一丝气息。父亲怎么能走?她怎么离得开父亲?这个在她心里一直都是那么有主意、那么强大、那么乐观、那么疼她、那么惯她的男人怎么能离她而走,还走得如此凄惨?!他生她养她疼她,可她还没好好服侍过他一天……

　　欢颜的哀号从纳门厦子里穿出去,响彻在整个村子,响彻在那片台原地的整个上空……

　　天已经完全黑了,欢颜慢慢止住了哭声。她弄来一盆热水,给父亲刮了胡子,将父亲那头乱糟糟的头发梳好,在脑后重新辫成辫子。她将一枚麻钱塞进父亲嘴里,将一个馍塞进父亲的左袖筒,一双筷子塞进父亲的右袖筒,然后才又将盖脸布盖上。她也给母亲和二哥尚礼做了这一切。做完这一切,她便默默地陪在二嫂身边,生怕二嫂再想不通寻了短见。

　　自从肚子里的孩子掉下来后,香莲就没再哭过。她像个木头人一样,虚弱地躺在炕上一动不动。

　　欢蓉从踏进院门一直都在扯着嗓子哭，哭着哭着想起了自己的可怜，就哭得停不下来。自从嫁到张家，她没过过一天舒坦日子。婆婆三天两头骂她，嫌她这，嫌她那，说她张家本来要娶的是聪明能干的欢颜而不是她这个又懒又馋又笨的女人。有时婆婆急了，还会摔过来一个锅涮涮，一把剪刀打她。欢蓉起初还忍着，后来就忍不住了，时常与婆婆对骂对打，而男人大壮总是护着自己的母亲，拉偏架。

　　大壮在祖母过世以后便去了长安念书，欢蓉一年半载看不见他的人影。有年过年大壮回来，在家住了几天，走时却给欢蓉留下了一纸休书。

　　欢蓉不得不回到娘家。她在娘家没住多久，就不顾父亲的反对改嫁给了邻村的一个老光棍。嫁过去不久便生了个胖儿子。

　　大壮休欢蓉前在长安已有了另一个妻室，为了那个女人，他休了欢蓉。可他哪里料到，几年过去，这个女人却没能给他生下一儿半女。当大壮得知欢蓉在几年前生了个儿子后，就赶回来找欢蓉。他推算时间，觉得那儿子应该是他的。他进到欢蓉改嫁的村子，打听那男娃的底细，却听人说男娃一月前刚生病死了。

　　大壮没见欢蓉就返回了长安。欢蓉得知此事后心里有了一丝复仇的快意，可这快意很快就被失去儿子的悲痛所代替。

　　欢蓉没再怀过孩子，因为那个老光棍在炕上压根就不是个男人。欢蓉痛苦地守着活寡，却不能将这苦说给任何人听。

　　她将自己的所有不幸都归到父亲姬崇德身上，觉得是父亲让自己一直活在欢颜的阴影里，是父亲让自己嫁给了本应是欢颜嫁过去的张家……

　　欢颜将妹妹搀扶起来，想劝她几句，却一句话也说不出来。当初只说张家家境富裕，欢蓉嫁过去不会吃苦受罪，谁承想张大壮的母亲竟会是那么一个恶婆婆，张大壮竟会是那么一个无情无义的男人。欢颜觉得，自己对不住妹妹，是自己害了妹妹。

　　欢蓉收住哭，跪到灵堂前的草垫上守夜。她没有像往常那样怼姐姐欢颜，也没有掺和任何事情的商议。

　　家里连丧四命，让已经疲惫不堪的尚文几近崩溃。他跪在几位亲人的灵前,一句话也不说。

　　见大哥这样,欢颜说不出的心疼。她让子昂和静文陪着二嫂,她和大嫂将大哥扶到他们厦子里的炕上,给他熬了些安神的药让他喝了睡下,又让二妈熬了粥、溜了馍让几个娃和帮忙的人喝了吃了,自己则强打精神,开始安排几位亲人的后事——天气炎热,尸体不能久放,加上又是灾年,欢颜当即与大嫂和二妈商定,一切从简,不通知任何亲朋,尽快埋人。

二十九

　　姬家上下在一片悲声中埋人的时候,乔装打扮的吴炳义正坐在县城街道的一个阴凉处歇息。五月初他就奉命潜回了长安,为他们的组织发展成员。他在长安没待多久就开始在周围各县活动。一天前他刚到这个小县城——登城县。一到这里,他就想起了墨林。一年前他与墨林在京城附近的小客栈匆匆一别,之后就再没见过面。那次要不是墨林出手相助,今天自己的周年可能都已经过了。他想见墨林,要当面谢他,更想通过墨林,在这个小县城里为他们的组织发展成员。

　　吴炳义坐在阴凉处,正准备找人打听去墨林家的路咋走时,就看见两个人从不远处走过来,吴炳义赶紧起身迎上去问:“二位乡党,去董家村的路咋走?”

　　“我俩就是董家村的……跟着我俩走就行。”其中的一个人说。

　　“这么巧!”吴炳义喜出望外地说。

　　“去我村有啥事?”那个人进一步问。

　　“去看个人!”吴炳义说,“董墨林你们熟不熟?”

"哦？墨林举人！你是他啥人？"那人的脸色顿时凝重起来。

"我是他在书院念书时的同学！"吴炳义想，对方是两个农民，不会关注自己的身份，就说了实话。

"唉……你见不上了……太可惜了！"那人叹了口气，摇着头说。

见吴炳义并不知道墨林的事，那两个人就你一言我一语地将墨林如何去赶考，他的女儿如何在他走后被人活埋，他的母亲又如何喝药而亡，墨林如何在京城被砍头等等全讲给了吴炳义听。吴炳义听得惊愕不已，他万没想到，自己竟给墨林带来如此大的灾祸。他告诉那两个人，即便墨林不在了，他也要去，去看看墨林的家人。那两个人很赞赏地点了点头，引着吴炳义就去了董家村。

当天傍晚，吴炳义随着那两个人赶到了董家村墨林家，他要给墨林的老婆孩子送些银子让他们维持生活。可等他赶到墨林家时，却发现大门紧锁，一打听，才知道欢颜娘家出了事，欢颜带着一双儿女回娘家去了。

吴炳义在村人的指点下来到墨林家的坟地，他在墨林的坟前默默地站立了许久。晚上掌灯时分，他赶到了姬家洼欢颜的娘家。

一见欢颜，吴炳义就扑通一声跪到了地上，他十分动情地说："嫂子，我是吴炳义，当年在关学书院时，和墨林兄住过同一个屋。"

"你就是吴炳义？！"欢颜惊讶地问。她让吴炳义起来，坐到椅子上，"我听双喜他大说过，说你当年正上着学就不见了——你去啥地方了？咋突然想起找我娃他大？"

"一两句话说不清啊，嫂子！"吴炳义坐到椅子上，从随身的褡裢里掏出一些银子递给欢颜，说道，"这点银子你先留着和娃们用，过段时间我再给你们送些来。"

欢颜推辞道："咋能用你的银子，你能来看我们娘仨，我这心里就已经很热乎了。"

"嫂子……"吴炳义见欢颜不接银子就急了，说，"去年在京城附近的客栈里，我见过墨林，是他救了我……这情我得还！"

"啥？你见过墨林？"站在一旁的尚文吃惊地问。

于是，吴炳义便将去年在京城附近客栈里发生的一切告诉了尚文和欢颜。

那天,他奉命乔装打扮进京城办事,发现自己的画像竟被官府张贴在城门口的墙上。他不敢贸然进城,就悄悄地折回来,住进京城附近的一家客栈里,准备另做打算。在他办理住店手续时,墨林从身后叫他,他怕客栈里有官府的耳目没敢与墨林相认。他在客栈二楼走廊尽头的那间客房里住下后,趁走廊里没人,敲开了墨林的房门,给墨林解释了自己的处境。两人聊了一会儿后,他回了自己的房间。可谁承想,竟有人发现了自己并报了官,当天夜里,就有官兵搜到了这家客栈。情急之下,他跑到墨林的房里,从墨林房间的窗户逃了出去……

"那我娃他大呢?"

"那墨林呢?"

欢颜和尚文不等他说完同时插话问道。

吴炳义说,他从客栈里逃出来后,根本不敢迟疑,连夜一路往南跑了。他想着墨林应当没事,就是被官府抓了,也不会把他咋样。因为墨林一看就是个啥也不知道的准备考进士的书生,他身上也没有什么可疑之物,而且他当时在客栈柜台前也没有表现出与墨林认识……

三人一时都陷入了沉默。过了一会儿,吴炳义才又轻轻地叹了口气说:"如果墨林是被官府所害,那一定是因为官兵发现我是从墨林房间逃走的,是墨林救了我……看来,是我害了墨林……"

欢颜一直都不相信墨林死了,吴炳义没出现前,她一直都抱有一线希望——早晚有一天墨林会突然回来。可现在,吴炳义出现在她面前,告诉她墨林在官兵眼皮底下救过他,那墨林被官兵所杀就顺理成章,她那仅存的一线希望也就彻底破灭。墨林真的没了!欢颜悲怆地想。她突然感到整个人像被掏空了一样,全身没了一丝气力。她一屁股坐在炕沿上,半天一句话说不出来。过了许久,她的眼泪才像决堤的洪水,滚滚而出。她就这样无声地哭着。吴炳义不知怎么是好,嘴里不停地说着:"对不住,对不住啊!是我害了墨林——"

尚文虚弱地走到欢颜跟前,轻轻拍了拍欢颜的肩膀,想劝她几句,却又不知该说些什么。

欢颜的抽噎渐渐平息下来后，吴炳义便准备起身告辞。欢颜走过去拿起银子塞到吴炳义手里，抽噎着说："人已经没了，要你这银子有啥用……你把它拿走——我不怪你！"

"天都黑了，让他往哪儿走?!"尚文有气无力地对欢颜说，他转向吴炳义，"今黑就先在我屋住下，明早再走。"说完，尚文便走出去让瑞雪给吴炳义弄吃的。

那晚，尚文请吴炳义与他一起睡在自己的厦子，让瑞雪暂时陪着香莲和欢颜睡在香莲的厦子。几天来的遭遇让尚文身心皆疲，这一切如同一场噩梦，到现在他还反应不过来。他困极了，却怎么也睡不着，眼前全是父亲、尚礼和母亲的脸，是与土匪打斗的场景。

吴炳义也睡不着，他想起墨林曾给他讲过的尚文和欢颜。墨林说尚文温文尔雅，通情达理；欢颜美丽贤淑，聪慧过人，今日一见，果真如此。可这么好的一家人，却突然遭此变故！要不是自己，兴许一切都不会发生。吴炳义自从走上这条道后，无论遇到什么困境他都不曾后悔过，可今天，当他得知墨林和他全家的遭遇后，内心却生出无限的愧疚来。

吴炳义发现尚文也没睡着，就与他聊了几句，这一聊竟勾起了吴炳义的许多话题。吴炳义毫不隐瞒地告诉了尚文自己是如何旁听"维新"党的会议，如何被官兵追捕，如何逃走去了日本……一直到他现在的境况。而尚文则给吴炳义讲了父亲被绑、他和弟弟尚礼设法救父亲、搬兵剿匪以及官兵只顾抢粮而让土匪打死了弟弟、打伤了父亲的经过。他们一直聊着，不知不觉天就亮了。吴炳义说："杨树生死了，粮食又让官兵抢去不少，梁大奎一定会再来报复……大哥，你不如带上全家人到我老家去避一避，也好躲躲饥荒，待饥荒过去，这帮土匪被剿灭了，你们再回来。"

"这么大一家子，你家哪能住下……你的心意我领了。"尚文苦笑一声说。

"这你就不知道了，我们吴家可是陕南数一数二的大户，别说你们这几口人，就是再多几十口人也能安顿下。"吴炳义说。

吴炳义说得十分中肯，尚文却一点也不动心，虽说土匪梁大奎有再来报复的可能，但他尚文也不能抛家舍业翻过秦岭带着一家人去那么远的地方住在别人家。

吃早饭的时候,吴炳义又将此事说了一遍,他劝欢颜道:"你劝劝咱大哥,梁大奎那么没人性的土匪,啥事干不出来? 就是为他在土匪行里的名声,我估计他也会再来报复……你们就是不替大人想,也该替几个娃想想吧……"

欢颜和大嫂瑞雪听了吴炳义的这些话,又看了看那几个半大的男娃,觉得吴炳义说的很有道理,眼下除了去吴炳义家避一避,还真没有别的办法。

一直未开口说过话的香莲,此刻却突然说:"你们都去吧,替我把二宝、三宝看好……我留下来看屋……也好给咱大、咱妈和尚礼守孝。"

大家商量了半天,最后决定由尚文夫妇带着君来、君安、君明和子昂四个男娃跟着吴炳义去陕南,菊菊陪着香莲留下来看家,欢颜带着静文暂时留在娘家陪二嫂香莲。

尚文带着一家大小当天就与吴炳义一起离开了姬家洼。

吴炳义因为参加了"维新",已经隐姓埋名离家好多年,这次带着尚文一家回去实属迫不得已。他雇车、雇骡马、雇人,走了半个多月,才终于翻过秦岭踏入了陕南地界。快到家门口时,吴炳义却突然改变了主意——为防意外,他不回家了,让尚文和一家老小带着他给父亲写的一封书信直接去找自己的父亲吴老爷,他自己则原路返回。

尚文夫妇带着四个半大男娃,以逃避灾荒投奔吴炳义父亲这个远房亲戚为名,在吴炳义家的一个独院里住了下来。离家时,尚文带了些银子,也带上了他那看病用的药箱。在吴炳义父亲的帮助下,他又开始给人看病了。尚文看好几个病人后,名声就被传了出去,找他看病的人越来越多。他谢绝了吴炳义父亲在钱财上的帮助,靠自己带去的那些银两和给人看病的收入,维持了一家人的生活。

相对于尚文的老家,吴炳义家乡的旱情明显要轻,尚文不仅能买到足够一家人吃的粮食,还能送四个娃进吴炳义家的私塾读书。日子就这么又安顿了下来。

送走大哥他们,欢颜关上梢门返身回来。往日那充满男人气息、热热闹闹的三进院子,顿时变得空空荡荡,充满了死寂。欢颜她们四个女眷搬进了父母原来住的堂屋,将其他屋值点钱的东西都搬进堂屋,锁了空闲屋的房门,将一把锨头靠到堂屋的门背后,随时准备对付梁大奎那帮土匪。姬家遇了灾祸,但姬家的后人还在,她要为姬家守住这几辈人挣下的家业。

香莲整日虚弱地躺在炕上,她两眼呆滞,一句话不说。欢颜担心她会寻短见,就日夜守着。

这天半夜,欢颜被一阵嘤嘤的哭声弄醒。她迅速坐起,点了灯,发现二嫂正泪流满面地坐在炕上,肩膀一顿一顿的——二嫂终于哭出来了!欢颜一把抱住二嫂,又哭又笑。

那晚之后,香莲经常会坐着抹眼泪,没过多久,便开口说话了。虽然一开口便是"你二哥不在了,我活着还有啥意思!""我梦见你二哥叫我哩!"这类话,但她毕竟开口说话了,这让欢颜悬着的心放了下来。

三十

梁大奎带着他的几十个伤残弟兄把杨树生的尸体和从官兵手里抢来的一点粮食运回青峰沟,一屁股坐到议事厅的太师椅上,端起一碗凉水一饮而尽。看着眼前抢来的那点粮食和杨树生的尸体,梁大奎越想越生气,他霍地站起来,对着颓然站在那里的弟兄们叫嚣道:"一定要灭了姬家,给树生兄弟报仇!"

可梁大奎终究没敢贸然前去,他怕尚文还会搬官兵伏击他。有段时间,他甚至不敢离开青峰沟,直到打听到尚文的父母、尚礼和尚礼未出世的孩子也死了,尚文已经带着全家男丁离开了姬家洼,他才敢带着他的那些弟兄出来活动。他没有去姬家,想着姬家已不可能再有啥油水,要不然,尚文也不敢只留下一个寡妇看家护院。杨树生一条人命换了姬家四条人命,他梁大奎没失多少颜面,没必要再去跟一个寡妇较劲!

进入腊月,香莲的情绪才完全稳定下来。见梁大奎那边一直没什么动静,欢颜就想着回家看看,离家数月,家里已不知成了啥样子。

当欢颜和女儿静文被堂哥尚仁用车拉着来到自家的梢门口时,却发现门上的锁子已被人换了。她顾不上多想,让堂哥尚仁将锁子砸开,进到院子。她发现上屋和厦子的锁子也全被人撬了,里面的家当几乎被人洗劫一空。

欢颜让堂哥尚仁和静文在家候着,自己气呼呼到隔壁找义林——除了义林,谁会偷了她的东西还把她的梢门换把锁子锁上!

义林的梢门没有关,欢颜径直走到上屋门口。她敲了敲门,里面没人应声,她就一把将门推开,一股冷风随之也灌进了窑里,使本就无一丝热气的窑里更加寒气逼人。屋里只有一个人蜷缩着身子躺在炕上,一床破棉被裹住了全身,那身子正在棉被下打摆子一样发抖。欢颜一时不知被子里裹着的是谁,便低头看了看放在脚地上的那双棉鞋,那是义林的鞋。

"他二大!"欢颜试探性地叫了一声。

听见欢颜的声音,一个脑袋从破棉被里露出来——果然是义林!他想和欢颜打招呼,嘴却僵得不听使唤,上下牙齿不住地嗒嗒嗒打架。

"病了?"欢颜关切地问。她已忘了自己来的目的是兴师问罪。

义林一边往起坐,一边用被子紧紧裹住自己。

看着瑟瑟发抖的义林,欢颜的心顿时就软了,说:"瞧你这窑里,比外边还凉……他二妈呢?"

欢颜走到灶台跟前,准备给义林烧些煎水喝。义林低着头,半天不说话。欢颜扭过头再次问道:"你病成这样,咋不见他二妈!"她揭开瓮盖,发现里面的水已结成了冰,就拿来擀面杖杵下几块碎冰,舀到锅里。

"跟……人……跑,跑了!"义林的声音小得像蚊子在哼哼。

欢颜停住手,问:"你说啥?"

"跟人……跑了——"

这次欢颜听清了。她没再问义林什么,只闷着头烧水。水烧开后,她盛了一碗,端到义林跟前。义林不敢抬眼看欢颜,只低着头瞅了眼煎水碗,然后猛地从被窝里伸出双手,颤抖着捧起碗直往嘴里灌,滚烫的煎水顿时将他的嘴唇烫出了几个泡。

"慢点……"欢颜说，她想起那年刚嫁到董家见义林第一面时的情形。

义林顺着碗沿吸溜着喝，不一会儿一碗煎水就被他喝光了。

腊梅跟人跑了！这是欢颜早就料到的，因此她并没露出太多的惊异。她默默地看着义林将一碗煎水喝完，又去锅里给他舀了一碗。墨林不在了，义林是墨林在这世上留下的亲人，她有义务替他照顾好义林。她想给义林做点啥吃，可在空荡荡的窑后头查看了半天，也没找到任何像样的粮食来下锅。她只好将窑后头一个布袋里的麸子抓出两把，放进锅里煮了煮，端给义林。

义林吃完那碗猪食一样的东西，浑身才有了热气，牙齿也才不再互相打架了。他低着头说："我把你屋里的家当全抵债了——窟窿太大，我实在填不上！"

"啥债？"欢颜瞪圆眼睛问。

"赌……债……"义林吭吭哧哧地说。

"咋又赌上了？——难怪他二妈跑了！"欢颜将手里的空碗当的一声蹾在了锅台上。

原来，欢颜不在家这半年，因为灾荒义林无处可去，只能整天待在家里与腊梅大眼瞪小眼。日子一久，义林就受不了了。他不顾腊梅的阻挠，拿着家里的全部积蓄又去了长安。他原打算将长安妓院的小红赎出来，然后带着她远走高飞，无奈他带去的那些银子与妓院老鸨开出的价码相差实在太远，不但没把人赎成，还被老鸨当着小红的面数落了半天。义林被老鸨"请"出妓院后，就带着身上的那些银子进了赌馆，他咬牙切齿道："等老子赢够了钱，再大摇大摆地将小红带走——到那时，看老子咋把银子砸到你那张老脸上！"

腊梅见义林不顾她的死活，将屋里全部的银子带走去长安赎什么小红，就知道这日子已经过到头了。她将屋里的粮食想办法弄回了娘家，给义林只留了半袋玉米、半袋麸子。腊梅的父母见腊梅带着粮食回来，开始还很高兴，后来就不断将她往回撵。父亲说："我看你是烧包的，放下好日子不过，非得回来跟弟弟妹妹们抢食吃。"

母亲说："哪有饭勺不碰锅沿的？谁家两口不拌嘴？拌几句嘴就住到

娘家不回去,哪有这道理?"

这天,腊梅娘家的村里来了个走街串巷的货郎,他走到村口时正好与腊梅撞上。货郎放下货担与腊梅攀谈,问:"你是谁家的媳妇? 以前咋没见过!"

腊梅说:"我是这村里的女,早就嫁出去了。"

货郎上下打量着腊梅,说:"噢,我说哩,咋觉得眼生……谁这么有福,能娶上你这么俊的媳妇。"

腊梅嗔怪道:"难怪当货郎哩,你那嘴跟抹了蜜似的……"

腊梅虽知道货郎对谁都会这么说,可心里还是甜滋滋的。

"你男人是谁? 看我认不认识。"货郎笑着问。

腊梅翻了货郎一眼说:"死了!"

货郎嬉皮笑脸地引逗腊梅:"这么巧——我老婆也死了。"

那天之后,货郎隔三岔五就到腊梅娘家的村里转悠。他将货担放在腊梅娘家梢门的对面,然后就拉长声喊:"针头线脑,拨浪鼓……"

腊梅一听见货郎的叫卖声就放下手中的活设法想法躲开父母往外跑。

没多久,腊梅就不见了,货郎也没再来。有人说:"腊梅跟着货郎跑了。"

义林握着口袋里的银子进入赌场,起初他赌得很谨慎,赢过几把后就有些沉不住气了,手底下的赌注下得越来越大,很快就将老本和赢的那些钱输了个精光。他心里不甘,就找赌场掌柜的赊了些账接着赌。可他从此再没赢过。赌场掌柜的见他已经输得差不多了,就再也不给他赊账,让他先把赊的账还清了再说。掌柜的拿出算盘给义林算账,算出来的数让义林顿时两腿发软,站立不稳,义林怎么也没想到他已输了这么多。

义林想方设法溜出赌馆,偷偷离开长安,一路乞讨着回到家。可他前脚刚进家门,后脚就有几个追债人跟了进来,其中一个还将一把刀子狠狠地插到桌子上阴阳怪气地说:"自古愿赌服输! 你该知道还不上赌债是啥后果!"

看着几个凶神恶煞的追债人,义林没敢犟嘴,更没敢赖账。他说:"我的全部家当都在这儿了,你们看着搬!"那些人里里外外转了一圈,气愤地说:"你要猴呢,这点家当就想抵那么多债?"

无奈，义林只好卖了自己分得的那些地，卖了自己那半院子庄子和欢颜屋里的大部分家当。可这还不够。他央求追债人宽限他些时日，让他先留在自己的窑里想办法弄钱。追债人见义林一时半会儿的确也拿不出啥钱，就答应了，临走时他们扔下一句话："到时候要是还弄不够钱，那你就等着用胳膊腿抵吧。"

事已至此，再骂义林已无济于事。欢颜只好气哼哼地离开。尚仁气不过，要过去替欢颜收拾义林，他说："这成啥了？简直就是盗匪吗？不能就这么完了！"

欢颜却说："就是打死他又有啥用……眼下，我得先和静文把这年过了！"

尚仁只好摇着头回去了。

香莲一听尚仁的述说，当即就让尚仁和仁武把被褥、换洗衣裳、锅碗瓢勺和一些粮食拉了一车给欢颜送去，她说："唉，要不是为了陪我，她也不会落得这般光景。"

有了尚仁、仁武从娘家拉来的东西，欢颜和静文总算没有忍饥挨冻，过了一个安稳年。可正月刚出，义林的本家大伯就找上了门，逼着欢颜改嫁。

那天早上，欢颜正在扫院子，听见有人敲梢门就放下扫帚去开门。她打开梢门一看，竟是本家大伯。墨林出事后，本家大伯突然像变了个人似的，欢颜曾找到他，想让他儿子盛林与尚礼一起去京城找墨林，却被他一口回绝了。他不帮也就算了，还不许盛林帮，一直像躲瘟神一样躲着欢颜，再没与欢颜来往过。

欢颜看着突然出现在梢门口的大伯，一脸的狐疑，心想，今天这是怎么了？太阳打西边出来了？

其实欢颜不知道，自打大伯得知墨林在京城被问斩后，脑子里就一直闪现着义林当年在她和墨林婚宴上说过的那些话"……既然'八字不合'，咋还非得把人嫁过来，说不定她就是个'扫帚星'……嫁不出去了，硬塞到我屋……"他把欢颜嫁过来后的一系列事情前前后后想了一遍。是，她嫁过来后墨林中了秀才、举人，还添了子昂、静怡、静文三个娃，可她也让董家接二连三出了那么多灾祸，丢了三条人命不说，还因为有了她，义林与腊梅的关系一直不好，日子过得不像日子，最后腊梅跑了，义林输光了家产……再看她的娘家，自打她与墨林成婚后，姬崇德就染上了大烟瘾，遭土匪绑架，连丧四命……这一桩桩、一件件，让人不相信她是个"扫帚星"都难啊！他曾想将欢颜赶回娘家，却被儿子盛林拦住了，盛林说："人家三叔和义林都没赶，咱操得哪门子心！"他却说："再不把这女人弄走，恐怕不只是义林的日子被踢踏，就是咱这日子恐怕也得跟着倒栽！"盛林说："她咋踢踏得着咱的日子？"他气哼哼地说："不赶走也行，那就以后断了跟她的来往……少跟她染。"

从此，大伯断绝了与欢颜的所有来往……可如今义林欠下的赌债实在太多，隔三岔五就被追债人堵在屋里逼债，大伯就想：如今董秀才只剩下义林这一个儿子，自己再不出手相助，让义林再有个三长两短，将来到地底下，自己可咋见堂兄！于是，他就想出让欢颜改嫁这么个办法来。

发现是大伯，欢颜难掩脸上的惊色，她睁着一双探寻的大眼睛看着大伯，站在梢门口一句话也不说，等着他先开口。

"走……往进走，伯有话给你说。"大伯见欢颜堵在门口，故作轻松地说。

"有啥话就在这儿说。"欢颜说，心里暗想，他这么久都躲着自己，现在突然来，肯定没啥好事。

"咋？还不让你伯进门了……有手还不打上门客哩！"大伯瞪起眼睛，不顾欢颜挡在门口，侧着身子就挤了进去。他毕竟是长辈，欢颜不好再说什么，只好跟在他身后来到屋里。

大伯在靠背椅上坐下后，看着欢颜说："伯今天来是有个好事要告诉你哩。"

欢颜心想，他能有啥好事，就没言语，静静地等着他往下说。

"你看，这饥荒还不知啥时能过去，往后你和娃咋过？总不能一直靠你娘家接济吧！……你娘家现时也不比从前了……"

欢颜听不下去了，插嘴道："旁人咋过我就咋过！"

大伯白了欢颜一眼，说："我打听过了，丰镇西街有户柳姓人家，男的很能干，经常还做些小买卖，家里不光有钱，还有两院子庄子和一块好地，最近刚死了老婆和娃,想续弦哩……"

欢颜马上明白了大伯来找她的用意,又打断他,说:"我不改嫁!不说现在还没到揭不开锅的地步,就是到了,我也不改嫁……"

大伯一听她这话,就提高了嗓门生气地说:"你一个小脚女人带着两个娃,能有啥办法?……你带着静文改嫁过去……双喜是董家的后,把双喜留下,过继给他二大义林,让义林往后的日子也有个奔头……"

欢颜大声吼道:"我能养活我们娘仨!"

大伯见硬说说不通,就放缓语气说:"义林欠了人家那么多赌债,再不还上,人家可真就对义林剁胳膊卸腿了……你是他嫂子,真忍心看着他被人那样拆卸?"大伯越说越激动,一根手指头不停地在桌子上咚咚咚直敲。

对义林的赌债,欢颜不是没想过,她原打算等过了这阵子,安顿好自己和娃的生活后就去与义林商量,看怎么个还法。可没想到,大伯竟想出这么个赶走她们娘俩的办法来解决义林的问题,这让她实在难以接受。

"如果这就是你说的那个好事,那你现在就可以回去了——我不要这好事!"欢颜低声却坚定地说。

大伯见欢颜已下了逐客令,只好起身离开。临出大门时,他突然转头甩给欢颜一句话:"改不改嫁,恐怕已由不得你了……你也不想想,要不是你进了这家门……这个家会成现在这样子?!……积点德吧!"

大伯的话像一记重重的耳光,打在欢颜的脸上,也像一记重锤砸在欢颜的头上,让欢颜顿感头脑发晕,半天都翻不出一句话来。什么?让自己积德?是自己把这个家弄成这样?是自己把义林害成这样?连他也这么想?!

大伯已经走出梢门了,欢颜还愣怔在屋子里,翻过来覆过去想他刚才说的那几句话。

欢颜万没想到,当天晚上,就有人翻墙进来,不由分说,闯进她的窑里,将她绑了,和女儿静文一起,卖到了丰镇西街柳家。

话说那天夜里,欢颜关好门窗安顿静文睡下后,自己却在炕上辗转难眠。她想着本家大伯白天说的那些话,心里很不是滋味。自从墨林赴京赶考后,家里接二连三发生了那么多事,她曾认为这一切都与她和墨林的"八字不合"有关。她怀着深深的歉疚往前熬日子,只希望能替墨林将两个娃平平安安抚养大。可谁承想,墨林才过世没多久,他的身影、他的气息还经常会在这个院子和窑洞里出现。大伯为了义林的事就要将自己和静文赶出家门,自己怎么可能这么快就改嫁他人!她要守住这个家,守住墨林!静怡的小坟堆还在村头,她这个做娘的咋能将她孤零零地留在村头而远走他乡……也许大伯说的对,只有自己离开了,才能救义林,才能让义林过上几天像人的日子,可要将子昂给义林,那怎么行……

　　欢颜躺在炕上思来想去,无法成眠。大伯这是欺负自己娘家没人啊!如果自己的父亲不去闯那土匪窝买什么大烟土,就不会遭土匪绑架;如果自己的大哥尚文不那么轻信那些官兵,就不会让二哥尚礼和父母搭上性命;如果自己没有在娘家住那么久,家里的粮食和财物就不会被义林倒腾一空……如果自己不逼着墨林考什么进士……唉!一切都已回不去了!

　　欢颜思前想后几乎一夜未眠,天快亮时,突然听见门外传来窸窸窣窣的声音,她立即翻身坐起,穿好衣服,准备出去看看。谁料,外面竟传来大伯的声音:"双喜他妈,是我……你把门开开,我有话说!"

　　欢颜一惊,问道:"是你?!你咋进来的?"

　　大伯说:"我咋进来的,你就甭管咧,先把门开开。"

　　欢颜说:"有啥事明天再说,哪有大伯深更半夜到侄媳妇屋里的道理!"

　　大伯说:"你要不开门,我可就叫人撞了!"话音刚落,门就被人从外面一下子撞开了!大伯和本村的两个小伙子闯了进来。

　　两个小伙子按照大伯的吩咐把欢颜绑了起来。

　　站在脚地的大伯对欢颜说:"你要是不犟,哪用得着这样啊!"

　　欢颜喊道:"你就不怕遭报应!"

　　大伯说:"啥报应?我这是在帮你和义林哩……我不想看着你和娃被活活饿死,也不想看着义林被人整死——你咋就不明白!"大伯越说越气,唾沫星子溅得欢颜满脸都是。他缓了缓语气接着说,"本想让你体体面面改嫁过去,你死活不愿意,我就只能这么弄了……不瞒你说,我已经答应了人家柳家,而且,他们给的银子都已让义林给人家债主了……现在你是去也得去,不去也得去!"

　　大伯说罢，就把静文从炕角拽过来，给她把衣服穿上。

　　欢颜依然不从，那两个小伙子就连拉带推将欢颜弄到梢门外，架到一辆提前准备好的车上。静文死死地拽着母亲的衣服，哭喊着跟着母亲往外跑，母亲被架到车上后，静文也爬到了车上。

中

部

一

　　丰镇有东、西、南、北四条主街,每条主街后面有一条与主街平行的巷
子。西街后面那条巷子中间,住着一户柳姓人家,男主人是比欢颜大八岁
的柳振东。柳振东原本姓赵,祖籍赵家咀,是赵家三个儿子中的老二。因
为父亲与柳家叔公交好,柳叔公膝下无子,只有一个女儿,父亲便将他过继
给了柳家。柳振东是多大从赵家到了柳家,他自己说不清,他的后辈更说
不清。能够确定的是,柳振东过继到柳家时,柳家有养父母和一个比他大
几岁的姐姐,有十八亩上等好田,两院庄子。两院庄子里箍着四孔窑洞,盖
有几间厦子。

　　柳振东过继到柳家后,养父便让他读了私塾,这使柳振东在后来的日
子里不仅能给财东家当账房先生,还总会产生一些不同于常人的浪漫的想
法。柳振东娶第一个老婆时,养父母尚在,他们为他举办了热热闹闹的婚
礼。婚后没多久,柳振东的养父母就相继过世了。柳振东的女人在给柳振
东生了一个女儿后再也没怀上过孩子。女儿长到十岁时,柳振东的女人因
病过世。前年旱灾发生后,他和女儿相依为命,过起节衣缩食的日子。去
年夏天,灾情还没过去,镇上突然发生了瘟疫,柳振东的女儿未能幸免,她
高烧不退,上吐下泻,第五天头上就咽气了。

　　"柳家的香火不能就这么在我这儿断了!"生性要强的柳振东在掩埋
完女儿后,发下狠心对自己说。因此,瘟疫一过,他就咬牙卖掉一院子庄子,
准备续弦,为柳家延续香火。但这时,他却染上了另一种热病,终日高烧不

退,全身长了许多脓包,脓液从脓包里流出来,发出一股股恶臭。

这天,嫁到镇北街的姐姐巧能来给弟弟柳振东送饭,她坐在炕边对躺在炕上的弟弟说:"董家村董秀才的伯叔哥今早来找我,说想把他那侄媳妇欢颜改嫁给你,不知你愿不愿意?"

自从身上长出这些散发着恶臭味的脓包后,柳振东就再没想过续弦这事,谁会嫁给他这样一个浑身散发着臭味已经半死不活的人呢!他整天心灰意冷地躺在炕上,时刻准备着去地底下见自己的那些亲人……现在,突然听姐姐这么一说,他内心里的那点希望之火再一次被点燃。但他很快又沮丧下来,说:"人家知道我是这样子吗?"姐姐巧能没有回答他,显然她并没给董家说他的病。

柳振东没见过欢颜,但他早就听人说过,知道欢颜不光长得好看,还聪明贤惠,处事大度干练,很有主意,非一般男人能比。有关她与墨林的"八字不合"以及义林说她是"扫帚星"柳振东自然也都听过,但他不认为欢颜是"扫帚星",恰恰相反,他觉得欢颜就是个贤淑能干的奇女子……如今,命运竟将这个奇女子推到了他的面前!如果真能将欢颜这样的女人娶进门,那他柳振东这辈子可就没白活!可自己这不争气的身体……

"唉!"柳振东哀叹了一声。

细心的巧能读懂了弟弟的心思,忙说:"我先给人家回个话,如果人家不嫌你的病,就让他们赶紧把人送过来……"

柳振东当即点了点头,那张憔悴不堪的脸上露出一丝不易察觉的喜悦,他说:"饥荒还没过完,我的身子又是这相,一切从简办吧……给人家说说,看行不行。"

拉着欢颜和静文的木轮车赶到丰镇时,天已经亮了。欢颜被那两个小伙子弄到柳振东的炕前时,柳振东刚被姐姐擦洗完脸,换了一身干净衣服,靠坐在被子上。

柳振东看见欢颜被绑着带进来,不觉吃了一惊,他哆嗦着手,指着欢颜问随后跟进来的义林的本家大伯:"这咋回事?"

站在地上很不起眼的静文好像看到了救星,没等本家爷爷说话就抢着告状说:"我爷叫他们把我屋的门撞倒,硬把我妈绑着放到车上拉来了……"

"没大没小！大人说事哩，你个碎娃插啥嘴？！"义林的本家大伯呵斥静文说。

静文的话像蹦豆子一样清脆地蹦出来，让柳振东对这个小女孩顿时就喜欢得不得了。他对站在炕脚地的姐姐说："赶紧把娃抱上来，天这么冷，操心把娃冻着！"说完，他转向义林的本家大伯，"不管啥事，都不能绑人么……快把绳子解了！"

巧能把静文抱到炕上，给她脱了鞋，拉过一床被子盖上。义林的本家大伯示意随来的两个小伙子给欢颜松了绑，然后几个人就各自找了位子坐下。

义林的本家大伯见欢颜没再反抗，才对柳振东说："不听人劝么——非要闹成这样！"

柳振东感到有些头晕，就靠着被子缓了缓神，然后轻声埋怨道："既是人家不愿意，就不要勉强……把人绑着送来，这成啥了？！"他转向姐姐，"先招呼客人吃饭。"

巧能将欢颜搀扶着坐到炕沿上后就去灶巷端饭。按说，柳振东应去董家村迎亲，因为他躺在炕上起不来，义林的本家大伯也怕欢颜闹着不嫁，两家就商定由董家将人直接送来。但日子再难，柳振东觉得也该招待送亲的人吃上一顿像样的饭才行。他早早就让姐姐买来白面、豆腐、粉条，蒸了一锅馍。今天一大早巧能就将馍溜在锅里，还熬了一锅玉米面糊汤，泼了一碗油辣子，炒了一碗辣子豆腐等着。

巧能把饭菜端到桌上，招呼义林的本家大伯和两个小伙子吃，又给欢颜和静文端了饭菜放到炕上。欢颜哪有心思吃，她将碗放到炕沿上，瞪着本家大伯不说话。巧能说："不知道你不愿意，要是知道，我兄弟肯定不会办这事！你先把饭吃了，暖暖身子再说……"

柳振东见欢颜不愿吃饭，忙劝道："心里也甚难过！先把饭吃了，吃完饭就带着娃回去……咱权当没这回事。"

义林的本家大伯一听柳振东这话急了，他放下碗说："别啊——哪能权当没这回事！你给的那些银子我可已经让义林还债了！"他转过脸，对欢颜说，"你咋还不明白，不这么做，义林、你，还有两个娃咋活？你做嫂子的，不能不管义林吧！"

巧能这时嘟囔了一句:"我一再问你,你侄媳妇愿意改嫁不,你一口咬准说愿意,现在却闹成这样子!"

义林的本家大伯刚要说啥,就听见欢颜说:"我愿意留下!"

听到这话,大家全都愣住了,不敢相信自己的耳朵。

欢颜不是不明白其中的道理,也不是不想救义林,她只是不想对不起墨林,也不想被人这么不当人地随意摆布……是柳振东的善良与宽厚感动了她,让她改变了主意。再说,她也的确没有别的办法去救义林了。义林已将他的那半院子庄子和十几亩地抵了债,她不改嫁,义林往后住到哪里?靠什么过活?……

欢颜不看任何人,眼睛死盯着前面的地,说:"但我有个条件——"

炕上的柳振东忙抬手指着欢颜问:"啥条件,你说,你说!"

"把我儿子双喜也带过来!"欢颜说。

"这没问题——咱屋就缺娃哩。"柳振东爽声说。

"那不行……双喜是董家的后,得留给他二大义林!"义林的本家大伯反对道。

"把双喜留给他二大,那还能活吗?!"欢颜大声嚷道,一双眼睛顿时就红了。

义林的本家大伯想了想,说:"要把双喜带过来也行,但咱把话说到前头——不能改姓,得姓董——等他长大了,就接回董家村去。"他长长地哀叹一声,说话的声音已有些颤抖,"墨林已经不在了,义林又是这么个货,我得替你大留下一门人啊!"

柳振东见状忙大度地说:"行,姓董就姓董,娃现在还小,跟着他二大也不是个事,就让先过来跟着他妈,等娃大一点了,再给你们送回去……"

就这样,欢颜改嫁到了柳家,静文改了姓,成了柳静文,而子昂仍是董子昂。

柳振东身上的烂疮并没有因为欢颜的进门而减轻。他照旧发着高烧,终日迷迷糊糊,但为了不让欢颜太过熬煎,他躺在炕南头的墙根,强忍着疼,不曾声唤过一声。他觉得有些对不住欢颜,也觉得自己以这样一副流着黄水,散发着恶臭的躯体来面对欢颜,实在有些难为情。因此,当欢颜第一次上到炕上,为他清洗疮口、换洗衣服时,他是那样的不自在。他下意识地用一只手捏住身上的被子,嘴里含混不清地说:"太耨①了……"

欢颜不待他说完,一把将被子掀到一边,说:"都啥时候了,还这么难为情!"欢颜不容置疑的言行,让柳振东内心的那点羞惭一消而散。他虽全身疼着,心里却感到从未有过的踏实。他像个孩子一样,乖乖地接受了欢颜对他的照顾。

欢颜将柳振东的衣、裤全部扔到门外,用烧开放凉的温水为柳振东逐一清洗了脓包,然后,再为他换上一身干净衣服。她要去给柳振东抓药,却不知道去谁家,大哥的师傅李东梁在灾后疫情刚开始时就带着全家离开了镇上迁居到沟南一个徒弟家的村子了。

柳振东说:"咱镇上还有一家中医堂,可收钱太多不说,看了几次还一点用都没有——甭去了,省得花那冤枉钱!"

欢颜想了想,不如自己给柳振东摸索着治。她努力在脑子里回想当年大哥给人治脓包时的情形,想柳振东的病症,想大哥给人治脓包时用的药方,经过比对,她得出以下结论:柳振东的身体里一定有热毒,热毒使他高烧不退,发出这么多脓包,要治好这些脓包就肯定要用清热解毒的药。她努力回想大哥曾教她背过的那些汤头,不知不觉嘴里就出现了"黄连解毒柏栀芩,三焦火盛是主因,烦狂火热兼谵妄,吐衄发斑皆可平……",她眼睛一亮,高兴地叫道:"黄连解毒汤!"她跑进窑里,对炕上的柳振东说:"我有办法了!"

看见欢颜兴奋的样子,柳振东顿时觉得身上的病轻了许多。欢颜将大姑姐巧能叫来,让她临时替自己照管静文和柳振东,让巧能的男人用车拉着回了趟娘家,在二哥尚礼原来的那间百草厅里找出黄连、黄芩和黄柏。她在娘家待了一夜,与二嫂香莲聊了很多体己话,第二天一大早又让巧能男人拉车赶回了家。

欢颜一到家就把这些药熬了,让柳振东喝下。她在院子里用几块砖支起一口锅,里面倒满水,水烧开后,就用一根木棍将柳振东脱下来的衣服挑

---

① 当地方言,音 nou,脏。

到里面煮,煮毕再挑着晾晒到院子里的绳子上。

　　她将柳振东原来的被褥全部烧掉,换上了一套干净被褥。她还熬了一锅药水,给柳振东擦洗了身子、炕上的席子和炕沿、炕墙……欢颜每天都这么擦洗一遍柳振东的身子和他用的一切物品,几天后,柳振东的烧就慢慢退了,身上不再有新的烂疮出现。不久,原来的那些烂疮也开始慢慢干燥、结痂,柳振东的精神也渐渐恢复了正常。

　　几十天的治疗中,静文表现得异常活跃,她觉得好玩,总想参与进来替母亲做点啥。欢颜吩咐她给柳振东送药,静文便端着母亲刚熬好的药水,小心翼翼地往炕跟前走,她脆生生地叫:"大……喝药了!"

　　听见静文那一声脆生生的"大——"柳振东的心顿时就乐开了花,他朗声应道:"好……喝药!"

　　柳振东的心里别提有多喜欢这个女儿,觉得她完全就像自己亲生的一样,让他喜欢、疼爱到骨子里。看见静文与柳振东相处得如此和睦,欢颜的内心也感到莫大的安慰。

　　柳振东的病奇迹般好了。他感到自己从未像现在这样活得有盼头。尽管他还会时不时地想起他那已故的原配老婆和女儿,但他都会以一种宿命的想法解释和排遣过去:这都是命!老天爷给你安排下这样的命,你抗不过——谁能抗得过老天爷呢!这样想了,他也就能心安理得地与欢颜和静文往下过了。

　　这天黎明,天上突然下起了雨,一声滚雷和几道闪电过后,接踵而来的便是刷刷的雨声。睡梦中的欢颜被惊醒,瞬间的愣神后,她兴奋地推了推柳振东,喊道:"下雨了!下雨了!老天爷终于开眼——下雨了!"

　　他们跑到院子里,对着灰蒙蒙的天不住地磕头叩拜。雨水打在院子里,打在厦子的瓦上,打在他们的身上。那久违了的声音是那么的动听。

　　院子里很快就起了一个个水泡,空气里充满了让人迷醉的泥腥味。柳振东和欢颜已被淋得像两只落汤鸡,可他们仍旧跪在雨水里不起来。他们起初都在笑,笑着笑着就都号啕大哭起来,哭得酣畅淋漓。积压在心里的那许许多多的苦,许许多多对已失亲人的思念仿佛一下子都化成了流不尽的泪水滚滚而出,这些泪水和着那滂沱的雨水从他们的脸颊上流下来,流到嘴里,咽进肚子里,滋润了如同干枯的土地一样干枯的心田。

二

一场透雨,让持续干旱了一年多的土地顿时有了生机。柳振东像这块被雨水滋润了的土地一样也突然觉得浑身有了力气。他告诉欢颜,自己准备与几个老伙计搭伙出去倒腾些东西,挣得的银子想办法兑换成麦子,让欢颜娘俩吃好点。他说:"静文正在长身体,不能让娃和你的身体亏得太久啊!"

欢颜想了想却说:"有口粮吃就不错了,眼下咱还是先弄些玉米种子种上。"

柳振东不是没想到这一层,但他总觉得有些对不住欢颜,她自打过门后,跟着他没吃过一顿纯麦面的饭,现在他的身体已经复原,他总要为她们娘俩做点啥,不能这么一直亏着她们……现在见欢颜这么说,他也就欣然同意了。

柳振东和两个老伙计一起进了青峰山深处的三山镇和柳树镇,从山民那里高价买回一些玉米和谷子种子。一年多来,山下干旱严重,青峰山深处旱情却相对较轻,每种作物都有收成。一些山民就趁机囤粮食高价出售。柳振东和几个老伙计以前进三山镇和柳树镇贩过几次玉米和谷子,熟悉进山途径,也熟悉一些山民。

他们乔装打扮顺利进到山里,然后一路提心吊胆地在谷雨前赶了回来。柳振东不光与欢颜将自家那十八亩地下了种,还帮着香莲将欢颜娘家那几十亩地收拾好种上。到了秋天,两家人就都有了一定的收成,不光有了下锅的粮食,还换来麦种在入冬前种进了地里。

欢颜将柳振东弄回来的玉米种子拿了些去张卓村给欢蓉,不料欢蓉却说:"拿回去吧,不稀罕……我屋的地早就种了。"

欢蓉改嫁后的这个男人，炕上不行，干活过日子却是一把好手。手捏得细，也舍得出力。不管家里趁①多少钱，他都穿得破破烂烂。从地里和村巷走过，从来都不会空手而归，不是捡半块砖回来，就是拾一窝牛粪或一些羊粪蛋回来。旱情来临时，一些人家揭不开锅，知道他家有余粮，就来借粮，可还没等人家开口，他就先哭上了穷，从未借出过一粒粮。

欢颜知道欢蓉恼着自己，放下玉米布袋就走了。

来年清明这日，天没亮欢颜就爬了起来，她和了点面，擀了一点面条，煮熟后捞到案板上晾开，拌了油、盐，等凉了后抄到瓷碗里。柳振东则忙着从窑后头的窑窝里拿出一摞粗麻纸，用纸钉②打烧纸。他将那摞粗麻纸分成数沓，放在地上，在一沓纸的上面放上一枚铜钱，铜钱上面压上纸钉圆棒③用一只手稳住，另一只手用纸钉木板敲打圆棒的上端，将铜钱印落在纸上。他每敲打一下，就移动一下铜钱的位置，直至那沓粗麻纸上整整齐齐布满铜钱印，一沓烧纸就打成了。几沓烧纸打好后，他把它们放在手心，用一根筷子放在上面捻了捻，捻成扇形，然后才放进窑后头的篮子里，等着上坟时用。

说起这套纸钉，还是当年为养父亲做棺材时，匠人特意用边角料做好放进成形的棺木里的，他用这套纸钉为养父母、为第一个女人打了多少次纸钱，柳振东已数不清了。

欢颜把烧纸和面条分成两份，对柳振东说："我去董家村上坟，待会儿静文睡醒了，你带着静文去这边地里上坟……"

柳振东说："董家村那么远，我找个车把你送过去——这边离得近，啥时候都能去……"

"算了，还是我自己去吧。"柳振东见欢颜坚持不让自己去也就只好作罢。

当欢颜走到董家村时，太阳已经升到一竿子高了。欢颜挎着篮子径直走到公公婆婆、墨林和静怡的坟前。她将面条和烧纸分别给他们撒了、烧

---

① 当地方言，有。

② 当地方言，由一个圆木棒和一个带手柄的木板组成。

③ 当地方言，一尺来长直径如铜钱大小。

了。她一边用树枝挑着烧纸,一边一声接一声唤着他们,让他们来收钱。烧着烧着,那一张张或老或少的脸就从火堆里跳跃着闪现了出来。

"怡儿呀——"当欢颜看见女儿静怡那张稚嫩的小脸时,就大声哭喊起来。她喊叫着伸出手,想把散乱到静怡脸上的那绺头发给她捋上去,手却被火焰烤疼了。就在她缩回手的时候,静怡不见了!欢颜的心疼极了,她倒坐在地上,两眼呆呆地看着眼前的烧纸一点点燃烧,一点点熄灭。她喃喃地说:"都是我的错,都是我的错呀!"

欢颜在坟前一直呆呆地坐着,阳光寂静地照在她的身上,照在她亲人们的坟上。她没有再哭,脑子里不断闪现出以前的日子——与墨林、静怡和婆婆在一起的那些日子、在壶山上与墨林相遇、陪着墨林夜夜读书的日子……一切都好像还是昨天的事情,可他们却已与自己阴阳两隔三年多了。三年多里发生的一切,简直就像一场梦——她多么希望这就是一场梦呀!

"嫂子!"一个声音从背后传来,让欢颜吃了一惊。她回过头,发现是义林,他正站在不远处静静地看着她,看那样子,他已来很长时间了。

"回家吧,嫂子!"

在欢颜的印象里,义林从未叫过自己嫂子,与自己说话,总是直戳戳的,啥也不叫。其实,她不知道,在义林的心里,她开始是"扫帚星",后来就是他在这世上唯一真心喜欢过的女人而不是什么嫂子。义林将欢颜当成嫂子是从他决定听从本家大伯的安排,将欢颜改嫁给柳振东开始的。那笔可恶的赌债,让他活得毫无尊严,让他知道,自己再也不配去喜欢她了。为了还债,他不得不听从大伯的安排,将她改嫁他人。他觉得,兴许她改嫁了他人,就会有好日子过了,也不会因为自己的赌债而受到牵连……他不好意思去给欢颜说改嫁的事,一切事情都由大伯出面去办。可令义林没想到的是,她竟是被绑着改嫁过去的。得知此事后,他想见欢颜,想给她解释这一切,可他却没有勇气踏入柳振东家半步……今日吃过早晌饭,义林拿了烧纸往地里走——自打欠上赌债后,他就再没给父母、哥哥烧过纸,他没这心思,更没这颜面。自己赌光了家产,还将欢颜和娃们逼走,到了坟前自己咋向他们交代!今天是清明,不知怎么,他却突然决定去给父母和哥哥上坟,他想告诉他们,自己以前就不是人,以后他要好好活人……可走到地头时,义林却远远地看见了一个人影坐在哥哥的坟前。他知道,那一定是欢颜。他想跑过去,将自己心里的这些话一股脑儿说给她。可跑了几步后,他就没了勇气。他就这么远远地看着欢颜,看了很久。他已经站累了,才想起该带欢颜回去喝口水、歇歇脚。

“不去了,我这就回呀……他伯和静文还在屋等着呢。”欢颜说,脸上的表情不悲不喜。

义林本以为欢颜看见他,一定会臭骂他一顿,没想到,她却连一句埋怨的话都没说,义林的心里顿时暖暖的,轻松了许多。“回屋喝口水,歇歇脚吧!”义林再次诚恳地说道。

“赌债还完了?”欢颜吃力地站起来,一边拍打身上的土一边抬眼看了看义林,平心静气地问。

“快了!”义林不好意思地低下了头。

他们开始缓慢地朝地头走,义林突然抬头急切地说:“我不知道大伯会那样把你送到柳家去……”

“都过去了,甭再提了。”欢颜打断义林的话说。因为坐得太久,她的腿很麻,她走了两步就站住脚,放下篮子,弯腰捏腿,义林赶紧过去搀扶。

欢颜摆摆手,不让义林搀扶。

“他二妈还没回来吧? 抽时间把他二妈寻回来,旱情已经过去,和她把那十几亩地种好,好好过日子!”欢颜说,“剩下的赌债我和你一起还!”

义林的鼻子突然一酸,眼泪不听使唤地流了下来——他把她伤成这样,她却还操着他的心,天下还有这么好的女人吗?!

“有空了,就到坟上来看看——甭让他们的坟荒了……发现黄鼠狼洞了,就用土填上,操心下雨时,雨水灌进坟去……我离得远,不方便总来。”

“嗯——”义林应了一声,再说不出一个字来。

收秋的时候尚文已带着瑞雪、君来、君安、君明和子昂回到了家。

离家两年多,尚文无时无刻不惦记着家里,曾几次捎书带信给欢颜,询问家里的情况。欢颜自然是报喜不报忧。尚文见土匪梁大奎再无动静,灾情也已过去,就准备告别吴炳义的父亲,带着瑞雪和娃们回家。谁知君安一听却急了,他瞪着眼说:"要回你们回,我不回!"

君安的话让大家都感到有些意外,在他们六个人中,君安应该是那个最迫切想回家的人才对——他父亲尚礼被土匪打死,母亲一个人留在老家,他比谁都更加担心母亲,经常喊叫着要回去找梁大奎报仇,现在却怎么不想回去了?!

还是尚文最先反应过来,他问君安道:"是不是舍不得你师傅?"君安看了大伯尚文一眼,十分认真地点了点头。

半年前的一天半夜,吴炳义突然牵着马回来。他悄悄来到尚文住的那院子庄子跟前,敲响梢门。尚文以为是急诊病人,赶紧披上衣服出去开门。没想到来人竟是吴炳义,他牵着一匹马,马背上驮着一个人。那人显然是病了,在马背上坐都坐不稳。尚文赶紧将二人请进院子,叫起瑞雪,将马背上的病人搀扶到自己的床上。

尚文吩咐瑞雪把马拴好,给马喂料,然后再给吴炳义做些吃的,自己则赶紧察看病人。

瑞雪走后,尚文低声问吴炳义道:"是伤了,还是病了?"

"枪伤,左肩上。"吴炳义说。

尚文赶紧给那人察看伤口。那人的身子烫得像个火球,人已有些迷迷糊糊。尚文将他的衣服从左肩上褪下来时,就见他整个的左肩都肿着,伤口一碰就往外流脓血。

尚文查看完伤口后问:"子弹还在里头?"

吴炳义点点头。

"伤口发了,得马上把子弹取出来,要不然……人可就够呛了。"尚文说。他并不问此人姓啥名谁,也不问这人因啥受的伤,在什么地方受的伤。

征得吴炳义同意后,尚文开始在吴炳义的帮助下,给那人取子弹。

子弹取出来后,尚文继续为那人清理伤口,吴炳义这时却说:"你慢慢弄,我得走了。"说着就起身要走。

这时瑞雪端了两碗荷包蛋进来,见吴炳义要走,忙劝道:"天还没亮,你先吃点东西,天亮了再走。"吴炳义可是她全家的救命恩人,她咋能让吴炳义连口东西没吃就走呢。

尚文直起酸疼的腰对吴炳义说："两口就吃了，也不差这一会儿！"

吴炳义接过瑞雪的碗，站在原处，几乎没怎么咀嚼就将一碗荷包蛋灌进了肚子。这当儿，尚文对吴炳义说："你放心走吧……人不会有事了。"吴炳义还想交代什么，却被尚文打断了，"我知道该咋办，你只管放心走！"

吴炳义点点头，他沉思了片刻，说："过些天，我回来接他！"说完就开门出去了，瑞雪跟了出去。

一出梢门，吴炳义就翻身上马，飞奔而去。

瑞雪关了梢门返身回屋，问尚文道："吴炳义咋看着怪怪的，有啥事这么着急，等不到天亮再走？"

"不该问的就甭问……今黑这事对谁都甭提说——包括那几个娃！"尚文说。

"这么大个活人放在屋里，咋能瞒得住？"瑞雪说。

"就说是找我看病的病人，害了多年的烂疮，慕名找到这里。"尚文说。

尚文从师傅那里学到的本事里就有治烂疮这一招，因此在老家时，家里就经常有慕名前来治烂疮的病人，他们有的还会住在尚文家的纳门厦子里，一住就是十多天，有些甚至会住上几个月。因此这么给几个娃说，娃们一定不会起疑。

尚文给那人清理完伤口，又将自己的一件干净衣服给他换上时，天已经麻麻亮了。他将那人的衣服、包过伤口浸满脓血的布以及刚才清理伤口时用过的药棉全部拿到茅厕里浇上油烧了，然后，才放心地回到上房，洗了手，坐在椅子上喝茶。他看着炕上迷迷糊糊闭着眼、不知姓啥名谁的吴炳义的同党，心里不觉涌起一股钦佩之情。

君来他们起床后，纷纷过来向尚文、瑞雪问好，看见床上躺着个人，就问是谁。尚文心想反正他们的名字都不是真名，就随口说道："你光明叔……姓张，我的一个老病人。"

君来他们去学堂后，尚文便与瑞雪将一间堆放杂物的偏房腾出来，将"张光明"搬了进去。

数日过去后，"张光明"的烧退了，人也完全清醒过来，尚文对他说："我给娃们说你叫'张光明'，是我的一个老病人。"

"'张光明'？好名字哩！"那人笑笑说。

尚文也会心一笑。

"张光明"溃烂的伤口在一天天恢复，他时常会走出房间在院子里溜达，有时也会进入几个娃的房间看他们读书、写字，与他们交谈。

为了不让娃们起疑心，尚文便也不刻意阻止他们与"张光明"接触。有天傍晚，"张光明"觉得实在闷得慌，就走到院子里踢腿蹬脚，活动筋骨，结果被从茅厕里回来的君安撞见。君安问："叔，你会拳脚功夫？"

"张光明"吃了一惊，停下来说："不会呀。"

"你肯定会，我都看见了。"君安说。

"你看见啥了？""张光明"问。

"教教我吧，叔！"君安答非所问地说。

"张光明"看着君安想了想，说："行啊，我也就会这么一点点。"

"张光明"岂止只会一点点，他家祖传的那套拳脚在两广一代都很有名气。

"张光明"爽快地接受了君安的请求，君安再见他时就学着江湖上的规矩称他为"师傅"，他也欣然答应。

君安每天从私塾回来，就跟着"张光明"在院子里学拳脚功夫。"张光明"的左肩不能动，主要靠右胳膊和双腿做示范。

君来、子昂和君明也曾跟在"张光明"身后与君安一起比画，可没过几天就都厌烦了。只有君安越学越起劲，甚至到了痴迷的程度。他经常天不亮就起来自己一个人在院子里练，练得全身是汗。一有机会他就缠着师傅让给他再教两招或陪他再练几下。"张光明"对尚文说："君安是块好料，很有这方面的悟性。"

尚文却说："他生性活泼好动，现在又会了些拳脚功夫，我只担心他会出去捅娄子哩——你老弟教他几下就行了。"

"张光明"的伤还未完全好就急着要走，尚文极力挽留，说伤口这次要是长不上，以后可就难长上了，弄不好还会殃及骨头，那可就麻烦了。恰在这时，吴炳义又偷偷回来了一趟，他在"张光明"的房间里密谈了半夜后，又连夜走了。吴炳义走后，"张光明"就再没提过要走的事。

在"张光明"疗伤的那段日子里,尚文每日见到他,都只与他聊一些家常,绝口不提他与吴炳义的那些事。一来尚文认为这是人家的秘密,不愿意随便让外人知道;二来他也怕这些言语被君安听见,再生出啥事端。虽说吴炳义他们干的那些事都是好事——推翻腐败无能的清政府,建立一个君主立宪的新国家。对他们的主张,尚文举双手赞成,但"革命"是会死人的,墨林不就为此搭上了自己的命吗?!吴炳义和"张光明"不也都差点丢了性命……君安是个一点就着的小子,做事容易冲动,难保他跟着他们不会出事。尚礼不在了,他得替尚礼看好君安和君明这两个骨血……

可尚文不提这些事,不等于君安就不会从"张光明"那里知道。

为了练功夫,君安经常钻到"张光明"的房间替"张光明"干这干那,主动与"张光明"攀谈交流,一来二去,"张光明"对君安也是越来越喜欢,他给君安教拳脚功夫的同时,也给君安讲了些外面发生的事。没想到君安对这些话题也特别感兴趣,听得津津有味。

尚文发现这些后,很是担心。他专门将君安叫到自己屋里训诫了一番,说"张光明"所说的那些都是好的,但离变成现实还早着哩,还有很长的路要走,君安还小,还不适合去做这些事。更何况,现阶段,外面到处都在抓"革命党"人,沾上了,就有被杀头的风险。他让君安从此远离"张光明",不要受他的影响太深。但君安根本不听,他甚至产生了逆反情绪,大伯越不让他接近"张光明",他越要钻到"张光明"的房子里不出来。无奈,尚文只好将回家的日子提前——"张光明"的伤一好,他就向吴老爷提出带着全家回家。

尚文知道君安的性格,认准的事情谁说也没用。现在君安提出不愿回家,想留下来跟着师傅继续学拳脚,他只好先爽快地答应了。晚上君安睡着后,尚文来到"张光明"的房间,谈了君安的事,恳求他配合自己,让君安跟着他们回家。

第二天,君安起床后不见了师傅,他跑到师傅的房间里,在桌子上发现了一封师傅留给他的信,告诉他,他有急事先走了,以后有机会,他就去君安的老家找君安,给他接着教拳脚功夫。还说君安现在尚小,一些事只有等他长大了才能去做。

君安见师傅已走,也就不得不跟着尚文他们一起回了家。

三

尚文回到家才得知欢颜已被绑着改了嫁,他狠狠地把拳头砸在桌子上,说:"这是欺负咱姬家没人啊!"他要去找义林和他的本家大伯理论,却被前来看望他的欢颜劝住了,欢颜说:"柳振东是个好人,待我和文儿都很好。"她哀叹一声,说,"唉,双喜他大已经不在了,义林的事我不能不管啊……"见欢颜这么说,尚文也就只好作罢。

尚文回来后,生活又恢复了常态,只是父亲和尚礼都不在了,家里的一切都得靠他一人操持打理。农忙时他主要在地里干活,农闲时才坐在慈济堂里给人看病,并兼着百草厅里抓药的事,一年到头,他都忙得不可开交。

每天忙完后,尚文就给君来、君安和君明讲一些医药上面的知识,想看看他们谁是学医这块料,将来好接管慈济堂和百草亭。可令他失望的是,三个小子好像对学医都不感兴趣。君来不敢直说,君安和君明就直接说不情愿。于是,他就将君安和君明送进了村里的私塾让他们接着读书,而让君来留在家里给自己打下手。

君来本来就懂事听话,家里经历了这么多事后,他好像一下子长大了很多,他在给父亲打下手学医的同时,许多家务事不用父亲说,他都会默默地干了。

子昂被欢颜接回镇上柳家后很不适应,他不愿单独面对柳振东,就整天跟在母亲身后,母亲走到哪里,他就跟到哪里,形影不离。柳振东叫他到自己跟前来,他摇摇头,一句话不说,依然不离开母亲半步。后来,柳振东想了一个办法,说:"子昂,听说你会打算盘?"

"嗯!"子昂点头说。

"那你会'狮子滚绣球'吗?"柳振东问。

"不会!"子昂诚实地说。

"我会哩!你想不想学?"柳振东进一步问。

"算盘咋个'狮子滚绣球'?"子昂瞪着一双好奇的眼睛问。

"我说能，就肯定能——你先说，你想不想学？"

好奇心驱使着子昂离开母亲，走到了柳振东坐着的条桌跟前，说："想学！"

柳振东转身看了一眼灶台后的欢颜，两人会心一笑。

欢颜按照柳振东的指点，从窑后的架子上翻出一个算盘，用抹布擦掉上面的灰尘，递给柳振东。只见柳振东拿起算盘，手腕哗哗一甩，然后把算盘放到桌上，子昂吃惊地发现，算盘上的珠子经柳振东这么一甩，竟上排的珠子齐刷刷靠上，下排的珠子齐刷刷靠下，每个算盘珠奇迹般地各就各位了。

柳振东看见子昂那张大嘴巴惊奇的样子，就更加来了劲，他对子昂说："你仔细看着啊！"说罢，卷起右手腕上的衣袖，在算盘的右端，拨出"一九五三一二五"一串数字，然后抬头问子昂："你看这像不像一个狮子？"他指着算盘，"这个像不像狮子头？这个像不像狮子腰？这个像不像狮子屁股？"子昂点点头，细心的柳振东发现子昂的头点得很勉强，又说，"你再接着看啊！"他边拨算盘珠子边念念有词地念着："一五隔位五，二五一十，五五二十五；一二隔位二，二二隔位四，四去六进一，五二得一十；一退五一二；一三隔位三，二三隔位六，六去四进一，一去九进一，五三一十五；一五隔位五，二五一十，五五二十五；一九隔位九，九去一进一，二九一十八，八去二进一，五九四十五；一退五一二。"

柳振东停住手，子昂看见这时的算盘上只留下一个数字"一"。

柳振东问子昂："你看这像不像个绣球？"

子昂已经被他搞蒙了，睁着一双懵懂的眼睛看看柳振东又看看算盘上的那个"一"，又很勉强地点了点头。

柳振东不以为意，笑了笑，说："你接着看哈。"柳振东右手的三个手指又悬在算盘上扒拉起算盘珠来，嘴里又开始念念有词道："五一倍作二，五除退一下还五，一一零一，一二零二，五四倍作八，逢五进一十，九一零九，九二一八，五二倍作四，逢五进一十，五一零五，五二一十，五一倍作二，逢五进一十，三一零三，三二零六，逢五进一十，一一零一，一二零二，五一倍作二，二一零二，二二零四，五二倍作四，逢五进一十，五一零五，五二一十。"

他又停住了手,子昂再看这时的算盘上,又出现了"一九五三一二五"这组数字。

柳振东说:"你看是不是又成'狮子'了?"子昂这回的点头显然就不那么勉强了。

"你看好啊,我可要让这'狮子'好好滚滚'绣球'了!"说罢,柳振东再次在算盘上扒拉起来,嘴上同时背着每一步的口诀。他的手指越拨越快,口诀也越背越快,最后,嘴就跟不上手了。他索性闭了嘴,子昂这时就只听见算盘珠子在算盘上那噼里啪啦的响声。

柳振东的三个手指像鸡捣米一般在算盘上来回飞舞。随着手指在算盘上左右移动,"一九五三一二五"与"一",两组数字在算盘上前后滚动,如同狮子在滚绣球。

子昂看得入了迷。当柳振东响亮地拨出最后一个珠子,然后,潇洒地收起几个手指时,算盘上就又只剩了一个"一"。

柳振东看着子昂,子昂已经看呆在了那里。柳振东问:"咋相? 像不像狮子滚绣球?"

子昂不假思索地说:"像! 像!"

于是,柳振东就如此这般地给子昂讲了"狮子滚绣球"是怎么回事,他说:"用'一九五三一二五'这组数字因①'五一二'这组数,就得出'一'和后面的八个'零',然后再用归法②还原回去,也就是用'一'和后面的八个'零'归以'五一二',就还原成了'一九五三一二五'这组数,这一因一归,如同狮子滚了一遍绣球。"

子昂这时才恍然大悟似的使劲点了点头,两只眼睛突然亮亮的。柳振东见状便趁机进一步说:"我只会打这种简单的,我大在世时会打那种复杂的——咱这方圆几十里的人没有一个人能超过他哩。"

"那么厉害?! 复杂的咋打?"子昂情不自禁地问。

"复杂的打法,就是在打每一圈之前,先把上一圈的因数翻一倍,然后

---

① 乘。

② 除法。

才往下打……"柳振东说。

"那不是越来越难了吗?"子昂问。

"是啊,我大能一气儿打十圈,听说外地有人能打到二十圈哩。"柳振东看见,子昂的脸上已经露出了十分羡慕、崇拜的神情,"你要是想学'狮子滚绣球',就得先从因法和归法学起——你会因法和归法吗?"

"我只会加法和减法,不会因法和归法。"子昂说。

"那我教你。"柳振东说。

子昂高兴地使劲点头。于是,柳振东教会了子昂"狮子滚绣球",子昂学会后,没事了就拿出算盘练,还在柳振东所教基础上,不断将因数翻倍——他想超过柳家那个未曾谋面却让他十分敬仰的爷爷——柳振东的养父。

几年后,子昂还真的超越了柳振东的父亲,打到了十二圈。如果说子昂在他苦难的一生中曾有过什么开心、享受、愿意在后人们面前炫耀的东西的话,那就是他打的一手漂亮的"狮子滚绣球"。

谁都能看出,柳振东在努力与子昂亲近,他教他打算盘,也教他写字念书,可子昂却就是不愿与他亲近。欢颜背过柳振东问子昂这是为啥,子昂低下头,垂下眼,低声说:"我怕他。"

"他有啥怕的? 他对你那么好!"欢颜不解地问。

"就因为他对我好,我才怕他——我不想忘了我大……"

子昂的话戳中了欢颜的心,她没想到子昂这么小个娃竟能说出这样的话来——他是怕自己与柳振东的亲近会伤害到他对父亲墨林的那份感情!她又何尝不是这样呢?! 她也不想忘记墨林,她压根就忘不了墨林,墨林的影子无时无刻不在她与柳振东之间闪现。可她不能为这份感情而毁了孩子们和柳振东的生活。她必须把这份感情深埋起来,珍藏在记忆里的一个角落,每天打起精神好好过日子……

欢颜半天不说话,只把自己的手搭在子昂的肩上捏了又捏。

慢慢地,柳振东不再对子昂做任何努力了,一切都由着子昂去。

相对于子昂,静文就轻松、开心得多。亲生父亲墨林走时她才两岁多,对他几乎没任何印象。相反,柳振东这个继父却给了她前所未有的安全感和亲生父亲般的疼爱。来柳家前,本家爷爷到她家找母亲,他们之间说的那些话她听不懂,但她却看懂了母亲的无助和屈辱,看到了本家爷爷走后母亲偷偷抹眼泪。本家爷爷带人半夜闯进她们家,绑上母亲送去柳家时,她是那么的害怕。这一幕,在她幼小的脑子里留下了一辈子都抹不掉的印记。因此,她将柳振东完全当成了自己的亲生父亲。

收完秋,种上麦,欢颜开始给静文缠脚。欢颜找来一块布,裁剪成宽宽的几条,然后就将静文的脚泡到一盆热水里。聪明的静文警觉地问:"弄啥呀?"

"泡脚!"欢颜说。

"给文儿缠脚呀?"柳振东走过来问。

静文一听是缠脚,立马从水盆里抽出脚,快步往外跑。欢颜早有防备,一把将她拉回来,重新摁回凳子上,让继续泡脚。

静文的脚泡热后,欢颜将她的脚擦干,然后把拇趾外的其他四个脚趾使劲掰向脚底,再用事先准备好的布条一层一层往上缠,疼得静文"嗷、嗷"直叫。

坐在一旁的柳振东看不下去了,说:"娃不愿意缠就算了!你不知道,现在外地都不兴缠脚了,还成立了啥'天脚会',嚷嚷着要放脚呢。"

"你快要说了,她就等着你这句话哩。"欢颜嗔怪道,"不缠脚咋嫁得出去?谁会要一个长着'天脚'的女人?!"

静文再哭再闹也无济于事,她最终还是被母亲缠完了脚。缠完后,母亲还逼着她在脚地走。

静文的脚疼得根本不能挨地,她杀猪般号叫着,目光求救似的看向柳振东。

柳振东实在受不了静文那剜心的哭叫和那可怜兮兮的眼神,就对欢颜说:"你也让娃先歇歇么,刚缠上肯定疼得很,哪能立马就走!"

"不走脚弓哪能出来?瘦、小、尖、弯、正,才是好脚——按你这个惯法,她的脚一辈子都甭想缠好。"

这话还真让欢颜言中了,静文的脚最后就是没缠好,成了一双四不像的"萝卜脚"。因为在后来的日子里,只要听见柳振东从外面回来,静文就扯着嗓子喊脚疼,柳振东就会让静文到炕上歇着,不让她在地上走,脚弓也就没弯出来。

　　入冬后,地里的活少了,柳振东便被镇上的一个财东请去做他家粉坊的账房先生。粉坊有扇临街的窗户,窗户的底边有个凹槽,每天,买粉条的人将铜板放进凹槽里,柳振东从凹槽里拿走铜板,再将秤好的粉条和找回的麻钱从窗口给买主递出去。晚上关门时,柳振东给窗子上上木板,挡住凹槽。

　　一次,柳振东在饭桌上说:“晚上窗子上板后,那个凹槽大人的手伸不进去,但像咱文儿这样的小手就能伸进去。”

　　他似乎是随意一说,但却捋了捋下巴上的那撮山羊胡子,眼睛亮亮地看着静文的小眼睛,点了点那颗大脑袋。他这话配上他那一连串的动作被聪明的静文弄懂了。

　　第二天晚上,柳振东回到家后,静文便悄悄地跑了出去。她来到粉坊外面,将手从窗户挡板的缝隙往下摸,果真就摸到了一个麻钱。她将麻钱掏出来,攥在手心里,兴奋地回到家,藏到院子的墙缝里。第二天,镇上有集,静文避过家人,偷偷从墙缝里扣出那枚麻钱,跑到街上,买了个骨角馍,躲在街边美滋滋地吃了。

　　后来,她总去粉坊窗户的挡板下摸,有时能摸到,有时摸不到。她发现一个规律,只要第二天镇上有集,头天晚上就准能在凹槽里摸出一枚麻钱。她知道,这是继父柳振东故意留给她的,让她第二天在集上买零嘴吃。这是他们父女间的秘密,前后持续了两个来月。

　　纸里包不住火,这个秘密还是被欢颜发现了。欢颜气愤得将静文关起来,狠狠地揍了一顿。

　　欢颜爱娃是出了名的,她不光爱自家的娃,还爱旁人家的娃。她不光舍得给娃们吃,把娃们的事放在心上尽力去为他们做,还懂得每个娃的心思,尊重娃们的意愿,说话办事总能进到娃们的心里去。因此,亲戚邻里的娃们都很喜欢她、尊重她,尤其是君来、君安、君明和菊菊,都最爱这个大姑,每次到大姑家都不愿意走……对于自家的两个娃——子昂和静文,她从来都没有大声责骂过,也没点过一指头,更不用说动手打了。这次静文这事,实在让她忍无可忍,她觉得必须好好教训一番静文,才能让她长记性。

　　柳振东嫌欢颜揍静文,说:“多大的事嘛,一个麻钱,掉到地上,财东家都不愿弯腰往起拾……这不就图个让娃高兴么！"

"我知道你是惯她哩，但惯娃也不能这么惯——这哪是碎事，大事都是从碎事开始的——这毛病根本就要不得！"欢颜生气地说。她把静文和子昂叫到跟前当着柳振东的面给他们讲了一个故事。

从前有三个男娃关系比较好，成天在一起耍。三个男娃中一个的家境富裕，另外两个的家里比较贫寒。一天，三个娃躺在树底下睡觉。富人家娃睡着后，另两个穷人家的娃就把这富人家娃手上戴的银镯子卸下来一人一个拿回了家。当他们把镯子交给自己的母亲时，一个的母亲厉声骂自己的儿子，让他当下就把镯子给人家还回去，并说要想富，就好好念书，书中自有黄金屋。那孩子还了手镯，从此好好念书，最后当了清官大老爷。而另一个娃的母亲，看见儿子偷回来这么好看的一个镯子，直夸儿子聪明、有本事，她把手镯藏起来，还给儿子炒了个鸡蛋犒劳。这儿子一看母亲高兴，从此就经常偷东西回来，每次回来都能得到母亲的奖赏。随着年龄越来越大，他偷的东西也越来越大，最后竟成了江洋大盗。他后来被抓住，判了死罪。抓他判他的恰好就是已经当了青天大老爷的小时候的玩伴。临死前，他对母亲说，自己就要死了，想再吃母亲一口奶。结果，他一口咬掉了自己母亲的奶头，痛哭失声，说都是他母亲害了他。

欢颜讲完这个故事后，说："你俩给我记住了，再好的东西，不是自己的，都不能拿，更不能偷……就是饿死、冻死，也不能做下这种下三烂、让人看不起、一辈子都抬不起头的事……你们记住了没有？"

"记住了！"静文和子昂说。

"光你们记住了还不行，还得让你们的子子孙孙也都记住。活人，活人，不管啥时候，都要活得堂堂正正，像个人样才行！"欢颜说。

柳振东的脸已经红到了脖子根。他本以为这就是哄着静文玩的一个游戏，没想到欢颜竟会这么做。他不得不佩服欢颜教娃的方法，也意识到了自己在这件事上的欠妥和大意。

欢颜讲的这个故事，从静文和子昂开始，每一辈人都会讲给他们的后人听，警示着一辈又一辈的后人。

四

柳振东本就是个非常勤快能吃苦的人,现在为了让欢颜娘仨过上好日子,他更是起早贪黑地干活。过完年,他就辞掉粉坊账房先生的活,和一些老伙计一起又出去做生意了。他们往返于三山镇、柳树镇与丰镇之间,将山里的药材、核桃、玉米、猪娃贩回来,又将从丰镇买得的棉花、布匹、农具卖到山里去。每次从山里回来,他都会给子昂和静文买些稀罕物。有一次,他竟从山里的一个老艺人手里高价买回了一整套《火焰驹》皮影。

这个老艺人三代单传,祖孙三代都是制作皮影的手艺人,本县刘家洼、寺前、业善、韦庄那些皮影社演出的皮影基本都出自这祖孙三人之手。如今老艺人的祖父、父亲都已过世,老艺人自己也上了岁数,膝下无儿无女。眼看着家里的手艺就要失传,老艺人整天唉声叹气,因为他祖父留下话说,只能将手艺传给儿孙,不能传给外人,这老艺人一生也就没收过一个徒弟。父亲过世后,从选驴皮到刮、磨、画、刻、着色、缀连等二十一道工序全部都由老艺人自己一人亲自完成。现在,他已经干不动了,整天还病恹恹的。最近,他卖掉了家里的所有成品,只留下祖父做的这套《火焰驹》舍不得卖,这是祖父在世时认为最满意的一套活,祖父让父亲将这套《火焰驹》留给子孙做参照,他说:"……你们的活只准超过这,不准不如这!有了超过这的活了,再把这套卖掉。"可不幸的是,老艺人的父亲和老艺人本人,穷其一生都未能做出一套超过这套《火焰驹》的活来。这套《火焰驹》便成了老艺人家里的无价之宝,让老艺人无限敬仰着自己的祖父,也让自己在面对祖父的牌位时感到无限羞愧。

柳振东他们几个进山,经常会在老艺人家梢门口歇脚,一来二去便与老艺人很熟。那天老艺人在与柳振东闲谝时,为炫耀祖父的手艺,特意搬出了一个装皮影的箱子,拿出这套《火焰驹》给柳振东他们几个看,他说:"这套皮影是我爷用最好的驴皮做的,花了我爷两年多工夫。"

他举起一张皮影对着光线照:"你看,多透亮……刀工多精细,颜色多正……"说着,老艺人就举着皮影边唱边表演起来。他唱完一段后气喘吁吁地说:"唉,可惜我没把我爷的手艺传下去……我百年后,也不知这套皮影会落到谁手?"

柳振东是个情感丰富的人,老艺人的话让他的心里顿时泛起一种说不出的酸楚。他接过老艺人手里的皮影看了看,动情地说:"你把它卖给我咋相?"

"卖给你?你又不是耍皮影的!"老艺人说。

"我不要皮影,但我爱皮影戏哩——你若信得过我,就把它卖给我,我一定不让它丢了、毁了!"

老艺人思之再三,心想,自己无儿无女,与其百年之后落到一个自己不知道,也不稀罕它的人手里,还不如现在就亲眼看着它落到了一个爱惜它的人手里。

于是,老艺人回屋找出与这套皮影相配套的《火焰驹》碗碗腔手抄剧本。他拍掉剧本上的尘土,递给柳振东,说:"你看着给几个钱就行——我已是要入土的人,花不了几个钱……多少皮影社的人要买,我都没舍得卖,现在给你,也是这皮影跟你有缘……我只求一点——不要把它糟蹋了。"老艺人的声音有些颤了,他边用手抹眼睛边说:"风咋这大,黄土都迷住眼睛了!"

那日柳振东一进家门,就打开皮影箱,拿出皮影,让欢颜从堂屋后头的板柜里拿出一卷白布,展开一节撑成幕帐,然后点上灯,与静文和子昂耍起了皮影。欢颜拿出来的那卷布是她刚织出来的一卷白布,由于织得细密,当成幕帐使,皮影身上那艳丽的色彩和精细雕刻出来的五官的侧面就无法在幕布的对面看得很清。欢颜见状,马上又从板柜里翻出半卷以前织的孝布,她想,孝布织得稀,透光强,皮影身上的细微处肯定就能看见。

柳振东手举竹棍,像模像样地表演起来,嘴里还唱了几句碗碗腔《火焰驹》,惹得坐在对面幕帐前的欢颜和两个孩子都大笑起来。

柳振东从没见欢颜和孩子们这么高兴过,于是,就更加夸张地演唱起来。

每张皮影身上都有五根竹棍相连,柳振东的表演手忙脚乱,唱词也开始随口胡编乱造。他这一胡编,欢颜和孩子们笑得更是前仰后合,他们笑出了眼泪,也笑疼了肚子。

静文活泼又聪慧,很像小时候的欢颜,但她却比小时候的欢颜要顽皮得多,有时顽皮得都像个男娃。她拿着继父给她买回来的好东西到处显摆,还带着一帮男娃到家里看她表演皮影戏。柳振东知道后,非常紧张地跑去厦子,表情十分严肃地对静文说:"这套皮影可不是一般耍货——可不能弄失塌了……这是那家人的命,那家人的魂哩!"他还说,"大对人家拍着胸脯保证过,一定要把这套皮影传给懂它爱它的人……"

静文说:"我知道,大!我保证不弄坏。"

从此,静文再带小伙伴来看她演皮影,就绝不准他们靠近皮影半步。

每逢大的集市或逢年过节,位于镇东街的戏园子里就会唱大戏,镇上喜欢热闹的人就会从四面八方拥向那里,有的人是为看戏,更多的人则是为看热闹。

静文像欢颜小时候一样非常喜欢看戏,每次看完回来,也会绘声绘色地学唱。因此,每逢唱戏,柳振东总会引着静文去看,几乎场场不落。静文每次都要让柳振东把她举到戏台边上,让她坐在那里看,她对柳振东说坐在戏台边上才能看得清楚,听得仔细。

静文看得入了戏,脸上的表情比演员的表情还丰富。她随着演员的表演一会儿哭,一会儿笑,弄得台下的人经常看她,而不去看戏。

静文长成大姑娘后,看戏的习惯仍不改,仍坐在戏台边上。因此,镇上就传出一些闲话,说欢颜那么贤淑,却管教出一个不懂礼数,疯得没边的"乡娘娘"。

这话传到了欢颜的耳朵里,气得她又将静文关起来,狠狠地教训了一顿。

由于柳振东的娇惯,静文经常会干出一些十分离谱的事情。她很会讨好柳振东,因而对她的那些离谱行为柳振东不但不斥责,有时甚至还有些怂恿。这让欢颜十分苦恼,却又奈何不了。

最离谱的一件事,是六岁的静文竟学会了抽烟。最初,静文只是学着柳振东的样子,在水烟锅上装上烟丝,把水烟锅端给柳振东,她又学着他的样子，小嘴一噘，“噗”地一声吹燃媒头，再将燃着的媒头递给柳振东。每到这时，柳振东的心就跟吃了蜜一样甜。

有一天，静文在给柳振东递烟时，动作多做了一步，她学着柳振东的样子“呼噜噜”吸了几口，待烟丝发红了，才将水烟锅递到柳振东手里，然后，她再慢慢地将嘴里的那口烟从鼻子里喷了出去，喷出一缕白色的烟雾。柳振东看得惊喜不已，鼓动着静文再吸一口……这样一来，静文就迷上了吸烟，经常和继父你一口我一口吸着玩，时间久了，静文便染上了烟瘾，以致后来吸了一辈子的烟。

在静文成人后的日子里，不管事情多忙，多急，她都要先吸上几口烟，过足了烟瘾，才起来做事。静文吸烟时，欢颜就恼得背过脸去，不愿看她。

眼下，欢颜安顿静文在家学做针线活，静文答应得很爽快，可欢颜刚一转身，静文却一溜烟跑出了家门，在外面玩了半天后才回来。欢颜见她进门后一直一言不发地低着头在家里踅摸，便问：“你不好好在屋学做针线，又疯到哪去了？”

静文不言传，仍旧低着头，在屋子里转来转去，最后出到院子里。

“你踅摸啥呢？”欢颜追出去又问。

“哎呀，一会儿你就知道了！”静文头也不回地说。

欢颜无奈地摇了摇头，转身回屋去了。

静文从院墙根那堆用来垫猪圈的土堆上铲了土，一锨锨“吭哧、吭哧”端到窑门口的墙底下，又从红薯窖旁边的那堆砖头块里挑选了一些大一点的砖头，“吭哧、吭哧”搬到窑门口那些土旁边。接着，她进屋，从瓮里舀了一盆凉水扑扑闪闪端到院子里，浇到那堆土上，接着就用锨刺啦、刺啦和起泥来。

欢颜听着声音不对劲，忙从屋里出来。见静文已弄出了这么大动静，便问静文：“你这又成啥幺蛾子哩？”

静文不搭话，继续和她的泥。

“你看你现在都要些啥东西，还有一点儿女娃的样子么?！”欢颜训斥说。

“我没女娃样？难不成我是男娃？”静文回道。这话呛得欢颜再无话可说——静文越来越会顶嘴抬杠,欢颜经常被她顶得哑口无言。

　　在屋子里学写毛笔字的子昂,听见妹子和母亲的对话,觉得好奇,便走出屋门看究竟。

　　静文突然想起了什么,一拍脑门说:"哈咧!忘了一样东西!"她看见从屋里出来的哥哥,便说,"哥,你赶快给我到纳门厦子里抓几把麦秸来,我急等着用呢。"

　　子昂对这个很有主意的妹子,从来都是言听计从。他不顾母亲的反对,当即跑去大门口的纳门厦子里抓了两把麦秸回来。静文指挥着哥哥把麦秸揪碎,扔到她和的泥里。

　　欢颜气得直说子昂:"你也要翻天了!"

　　"天咋翻?"静文问。

　　这时,柳振东从梢门进来,看见欢颜娘俩又在拌嘴,就问:"又咋咧?"

　　"你看,这女子现在都耍些啥了!"欢颜说。

　　柳振东走到跟前一看,果然动静比往常大了些,就蹲到静文身边,和颜悦色地问:"女子,你给大说,你这又是准备弄啥呀?"

　　"我给咱屋盘个炉子。"静文头也不抬地说。

　　柳振东一听,惊得差点坐到地上,但他又立即来了兴趣,问:"你说啥?盘个炉子?"

　　"嗯!"静文点头说。

　　"你会盘炉子?"柳振东问。

　　"我刚才看见毛娃他大在他屋院子里盘炉子,简单得很……我一看就会了,他还请人哩。"静文一边和泥,一边说。

　　"人家毛娃家死人了,要在院子里盘炉子做席待客,你盘炉子弄啥?"欢颜哭笑不得地问。

　　柳振东觉得有了意思,用手推了推欢颜,阻止她道:"你先甭说话,听娃说。"

　　"万一你俩谁死了,不就用上了!"静文说。

　　一句话,惹得两个大人都"扑哧"一声,笑出了声。

　　欢颜改嫁过来的两年多里,柳振东对子昂虽说没有静文好,但也还算说得过去。让柳振东彻底改变了对子昂的态度,开始对子昂变得冷漠起来,是从义林的本家大伯闹上门那天开始的。

那天,丰镇有集,吃过早饭,义林本家大伯来到柳振东家,说要将子昂带回去,过继给义林。

这些年,义林的确没再赌过,可他的日子却依然过得十分恓惶。他将分家时分给自己的那半院子庄子、十几亩地以及改嫁欢颜时从柳振东手里拿来的那些钱全都还了债,赌债却仍没还清。他躲在欢颜留下来的那半院子庄子里,追债人却仍隔三岔五的来逼债。无奈之下,本家大伯就让义林搬进了自己的半间纳门厦子里栖身,用欢颜留下来的那半院子庄子和十亩地中的八亩还清了义林的赌债。义林住在大伯那狭小的半间纳门厦子里,种着欢颜留下来又被他卖得只剩下两亩的地勉强度日。

腊梅再没有回来,他也无心去寻腊梅。本家大伯托人给他说了几次亲,人家一听是他,见都不见就一口回绝了。

义林年纪轻轻就开始打起了光棍,每天行尸走肉般在本家大伯的半间纳门厦子里混日子。

盛林的老婆对公公将这么一个浪荡汉收留到他们的院子里、占去了他们的半间纳门厦子十分不满,但碍于公公的威严她也不敢直接说反对的话,于是,她就经常在院子里指桑骂槐,话里话外带着刺儿伤害义林。

义林不是傻子,他听懂了堂嫂的这些话,有几次都想寻短见,一了百了,可他却对自己下不去手。兴许在他的潜意识里,欢颜娘仨还是他的亲人,他们还让他保持了一点活下去的念想。

本家大伯见义林娶不下媳妇,整日情绪低迷,一副死不了活不旺的样子,就决定将子昂尽快接回来,过继给义林。可义林却不同意。他说:"我自己一个人都过不前去,还咋带双喜?再说,双喜还那么小,离不开他妈,他妈肯定也离不开他。"

但大伯却劝他说:"柳振东那么爱娃,时间长了,双喜和柳振东感情一深,这双喜可就要不回来了。"

义林知道大伯这么做完全是为着自己,也就不敢多犟嘴,但他却绝不愿亲自去向欢颜要子昂,他说自己没脸去。大伯只好摇了摇头,骂他一句,觍着一张老脸亲自去了。

当下,欢颜一听本家大伯是为着要子昂而来,就说:"不是已经说好了,等双喜大一些了再回去吗!"

"已经都这么大了,还要到多大?"大伯说。

两人前三十年、后四十年,你一言、我一语争执起来。看争执不出个名堂,大伯就又故技重演,上手拉子昂,准备强抢了。

子昂吓得直躲,他紧紧抓着母亲的衣服,一边往母亲身后躲,一边大声哭。静文一看,立即扑上去,照着本家爷爷的手狠狠地咬了一口。本家爷爷疼得立即松了手,骂道:"你个疯女子,连你爷也咬……没家教!"

柳振东起初不便说什么,他给义林的大伯倒了水、递了烟,就蹲到门外面,让他与欢颜在屋里商量。这时,他听到子昂的哭声,又听到义林大伯训斥静文,就再也忍不住了。他冲到屋里,朝着义林大伯吼道:"你也几十岁的人了,咱说话得算数吧?说好等娃大了就送回去,咋还抢上了!"

义林大伯见人高马大的柳振东怒气冲冲进来,就不再做声了,他早听人说过,柳振东虽心地善良,但脾气却十分暴躁,如果动了怒,常常不管不顾。好汉不吃眼前亏,他只好先走了。

可没过多久,董家又来人了,这回来的不是义林的本家大伯,而是盛林和他的几个朋友。他们没和柳振东谈妥,就又动手抢了起来。盛林万万没料到,柳振东根本不怕他们人多势众,抄起身边的板凳就往过砸。

一来二去的打斗中,柳振东的头和腰都受了伤,躺在炕上几天下不了炕。

虽然子昂没被抢走,柳振东的心里却已烦了子昂。他想,要这么个与自己亲不起来,还姓着人家董姓的男娃,除了惹事,还有啥用!他真想让董家的人将子昂领走,可欢颜舍不得子昂,因此,他心里虽恼着,嘴上却也不能说啥。

五

柳振东的身体恢复后,就又外出做生意了,他怕董家在他不在时,又来抢子昂,就瞒着外人出了门。然而,没有不透风的墙,柳振东外出的消息还是被董家知道了。董家找人在天快黑时悄悄溜进柳振东家的院子,躲在墙根的玉米秆里,借子昂出来上茅房,将子昂装进布袋偷走了。

被偷走的当晚,子昂就偷偷从董家村跑了出来,但他却在回家的路上迷了路。因此,当欢颜和静文跑到董家村从义林要子昂时,义林却惊诧地反问道:"双喜没回去呀?他天刚黑就跑了……等我穿上衣服撵到外面时,早就不见踪影了……我往村外撵了一节,没看见人影,只好回来了。"

欢颜一听这话,顿时就急了,她用颤抖的手指了指义林,一句话没说拉着静文返身往回走。

等欢颜一瘸一拐走到家时,却不见子昂的影子。子昂从没一个人出过远门,荒郊野外的,经常能听到狼将娃叼走的传闻。欢颜越想越害怕,本想拉着静文接着出去找子昂,但见静文蓬头垢面,累得一进门就躺倒在炕上睡着了就只好作罢。欢颜觉得全身的骨头都像散了架,一双脚火辣辣生疼。她合衣躺在炕上,想歇一会儿,再去接着找子昂。可她实在是太累了,竟不知不觉睡着了,一觉醒来已是后半夜。她感到很自责,自言自语道:"唉!咋就睡过去了!"

她把静文叫醒,让她从里面把门插好,自己则从院子里找了根棍子拄着出了门。她端直向东走去,想先到娘家看看,然后再去妹子家看看,因为只有这两条路她以前带着子昂、静文走过,子昂如果走错了路,走到这两个地方的可能性最大。

早春的天依然很冷,欢颜拄着棍棍缩着身子出了镇子,沿着那条羊肠小道继续往东走。月光将小道照得白晃晃的,使它在黑黢黢的田野里显得格外醒目。欢颜走着走着,就觉得有些不对劲,她停下脚步,向四周查看,并未发现什么异样。空旷的田野里,除了她自己和自己的影子,便是天上那一轮月亮。她在心里说："唉,胆子咋越来越小了!"

乡里人的生活里充斥着太多有关鬼的故事,欢颜还是小姑娘的时候就听人说过一个有关鬼的故事。当时祖母正和两个村里的婆婆坐在热炕上抹花花,她们边抹牌边谝闲传。谝着谝着就说到了鬼,其中的一个婆婆说:"有一个女娃出去跟娃娃伙耍,天黑了才散伙回家,快走到自家梢门口时,突然看见她妈站在前面,就赶紧跑过去抓住她妈的手,问'妈,你接我来了?'你们猜,那女人说啥?"

"说啥?"欢颜的祖母和另一个婆婆瞪着恐惧的眼睛问。

"她说:'你看我是你妈吗?'"那个讲故事的婆婆说。

"哎哟,太瘆人了,那女人是鬼,不是她妈!"另一个婆婆说。

祖母赶紧回过头看坐在一边和妹妹欢蓉玩的欢颜,她对两个女儿说:"我娃要怕,都是说着耍哩。"

那天,几个婆婆再没说有关鬼的事情,可欢颜却把这个故事牢牢地记在了心里。此刻,她以为这种异样的感觉是撞见鬼了,就紧张地四下里查看。待发现四周并没什么鬼后她就继续往前走,可没走几步,这种异样的感觉又有了,而且更加强烈。

她猛地回过头去,结果,在她身后大约五十来步的道旁小梁上,正有一只大狗缓缓地尾随着她。她想,天还没亮,这荒郊野外的,哪儿来的狗啊!

见她站住,那只狗也站住了,她继续往前走,那狗也继续往前走。她突然意识到,那可能不是狗,是狼!全身的汗毛瞬间都竖了起来,起了一身的鸡皮疙瘩。她再仔细看,果然发现,那狗长着一个扫帚一样的拖地大尾巴,两只眼睛一闪一闪,发着绿光。

一粒粒汗珠从欢颜身上的每个汗毛孔渗了出来。她用手里的棍子迅速绕着自己画了一个圈,然后大声喊叫起来,"双喜……双喜……静文……静文他大……他大……快来人啊!"

她一边喊叫,一边将手里的棍子往地上蹾,弄出咚咚咚的响声。

欢颜叫了几声后,前面竟有了回应:"唉……唉……"

那狼听见前面有了人声,就折过身,慢悠悠地走了。

欢颜仍在不停地叫:"双喜……双喜……"

"妈……妈……"

欢颜欣喜地听出那是子昂的声音。

为了让狼死心,走得更远一些,她仍继续叫着,子昂也不断地答应着。不一会儿,就见子昂变了声喊着跑了过来。他一头扑到欢颜怀里,放声大哭起来。

欢颜怕吓着子昂,没敢给他说刚才遇见狼的事。

子昂挽着母亲往回走,欢颜一直大声和子昂说话,还让子昂也大声说,为他们娘俩壮胆。

子昂一五一十将自己被偷和逃跑后的详细过程给母亲讲了一遍。

董家村的人给子昂的嘴里塞了块布,把他绑着装在布袋里扛着出了镇,到镇外才解开布袋,把他放到车上拉回去。到董家村后,他们将他交给了二大义林。他们一走,二大就赶紧给他松了绑,说自己并不知道他们又去抢他了。二大给他喝了水,弄了饭吃,还问了他许多话,最后说:"你跟我一起过行不行? 要是不行,我明天就送你回镇上柳家……"

晚上,他和二大在二大的炕上睡下,他听见二大打起了呼噜,就偷偷爬起来穿上衣服往出溜。可他刚把门闩拉开,二大就醒了,二大问他要弄啥,他说去茅房。二大说脚地有尿盆。他没吱声。他来到梢门口,拉开门闩准备往外跑时,却听见二大在屋里喊:"你要回去,也到明早天亮了再说呀!"他没理二大,撒开腿就跑。他认错了路,跑去了姬家洼。他怕母亲担心,没去舅舅家,折身往回跑。他跑跑走走,突然看见前面有两个黑影,一个在土梁上,一个在小路上,他怕是二大他们,就又返身跑,可没跑几步,就听见身后有人叫他,起初他听不清楚,仔细听了几声后,才听出是母亲的声音,这才又返身往这边跑过来……

欢颜改嫁给柳振东后一直怀不上孩子,这让已经年近四十的柳振东不免有些着急。他劝欢颜找她哥尚文看看,欢颜却说:"该有的时候自然就有了——我又不是没生过!"

柳振东觉得也是,子昂的事一直让欢颜揪着心,加上吃得不好,她的身体一直亏空着,咋怀得上孩子! 于是,柳振东就努力让欢颜吃得好些,在子昂的事情上也尽量给欢颜宽心。

果然，正月一过，欢颜就有了身孕。她没把这个喜讯早早告诉柳振东，怕万一中间再有个闪失，让柳振东受不了。直到肚子一天天大起来后，欢颜才把此事告诉了柳振东。听到这个消息，柳振东心里的喜悦自不必说，整日就看他有使不完的劲，时不时还会在院子里大声吼几嗓子秦腔。

董家仍是不甘心，经常还会来人要子昂。要不到了，就又故技重演——偷。这使子昂的胆子变得越来越小，不仅不敢出门，就是上茅房也要母亲陪着。不仅如此，子昂的性格还越来越古怪，晚上睡觉也要紧紧地抓着母亲的手，有时还要和母亲睡同一个被窝。柳振东气恼地说："已经十一岁了，还和自己妈睡一个被窝，传出去叫人咋看！"欢颜却说："爱咋看咋看，娃已经成这样了，我这做妈的，咋能不管！"

夏末的一天后晌，丰镇来了个陌生人。他身穿一件崭新的灰色长衫，骑着一匹白马，款款走在镇街上。他在每条街转了一圈后，就在北街靠近镇十字路口那个镇上最好的客栈里住了下来。他的脸上有明显的疤痕，那些坑洼不平的粉红色疤痕牵扯得他的五官有些错位，因而他的头上总是戴顶阔沿帽，鼻子上总是架着一副墨镜，想尽力遮住自己的眼睛和脸。他说话的声音十分沙哑，因而除了必需的交流，他很少与人说话。他走路的姿势也有点瘸，为了掩饰这种瘸，无论走到哪里他的右手都挂着一根拐杖，而且走得慢条斯理。

这样的一个人突然出现在这个偏僻的小镇上，顿时就吸引了无数人的眼球，大家对他指指点点，议论纷纷，却没一个人能说得清他到底是何许人也，从哪里来。

登记住宿时，客栈掌柜问陌生人姓啥名谁，陌生人说："免贵姓余——剩余的余，单字一个生——生命的生。"

客栈掌柜的一愣，不由得抬头看了看他，心想这肯定不是真名。"余"姓在本地很罕见，再看他那张受伤的脸，说明他曾经历过不同寻常的劫难——劫后余生！对，"余生"一定是他后改的名。掌柜的冲着余生意味深长地点了点头，然后就在住店登记簿上写下了"余生"二字。

掌柜的猜对了,这人的真名的确不是"余生"而是董墨林。

那年,墨林赴京赶考,路上走了两个多月才赶到京城郊外。距离开考还有二十来天,墨林就在城外一个比较清静、便宜的客栈住下,准备歇息几天,背背书,然后再进城去礼部报到,看有关考试的安排。

这天,墨林在客栈里看了一天书,天擦黑时,他才合上书,从板凳上站起来。他伸了伸酸疼的腰和僵硬的胳膊腿,然后捏着眉心往外走,准备下楼吃晚饭。这时,他却突然听到了一个熟悉的声音从楼下的柜台处传上来。他紧走两步来到楼梯口,只见一个男子正站在柜台前向店掌柜询问有关住店的事。那熟悉的声音就是这男子的声音。他身穿灰色长袍,头戴一顶草帽。草帽的前檐往下压着,遮住了他的大半个脸,让墨林一时难以确认他究竟是谁。

墨林噔噔噔跑下楼梯,来到这人近旁仔细看,原来还真是自己的一个老熟人——关学书院读书时的室友吴炳义。

"哇,吴炳义!"墨林高兴地叫道。

那人听见有人叫,下意识地一愣神,却并没有转头看墨林,仍继续与柜台后面的店掌柜交谈。墨林以为他没听见,就上前扳了一下他的胳膊,说:"吴炳义,是我!"

那人转过头,看了墨林一眼,冷冷地说:"你认错人了。"马上又转过头去,与店掌柜接着交涉房间的事。

墨林想,难道真是自己认错人了? 他找了一张桌子坐下,向跑堂的店小二要了一碗面,然后就远远地打量着站在柜台前的那个人。与当年书院的吴炳义比,这人是黑了点、瘦了点,嘴唇上多了一溜胡子,但那体型,那神态,那声音,还有那副眉眼,简直就跟吴炳义一模一样……可他为什么不愿承认自己是吴炳义呢?

那人办好住店手续后就匆匆上了楼。墨林突然想起几年前在关学书院时吴炳义的那些神秘举动以及最后的突然失踪。原来一直盘桓在墨林脑子里的一个想法这时变得清晰起来——吴炳义可能是"革命党"!

吃完面,墨林回到楼上自己的房间,他点亮灯,坐到桌前,准备在睡前再看会儿书。可还没等他将书打开,就听见了轻轻的敲门声。他打开门,吃惊地发现,站在门口的竟是刚才那个不愿承认自己是吴炳义的人。没等他说话,那人已闪身进了他的房间,并迅速转身将房门关上。墨林这时更加肯定了吴炳义的身份,也就不再多问他什么,只静静地站在原处,等着对方开口。

对方关了门,又将耳朵贴在门缝上听了听,确定楼道里没有动静后才转身对墨林笑了笑,坐到床边。他抬手示意墨林在对面的板凳上坐下,然后低声说:"墨林,是我——你没认错人!"

墨林点了点头,没说话。

"你现在大概已经猜出是咋回事了……刚才在楼下我不敢承认我是吴炳义,因为吴炳义这个名字已经很危险了!"吴炳义看着墨林的眼睛笑了笑,"我现在出来都是用化名……你能理解吧?"

墨林也笑笑,脸上的表情有些僵硬。

见墨林一直不说话,吴炳义就拍拍他的膝盖说:"别怕,我不会连累你!那年在书院,你没将我供出去,我一直都很感激,总惦记着,有机会了好当面谢谢你,今天还真碰到你了——谢了啊!"说着,他双手抱拳对着墨林晃了晃。

接着,吴炳义就将那年他为什么突然失踪,后来又去了哪里,以及现在为什么不敢承认自己是吴炳义,简单地讲给了墨林。在关学书院那年,他每晚出去旁听人家有关"维新"的演讲和有关"维新"的话题讨论,听过几次后,就被他们的那些新思想深深吸引,甚至有些着迷。他没告诉墨林和书院里的学生,一是怕书院老师知道了,不让他继续在书院待着,那时书院从上到下都反对这种"维新"思想。二是,他也担心这种与清廷现行制度相悖的想法可能会引起当局的迫害。他没告诉墨林这事,还有一个原因,就是"维新"运动主张废除科考中的八股,而墨林那时正撇下一大家子,千辛万苦铆足了劲学八股准备考举人,他不愿因自己的这些言论影响了墨林。谁知,那天晚上正当演讲进行到一半时,就有一些官兵突然闯入会场抓人了。

当时,吴炳义刚上完厕所回来,他走到会议室门口,看见里面已经乱成一片,就立即扭头往外跑。几个兵看见他跑,立马跑过来追。书院在郊外,吴炳义想，只要一出城区，他就能把他们甩掉。他一路狂奔，见那几个兵没跟上来，就直奔书院而去。等他熟门熟路，翻墙进入书院，进入宿舍后，却隐约听到了校门口有了动静……第二天晚上，吴炳义悄悄跑出书院，进城打听其他人的消息。结果，他被告知，有十几个人没跑脱，被抓走了，并且当晚就动了大刑。怕被抓的人会招供，吴炳义没敢回书院，连夜出城逃到外地躲了起来。

　　风声过去后，他又偷偷回了趟陕南老家，带了些银子跑到日本去留学了。在日本期间，他结识了一些国内的"维新"人士，加入了"革命党"……

　　"那你是啥时候从日本回来的？"墨林问。

　　"两个月前。"吴炳义说。

　　"你回来还想推行'维新'？这可太危险了，已经杀了那么多人！"墨林担心地说。

　　"不，我现在加入了'革命党'。"吴炳义说。

　　"干吗跟我说这些——你就不怕我告密？"墨林问。

　　"我知道你不会……要是你会，当年你早就告了。"吴炳义笑了笑说，"对了，我还没问你的情况哩，你是来京赶考的吧？"吴炳义看了一眼墨林放在桌上的书。

　　"是，你知道我也就这点出息！"墨林自嘲地说。

　　"墨林，你也加入我们'革命党'吧！你看现在这局势，外国列强不断瓜分咱们的国土，清政府昏庸无能，旧的制度根本无法救国，只有推翻满清，建立共和，国家才能有希望……你看人家国外，科技、实业已经发达到啥程度了，咱们还抱着八股文不放……"

　　吴炳义那天越说越激动，一激动声音就控制不住会提高，一提高，立即就意识到不安全，马上又放低嗓门。

六

　　吴炳义在那个客栈只住了一天一夜,第二天晚上就出事了。当时,墨林正在灯下读书,突然听见楼下响起乱哄哄的脚步声,紧接着,他的房门就急促地响了,他顿时意识到楼下那些乱哄哄的脚步声一定是冲着吴炳义来的。他来不及细想,赶紧打开房门。果然又是吴炳义。吴炳义迅疾闪身进来,说:"下面那些人一定是冲着我来的,让我在你屋躲一躲。"

　　墨林将屋子环顾了一圈,哪有什么地方躲呀,整间屋子,除了一张床和床上的一床被子,就是一张桌子,一条板凳。

　　这时就见吴炳义突然推开窗子,说:"我顺着窗台往旁边走一点,贴墙站着,你尽量要让他们推开窗子往外看啊!"

　　没等墨林答应,吴炳义已从窗口消失了。墨林赶紧关好窗子,熄了灯,迅速脱了衣服钻进被窝。

　　那些人很快就上了楼,撞开走廊尽头吴炳义房间的门。不一会儿,又听见那些人骂骂咧咧地从吴炳义的房间里出来,逐个房间搜过来。他们砸墨林的门时,墨林喊着"来了,来了",一边揉眼睛,一边开门。外面的人打着火把在墨林的脸上照了照,又在屋子里照了照。

　　一个兵走过去推窗户,墨林赶紧上前阻止,说:"这窗户开了就不好关,还是要打开吧。"那人将墨林推到一边,诧异地瞪了墨林一眼,然后一把将那两扇木窗推开,将火把伸出窗外看。就在那支火把伸出窗子的瞬间,墨林已经紧张得差点晕厥过去,他闭上眼,紧紧攥住双拳,拳心里已全都是汗。他想,完了,这下可全都完了!

　　那人从窗外收回火把和脑袋,走到墨林跟前看着墨林,莫名其妙地摇了摇头。

　　这些人将整个二楼搜完下楼以后,墨林赶紧爬到窗口往外看,但没看见吴炳义。

　　原来,吴炳义扒着墙站到窗子外那个台子上后,发现院子里的那棵老槐树离窗台不是太远,老槐树的一股粗枝正好伸到离他很近的地方。于是,他扭身一跃,抓住了那股树枝,爬上树,攀到伸到墙外的树枝上,一跳,落到客栈墙外的地上……

吴炳义给墨林讲了那么多,却只字没提他们"革命党"正在筹划着的刺杀朝清重臣的事。吴炳义这次来京,就是奉命为这次刺杀行动打前站,可这事不知怎么竟走漏了风声。

那些官兵走后,墨林不敢迟疑,赶紧穿上衣服,拿起自己的褡裢、包袱,翻过窗子,也跳到窗后的树上逃走了。毕竟店小二曾看见过他跟吴炳义打招呼,他害怕官兵再返身回来抓自己。

当晚,墨林心惊肉跳地往远离京城的方向走出去十来里路,重新在一家客栈住下。

这家客栈条件很差,只有一间车马店一样的大房间,歇店的客人都挤在一张通铺上睡觉。墨林怕随身带的银子被偷,就将钱袋掖进怀里,然后将褡裢和包袱枕在头底下躺下。他连吓带累大半夜,现在已是筋疲力尽,很快,就酣睡过去。

墨林一觉醒来时,天已经大亮,店里的客人们也已走光。他这才发现,自己的褡裢、包袱和钱袋子都不见了。他猛地跳起来,疯了似的在通铺上那些乱七八糟堆放着的被子里翻,却什么也没翻到。他冲出去找店主和店小二,他们都是一脸的不知和无辜,还直埋怨墨林没把自己的东西看好。

墨林心里清楚,小偷如果是店主和店小二,他们一定是惯犯,现在肯定已将东西藏到自己根本找不到的地方了。如果不是他们,那就一定是昨晚与他一起挤在通铺上睡觉的某个客人,那人得手后,根本不可能还在客栈滞留,早就逃之夭夭了。

墨林有气无力地走出客栈,茫然地走在客栈门口的那条小道上。一种绝望的情绪顿时淹没了他,让他几乎迈不动腿。

快到官道上时,墨林突然在小道边的土壕里发现了一本书,他赶紧跳下去看,那本书竟是自己的。他眼前顿时一亮,赶紧顺着那条土壕继续往前寻找。没走多远,又发现了一本。他加快脚步继续往前走,希望还能发现更多他的东西。可他已经走到官道上了,却没再发现任何东西。他不确定小偷往官道的哪边跑了，只好向两边各跑了一段。

他徒劳地跑了一会儿后，就气喘吁吁地停住脚。他举目四望，目力所及，不见一个人影。

墨林颓然地蹲在地上，全身没了一丝气力——这下可怎么办？连吃饭的钱都没有了，还怎么去京城考试？

他默默地蹲在地上想了很久，最后只好下决心放弃考试，往回走。

墨林决定放弃考试往回走，除了身上已无分文，还有一个主要的原因，那就是吴炳义说给他的那些有关"维新"的话。那些话以前他在关学书院时也听人说过，但他那时觉得，老祖宗传下来数千年的制度，纵是有再多的弊端，也不是说改就能改的。因此，他依然按照自己内心的想法，一步一个脚印地在科举考试这条道上往前走。可这次见到吴炳义，听了吴炳义的那些关于"革命党"的事后，他的想法产生了动摇，他真切感受到，废除科举考试中的八股文推行西学已近在眼前，势在必行！

墨林朝着回家的方向走了大半天，走得又累又饿，实在迈不动腿了，才在路边找了块石头坐下。这时，他内心里的那种极度的愤怒与沮丧已有所减轻，也才能静下心来想眼前的问题。他想，自己必须尽快在附近找户人家，先帮人家干点活，换口饭吃，歇个脚，然后再从长计议。

一辆单套马车朝他这边跑过来，他站起来，挥舞着双手挡住车。马车夫是个不到四十岁的男人，刚往京城送了一车货回来，见墨林斯斯文文，就让墨林上了车，答应载他一程。

坐上车后，墨林与马车夫攀谈起来。原来，这是三百里外保定府安肃县上一个孙姓大户人家的马车，马车夫是这个孙姓人家的车夫，姓李。他对墨林说："你叫我老李就行。"

老李告诉墨林，孙家在方圆几十里都算得上是最富的人家。他们不光地多，还在京城和多个州府都有自己的皮货、布匹、药材生意。他们家生意做得最大时，每日柜上收入的银两都能放半箩面槽子。老东家不识字，怕账房先生蒙自己，每天的收入都要亲自过目，记账时就用秤秤，他让人将银子装满一小筐，秤出一个整数，然后，就在纸上画一个道道，嘴里说："一筐。"接着再揽一筐，秤出前面那个整数，在纸上再画一道，嘴上数"两筐。"如此这般数下去,记到账上的数目就是某年某月收入银子某某筐。

老东家过世后,小东家——现在的孙老爷——接着打理生意,他不及父亲精明,也不及父亲能吃苦,家里的生意便就不及老东家在世时那么红火。但瘦死的骆驼比马大,孙家仍是方圆几十里最富有的财东。

老李还告诉墨林,孙老爷生意虽没有父亲做得好,人却十分仁义,周围人没有不说他好的……

墨林趁机向老李打探,看他的东家是否需要临时劳力,他想找个活临时干干。

老李上上下下打量了墨林一番,说:"看相公这样子,不像是下苦人呀?听你这口音也不是本地人?"

墨林赶紧说自己是陕西潼关人,本来要赴京赶考,不料在客栈里被贼人洗劫一空,现在不光不能去会试,就是回去的盘缠都没有了……为防节外生枝墨林对老李隐瞒了自己的真实情况。他的脑子突然闪过"劫后余生"这个词,因而就顺口告诉老李自己姓余,叫余生。

老李一拍大腿,高兴地说:"嗨!你不用出苦力干活了,孙老爷有个小少爷,叫茂才,刚到读书的年纪,可就是不爱读,孙老爷已经给他换了好几个先生了……最近,孙老爷又在四处给他另找新的教书先生呢……我可以给孙老爷说说,让你先试着教教!"

墨林喜出望外地说:"那可就太好了!"

在接下来三天的路程里,十分热情健谈的老李不仅替墨林掏了饭钱和住店钱,还断断续续给他讲了这个孙家小少爷茂才的故事。

大约八九年前,安肃县城来了一家从河南安阳逃荒过来要饭的,一对父母,拉扯着两男一女三个孩子,女儿为长,当时已经十四岁,长得不能说如花似玉,却也有几分姿色。他们在城南的破庙里住了下来,每日在城里和周围村子要饭吃。

这天,那个女孩领着两个弟弟要到了孙家门上,恰被孙老爷撞见。孙老爷见这么个穿得破破烂烂小脸弄得脏兮兮的小姑娘和她的两个骨瘦如柴的弟弟,就动了恻隐之心。他吩咐家人将这女孩和她的两个弟弟领到家里,让他们美美地吃了一肚子,走时又给他们带了几个白蒸馍,还吩咐管家去柜上取了些银子给这女孩,让她去给自己和两个弟弟买新衣裳穿。

　　女孩领着两个弟弟,高兴地拿着白蒸馍和银子回到破庙,把孙老爷给他们饭食和银子的经过详详细细学说给父母。父母听后,顿时高兴得不得了。

　　第二天,女孩的父母给女孩洗净了头发和脸,又拿着孙老爷给的银子在镇上给小姑娘买了一身新衣服换上,然后就领着小姑娘到孙家找孙老爷,答谢他的慷慨施舍。小姑娘的母亲说着说着就扑通一声跪到地上,鼻涕一把,泪一把地说:"孙老爷,你将我这女子认个干女儿吧,她也是与您有缘哪!"

　　孙老爷一听,也不拒绝,当下就将这个女孩认作了干女儿。并吩咐管家,将北街的一处院子腾出来,让这一家人住下……

　　随着小姑娘一天天长大,街坊四邻的闲言碎语越来越多。说孙老爷没事了就往他的干女儿家跑,给干女儿家置办了许多家当,还给了干女儿家很多银子……干女儿已不只是干女儿了……

　　闲言终归是闲言,拿不到桌面上去说。大家看到的,依然是孙老爷经常大大方方地出入于干女儿家。

　　有天下午,孙老爷刚在干女儿家的椅子上坐下,干女儿的父母就拉着两个儿子往出走,临出门时,干女儿的母亲给女儿使了个眼色,吩咐女儿说:"好好伺候你干爹……"

　　"伺候"两个字说得有些特别,这两个字出口时,她还故意看了看孙老爷。

　　孙老爷觉得有些不对劲,当即厉声斥责道:"你们这是干什么?把我当成什么人了?"

　　站在门口的女孩的父母十分尴尬地低下头。女孩的母亲偷偷看了一眼孙老爷,鼓起勇气低声说:"老爷你对俺一家这么好,俺一家实在没啥能报答你呀……"

　　要说孙老爷对这个干女儿没动心,那是瞎说。他再乐善好施,也没见他对任何人像对这小姑娘一家这么好,这么上心过。他起初的心思也许只是将这小姑娘当成让他心疼的孩子看,可一来二往,小姑娘母亲故意为他和小姑娘弄出来的那种气氛,就不能不让他产生一些别的念头。但即便如此,他也从来没有想过要将这小姑娘怎么样——因为她还实在太小了。

"既然你们有这个心,那就明说么——用不着这样!"孙老爷嗔怪道。

那天以后没多久,孙老爷就备了厚礼,托媒人到小姑娘家提亲。又没多久,孙老爷就敲锣打鼓,八抬大轿将干女儿娶进了门,成了他的第三房姨太太。不出两年,这个成了他第三房姨太太的干女儿,就为他生下了一个大胖小子,孙老爷给他取名孙茂才。

孙老爷对这个老来所得之子茂才十分偏爱,要什么给什么。现在,茂才少爷已经长到了六岁,天资十分聪慧,但却死活不爱读书。为此,孙老爷十分头疼。孙家的子孙都在自家的私塾里读书,但这个茂才只去几天,就再也不愿去了。孙老爷只好将先生请到家,让先生专门给茂才一个人教。可这小子依然不听先生的,说先生教得不好。孙老爷不得不给他换先生,每换一个先生,上不了几天课,茂才就嚷嚷着不干了,他还对父亲说,先生们讲的都是些陈芝麻烂谷子的东西,没意思……

墨林听老李这么一讲,倒有几分想见这个茂才了。

这天太阳下山时,墨林被马车夫老李引着站在了孙家的正厅里。

孙老爷一听墨林是准备参加会试的举人,历时两眼放出惊喜之光。他上下打量着面前这个眉清目秀、气度不凡的男子,心想,这个人的学问一定不潜,一定能让茂才心服口服地跟着学,这简直就是天赐的良机呀!

高兴之余,孙老爷却也有一件事想不明白,这位当朝的举人已经走到京城附近了,丢了银两后为什么不去衙门说明自己的困境,让衙门帮他,相信凭着他举人的身份,只要他去说,衙门肯定会帮他解决眼前的困难,让他先去把会试考了再说……一旦他中了进士,甚至中上状元,那可就能当上不得了的官了,到那时,衙门里帮过他的那些人,不就等于提前给自己铺了一条上升的路?!……就是他不愿去找衙门,也应该去书院或私塾里找份差事,怎么就肯屈就于自己府上……不会另有隐情吧?

想到这里,孙老爷不动声色地对墨林指了指对面的那把椅子,嘴里客客气气地说:"先生请坐!"

墨林拱手致谢,双手提了提长衫,端端正正地坐下。

孙老爷叫老李退出去后,便吩咐丫鬟们给墨林斟茶拿点心。他对墨林说："先生寒窗苦读十多年,到了这最后关头,却因为盗匪而丢了考试机会,实在有些可惜!"

"事已至此,也只能这样了,"墨林苦笑一声说,"这可能也是天意!"

"不如让我资助先生把会试考完。"孙老爷诚恳地说。

墨林拱手道:"感谢孙老爷美意!经这一番折腾,余某已没了半点考试的心思,只想着赶紧找份短工干干,挣些盘缠回家——我已出门数月,传闻家乡正发生旱灾,只怕一家老小已度日如年了!"

孙老爷与墨林闲聊了一会儿,见墨林谈吐不凡,言语诚恳,就信了墨林的话。他说:"能与先生在我们这个小县城相识,也是缘分,不知道先生愿不愿意教教我那不成器的小儿子。"

"教小少爷自然没问题,只是我这情况,不能教他太久。"

"先生不必过虑,能教多久是多久,先生想走时,随时可以走!"孙老爷打断墨林的话说,"也不怕先生笑话,小儿让我惯得有些任性,已经换过好几个先生了,每个先生都没教上几天……我也不求你能给他教多少东西,只要能让他静下心来读书就行。"

墨林当然很高兴这样。当晚他就留了下来,为了方便管教,他被安排在孙府四进院子第三进正房的东侧,西侧就是茂才的房间。

七

墨林在壶山书院教过几年书,什么样的学生娃没见过,对于像茂才这种聪明又有个性的孩子,墨林知道,一定不能上来就讲《三字经》《百家姓》这类枯燥的东西,而必须通过大量的故事,让他们先领略文字、语言的魅力,知道识文断字的重要,告诉他们,只有自己识得了字,才能看懂这些字后面的人和事,才能懂得书上所讲的道理,才能好好做人,干自己想干的有意义的事……待他们知道了这些后，自然而然也就能学进去那些枯燥的文章了。

墨林给茂才讲课，不拘泥地点，也不拘泥形式，他让茂才自己定，想在哪里听他就在哪里讲，想听哪方面的他就讲哪方面的。他先从唐诗讲起，却先不念诗，而是讲李白、杜甫、白居易其人，讲发生在他们身上的故事，等茂才眼睛睁得大大的了，他才开始念他们写的诗，讲解这些诗的意思。几天下来，墨林发现，茂才其实是个求知欲很强，脑子里充满了奇思妙想的孩子。这样的孩子，如果引导得好，将来一定能成个了不起的人物。他将这些话说给孙老爷听，孙老爷自是喜不自禁。

墨林知识渊博，又很会因势利导，加上他那清新帅气、不怒而威的仪表，都让茂才十分喜欢，茂才很快就离不开墨林了。他对墨林所表现出的崇拜、尊重与喜欢，让孙老爷看在眼里，喜在心上。

一个月很快就过去了，墨林向孙老爷辞行。孙老爷挽留道："小儿刚刚上道，还请先生再多留些时日，多教他一些东西——孙某一定不会亏待先生。"

墨林忙说："承蒙孙老爷收留，余某才得以生存下来，哪里还有亏待一说……按理，余某应当遵从老爷吩咐，多住些时日……这段日子与小少爷处下来，余某已非常喜欢这个聪慧有个性的学生了……倘若不是老家遭受旱灾，自己惦记家人，一定会多待些时日，好好教教小少爷……但现在，余某实在是心急如焚，归心似箭啊，还请孙老爷谅解！"

墨林如此一说，孙老爷只好答应，让他过两天就走。可谁料想，就在第二天夜里，一场意外却发生了，还让墨林差点丢了性命。

那天夜里，墨林正在酣睡，突然被一股浓烟呛醒，刺激得他睁不开眼。他下意识捂着口鼻坐起来，下到床下，准备往外走。可还没等他走出去两步，就觉得一阵恶心，没等吐出来，眼前就一黑，晕倒了。

墨林在地上不知躺了多久，才被从门底缝隙吹进来的一股风吹醒。他想站起来，却感到晕晕乎乎，没有一点力气。于是，他只好使出全身的气力一点一点拼命往门口爬。等他爬到门口，扶着门板站起来，将门闩拉开的时候，他又一次晕倒了。墨林再次被门底缝隙吹进来的风吹醒后，已没了气力站起来。他躺在地上使劲将一扇门拉开。更多的风吹进来后,墨林才感到有了一些力气。他深深地吸了口新鲜空气,然后拼命爬出门槛,爬到院子里。随着脑子越来越清醒,身上的气力也有所恢复。他硬撑着让自己站起来后,才发现他们住的那排房最西边的那间着了火。他扯起嗓子朝四周大喊:"着火了! 着火了!"

墨林的喊声惊醒了住在两侧厢房里的仆人,他们纷纷披衣跑了出来。一看上房起了火,这些仆人们也开始大呼小叫起来。墨林见他们只顾着喊叫,不知道救火,忙大声喊道:"赶紧从院子的储水缸里端水救火呀!"那些人这才反应过来,纷纷回去拿东西救火,墨林也才突然想起住在他西隔壁的茂才。他冲进浓烟里,向茂才的房间踉踉跄跄冲过去。茂才房间的门窗紧关着。墨林一边砸门一边使劲喊叫茂才的名字,可里面却没有一点动静。墨林想,茂才肯定也像自己刚才一样,被烟熏晕了。他拼尽全身力气撞门,没撞开,就去使劲推窗子,窗子撞开的那一瞬间,一股浓烟从窗口滚滚而出。墨林已经能感到那股浓烟的炙热。可他顾不得太多,捂着口鼻翻窗进去。借着从窗户透进来的光线和凉风,迅速摸到茂才的床前,抱起茂才就往外跑。

墨林知道,屋门已经打不开了,最快的路径,就是从窗户逃出去。于是,他抱着茂才直奔窗口。墨林刚将茂才放到窗台上,还没来得及将已经昏迷不醒,软的像面条一样的茂才送出窗外,自己就再次呕吐起来。就在他倒下去的瞬间,他用最后的一丝意识和气力,将茂才推下了窗台,推到了屋外。

这时,全府上下的人都已闻讯来到第三进院子里救火。茂才的母亲马玉芳,与孙老爷住在后院,他们也混杂在人窝里跑过来。孙老爷大声喊叫着管家的名字,让他赶紧指挥乱作一团的仆人丫鬟们救人灭火。马玉芳则一直在号叫:"俺的儿呀! 快救救俺儿呀!"马玉芳跟了孙老爷后,孙老爷不让她说河南话,嫌河南话听不懂。马玉芳便努力改,没多久,她就换成了一口纯正的当地口音,心平气和时说话,别人完全听不出她是河南人,可遇事一急,河南味就会冒出来。那晚,马玉芳操着一口浓浓的河南腔在院子里不停地哭喊。

火是从最西边的那间房子里起来的,起初茂才住的那间和墨林住的那间都只是从西边那间房子通过房梁上的缝隙跑过来的黑烟,随着墨林将他那间的房门和茂才那间的窗户弄开,火势便迅速往东蔓延过来。刹那间,就有无数的火舌从茂才的屋顶蹿出来。几个仆人试图前去救茂才,都被从窗口及门缝冒出来喷射着热浪的浓烟逼退。

孙老爷在身后一个劲地喊:"快呀!快呀!别再磨蹭了!"

可这些人却谁也不敢往前去。

就在这时,离茂才房子最近的那个仆人看见了从窗口浓烟里滚下来的一团东西,他用衣袖遮着脸跑过去看,竟是茂才。这仆人赶紧将茂才抱起,跑到院子中间,放到地上。

茂才全身松软,任人摆放。孙老爷和马玉芳扑上来,孙老爷用手在茂才的鼻子下边一试,还有气,就嚷嚷道:"还活着!赶紧去请郎中!"

管家赶紧让围着茂才的人散开,给茂才留出更大的空间好让茂才呼吸新鲜空气。

不一会儿,茂才醒了。

所有人的注意力都集中在茂才身上,没一个人想起墨林还在里面。茂才醒后,孙老爷才想起墨林,问周围人道:"余先生呢?出来没有?"

"出来了——还是他先发现起了火。"一个仆人说。

"那他现在在哪儿?"孙老爷环顾四周焦急地问。他这才意识到,茂才刚才昏迷着从窗口掉出来,一定是里面有人推出来的。这个人肯定就是余先生。

"我看见他刚才砸茂才的门窗——啊呀,是余先生把茂才弄出来的,他自己……"有个仆人惊叫道,"可能烧在里面了……"

"还不赶紧进去救人!"孙老爷朝着那个仆人嚷嚷道。可那仆人却根本不往前走,还直往后缩。

这时,马车夫老李出现在院子里,只见他从旁边人手里夺过脸盆,从水缸里舀了几盆水将自己的全身浇透,又从一个仆人身上扯过一件衣服,在水里一蘸,边往头脸上缠,边往茂才的窗口跑。

老李迎着浓烟从茂才的窗户翻进去,双脚落地时,踩着了一个软绵绵的东西,差点将他绊倒。热浪烤得他睁不开眼睛,他用胳膊护着双眼,蹲下来一看,正是墨林,他已经人事不省。

老李赶紧将墨林往起抱,可他却怎么也抱不起来,原来,一根掉下来的横梁正压在墨林的左腿上。老李拼尽全力,将那个横梁移开,准备再度将墨林抱起来。就在这时,房顶上却噼里啪啦往下掉火星。老李不敢迟疑,俯身将墨林翻过来,然后抱出窗台外。

墨林被外面接应的人迅速抬到院子中间,把他身上的火扑灭。这时,孙老爷派人请的郎中也已经到了,他给墨林做了初步检查和处理后,对孙老爷说:"得请专门治烫火伤的郎中来啊,他烧得不轻。"

老李为救墨林,两个手背也被烧伤,只是他的伤势较轻,最后只在他的两只手背上留下一些挛缩的疤痕。而墨林,就没那么幸运了。他昏迷不醒,颜面、脖子和双手都被烧伤。

孙老爷连夜派人到二十里外的一个小镇上,将那个有着专治烫火伤祖传秘方的王郎中请了过来。

王郎中自带祖传药膏,天不亮赶到了孙府。一下马车,没喝一口水就直奔临时放置墨林的房间。他当即煮了一盆药水,将墨林的全身擦洗干净,把墨林脸上、脖子上、手上的那些水疱挑破,放出里面的疱液,再在上面涂上他带去的祖传膏药——清凉膏,之后,再用软绵纸盖上。

第二日,他用煮过的新布,将墨林伤口上的药膏和腐烂的皮肉擦去、用剪刀剪掉,再涂上罂粟膏,每日这么弄两遍。数日后,他又将清凉膏换成黄连膏。

墨林昏迷不醒,王郎中用筷子撬开墨林的嘴,将他亲手熬好的"四顺清凉饮"缓慢灌进墨林的肚子。

王郎中让孙老爷差人在墨林的房间里给他支了张床,日夜守护在墨林身边,亲自为墨林一点点擦洗伤口,一寸寸换药,又亲自给他翻身、灌药。

墨林的左腿被横梁压断,孙老爷请来了专事接骨的医生给墨林接了骨。

王郎中对墨林如此上心的治疗,并不只是看上孙老爷给他的高额诊费,还出于他作为看病先生的那种救人的本能,以及对墨林舍命救茂才这种行为的感动。一个中了举人要中进士的人,竟能不顾一切冲进屋里救人,实在令他钦佩。

烫火伤的治疗比不得其他病治疗,是一个十分缓慢艰辛的过程,哪一步弄不好都会前功尽弃,要了病人的命。好在由于灭火及时,墨林的创面并不大,而且只限于皮上那浅浅的一层,治疗起来相对容易。

令王郎中担心的其实主要是墨林脑袋里的伤,他被老李救出来后,一直昏迷不醒。王郎中说:"余先生被烟熏得太久了,伤了脑子……"

也许正是他的昏迷不醒,那些换药清创的过程,才没让他感到那常人难以忍受的疼痛,让起初的换药得以顺利进行。

天气越来越热,为了防止汗液浸湿伤口,造成伤口无法长上,王郎中对孙老爷说:"要能弄些冰块放到余先生身边就好了。"

孙老爷说:"这没问题!"

孙老爷让仆人们每天都从地窖里弄些冰上来,放在墨林的床周围。这些冰是去年冬天放到地窖里的,只够一家人在夏天最热的三伏天用上十来天。孙老爷吩咐下去:"今年夏天都不许用冰,要确保余先生房里一直有冰。"

即便这样,墨林的伤口还是迟迟长不上。

墨林昏迷了三个多月。那天当他终于醒过来时,竟什么也不记得了——他不知道自己是谁,家在什么地方,怎么到了这里,因何成了这样。他发现自己的脸上、手上都被药膏涂着,被绵纸包着,火辣辣的疼。他的左腿一点也不能动,一动就疼得钻心。他想张口说话,嗓子眼却干疼得发不出声——热气浪也灼伤了他的喉咙。

看见墨林终于醒了,孙老爷高兴得笑出了眼泪。他吩咐下人道:"快,快,赶紧去熬鸡汤,给余先生端来。"

其实,苏醒后的墨林不光丧失了记忆,整个人也好像傻了,脾气还异常焦躁。他每天睡的时候多,醒的时候少,醒了,便会烦躁地挥手打闹。王郎中不得不将他的胳膊腿绑在床上,给他的药膏里又加进去罂粟止疼。

入冬后,天气渐渐冷了,墨林身上的创面才全部结了痂,可他的脸上、脖子上和手上却留下了一片片粉红色的疤痕。脸上的疤痕将他的一只眼睛牵扯得很大,嘴巴也歪到了一边……

过完年,墨林不再那么爱睡,那么烦躁打闹了,可他的记忆依然没有恢复,人也依然痴痴呆呆。

就在大家都认为墨林的记忆不可能再恢复过来的时候,他却奇迹般地好了——这是几年后的事了。

孙老爷曾想差人去给墨林家送些银钱,再编个缘由,说墨林一时三刻还回不去,好让他的家人放心。可他一来不知道墨林家的具体住址,二来也不知该怎样编这个缘由,似乎怎么编都无法编出一个合情合理的缘由让他家人既放心又信服,这事也就只好作罢。

大家意识到墨林的记忆力和心智得到恢复,是从他写到那页纸上的几行字开始的。那是墨林被烧伤后第四年的某一天,他突然示意身边伺候他的丫鬟将纸笔拿来,他要写字。

丫鬟拿来纸笔,他在上面写道:孙老爷,请托人给我家捎个话,告知我现在的情况,别让他们担心。写完,他将那页纸递给丫鬟,示意她交给孙老爷。可丫鬟还没从房间走出去,他就后悔了。他从嗓子眼里发出一串呜噜噜的声音,将丫鬟叫了回来。

他从丫鬟手里抢回那页纸,狠命地将其揉成一团,扔到地上。孙老爷从外面进来,捡起地上那团纸展开一看,顿时就欣喜地扑到墨林跟前,摇着墨林的双肩说:"你终于明白过来了!"

孙老爷心想,墨林没让丫鬟将这页纸给自己,一定是怕家人知道他现在这情况后,为他着急。

墨林恢复记性和心智后第一次在洗脸盆里看到自己时,被自己的样子大大吓了一跳。这是自己吗?怎么变成了这副模样?他让伺候他的丫鬟去内宅找个铜镜来,想仔细看看自己。丫鬟出去半天,回来时却两手空空。原来,孙老爷怕他看到自己的样子难受,早已让下人们将全府的铜镜都藏了起来。

墨林摸着自己脸上、脖子上和双手背上那些坑坑洼洼的瘢痕,内心痛苦万分。他觉得,与其这样活着,还不如死了。他好几次想寻短见,可一想起家里那望眼欲穿的欢颜和母亲,就下不去手了。他整天心灰意冷地躺在床上,茶饭不思,一声不吭。孙老爷怕他出事,日夜着人细心守护。

孙老爷天天过来陪墨林说话，借机开导劝慰他。有一天，孙老爷将小儿子茂才叫到墨林跟前，让茂才跪下给墨林磕头，说："这可是你的救命恩人，你一辈子都不能忘啊！"

"爹，我知道！"茂才说。他扑腾一声跪下，给墨林连磕了三个响头。

"你不光要记住，还要养活他一辈子。"孙老爷又郑重其事地补充说。不知是伤疤牵扯得墨林不方便张嘴说话，还是他不愿意说，只见他朝茂才点点头，却又猛然摇了摇头，两行眼泪便静静地流了下来。

这是墨林伤后第一次流泪。

八

出事后的第二天，孙老爷吩咐管家和住在别院的长子去查失火原因，自己则将心思全用在救墨林上。墨林脱离危险后，孙老爷才开始着手详细盘问此事。原来，第三进院子上房最西头的那间是一间库房，里面堆放了许多皮货、布匹和药材。府上的一个男仆觊觎那些皮货已久，就伙同外面的一个亲戚里应外合偷盗。他们在孙府上下一点也不知情的情况下，成功偷走了几十件皮货。

他们原本只想偷几件出去卖了弄些钱花，觉得库里堆放了那么多货，少上几件，管家和孙老爷根本发现不了。可他们偷完几件后，就偷上了瘾，心存侥幸地想：孙家那么大家业，孙老爷又大手大脚惯了，哪还在乎这点货，就是发现了，嚷嚷上几声估计也就过去了。

他们越偷越大胆，越偷越多。出事前那天晚饭后，这男仆从老爷客房门口路过，听到孙老爷在里面问管家："库里还有多少件皮货？"

"还有五百六十五件。"管家说。

"明早你把库里的皮货清点一下……再挑出五十件成色好一点的，让人送到京城的商铺去。"

啊？库里有多少皮货管家竟一清二楚。这下可完了！那男仆这才感到了害怕。他回到自己住的厢房，坐在床上想对策：老爷一旦发现少了那么多皮货，一定会让管家追查，要是一步步追查下来，自然会追查到自己头上，因为最近除了老爷和管家，只有自己拿过那库房的钥匙——半个月前的一天中午，管家要去库房拿东西，突然被孙老爷有事叫住了，管家只好将钥匙交给他，让他去库房里拿。他一看机会来了，便趁机跑回住的厢房，从褥子底下拿出事先准备好的软泥。将库房钥匙在软泥上按出个模子，然后才去库房拿东西。

当天傍晚，他拿着软泥溜出去，在镇上偷偷配了把库房的钥匙……

男仆越想越害怕，情急之下，就想出了这个放火烧库房的办法。他想，放把火，最多只能将那些货全部烧掉，让管家无法查数，根本烧不着那些砖墙、砖瓦和粗大的木椽。如果被人发现得早，及时救火，说不定还能留下一部分货。他根本就没想到烟雾和火势会那么快蔓延到小少爷茂才和墨林的屋里，差点要了这两个人的命。

那夜，这男仆趁全府上下都睡着后，假意上茅厕，偷偷摸到库房门口，开门进去，打着火镰，点着一件皮货，然后将那件皮货扔到那堆皮货里。他害怕那件皮货的火苗会熄灭，站在库房里看了一会儿，等发现皮货堆在冒了一阵黑烟后终于有火苗蹿出了，才放心地返身锁上库房门离去。

他轻轻回到厢房，睡下，静静地听着外面的动静。他焦急地等了许久，才听见外面有人喊救火。他假装睡得很死，直到同屋的其他人全都出去了，才从床上爬起来，假装睡意蒙眬的样子跑出来。当他发现火苗已经蹿上了房顶，东面几间房子已浓烟滚滚时，他傻眼了——这下完蛋了——房子都被点着了，小少爷和教书先生还在里面……大家都在忙着救火，他便趁机悄悄回到厢房里，拿了自己的几件像样东西，溜出孙府，跑了。

那场火直到第二天早上天快亮时才被扑灭。与其说是被扑灭的，还不如说是第三进院子那一排上房里能燃烧的东西全被烧光后自动熄灭的。

第二天中午，孙老爷才得到管家的通报，说有个男仆不见了。孙老爷的第一反应是，会不会因为救火，被烧死在里面了，因为这男仆平时聪明勤快很得老爷喜欢。孙老爷着人在残垣断壁里寻找,滚烫的残垣断壁,让搜寻的人根本无法接近,直至第三天上午,一场大雨让灰烬的温度降下来后,搜寻的人才得以进到里面寻找。他们搜寻了半天,却没发现有人被烧死的任何痕迹。大家这才想起,着火那天晚上,大家都跑出去救火后,就再没看见过这男仆的人影,这才发现他的一些像样点的东西也都不见了。

由此断定,火不是这男仆放的至少也与他有关。孙老爷报了官,并差人协助官府四处捉拿那男仆,但数月过去,却毫无结果。

一年后,这男仆因在别处犯案,被官府抓获,审问后,才得知他在孙府犯案的全部经过。孙老爷得知此事后,气得仰天长叹:"知人知面不知心啊!"

那男仆被官府打了几十大板,没过几天就死在了牢里。

墨林的情绪有所好转后,就向孙老爷提出要回家。孙老爷说:"我知道你回家心切,可路这么远,眼看着天也越来越冷了,路上不好走啊!不如在这儿再好好养养,等到来年开春再回去……"

孙老爷不放心墨林现在回去,其实还有一个更重要原因,就是墨林那不稳定的情绪,他真怕墨林走到半路想不开,再寻了短见。

墨林说不动孙老爷,只好留下来,在孙府过冬。他的情绪依然很差,经常一个人坐着发呆,整夜整夜睡不着觉,眼看着身子越来越瘦。

看着墨林如今这个样子,再想想他刚踏进孙府时的样子,孙老爷的心里不无愧疚。他不断差人出去给墨林买回人参、鹿茸、灵芝、虫草等各种补品,为墨林调养身子。

出事前,孙家小少爷茂才就很喜欢墨林,得知墨林救了他的命,因为救他才烧成这样后,他对墨林就有了更深一层的情感。当他第一次看见墨林脸上的疤痕时,竟"哇"的哭出了声。王郎中以为他是被墨林脸上的疤吓着了,便让丫鬟赶紧领他出去,他却哭着说:"我不出去……我要陪着先生……"

茂才每天都会来看墨林。起初,只是趴在墨林床边,看一看昏迷不醒的墨林,后来,墨林醒了,他就拿些自己的好吃食给墨林,墨林不吃,他又拿些自己的好玩意儿让墨林玩,墨林不玩,他就给墨林捶背、捏肩。墨林完全恢复记忆和心智后，茂才又整天陪着墨林，给墨林讲他从外面听来的事……

面对这张稚气的脸，这双充满担忧的童真的眼神，墨林的心情慢慢好了起来。他让茂才拿来几本书，开始给茂才上课。茂才十分听话地拿来墨林要的书，他听得十分认真。墨林每天上完课后都要给他留作业，无论留什么作业，留多少，茂才都会认真完成，好像突然变了个人一样。到腊月底，茂才已能将《千字文》《百家姓》那几本他以前不愿背的书以及墨林给他讲过的那几十首唐诗全部背下了，还能像模像样地写很多字。

给茂才上课后，墨林的情绪恢复了很多。他的左腿断骨愈合后两条腿不一样长，走路一瘸一拐。为了避免过分难看，他总挂着孙老爷给他买的那根拐杖。他一边给茂才教书，一边一瘸一拐地走路锻炼身体，渴望来年春天能如愿回家。

来年开春，墨林踏上了回家的路。孙老爷给他准备了十几个金元宝和一些碎银，本想让马车夫老李驾车一路护送他回去，却被墨林婉言谢绝了。无奈之下，孙老爷只好送墨林一架单套马车让他自己赶着回去。为安全起见，车上放了些不值钱的药材掩人耳目。

孙老爷让马车夫老李给墨林找来他的一身旧棉衣，让马玉芳将十几个金元宝分散着缝在棉袄、棉裤腰里。将那些碎银子装在一个不起眼的小布袋里。孙掌柜还给墨林准备了一些吃食放在一个旧褡裢里让他路上吃，交代他能不在店里吃饭就不在店里吃，免得被人盯上。

墨林接过碎银子布袋、旧褡裢和马缰绳，却死活不要装有十几个金元宝的棉衣。孙老爷急了，颤抖着声音求墨林："你为了小儿险些丢了性命，身子已不比以前……这些东西，也就够你一家糊口，千万别拒绝。你若执意不要，老夫后半生的日子怎过得安心……"

见孙老爷如此坚持，墨林只好换上那身藏有金元宝的旧棉衣，肩上搭着一个旧褡裢，驾着孙老爷送他的马车朝着家的方向而去。

路边的麦苗已经长出一尺来高，桃花、梨花竞相开放，这让墨林有种恍若隔世的陌生与熟悉。想起这几年来所发生的一切，墨林不禁泪如泉涌，到后来就放声大哭起来。痛痛快快哭过之后，墨林的心里才觉得好受了许多。自打离家之后，除了昏迷和失忆的那几年，他没有一天不想欢颜、不想家。现在，他正在一步步向他们靠近，心里不觉涌起一丝慰藉，自己离家五年，没给家里捎去一点消息，不知他们已经急成了什么样子！尽管他归心似箭，但为了安全，他每天都不敢赶太多的路。每天，天很亮了，他才启程，太阳还没下去，他就找客栈住下。

农历四月初八，墨林终于赶到了离家五十里外的登城县县城。他将车上的药材卖掉，找了家客栈住下，准备第二天出去买身夹衣换上然后再回家——天气已经热了，自己还穿身旧棉衣，怎么看都有些不对劲。他也想把孙老爷给他的那些黄货兑换成银子暂时存放到县城的某个银号里，再拿出些银子给一家老小和老丈人一家买些东西。

墨林按计划做完这一切后，就换上夹衣，驾着马车往董家村赶。当他翻过安宁河沟，上到沟沿上时，看见道旁有个茶水摊。他将马车停下来，让马喘口气，自己则坐在茶水摊上喝水。卖茶水的妇人主动与他搭讪，他便趁机向妇人打听董家村的事，问前几年发生灾情时，董家村逃荒的多不多，有没有死人。妇人说："因为灾情死人的倒没听说过，却发生过一桩奇事！"于是，在墨林的不断追问下，这妇人将石头之死、静怡之被活埋、两家老人之寻短见、义林之赌博失掉家产、董举人之被官府处决、董举人老婆之被绑着改嫁等一些事情支离破碎地说给了墨林。墨林听得目瞪口呆，难以置信。他没有告诉卖茶水的妇人自己就是他嘴里的那个被砍了头的董举人。他当即离开茶摊，坐上马车，快马加鞭往回赶。他没有马上去董家村，而是直接去了丰镇西街。

墨林刚进西街，远远地就看见了欢颜，她正牵着子昂和静文的手，朝一个不到四十岁的男人走去。她的腰身挺直，肚子鼓鼓地突在前面，一看就知道有了身孕。

墨林吃惊地看着，只见那男人将肩上的褡裢卸下来，放到子昂肩上，然后牵起静文的手，有说有笑地与欢颜娘仨往回走。

墨林看呆了。他远远地目送着欢颜和那男人领着子昂和静文从前面的巷子走进去。这时，一个妇人从他身边走过，他忙向那人打听道："前面那对男女是谁？"

妇人将他上下打量了一番，说："柳振东和他的新媳妇和娃们！"

"那新媳妇叫啥？"墨林明知故问。

"欢颜呀，董家村董举人的老婆——董举人几年前去京城赶考出事死了，他兄弟义林把她和两个娃一起卖给了柳振东……"

墨林感到自己就像被人当头给了一棒，脑子里顿时嗡嗡直响，眼前直冒金星，脚底站立不稳。

他呆呆地站在那里，望着已经消失了欢颜和自己两个孩子身影的空荡荡的街巷，不知道自己接下来该怎么办。他日思夜想的女人和孩子们此时就近在眼前，却不能相认。如果说，支撑自己活下来是欢颜和孩子们的话，那么，现在这些支柱突然倒塌了，自己还怎么活？还有活下去的必要吗？

"你找谁？"路旁一扇门打开，出来一个老汉，他上下打量着这个木呆呆站着的人，问道。

墨林看了看他，然后摇摇头，牵着马默默地转身走了。

墨林又回到登城县城，在西关的城隍庙旁临时租了一间房子住下。他躺在炕上，脑子里一片混乱。自己离家五年，进士没考成，还落得家破人亡、妻离子散，一副人不人鬼不鬼的样子。世上有这么惨的事吗！他越想越难受，那个叫柳振东的男人和自己的女人还有孩子们的笑脸一直在他的眼前晃悠，他不知道自己是该替他们高兴还是替他们悲哀。他一次次劝慰自己：颜儿那是没办法，她不可能这么快就彻底忘了自己，如果自己今天走上前去，说自己就是她的墨林，她一定会毫不犹豫地跟着自己走的。可自己能那么做吗？不能！柳振东一看就是个好人，虽说是义林把颜儿卖给了他，但如果他不收留他们娘儿仨，他们娘仨或许就活不下去了……

晚上，墨林睡不着，外边打更的梆声一声声清晰地传到他的耳朵里，砸到他的心上。第二天早上他鬼使神差地走进了城隍庙。他跪在大殿的神像前，双眼凝望着城隍爷像，在心里不断地默默发问：你说，这究竟是为啥？我屋几辈人不偷不抢不坑人，除了在地里刨食就是读圣贤书，却为何要遭这些灾祸、落得如此下场？这一切难道就因为我与颜儿的"八字不合"吗？如今她已成了别人家的女人，这劫数是不是也该结束了？我总不能就这么永远地躲着他们,让他们不知道我还活着!要是这样的话,那我活着还有啥意义?城隍爷,你若有灵,就告诉我,我该咋办?

墨林在神像前跪了好几个时辰,一动不动。一个年迈的道人缓缓地走过来,在他的身旁站定,然后拱手,仰望着神像自言自语道:"世上千般俱不真,俗缘恩爱最伤身。一刀两断无牵挂,解脱场中做个人。"

墨林听到老道士那拖长了的说话声,便从恍惚中清醒过来,他转过头看向老道士,说:"解脱?怎么个解脱法?"

老道士似没听见墨林的话一般,又自顾自地说道:"蓬岛还须结伴游,一身难上碧岩头。若将枯寂为修炼,弱水盈盈少便舟。"

老道士说完,看也不看墨林一眼就转身走了。墨林的腿已经跪疼了,便双手撑地站了起来。他回过头寻那老道士,却见他已经出了大殿,消失在连廊处了。

那天,墨林回到自己在县城的临时住处,反复想老道士说过的那几句话,他就这么思忖了十多天,混乱如麻的思绪才渐渐有了头绪。最后他决定回到丰镇,隐姓埋名,在自己亲人们的身边度过余生——他要帮颜儿,要看着自己的一双儿女长大成人……

下

部

一

化名余生的墨林在客栈住下后，给了店掌柜一些银子托他替自己打听，看镇上谁家的铺子想转让，他愿意花高价盘下。灾情刚过三年，一些人家仍吃了上顿愁下顿，镇上各大铺子的生意都不景气，一些铺子干脆一直上着门板没开业。因此，余生所托之事并不难办。不出半日，客栈掌柜的就高高兴兴地回来了。他将自己打听到的情况说给余生："东、西、南、北四条街上都有铺子愿意转让，我替你选了其中的六家，这六家地段都不错，价钱也还可以，只是大小、朝向有所不同，你可以照着自己的想法在这六家中选一选。"接着他将这六家铺子原来是做什么的，哪个人经营，经营的如何，现在是啥状况，开价多少等等一一细说了一遍。

余生听完后，说："就选西街那家吧！"

"你不去看看，比较比较？"掌柜的没想到余生这么快就做了决定，他建议道，"与西街那家比，我倒觉得东街靠近十字路口的那家更好些，不光地段更好，价钱也更合适。"

"就西街那家吧，我昨天从那家门口走过，感觉很对我的味。"余生果断地说。

余生很快就盘下了西街坐南朝北的那家铺子。这家铺子的主人正是欢颜大嫂王瑞雪娘家哥——王瑞宏。瑞宏的铺子原本经营农具和粮食，旱灾发生后，农具没人买，粮食很快也被人买空，他不得不关门歇业。他家因为是做粮食生意的，一家人几乎没在这场饥荒中饿过肚子。可他们逃过了饥荒却没逃过瘟疫和那场意外。

旱灾刚过去时,瑞宏的老婆就临盆了,要为瑞宏生第二个孩子。没想到,她却因为难产,死在了自己的炕上,肚子里的娃也没能保住。这事对瑞宏打击很大,他成天醉生梦死,弄得人不像人鬼不像鬼,当那场瘟疫来袭时,他那不堪一击的身体被疫病一上身便一命呜呼了。现在,家里只有瑞宏年过六旬的父亲王老先生和瑞宏那不到十岁的儿子王永年。这一老一少根本没能力再去经营那个铺子了。

王老先生一听有人想盘铺子,二话没说就盘出去了。他只给自己和孙子留下一孔窑和一间厦子生活,将另一孔窑和三间厦子以及临街的门面房全部盘给了这个叫余生的人。

余生将门面房、自己住的那孔窑以及三间厦子刷新一遍后就搬了进去。他除了那匹马、那辆木轮车,几乎没有任何行李,一切日用品都在镇上新买,一日三餐都在王老先生家搭伙。

每天,王老先生做好饭就让孙子永年去铺子里叫余生过来吃。余生从不嫌王老先生的饭做得早了、迟了、好吃、难吃,每个月都会如数付给王老先生银子,说是饭钱。王老先生说,太多了,余生说,不多。

镇上的人议论纷纷,不知道这个神秘人物盘下这个不大不小的门面房究竟要做啥。听说他对王老先生出手那么大方,就想他究竟能赚多少钱。有好事者还专门上门打探,却都被余生无声地拒绝了。

余生与王老先生和永年一起吃饭时,王老先生便与他扯闲话。王老先生发现余生不乐意说自己的事后,就不再多问他什么了,只是给他说自己屋里和镇上所发生的事。自从儿媳和她肚子里的孩子以及儿子相继过世后,他几乎没和谁多说过一句话,他的心已变得死灰一般沉寂。瑞雪与尚文从陕南回来后跑来看父亲,见到瑞雪的那一刻,王老先生才感到心疼得厉害,才流下两行老泪。他心疼得厉害,便也不想与瑞雪和尚文仔细提说那些事。可不知为啥,自打余生住进来后,他却产生了对余生倾诉的冲动。兴许是他在余生那张布满疤痕的脸上看到了比自己更深的苦难;在余生那充满抑郁的眼神里看到了比自己更多的悲凉;在余生那形单影孤的身影里看到了比自己还要深的恓惶——他对余生有一种同病相怜的感觉。

他与余生拉家常时,余生并不看他,而他也不看余生,他的诉说就更像是自言自语。他发现,他的这种自言自语偶尔也能提起余生的兴趣,因为余生会突然停下手中的筷子看他一眼。

余生安顿好一切后,便骑着那匹马离开了丰镇,临走时,他将放有农具的铺子托付给王老先生照管。王老先生以为他是去接家眷了,没想到几天后他回来时却仍是一个人。只不过在他回来后不几天就有两个小伙子赶着一架两套的马车拉着一车油光发亮的黑釉瓷器来到他家的铺子门口。

这些瓷器是从耀头窑拉来的,有水瓮,各种形状、各种大小的罐罐,还有大大小小的碗和碟。

余生将门面房的一侧放原先店里的农具,另一侧放这些瓷器,买卖就这么做起来了。

随着那些黑釉瓷器被搬进来,镇上的人才明白余生到底想干啥了。这个瓷器店是镇上几十年来的第一家瓷器店,店主又是那么个神秘人物,镇上的人就都觉得稀罕,每天都有很多人跑去光顾,可真正想买的人却很少,想买又买了东西的人就少之又少。大家想不通,经历了近两年的旱灾和数月的瘟疫,镇上的人谁还有心思和能力去买这些东西,余生开这么个店,不是等着赔钱么……

别人想别人的,余生开余生的。好长一段时间里,他每天除了吃饭睡觉,基本都坐在店里。有人进来,他就站起来客客气气接待,别人问啥他回答啥——只要与瓷器有关。除了瓷器,他不多说一句话。偶尔有人问他是哪里人,咋想起到这里开这么个店,他都找话题岔开,礼貌地拒绝了。

店里没人的时候,余生就坐在那里,怔怔地从那两片茶色眼镜片后面看着形形色色的行人从他的店门口经过。

柳振东早就听说镇上来了这么个神秘人物,开了这么个不赚钱的瓷器店,但一直没去看过。和别人一样,他也觉得这个余生脑子有毛病,乡里人一个碗只要不碎能用上好几辈人……经营啥不好,非得经营瓷器!

这天,柳振东有事从余生的铺子门口路过,已经走过去了又折身回来走了进去。他先打量了一眼余生,见他的确如别人所说,戴顶阔沿帽,鼻子上驾副墨镜,不凑近仔细看,的确看不清他的模样,更别说他脸上的表情了。只这一点，就让人对他产生了一种神秘感。

余生见柳振东进来，急忙起身挂着那根手柄已被他的手磨得锃亮的拐杖一瘸一拐地迎了上来，他打招呼道："来了！"柳振东点头"嗯"了一声。

柳振东走到那堆瓷器跟前，只见那些大大小小的黑色罐罐油光发亮，很吸引人的眼球，每个罐罐的盖子上都有一个小动物——猴子、老鼠、牛、马、兔子、狗、龙……每个动物的造型都非常逼真可爱。

柳振东拿起一个老虎罐罐，揭开罐盖仔细看，嘴里不禁赞叹道："做得这么精致！"

"盖子上的动物，十二个属相都有。"余生见柳振东对罐盖上的那些动物十分感兴趣，就在一旁解释说。

柳振东点头表示明白了。他在那堆瓷器跟前看了许久，最后挑了个罐盖上有着兔子造型的直筒罐罐买下。

"老哥属兔？"余生问。

"屋里的属兔，这罐罐买回去是她用，买个她的属相。"柳振东笑着解释说。

柳振东将买来的那只罐罐抱回家，欢颜喜欢得不得了。她将它摆放到案板上的架子上，一时想不好给里面放些啥。她想起董家村自家案板上那一排大小齐整的罐罐，她在里面放油、放辣面子、放果子、放落花生、放核桃、放柿饼。

那年墨林为挣学费，与盛林跑出去贩盐贩瓷器，欢颜说想要一个像她娘家案板上的那种罐罐，结果，墨林再出去贩瓷器回来时，就给她弄回来好几个大小形状一模一样的罐罐，罐盖上的把手也是这种动物，只是每个罐盖上的动物不一样，分别是家里几口人的属相。那几个油光发亮的罐罐整整齐齐摆放在案板上的架子上，不管谁进她屋的门，第一眼都会被那些罐罐反射出来的耀眼的光所吸引……哎，如今，那些罐罐已被义林抵了债，不知流落到谁家了……

柳振东见欢颜抱着那只罐罐出神，就对欢颜说："哪天你也去看看，里面的好东西多着呢，挑几个自己称心的买回来。"欢颜的出神被柳振东的话打断，忙说："……这又不能吃，要那么多弄啥！"

柳振东给欢颜说了他在余生铺子里看到的一切,说了他对余生这个人的感觉,他说:"这人的确有点意思,不像镇上其他生意人……可有啥不一样我却也说不清!"

对柳振东的这些话,欢颜并没当回事,柳振东每次外出回来都会这样发一通感慨。直至端午那天,欢颜在王老先生家看见了余生,她才对柳振东那天所说的话有了认同。

端午那天,瑞雪与尚文一起来给父亲送粽子,顺便也给欢颜和柳振东送了些。欢颜要留大哥大嫂吃饭,被大嫂瑞雪谢绝了,她说想多陪陪老父亲和小外甥。于是,姑嫂俩便商量着在王老先生家做顿臊子面,大家一起过去吃。

欢颜从家里端了些白面,拿了一把黄花菜、一根葱、几个胡萝卜和白萝卜,还在街上买了块豆腐、一撮韭菜,割了块猪肉一起拎着来到王老先生家。她让大嫂瑞雪陪着她父亲在屋里说话,自己则在灶间和面、切菜、燣臊子。饭快做好时,欢颜差静文跑回去将大哥尚文和柳振东叫过来一起吃饭。

余生平时在王老先生家搭伙,王老先生家一旦来人,他就在镇上的饭馆里随便吃两口,无论王老先生怎么叫,他都不过去吃。今日是端午,王老先生想,无论如何也要将余生叫过来一起吃,不说他平时那么照顾自己,单就今天是端午,就不能将他一个人留下过节。

王老先生走到前面的铺子里,二话没说就抓住余生的胳膊往回拉,说:"今天说啥你也要和我们一起吃……今天是端午,瑞雪的小姑子双喜他妈做了臊子面——听说双喜他妈的臊子面那可是一绝,一般人可是吃不上……"

令王老先生想不到的是,余生根本就没有拒绝的意思,他当即就答应了王老先生。他让王老先生先回去,说自己关了店门就过去。

为了这顿饭,王老先生专门在窑后头摆上那张以前待客的大方桌。这张桌子已有好多年没用过了。平日待客,女人、娃们和男人不在一张桌子上吃饭,但今天王老先生高兴,非要大家都坐到一张桌子上吃,欢颜便将大嫂推到桌旁,让她坐下来陪父亲吃饭,自己则在灶间忙乎。

除了欢颜,大大小小七口人在桌子的四周坐定后,欢颜便将四碟凉菜摆上了桌。

余生怀里抱了坛西凤酒,手里拿着几样东西进来时,欢颜正将一锅细长面条往一个盛着水的盆子里捞。见余生进来,大家不约而同地将目光集中到他身上。

余生的座位在王老先生旁边,他将手里的东西放到桌子上,将那坛西凤酒递给王老先生,说:"今天过节,又来了这么多客人,咱喝上几口咋相?"

"行么,行么!"王老先生高兴地说。余生来了几个月了,这还是他第一次要喝酒,王老先生也是第一次看见余生这么高兴。

瑞雪赶紧按照父亲的吩咐起身去找酒杯、酒壶,柳振东拿过酒坛拔掉塞子倒酒。这当儿,余生将桌上的那几样东西拿起来分别送给永年、子昂和静文,他说:"前几天出去进货,买了些小玩意儿,来,你几个看看喜不喜欢。"

三个娃看看大人,不敢接,王老先生就说:"拿着吧——你叔给你们哩,就拿着!"三个娃忙接过礼物看。子昂和永年的礼物一样,都是一个精致的砚台,只是砚台上的花纹略有区别。而静文的礼物则是一个黑瓷小老虎。静文当即喜欢地叫起来:"我的是只老虎——我属虎哩。"

子昂拿着那个砚台,翻过来倒过去看,像是在找啥。余生问:"咋了,不喜欢?"

"喜欢,喜欢!"子昂想说他大的砚台底上有个"董"字,他想看看这只属于自己的砚台是不是也有个"董"字。可他话到嘴边,却咽下去了。他胆怯地看了柳振东一眼,低下了头。

柳振东对余生说:"你这也太客气了,弄得我们都不好意思了。"

"一点心意……我在这镇上人生地不熟的,往后免不了要麻烦你老哥哩——"余生客气地说。

"你叫啥名字?"余生看着子昂十分和善地问。

"子昂!唐朝诗人陈子昂的子昂。"子昂怯怯地说,他抬头看了余生一眼,马上就又低下了头。

"叔,我叫静文——柳静文!"静文没等余生问她就抢着说,柳振东喜欢地摸了摸静文的头。

永年拿着砚台看了看，就将它放到一边去了，显然，他不怎么喜欢自己的礼物。他拿起筷子，双眼盯着桌子上的臊子面，口里不住地咽口水。

那天，几个男人很快就将一坛西凤酒全灌进了肚子。王老先生和柳振东对饮时，都哽咽地说不出话来。他们这一哭，引得尚文和余生也都跟着掉眼泪。男人轻易不哭，一哭声音便有些吓人。欢颜和瑞雪都不劝他们，让他们痛痛快快地哭去，让他们把积压在心里的那些苦统统哭出来。

她们静静地坐在灶巷里，陪着他们抹眼泪。

哭过了，欢颜和瑞雪就不断地给几个男人的碗里续水，重新调了些凉菜拨进桌上的碟子里。

欢颜在给余生碗里添水时，发现余生那布满疤痕的双手颤抖了几下，她抬眼看余生，眼光正好与墨镜后面的那双眼睛相遇。暗淡的光线里，那双被疤痕牵拉得有些变形的眼睛里含着深情，蓄满了泪。

欢颜的心一颤，赶紧避开余生的眼光走开。欢颜将那双眼睛里的神情归之于酒的作用，可她却又隐约觉得似乎哪里有些不对劲。从余生站在门口出现在她视野里的那一刻起，她就觉得哪里有些不对劲，她总觉得眼前这个瘸着腿、满脸疤痕、戴着副墨镜、声音十分沙哑的男人好像在哪里见过，可在哪里见过，她却一点印象也没有。

柳振东和王老先生都借着酒劲说了很多话，说吃人的灾情和瘟疫，说家里那些早早就走了的可怜的亲人……他们边说边哭，后来又都边说边笑，一副看透人生、旷达想开了的样子。而尚文和余生，更多的是低着头各自喝闷酒。

尚文和瑞雪要走了，大家一起出来送他们。尚文和瑞雪走远后，欢颜转过身，准备与柳振东一起带着两个孩子回家。这时，她却发现子昂正和静文一左一右站在余生的两边，余生正猫着腰摇摇晃晃地给这兄妹俩说着什么。

"都说余生性格古怪，我咋觉得不是那么回事，你看他今天不是很正常么。"回家的路上，欢颜对柳振东说。

"那是看对谁，你没发现，他愿意和我交往……今天要不是我去，估计他还不会过来一起吃饭哩。"柳振东大着舌头含混不清地说。

"是,是,是,你人缘好!"欢颜打趣说。欢颜这话是由衷的,柳振东一向性格开朗,为人大度,与他打过交道的人基本都成了他的朋友。

"余生很喜欢咱这两个娃哩!"欢颜说。

"那是! 咱文儿那小嘴,吧嗒吧嗒多能说,谁见了不喜欢。"柳振东不无骄傲地说,说完就摇摇晃晃地弯下腰,准备去抱静文。

"多大了,还抱……"欢颜赶紧伸过手扶住柳振东说,"瞧你自己都站不稳。"

柳振东没有抱静文,却情不自禁地在静文的头上摸了摸,问:"乖女子,你给大说,刚才在门口,你余生叔给你俩说啥哩?"

"他问我哥上学没有……问我喜欢啥,他再出去进货时就给我买。"静文一气儿说完。

晚上躺下,柳振东因为喝了酒很快就起了呼噜声,可欢颜却怎么也睡不着,她听着柳振东一阵响似一阵的呼噜声,脑子里却全是余生的影子。她反复回想看见余生后的整个过程,觉得余生一点也不像旁人说的"长相可怕、性格古怪";相反,她还觉得他说话得体,办事周到,言谈举止彬彬有礼。只是不知为什么,她总觉得有什么地方不对劲,总觉得余生的长相和神态有些面熟……想着想着,欢颜不觉为自己的这种想法感到好笑起来——不能因为人家送给自己两个娃礼物、不能因为人家喜欢自己的两个娃就这么胡思乱想……她为自己的胡思乱想感到羞愧!

二

端午那天后,柳振东没事了就往余生的铺子里跑,从余生的铺子里回来又将与余生谝的闲传说给欢颜听。余生每次看见柳振东进来,总是热情相迎。他们从天气谝到发生在周围的一些事,从挣钱做生意谝到居家过日子,所谝话题越来越多,越来越宽。柳振东发现,只要不涉及余生的身世,不涉及余生脸上的疤,啥都可以与他谝。他还发现,余生果然不是一般人,他看的书多,懂得的东西也多,无论与他谝啥,他都有自己独到的见解,都能让自己产生耳目一新的感觉。柳振东走南闯北多少年,也算得上见多识广,可在余生面前,他觉得自己简直是个大老粗。

一天,他们正在店里坐着闲谝,不知怎么就谝到了子昂。柳振东长叹一声,说:"哎,不是亲生的,咋也亲不起来啊!"

"兴许是娃大了,男娃大了都这样,跟父亲亲不起来。"余生劝导说,"我看子昂是块读书的料,你想没想过让他读读书?"

"咋没想过,但不敢把他送到学堂里去呀!"柳振东手敲着桌子,眼睛一挑说。

"那是为啥?"余生感到有些不懂。

"一来董家经常来人抢子昂,我担心他会被董家人从学堂里抢走,二来子昂现在这性格也送不到学堂里去——他被董家抢怕了,成天拉着他妈的衣服角角不撒手。"柳振东十分无奈地说,"也不怕你笑话,到现在,他还和他妈一个被窝里睡觉哩……"

余生一惊,想了想,说:"你看,把子昂送到我这来,让我给他和永年一起教书认字行不行? 反正我一天也没啥事,在店里干坐哩——权当给我止心慌。"

"那当然再好不过了! 只是……我得回去跟他妈商量商量。"柳振东当下就从凳子上站起来高兴地说。

柳振东回家给欢颜一说,欢颜自然十分高兴。她问子昂愿不愿意到余生叔的铺子里让余生叔教他念书,子昂想都没想就点头答应了,不知为什么,子昂对这个满脸是疤总是戴着一副墨镜的余生叔一点也不害怕,反而觉得很亲。

从此,欢颜每天就将子昂送到余生的铺子里,让余生教他和永年读书认字。每次她将子昂送到铺子门口,看着他走到余生跟前后才转身回去。为避闲话,她从未踏进过余生的铺子半步。吃饭的时候,她做好饭,过来接子昂回去,也只站在铺子门口喊一声子昂,等子昂出来。余生懂得欢颜的心思,也从不邀请她进来看看,更不会走出去与欢颜打招呼。

自端午那日在王老先生家近距离接触过余生后,欢颜经常会站在铺子门口远远地看着铺子里的余生,但她却再未走近过他。她的心里总会犯嘀咕:怎么越来越觉得这个余生的神态那么熟悉。每次这么想的时候,欢颜都会摇摇头,强迫自己不要胡思乱想。

子昂在余生的铺子里学满一个月后,柳振东拿着学费去给余生,余生却死活不收,说:"不是说了,这是帮我止心慌哩。"

柳振东不干,余生就说:"你心里要实在过意不去,就请我吃顿臊子面——子昂他妈的臊子面的确做得好吃。"

柳振东高兴地拍着大腿说:"明天就请你吃。"

第二天,柳振东果然让欢颜在家做了顿臊子面,将余生请到家里来吃。从余生进门开始,欢颜就留意起余生的行为举止来,她想弄明白余生到底像谁。

余生一瘸一拐地进来,照例给两个孩子带了礼物,这次带的是一大包水晶饼——一种用白糖、冰糖、青红丝、猪板油和核桃仁做的酥皮点心。他没看欢颜一眼就直接坐到柳振东让给他的靠子①上。当他伏在桌上,抄起一筷子臊子面往嘴里送的时候,欢颜终于想起余生像谁了——像墨林!她越看越觉得像。世上咋会有如此相像的两个人呢!

欢颜站在灶巷里,远远地看着余生吃面,心里全是墨林的影子——要不是自己逼他去考什么进士,他现在可能就会像"余生"这样吃着自己做的臊子面……欢颜想着想着,眼泪就扑簌簌掉了下来。她赶紧转过身,用手背擦眼泪。柳振东这时却冲她说:"赶紧,给他叔再弄一碗……臊子浇旺些!"

自从觉得余生像墨林后,欢颜就觉得与余生很亲,她觉得老天爷还算有眼,给她的子昂送来了这么一个非常像他父亲的人来教他读书。再送子昂去余生的铺子念书时,欢颜就禁不住要多看余生几眼,甚至还没话找话地与余生说几句。

余生不要学费,日子久了,欢颜的心里有些过意不去,在接子昂回家吃饭

---

① 当地方言,一种没有扶手的椅子。

时,她就会将刚做好的饭送些给余生吃,一碗饺子、几个刚出锅的热包子或者一块刚烙好的锅盔。有时,欢颜也会帮余生做双鞋或缝件衣服,让柳振东专程送过去。对于这些吃食和衣服,余生从不拒绝。这让欢颜的心里感到了些许踏实,总不能让人家白教子昂啊! 可柳振东的心里却慢慢起了醋意。

永年是个坐不住的娃,在余生那里没上几天课就死活不愿去了。王老先生对这个唯一的亲孙子十分疼惜,心想,娃不愿读书就不读吧! 他父母都不在了,没心思读书也在情理之中。家里还有几亩地,种好这点地,再有余生给的租金足够他爷孙二人活命的了。于是,铺子里每天就只有子昂继续跟着余生念书。

子昂原本就跟着墨林在壶山书院读过书,已认得了一些字,也会写一些字,还能背一些诸如《三字经》《百家姓》之类的文章,因此,永年不来后余生便将所教内容做了调整,每天除了继续教子昂认字、写字、背文章外,把大量的精力都放在与子昂的沟通交流上。他鼓励子昂说话,表达自己的想法。他告诉子昂:"一日为师,终身为父。你权当我是你大,有啥话只管对我说……我呢,也会把你当我的儿子对待。"他还对子昂说,"我保证,咱俩之间说的话,我不会对任何人提说,你也要对任何人说——这是咱俩之间的秘密,咱们共同守住这些秘密,行不行? "

"行! "子昂点头答应。

日子一天天过去,子昂从起初的不敢开口,到后来的小心翼翼说话,再到最后对余生无话不说,眼看着就像变了个人。他将自己的恐惧与担心说给余生,也将那些自己无法理解、无法承受的事情说给余生。他说得支离破碎,一些事情他清楚地记得,一些事情他记得模模糊糊,一些事情他本就不知道,只是从母亲的反应中推测出来。但余生却在他的这些支离破碎的述说中拼凑齐了一个个完整的故事。

无论子昂说什么,说成啥样子,余生都表现出极大的关切,都听得十分认真,从不打断子昂的话,只在子昂一时吃不准用哪个词表达而打了磕绊时他才偶尔递上一个词。

余生对子昂的这种关心与耐心,让子昂感到从未有过的温暖,他在余生这里也找到了安全感,越来越愿意与余生交谈。有时余生让他写的字还没写完,他就有话急着要对余生说了。在他看来,除过母亲,余生便是这个世上对他最好的人。

有天,子昂说到他的父亲墨林,突然哭了起来,说:"我想我大了……我天天都想,但我不敢说,我怕我伯知道了不高兴……我大像你一样读过很多书,我大像你一样教会了我很多东西,呜……"子昂嘴里的"伯"就是柳振东,因为子昂姓董,柳振东便没让他叫自己"大",静文改姓了柳,让静文叫了他"大"。

子昂越哭越伤心,越哭越厉害。余生伸过手搂住子昂的肩,将他的头揽进自己的怀里,他多想对子昂说自己就是他大,可他忍住了,说:"子昂,我不是说了,你可以把我当成你大呀!"

"可你不是……"

"你知道你大长啥样子吗?"

"知道,但有些模糊了。"子昂点头说,"我越想我大,我大的样子就越模糊……我真怕等我大了,就再也想不起他的样子了……"子昂从余生的怀里抬起头,边抹眼泪边看着余生说。

"不会!我听人说,你长得很像你大,你长大了是啥样,你大就是啥样!想你大了,你就照镜子……"余生抚摸着子昂的头,十分认真地说,内心里说不出的酸楚。

子昂从余生身边走开,爬到柜台上,眼睛怔怔地望着店铺外的街道。过了一会儿,他突然自言自语道:"人死了……真的就再也见不到了吗?"

"能见!"余生看着子昂果断地说。说完,他也将目光转向街上。

子昂一听这话,猛地转过头来,瞪圆了眼睛望着余生。

"只要你心里有他,就一定能见——人死了,魂还在,死的只是他的皮囊。"余生转过脸,定定地看着子昂的眼睛说。

"魂是啥东西?"子昂一脸懵懂地问。

"魂么……就是一种看不见摸不着的东西。"余生解释说,对一个十一岁的娃来说,这的确是个难以理解的问题,他尽量解释得浅显易懂,可说完后,却对自己的解释不满意。

"像风吗?"子昂问。

没想到子昂倒把这个难以解说的词简单化了。

"差不多吧。"余生说。

子昂坐回柜台后面,双手合十,闭上眼睛,不说话了。余生看得出,他这是想感知他父亲的魂。余生走过去拍了拍子昂的肩膀,嘴角一翘,苦笑了一下。

有天上完课,余生给自己和子昂各倒了一碗水喝,他看着子昂将那碗水喝完,然后用十分认真的语气对子昂说:"董家抢你,是替你大着想,觉得你大没留下后,想让你回去给你大顶门。你义林二大、本家爷,还有你盛林伯都是好人。你既不愿意回去,我就找人帮忙,给你二大和本家爷再好好说说,让等你大了以后再说。叫他们不要再来硬抢你……"他还建议子昂道,"你已经不是碎娃了,每年过年,也回去祭祭祖,给你二大和本家爷拜拜年,让他们知道你心里有董家,我想他们也就不会再来抢你了。"

子昂抬头望着余生,认真思量了一会儿后重重地点了点头,答应了。

阴历十月初八,欢颜为柳振东顺利生下一个男娃。柳振东高兴地想,欢颜能生一个就能生二个、三个,他柳家不会无后了!为了跟子昂的名字相连,柳振东给儿子起名子兴,小名兴,他希望柳家人丁兴旺,希望欢颜还能为柳家生下更多的儿子。

子兴满月,柳振东烙了几个两寸厚的锅盔,切成一个个小菱形,让子昂和静文携在笼里挨门挨户给村人送。

就在柳振东沉浸在老来得子的兴奋中时,一个难题却摆在了他的面前——欢颜一滴奶水也没有,子兴饿得嗷嗷直哭。见柳振东急得直跺脚,欢颜宽慰他说:"刚生下来的娃,头几天奶水都少……我多喝些汤水就好了——"她让柳振东和了一碗糖水,自己一点一点给孩子喂进去。

第二天,欢颜仍没一滴奶,柳振东便去找尚文,让尚文配了几副下奶的药带回来给欢颜熬着喝了。柳振东还找到村里那个杀猪人,托他在杀猪时,给自己留些猪尾巴,好拿回来给欢颜煮了吃。欢颜将那一碗一碗的黑药水往肚子里灌,将一条又一条的猪尾巴闭着眼硬往肚子里咽,可几天过去了仍是不见有奶水出来,每天只能喝白面熬成的稀拉麦的子兴,饿得不停点地哭,听得柳振东的心里揪成了个硬疙瘩。

　　镇上有集时,柳振东一大早就去牲口市上转悠,想买只奶羊回来,可他在牲口市上转了几次,都没见到一只母羊,更不用说正在下奶的羊了。就在他一筹莫展的时候,余生驾着马车回来了,他将一只下奶的母羊送给了柳振东。

　　子兴过满月这天,柳振东摆了几桌酒席,宴请了前来庆贺的亲朋好友。按照习俗,外公外婆家要给新生婴儿"送头尾",子兴的外公外婆都不在了,尚文作为唯一的舅舅,早早就操持起这档事来。他找人专门给这个宝贝外甥打了一个银项圈,上面坠个写有"富贵长命"的长命锁,还打了一对精巧的银手镯。他安排瑞雪和香莲给新生婴儿从头到脚做了一身新衣服——老虎帽、猫眼鞋,还有绣有蚰蜒、蝎子、蛇、癞蛤蟆、爬墙虎五毒图案的裹肚以及袄袄和裤裤。她们还蒸了一对老虎馍,用烧红的石子打了一摞干干馍……

　　那天,尚文赶着一辆马车拉着穿戴一新的一家老小来到柳振东家后,柳振东的姐姐巧能就将他们送来的衣物挂在院子里晾衣服的绳子上,供人们欣赏。亲戚朋友们都说尚文待他这个妹子真上心,"送头尾"弄得这么排场。

　　欢颜头上包块新头巾,抱着穿戴一新的子兴坐在炕南头,接受了大嫂、二嫂以及所有前来庆贺的女眷们的看望。为防开门时门口的风吹着欢颜和子兴,柳振东在娃一生下来,就在靠门口的炕沿上放了一条板凳,上面扇^①着一床棉被挡风,今天早上,他特意换了一床新棉被扇上。

　　子兴过百天时,尚文又备了厚礼,带着一家前来庆贺,柳振东又摆了酒席招待了前来庆贺的亲朋。

　　子兴的满月和百天庆贺宴,余生都缺席了,他都临时有事出了门,但却都托瑞雪的父亲王老先生捎去了贺礼。

　　对于余生的缺席,谁也没有特别放在心上,柳振东和欢颜的心里也都只是有点遗憾——毕竟余生经常会神秘出行。

　　他们谁也不知道,这两次,余生都是抱着一坛西凤酒,一个人躲进县城的一家客栈里,把自己灌醉,然后昏睡数日,等完全酒醒、调整好情绪后,才

---

① 当地方言,罩。

会回到镇上。

　　子昂的性格在余生的关照与引导下慢慢开朗起来,与柳振东的话也越来越多。他不再那么胆小了,不再与母亲一个被窝里睡觉了,去余生的铺子里念书自己一个人跑着就去了。农忙时,他还会帮着柳振东干一些地里的活。子昂的这些变化让柳振东很感欣慰,他对余生充满感激,好奇余生到底用了啥法子,让子昂改变了这么多。他曾问子昂:"你余生叔都给你说啥了?"

　　"没说啥,就是教我识文断字。"子昂说,他守住了他与余生之间的秘密。

　　转眼就到了年根。余生给子昂放了假,自己则骑着马出了门。

　　腊月二十九上午,余生回来了。十几天没住人,余生的屋里像冰窖一样冷。王老先生听见余生回来,忙跑过来要给余生烧炕、烧水,嘴里直唠叨:"不知道你今日回来,要知道的话,就早早给你把炕烧上了……你要不先到我屋里去暖和暖和!"

　　"我还要出去,不急着烧炕。"余生说。

　　余生从随身带的褡裢里拿出两件礼物送给王老先生,说:"要过年了,给你和永年一人买了顶棉帽子,不知合不合适。"

　　王老先生接过礼物,说:"哎哟,又叫你破费了——肯定合适!"那满布皱纹的脸上堆满了感激。他拿着帽子走出去,不一会儿就端了个冒着热气的煎水碗进来递给余生,说:"来,赶紧暖暖手,暖暖身子。"

　　余生接过碗一看,冒着热气的煎水碗里竟有两个白莹莹的荷包蛋。

　　王老先生出去后,余生将两个荷包蛋吃了,喝完碗里的煎水,然后就坐在靠子上静静地想心事。最后,他好像下了很大决心一般,霍地从靠子上站起来,掸了掸身上的尘土,从那条褡裢里取出几样东西,包在一个蓝色袱袱里,拎着往外走。已经走到屋门口了他却站住,回过身将袱袱放在炕上,从窑后头的箱子里找出一件干净棉褂换上。那干净棉卦叠得有点久,上面的折痕半天抚不平。余生犹豫半天,又将衣服换了回去。

　　他从瓮里舀了一瓢水倒进洗脸盆里,嘴里嘶嘶嘶地吸着凉气忍着凉洗了把脸,又将头发往后理了理,让那根辫子尽量整齐一些,然后才又戴上他那顶阔沿帽和那副墨镜,拄着拐杖,提着袯袯出门了。

余生走到后槐园柳振东家门口,正准备敲梢门上的门环时,却见子昂打开梢门准备往外走。"叔,你咋来了?"子昂惊喜地问。

"给你和你妹子送过年礼物来了!"余生笑着说,"你伯在家不?"

"啥礼物?"子昂一听礼物顿时就高兴得瞪圆了眼睛,"我伯不在家,我妈在。"

说着,子昂接过余生手里的袯袯,拽着余生的胳膊就往里走。

欢颜正在案板上揉面,准备蒸馍,看见子昂拉着余生进来,忙停下手,迎了上来。欢颜接过子昂手中的袯袯,招呼余生在靠子上坐下,然后从炕墙上拿过柳振东的水烟锅递到余生手中。就在她给余生递水烟锅的时候,手不小心碰到了余生的手,她发现余生的手又像端午那天在王老先生家喝酒时一样抖了几下。

看着余生用右手拿着水烟锅,左手捏着媒头吸烟的样子,欢颜的脑子里突然闪过墨林的样子——墨林也是左撇子,从她手里接碗、拿筷子重来都是用左手,而且,墨林手上的骨节也是余生手上的这种瘦长骨节——尽管余生手背上的皮肤几乎全被红色的疤痕所替代,但那骨节的形状还是能看得出来。欢颜盯着余生的手,愣了神。

瞬间的愣神后,欢颜不好意思地低着头走开,去灶间给余生舀煎水去了。她今天要蒸过年吃的馍,锅里正好有一锅刚烧开的煎水。

欢颜边往碗里舀水,边说:"他伯出去买红纸去了,想贴几副对子①。"

"噢,贴上对子喜庆。"余生接话说。

"听说你出远门了,啥时回来的?"欢颜问,她将煎水碗放到余生面前的桌子上,想趁机看看余生的脸。那次在王老先生家,她没看清余生的脸,后来余生来家里吃过几次臊子面,有柳振东在家,她也没敢直眼看……

这时,余生却起身走到炕跟前,边打开他拿来的那个袯袯边说:"刚回来。"

---

①　当地方言,对联。

余生从袄袄里拿出两件新衣服分别递给子昂和静文,说:"我给你们一人买了身新衣服,看合不合身。"

"合身,合身!"静文接过新衣服高兴地说。子昂将衣服拿到欢颜跟前,征求意见似的看着欢颜。

"拿上吧。"欢颜笑笑对子昂说。

"穿上试试,不合身了,就让你妈给你们改改。"余生起身帮着静文将那件花衣服套到棉衣上面。见静文喜悦成那样,忍不住在她的小脸上捏了一下。捏过之后又觉得有些唐突,忙说,"这女子长得真心疼人!"

子昂的衣服很合适,静文的衣服略显大了点,但静文还是高兴得不得了。她将袖子往上挽了挽,拉着子昂就要往外跑,想去给小伙伴们显摆她的新衣服。灾情刚过没几年,一般人家能吃饱穿暖就不错了,哪还有新衣服穿。欢颜把静文叫住,说:"把新衣服脱下来,等初一早上再穿。"静文和子昂只好悻悻地将新衣服脱下来,叠好放在窑后头的柜子里。

"这是你的。"余生从袄袄里拿出一条白色与天蓝色相间的羊毛格子围巾递给欢颜。欢颜一愣,下意识地将手背到身后,没有接,说:"咋还有我的?你教子昂念书大半年,理应我们给你送礼哩。"

余生见欢颜不接,就将围巾放到炕沿上。又从袄袄里拿出一包上好的烟叶和一个小孩玩的拨浪鼓放到炕沿上,说:"这卷烟叶给振东哥,这个耍货给子兴。"

"给娃们的礼物我收了,这些东西我绝不能要。"欢颜将围巾和烟叶往袄袄里塞。

"别忙着往里塞,我有事求你们哩!"余生挡住欢颜的手说。

"啥事?你只管说,千万甭说'求'字。"欢颜说。

其实,欢颜一直都想有一条这样的围巾,墨林在世时她曾给墨林提说过,但那时墨林实在是太忙了,要忙着教书养家糊口,还要忙着读书备考,哪有时间和心思去给她寻一条她一直心心念念的围巾。如今,墨林早已过世,一条这样的围巾却突然出现在她的面前,这不能不让欢颜又一次将余生与墨林联系在一起——余生到底是谁?他怎么会想起给自己买这样一条围巾?一个念头在她的脑子里突然闪过:余生会不会就是墨林!墨林死了,可墨林的尸首到现在也没人真正看见过!

但她很快就将这个念头打消了——如果余生是墨林的话,那他为什么不直说呢?再说,吴炳义上次来说的那些话,与尚礼哥他们去京城了解到的情况基本一致——墨林为救吴炳义而被官府抓了并迅速在菜市口问斩了。

自己这是咋了?想墨林想疯了?看见一个左撇子、给自己买了这么条围巾的人,就认定是墨林,这未免也太离谱了!

欢颜努力不让自己把余生与墨林联系起来。

余生的所作所为勾起了欢颜很多回忆。她想起了她与墨林在一起的那些充满幸福与艰辛的日子。与墨林在一起,无论生活有多难多苦,总会多一份色彩,这种色彩让苦难的日子变得有滋有味,让她对未来永远都怀着某种希望……后来,这种色彩随着墨林的过世消失了……

可现在,余生的出现,这种色彩似乎又一点点逐渐出现在她眼前,点缀了她的生活……

三

欢颜的心里正在翻江倒海,柳振东回来了。他一进门,看见欢颜和余生的神态都有些怪,心里就有一丝不舒服。但俗话说"有手不打上门客",柳振东强压住这种不舒服,扯着洪亮的声音十分夸张地叫道:"啊呀,稀客,稀客!"

柳振东拱手向余生打过招呼后,就将手里的一卷红纸交给子昂,说:"去裁成绺绺,给咱写上几副对子。"转身时他猛然想起什么,一拍脑门笑着说,"对呀,有你叔这个高人哩——让你叔给咱写。"

柳振东说着,就在桌子对过的靠子上坐下。二人寒暄了几句后,余生便说了他要柳振东两口帮忙办的事,他说:"其实也不是啥大事,就是想与你们结个干亲——让子昂给我做个干儿子。"

"这样子呀……"柳振东似有一些为难。

"这段时间与子昂处下来,觉得我跟这娃很有缘,打心眼里喜欢这娃。"余生说。

"可子昂的事,我做不了主呀,他是董家的人……"柳振东说。

"认干儿,又不是要儿子……"欢颜站在炕墙后面的灶台旁对柳振东说。

"这事也不急……你们再商量商量。"余生说。

子昂将红纸裁好拿过来,还拿来了毛笔和砚台。柳振东请余生写对联,余生拿起笔正准备写时,却像想起啥似的迟疑起来。他将毛笔交给子昂,说:"子昂,我说,你写……正好让你伯你妈看看你的长进。"

余生其实是怕欢颜认出自己的字来。

余生想了想,说:"上联就写:天上月圆,地下月半,月月月圆逢月半。"子昂边复述边扳着指头数,上联总共十五个字,他将两绺纸留出天地,将剩余部分折出十五等份,然后就在其中一绺的每一个格子里写下一个字。写完后,他放下毛笔,将那绺纸铺开放到炕上。

柳振东看着子昂这一套娴熟的动作,不禁吃惊地问:"子昂,你写过对子?"

"没有,伯!"子昂说。他想进一步解释说:"以前我大每年写对子,我都跟着他打下手。"可他怕柳振东生气就没把后面的话说出来。

子昂在桌子上铺开第二绺纸。准备写下联。他拿起毛笔,看向余生。子昂的表现,让余生心里既欣慰也难过。欣慰的是,自己以前教给子昂的东西子昂并没有忘;难过的是,那全家团圆其乐融融的幸福时光已经再也不可能有了。他看出了子昂在柳振东面前的为难和小心翼翼,他也为自己给子昂带来的这一切不幸感到难过……

见余生不吭声,子昂就问:"下联写啥,叔?"

余生忙收回自己的思绪,想了想,说:"下联就写:今日年尾,明日年头,年年年尾接年头。"

子昂写完后,将下联也铺放在炕上。还没等他铺开写横批的纸,余生已开了口,说:"横批就写:岁岁有今朝。"

那天,余生说,子昂写,写了好几副对联。欢颜抓把面,在铁勺里加上水和了和,放在锅底的炭火上打成糨糊,柳振东和子昂用这糨糊将这些对联分别贴在梢门、屋门和厦子的门上。红色的对联让满院子顿时充满了过年的喜庆。

看着子昂写的对联,三个大人都说不出的开心!

余生走后,欢颜对柳振东说:"余生也怪可怜的,在镇上无亲无故,就喜欢咱子昂……子昂也真是与他有缘,跟着他念了半年书,就轻轻松松地把胆小的毛病改了……还能写这么多字。"

柳振东却说:"余生可怜,我就不可怜了?"

欢颜觉察出柳振东的话里有话,就嗔怪道:"你咋可怜了?是没娃还是没老婆?是饿着了还是冻着了?"

见欢颜这么说,柳振东就说:"认干亲这事,只要你乐意,董家不会找上门来闹,我没意见……"

最后,柳振东和欢颜商定,认了这门干亲。

正月初五那日,余生在镇上的一家饭馆专门设席款待了柳振东一家,简单举行了收子昂为干儿子的仪式。从此,子昂往余生铺子里跑的次数更加频繁了。

入秋前的一天,柳振东走进余生的铺子。余生见他进来,忙说:"我正要找你哩,有个事得跟你商量。"

柳振东坐到椅子上,朗声问:"啥事?你只管说,还商量啥!"

"子昂不能再跟着我学了,得把他送到东街那所新办的新式学堂去。"余生说。

"你那么有学问,还是你教吧——子昂有啥做得不对的,你告诉我,我说他。那新式学堂可万万不能去,听说那里面乱七八糟的,子昂在里面会学坏的。"柳振东着急地说。

"现在兴办新式学堂哩,学堂里不只教娃们识文断字,还教算学……将来到高等小学还教格致、化学……这些我都不懂。"余生说。

"算学?咱子昂的算盘打得好着呢,你看他那'狮子滚绣球',周围的娃没一个能超过。"柳振东笑着说。

"算学哪是打算盘那一点东西,这里面的学问大着呢!……"余生说。

回家后,柳振东将余生的话说给欢颜听,欢颜说:"咱得给余生掏学费哩,再说是干大,人家也不能老这么白教子昂呀。"

第二天,柳振东扛了半袋粮食到余生铺子里,余生一见便问:"你这是弄啥?"

"子昂他妈说,不能老这么让你白教子昂啊!"柳振东说。

"你们把我当成啥人了?"余生十分生气,说话的声音都有些抖,"他是我……干儿!"

柳振东没想到余生会生这么大气,忙赔不是:"甭生气,甭生气,也没别的意思,就是觉得你也需要粮食吃不是。"

"老哥啊,世道变了!你们不出去不知道。人家娃都在学西学,咱不能耽搁了子昂啊!"余生十分严肃认真地说。

"好好好,听你的,咱就送子昂去新式学堂……只是,这袋粮食你得收下——不能让我再扛回去吧?!"柳振东说。

余生觉得让柳振东把粮食再扛回去也不合适,想了想就说:"那行,粮食留下……但咱可得说好,子昂去学堂念书的学费由我来掏。"

"那咋能行?!使不得,使不得!"柳振东忙摆手说。

"那这粮食你就扛走。"余生说。

柳振东只好答应了余生的要求。

子昂在新式学堂里念书后,余生经常关了铺门骑马出去,一走就是好几天。每次出去回来都会给柳振东一家和王老先生爷孙带礼物。谁也不知道他究竟去了哪里,干了些啥事。有人就猜,他是到城里逛窑子去了,也有人说,他在外地有女人和娃,他是去看自己的女人和娃了……不是明媒正娶的吧?要不然咋不把他们带在身边?!

这天,余生从外地回来,又带了些礼物去柳振东家。柳振东一家正在吃饭,柳振东硬留余生坐下来一起吃,他吩咐欢颜把家里的半坛酒拿来,他要和余生好好喝几口。欢颜拿出那半坛酒,又给二人弄了两碟子下酒菜,摆在桌上。

余生本是不能喝酒的人,当年在保定安肃县孙老爷家从失忆失智中清醒后,他就经常与孙老爷对饮,借酒消愁,久而久之,酒量也就练了出来。

柳振东借着酒劲问余生:"你这经常往外跑,有啥事在外头要办吗?"

余生想了想说:"做点生意。"

"啥生意,咋还弄得神神秘秘的?"柳振东问。

"没啥神秘的,就是怕知道的人多了,生意不好做。"余生说。

原来,余生每次出去都是到耀头窑订瓷器,然后雇人拉到长安,卖给那里的几个商户。过段时间,他估摸着长安商户的货快完了,就又从耀头窑拉些送去。子昂到新式学堂上学后,他又发展了渭南、咸阳几个城里的买卖。

那天余生走后,欢颜问柳振东:"余生的生意都在城里,咋又偏偏住到咱这小地方来。"

"你咋就那么关心余生的事? 每个人都有自己的不得已处,兴许是做生意与人结下梁子了……"柳振东一听欢颜提余生心里就不舒服。

他不知道,在欢颜的心里越来越觉得余生可能就是墨林。就拿余生住在丰镇生意却都在城里这件事来说,就是一个很好的佐证。可令欢颜百思不得其解的是,如果余生是墨林,那他为什么不告诉自己呢?!

子昂在新式学堂念书后,余生跟他的关系似乎更亲密了。余生让子昂将学堂里发生的一切都讲给他听。子昂说,学堂里有两个先生,一个是总教,教中学,另一个是分教,教西学。中学教的内容仍是四书五经,西学则教算学、洋文、绘画……余生对西学非常感兴趣,一有空就让子昂给他讲西学课上学到的东西,子昂讲得眉飞色舞。

余生对子昂的过分上心,让柳振东的心里越来越不是滋味,尤其当他看到子昂跟余生比跟自己还亲,欢颜对余生的事越来越上心时,心里就有一种难以言说的失落,甚至会有一股无名火压制不住地想往外冒。一次,他终于忍不住对欢颜说:"这干儿都快成亲儿了。"

"干儿就是干儿,咋能成亲儿——瞧你那心眼小的。"欢颜不以为然地说。欢颜的态度让柳振东更加恼火。

欢颜每见一次余生,都会在余生的身上发现一些墨林的影子——一个动作,一个神态,做事的风格,尤其是在子昂念书这件事上的表现——这哪是一个干大所能做到的。多少次,欢颜都想问余生——他到底是谁?他是不是墨林?可每一次,她的话就要出口了,却又咽了回去。她觉得不可能,也怕听见余生说他不是墨林,那样的话,她内心里的那点幻想就会彻底化为泡影。于是,欢颜就这么悄悄地将余生当作墨林放在了心里。她越来越关心起余生的生活和身体。家里只要吃点好东西,她都会让子昂给余生送过去一些。她也会经常让子昂向余生嘘寒问暖。她还会让子昂将余生的棉衣、棉被拿回来给他拆洗……

欢颜对余生的这种过分关心虽已让柳振东看着不舒服了,但碍于子昂是余生的干儿子,余生又独自一人在镇上,家里没个女人照管,柳振东也只能打掉了牙往肚子里咽,啥话也不说。可那天发生的一幕却让柳振东实在忍不下去了,他内心里的那股妒火终于喷发了出来。

那天后晌,柳振东抱着子兴、引着静文从外面回来,一开屋门,就看见余生正坐在自己平时坐的靠子上,子昂站在他跟前,欢颜坐在对面的炕沿上,不知因为啥事,三个人正高兴地笑着,还都笑出了声。见柳振东进来,三个人又都突然收住了笑。那一瞬间,柳振东感到十分尴尬,感觉自己好像走错了门,进到了余生、欢颜、子昂一家三口的家里……

出于礼貌,柳振东忍住火气没有发作,可他的那张脸却长长地沉了下来。余生见状,马上站起来向柳振东告辞,抬脚往外走。柳振东并不挽留他,心想,自己成天黑水汗流在地里刨食,供养着他们娘仨,到头来,全是给他忙乎了。

聪明的静文见父亲突然不高兴了,赶紧拿来水烟锅递给柳振东。柳振东的心里这才略有了些安慰。可他还是没忍住,将憋在心里的那句伤人的话说了出来:"要觉得他好,就带着子昂跟他过去,我不拦……"

欢颜没想到柳振东会这么看自己,顿时气得一句话也说不出来。改嫁给柳振东这么多年来,她与柳振东之间除了为柳振东娇惯静文而红过脸外,很少为别的事红过脸,更不用说生气吵架了。现在,柳振东竟因为余生而对她说出这么难听的话来,这简直比打她一顿还让她难受。欢颜的嘴气得发青,哆嗦了半天,最后,两股眼泪不听使唤地流了下来。她在心里默默地说:

余生,你是墨林吗? 如果是,你就告诉我一声,别让我这么难做人!

柳振东见欢颜哭了,顿时慌了神,他怕她这一哭再回了子兴那好不容易才有了的奶水,立马软了语气说:"你也替我想想——换了你是我,你会咋想?"

自那日后,欢颜再不让子昂去余生那里了,也再没邀余生来家里吃过饭,而柳振东也几乎没再去余生的铺子里闲遛过。

欢颜每天在家里几乎不说一句话。欢颜不说话,静文和子昂也都不敢吭声,家里的气氛变得异常沉闷。这种沉闷的气氛直到家里来了个新人才被打破。

子兴七个半月时,柳振东借麦收前的农闲去了趟离家二十里的煤矿,准备拉些煤到镇上卖。

那天,他到大煤堆处,发现有个男孩,满脸煤黑破衣烂衫地蹲在煤堆旁。柳振东将车子放下,准备歇息一会儿再往车上装煤时,那男娃却突然站起来,端直朝自己这边走来。

男娃走到柳振东跟前,二话没说就从柳振东拉的车上拿下铁锨,给柳振东装起煤来。柳振东向周围人一打听才知道,这男娃是西面一个山沟里的,几年前与母亲一起出来逃荒流落到了这里。据男娃说,他母亲出来没多久就死在了逃荒路上,他一个人一边要饭一边走,不知怎么就走到了这个煤矿上。那些人说,刚到矿上时,男孩才四五岁,问啥都说不清。他靠吃百家饭活了下来,稍大一点后,为了活命,他经常跑到煤堆上帮人干活。男孩干活不惜力气,常常让被帮的人感动得不得不从自己碗里分出一点吃食给他,这样男孩就在矿上待了下来,一待就是好多年。

男孩的事,让柳振东十分同情,看着他皮包骨头、穿得破破烂烂的样子,柳振东动了恻隐之心。他将男孩带回家。欢颜给男孩烧了一锅热水,让男孩洗了澡,换上了一身子昂的干净衣服。

欢颜问男孩叫啥名字,男孩说:"浪儿。"

欢颜又问,咋叫了这么个名字。男孩说:"矿上人给起的。"

欢颜再问,原来叫什么。男孩摇摇头,说:"忘了,我妈咽气时我还太小。"

欢颜觉得"浪儿"这名字难听,就与柳振东商量着给男孩起了个名字——子常,小名叫常。男孩不知道自己的年龄和生辰,欢颜便根据他叙述的情况,给他定了个比子昂大一岁的年龄,生日定在柳振东将他捡回来的那一日。

欢蓉改嫁后一直没有孩子,柳振东将子常领回来那日,欢颜本想把子常送给妹妹欢蓉,柳振东却说:"欢蓉男人那么细发,子常这么能吃,只怕人家不要哩。"

欢颜觉得有道理,也就把此事搁了下来。

四

张家庄有户侯姓人家,媳妇一直怀不上娃,听说柳振东捡回一个男娃,就托人来找柳振东,想将这男娃要过去。柳振东见侯家的家境不错,便欣然同意。

子常被送到侯家后,柳振东却日日惦记着子常,在他心里,子常反而比子昂还要亲上几分。一次,柳振东借外出做生意专门绕道去张家庄看子常。他让人将子常叫到村头,与子常站在路边说话。见子常面如菜色,人也瘦了许多,柳振东就问子常咋回事。子常说侯家人嫌他吃的多,经常在吃饭时借故骂他,弄得他顿顿吃不饱,有时还干脆罚他,不让他吃饭。

柳振东一听就火了,他拉起子常就往侯家走,他找到侯父质问道:"你咋能这么狠心,光让娃干活,不让娃吃饭!就算子常是头牲口,你是不是也得让他吃饱!"

侯父笑眯眯矢口否认:"谁给你说我不让他吃饱了……他是我儿哩,咋能比作牲口。"

柳振东问侯父,既然子常吃饱了,那咋还瘦成那样……两个人你一句我一句大吵起来。柳振东拍着桌子警告侯父:"你要敢再这么对待子常,我可就不客气了！"

侯父怯于柳振东的脾气，当下没再多说什么，可柳振东一走，侯父便将子常关起来狠狠地揍了一顿，还罚他两顿不吃饭。子常不怕挨打，就怕不让他吃饭。柳振东再来看他时，他就不敢再给柳振东说实话了。子常虽没说啥，柳振东却看得出来，子常在侯家的处境越来越差。他放心不下子常，不断去看他，也经常与侯家人争吵。

说来也怪，侯家因为一直怀不上娃才要了子常。有了子常却怀上了自己的孩子。他们有了自己的孩子，对子常就更加不好了，除了不让子常吃饱，动不动还拳脚相加，希望能借此将子常逼走。可无论他们怎么虐待子常，子常就是不走。子常不主动走，他们也不好明赶，因为不管咋说，他们也是张家庄有头有脸的人家，不能让村人说闲话。有次，柳振东又跑去与侯家理论，侯父冷冷地说："嫌我们待他不好，你把他领走得了！"柳振东一气之下便将子常带了回来。

子常是个很能吃苦的孩子，柳振东带他到地里干活，不说停，他就一直干着。拉土拉粪，子常一个人就能轻轻松松将活干完，根本用不着柳振东搭手帮忙和操心。

有了子常，柳振东一下子感到轻松了许多。但子常的食量却大得惊人，给他多少东西吃似乎都填不饱他的肚子。一次，欢颜想看子常到底能吃多少，就让他只管吃，直到吃饱为止。欢颜做的是捞面，子常竟一口气吃了二十多碗，那边一碗接一碗从锅里捞，这边一碗接一碗吃，捞的没有吃的快。

吃得多，自然力气就大，村人经常激子常，让他干一些匪夷所思的事情。有天，村人对子常说："子常，你力气大，能搬动那个碾盘不？"

子常说："当然能！"

村人说："吹牛！"

子常最不愿听人这么说他，分明是看不起人么！但子常也有子常的心眼，不能随便叫人这么作弄自己。于是，他就经常会借此类事情跟人打赌，赌注永远都是吃食。那天，他与村人的赌注是十个蒸馍。子常真的就搬起了那个平时要三四个大男人才能抬得起来的石碾盘。但在他往下放碾盘时,却不小心将左手的四根手指压在了碾盘下面。当时,其他人见状忙上去抬碾盘,想帮子常将手指抽出来,结果,他们弄了半天,碾盘仍是纹丝未动。子常已疼得脸色惨白,汗珠直冒,一急之下,他让那些人都闪开,自己忍着剧痛使劲用力再次把碾盘搬起,然后重新放下。再看他的四根手指,已被压成了扁的,血肉模糊。

夏天,街上摆了好几个瓜摊卖西瓜。有个卖瓜人设赌局,让周围人用麻钱往西瓜里撒,说谁要是将麻钱撒到西瓜里,这个西瓜就归谁,如果撒不进去,那这个麻钱就归他。围观的人都觉得这是件非常容易的事,西瓜那么大,皮那么脆,刀一挨都会裂开,扔个麻钱进去还不是轻而易举的事! 于是每个人都跃跃欲试,但整个下午却没有一个人撒进去过一次。麻钱全让卖瓜人给拿走了。

子常站在一边看了一会儿,就对身边的一个人说:"你借我个麻钱,我还你半个西瓜,行不行?"那人开始还不想借,后来一想,子常是啥人? 能将碾盘搬起来的人哩! 他从口袋里摸出个麻钱递给子常。

子常拿着那个麻钱,扒开人群走到瓜摊子跟前,只见他举手轻轻一撒,麻钱就进了西瓜里。

"撒中了! 撒中了!"周围一片欢呼。子常将那个西瓜用手轻轻一拍,西瓜成了两半,他将麻钱从西瓜里掏出来在衣服上擦掉瓜瓤,然后揣进自己的口袋里,将一半西瓜给那个借麻钱给他的人,一半自己端着三两下就吃完了。

整个夏天,子常就这样用一个麻钱,白吃了很多西瓜。子常百发百中,卖瓜人一见子常来就有些害怕,他不得不规定,一个人若是撒中了,当天就不准再撒了。

余生虽曾劝子昂逢年过节回董家去看看,子昂口头上答应了,却从来没回去过一次。因而,董家还是时不时会派人来要子昂。现在有了力大无比的子常,董家对子昂再起了要往回要的心时,也不敢轻易找上门来硬要了。倒是欢颜,总惦记着义林的赌债。可她也只是惦记,无力帮义林偿还——自己家孩子一大堆,日子过得紧紧巴巴,哪还有闲钱替义林还债。后来,她听人说义林卖掉了她原来在董家村的那半院子庄子和一部分地,还清了赌债,从此也就彻底地放下了义林。

子昂在新式学堂读书的第二年开春,学堂里新来了个教西学的先生,子昂觉得这人十分面熟,却就是想不起是谁。直到那天这人走进他们教室开始介绍自己、给他们上课时,子昂才想起了他是谁:这不就是在陕南时曾在自己家治病还给君安哥教过拳脚功夫的张光明张叔吗!子昂高兴地差点叫出声来。可张叔为啥介绍自己是张发祥而不是张光明呢? 张叔剪了辫子,鼻子上多了副眼镜——难怪自己没有马上认出他来。令子昂不明白的还有一点,那就是张叔好像没认出自己来,才三年多没见,自己变化有那么大吗?!

那堂课子昂几乎没听进去几句,脑子里不断闪过一个个疑问。他一直盯着讲台上的张先生看,希望他能朝自己这边看一眼,如果他看过来,自己就对他招招手,示意自己认识他。可张先生自始至终都没往他这边看一眼。难道是我认错人了? 子昂正在心里犯嘀咕,就听见张先生说:"下课。"

张先生合上书,准备转身往出走时,突然朝子昂这边看了一眼,这一眼正好与子昂疑惑的目光相遇。子昂从这一眼中断定他就是张光明。

张叔很快走出教室,子昂想跟上去叫住他,却马上打消了这个念头,他从刚才的那一眼知道,张叔一定也认出了他,只是不想认、不能认。但为啥不能认,子昂却不知道。

从学堂回去,子昂忍不住,还是去了余生那里。他将这件事告诉了余生,余生叮咛道:"他不认你,你就一定不能主动去认他——这里边一定有隐情。"

于是,子昂每天照常去上课,照常装作以前并不认识张先生。没想到,一周后,张先生却主动找子昂了。

那天,张先生像往常一样给子昂他们上课,下课时,突然点了子昂的名,说:"你来我窑里一趟,我给你说说你的作业。"

子昂不哼不哈地跟在张先生后面进到他住宿兼办公的窑里。张先生等子昂一进来就关了门,问:"子昂,你知道我是谁,对吧?"

"嗯,张叔!"子昂点头说,他记着干大余生的话,不敢随便多说。

"你大概纳闷我为啥装作不认识你。"张先生扶住子昂的肩,看着子昂的眼睛说。

子昂点点头，又摇摇头，仍是尽量不说话。

"很快你就会知道我为啥要这样，但现在我还不能给你说……你得替我守住这个秘密——这样对你对我都好。"张先生说。

子昂仍只点头。

"你大舅大妗子还有君来、君安和君明都还好吧？"张先生问，脸色活泛了许多。

"他们都好着哩……我君安哥和我君明弟在他们村上的私塾念书，君来哥在屋帮我大舅干活。"子昂见张先生回到了以前他见过的样子，马上也放松下来。

"你别说，我还挺想你们这几个小家伙哩！"张先生拍拍子昂的肩膀，离开子昂，坐到桌旁的椅子上说。

八月十五这天，欢颜一大早起来发面蒸蒸饼。她在面里揉进了盐、芝麻和椒叶，擀成一张张薄饼，抹上油，一层层摞起来蒸。蒸好出锅后，她再将一张张蒸饼摊放在案板上，等晾凉了再摞起来，用笼布包好，包进袱袱里，准备给大哥尚文他们送去。

子昂一听母亲要去大舅家，就要跟着一起去，说自己有重要事情给君安哥说。"有啥重要事你给妈说，妈替你告诉你二宝哥。"欢颜说。

"不行，这事必须我自己亲自给我二宝哥说。"子昂一直都是个听话的孩子，这次非要去见君安，将"重要事"亲自告诉君安，欢颜也就答应了。

子昂和母亲到大舅家后，将胳膊上的袱袱一放，立时就去找表哥君安。他拉住他往没人处跑，说："二宝哥，我有个天大的秘密要告诉你哩。"

君安一听"秘密"二字，顿时两眼放光。他跟着子昂跑出村子，来到田埂上。子昂往四下里看了看，确定的确没啥人后才喘着粗气对君安说："你猜，我看见谁了？"

"梁大奎？在哪？"君安的眼睛瞪得跟牛眼睛一样大，声音因为兴奋而有些变调。

"不是梁大奎，是张光明张叔！"子昂说。

"噢,不是梁大奎那狗日的呀!"君安顷刻泄了气,一屁股坐在田埂上。"谁?张叔?我师傅!"他突然反应过来,马上又站起来,眼睛里又冒出了惊喜之光。

子昂将他遇到张叔前前后后的事全部告诉了君安,最后叮咛君安道:"你要守住这个秘密,千万莫给其他人说……我干大说,如果让人知道了,大家都会遭殃。"

君安答应了子昂的请求,但却在心里筹划起一个惊人的行动来。

子昂和母亲走后,君安缠着大伯尚文要去镇上子昂所在的新式学堂念书。尚文不答应,说镇上的新式学堂才办没两年,学不到啥东西。其实尚文担心的仍是君安的安全——新式学堂里充斥着各种新思想,君安又那么容易冲动,万一再惹出啥事来咋对得起弟弟尚礼!

可无论尚文怎么劝,都无济于事,君安吃了秤砣——铁了心了!

尚文与弟媳香莲商量,香莲也是拿君安没办法,于是,尚文只好将君安送到了丰镇。

君安在新式学堂念书后,吃住都在大姑欢颜家,上学下学都与子昂结伴同行。他谨记子昂的叮咛:张叔不找他,他就装作与他不认识。

与子昂一样,君安上学数日后,张光明先生才以给他说功课为由将他叫到自己的窑里,与他相认。从此,君安课后总是借请教问题进入张叔的窑里。他继续向张叔请教拳脚功夫,张叔也继续给他讲外面的事情。

君安到新式学堂没几天,吴炳义突然来了。他像张光明一样也剪了辫子,但他没有戴眼镜,皮肤也特别黑。他在张光明的窑里住了一夜,第二天一大早又走了。吴炳义走后第三天,张光明领着君安离开了学堂。

那天,子昂和君安正坐在教室里晨读,君安突然给子昂说自己肚子疼要去一下茅厕。君安出去后再没回来。子昂见君安半天没回教室就出去寻找,他寻遍了整个院子都没见君安的踪影,他去张叔的窑里找,发现张叔也不见了。他回到教室,越想越害怕,就收起书,准备跑回去把此事告诉干大余生。收君安书的时候,子昂在书底下发现了一张君安留给他的字条,上面写着:子昂,张先生要去长安办事,我跟着去玩几天,很快就回来,你告诉大姑一声,让她放心。

十天后君安果真回来了,他一脸疲惫,满身血污。子昂看见他时,他正被几个村人围在离家不远的巷道里说话。"……现在是汉人的天下了,那长安满城里的那些满人哩?"

"满城已经被'秦陇复汉军'攻占了,头几天,'秦陇复汉军'看见满人就杀,后来就不让杀了。"君安说。

"要是满人换成汉人的衣服跑了哩?"

"满人女人不缠脚,那大脚片子一出来,就露馅了。"君安说。

"你也杀人了?"

"我没杀,我帮着传递消息哩……"君安说。

子昂推开围着君安的人,一把拉住君安,往回走,他低声问道:"张叔呢?"

"他还在城里……他怕咱屋人担心我,让我先回来给你们说一声——过几天他就派人来接我。"君安边走边说,"张叔是'反正'里的一个头头哩……你猜他的真名叫啥? ……他不叫张光明,也不叫张发祥,叫苏天明!"君安因为兴奋,声音越来越大,子昂吓得直捂他的嘴。

"你甭害怕,革命成功了,衙门里的清吏都跑了,现在是张叔——不,苏叔他们的人主事,干这些事再也不用偷偷摸摸了。"

子昂仍是不放心,拉着君安迅速进入自家的梢门。

"不过,有个坏消息我要告诉你……"君安脸上兴奋的神色顿时不见了。

"啥?"子昂站住脚看着君安问。

"吴叔死了!"

"吴炳义吴叔吗? 咋死的?"

"被清军用刀捅死的……"

君安果真又走了。

苏天明当了新政府的知县后专门派人来接君安,他给尚文写了封信,让那人交给尚文。他在信中说道:新政府成立伊始,各方面都需要人手。君安虽年纪轻轻,却有勇有谋,将来一定能干成一番大事……我真诚希望你能让君安去县府,一来给我当个助手,料理我的日常生活;二来也好在我的身边历练历练……

尚文和香莲根本劝阻不住君安,只好让来人将他带走了。谁也没想到,在君安的心里,跟着苏天明学拳脚,去城里参加"反正",到县府给苏天明当助手,其实都是为着一件事情——报仇。他曾在心里那么崇拜大伯尚文,觉得他有勇有谋,无所不能。可父亲和祖父祖母被梁大奎他们害死后,大伯不说为他们报仇还带着一家人躲到了陕南,大伯的所作所为让他感到失望,他再也不崇拜他了,甚至有些瞧不起。那时,他只恨自己太小,做不了自己的主,不能去给自己的亲人报仇。后来,他慢慢理解了大伯,没有人手没有枪,咋与有枪有人手的梁大奎干……就在他一筹莫展的时候,老天爷将苏天明送到了他面前,苏天明教会他拳脚功夫的同时,还为他打开了一扇通往外部世界的大门,让他看到了某种希望。

这日,一个下属来找苏知县汇报事情,汇报完,两人坐下来闲谝,不知怎么就谝到了梁人奎那股土匪。那人说:"梁大奎那股土匪最近不断出来活动,搅得山下百姓不得安宁……有人抱怨新政府还不如清政府,以前清政府还摆摆剿匪的样子,现在的新政府连样子都不摆,弄得盗匪竟比以前还猖狂……"

这话恰被进门倒水的君安听见,君安脱口便说:"灭了狗日的去!"

苏知县和来人都看了眼君安,然后又互相对视了一下。苏知县当即朗声说道:"君安说得对,灭了这伙狗日的土匪去!"

接下来的几天,苏知县开始筹划剿匪这件事。君安自告奋勇前去打探梁大奎的行踪,苏知县同意了。君安出走七八天,打听到了梁大奎的行踪,回来报告给苏知县,苏知县与相关人当即就谋划了清剿行动。

当梁大奎带着大队人马准备下山大干一票时,就被埋伏在半道上的县上的官兵给一举歼灭了。双方开战后,君安的那双眼睛一直紧盯着梁大奎不放。

刚开始时,梁大奎觉得自己所带人手很多,根本就没把县上的官兵放在眼里,他骑在马背上,神气十足地一挥手喊道:"打!"嘴里还不忘嘀咕一声,"敢挡老子的道,也不看看自己能吃几碗干饭。"

可他很快就发现自己根本不是这些官兵的对手。对方不光人多势众，还个个有枪，枪法还都很准。他和他的弟兄们瞬间都成了他们的活靶子。他调转马头准备往回跑，没想到，刚跑两步，就被一把甩过来的飞刀刺中了胸口，跌下了马。他挣扎着想爬起来，一只脚却踩在了他的肩上，把他蹬翻。他看见一个不到二十岁的小伙子正睁着一双仇恨的眼睛瞪着他，问："你可记得姬崇德和姬尚礼？"

梁大奎已经说不出话来，他的胸口正突突地往外冒血沫子。他半睁着眼睛看着君安，已经记不起姬崇德和姬尚礼是谁了。

"你杀的人太多想不起来了是吧？我来提醒你，就是被你杀害了的姬家洼的我爷和我大。"

梁大奎好像想起来了，眼睛一亮，但马上又闭上，死了。

君安报了家仇，郁结在尚文心口的那团气得以消散，可他却不知怎么就是高兴不起来。在尚文看来，报仇这件事，本该由自己亲自去完成，最后却由君安这个十几岁的娃完成了，这让他简直羞愧难当、无地自容。他不是不想报仇，几年来，这个念头无时无刻不在他的脑子里闪现。但赎父亲时所发生的一切让他明白，要对付梁大奎这帮土匪，手中就必须有枪，还必须有许多扛枪的人，可他到哪里去弄这些扛枪的人去？！对官兵，他已彻底地失去了信心。他也曾想过到队伍里去寻个差事，找机会拉着队伍回来报仇。可自己走后一家老小怎么办？……就在尚文为报仇这事还未想出一个万全之策的时候，君安却神不知鬼不觉地将仇报了。那天，当君安两眼放光，站在他面前给他兴奋地述说报仇经过的时候，他的内心，竟像打翻了五味瓶。

君安回到县府后没多久，苏知县调离了本县，去南边的一个县上任，君安便也随着他一起去了。之后的很多年里，君安很少回家，也很少给家里捎信。他要将母亲香莲接去与自己一起过，母亲死活不愿去，说她要守着尚礼的坟。直到二十多年后，君安才带着自己的妻儿回到了登城县城。

五

那年君安跟着苏知县走后不久,欢颜为柳振东生下了第二个儿子,柳振东为这儿子起了一个响亮的名字——子龙,小名龙龙。柳振东老来又得一子,稀罕得不得了。

子龙一生下来,欢颜的奶水就有了,柳振东提着的心顿时放了下来。可就在他幸福得一塌糊涂的时候,一桩悲剧却悄然发生了。

那是来年夏收开始后的一天下午,欢颜给半岁多的子龙喂了奶,看着他睡着后,就将子龙和子兴留给静文看着,自己拿着掀板和镰刀下了地。掀板是一块上面拴着一个绳环的木板,割麦时,小脚女人们便把掀板垫在屁股下面,半个屁股坐在掀板上,半个屁股靠另一只腿支撑着。她们将绳环套在膝盖上,割一截麦抬起腿往前挪一下,掀板就被带着往前移一下。

柳振东最近一直闹肚子,吃的东西在肚子里停不了多久就都拉了出去。几泡屎后,柳振东明显瘦了,人也没了力气。欢颜给他弄了些药喝,却没怎么见效。眼看着熟透了的麦子就要干落到地里,柳振东心里着急,强撑着身子在地里割麦。欢颜心疼柳振东,不顾他反对,在子龙吃饱、睡着后就去地里帮着柳振东父子一起割麦子。

那天她走后不久,子龙就醒了。子龙哭得厉害,静文哄不住,只好将他抱着去地里找欢颜。静文走时想将子兴一起带着,子兴却哭着不去。他刚才正在睡觉,突然被弟弟子龙吵醒,没睡够,正眼睛闭着闹着要睡觉。静文没办法,只好将子兴留在家里,说:"你乖乖在家睡觉,姐把弟弟送到地里就回来。"子兴"哼"了一声,一转头又睡了。

怕子兴醒了后发现屋里没人会害怕,静文就没锁家门和梢门。可谁料想,静文走后不久,子兴就醒了。他发现姐姐静文还没有回来,就自己下到脚地出门去找。路过村头的涝池时,他看见几个孩子在那里玩水,就不由自主地也去玩,玩高兴了,便忘了找母亲和姐姐这档事。他玩着玩着,不料脚底一滑,滑进了涝池。他滑下去的地方正是涝池沿最陡的地方,一下去人便看不见了,只有几缕头发在上面飘了一下……

一个老婆去涝池洗衣服,看见有蓝颜色衣服漂在涝池里,以为是谁家的女人洗衣服时将衣服冲到水里了,就找来一个竿竿勾,这一勾,才发现是个孩子。等她叫来人将孩子捞出涝池时,子兴已经死了。

子兴的死对欢颜和柳振东的打击都非常大。虽说柳振东自始至终都没说过一句抱怨静文和欢颜的话,可欢颜的心里却充满自责。她在很长一段时间里都像失了魂一样,经常坐在门口,逢人便念叨:"他一看见我,就跑过来,接过我手里的掀板,拉着我一起往回走……"欢颜每次这么说时,都会抑制不住地流眼泪,一双眼睛很快就哭得像两个烂桃。

十岁的静文已经被这事吓得不轻,看见母亲这样,便抓起母亲的一只手使劲往自己的脸上打,央求母亲道:"妈,你打我吧——都是我的错,我不该把兴一个人放在屋里……"

她也会抓住柳振东的手,央求他打自己,说:"大,这事不怪我妈,怪我,你打我吧!"

柳振东看看她,抽出手,说:"大不怪你,大咋能怪你……要怪,就怪兴娃命不好,是个短命娃……"柳振东的确不怪静文,静文才十岁,她懂个啥?!

那些天,柳振东无心干地里的活,更无心出去做生意,整天只想找人喝酒,麻痹自己。有一天,他走出梢门,竟鬼使神差地走到了余生的店里。他一屁股坐到门口的板凳上,看了余生一眼,然后就两眼无神地看着街上,不住地唉声叹气。余生见状,便关了店门,将他请到后院的堂屋里,让王老先生炒了一盘鸡蛋,调了一盘凉粉片片,陪着他一起喝酒。

起初,柳振东并不说话,只是低着头一盅一盅闷声喝酒。他不说话,余生也就不吭声。后来,柳振东喝多了,便红着眼看着余生说了很多话。虽然他的舌头发硬,说的话颠三倒四,但余生还是听出了他的意思。

"……我是罪人,顶了柳家的门,却守不住柳家的人——好不容易有了兴娃和龙龙,兴娃却就这么……我看子昂他妈那样子——怕是活不成了……你得替我劝劝她,她听你的——你能劝到她心里去……唉……要不是她非去地里割啥麦,我那兴……就不会……"

余生硬着舌头打断他的话说："话可不能这么说……子昂他妈也是为了家里,为了你呀……你也不用担心子昂他妈,她那也是一时难过,过段时间就好了……她这辈子……经见的事……那么多……她都挺过来了……"

余生突然不说了,两股眼泪从眼镜片后面流了下来,他放下酒盅,摘掉眼镜,用手掌擦眼泪,结果越擦越多,最后,竟呜呜地哭出了声。

"我娃没了,你哭啥哩?难不成……你真的喜欢子昂他妈?"柳振东好像突然醒了酒,瞪着眼,大声问余生。

"老哥,你想哪里去了?我想起我娃了……"余生收住哭声,一字一顿地说。

"你娃?你成家了?……你娃咋了?你屋在哪?你咋成了这个样子……"柳振东硬着舌头发出一连串的询问。

"哎……不说了……不说了——都是不能提说的噩梦……"余生摇着低垂的头,胡乱摆着手,眼泪、鼻涕和口水和在一起,滴落到面前的桌子上。

"你不愿说就算了——只看你脸上的疤,我就知道……你也是个苦命人……"柳振东又恢复了他那酒醉的状态。

"她还不老,等身子养好了……再怀个娃……你老哥比我强,可不能灰心……"余生劝柳振东道。

"我知道你是好人,对子昂和我一家都好……我只是……不能没有子昂他妈——我不能没有她呀……"柳振东将脑袋搭在桌面上,闭着眼断断续续地说,口水流了一桌子。

"……我只是喜欢子昂这娃——他像我那失去了的儿子……我只想帮他……"

后来,余生说余生的,柳振东说柳振东的,他们各自说自己的,谁也不听谁。二人喝了整整一下午酒,直到都喝得烂醉如泥。

晚上,欢颜见柳振东迟迟不归,便有些担心,她指派子昂和子常分头去找。两个儿子出去后,半天不见回来,欢颜的心里就有些发毛,她鼓起劲,从炕上爬起来,走出梢门,去寻那苦命的男人柳振东。当她找到余生家,推开余生的屋门,看见躺在炕上的柳振东和趴在桌子上、没有戴眼镜的余生时,心里提着的那口气顿然一松,差点倒了下去。她赶紧扶住门框,让自己站稳。

余生被欢颜推门的响动激醒,他吃力地睁开眼,硬撑着坐起身看了看门口。嘴里嘟哝了一句:"谁呀?"当他借着油灯微弱的灯光看清站在门口的人是欢颜时,就赶紧摸着那副墨镜戴上,然后使劲咧了咧了嘴,挤出一丝傻傻的笑,说:"来了!"

欢颜苦笑了一下,软绵绵地走到炕前,把躺在炕上的柳振东往起拉。余生晃晃悠悠走过去帮忙,他没将柳振东拉起来,却将自己一下子拽倒在柳振东身上,一口污物随之喷了出去,喷得柳振东满脸、满身都是。柳振东伸手一抹,翻个身又沉沉地睡了。

欢颜将余生费力拉开,扶着他坐到凳子上。就在她准备抽身离开的时候,余生突然将头埋在她的身上,双手顺势抱住了她的腰。欢颜大吃一惊,全身一颤,一边掰余生的手,一边用她那有气无力的声音说:"你俩喝了多少? 糊涂成这样!"

她终于将余生的手掰开,将他扶得爬到桌上。就在这时,欢颜在余生闭着的眼角看到了流出来的泪。她当即上手去摘余生的墨镜,想好好看看余生的脸。没想到,烂醉如泥的余生却一把抓住她的手,阻止她摘自己的墨镜。

子兴没了后,余生一直很担心欢颜与静文,怕她们会因为自责而出啥乱子。他实在想去柳振东家给欢颜母女俩宽宽心,但却一直碍着柳振东而没有去。现在,欢颜就在面前,他便用他醉酒下那点残留的清醒,嘴里含混不清地劝欢颜道:"娃们都是嫩芽子……很容易断……谁家的娃能生一个长一个……可你要没了……子昂、静文和子龙这几个娃咋办? ……你那墨林……万一回来了……咋办?"

欢颜一听"墨林"二字,忙插话问道:"墨林没死,是吧? 你知道,是吧?"

余生忙胡乱地摆手说:"我咋知道……"

"那你是谁? 你是不是就是墨林?"欢颜一把抓住余生的胳膊,瞪着余生的眼睛问。

"我……不是! ……"

欢颜又看到了余生流出来的眼泪。她想给余生擦,却听余生说:"嫂子……你去把王老先生叫来——给你搭把手……把子昂他伯弄回去……"

余生的一声"嫂子"瞬间让欢颜热起来的心又凉了下来——刚才被余生抱住的那一瞬,她以为他就要说自己是墨林了,可这一声"嫂子",已再清楚不过地告诉了她,他只是余生!

躺在炕上几天没吃没喝,欢颜的脚底下像踩着了棉花,她摇摇晃晃,软绵绵地走到窑后头,找来水盆、抹布,费力地擦洗掉柳振东和余生身上和炕上的那些污物,然后,就走出去,准备叫王老先生过来搭手把柳振东往回弄。就在她即将跨出门槛的时候,身后又传来余生的声音:"你要放宽心哩,娃没了还能再生……你要是没了……"

余生的话断了。

自那日在余生家醉酒后,柳振东和欢颜的精神似乎都慢慢好了起来,二人的关系也渐渐恢复了正常,但余生却依然没再踏进过柳振东家的梢门半步,甚至连后槐院也没再去过。子昂去找余生说学校里的事,余生也总是听的时候多,说的时候少,有时甚至找借口将他打发走。柳振东也没再去过余生的铺子。偶尔他从余生的铺子门口路过,也装作看别处而扭头走过去。

秋季学堂收假前,余生照样将提前准备好的学费交给子昂,让他上学时带到学校去交。

欢颜给子昂洗衣服时,发现了装在子昂口袋里的钱,就问子昂哪里来的,子昂说是余生给的学费。坐在一旁整理烟叶的柳振东一听这话,便停下手中的活,对子昂厉声说道:"去,把那钱退回去……我养得起你,就交得起这学费!"

子昂看看欢颜,又看看柳振东,不知该咋办。

"你伯说得对,咱屋交得起你的学费。"欢颜对子昂说,她走到子昂跟前,将那些银圆塞到子昂手里,"去,把钱退给人家。"

街坊邻居中渐渐起了闲话,说什么的都有。有说余生跟欢颜好,被柳振东抓了个正着,欢颜和余生跪地求饶,柳振东才饶了他们,两家便从此不再往来。

有说,柳振东见子昂对余生比对自己还亲,心里不舒服,就不让子昂再跟余生来往了,两家也就从此断了关系。

腊月二十那天,柳振东给子龙办了一桌周岁宴,酒席散场,客人们陆续离开后,已经喝得有些醉意的柳振东却突然想起了余生——余生今天没有来,最可能来的人没有来,这让柳振东的内心闪过了一丝失落。平心而论,余生是他这几十年里所交朋友里最儒雅、最大气、最仁义、最厚道、最谈得来的朋友……柳振东的内心升起了一些悔意。

柳振东拿了半壶酒,摇摇晃晃去余生家找余生,他要和余生喝几口。可等他来到余生家店铺门口的时候,却发现店铺的门上板关着。他来到后面的院子,发现余生的家门也已上了锁。

王老先生听见动静从自己的屋里出来,发现是柳振东便说:"他走了。"

"去啥地方了?"柳振东问。

"不知道——问他,他不说。"王老先生说。

"啥时候的事,你坐席来时咋没给我说?"柳振东又问。

"你没问么……昨天一大早就走了。"王老先生想说,"谁知道你俩之间出了啥事,哪敢随便说。"但他把后面的这句话咽下去了。

"没说啥时候回来?"

"看样子是不回来了,店里的东西都让人拉走了,店面也退给了我。"

柳振东忙上前将余生锁着的窑门推出一条缝往里看。

"甭看了,里面基本空了,剩下那些带不走的东西,都留给我了。"说着,王老先生转身去他屋里,"他给你留了两样东西,说你如果来,就给你,不来,就丢了。"

王老先生从他住的窑里搬出一个耀头窑烧制的油光发亮、做工精细的黑陶瓷器递给柳振东。柳振东将酒壶放到院子里的锤布石上,接过王老先生手中的东西,上下左右看了看。那东西有上下两层罐子,上面罐子的正面两边有两个椭圆形的大窟窿,两个大窟窿中间靠上一点有个三角形的小窟窿。三角形小窟窿的外形做成鼻子状,两边各有一个眼睛样的纹路。罐子的两侧做成耳朵状,让人乍一看这器具就像个憨态十足的人头。

柳振东知道这是为方便妇女一边干活一边看娃用的"懒婆娘"。妇女把娃放在罐子里,娃的两条腿从那两个大窟窿中伸出来,小便时,尿从小窟

窿中流出来,大便则直接掉进下面的罐子里。母亲干活时就不必操心娃的
屎尿问题了。柳振东以前见过的"懒婆娘"都是粗陶做成,做工十分粗糙,
余生送的这个,却是细陶瓷做成,做工精细、考究,表面质地光滑细腻。

柳振东端着"懒婆娘",一时瓷在了那里。

王老先生将另一样东西搬出来给柳振东。柳振东放下"懒婆娘",双手
接住王老先生手里的另一件东西。这个一看就知道,是个一岁多娃学走路
的小木车车。它下面装有木轱辘轮子,上面有一圈扶手,中间吊一长溜布。
柳振东顿然明白了,余生送的这个学步车是给子龙的,而那个"懒婆娘"则
是希望他和欢颜再能添个孩子……

柳振东提着这两样东西,怅然若失地回到家,心里充满了对余生的歉
疚。晚上,他把余生走了这件事告诉给欢颜,欢颜没说一句话。

欢颜虽不能断定余生就是墨林,但余生那晚醉酒后说的话却让她看到
了希望,她从失去子兴的痛苦中也开始慢慢走出来。

相对于欢颜,柳振东把他的难过藏在了心里,毕竟他是男人,毕竟他还
有一个亲骨肉——子龙。为了让子龙能健健康康长大成人,他也要打起精
神过日子。可谁承想,子龙却是一个让他伤透了脑筋的孩子,最后还险些
让自己也搭进性命。

六

余生离开丰镇的第二年夏天,卖完夏粮后,柳振东便在镇南街盘了一
间很小的门面房,经营些米面油盐之类的东西。

城里回来的男人都剪了辫子。接着,镇东街学校里的娃们也都剪了辫
子。他们回到家,吵吵着要给父兄剪辫子,说"革命"了,必须把辫子剪了。
没多久,柳振东父子几个的辫子都没了。欢颜看着这一个个变了样的脑袋,

笑着说:"剪了好,剪了看着精神,还好洗好打理哩。"

某一日,镇上有集,柳振东的一个外乡朋友走进铺子找柳振东谝闲传,柳振东不在,只有静文一个人在铺子里,他便故意逗静文说:"你这油多少钱一斤?"

静文说某某钱一斤。

那人又问:"我想买八两,得多少钱?"

静文很快就口算出来了。

那人继续逗静文,问,"哎哟,我带的钱不够,我再少买二两吧……这回我给你多少钱合适?"

静文不假思索地说出那人应该给她多少钱。

不管这人怎么颠来倒去,就是将静文绕不进去。这人心里对静文的喜欢简直就没法说了。回去后,他弄了二十斤好棉花,扛着来找柳振东,要亲自为自己的儿子提亲。没想到,却被欢颜婉言拒绝了,她嫌他家离得太远。

这人见自己儿子的婚事没说成,就转换话题说:"我一个叔伯兄弟家有个女子,今年十四岁,不光长得水灵,还干净利索,说给子昂咋相?只要你们一句话,我包管把这媒说成。"

柳振东说:"这要说的话,肯定也得先说给子常,子常是老大……他虽是捡来的,他妈却最不愿亏着他。"说着,看了欢颜一眼。

那人说:"子常吃得太多……只怕我兄弟不愿意哩。"

"吃得多不假,但干的活也多——我常娃,一个人能干好几个人的活。"柳振东解释说。

"这我都听说过,不过,我得把丑话先说在前头——这女子可是个童养媳……家里穷,娃多,九岁时就被卖到我兄弟家当童养媳了……本来准备明年给他们圆房,可谁知我那侄子前段时间在矿上挖煤时被压死在煤井了……我那兄弟就想将这童养媳给嫁出去……"

柳振东想了想,说:"只要人机灵,童养媳就童养媳,咱屋这条件,稍微好一点的人家,也不愿把女子给咱呀!"

柳振东为人宽厚,结交了许多朋友,这些朋友遇到事都会来找他借钱。柳振东从来都是慷慨相助,有两个不会只给一个,经常是挣了点钱还没焐

热便被人借走了。可借出去的钱经常是有去无回,因此,家里的日子一直
没好过过……

送走客人,欢颜对柳振东说:"虽说这女子不错,但是个没了男人的童
养媳……咱日子再穷,也得给子常找个头婚的——咱不能让人说闲话!"

他们的对话被静文听到,她转脸跑出去将此事原原本本告诉了大哥子
常。子常当下找到欢颜,说:"妈……我愿意!"说完,不好意思地低下了头。

"你愿意啥?……噢……你说的是那门亲事?"一看子常那不好意思的
样子,欢颜就明白了。既然子常自己愿意,欢颜还有啥好说的。

柳振东给子常将那童养媳秀女娶进了门。秀女身材高挑,皮肤白皙,
长着一双会说话的大眼睛,嘴唇薄薄的。秀女爱美、爱干净,每天再累,也
要把一身衣服洗得干干净净,头发梳洗得光光整整。她将头上顶的手帕的
四个边,用针一丝一丝挑掉一些线,弄出须须边来,顶在头上,一走路,那四
个边就忽忽闪闪,看上去很是与众不同。

静文对这个比自己只大两岁的嫂子很是喜欢,秀女说话时,静文就盯
着她的两片薄嘴皮看。她很纳闷,那两片嘴皮咋那么灵活。

秀女爱美,也很能吃苦,女人屋里的所有活她都会干。静文不服气,经
常与她比试……没活干的时候,两人也会在一起耍,有时耍着耍着就耍恼
了。这时,静文就会数落秀女:"羞死人了,才九岁就给人当媳妇,十五岁就
成了二手货。"

秀女最听不得别人这么说她,一听静文这么说,就扭到一边嘤嘤地哭。
欢颜见状,总少不了训斥静文:"她是你嫂子,你得懂礼数!"

为了把日子过好,每天早上,柳振东都会在自家的店铺门口支一张桌
子卖刚出锅的热蒸馍。为此,每天天不亮,柳振东就会将一家人叫起来干
活,拾粪的拾粪,磨面的磨面,蒸馍的蒸馍。唯独子昂起床后,仍背着书包
去安城村的高等小学——以前的壶山书院——上学,半年前子昂就已升学
到了这里。

这样的日子一久,秀女的心里便有些怨气。她觉得自从嫁进柳家门后,
自己就从未睡够过觉,每天几乎都是被公公在院子里的大声咳嗽声叫醒。
她经常在私底下对子常抱怨:"到底你是捡来的,天天起早贪黑地干活……

可人家子昂——虽说不姓柳,却天天坐在学堂里念书,风吹不着,雨淋不着的,还要花家里的钱……"

刚开始听到秀女说这些话,欢颜都装没听见,因为秀女说的是实情,况且,秀女并没将此事说到自己当面,自己也就不好说啥。但欢颜的心里不会不想此事,她思忖,倘若墨林在世,他会怎么做?他一定会想尽一切办法让子昂这个董家唯一的儿子继续念书。因此,欢颜打定主意,家里的日子再难,她也要子昂把书念下去。于是,她有意将子常原来干的一些活安排给子昂,让子昂每天比家人早起一会儿、晚睡一会儿,在去学堂前和从学堂回来后将那些活干了。

从丰镇到安城村往返要走将近五里路,每天要早起干活,晚上要晚睡干活,子昂每天都要比别人少睡不少的觉。可即便如此,秀女的心里仍是不平衡、不高兴。她的不高兴渐渐挂在了脸上,动不动就对子常发火,在欢颜面前摔摔打打。

秀女的这些抱怨进了邻居的耳朵,又从邻居的嘴里传到了柳振东的耳朵里。柳振东一咬牙,一跺脚,便让子昂退学,回家与子常一起干活。欢颜据理力争,却无济于事,柳振东仍是铁了心要让子昂退学,他对欢颜说:"你一向最不愿旁人在常娃的事上说三道四,这件事你咋就这么不愿意让步?"

欢颜说:"这件事与旁的事不同。"

柳振东说:"咋就与旁的事不同了?子昂这书已念了好几年了,识得的字也不少了,算盘还打的那么好——应该让他回来给家里出出力了。"

欢颜一听这话,才明白过来,柳振东这么坚决让子昂回来,原来不只是因为秀女心里的不平衡,还因为他觉得子昂不该再念书了。明白这点后,欢颜更不愿妥协了,她说:"无论如何,我也要子昂接着念书。"

子昂见母亲为了让自己接着念书已作难成那样,便主动给母亲说,他不想念了,想回来帮家里干活。

子昂自己决定不念了,欢颜再怎么坚持也是无济于事。就这样,秀女进门还不到两年,子昂就不得不退了学回到家。

子昂放弃念书回家后,整天郁郁寡欢,好像人回来了心还留在学堂里一样。他每天机械地干着柳振东交代给他的各种活,几乎一句话不说。干完活,家里的人都歇下了,他却拿出书在厦子里的灯下看,好像他只是临时回家,很快就要返回学堂,生怕耽误了学业似的。见他这样,欢颜的心里说不出的难受,背地里不知流了多少眼泪。欢颜这样,柳振东的心里也不好受,他对欢颜说:"你看,是不是给子昂说门亲?娶了媳妇,兴许子昂就好了。"

欢颜半天不吭声,过了很长时间,才软软地说了一个字:"行!"

柳振东托了好几个媒人和朋友给子昂说媳妇,可半年过去了,婚事却仍无着落。起初说的几家,欢颜都没看上,后来再说的,欢颜看上了,人家却不愿意。柳振东请媒人返回头再去找前面的那几家时,人家却都像商量好了一样,不愿意了。后来,柳振东才打听到这些人不愿意的原因,他们觉得一来子昂姓董不姓柳,柳家的家产一定不会分给他,而他的董家,早已被他的二大义林踢踏一空;二来子常太能吃,如果柳振东迟迟不分家,家里的日子永远都甭想好过;三来秀女不是个省油的灯,两妯娌在一个锅里搅稀稠,自己的女子根本不是秀女的对手;有人甚至还说欢颜的命不好,给她做儿媳妇,肯定日子过不好……

就在柳振东和欢颜为子昂的婚事犯愁的时候,子龙出了问题,弄得他们不得不把子昂的婚事暂时放到一边。

子龙在五岁前都表现得很正常,与旁人家的孩子毫无二样。他从小活泼好动,贪玩也会玩,嘴巴很能说,在同龄娃娃里可说是个娃娃头。柳振东为他时不时捅出来的那些娄子没少头疼,但也经常会为他的语出惊人而感到高兴。发现子龙的异样是从他过完五岁生日的一天开始的。

那天中午,子龙正和一帮男娃在梢门口玩抬饭饭^①的游戏,他扮演父亲,准备"出门"给"孩子们""买东西吃",就看见那个住在他家东边隔几家的叔走过来,他站住脚瞪圆眼睛盯着那叔看,直看着那叔从他身边走过去。

那叔刚拾完粪回来,一只胳膊上挎着个粪笼,另一个肩膀上扛把锨,发现子龙直愣愣盯着自己看就训斥道:"看啥哩,碎尿——我脸上又没长花!"

子龙不言语,只顾直呆呆盯着他看。旁边一个男娃拽了子龙一把,问:"'大',你咋不去'买东西'?"

---

① 当地方言,过家家。

子龙呆呆地说:"这叔活不长了!"

"你是我'大',论辈分,他应该是我'爷'。"那男孩说。

"我跟你说的不是抬饭饭的话,我说的是真话!"子龙说。

这些话被已经走过去好几步的男人听见,他立马收住脚,转过头问:"你说谁活不长了?"

"他说你哩……叔!"旁边那个男娃抢着说。

"你这碎尿不学好,胡说八道啥哩!"那人气愤地放下粪笼,拿着锨朝子龙走过来,一副要用锨拍子龙的样子。旁边的男娃见情形不妙,忙推了子龙一把,嚷道:"赶紧跑!"

子龙这才赶紧转身跑了,他边跑边说:"我没骗你,叔!"

那人追不上子龙,便捡起一块胡基疙瘩朝子龙撇过去,顺嘴骂了一句:"你大那么仁义个人,咋就生哈你这么个缺德玩意儿!"

土疙瘩没撇着子龙,男人只好转身提起粪笼往回走。"看我回头不找你大去——有人生,没人管的东西!"那人说。

这人气归气,但也没将子龙的话当回事,因为子龙平日就是个娃娃头,嘴上话密。可那天晚上,他却真的死了!

这事被人迅速传开,还说子龙能卜吉凶。有好事者竟专门上门向那男人的女人打听——那晚到底发生了啥,咋好端端的一个壮男人,早上还挎着粪笼拾粪哩,晚上就突然死了。

女人哭着说:"晚上睡觉前人还好好的……睡到后半夜,突然把我捅醒,说他要喝煎水……我还纳闷咋大半夜的要喝煎水,这不折腾人么……没办法,我只好披上衣服准备下炕给他烧水喝……可我还没离开炕沿,就被他一把抓住胳膊……他头往起猛地一抬,喉咙里'咯'的一声,就死沉沉地倒下去,咽气了……"

好事的人又去追着那天与子龙一起玩抬饭饭游戏的几个男娃问:"子龙那天真的指着那男人的脊背说那话了?"

"说了!"孩子们头也不回,边跑边说。

这话传到了那些孩子们家长的耳朵里,他们关起门偷偷问自家娃:"子龙真的那么说了?"

孩子们啥时候被大人们这么重视过,就像立了啥大功似的,脖子一梗,眼睛一翻说:"真的!"

"你再从头到尾说一遍……"家长们瞪着眼睛,用充满好奇的语气说。

孩子们就有些烦了:"啊呀,还有啥说的……就是那人从我们身边走过去,子龙正要给我们'买东西'去,突然站住指着那人说,'这叔活不长了。'……"

有人私底下议论:"子龙咋知道人家要死了?不会是他屋谁想害那男人,被子龙听见了?"

听的人就说:"为啥要害?他们两家既无冤又无仇的。"

"不会是谋财害命吧?"

"他家穷得叮当响,人家柳振东看上他啥了——就连他老婆也没啥可偷的……人家子龙妈长得那么好看……"

出了这号事,柳振东不得不把子龙关在屋里美美地揍了一顿,他边揍边嚷:"我叫你胡说!我叫你胡说!"

子龙起初还犟嘴:"我没胡说!"见自己越犟嘴,父亲的手就打得越重,子龙只好闭嘴不言传了。

欢颜心疼儿子,拉开柳振东,对子龙说:"你给妈说实话——你咋就觉得那叔活不长了?"

"我也不知道,"子龙看着母亲说,一副十分委屈的样子,"那叔走过来时,我就觉得我好像不是我了……猪猪推了我一把后,我才又变回了我……"

"你听听,他都胡说些啥?"柳振东打断子龙的话对欢颜嚷嚷道。

柳振东将子龙关在家里,好几天不让他出梢门,怕那些好事的闲人再守着子龙问个没完没了,子龙这个人来疯,到时,还不知又会编出啥离谱的话来。

可不管父母怎样处置,子龙都一口咬定,自己没有胡说。

之后的两年里,子龙的脑子里总会浮现出一些奇怪的事情,这些事情像黑夜里的萤火虫,一闪一闪,而且闪现的次数越来越频,以至于这些闪现的奇怪情景连贯成了一个完整的景况……自己原来是个算命、看风水的先生,家在沟南的一个地方,家里就他和他老婆,院子里有一孔窑洞,梢门口有口井……他家穷,没有门楼,但东隔壁家富,门楼又大又高……他家院子里有棵苹果树,每年春天苹果花开的时候特别好看……他家的窑是下地窑,从窑门进去后,屋子里的地势要比院子低……家里有个四角用铜片箍了的大木箱,里面装着他原来给人算卦看风水用的书,还有他自己画的手相图……

子龙不敢将这事说给父母,知道说了他们也不会相信,说不定,还会招来父亲的一顿揍。可不说出来,他又觉得很奇怪,也很害怕。于是,他就将这件事说给子昂哥听。子昂哥不像静文姐那么嘴长,啥话只要说给她,转身就会告诉给父亲。子昂哥也不像子常哥,总是木呆呆,给他说啥都没有回应。

没想到,子昂哥听了后却说:"你可甭再胡说了,让我伯听见了,还不得又打你一顿……"

自己的话,连子昂哥也不信,那他可就再没人能说了。子龙苦恼极了,他对自己也怀疑起来——难道自己的脑子出毛病了?可那些事情仍不断地在他的脑子里闪现。

七

这天,子龙在家待的实在无聊,就拿了根柴棍棍在院子的地上画着玩。欢颜从窑里出来,看见满院子的地上都是手形图,就走到跟前看。不看不要紧,一看吓一跳。只见那些手形图都是一个个手相图,旁边还有不少文字。她问子龙谁画的。子龙说他画的。欢颜不信。子龙没念过一天书,一个字也不识,咋能写下那么多字。再说,那些手相图自己虽看不懂,但也知道绝不是随便的涂涂画画。

欢颜尽管吃惊,却没表现出大惊小怪来,她摸着子龙的头说:"我娃画的真好！"

她不动声色地将子龙引进屋,让他喝水。然后悄悄让静文去地里将柳振东叫了回来。柳振东看了那些手相图和旁边的文字注解,也是大吃一惊。他将子龙叫到跟前,让他再写几个字给自己看。子龙写了,完全写对了。柳振东感到非常纳闷,就问子龙咋突然想起画手相图？咋突然就会写字了？子龙说,他这些天脑子里总会闪出他以前的一些事,闪出他原来的家……他把自己脑子里闪过的那些东西完完全全说给了父母。

柳振东听着听着,手心里就渗出一层汗来,两只眼睛瞪得越来越大,心说：难道这娃是转世投胎来的？他的前世是沟南的一个算命先生？转世投胎这种事,他以前在戏文里听过,在书里看到过,也听老人们说过,但他无论如何也没想到这种事会真的有,而且出现在他柳家,这令他难以置信,也难以接受。

就在柳振东的心里犯着嘀咕的时候,另一件奇事又发生了。

马泉村有户大户人家的老爷子前不久去世了。两个儿子为挣家产闹得不可开交,先后找村里的几个德高望重的老人说和,都未能解决问题。于是就有人出主意："找丰镇西街的子龙呀！"

两兄弟中的老大与子龙村的一个高姓人很熟,便托他将子龙叫出来,带到他家。

子龙被带到那户人家后,先被那哥俩好吃好喝招待了一顿,完了才被他们带着在老大的院子和窑里转了一圈。转完后,老大问子龙："你看我屋有银圆没有？"

子龙说："不知道。"

老二就用激将法激子龙："你都能看出人死活,还看不出我哥屋哪里藏有银圆？"

这家老爷子原来是做生意的,娶了两房女人。老爷子去世前与正房和正房的儿子住在东院,小老婆领着自己的儿子住在西院。起初两院庄子在一个院子里,因为两个老婆经常打架,老爷子就在两院庄子中间打了一堵墙,在靠窑面子的那堵墙上开了个没装门板的圆形门,方便他两边来回走。

老爷子走得急,咽气前,没给两个老婆和儿子们留下只言片语,小老婆的儿子就说父亲有很多银圆都藏在老大家,要他拿出来分。大老婆和她儿子说,他们连银圆的影影都没见,说不定藏在小老婆和小儿子家,小儿子母子是贼喊捉贼。

当下,子龙一听人家激他,又见人家给他好吃好喝伺候,就像伺候大人、贵客一样,就下巴一扬,脖子一梗,说:"我刚才没好好看。"

"那就再好好看看!"两兄弟异口同声说。

子龙在两院庄子的院子、窑里仔仔细细转了一圈,最后,指着门洞底下的砖说:"这底哈有,一半在这边,一半在那边。"

他又走到老大家堂屋的窑后头,用脚在案板与灶巷之间的空地上点点,说:"这底哈也有。"

说完就往外走。

"嫑走啊?看看哪里还有?"那个大儿子说,他觉得自己窑里有,老二窑里就一定也有。

"再没有了……我得赶紧回去——我大知道了,又要揍我了。"

子龙回去后,这兄弟俩便开始在子龙指的那两个地方挖地三尺找银圆。开始他们还不想挖,觉得子龙这么个碎娃的话不一定靠谱,听他的话把家里挖得稀巴烂不说,弄不好还会把院墙弄塌了。但不挖的话,矛盾就解决不了。最后,两兄弟还是在一个本家叔父的监督下连夜开挖。

果然,他们在这两个地方都挖到了银圆。院墙门洞底下挖出两小瓮,分置在墙的两侧,不说自明,东西两院两兄弟每人一小瓮。老大屋脚地挖出一小瓮,这一小瓮肯定是给老大的,因为老大是正室所生,又是长子,自然要多分一点家产。

老二不甘心,晚上关起门在自家脚地挖、在院子里挖,几乎都挖遍了,也没挖出一块银圆来。

这事被迅速传开,都说子龙神奇,也夸老爷子明白。老爷子将银子这么藏起来,解决了两兄弟在他过世后必然会发生的矛盾。去世前不留话,那是怕他们过早挖出来,用光了……

柳振东和欢颜得知此事后,才有些相信子龙是由一个算命、看风水先生转世投胎而来这件事。

为了证实这事,欢颜劝柳振东放下手中所有事出去打听,寻找子龙说的前世的那个家。做这事时,他们瞒着子龙,心里总怀着一线希望——希望子龙只是胡说,发生的这一切稀奇古怪的事只是一个巧合。他们反复问子龙关于他前世那个家的细枝末节,柳振东再按子龙的描述出去寻找。他找了很多地方,最后终于在罗家洼找到了这户人家。这家的梢门、院子、窑都与子龙描述的一模一样,那男人去世前就是算命、看风水的先生,只是在梢门口,柳振东没看见子龙说的那口井。他问村人:"这儿原来是不是有过一口井?"

村人说:"是有过一口井,不过,前年给填了。"

柳振东问为啥要填,村人说村里有户人家婆媳闹事,婆婆非说儿媳在外面偷了野汉子,这媳妇气性大,当即就跳井了。

见到那家的女人后,柳振东详细问了她男人的去世时间,结果发现,与子龙的出生时间、时辰完全一样。柳振东甚至还看到了子龙说的那个四角镶有铜片的木箱子,箱子里放的正是子龙说的石印《奇门遁甲》《透天机》几本书,还有一本手绘的《手相图》,那上面标注的文字与子龙在院子地上写的字体一模一样……

柳振东给那女人留了些银圆就回了家。他没告诉那女人,她男人转世成了自己的儿子。

回家的路上,柳振东的脑子里全是在那个算命先生家看到的一切以及子龙说过的话。自己亲耳所听、亲眼所见——他不得不信这事了。

弄清这事后,柳振东和欢颜对子龙的态度就发生了变化。尤其是柳振东,不光不限制子龙给人看相看风水,还经常让子龙帮自己断一些事的吉凶。子龙有说准的时候,也有说不准的时候,但说准的时候明显要多。

见父亲不反对,子龙就让父亲给他弄来一本《奇门遁甲》天天在家看。有人就传"子龙是中国第七号通晓天机的人",前六个分别是西周的开国元勋姜太公,战国时的鬼谷子,汉朝的张良,三国的第一谋臣诸葛亮,大唐的第一军神徐茂公,元末明初的刘伯温。丰镇的人,尤其是西街的人,为他们有着这样一个名人而自豪。他们外出与人吹牛抬杠,经常会扳着指头数这六个历史上的名人,然后再将子龙数进去。

柳振东的一个朋友再次跨进柳振东家时已是子昂放弃念书回家后第三年的年末了。这人是个认真人，柳振东托他给子昂找门亲，他一直没放弃。他小心翼翼地对柳振东和欢颜说出了这样一个人，他说："……女方叫月娥，长得不太俊，但老实本分……咱子昂也是个老实疙瘩，他俩刚好能在一搭过……"

他停了停，想看看欢颜和柳振东的反应。欢颜坐在炕沿上，眼睛瞅着前方的某个地方，一声不吭，而柳振东见他停住了，就说："你说，你接着说！"

那人又接着说，声音却有些怯："……月娥呢，比咱子昂大个两三岁……结过婚……前不久刚死了男人……"

他又停了下来，再一次看了看欢颜，见欢颜还是那个表情，就又接着往下说，声音比前面更怯了："……她男人弟兄多，日子本来就过不下去，这下好了，男人一死，那几个弟兄就把她赶回了娘家……月娥肚子里还怀着个两三个月的娃……"

话音刚落，就见欢颜起身，一言不发地往外走，两股眼泪从她的眼睛里默默地流下来。那人知道，对欢颜这样一个十分自尊的女人来说，这些话无异于将一把把锋利的刀子往她的心上插——子昂虽内向、懦弱，但毕竟是书香门第出来的娃，他虽自小没了父亲，但欢颜却让他念了不少书，而且，子昂的脑子也很聪明，长得还一表人才……即便性格有些内向、懦弱，也不是天生的，也是让家里的变故一次次给折磨成那样的……现在，要让子昂面对这样一桩婚姻，欢颜的心里如何接受得了？可不这样又能咋样?!不是没给他找过条件好一点的，但人家都死活不愿意呀……

望着欢颜的背影，那人的心有些不忍，就对着她的后背说："要是觉着不合适，咱重寻……反正我做生意，经常往外跑哩……"

令那人和柳振东万没想到的是，欢颜竟说："那就麻烦他叔你再走一趟，把迎娶的日子定了。"声音虽有些低弱，但却字字清晰。最后，她还悠悠地飘来了一句："……月娥命苦，总不能让她把娃生到她娘家啊！"

那一刻，欢颜的心情是何等的复杂，她为子昂叫屈难过，也为月娥的遭遇同情。凭什么她那温文尔雅的子昂就要遭此命运！可她不这样又能咋样？她不能眼看着子昂已经这么大了还找不到媳妇,一辈子打光棍！她也不能让董家无后！……而月娥,她的遭遇让欢颜想到了自己,想到了自己被本家大伯捆绑着卖给柳振东时那可怜无助的情形……

"唉！难道这一切都是命?！"欢颜悲凉地在心底里发出一声哀叹。她曾是那样的不信命！

那人去了月娥家,把欢颜的话原封不动地说给月娥的父母,然后就望着坐在他对面的月娥的父亲问:"你们看看,啥日子叫月娥过去合适？你们还有啥条件要我过去提说?"

月娥的父亲忙打断他,说:"人家不嫌弃咱女子,就已经烧高香了,哪还敢再提啥条件啊！"

"就是,就是……咱月娥命好,遇上了子昂妈这么心善的人。"月娥的母亲说。

那人的目光越过月娥父亲的头,从半开的屋门看出去,停留在院子里那棵石榴树的树梢,他记得,那里曾盛开过一朵火红的石榴花。

良久,他意味深长地说:"世上竟有这么好的女人！"

按照约定,一个月后,那人就引着子昂来到月娥家,用一辆装扮成花轿的牛车把头顶红盖头,身穿宽大红棉衣、棉裙子的月娥娶进了门。

柳振东过继到柳家时,柳家有两院子庄子,灾荒那年,为了娶欢颜,他变卖了巷子东头后买的那院子,留下巷子中间这院子老宅居住。老宅坐北朝南两孔窑洞,东墙下盖有两间厦子,梢门开在南墙的东侧,南墙的西侧部分,也盖有两间厦子。现在,他和欢颜住在东边的窑里,西边窑住着子常两口,东侧的两间厦子分别让静文和子昂住着。院门口靠南墙的两间厦子,一间做磨坊,另一间从中间隔开,一半堆放柴火另一半里盘有一个炕,供来往的客人住。

子昂和月娥的婚房就是子昂平时住的那间厦子,柳振东提前安排子常和子昂和了泥水,用扫帚蘸着将墙刷了,欢颜也带着静文和秀女没黑没明地为两个新人赶做了两床新被褥,为月娥和子昂每人缝制了棉、单两身新衣服。

两家人都没有惊动任何亲戚,月娥的父母也只把月娥送到村头,婚事就完成了。

子昂只知道月娥是个老实巴交、结过婚、死了男人、肚子里还怀着个娃的人,却不知道月娥的肚子已经这么大——眼瞅着就要临盆了。他更不知道,盖头下面的这张脸,竟是一张如此大的脸,大得如同一个小面盆,而且,在这么大的一张脸上,却偏偏长了一双眯缝小眼,一只眼睛还红烂着,黄色的眼屎正将上下眼皮粘在一起。大约因为眼睛太痒,或是因为眼皮粘在一起不舒服,自从子昂揭掉盖头看见月娥起,月娥就一直在用手揉、用袖子擦她那只烂眼睛,越揉、越擦,那只眼睛就越红……

如果说月娥的这张脸还能让子昂勉强忍受的话,月娥脱掉棉袄、棉裙准备睡觉时所露出来的那个巨大的肚子,就让子昂的神经彻底崩溃了。眼前的一幕,对读了那么多书、对夫妻之间如胶似漆的情感充满憧憬的子昂来说,简直就是一种摧残。他被惊得说不出话,大睁着眼睛,直勾勾盯着月娥的脸和月娥的肚子看,仿佛看见的是一个可怕的怪物……

一向内向、懦弱的子昂,突然像狂怒的狮子咆哮起来:"咋会是这?咋会是这呀?!"

他夺门而出,蹲在院子里号啕大哭,哭声如同虎啸。

听见哭声,静文跑出来看。看完痛不欲生的哥哥,看完长成那样的月娥,静文返身冲到堂屋,冲着坐在堂屋炕上正在默默抹眼泪的母亲问:"这到底是咋回事?你们咋会给我哥娶下这么个媳妇?"

欢颜一言不发,只那么默默地抹眼泪。

静文见母亲不吭声就转身冲着正坐在靠子上闷声抽烟的柳振东吼:"你们知不知道,你们给我哥娶了个啥货色?"

话音未落,就见柳振东啪的一下,把手里的水烟锅往桌上一蹾,冲着静文吼道:"还嫌不乱是咋着?"

自打静文随母亲到柳家,柳振东还从未这样对静文吼过,这一声,让静文吃了一惊,也让他自己吃了一惊。吼完,他便气哼哼地站起来,摔门而去。刚出到门外,他就听见静文的哭声"哇、哇"地从门内传来。

其实,欢颜和柳振东也是月娥进门后才发现月娥的肚子已经不小了。

当时,欢颜就将柳振东拉到一边说:"我看月娥的肚子可不像才怀上两三个月——走路都挺着肚子了。"

柳振东说:"我也看出了……狗日的媒人,这不明着骗人哩么……我叫他把人领回去。"

欢颜想了想,便哀叹一声,说:"唉,算了……退回去你让她咋活人?那肚子里的娃咋办?"

其实,媒人也不知实情,是月娥的父母一直没给媒人说实话。媒人见月娥时,月娥穿着一身宽大的棉袄棉裙,在门口跟他只闪了一面就走了,他还以为月娥那是胖的。

欢颜原本想,即便月娥肚子里怀的是别人的娃,只要婚后子昂和月娥有了感情,这娃也就跟子昂自己的一样。可现在,月娥的肚子竟大成这样,让子昂连适应、接受的过程都没有。更主要是,月娥还长成那样……都怪自己呀,没把事情搞清楚就着急地答应了媒人……

欢颜恨死了自己。可恨又能怎样?事到如今,只能打掉了牙,硬往肚子里咽……人已娶进了门,她总不能把月娥往绝路上逼!

欢颜连劝说子昂的勇气都没有,只能任由他蹲在院子里哭,把心里的那股委屈全哭出去……

八

三个月后,月娥生了,欢颜为月娥接的生。孩子是个女娃,出生那天,天上零零星星飘下一些雪花,柳振东便想给孩子取名雪花,因为与尚文的媳妇瑞雪重着一个雪字,就改名为小花。小花的脸是瓜子脸,眼睛是小圆眼睛,长相没随月娥,可能随了她的父亲。不管她随了谁,子昂的心里都不舒服,因此,打小花出生那天起,子昂就不曾正眼看过她。

小花满月后,月娥开始下炕干活。正是农忙时节,地里的土刚刚解冻,麦苗已露出了头,要耕地、除草,还要施肥。全家人除了欢颜、子龙、月娥和小花,其他人每天都被柳振东安排在地里干活。

欢颜抱着小花,在堂屋里做些零碎活。月娥则扫院子、喂猪、喂鸡、做饭。

这天中午,日头已爬上墙头了,还看不到月娥做饭。欢颜只好将小花放在炕里面,跑出去找月娥。她给小花盖上小被子,用枕头压在被子的两边,并叮咛子龙看着,不要让小花把被子蹬开受凉了。

欢颜来到院子,发现月娥正闭着眼睛蹲在地上,忙前去问:"你咋了?"

月娥摇摇头说:"没事,就是有点晕。"

欢颜赶紧将月娥扶到炕上躺下,自己则端盆、挖面做起了饭。

后来,月娥每天都会晕一阵,每次都是要做饭的时候。欢颜就教育月娥说:"地里干活的人,在风地里干了一早上,到了晌午,肚子已经饿得跟猫抓一样,回来了,屋里的人得立马让他们吃上热饭……这是屋里女人最起码该做到的啊……"

月娥嘟着一张大嘴,"嗯"了一声。

很长一段日子里,从地里干活回来的人都以为碗里的热汤、细面是月娥的手艺,心里暗暗直夸——月娥人看着扑稀来嗨①,饭却做得不差,尤其是那面条,面和得硬,擀得薄,切得细,简直可以和欢颜做的有一比。

有一天,静文边吃面,边对正在炕上给小花喂奶的月娥说:"二嫂,你做的面可真不像你的人,好吃得跟咱妈做的一样。"

月娥刚想说啥,却被欢颜打断了,只听欢颜对静文说:"你要是不饿,就把碗放下……喂猪去……"

没想到欢颜的这句话,却被心眼极多的秀女听进了耳朵。第二天中午,秀女正在地里锄草,突然喊叫肚子疼,柳振东想,可能是冷风灌进秀女肚子里了,就对子常说:"让你屋里的回去喝口热煎水,躺会儿!"

秀女捂着肚子,一步一声唤地往家走。等她一离开柳振东和大家的视

---

① 当地方言,不干净整洁。

线,立马就直起腰往家小跑。

　　果然不出秀女所料,欢颜正在案板上擀面,而月娥,则坐在灶巷里拉风箱,柴草乱七八糟堆在她周围。

　　月娥长得丑、月娥身子有病、月娥扑稀来海、月娥不会做饭……很快在村子里传开,尽人皆知。

　　这些闲言碎语传到欢颜、柳振东和子昂的耳朵里时,已是给小花过完"百天"了。

　　那天,柳振东后街的姐姐巧能蒸了两个白面做成鱼状的馄饨馍来给小花过"百天",临走时,欢颜把回搭的八个四折馍包进她的笼布和袱袱里,递给她。巧能像突然想起了啥,却欲言又止。欢颜看出巧能有话要说,便问究竟。巧能这才爬在欢颜的耳朵上如此这般地学说了一番。欢颜一听,就沉了脸说:"甭听这些人嚼舌根!没有的事!"

　　晚上,欢颜把静文和秀女叫到堂屋,问:"外面都在传说月娥的瞎话,你们知道不知道?"

　　话音刚落,静文就嚷道:"谁吃饱撑的了,说那去!"

　　欢颜打断她,说:"是谁传说的,我不知道,现在也不想知道……我只提醒你俩,家丑不外扬……再说了,是我不让月娥做饭,不是月娥不会……"

　　说这话时,欢颜的目光在静文和秀女的脸上来回看。静文噘着个嘴,一脸的不服气。而秀女则低着头,那双会说话的眼睛一扑闪、一扑闪,死死地盯着地,平日里白皙透明的脸红得像抹了胭脂。

　　那晚熄灯后,柳振东对欢颜说:"这还用问,一看就是秀女说出去的,咱静文从小就像个男娃,她哪有这份说闲话的心思。"

　　欢颜却说:"月娥好像真的有啥病呢!"

　　柳振东说:"有啥病?我看就是懒病……在月娥这件事上,从头到尾可都是听你的……"

　　欢颜有些不爱听,说:"现在说这些还有啥用?!我是说,月娥身体可能真有病哩……干一点点活,就累得不行,就要蹲在地上歇上半天。"

　　"有病也是让你惯的……一身的懒筋。"柳振东说。

　　"啥是我惯的,我不知道坐着吃现成的舒坦!"欢颜说。见柳振东没再说啥,她又接着说,"我看这媳妇不是懒,每次往下蹲时,那嘴唇都紫得跟紫茄子似的,问她哪里难受,她却说都好着哩……"

当下,欢颜就和柳振东商量好,不让月娥下地干重活,还继续留在家里和欢颜一起看娃、做饭、缝补衣服。

转眼月娥已经来柳家快一年了,欢颜对月娥的关照,自然又让秀女心怀不满。她不敢在欢颜和柳振东面前表现出来,却夜夜在子常耳边抱怨:"同样是媳妇,凭啥我就得下地干重活,月娥就可以这样待在家里享清福?"

子常对这个漂亮、聪明又勤劳的媳妇从来都是言听计从,但只在这件事上,他不好说啥,也不好做啥。

这天,吃过晌午饭,子常按照父亲的吩咐,与子昂一起起猪圈,给猪圈里垫干土。干完活,子常收拾起农具,回到自己住的西窑里。子常前脚刚迈进门槛,秀女就又扇动着她那两片薄嘴唇嘟囔开了:"我是比谁少胳膊少腿了,还是比谁好吃懒做了?"

子常忙制止她说:"家里人都在哩,你让咱大、咱妈和子昂两口听见了。"

秀女火了,大声嚷道:"听见了又咋啦?不就是因为你是捡来的,人家子昂是亲生的!"

啪,一个耳光清脆地落到秀女的脸上。子常最知道,柳振东和欢颜是咋对待他的,他们就像亲生父母一样待他,尤其是柳振东,在对待他和子昂上,明显要偏向于他。而欢颜,为了不让旁人说闲话,从来都是委屈着子昂,成全着自己。他吃饭多,穿衣服费,子昂一年到头只穿两双鞋,自己却要穿四双,光给自己做鞋,欢颜就要多熬好多夜,但她却从没露出过一点点嫌弃的意思……秀女的这些话,如果让父母听见了,那得多伤心,他子常,以后还有啥脸在这个家待。

子常劲大,只这一巴掌,就把秀女打得趔趄着身子,坐倒在地上,身子往后倒时,头还磕着了炕沿,疼得她顿时哭声连天。她邪呼呼地喊叫道:"你打死我算了……旁人欺负我,你也欺负……你打,你打,打死我算了!"

秀女一边哭喊,一边往子常身上撞。

听见秀女的哭叫声,柳振东让欢颜过去看看,欢颜不去,说:"这媳妇早该收拾了！"

　　子昂在自己的厦子里听见了秀女的哭声和数落声，气得全身直发抖，他将两只拳头握得紧紧的，他的目光落在了炕上的月娥身上。这时的月娥竟面无表情，没事人一样。子昂一看月娥那副一锥子下去都攮不出血来的样子就更加气愤了，他冲着月娥吼道："都是你惹的祸！"

　　子昂虽对月娥有一万个不满意，但为了不让母亲为难，新婚那天大哭过一场后，他就再没闹过。他每天闷声干活、闷声吃饭，晚上躺在炕上也不怎么搭理月娥。他不搭理月娥，月娥也不气恼，她正乐得能够这样被他对待——清静轻松。但不管咋样，月娥也是个有尊严的人，她听着西窑里传来的声音，看着子昂那发怒的样子，想起子昂平时很少搭理自己，想起父母为避闲话非得编假话把自己和肚子里的孩子硬塞给子昂，突然就有些心灰意冷，她边从炕上下来，边说："是我对不住你……我走就是了，你也要生这么大气……"

　　月娥拉开厦子门的时候又说了一句："对小花好点，娃也可怜！"说完就出得厦子门，朝梢门走去。

　　子昂一看这情形，吓坏了，月娥这是要干啥去？她就是生气回娘家也不能一点东西都不带，甚至厚衣服都不穿。一个念头在子昂的脑子里闪过，月娥会不会出去跳门口的那口井?!

　　子昂立马奔出去，将月娥往回拉，月娥的屁股坠着，死活不愿回来。子昂只好连拉带推硬将她弄回了厦子。

　　第二天，月娥发起了高烧，不住声地咳嗽。欢颜让子昂去镇东街中医堂里请了新来的那个坐堂先生升明。升明虽没来多久，但医术却得到了大家的公认，成为镇上最好的看病先生。升明查看了月娥后，给月娥开了几副药，欢颜给熬着喝了。可连吃了三天，烧却一点没退，咳嗽还越来越重，咳出来的痰里已全是血沫子。欢颜就让子昂赶紧把大哥尚文叫来。尚文开了几副药，也是一点用没起，到了第七天，月娥已昏迷不醒了。第八天早上，月娥的父、母一到，月娥便咽气走了。

　　葬完月娥，月娥的父母要将小花带走，月娥的父亲对欢颜和柳振东说："是我一家对不住子昂，没给你们说实话……月娥这病从小就得下了，但原来不重,怀上娃后才越来越重的……我心说等把娃生了就好了,谁承想生完娃还是这相……我老两口就月娥这一个娃,现在她走了,我们就啥指望都没有了……让我们把小花带回去,好歹跟我们做个伴……这后面的日子也好打发一点……"

欢颜一边抹眼泪,一边把小花的衣服收拾好,交到了月娥父母的手里。

月娥死了,小花被她外公、外婆带走了,子昂又回到了一年前的生活。但完全回去了吗? 没有。晚上,子昂一个人孤零零地躺在厦子里的炕上,心境倍感凄凉。外面西北风成黑成黑呜呜地吹,将厦子上面的瓦吹得啪啪直响,他有时就觉得那是月娥的哭声。他思前想后,觉得有些对不住月娥,对不住母亲欢颜。那天,要是自己没说那么重的话,没将月娥气出去站在风口,她也就不会受凉发烧了,也就不会这么快就死了。而母亲,她是那么稀罕小花,小花一生下来,基本都是母亲在照看,现在却突然被她外公外婆带走了……依母亲的性子,这往后,就是再想小花,也不会去人家屋里看,因为人家外公外婆不希望小花跟她太亲。

这天,柳振东要外出贩东西,临行前安排子昂和子常把门前的粪拉到地里,回来时再捎带拉些土,推到院子里,备着垫猪圈和茅厕。

父亲走后,子昂哥俩在大门口往车上装粪,粪装到一半,子昂停下手,回到堂屋,他想对母亲说点啥,但哼唧了半天,却一个字也没说出来。

欢颜猜出了他的心思,就走到子昂跟前,一边拍打子昂身上的灰土,一边柔声说:"你想说啥,妈都知道……" 她突然鼻子一酸,说不下去了。

"妈——"子昂叫了一声。

欢颜哽咽着说:"咱小花跟了她外公外婆也好,他们亏待不了咱娃……"

子昂想说啥,母亲却摆了摆手,不让他说:"你甭担心,妈想得开……这往后一个人睡觉,要多盖床被子,甭受凉了。"

一句话,说得子昂眼圈发红,鼻子发酸。

"我和你伯商量了,等过了这阵子,再给你寻个媳妇——屋里得有个知冷知热的人啊!"

　　子龙十岁这年突然生了一场病,全身浮肿,一点尿也没有,急得欢颜和柳振东坐卧不宁。

　　子龙咽气前对柳振东和欢颜说:"我死后一定不要急着盖棺盖,一定要等到第三天晚上……第三天晚上我办完该办的事就会回来还阳,活过来……如果过了第三天晚上我还没还阳,那就再也活不过来了,那时再把我盖棺埋了。"

　　柳振东和欢颜流着眼泪答应了。

　　可在子龙咽气后,所有人都不相信柳振东和欢颜的话,说一个十来岁的娃,用不着停灵好几天,更何况,夏天天热,尸体很快就会腐烂,散发恶臭不说,还会传染病,得赶紧封棺,埋了。

　　欢颜不管别人怎么说,都坚持要将子龙停灵三天。到了第三天下午,屋子里已经有了几个绿头苍蝇在子龙的棺木上面嗡嗡地飞,巧能和尚文都劝欢颜和柳振东:"不能再放着了,得赶紧封棺埋了!"

　　欢颜抱着子龙的头看了又看,抓着他的手腕摸了又摸——儿子的确是死了。欢颜看看子龙,又看看那几只绿头苍蝇,便对瘫坐在一旁的男人柳振东说:"让封棺吧?!"

　　柳振东点头答应了,但却不让当即埋人,说第二天再埋。

　　于是,人们将停放在灵堂后面的子龙的棺材,盖上了棺盖。

　　那天晚上,正当夜深人静,大家突然听见子龙的棺木上发出啪啪啪的响声。大家都觉得奇,但也不知该咋办。等那啪啪啪的响声突然消失后,欢颜才想起,会不会是子龙回来了。她要把棺木打开,大家都不同意,说她一定是伤心过度,说胡话哩。

　　第二天,子龙被顺利下葬,但那天晚上,欢颜却做了个梦,梦见子龙哭着说:"妈,我告诉过你,我会回来,让你等我到第三天晚上,你为啥就不等了呢?!你叫人把棺盖盖得严丝合缝,我的魂还咋还阳?现在——我真的死了!"

　　欢颜被这梦惊醒后,当下就发了疯似的跑到坟上,边哭边刨坟,嘴里一个劲儿地叫:"儿呀,你回来!妈这就把棺木打开……"

　　柳振东见状也是疯了般地刨坟。所有人都认为欢颜和柳振东是因为伤心过度,脑子出了问题,他们不光不帮他们,还拉住他们不让刨。可欢颜和柳振东就是不听。子常和子昂一看这情形,只好帮着父母用铁锨将坟刨开,将棺盖打开,结果,他们看见,子龙的身子已经紫了……

欢颜十分自责——要不是自己点头同意封棺,兴许子龙就会还阳,就不会死——是自己又一次害死了自己的孩子。而这时的柳振东,也像大病了一场,突然苍老了许多。他几乎在一夜之间白了头……

九

子龙死后第二年的春天,欢颜的精神才渐渐有所恢复,但她却惧怕了生孩子,她怕再生的孩子没等长大又夭折了。

柳振东则不同,毕竟在他的身上还担着延续柳家香火的责任,毕竟现在的三个娃没一个是他的亲骨肉。他曾不止一次地在内心里想过,柳家可能命中注定要在他这儿断了香火,他柳振东的命里也许真的就没有自己的骨血……可就在柳振东对拥有一个自己的亲生骨肉几乎不再抱任何希望的时候,欢颜却又怀上了,这让他内心里的那点希望再一次被点燃。

得知欢颜又有喜了后,柳振东二话没说抬脚就去了东街,请算命先生。老算命先生已经过世几年,他唯一的儿子继承了他看命相的本事,有人说,小算命先生比他大还要厉害,看命相还看得准。柳振东赶到算命先生家时,年过四十的小算命先生刚从地里干活回来,他一边用甩子甩打身上的土,一边对柳振东说:“是这——你先回去,明天中午我就过去。”

第二天中午,小算命先生如期来到柳振东家。他走到柳振东家的梢门口,却并不急着进去,而是将柳振东家的梢门上下、左右仔仔细细打量了一番,然后才推开梢门。推开梢门,也不急着进去,而是退后几步,往院子里望了又望、瞄了又瞄。之后,他又从巷子东头的那条坡道,绕到庄子后头,上到柳振东家的窑顶上,从窑顶往柳振东家的院子里瞅了又瞅。末了,他从窑顶上下来,慢条斯理地走进柳振东的堂屋。在堂屋里他又前前后后看了一遍,这才坐下来吃烟喝茶。

柳振东和欢颜备了一桌好酒、好饭,十分郑重地招待了算命先生。先生坐在炕上,与对面的柳振东喝酒、吃菜,嘴里只字不提看的结果。柳振东一边热情地给算命先生斟酒夹菜,一边仔细揣摩他脸上的表情。他的这种沉默让柳振东心里直发毛。

饭毕,柳振东给算命先生递水烟时被算命先生拒绝了。他挡回柳振东的手,沉思片刻,说:"你须得打个七寸长的钉子,钉到炕的西南角。"说毕,起身就要走。

柳振东还要问啥,却见欢颜将一包东西递给他,示意他不要多问。柳振东把那包东西装进算命先生的褡裢里,然后送他出了门。

送完算命先生,柳振东就去镇上的铁匠铺,打了一个七寸长的铁钉子,按照算命先生所讲,钉在堂屋炕上的西南墙角上。

这年的十一月初二,欢颜为柳振东顺利产下了第三个孩子。这个孩子也是个男孩。孩子出生后不久的一个晚上,欢颜做了个梦,梦见有人来抢孩子,她死死地抱着不撒手,那人便掰开她的手,硬将孩子抢了过去,但当那人要将孩子抱出门的时候,却发现孩子被一根红绳子牢牢地拴在炕墙上,怎么也抱不走,那人只好将孩子扔到炕上走了……

柳振东听了欢颜的梦,不禁感概道:"早知这样,咱前些年就该在墙南角钉个七寸长的钉子。"他琢磨了一会儿,又说,"我看,咱屋的血脉就被这儿子扭住传下去了,咱就叫他子传吧!小名就叫传娃。"

子传过满月那天,尚文照例带着一家前来庆贺。大嫂和二嫂一拧屁股,上到炕上,趴在子传脸上细看。大嫂说:"咱传娃一看就有福相——天庭饱满地阁方圆……"

欢颜就笑,说:"大嫂啥时候也学会看面相了!"她突然想起了子龙,脸上的笑顿时僵在了那里。

二嫂赶紧插话,说:"大嫂说得对哩,咱传娃的确看着很有福……你看这耳垂——又大又厚,你看这小手,又厚又软活……"

欢颜知道嫂子们是在给她宽心,怕她再担心这娃长不大,心里就潮起了一股说不清的滋味。

随着子传一天天长大,笼罩在欢颜和柳振东心头的那团阴云也渐渐消散。不仅柳振东夫妇将子传视若珍宝,两个哥哥和姐姐静文对子传也是疼爱有加。尤其是静文,自从子兴夭折后,顽皮如男娃的她就突然像变了个人一样,不仅自觉地帮母亲做着各种日常家务,还积极学做各种针线活,与嫂子秀女也很少再翻脸生气。母亲怀上子传后,她更是变得懂事听话。子传出生时,静文已学会了经布、织布这些复杂的家务活。欢颜常给人说:"我这女子,只要她愿意,学啥都是一学就会。"她还不无骄傲地给人说,"自从静文学会经布后,我就再没上过织布机。"

子传快一岁的时候,柳振东租种了村里一个财东家十亩地,每年打了粮食,把收成的一半交给财东家。农闲时,柳振东把铺子交给子昂打理,自己则和老伙计们又进山里的三山镇和柳树镇跑生意。

从三山镇到柳树镇的山路上,有段路十分难走,好几次柳振东一行人中都有人差点掉进深不见底的山沟里去。柳振东建议几个常跑这段路的朋友一起集资修路。起初大家都不愿意,说辛辛苦苦赚的几个钱贴在大家都走的路上不值得。柳振东则说:"现在看着是花了点钱,等将来路修好了,多跑几趟,这些钱不就全赚回来了?再说,咱现在这么个走法,难保不会出事,为了咱这命,咱也得修这路呀。"

柳振东还说:"修路是做善事,咱经常倒腾买卖,不得做点善事,求得老天爷的护佑?!"

大伙终于被柳振东说动了。几经商量,他们都推举心地实诚、令人放心的柳振东组织筹集修路用的钱,由周发顺负责找人干活。

钱很快就筹集齐了。柳振东将筹集起来的钱全数交给发顺。数日过后,柳振东与朋友们邀约发顺一起进山时,却不见了发顺的踪影。大家起了疑心,就问柳振东道:"他咋偏偏这时不见了?不会卷钱跑了吧?"

柳振东不以为然地说:"不会,不会!他老婆和娃都还在呢么——兴许正在山里张罗修路的事呢……"

养父柳孝贤在世时曾给柳振东讲过自己的发家史:他原本是个穷小

子,家里一贫如洗。父亲去世后,十几岁的他和母亲艰难度日。因为家里穷,买不起从井里绞水时用的索①,因此,只要村里有人到井上绞水,他就主动帮人家摘索②,人家绞够水后,便会将索借给他用。

一天,有个人来绞水,他帮这人摘了一上午的索,可人家绞够水后,却不让他用索,他辩理,那人说:"我又没让你摘——"

争执中那人打了他一耳光,他气呼呼地冲着那人喊道:"你记住了,这一巴掌我迟早会还给你!"

对方很不屑地说:"哼,我等着!你娃要果真把事做成了,就把狗拴到我门上来!"

这件事激怒了柳孝贤。他开始走街串巷收烂鞋,赚些小钱。起初,他为了多赚钱,就在秤上做文章。收鞋时用重一点的秤砣,一斤烂鞋就只秤出八两;将收回来的烂鞋交上去时,他却用另一个轻一点的秤砣,八两烂鞋又秤出一斤来。这样一颠一倒,一斤烂鞋就多赚了四两的钱。靠这种手段,他很快就攒了一笔钱,买了一头毛驴。有了毛驴,他再也不用辛苦地扛着烂鞋走街串巷了。

可是,没过多久,毛驴却生病死了。老百姓做买卖,最忌讳缺斤短两。十六两秤的来历,就是说秤杆上的前七颗星是天上的北斗星演化来的,寓意人在做,天在看!中间的六颗星代表着东西南北上下六方,意指买卖人做买卖不能偏心。最后三颗星则代表着福、禄、寿,警示做买卖时,如少一两就会没福,少二两就会无禄,少三两则会折寿……

毛驴死后,柳孝贤一算,买毛驴的钱恰好就是他在秤上做手脚黑心下来的钱。他后悔不迭,将那杆亏心秤一折两段,连同那个亏心秤砣一起扔了,发誓,以后再也不做黑心买卖。

一次,当他收完烂鞋回来整理当天收的烂鞋时,竟在一只烂鞋里发现了一个小包裹,里面包着银钱。他想,这一定是鞋主人藏在里面,天长日久忘了。

第二天,他拿着那只鞋和银钱,按照前一天收鞋走的路线,一路问过

---

① 当地方言,绳索。

② 当地方言,拽绳索。

去,终于找到了失主,并把银钱还了回去。

这件事被迅速传开,柳孝贤的生意因此而越做越好,挣的钱也越来越多。挣得一些钱后,他就开始做买卖粮食的生意,赚了大钱后,他先后买了两院子庄子,其中一院子便是花大价钱从当年打他那人手里买来的,他没有把狗拴到那人门上,却以他的方式重重地回了那人一记耳光……

养父的发家史让柳振东明白,要想把日子过好,光吃苦还不够,还要本本分分做人。柳振东继承了养父本分做人,踏实做事的精神,却没有养父那种识人辨事的能耐。

柳振东一行跑到山里,压根就没看见任何修路的迹象。从山里回来后,他们就又去寻发顺。发顺的老婆一听就急了,说:"啊?他没在山里呀?——你们可得帮我寻呀……你们在一搭做事,可不能不管他呀!"

见这婆娘比他们还急,就知道她也不知道发顺的下落,柳振东一行只好先各回各家。

又过了数日,发顺还是没有回来。发顺的女人却蓬头垢面地跑到柳振东家向柳振东要人。

面对发顺女人的纠缠,柳振东一筹莫展,多亏欢颜从中周旋,才总算将这女人安抚住,劝回了家。

那几个朋友得知消息后,都急火火来找柳振东。他们不说咋一起想办法寻人,只一味地向柳振东要钱,说:"我们的钱是交到你手上的,你得把钱退给我们。"

"你说把钱给发顺了,谁能做证?"

"退一万步说,你的确是把钱给发顺了,可修路这事是你提出来的——要不是你鼓捣这事,我们的钱也不会白白没了。"

柳振东气得脸都白了,下巴上的一撮山羊胡子抖个不停。按他的脾性,这要是放在往常,早就一拳抡上去了,哪受得了这种屈辱。可这几个人不是别人,都是自己多少年同患难、共生死的朋友,柳振东无论如何也举不起他的拳头,他甚至连句重话也说不出口。

欢颜见状,实在气不过,便对那几个自己经常给端茶敬烟的人说:"我娃他大是啥人,你们不清楚?他要是那种会私吞你们钱的人,你们恐怕也不会把钱交到他手里,也不会与他打这么多年交道……且不说这件事是为你们大家好,就是退一步说,他需要你们帮他做这事,你们能忍心不帮?!他以前少帮过你们谁,还是少接济过你们谁? 现在这钱没了,他比你们谁都难过,因为他出的最多——你们都不愿多出,他只好自己去东拼西凑,他拿出去的那些钱不光是我们一家子的全部血汗钱,还有从我大哥、我大姑姐那里借来的钱……"

欢颜的一番话,说得那几个人哑口无言,只好悻悻地走了。但他们没过几天就又结伴来了,如此反反复复了很多次,说的话一次比一次难听,大家的脸皮已彻底撕破。这样一直持续了数月,柳振东实在忍受不了了,就将自己家的那间店铺卖了,卖来的钱给他们每人分了一部分。但他们仍是隔三岔五地来。羞辱、悔恨折磨得柳振东茶饭不思,夜不能寐,整个人像生了场大病。无奈之下,欢颜便一咬牙一跺脚进了恒瑞祥的商铺,借了恒瑞祥的印子钱[①]。

当欢颜把借来的钱交到柳振东手里时,柳振东就像看见了救星,脸上顿时有了血色,表情也顿时活泛起来。可他转念一想,欢颜哪来这多钱?难不成又去她大哥那里借了? 尚文这些年身体一直不好,很少出远门给人看病,光家门口和找上门的那些病人能挣几个钱,他自己还有一大家子要养活! 难道是找欢蓉借的? 可欢蓉自打改嫁给那个老光棍后,就没给任何人行过礼,更不用说借钱给人了。那老光棍是典型的铁公鸡——一毛不拔。前不久,欢蓉家的院墙塌了,邻居家要老光棍出点钱,两家合伙将那几堵院墙重新打了,老光棍却是一文不出。欢颜得知情况后,就和大哥尚文各出了一部分钱送给欢蓉,这才让她把院墙给打了。

当柳振东得知欢颜从恒瑞祥借了印子钱,脸上刚刚泛出的那点血色便迅即消失。他十分沮丧地对欢颜说:"你知道那是啥钱吗? 那是要命的钱——驴打滚,利滚利——咱一辈子都还不清!"

他想起了那几句顺口溜了,"印子钱,一还三,利滚利,翻加翻,借一时,还三年,几辈子,还不完……"

---

① 当地方言,高利贷。

欢颜说:"可我不能看着你为了这点钱把老命都搭进去——咱子传还那么小……俗话说,留得青山在,不愁没柴烧,活人总不能被尿憋死……咱再慢慢想办法还……"

事已至此,柳振东无话可说。他将那些借来的印子钱分成几份,分别送给那几个曾是他的朋友现在却已是比仇人还要仇恨的人。

这几个人的钱是还清了,可柳振东全家却从此背上了比碾盘还要重的债。至于那个卷走他们钱款的发顺,柳振东一直都没放弃寻找,最后得来的消息是,他在几年前就迷上了刘家洼戏班子里的一个女子,因为他没有多少钱,家里又有老婆和娃,那女的一直不愿跟他。柳振东那天说集资修路时,他便动了卷钱与那女子私奔的念头。当柳振东把全部修路款交给他后,他没做任何迟疑,当天就揣着这些钱去了刘家洼。怕柳振东他们找到他,他没敢在刘家洼逗留,引着那女子当即就跑了。

为了还恒瑞祥的债,柳振东带着一家人没黑没明地干活。这天,天还黑着,柳振东就起了床,他来到院子,重重地咳嗽了两声,就担着粪桶到镇上埃门埃户收粪去了。

听见父亲的咳嗽声,子常赶紧起床,他今天要搭坐别人的马车去青峰山贩粮食。他一边往身上穿棉衣,一边对身边的秀女说:"你现在身子沉,就多睡一会儿。"

秀女伸了个懒腰,说:"我哪有那个福呀,每天紧起慢起还是起到了咱妈后头……我可不想让人说我懒。"说着她就从热乎乎的被窝里爬了起来。

子常看着秀女那高挺的肚子,关切地问:"该到日子了吧?"

"还差十来天。"秀女边穿衣服边说。

当秀女掀起棉门帘从西窑里出来时,欢颜已跟在子昂后面一摇一摆地往磨坊里走了。静文打着哈欠也从她的厦子里出来。

欢颜点亮磨坊里的那盏油灯,从箩面槽子里拿出笤帚和簸箕递到刚进门的静文和秀女手里,自己则转身回屋去起面,准备蒸馍了。

子昂把布袋里的麦子用葫芦瓢舀到磨盘上,然后拿起旁边推磨用的木棍插进石磨上的绳环里开始推磨。每次磨面,子昂就在磨道里埋头推磨子,像一头毛驴一样,一圈一圈默默地转着圈。静文拿着簸箕和小笤帚,跟在他后面,时不时地把磨盘上的麦子扫到磨眼里,过一会儿再把磨盘下面磨好的面揽到簸箕,倒进旁边箩面槽里的箩子里。这时的秀女就坐在箩面槽的一头,一前一后咣当、咣当推拉着箩子箩面。他们谁也不说话,就这么在半睡半醒中机械地干着这些熟套活。

突然,子昂连叫带喊地冲进堂屋:"伯,妈,出事了,你赶快去看看!……我嫂子人事不省了……"

子昂的声音因为紧张而变了调。欢颜扔下正在拉着的风箱,颠着一双小脚跟在柳振东和子昂的后面往外跑。

欢颜进得磨坊,只见秀女正两腿伸直,两眼紧闭,脑袋耷拉在胸前,斜靠着箩面槽子坐在地上一动不动。静文扶着她,不停地叫嫂子。欢颜赶紧将秀女放倒,准备查看她到底是咋回事。这时,秀女却醒了。她睁开眼往起起,却感觉肚子一阵剧疼,一股热水哗地从下身流了出来。她"哎哟!"一声,捂住肚子不住地声唤,额头上渗出一层细密的汗来。

欢颜见状,忙说:"啊呀,这是要生了!"

子昂按照母亲的吩咐把秀女抱回西屋。秀女生了。欢颜亲自为秀女接的生。有惊无险,孩子顺利产下,秀女也安然无恙。新生儿是个男娃,眉眼像极了秀女。

忙完这一切,欢颜让静文敲开邻居家门,借了两个鸡蛋和一点红糖,给秀女做了碗红糖水荷包蛋,端到秀女炕前,对秀女说:"赶紧把这喝了,好给咱娃下奶。"

当年子兴没奶,费了多少事,欢颜一直记忆犹新。望着脸色苍白,虚汗淋淋的秀女,欢颜感到一阵心疼——一般女人生头胎娃都很难,肚子要疼上一两天才能生下来,可秀女,竟累得差点把娃生到笤面槽跟前。这媳妇虽有一些毛病让自己看不惯,但她能吃苦,干活也利索。这些年要没有她在家帮自己,自己可能早就累倒了。

欢颜看着秀女把红糖水荷包蛋吃喝下去,才又回到堂屋接着揉面蒸馍。

欢颜每天都会熬好黄亮亮的小米米汤,烤上几片干干馍,端到秀女屋里,尽心尽意地伺候着秀女坐月子。

就在家里有惊无险地发生着这一切的时候,子常在青峰山山坡上也上演了惊心动魄的一幕。

中午,子常和村里那个同伴赶着马车到了三山镇,他们在粮食集上转了一圈,挑选采买好谷子和玉米,然后就往回返。当马车行驶至半山腰时,由于坡陡,车沉,那匹老马站立不稳,车子突然失控,直往山下冲。子常想起母亲多次提说过的她二伯出事的过程——眼下如果不赶紧控制住车速,很可能就会连马带人一起坠入道边的山沟……

子常没敢多想,迅速顺着车子从车前面溜下去,两只胳膊紧紧将车辕夹在腋下,两只脚死死蹬着路面,身子使劲往后倾斜,拼命控制住飞速下滑的车子。

在被马车带出去足足半里地后,子常才终于控制住了车速,并慢慢地把车子停了下来。这时坐在马车上的那个同伴早已吓得魂飞魄散,马车停下后,他的两手还紧紧地抓着车帮,双眼紧紧地闭着,僵在马车上一动不动。

到了山下,子常从马车上下来,脚一沾地便感到钻心的疼,他抬脚一看,才发现鞋底已被磨透,整个脚底的皮肉正血呼拉碴地裸露在外面,可刚才因为紧张他竟一点也没感觉到疼。

柳振东给子常与秀女的儿子取名柳浩然,小名浩浩。在柳振东和欢颜看来,子常虽是捡来的,浩然却是柳家的亲孙子,对浩然都格外疼爱。浩然能吃饭后,每次磨面,欢颜都会留出点头遍磨出来的精面,给浩然单独蒸几个白蒸馍,切成片晒干,浩然要吃时,欢颜就把干馍片放在灶火里烤得又黄又脆,然后,泡到黄亮亮的米汤里喂浩然。欢颜还专门为浩然炼了一小罐猪油,每次给浩然喂饭时,就用筷子从猪油罐罐里抠一点放到热汤里。

　　这年的麦子长势好。一家人起早贪黑,辛辛苦苦劳作,终于熬到了麦收时节,眼看着自家地里的麦子比别人家地里的要高出一截,麦穗也要胖出一圈,麦仁饱满一些,全家人的心里便泛起阵阵喜悦——等收了麦,还完账,就可以舒舒坦坦过几天日子了。

　　麦子终于熟了,收割回来堆放在场院里,是一个小山般的大麦垛。晚上喝完汤,柳振东夹着一片席子来到场院守夜,以防麦子被人偷了。他靠坐在麦垛上,望着天上的星星遐想:这一季还完债还能剩下不少,足够一家人宽宽展展过一年的,说不定还能多卖掉一点,匀出些钱出去接着做生意,重振家业……他越想越高兴,越想越觉着全身舒坦,嘴里竟不自觉地哼出了一段秦腔。

　　柳振东其实是个内心充满温情和浪漫色彩的人,他喜欢听戏,也喜欢唱戏,喜欢与人谈天说地、评古论今,但生活的艰辛早已将这一切消磨殆尽。他已不记得自己上一次哼唱秦腔是啥时候了……他哼着哼着就倒在麦垛底下睡着了,睡梦里还在哼唱秦腔,脸上露着少有的笑容。

　　第二天,欢颜在家看浩然、做饭,其他人全来到场院开始了摊场、碾场、翻场、起场、扬场。他们用木叉把麦子从麦垛上挑下来平摊在场地上,摊出一个厚厚的、巨大的圆,柳振东站在圆心,左手紧攥缰绳,右手甩着鞭子吆喝着借来的犍牛拉着石碌碡转圈碾场。那一刻,他觉得自己神气得就像个正在指挥着千军万马的将军。

　　太阳快下山时,柳振东扬起一木锨碾好的麦子观察了风向,然后顺着风向开始扬场。他铲起一锨混杂着麦衣的麦子,使劲抛向空中,在半空里,麦粒与麦衣分开,麦粒刷刷地响着落到地上,麦衣则无声无息随风飘散到一边。那些欢快如鸟的麦粒在夕阳的余晖里欢快地飞舞着,有些麦粒落到柳振东头顶的草帽上,发出啪啪啪的声音,然后被反弹到地上。柳振东看着这些欢快的麦粒,感觉粒粒都像自己的孩子,调皮又可爱。他被自己的这一想法逗乐了,不由得"嘿嘿嘿"笑出了声。静文看见了,就对嫂子秀女说:"你看,咱大喜得都笑出声咧!"

　　碾打完的麦子要在场上晾晒几天才能装缸入囤。一粒粒饱满的麦粒圆滚滚、光溜溜裸露在炎炎夏日中,泛着一道道晶莹的光。秀女和静文每人拿把木耙子从摊开的厚厚的麦子中耙过,身后留下数道笔直的线条,她们再从另一个方向耙过去,身后的直线交错起来,便是一幅美丽的图案。秀女心想,这耙出的线条咋这么好看呢,以前咋就没发现。

第三天下午,太阳快要落山的时候,静文手嘴并用,将布袋口撑成三角形,让秀女用簸箕往布袋里装麦子。装满一布袋后,静文就用绳子绑扎好袋口。秀女问静文:"咱屋今年打了这么多麦子,还清恒瑞祥的债后可得吃上几天白馍了吧?"

静文说:"那当然!听咱大说,这半年卖馍、贩盐、贩粮食挣的钱,已把本还完了,现在就剩那点利息了。"

正在麦堆里抓着麦玩的子传,听到姐姐和嫂子的对话,顿时喜得拍着手喊:"噢,能吃白馍了,能吃白馍了……"

可他们都高兴得有些早。正当他们喜不自禁,憧憬着吃白面馍的好日子时,恒瑞祥的八九个人却一下子拥到场院来了,领头的就是恒瑞祥的郭掌柜。他走到柳振东跟前说:"老哥,收成不错啊!"

柳振东一看这阵势,就警觉地问:"你想咋?"

子常和子昂正在把碾完场的麦秸往一起堆。听见他的话后,都下意识地走向麦堆,与正在那里装麦子的秀女和静文一起将麦堆围了起来。

"收账啊!"郭掌柜说。

"你放心,我不会欠账……等我卖了粮后就去把那点账清了。"柳振东说。

"那点账?不是吧,老哥!"郭掌柜说。

柳振东便一五一十跟郭掌柜掰扯。郭掌柜摆手阻止道:"你不用这么算,我把账本都给你带来了……还有账房先生,让他拨着算盘珠子算,不比你口算算得清白?"说罢,就让身后的账房先生将账本摊在地上,算盘归零,然后一边念账,一边拨算盘珠子。

柳振东只好扔下手里的木锨,和两个儿子凑上去蹲在地上看账房先生算账。

本来本金已还完了,但经他们这么一算,柳振东还欠着比当初借的还要多的债。

"这账咋能这么算？你就是利滚利，也滚得太多了吧？"柳振东说。

"这账不这么算还咋算？这是行情……嫂子借钱时都给她说好了。"郭掌柜说。

跟欢颜说好了？柳振东非常气愤却没法反驳，只能干瞪眼。他一屁股瘫坐在地上，心想：一家人黑水汗流忙活了大半年，原指望这季庄稼收完就能还清账，可这下倒好，身上的账仍纹丝不动地压着！柳振东的内心感到了前所未有的绝望。

"咋弄？是拿这些麦顶上一部分账呢，还是继续欠着，让再利滚利去？"郭掌柜问。

柳振东还没发话，郭掌柜带来的那几个人就拿着布袋往麦堆跟前挪了。静文一看，急了，她爬到麦堆子上嚷道："谁也甭想动我屋的麦！"

子常见状，二话不说操起手中的木锨挡在了麦堆前。秀女和子昂被子常的举动带动，也操起木锨和木耙站到子常身边。子昂大叫道："光天化日之下，你们想抢吗？"

子常的力大无比在丰镇家喻户晓，那些人一看子常准备动手，就不敢轻举妄动了，立马站在原地，齐刷刷把目光转向郭掌柜。郭掌柜马上心平气和地说："都甭动，都甭动么。"他看着柳振东，"咹？……咋弄？……你先给句话！"

柳振东气馁地朝子常摆摆手，示意他们让开，又朝那帮人指了指，示意他们把粮食拉走……

郭掌柜指挥那些人把静文和秀女已装好的麦桩子解开，把麦子重新倒回麦堆上，然后一斗一斗量着、数着，装进了他们的布袋里。

秀女坐在不远处，看着自家的麦子被这些人一桩子一桩子搬到他们的马车上，突然痛哭失声："这可叫人咋活呀！没法活了呀……"那绝望的声音在场院的上空久久回荡。

秀女一哭，子传也跟着哭起来……

眼看着那些人就要把地上的麦子装完了，静文忍无可忍，号叫着冲过去，挡在麦子前面，扯着嗓门说："总要给我屋留一些麦种，让我一家人活命吧！"

一句话提醒了柳振东，他有气无力地抬起头，目光死死盯着郭掌柜却一言不发。郭掌柜被柳振东盯得发毛，就问柳振东："那就留些吧……留多少合适？"

柳振东将目光缓缓地从郭掌柜的脸上移开，依然不说话，只艰难地抬起手，伸出两根指头。

郭掌柜十分"大度"地说："行，留两斗！要不够，就再多留上半斗？"

柳振东无力地摆了摆手，看也不看郭掌柜，只把空洞的目光停留在前面一个虚无的地方。

夏收是庄稼人一年当中最辛苦的时候，一方面天气炎热、酷暑难耐，另一方面怕熟透的麦粒干落在地里或来场白雨把熟透的麦子浸泡到地里发了霉——麦子一熟就得争分夺秒抢收。因此，干了一天活从地里回来，人们常常累得不想动弹，甚至连饭也不想吃。欢颜深知这点。这天晚上喝汤前，她就熬好了一锅消暑的绿豆汤晾在一个大瓷盆里，还蒸了一锅掺了玉米面的蒸馍，炒了一大老碗辣子豆腐粉条，再用家里做的柿子醋和红辣子凉调了一大碗粉皮，只等柳振东父子几个忙完后从场院里回来吃。可她左等右等，就是不见人回来，眼看着太阳已经落山，月亮已经出来。她实在等不下去了，就抱起浩然，锁了门去场院里看究竟。临近场院时，她远远地看见了几个人影，散坐在地上一动不动，要不是天上明晃晃的月亮照着，她还以为那是几个碌碡。

欢颜走近一看，正是自家屋里的那父子几个。欢颜已走到他们跟前了，他们竟谁也没察觉到。欢颜觉得有些异样，就看了看周围，发现地上散落着家里的十几个布袋，还有那少得可怜的一点麦子时，她的脑子顿时就嗡的一声。

"出啥事了？"欢颜急声问。

欢颜突然的一嗓子惊醒了发着愣怔的一家人，但大家谁也不愿开口，谁也不愿再提黄昏时发生的那可怕的一幕。只有子传发现母亲后就"哇"地哭出了声，他边哭边说："吃不上白馍了……"

欢颜一听，就冲着静文厉声问："到底咋回事？说话呀！"

静文这才给母亲学说了那可怕的一幕。她说得很详细,欢颜也听得很仔细,但那账究竟是咋算的静文却说不清。

"那账到底是咋算的?"欢颜着急地问。

静文嘟囔着嘴直摇头。

子昂看了看伯,见伯不吭声,就走到母亲跟前,慢慢地把这账是咋算的仔仔细细说给了母亲。欢颜一听就明白过来,她对坐在一边一动不动、形如一尊泥神的柳振东说:"这账有问题——他们欺负人哩!"

柳振东一听这话,猛然转过头看着欢颜,一双深陷下去的大眼睛睁得很大。

欢颜的这句话也使几个儿女吃了一惊,他们异口同声叫起来,问欢颜有啥不对。

欢颜并不忙着解释,她把浩然往秀女怀中一塞,说:"把娃抱回去。"又转向静文吩咐道:"赶紧回去张罗一家人吃饭,咱又跟饭没仇。"

她走到柳振东跟前一边将柳振东往起扶一边说:"你也起来,大黑了——地上返潮。"

见老伴不动弹,知道他被气得不轻,欢颜就转向子常:"快把你大扶回去——累死累活一天了,还饿着肚子哩。"

交代完这一切,欢颜对子昂说:"走,跟妈去一趟郭掌柜家……算账去!"

十一

欢颜和子昂敲开郭掌柜家的梢门时,郭掌柜正光着膀子躺在院子里的竹躺椅上,摇着一把竹篾篾扇子扇凉、数星星哩。见欢颜娘俩进来,他立马从躺椅上起来,拾起身边的白绸褂子穿到身上,然后弓着背满脸堆笑地迎上来问："老嫂子有啥事呀,这么晚还跑过来?"说着一双深陷的圆眼睛就滴溜溜在欢颜和子昂的脸上来回转。

欢颜沉着脸直奔主题："自古欠债还钱,我们欠了你的债我们还,一点都没问题,但这账却要算得清白才行啊!"

"这账咋个不清白了?"郭掌柜一听欢颜的话就知道来者不善,立马警觉起来,手里一直摇着的扇子也停了下来,"后晌都和柳老哥拨着算盘珠子算过了……对,子昂懂算盘,他一直在跟前看着哩,是吧,子昂?"

子昂看看母亲,没说话。

"我既能说'错了',那肯定就是有问题……我总不会平白无故胡说吧!……不信,咱就再把那账算一遍。"欢颜说。

郭掌柜对欢颜的聪慧与行事果断早有耳闻,尽管她斗大的字识不了几个,但脑子算账却很厉害。此刻见欢颜如此胸有成竹的架势,郭掌柜的心里就泛起了嘀咕:可不能小看了这个小脚女人啊!

郭掌柜虽心里这么想着,嘴上却不咸不淡地说："行,那我就陪老嫂子再算一遍……反正这天也闷热得睡不着觉。"

郭掌柜差人把账房先生叫来,让他在灯底下将账本摊开、算盘归零、重新算账,欢颜却说道："慢着,这账我来报,你给咱算。"她把目光盯向账房先生,账房先生转过头看郭掌柜。

郭掌柜先是一愣,马上就装作若无其事的样子,用手里的扇子指了指欢颜："行,你报,谁报还不都一样!"说着,他拉过一把椅子坐在欢颜和账房先生中间,心想:你报就你报,我看你还能报出个花来。

欢颜叫过来子昂："双喜,你站到妈这儿来,给妈盯住算盘,让你叔一步一步给咱算清白了。"

欢颜先报了自己某年某月某日从他们商号借了多少钱,他们当时说的利率是多少,还钱期限是多长,多长时间结一次息,到日子后,本息加到一起他们应该还多少。她家在某月某日第一个结息日将卖了馍和盐的钱凑了个整数后还了多少,还剩了多少,剩的这些账到第二个结息日本息加到一起应该还多少,他们又还了多少……现在算上利息他们家还剩下多少没还……

欢颜每说一步,就抬头问一声郭掌柜:"得是?"

郭掌柜点点头,账房先生就在算盘上拨几下算盘珠子,拨完,欢颜转过头看一眼身旁的子昂,子昂点点头,欢颜才接着往下报账。算到最后,算盘上只剩下一个很小的数。这时,不但郭掌柜傻眼了,就连子昂和账房先生也傻眼了。

很快,账房先生就反应过来,他在桌子底下偷偷踢郭掌柜,不料这一脚却踢到欢颜脚上,欢颜看着账房先生,冷笑一声说:"甭踢了,你踢到我脚上了。"

账房先生很不好意思地低下头:"噢,不小心碰上了……没想踢谁,没想踢谁。"

但这话却提醒了郭掌柜,他顿时恍然大悟,对欢颜说:"让你把我都绕糊涂了……你要知道,如到期还不上,这后边的息可是要翻番的啊……不然咋叫驴打滚呢!"

账房先生忙附和道:"对呀,对呀。"

欢颜厉声问:"对啥哩?你这驴打滚咋胡滚哩?难不成你想咋滚就咋滚?"

"老嫂子,你咋说话这难听呢?这当初借钱时可是跟你说好了的呀!"郭掌柜说。

"说好啥了?你把字据拿出来,看上面哪一条是这么写的?……我又不傻,不会连这点要害都看不清……要按你的算法,我一家就是全部累死,也还不清你的债……要是这样,我还会借这钱?……我不会连这绞也翻不开……"欢颜咬紧不放。

欢颜的一番话连珠炮似的轰炸着郭掌柜和账房先生,使他们顿时失去了所有反击的能力,两个人你看看我,我看看你,一脸的窘态。

半晌,郭掌柜才拖长了声音说:"当下的行情不都是这样吗?不信,你出去打听打听……"

"啥是行情?你也太小瞧我屋人了!利滚利不就是说,到期还不上,本、息加到一起接着算利吗?哪来的利翻一番?你就是走到天边去也没人会说你这种算法合情理,除非是那些黑了心的人!"欢颜说。

郭掌柜霍地站起来："你说谁黑心？当初又不是我把你拉到我柜上来借钱！这好心借给你钱,让你屋把难关渡过去,还成了黑心了？早知你们会胡搅蛮缠,我就不借给你了。"

欢颜这时却冷静下来,她对郭掌柜说："你要是还想把这账弄清白,咱就弄……你要是还想就这么胡然①,那这账我们还不还了——咱公堂上见！"说罢,她站起来,拍了拍衣襟,对儿子朗声说："双喜,咱回！"

账房先生一看欢颜起身要走就急了："哎呀,这咋说着说着还急了……嫂子,甭急,甭急！你先坐下,容我和郭掌柜合计合计。"

欢颜站住脚,看了看郭掌柜,郭掌柜唉声叹气道："唉！老嫂子……我可算是服了你了！"

郭掌柜和账房先生走出堂屋,在隔壁窑里嘀咕了半天后才又回到堂屋,在原先的位子上坐下。郭掌柜沉思片刻,唉声叹气一番后无可奈何地对欢颜说："唉！看在咱两家关系一直不错的份上,那就按你说的算吧,但有一点你得答应我——出了我这门后,可不能把今黑在这说的话对任何人提说——都像你这样,我往后的生意还咋做？"

"你看我是那种爱说闲话的人吗？再说了,我就是有那说闲话的心,也没说闲话的工夫和力气呀……我还要拼命还你后面的债哩。"欢颜说,语气已经缓和了许多,"今黑你就把字据重新写了,这账现在还剩下多少,下午装走我屋的那些麦顶了多少,往后的利是多少,一笔一笔详详细细写清白,咱们重新画押。"

账房先生拿来笔墨,重新写了字据,让欢颜画押。欢颜接过字据却并不急着画押,她将字据交给子昂："给妈念,大声念,一个字也甭落下！"

子昂给母亲念了一遍字据,欢颜认为没啥问题后才在上面画了押。

虽然没能要回被恒瑞祥拉走的麦子,但至少账面上的数字小了很多,使后面的日子看到了希望。走出郭掌柜家的梢门时,欢颜和子昂的心里已感到了些许轻松,但他们却无论如何也高兴不起来,毕竟辛苦了大半年的收成瞬间几近消失,丰收所带给他们的那点喜悦如昙花一现瞬间化为了乌

---

① 　当地方言,糊弄。

有。他们默默地走在夜幕下的巷道中，步伐疲惫而沉重。

那夜，柳振东被子常搀扶着从场院回到家后，一口饭未吃就和衣躺到炕上，他面朝炕南墙睁着眼睛半天都不动弹一下。他就这么躺着，谁问他话他都不理，一躺就是一天两夜。欢颜把水、饭端到跟前他摆手不吃，静文把水烟锅拿过来他摆手不抽。

刚开始，欢颜以为柳振东只是在生闷气，过两天就会慢慢缓过来，也就没太多想。可到了第三天，柳振东仍是一言不发，欢颜就有些心慌了。她让子昂跑去娘家把大哥尚文接来，尚文给柳振东查看了一番后低声对欢颜说："子昂他伯气性大，肝火旺……和恒瑞祥的这档事把他气得不轻，弄得气机不畅、肝气郁结、逆乱——不会说话了……"

"啊?!"欢颜吃惊地叫了一声。

"你也要着急，咱抓紧治——兴许很快就好了。"尚文进一步说，"你们多给他宽宽心，我再给配上几副疏肝理气的药，扎扎针看看……"

当下尚文就在柳振东的太冲、角孙、风池、太阳、膻中、肝俞、足三里、三阴交、太溪等十几个穴位上扎了针。拔针后尚文返身回到姬家洼给柳振东配了几副含柴胡、白芍、枳壳、香附、郁金、元胡、陈皮等疏肝理气的中药，折身回到丰镇让欢颜给柳振东熬着喝了。

喝了尚文送来的药，柳振东就能喝点汤水了，但却仍不开口说话。

欢颜每天都要按大哥的吩咐跪在炕上，顺着柳振东的胸口使劲往下捋，又用手掌贴着柳振东的胳肢窝往对策使劲推。她一边推，一边给柳振东横说说、竖说说，给他宽心。

这日，欢颜一手抱着浩然，一手在灶台上忙活，见子传从门口进来，满头满身都是土，头发上还粘根鸡毛，就问："你得是又钻到鸡窝里摸鸡蛋去了？一只鸡一天只能下一个蛋——我的傻儿子！"

"给娃煮个鸡蛋吃吧！"炕上突然传来柳振东的声音。

"儿呀，鸡蛋得给你大留着补身子……"欢颜一边把子传头上的那根鸡毛往下取一边柔声对子传说。她突然像被蝎子蜇了似的尖叫起来："啊呀——你大会说话了！"

欢颜惊喜地扭脸看柳振东，柳振东也没意识到自己刚才已开口说话了,顿时也是又惊又喜。

柳振东会说话了,也能下地干活了,一家人的心情顿时都轻松了许多,可恒瑞祥的印子钱还没还完,全家人还得起早贪黑地干活。这种看不到头的苦日子让秀女觉得实在有些熬不下去。

就在这时,子传却不识时务地挑起了一个事端。那天中午,全家人正在吃饭,子传突然对柳振东说:"大,我长大了也要念书。"

一个四岁不到的娃,突然说出这样的话,让柳振东喜出望外,他激动地说:"好呀!再过几年,等你长大点了,大就送你去学堂。"

"钱呢?"秀女嘟囔了一句。

"那你就甭管……"柳振东瞪了秀女一眼,说。他转向子传:"到时候,就是借钱,大也要送你去学堂——只要你肯好好念。"

如果秀女不再吭声,这事也就到此为止了。可秀女偏偏又说了句:"借钱?借印子钱?那咱一家人可就得把嘴缝上不吃不喝还债了!"

柳振东一听秀女这话,当即沉下脸说:"该把嘴缝上的时候就得缝!"

"这日子没法过了!"秀女使劲搅着碗里的糊汤嘟囔道。

柳振东没想到秀女竟敢对他顶嘴,话还接得这么快,一句接一句的。他当即将筷子唰地甩到桌子上,嚷道:"这屋还轮不上你多嘴……嫌没法过就走——没人拦着!"

秀女也是豁出去了,当下就站起来,说:"走就走!"她撂下碗筷,果真扭身走了。

欢颜急了,让子常赶紧出去追,子常起身离开桌子,却又蹲在地上不动弹了。欢颜只好让子昂出去追。她数落柳振东,嫌他话说得太重,柳振东却说:"咋?还说不得了?说她两句就这样——我看子常往后这日子也没法过。"

秀女是找回来了,但却日日撺掇着子常分家。

关于分家这事,欢颜不是没想过,早在秀女嫌子昂念书时她就给柳振东提说过,但柳振东不同意,他说:"人人都知道子常食量大,把他们分出去,知道的,觉得是咱怕拖累了他们,不知道的,还以为咱嫌弃他吃得多……再说,子常是个老实疙瘩,光知道在地里刨食,不会做生意找其他来钱的门路,光靠地里打的那点粮食,哪够他们过日子……"

　　欢颜觉得柳振东的话有道理,这事也就搁了下来。后来有了浩然,孩子需要人看,分家的事欢颜就再没想过。现在,浩然还小,他们却主动提出要分家,柳振东二话没说就答应了,心想:他们也就是说气话!

　　柳振东和欢颜都想错了,他们低估了秀女。秀女是铁了心要分家。

　　事已至此,柳振东只好请来秀女娘家的一个哥哥,将家里的全部家当和那十八亩地一分为四,四分之一给子常和秀女,四分之三留给子昂、子传、他老两口和静文。说好等静文嫁了人他们也过世后,再将他们名下的那一份一分为三给他们弟兄仨。

　　秀女不要分给她和子常的地,说别给他们分地也别给他们分恒瑞祥的债,只把租种财东家的那十亩地让他们租种了就行。柳振东答应了。

　　分家这事说起来容易,具体操作起来却没那么简单——家里只有两孔窑洞,总不能从中间隔开,给子常他们一半窑洞去住。于是,子常他们仍住着他们西边的窑,街门口的两间厦子,也让他们用了一间,以堆放柴草或来客人时临时住。而子昂和子传每人只分得一间厦子。

　　欢颜对秀女说:"地里的活忙不过来时,你就把浩然放到我屋里让我给你看着,你好腾出手去地里帮子常。"

　　秀女却说:"不用,我能弄过来。"

　　刚分家时,浩然每天还会摇摇摆摆来到爷爷奶奶的堂屋,吃奶奶给他烤的糜子面干干馍,喝奶奶熬的黄亮亮的稠米汤。秀女发现了总会过来一把将浩然抱走,不让他腻在欢颜身上。起初她还好言劝浩然:"咱已经分家了,你婆屋已经不是咱屋了……你不能再吃你婆的饭了。"

　　欢颜明白,秀女这是说给她听,浩然还那么小,哪听得懂秀女的这些话,她就对秀女说:"家是分了,可他还是我们的亲孙子,我们还是他的亲婆亲爷,吃口饭有啥——再说,娃能吃多少!"

　　见浩然每天还是不停地往爷爷奶奶的堂屋跑,秀女就开始训斥起浩然来,有次将浩然从欢颜怀里抢走时,还在浩然的小屁股上拍了几巴掌,边拍边嚷:"我叫你不长记性!我叫你不长记性!"

　　浩然哭着被秀女用胳膊夹走后,欢颜坐在灶巷里默默地流眼泪。浩然从此再不敢进爷爷奶奶的屋,欢颜也再没主动将浩然引进来过。

农忙时,秀女去地里干活,将浩然也带到地里。她宁肯让浩然在风吹日晒下逮蚂蚱、抓蝴蝶玩,也不愿将浩然交给欢颜看管。

有阵子一到晚上就有狼在村子里出没,它们潜到村民的院子里,一口咬住猪脖子,被咬的猪未及号叫一声就被咬死了。

那天,子常在前面砍玉米秆,秀女在后面将砍下的玉米秆往一起拾。眼看着天马上要黑了,秀女只顾着低头弯腰往前拾玉米秆,忘了浩然一个人已被她留在身后拉出去很远。

突然身后传来孩子的哭声,接着就听到隔壁地里的人扯着嗓门喊:"狼吃娃了——狼把娃叼走了……"

子常和秀女停下手中的活扭头寻浩然,发现已不见了踪影。还没等秀女反应过来,子常已撒腿朝着狼的方向跑去。

前面干活的人,听见喊声,纷纷拿着镢头迎着狼跑过来。他们边跑边喊:"打狼呀——狼叼娃了……"

那狼见前面有人跑过来,就调转方向跑,没想到正好与子常相遇。子常一闪身,狼擦过他身体的瞬间,他伸手一把抓住了狼尾巴并使劲将狼往起一拽。狼一惊就下意识地松开了口,将浩然丢在了地上。它拼命挣扎着,试图从子常的手里挣脱出去。可子常却牢牢抓着它的尾巴不松手。子常见浩然已经脱离狼口,就抓着狼尾巴甩出一个弧后再重重地将狼头往地上摔。反复摔了几次后,狼不再挣扎了。子常停下手,一看,狼已经死了。他这才丢开狼尾巴,急忙跑过去抱浩然,只见浩然的屁股上正有几个血窟窿往外冒血,但孩子还活着。

那些村人和秀女还没跑到跟前,子常已抱着浩然往升明的诊所跑了。

有惊无险,浩然的屁股半个月后就愈合了,但秀女却再也不敢带着浩然去地里了。

分家后没多久,子常他们的粮就吃光了。秀女开始不断地向村人借粮,欢颜得知后将子常叫到堂屋,让他将一袋玉米搬过去吃。子常却说:"浩然他妈不让我要你们的。"

欢颜气得脸都红了:"啥我们的?难不成我们还不如外人?"

子常终究没敢拿母亲给他的那袋玉米,这让欢颜伤心难过了许久。

十二

收完秋,看着堆积如小山的玉米和白花花的棉花,柳振东一家却怎么也高兴不起来。他们的心里都很明白,过不了多久,这些东西就都是恒瑞祥的了。

玉米棒被剥成粒晾晒在院子里。子昂从自家地里的那棵大柿子树上摘下来好多柿子,欢颜和静文做了一小缸柿子醋后,就把剩余的柿子做了柿饼。做柿饼要瞅晴好天气,否则柿饼就会发霉长虫。摘回柿子的第三天,欢颜见天气晴朗,万里无云,便与静文用镰刀片旋了柿子皮,用小篮子,一次次吊运到日照和通风都比较好的厦子顶上晾晒。三五天的风吹日晒后,柿子便软塌下来,欢颜与静文再将这些柿子一个个捏扁放在缸里密封潮霜。

半个月已经过去,却不见恒瑞祥的人来拉粮、催账。柳振东不敢耽误,留够了一家的口粮后,就将剩下的玉米、柿饼以及全部的棉花一起卖了,让欢颜拿着钱去恒瑞祥还债。

郭掌柜一见欢颜进门,就笑着大声说:"老嫂子,你有福呀,你的账已经被人还完了。"

欢颜一愣,问:"还完了? 不会吧? ——谁还的?"

"骗你干啥! 一个外乡人,不告诉我姓名,只说是受人之托。"

欢颜回到家把这件蹊跷事说给柳振东,柳振东琢磨了半天,最后不确定地说了一句:"会不会是我生意上的哪个朋友?"

"快甭提你的那些朋友了,要不是他们,咱也不会借那印子钱,背不上这债……"欢颜抢白道。他们突然不约而同地想到一个人——余生。

柳振东想,余生是子昂的干大,向来对子昂和自己一家很好,在镇上时,就没少接济过自己一家,这次一定也是他帮着还的债。可他为啥不明说呢?

欢颜想,如果余生不是墨林,那他咋会给自己还债?

就在柳振东和欢颜都为还债这件事纳闷的时候,余生回到了镇上。他没住进原先租的王老先生的那孔窑里,而是住进他第一次来时住的客栈。他让店主约来柳振东。柳振东问他还债的事,他矢口否认,但柳振东从他说话的神态里断定就是他。柳振东动情地说:"你这次可是救了老哥一命呀!"

余生笑了笑,没有接话。

柳振东想起自己误会余生与欢颜两人的事,就有些难为情地说:"还生老哥的气呀? 老哥也是一时糊涂,多想了,你可千万甭往心里去。"

余生马上笑着说:"要让我不生气,你就答应我一件事。"

柳振东问:"啥事? 你只管说——"他拍了拍胸脯,"我保准答应。"

"把静文许配给我儿。"余生看着柳振东的眼睛一字一句地说。

"你儿? 你有儿子?"柳振东不由得提高了嗓门大声问,掩饰不住自己的吃惊。

"我咋就不能有儿?"余生看着柳振东笑着说。

"哦,不是那意思……我记得你说过你没娃没家……"

"我要不那么说,你还能让子昂认我做干大?"余生咧嘴一笑。

柳振东心里释然,想:原来是这样啊,余生惦记的不是欢颜而是静文——那早说呀,害得自己胡思乱想! 他高兴地说:"与你老弟做儿女亲家,我一百个悦意……你儿子多大了? 现在啥地方?"

"比静文大四岁,现时在长安,跟着我学做生意。"

"哦,好么! 好! 不过……我得跟静文她妈说一声——她那人,对静文的婚事弹嫌得很,先前人家介绍过好几门亲事,她都不愿意,嫌人家太远。有一次,人家把聘礼都送上门了,她却把人家赶了出去,人家不死心,绕到巷子后头,爬上窑背,将二十斤棉花的聘礼从窑上扔进我屋的院子里,你猜怎么着? 她二话没说,就将那棉花包袱扔出了梢门……"

"嫌远就在镇街上找么——镇街上没合适的人家?"余生笑着问。

"镇街上有几家人看上静文,可她又嫌人家男娃不好……这不,硬是把个好端端的静文拖成老姑娘了……"

余生止住笑,说:"她就静文这么一个女子,可不得挑挑拣拣,选个称心的人家?你回去给嫂子说说我的意思——这事,一定要让她愿意了才行。"

柳振东心里其实很明白,欢颜之所以对静文的婚事挑挑拣拣,主要是让子昂和月娥的婚事弄怕了。她怕再因为自己的好心肠将静文的一辈子也给搭进去。月娥死后,家里接二连三又发生了那么多事,后来还背上了恒瑞祥的债,想给子昂再说门亲就更难了。镇上曾有一户人家愿意出重彩礼娶静文,这笔彩礼本来能用来给子昂娶个像样的媳妇,但欢颜一打听,那男娃长相丑不说,还脾气暴躁,两句话不对付就动手打人,她不能为了子昂把静文往火坑里推……

柳振东要请余生去家里吃饭,余生不去,他就连拉带推地将余生弄到家里。他吩咐欢颜道:"赶紧做上一桌子好菜、好饭,我哥俩今儿要好好喝一顿。"

余生却阻止欢颜道:"不麻烦了,做碗臊子面,再调个凉菜就行了——我还真馋你做的那一口了。"

余生的目光透过墨镜片与欢颜的碰到了一起,刹那的愣神后余生立马转过头和柳振东聊起了别的。

欢颜被余生的那一眼弄得心乱神迷——这不是墨林是谁?!当年他每次从书院回来,不就是用这样的语气对自己说这几句话吗?

"瓷在那儿做啥?就按子昂他干大说的办——做臊子面。"柳振东冲着欢颜朗声说。

那天,余生和柳振东又喝了很多酒,也都喝得有些醉了,但却都很开心。静文在一旁看着他俩,偷偷发笑,她对母亲说:"你看这俩人,又好得跟亲兄弟俩一样!"

子昂见干大回来自是高兴得不得了,他原本以为这辈子再也见不到他了。他跑前跑后,帮着欢颜端盘子拿碗,招待这位如同自己亲大一样的干大。

余生听子昂说已经不上学了,又见子昂已经被风吹日晒成了一个地地道道的庄稼人模样,心里不禁有些难过,他问子昂:"你咋想的?想不想跟我学做生意去?"子昂看了柳振东一眼,说:"我就在屋好好种地吧……传要念书,我哥又分出去单过了,屋里缺劳力哩……"

余生按下心里的难过,转过脸问子传:"你这么小就念书了?还没过五岁吧?"

子传立马说:"虚岁五岁了……还没念哩……我大说再过两年,等我大点,就送我去念书。"子传奶声奶气地大声说,一个大脑袋神气十足地一晃一晃。

"嗯,不错,爱念书好哩,'书中自有颜如玉,书中自有黄金屋。'"这话一出口,余生不由自主地看了欢颜一眼。幸亏欢颜那时正在灶巷里忙乎没有听见。

这时,柳振东却硬着舌头说:"都知道书中有'颜如玉',有'黄金屋',但不是每个人都能念哩——念书需要钱哩……"

余生不理他,直接对子传说:"以后你念书的钱我全包了,你只管好好念,能念多远念多远……你念到哪哒,我就供你到哪哒。"

"那怎么能行——恒瑞祥的债你已经替我们还了,哪能再让你供他念书——不行,不行!"柳振东赶紧插话说。

"这话就不要再提了,"余生压压手说,"你们要是答应了——等静文一过门,咱就是一家人了……一家人不说两家话!"他转向子传,"就这么说定了!"

子传看看父亲,又看看母亲,见他们都笑眯眯地看着他,没有反对的意思,就当即点着他的大脑袋,说:"行!"

静文顺利嫁给了余生的儿子茂才。婚礼办得不算热闹但也不寒酸。对柳振东夫妇而言,办成啥样子他们都不会弹嫌,谁让他们欠着余生那么大的人情呢!

对于这门亲事,静文没有自己的发言权。那晚余生在她家喝完酒走后,她急着问柳振东:"大,你也不问问他那儿子长的咋样?会不会和他一样,也是个……"

柳振东说:"问不出口啊,咱欠着人家那么大人情。"

静文对母亲说:"人情归人情,不能把我的一辈子搭进去呀!"

"嫁男人,看的是人品和本事,不是长相!"欢颜说。

"你咋知道他儿子就人品好、有本事?"静文问。

"你只看他就知道了——他儿子肯定差不了。"欢颜说。

静文想说:你看我义林二大就跟我大不一样,一个是举人,一个是败家子。但她话到嘴边却咽了回去。这时,柳振东却说:"一看他那疤就是后来弄的,不是胎带的——其实透过那些疤看,余生不难看哩。"

就在欢颜认定余生就是墨林时,余生却突然冒出了个儿子,这让欢颜顿时变得迷惑不解。她的心里一直有两个声音在互相争执,一个说:他就是墨林,要不然他咋会对子昂那么好?咋会给自己买那条心心念念的围巾?咋会在喝醉酒时突然抱住自己不撒手?咋会出门几年回来后用那种眼神看自己、用那种神情与自己说话?……另一个声音却说:他哪可能是墨林?吴炳义不是说了,墨林在官兵眼皮子底下救了他,客栈老板看见人拿了墨林的包袱,尚礼哥看见城门口贴着墨林的画像,京城的人都说那些画像上的人都已经问斩了?!他要是墨林,为啥他不对自己明说?为啥还会有那么大个儿子?欢颜被这两个声音搅和得心乱如麻,无所适从。但她想,无论余生是不是墨林,将静文嫁到他家,就不会有错。因此,当柳振东问她此事时,她就毫不犹豫地答应了。

余生很快就回到长安自己临时的家里,带了钱返身回来在丰镇和周围村子物色庄基地。最后他在董家村置了地、买了庄子,立了户。他在短短的一个半月里办完了这一切。

欢颜在得知余生把家安到董家村时很是吃惊。令她更加吃惊的是,余生竟将家安在了墨林的祖屋——那个她与墨林成婚并生育了三个儿女的院子里。他放倒了两个窑洞之间的那堵墙,把两个半院子庄子又恢复成了一院子。

欢颜更加迷惑了,余生要不是墨林,怎么会这么弄?她问柳振东:"余生这么弄到底是啥意思?"

柳振东说:"你这还看不出来,他不就是想让你和静文高兴?三十年河东三十年河西……你们失去的,他给你们弄回来了,静文这往后的日子过着多硬气……你去看静文,从村子里走过去,多有面子,你还不得把头抬得高高的?"

余生那年离开镇子,完全是因为他与柳振东关系的破裂。他本想留在镇上守住自己的老婆和娃,可他的守护,却给柳振东造成了伤害。他虽努力避免着这种伤害,小心翼翼地与欢颜娘仨交往,但感情的事,实在是难以掩饰和控制——他不可能看着自己唯一的儿子子昂变得胆小懦弱而不管;不可能看着自己的老婆、娃受罪而无动于衷;也不可能看见好东西了不想着自己的老婆和娃……他的这种过分上心和用情必然让柳振东感到不舒服,让欢颜对他的身份起疑心。多少次他都想告诉欢颜,她的猜测没有错,自己就是墨林,可他一看到两鬓已经斑白了的柳振东就又张不开嘴了。这个比自己大五岁的男人在欢颜最难的时候将欢颜娶进门,将自己的两个娃视若己出,让他们娘仨过上安稳日子。这个男人现在除了欢颜和那几个不是自己骨血的娃外什么也没了,自己怎忍心把真相说出口,将欢颜和孩子们从他手里夺走?!为了让欢颜与柳振东能安心过日子,他决定离开丰镇,到长安去生活……

可就在余生准备动身离开丰镇的时候,欢颜却怀上了柳振东的孩子,余生心想:柳振东有了自己的骨血,就不会太在意自己对子昂的态度了吧?!自己和欢颜之间的关系也就不会再那么敏感而难处了吧?!他没有走,留了下来。可人算不如天算,子兴竟那么早就夭折了。他真怕欢颜会因为子兴的夭折而挺不过来,怕静文会因为内疚而出什么问题……他不能不关心欢颜娘仨,可他对欢颜的关心,越来越让柳振东感到不舒服,那天借着酒劲柳振东在他屋里说的那些话,还有后来子昂退回来的学费,都让他觉得,自己已经到了不走不行的地步了。

余生没有告诉任何人自己的去向。他在长安的西大街租了个带门面房的院子,接着经营他的瓷器。可他到长安没多久,却遇到了一个故人,这人的出现,又让余生的生活发生了变化。

那日,余生刚卸下铺子上的门板,准备转身回铺子,却看见一个人正远远地盯着自己看。余生定睛一看,发现那人不是别人,正是那年进京赶考时曾寄居过的孙老爷家的马车夫老李。老李是余生的救命恩人——当年要不是老李闯进浓烟滚滚的房间救出他,他可就被烧成灰了!

余生将老李请到自己的店铺里,自是一番详细问候。老李说他此次来长安,是因为自家的一个侄子因为一场意外客死在长安,他来帮忙处理后事。老李给余生还讲了许多事情。

那年余生走后不久，茂才小少爷与别的孩子上树玩捉迷藏，一个孩子蒙着双眼捉茂才，将茂才逼到了一个树枝的末端，茂才不想被那孩子捉住，就不断往树梢移，结果树枝断了，茂才从树上掉下来，后脑勺着地，被摔成了重伤。他昏迷了好长时间，醒过来后，其他地方都还好，就是变得有些木讷，不似以前聪明了。三个儿子里，孙老爷本来就最偏爱这个小儿子茂才，茂才变成这样后，孙老爷就更加关爱他，惹得另外两个儿子直吃醋。如今茂才已经二十多岁了，却娶不下媳妇。不机灵的女子，孙老爷看不上，机灵一点的，孙老爷又担心人家是图他的家产。

老李还说："孙老爷经常念叨你，说对不起你。"

老李问余生现在过得咋样，余生苦笑一声说："家人都不在了，现在就我一个人，在长安做点小生意——一个人吃饱，全家不饿！"余生自嘲地说。

余生请老李吃了顿老孙家羊肉泡，又给他和孙老爷带了些水晶饼、蓼花糖这些陕西特产。看着老李坐上马车走远后，余生才慢慢走回了自己的铺子。

前年秋天，老李又来到长安，这次他来却是为着孙老爷的事，而且直奔余生的店铺。他对余生说："孙老爷病了，瘫在床上已经好些时日了……他让我快马加鞭到长安把你接去，说有要事请你帮忙办理。"

"我现在这样子，还能给他办啥事？"余生说。

"能不能办你都去一趟吧，全当看看孙老爷。"老李说。

余生想想也是，就关了铺门，随着老李去了。

十三

余生赶到孙家时，孙老爷已病得很重了。他歪着嘴，流着口水，吃力地对余生说："你可是来了……这辈子我欠你的……下辈子我一定还给你！"

"快别这么说！"余生赶紧俯下身子,抓住孙老爷的手说。

孙老爷示意周围的人都出去,然后悄声对余生说："我那小儿子茂才的事……你都听说了？"

余生点点头。

"唉！我可能活不了几天了……谁我都能放下,就是放心不下……我这茂才。"孙老爷看着余生说,一双老眼里闪出了泪花。

余生理解地点了点头。

"我想托付你件事……你一定要答应我——"孙老爷说。

"没问题,不说一件,就是十件我也答应你。"余生忙说。

"我想把茂才托付给你——我听老李说,你的老婆和娃都没了……现在还一个人过着……我咽气后……你就把分给茂才娘俩的家产……变卖了,带着钱和茂才娘俩……离开此地,去长安过日子……他们要是留在这里,早晚都会被我那两个大儿子算计完、赶走……"孙老爷断断续续费力地说。

"你老别多想,你这病能好！"余生劝道。

"你就别宽慰我了……我知道自己的情况……你能答应我吗？"

"如果真到了那一步,我答应你就是！"余生说。

"你听懂我的意思了吗？我是要你……娶了茂才他妈……让茂才给你当儿子……"孙老爷着急地提高了嗓门。

"啊？这咋行？……这不行！"余生赶紧摆手拒绝。他想,自己有老婆有娃,咋能又娶孙老爷的小老婆。

"你就不要拒绝我了……我想来想去,这事只能托付于你……你这人心好,对茂才好,还有救命之恩……茂才跟你也亲……"孙老爷说。

"我可以照顾他娘俩,但我不能娶他妈呀！"余生说。

"你知道茂才他妈还不老……你不娶,她要守不住,改嫁了别人……茂才……可就有亏吃了！"孙老爷说着,绝望地看向房顶。

见他这样,余生的心软了,说："……那您让我好好想想……"

晚上,余生躺在孙老爷家的客房里,认认真真把此事想了又想,第二天见孙老爷时他就点头答应了。他想,孙老爷的担心不是没有道理。将茂才留在安肃县,自己就是回长安了恐怕也不放心。至于自己将他们娘俩带到长安后娶不娶茂才他娘,那就只能等以后再说,眼下只能先答应了孙老爷,让他能放心地走。

孙老爷当下就让人请来中间人,将家里的财产进行了分割,明确茂才的那一份由余生掌管,别人不许插手过问,并吩咐茂才娘俩,等他一过世,就离开安肃县,跟着余生去长安过活……

孙老爷走后,余生处理了分给茂才的全部家产,将钱存到一个在长安有着分号的银号,而且全部存在了茂才的名下。之后,就带着茂才娘俩回了长安。

对于跟着余生去长安,马玉芳没说一个不字。她从河南逃荒到安肃县,在这里没有任何根基和依靠。孙老爷的身体好着时,她还可以仗着孙老爷对她的宠爱和她为孙老爷生了儿子茂才而说话理直气壮,可等孙老爷躺到床上不能动后,她在家里的地位就突然一落千丈,孙家上下谁都会拿她是个逃荒丫头靠着与父母设计"勾引"孙老爷进的孙家大门来说事,是个人都敢对她指手画脚,茂才那两个同父异母的哥哥甚至还想赶她们娘俩出门……没有余生帮她,她什么都弄不成。余生现在这样子是难看了点,但人家原来是啥样她不是没见过——人家长得英俊不说,还知书达理、气气派派,更何况,人家也是为了救她儿子才弄成了这样。

余生把茂才娘俩带到长安后,就将他们安顿在自己院子里的一间屋子里。他每天都将茂才带到铺子里,教他学做生意。但他很快就发现,茂才的确已经不可能再回到从前的样子了,他记性不好,反应也很迟钝,新东西学不会,以前学的很多东西都忘了。看来,如何安顿茂才娘俩,还得从长计议。

有天,余生去耀头窑进货,柳振东一家这些年的遭遇传进了他的耳朵。回到长安,余生坐卧不宁,一想到欢颜他们正煎熬着过日子,他的心就揪得疼。他当即托人带了钱,去丰镇将柳振东家借恒瑞祥的债连本带利全部还清。他听说静文还没嫁人,就起了把静文娶给茂才的心。他思谋,茂才虽木讷点,但他为人善良,待静文一定不会差。而且,孙老爷给茂才留下那么多家底,茂才就是啥事不干,也够静文和茂才一辈子衣食无忧了。当然他还有个私心,一旦静文与茂才成了亲,他与柳振东就成了儿女亲家,他再与子昂娘俩来往也就顺理成章,不会让柳振东与欢颜瞎想。

要茂才与静文成亲,余生就得先与马玉芳成两口子。余生思来想去,觉得现如今也只有这一条路可走。欢颜已不可能再回到自己身边,而马玉芳也是个苦命人,她和茂才都需要自己照顾……

余生与马玉芳在长安自己的家里拜了堂、成了亲。他们没请任何人,只让茂才做了他们的见证人。

婚后,余生把打算让茂才和静文成亲的事告诉了马玉芳,但他没告诉马玉芳自己的真实身份,他要马玉芳答应他,对外人永远都要说她是自己的原配,茂才是自己的亲生儿子;永远都不要给人提说在保定安肃县的那段生活;永远都不要给人说自己身上的疤是怎么来的……

余生把茂才母子从长安接到了董家村。还没等村人弄清楚这家人的底细,余生就已将静文给茂才娶进了门。人们这才恍然明白,这原来是欢颜的女子静文回来了,她嫁了个外乡的有钱人。人们不再关心这个叫余生的人和他的老伴以及儿子了,而是把注意力集中到了欢颜身上。有人说:"欢颜这么一弄,就将义林踢踏掉的那些祖业又全都弄回来了,真真地为董家争了口气——这女人可真是不简单哩!"

有不服气的人酸溜溜地说:"这哪能是他董家的,将来静文生了娃,得姓余——是人家余家的。"

另一个说:"保不齐,人家会让静文的娃姓董哩。"

有人就笑他俩:"哈哈哈,静文已经改了姓,姓柳。"

"真乱,真乱!"

这些人真是咸吃萝卜淡操心,余生根本不理会这些闲言碎语。他戴着他的礼帽和墨镜拄着他的文明杖从村里走过时,也只是礼貌性地对村里的人点一点头,一声不吭,一步不停就走过去,弄得那些闲人觉得甚是无趣。

结婚那天,静文还没从花轿上下来,就偷偷撩起轿帘看茂才。茂才五官周正,相貌堂堂,中等个头,略有些胖,打眼一看,觉得他根本就不像个庄稼人,倒像个读书人。静文长长地出了口气,在心里念道:"谢天谢地,他没长成他大那样!"

敬茶时,静文看婆婆马玉芳,四十多岁的样子,体态匀称,白白净净,一双吊吊眼,配着小巧玲珑的鼻子和樱桃小嘴,一看就知道年轻时长得不赖。她将一头黑油油的头发光溜溜地梳到脑后,在脑后盘了一个瓷瓷实实的发髻,身上穿着裁剪得十分合体的玫红色对襟夹袄和裙子,脚上蹬着一双崭新的布鞋,乍一看,就知道这是个十分利索、能干的女人。

看见马玉芳的那一瞬,欢颜的心里却像打翻了五味瓶,说不出是啥滋味。她一方面为静文终于嫁了个可靠人家还住进了自己原来的家而感到欣慰,另一方面却为余生不是墨林而感到失落甚至绝望——马玉芳和茂才的出现,确切无误地告诉她,余生不是墨林。如果把她的心比作一个风筝的话,过去的几年里,余生就是拽着风筝的那条线,这条线将她的心拽着,正一点点地朝着有墨林的地方飘去,眼看着就要与她心心念念的墨林相遇了,这条线却被马玉芳和茂才的出现而彻底剪断。她的心突然变得空落落、轻飘飘,不知该飘向何方,又能飘向何方——唉! 我的墨林再也回不来了! 欢颜长叹一声,在心底里绝望地说。

婚后第二天早晨,静文和茂才到余生和马玉芳住着的堂屋去问安,余生将家里的一串钥匙交到静文手里,说:"我就茂才这一个独苗,他小时候从树上掉下来过,脑子受了点伤,没你灵醒,以后屋里的事就由你做主——我和你妈都不年轻了,也该享享清福了。"

静文忙说:"这咋行? 我还啥都不懂哩!"

"不懂,就慢慢学——你妈会教你。"余生说。

静文还想说啥,余生却摆手止住,接着说道:"外面的事我先替你们操持着,但屋里的事就得靠你了。"

说完,他不容静文再说什么,就把目光转向了茂才:"往后,凡事你就都听静文的。"茂才认真地点了点头。

余生又转向静文,说:"你要对茂才好,不许欺负、亏待了他!"

其实静文并没觉着茂才的脑子有啥不好使,从昨天下轿到现在,茂才没说错过一句话,没做错过一件事,反而还很关心她,总问她吃饱没有,累不累……

余生安顿好家里的一切后就回了长安,他将马玉芳留在董家村,让她帮着静文打理家务,经管家里买来的那几十亩地。马玉芳自然欣然答应,她才不放心将这个家完全留给静文打理,也不放心将自己的宝贝儿子一个人留在这么一个人生地不熟的地方。

婚后头半年,静文发现家里也没啥大事要她处理。公公余生常年待在长安经管他的生意,很少回家。家里雇着两个长工,平常地里的活长工都干了,农忙时,公公会回来,照看着长工把庄稼收了,然后把该卖的卖,该留的留。她一天到晚,也就和婆婆一起做做饭,做做针线活。男人茂才像个大男娃,一天到晚啥心都不操,只惦记着吃啥好吃的、耍啥好耍的。但他心性善良,性格好,对静文言听计从。因此,静文对自己的婚姻还算满意。她不满意的地方主要是董家村不像镇上每过几天就有个集,人来人往很热闹。也不像镇上有戏看——到董家村快半年了,一场戏都没看过。她感到这种日子实在有些难熬,每次回娘家,就赖在娘家不愿回去。

对静文的这种行为,公公余生从未说过什么,而且,为了哄静文高兴,他甚至会让静文自己骑着毛驴去镇上看戏、赶集。但欢颜却看不过眼了,她训斥静文道:"你婆婆都没你赶的集多,像啥话么?!成天不干正事,骑着个毛驴来来回回跑。"但静文根本就不听。

秋收后的一天,静文和茂才一起回娘家。吃过饭后,静文又赖着不想回去,她打发茂才一个人先回去,说自己有事还要再停两天。茂才走后,静文一住就是十来天,还丝毫没有回去的意思。

这天,子传从窑后头的木箱子里翻出父亲当年买的那套《火焰驹》皮影戏人人,天一黑,就叫来几个小伙伴在厦子里玩。正当他们玩得起劲时,静文却推门进来,一股风也随之吹了进来,把布单和皮影人吹到灯苗上,皮影人迅速被点燃。子传赶紧将烧着了的皮影人扔到地上用脚踩,火踩灭了,可那个皮影人人也基本烧完了。子传气得直冲静文喊叫:"咱大说这可是咱屋的宝贝,一定不能弄坏了,这下好,让你给烧了……我给咱大说去,看咱大咋拾掇你!"

静文吓坏了,她咋不知道这是个宝贝——家里欠债那几年,父亲柳振东将屋里值点钱的东西都卖了,就是舍不得卖这套皮影人人,他说:"万一再卖到一个不爱惜它的人手里,我咋对得住那个老艺人的信任和托付!"

静文忙向子传赔不是，道："我不知道你们在这要这个，你可千万甭给咱大说，咱大知道了不得气死……来，让姐看看，还能修不能？"

子传一把推开静文，喊道："滚！滚回你董家村去！已经嫁人了，还成天赖在我屋不回去。"

静文没想到，自己一直非常疼爱的弟弟竟会这样骂自己，二话没说，就给了子传一个耳光。

弟弟的话伤着了静文的心。静文回去后，好久都没再回过娘家。欢颜不知其中原委，以为静文家里出了啥事，就让柳振东专门去董家村看看。

静文见父亲来，喜得不知该怎么好。她跑出跑进，为父亲张罗着吃烟、喝茶、杀鸡、做饭。柳振东看见静文已习惯了婆家的日子，而且的确当了大半个家，茂才对她也是言听计从，也就感到十分放心。他劝静文说："甭忙乎了，大坐一会儿就走。"

可静文不行，非要留父亲吃了饭再走。

没想到，柳振东吃完饭刚走，马玉芳就将静文叫到跟前说："过日子要细水长流，不能这么大手大脚。"

静文不明白，问："你老这话啥意思？"

"菜是饭的引子，有一点，哄着把饭吃了就中，哪能炒那么多菜——照你这个弄法，咱家的日子早晚都得叫你过穷了……"

静文犟嘴道："我妈待客从来都是能弄多少就弄多少……更何况，那不是外人，是我大！"

马玉芳嫌静文犟嘴，顿时翻了脸，操着一口河南腔大声嚷嚷："你大咋啦？你现在过的是俺家的日子，吃的是俺家的饭！"

静文万没料到马玉芳会说出这样的话来，她一时愣怔在那里，不知如何应答。马玉芳见静文无话可说，就更加起劲地数落起静文来。她一桩桩一件件数落着静文过门后做的那些事，似乎她已经忍静文很久了，再也不想忍了。马玉芳越说越多，越说越气，声音也越来越大。

静文万没想到，这个外表光鲜的女人，内心却是如此的自私、小气，甚至有些不近人情。面对马玉芳的数落，静文连反驳的兴趣都没有了。她回到自己窑里，啪一声关了门，任由马玉芳在院子里歇斯底里地号叫。

茂才见状,赶紧出去将母亲拉进堂屋里,劝母亲不要吵了,说那人毕竟是静文的父亲。

马玉芳一看儿子向着静文,就冲着茂才骂道:"你个窝囊废,管不住老婆,俺替你管,你还嫌弃俺。"

第二天的饭桌上,静文夹起一筷子菜,用舌头舔了舔,然后就放回碟子里。她咬了一口馒头,再夹起一筷子菜用舌头舔舔,再放回碟子……茂才见状忙问:"你这是怎么了? 恶心死人了! ……还让不让人吃呀?"

只听静文慢悠悠地说:"菜是饭的引子,哄着把饭吃了就行了!"

如果说过去的大半年里,马玉芳的所有表现都是在演戏的话,自从这件事后,马玉芳就不再演了。她和静文之间的战争也就正式开始。

那时,马玉芳经常会用黄豆做酱,晾晒在院子里的黄豆数天后就会散发出淡淡的酱香来,再晒上几天,满院子就都飘着浓烈的酱香。一天吃饭时,家里的一个长工问静文:"总见家里晒酱呢,吃饭时,咋不见桌上放一点酱呀?"

静文一听,忙去窑后头端酱盆子。马玉芳却说:"那酱有啥好吃的,又吃不饱肚子。"说着走到窑后头,从静文手里夺回酱盆,压低声音说:"做长工的,哪能想吃啥就吃啥。"

静文生气,却不好当着长工的面对马玉芳犟嘴,但她想,马玉芳这抠门的毛病必须给治一治!

晚上,马玉芳睡下后,静文就揪下一块糜子面馍,搓成细条,摁到酱盆里,又用筷子在酱盆里戳出一些"猫爪印"。

第二天,马玉芳发现酱盆里有了"猫爪印"和几条"猫屎",就问静文:"猫咋窝到酱盆里了?"

静文说:"我咋知道,你问猫去。"

一句话噎得马玉芳说不出话来。

那天,长工的餐桌上,就有了一碗黄豆酱。

十四

静文嫁到董家村后,义林多次想来看静文,却都只在梢门口瞅了瞅,没好意思进去。这天,静文从地里拔了根葱,摘了个南瓜和一些辣椒,准备回去做南瓜面吃。当她挎着笼走出自家地畔时,正好遇见了往地里担粪的义林。二十多年不见,静文已认不出义林了,可义林却知道这个挎着菜笼,迈着一双"萝卜脚"大摇大摆走过来的人就是静文。

义林放下担子,早早地站在路边等静文过来。静文走过来,以为义林是村里的哪个老人,就客客气气地叫了声"叔",打招呼道,"担粪呀?"

义林一听静文叫他叔,顿时鼻子一酸,眼泪差点掉出来,他颤着声说:"文,我是你二大!"

"二大?"静文惊讶地问,"你咋老成这相了?!"

离开董家村时静文还很小,她对父亲墨林和二大义林的印象都不深。但她听子昂哥说过,二大虽然没有父亲墨林长得笔挺、好看,但也是个周周正正的男人,而且二大的个头还比父亲的高,头发也比父亲的密。子昂哥还说,二大要不犯浑时,总爱抱着他和静怡逗他们玩,那时,他就会在二大的眼睛里看见父亲眼睛里的那种亮亮的东西……可现在,二大又黑又瘦,头发稀稀疏疏还几乎全白了。他的身子佝偻着,简直像个六十多岁的老头……

"庄稼人,成天面朝黄土背朝天……可不都是这相!"义林苦笑一声说,"你妈和你双喜哥都还好吧?"

"好着哩,都好着哩!"静文赶忙说。

"……你成婚那天,我没好意思过去——"义林不好意思地解释说。

按说静文应该恨这个人,可她却一点也恨不起来,反而觉得很亲很亲,甚至觉得有些心疼。静文想起结婚的头一天,母亲欢颜把自己单独叫到一边说的那些话,她说:"也不知道你二大现在过得咋相,前几年咱屋事情不断,顾不上他,现在你既已嫁到董家村,过门后等把家安顿好了,就去把你二大看看,他要有啥难处你就给我说……咱得替你亲大照顾你二大哩!"

静文和义林两个人一时都不知道再说些啥,静文就看着义林身边那两个装满粪的粪笼,问:"你咋不弄辆牛车拉?这一担一担的担,得担到啥时候?"

"嗨!慢慢担——也没啥急事。"义林说。

静文见二大穿得破破烂烂,马上就意识到自己刚才说了一句多么傻的话。他哪里有牛车?如果有的话,他还会自己担吗?!静文说:"二大,你先把这一担粪送到地里,我回去让我屋那长工给你套辆车。"

"使不得,使不得!"义林忙摆手说。

"这有啥使不得的,听说你住在我盛林伯家,哪天我去看你去。"

静文当下就回去,让家里的一个长工到牲口圈里牵了一头骡子,套了一辆铁轱辘车,给义林送了过去。马玉芳得知后对静文说:"咱家的牲口咋能随随便便借给外人用。"

静文瞪圆了眼睛说:"那不是外人,是我二大!"

马玉芳说:"你二大?俺咋不知道?咱家住到这儿这么久啦,咋没见他来过?你结婚,也没见他上过礼呀……"

静文看着马玉芳,没等她唠叨完就"哼"了一声转身走了。

义林拉完粪赶着车来还,马玉芳抢在静文前接过缰绳,一边往圈里拉,一边拍着骡子的脊背说:"唉,咱家都舍不得把你用太狠了。"

义林听到这话,先是一愣,接着就明白了马玉芳的意思,心想,她这是说给我听呢,一时难堪得不知怎么是好。静文忙走上前,拍了拍义林身上的土,说:"二大,走,进屋坐会儿,喝口水。"

义林这才缓解了尴尬,对静文说:"不了,不了。"转身就往回走。

静文从家里拿了些鸡蛋去义林家看义林,才发现义林过得那么恓惶。

义林见静文突然进门,窘得不知如何是好,嘴里不住地说:"你看,我这烂脏窝,让你都没处下脚……"

静文将鸡蛋放在案板上后大大方方坐到炕沿上与义林拉家常。她仔仔细细打量了义林的"窝"。这"窝"除了一张炕,一床铺盖和几件生活必需品外,就再没什么东西了。

自那天后,静文就经常去义林家串门。说串门,其实是偷偷拿些东西或钱接济义林。

马玉芳见管不住静文，就把茂才叫到堂屋，教他看住静文，别叫她再把家里的东西往外拿。茂才却说："咱屋东西这么多，拿就拿呗，又不是给外人。"

余生回来后，马玉芳给余生告状，说静文经常将家里的钱物偷偷拿出去送给她二大——那个败家子义林。余生听了，只"哦"了一声，没再说啥。马玉芳见他不说话就又说："听说就是她二大害得她娘改嫁到镇上，她现在却接济他，你说，这不是缺心眼吗？"

"打断了骨头连着筋……她和这人毕竟有血缘关系！"余生听马玉芳嘟囔了半天，才说了这一句。

"可她不能拿咱家的钱财啊，那可是个无底洞啊——听说他以前就是要钱才败的家。"

"……又不是动茂才的那笔钱……娶你时我咋给你说的？——我的事不许你管……我既把家交给静文，她爱咋弄就咋弄，只要不是胡来……你我都别插手干涉。"

有一天，趁马玉芳不在，余生专门将静文叫到堂屋询问义林的情况，从吃穿用到身体状况，问得很细。静文一一做了回答。静文原以为公公听了马玉芳的告状后，一定会训诫自己，没想到，公公却说："你二大是个可怜人，无儿无女还没老婆，以后你要常去看哩，缺啥了就从咱屋拿，他也就你和你子昂哥这两个亲人，子昂离得远，只有你可以指望……"

公公的话让静文感到很暖心，她像得了尚方宝剑一样，从此就经常大摇大摆地去二大家帮忙——拆洗被褥，做鞋做袜，缝缝补补。不等天冷，二大的棉衣裤就被她缝好送过去了。家里一有好东西，她就拿出一些送过去。逢年过节，更少不了给二大送吃喝。有时她忙忘了，公公余生还会提醒她："给你二大送些去！"马玉芳见状，也只有默默地生闷气。

有天，余生从长安回来把一袋银圆交给静文，让她收起来。静文接过袋子掂了掂，半天不说话也不动弹，余生问："咋啦？"

静文小心翼翼地问："我能做主把这钱用了吗？"

"你当家，当然能用了。"余生说着，起身就往出走。

"这么多银圆,你也不问我用它弄啥?"静文朝着公公的后背说。

"你爱弄啥就弄啥,我不问。"余生头也不回地说。

余生再从长安回来时,马玉芳不等他坐稳就着急忙慌地告静文的状:"不得了啦,你不知道,你那好儿媳妇都弄了些啥!"

"弄了些啥?"余生不慌不忙地问。

"给她二大买了半院子庄子!"马玉芳气急败坏地用一只手的手背啪啪啪地拍着另一只手的手心说。

"哦?"余生的眼睛在墨镜片后面一挑,嘴角不由得往上翘了翘。

马玉芳虽在大门大户里待过,但她的小气与自私却是渗透到骨子里的。如果她只是小气、自私,不插手家里的事还好说,可她偏偏又是个极爱当家做主的人。你越不让她管,她越是要管。余生夹在婆媳之间,十分难受。

静文与马玉芳间的较量渗透在日常生活的大事小情里,一来二去,马玉芳自知不是静文的对手,也就不再轻易与静文发生正面冲突,但二人仍是你看我不舒服,我看你不顺眼,几乎一天天互不说话。就在这时,静文发现自己怀孕了。静文已好久没回娘家了,现在怀上了娃,就急切地想回娘家将这个喜讯告诉母亲。

当静文骑着毛驴回到镇上娘家,将家里发生的一切一五一十学说给母亲欢颜时,本以为母亲会因她的机灵能干而夸夸她,却不料母亲竟劈头盖脸对她一顿训斥:"你一口一个马玉芳、马玉芳——马玉芳也是你叫的?!俗话说,天下没有不是的父母,就是你婆婆有天大的不是,你也不应这么待她。

"一个锅里搅稀稠,总会锅沿碰饭勺,凡事不能太较劲。

"你公公说让你当家,你还真就当家了……你婆婆总是你的长辈,凡事还是要与她商量着来才行。

"自古家和万事兴,总和你婆婆闹,这日子咋能过好?也不怕人笑话。

"都是要做妈的人了,不能还跟做女子时一样,想一出是一出,说话办事不过脑子……"

不过,母亲对她常去看二大,帮二大这事却是点头认可。

被母亲一阵数落后,静文连在娘家待几天的心思都没了,第二天就回了董家村。可母亲的话毕竟进了她的脑子。她开始主动与马玉芳说话,凡事尽量请示马玉芳,意见不一时,也尽量迁就着马玉芳。

马玉芳见静文回了趟娘家后跟变了个人一样,就知道是欢颜教训了静文,心里便对欢颜充满了感激。

不管马玉芳对静文如何反感,静文肚子里的娃总是她的亲孙子。静文吃不进东西,马玉芳就变着花样为静文做吃食。静文疲乏无力,马玉芳就不让静文干太多家务,自己起早贪黑操持起一家人的生活。余生再回来时,发现婆媳二人相处得如此和睦,竟不敢相信自己的眼睛,心说:这太阳打西边出来了?!

十月怀胎,静文终于熬到了生孩子的时候。她躺在自己的窑里一阵紧似一阵地声唤。茂才紧张得白了脸,他站在屋门口,看着母亲跑出跑进,听着接生婆在屋里吩咐这吩咐那,却不知该咋办。而余生则拄着一根拐杖,在堂屋里坐卧不宁。

终于听到了孩子那响亮的哭声,余生冲出堂屋,来到静文和茂才的窑门口隔着门问:"人没事吧?"

窑里传来马玉芳细软的声音:"没事!"

余生没问是男娃还是女娃,只关心人的安危,这让静文的心里感到莫大的安慰。

新生孩子是个女娃,余生给她取名余孙园,除了马玉芳和茂才,谁也不明白余生在孙女的名字里加进去个"孙"字的真实用意——那是孙老爷的"孙",是孙茂才的"孙"。

孙园出生这年,长安改名为西安。

这一年,陕南发生了很重的旱情,西安城里已出现了从陕南翻过秦岭来逃荒的人。余生怕铺子被饥民所偷,孙园的满月一过,他就赶回了西安。

西安的饥民越来越多,余生的心里便起了恐慌——登城县虽远离秦岭,但要不了多久,饥民就会逃荒到那里。向来多雨的陕南都出现了这么重的旱情,恐怕地处秦岭以北,素有"十年九旱"的家乡就难逃这次旱灾了!余生当机立断,低价卖掉店铺里的货物,把带有门面房的房舍租赁出去,回到了董家村。他辞了家里的两个长工,然后就经常去董家村周边的集市上转悠,迅速买回许多粮食囤积起来。

他专程去柳振东家,劝他也赶紧把手里的钱全部买粮囤积起来,他说:"饥民一旦拥到咱这儿,粮食势必短缺抬价,地里的庄稼恐怕也都不保……秦岭以南一直都是富庶之地,二十几年前的那场饥荒,咱这儿已经那么严重了那里却几乎没受什么影响——我估摸着,这场灾情可能很快就会发展到咱这儿来……"

二十多年前的那场灾情柳振东和欢颜都刻骨铭心,早已是谈灾色变,如今,那样的灾难正一步步向他们靠近,这怎能不叫他们感到心惊肉跳!

余生一走,欢颜就与柳振东马上合计起买粮的事来。可他们想来想去也没想出什么好办法,因为他们根本就没多少积蓄,也没什么值钱东西能卖——没钱,用啥买粮!

欢颜最后想出了一个权宜之计,她哀叹一声后对柳振东说:"这季麦收回来后,咱留够麦种,把剩下的全卖了,用卖来的钱再去买便宜点的玉米和扁豆,甚至谷糠和麸子——这样,要是灾情真的来了,咱也能多扛上一阵子,不至于饿死……"

当下,柳振东就按照欢颜的建议开始忙碌起来。欢颜颠着一双小脚去了娘家,把余生的那些话告诉给大哥尚文,让大哥一家也早做准备。

尚文听了欢颜的话后,低着头看着手中的茶杯半天没说话,脸上的表情变得十分凝重。他想起了父亲,想起了弟弟尚礼和母亲,想起了那个与土匪和县兵周旋的可怕的夏天……

欢颜懂得大哥的心思,不禁也难受起来。过了很长时间,大哥才抬起头说:"我明天出去一趟,寻个地方——要是灾情真的来了,咱几家人就躲到那里去。"

"那是啥地方? 少旱的秦岭南边都出了这么重的灾情,咱能躲到啥地方去?"欢颜不解地问。

"去一个土匪抢不到的地方!"尚文说。

见欢颜仍瞪着一双不解的眼睛看着自己,尚文进一步解释道:"你记得不,咱村东边那条深沟对岸有个北崖寨?"

"当然记得,听说那是一些大户人家在沟畔上修的寨子。"欢颜说。

以前县北一带匪患严重,许多大户人家遭土匪抢劫甚至灭门。为避匪患,一些大户就在这个寨子里自建厦房和窑洞。

"二十几年前那场旱灾发生时,就有一些大户避在里面,土匪几次想进去抢,都没抢成……"尚文说。

起初,欢颜还不太同意大哥的这个想法,心想,大哥这是被二十几年前土匪绑架父亲的那桩事弄得落下心病了。那时他们家大业大,遭土匪惦记。可现在呢? 他们已是家道中落,土匪哪还会再惦记! 但她很快就想起了有点家底的余生,想起了二十几年前那场灾荒后镇上所发生的疫病,就是为了躲疫病,让几家人躲进北崖寨里也是好事……想到这,欢颜就对大哥说:"行,就按你说的办,我回去就让子昂跑一趟董家村,把这事告诉给静文她公公,让他们也做好避出去的准备。"

"先甭着急,待我察看回来后再说。"尚文说。

十五

尚文出走一天,回来后直接去了丰镇找柳振东和欢颜,他对他们说,那寨子不小,大概二三百亩地大,里面有窑有厦子,还有马房、车房、两口水井和一座关帝庙。寨子东、南、西三面环沟,沟深不见底,长满杂树和荆棘。只有北面有条曲曲弯弯十分陡峭的山路通向外面。寨墙打得很高很结实,寨门用铁皮包着,还钉了铁钉。二十几年前的那场灾情过后,寨子就一直空着,里面长满了荒草。原来的那些厦子和窑都是私人财产,门都上着锁。只有寨中间的那个关帝庙,每年四月初八庙会日,还会有周围的百姓去那里烧香叩拜……尚文说,要想去的话,就得在寨子的东、西沟棱上挖几孔土窑住。

听了尚文的这些话,柳振东不住地点头,但就是不开口表态。坐在炕沿上的欢颜对柳振东说:"我看,我大哥这主意好哩,你不如去找静文她公公,叫他与我们一搭弄……趁旁人还没反应过来,赶紧搭伙在那里挖出几孔窑来,万不得已时咱几家人就临时避到里面去,互相也有个照应!"

柳振东和尚文听后都点头同意。事不宜迟,他们当下就去了董家村。

余生听了尚文的话后也是不住地点头,但他却不赞成挖土窑,想箍成砖窑,他问:"里面还有空地箍窑吗?"

尚文想了想说:"有倒是有,可以贴着寨南墙箍……只是,拉砖进去太费事,用钱会很多。"

"就是呀,我父子几个出力没问题,钱可拿不出几个来……就是能拿出来,有这钱,咱还不如多买些粮囤起来。"柳振东插话道。

"你们都甭管,我来雇人箍……花不了几个钱,我全出了……你们把自己的钱都拿去买粮食……灾情过后,这也算是我留给茂才、静文和他们后人躲灾避匪的一个去处。"

说干就干,余生雇了二十来号人,凿崖拉土,和泥运砖,很快就将一排三孔的窑洞箍好,并盘了炕、灶台,安上了门窗。他原本不想动用茂才的那些钱,想着只要自己在世一天,茂才和马玉芳就由他挣的钱来养活。可现在为了躲避灾荒,为了这几家人的性命,他就不得不动用那笔钱了。

旱情在一步步逼近。没等从秦岭南边来的饥民进入,从北边翻过青峰山逃荒到这里的饥民就已越来越多。麦收时,柳振东家的收成比往年减少了许多,到了秋天,庄稼打得更少。他们在地里勉强下了麦种后,就开始把全部的心思用在倒腾粮食和搜寻各种能吃的东西上了。

欢颜已不敢做纯粮食的饭了,她每天都会让子昂和柳振东去地里挖野菜,撸树叶,回来掺进粮食里做成菜疙瘩、馍麦饭、菜面、菜拉麦吃。

这时的丰镇和周围几个村子都遭到了土匪和当兵的洗劫。无奈之下,丰镇就有人发起成立了"红枪会","保村、保家、保性命",与那些土匪和当兵的斗。

没过多久,又有些人从渭南、华县跑过来,偷偷藏进丰镇的亲戚家里。他们刚到没两天,就有官兵跟了过来,到处翻箱倒柜找人、抓人。说是找人,其实看见什么就顺手拿什么,弄得人心惶惶。

见此情景,余生与尚文和柳振东商量,在冬天来临前赶紧把几家人搬进北崖寨去。

欢颜想起了妹妹欢蓉,临走前,让子昂专程去接欢蓉,让她跟着自己一起走。欢蓉却对子昂说："我不去,我的命没那么金贵!"子昂见说不动她,只好折身回来。欢颜让子昂去叫秀女、浩然和子常,也遭到了同样的冷遇。

余生他们把粮食夹杂在过日子用的坛坛罐罐、被褥衣物和烧火、烧炕用的柴草里,用马车搬了好几次。西北风呼啸着刮进丰镇的时候,三家人已在北崖寨南墙下新箍的窑里生火做起了饭。而这时的寨子里,已经住满了躲灾的人。一些人还在寨中央的那条南北街道上开起了粮油、药材、杂货铺,甚至还有人开了银号和制造长枪的枪局,打算在这里好好过日子了。

大家推举了寨长,安排每家出人组成寨丁,日夜轮流,看守寨门。

按照余生的意思,躲灾期间,三家人就不分彼此在一个锅里吃,共度饥荒,可尚文和柳振东不同意。尚文说:"我屋人多,又都是些能吃的主,还是分开吃的好。"

柳振东忙附和说:"就是,就是,不能叫我们拖累了茂才娘几个。"

余生知道马玉芳是啥人,怕她不高兴后再说出啥难听话来,也就只好同意,但他背地里却偷偷给了子昂一些钱,让他从寨子里的粮铺里再买些粮,贴补家里。子昂不要,他就对子昂说:"这是寨主提前支付给你守寨门的钱。"子昂哪会信余生这话,但他不愿让干大为难,也就接下了。

安顿好三家人的生活后,柳振东、余生和尚文又都各自返回自己原来的家看守家门去了。那个冬天,那个年,他们就这样提心吊胆地分开过。

年三十这天,欢颜去寨子里的那家杂货铺买了几张神像和红纸回来。她让子昂写了几副对联,然后带着子传连同灶王爷像和财神爷像一起分发给三家人。她又让子昂和子传,把一张天帝爷像贴在三孔窑洞窑面子的中间。土地爷像本应贴在梢门内的照壁上,躲在寨子里,没有照壁,只好也让他们贴在窑面子上的另一块地方。欢颜心怀虔诚、一丝不苟地做着这一切,丝毫没有因为居住简陋而减省了步骤。她在心里默默祈祷,祈求各路神灵能保佑自己的亲人们安然无恙,顺利度过灾难。

天黑时,欢颜蒸好了三个荞麦面小灯灯和三个"枣山①"。她给每个灯灯里放上捻子,倒上菜籽油,然后让子昂和子传拿着分别送到马玉芳和大

---

① 当地方言,面做的状如小山,图案呈莲花状,上面嵌有大红枣的大花馍。

嫂的窑里。

马玉芳看见这些东西不由得惊叫道:"你娘可真行……这都啥时了,还有心弄这!"

静文说:"我妈,啥时都会把日子过得像模像样!"

子昂他们送完东西回来,欢颜已将财神爷像贴到了窑后头的墙上,将灶王爷像贴到灶台前的窑壁上,将"枣山"馍摆在灶王爷画像下。那盏荞麦面灯灯也已被她点燃,正被她端着准备放在灶王爷的像下。见子昂兄弟俩进来,她就吩咐子昂去窑后头拿香。

子传看着荞麦面油灯上闪烁着的灯苗和被灯苗照亮了的母亲的慈祥的脸,动情地说:"妈,你咋跟变戏法一样!"

欢颜在灶王爷像下摆好灯灯,走过来,抚摸着子传的大脑袋说:"儿呀,日子再苦、再难,也要过出滋味来——今黑灶王爷下凡,咱得迎灶王爷哩!"

"为啥要迎灶王爷?"子传歪着他的大脑袋问。

"灶王爷平时住在天上,操心着咱的每顿饭哩——你说咱该不该把他迎下来,一起过年!"欢颜说。

"该呢!……那灶王爷啥时候下凡呀?"子传问。

"这会儿正在来咱这儿的路上……等你把香点上,把头磕完,灶王爷就到了。"欢颜说。

"那灶王爷每年都会来吗?"子传很认真地问。

"会呀,要和咱一起过年哩!"欢颜很认真地说。

"灶王爷啥时候回天上?"子传进一步问。

"正月二十三。"欢颜很耐心地说,"到那时,咱将灶王爷像一烧,他就走了。"

"'枣山'呢?"子传问。

"你就把'枣山'泡着麦子泡吃了。"

"咱妈每年都这么迎灶王爷、送灶王爷哩,你忘了?"子昂拿来三炷香笑着对子传说。

"以前我小,不记得。"子传说。

或许是以前子传太小,不记得,或许是今年的情况实在有些特别。大家正心情沉重、提心吊胆地躲灾,每顿都不能吃纯粮食的饭,母亲却弄出这样一个温暖、充满爱和希望的气氛来……六岁子传的心里,产生了难以言说的感动。他睁着一双亮亮的眼睛很崇拜地望着母亲,觉得只要有母亲在,世上再苦的日子就都不苦了!他抢在哥哥子昂前面,将那三炷香点燃,插进放在灶王爷像前盛有半碗粮食的碗里……

后来,每遇过年,子传都会给他的女儿们讲起这一幕。他的大女儿大毛说:"这算啥,打我记事起,我婆每年过年蒸馍,都会给我捏出各种小动物让我玩、让我吃……她用南瓜汁和面,捏出一个个南瓜状的娃娃,用绿菜汁和面,捏出各种瓜果蔬菜,用顶针按出老虎的眼圈,用黑豆做老虎眼,用红豆做老虎嘴……我婆捏的东西特别好看,捏啥像啥,每次我都舍不得吃……我婆还会带着我一起捏……"

子传的二女儿二毛则说:"你多有福,我小时候咱屋穷,没有白面,咱婆就在院子里和些泥,给我捏出各种动物,放在花墙墙上晒干后给我玩……到了夏天,咱婆还会把瓜子串成项链和手镯给我戴上……"

大毛又说:"咱婆把做衣服剩下的各种布绺绺给我缝了很多猫呀、狗呀、马呀、驴呀、娃娃呀,叫我玩,我玩够了,她就用绳子把这些东西绑着挂在窑后头……我记得,挂了很长一串串哩。"

"咱婆没给我做多少新耍货,但在我捡你的旧衣服上,却总能变魔术一样用碎布剪成花、剪成蝴蝶,再用丝线缝到衣服上,旧衣服顿时就跟新的一样,谁想跟我换我都不换哩。"

……

后来,子传的三女儿三毛,在她的作文里写道:"……我记得有我婆陪伴过的每一个日子,那些日子沉淀下来的,满满的,全是爱……我婆就像个巧手绣女,在我们的生活里绣上了各种色彩艳丽的图案,让那些灰暗的生活变得丰富多彩,美丽动人……"

来年开春,天上仍未下雨,各村又开始了各种形式的祈雨仪式,可老天爷依旧没下下一滴雨来,而这时,已有大量饥民拥入丰镇和周边的村子。种在地里的麦种早已被饥民挖出来吃了。树上的叶子、地里的刺根早已被那些饥民挖食一空,许多人家都被这些饥民偷盗过,弄得村人成天关着梢门,哪也不敢去。

夏粮无收,秋庄稼种不进去,到了秋末,许多人家已把能吃的东西吃光了。饥荒让人的肚子整天都处于空荡荡难以忍受的状态,有人就把棉花套子往肚子里塞。无奈之下,男人们便纷纷离开村子,挤在那些外乡来的饥民中间,一起蜂拥着往潼关一带去了,村里只留下老弱妇孺。

不断有从河南和山西来的人贩子在镇上买人,也不断有妇女给脖子上插个草标,啥也不要就把自己卖了。

进入冬天,不断有饿死人的事发生。余生便拿了些粮食分别敲响义林和三叔的梢门,他把粮食递到他们手里后一句话不说就转身走了,从不跨进他们的梢门半步。

这天,余生准备再给三叔送点粮食。他发现三叔家的梢门没关,就径直走了进去。当他推开三叔家堂屋门的时候,眼前的一切竟让他惊愕地差点坐到了地上——三叔家的炕上和地上横七竖八躺了六具尸体。

三叔的儿子是个憨憨,娶了个憨憨媳妇,给他生了三个憨憨孙子,一家七口,五个憨憨,不知道给家挣钱挣粮食,光知道憨吃憨睡。灾情来临后,他家每天就只吃一顿饭,为了给儿孙们省口粮食,每顿吃饭前,三叔就从家走出去,等全家吃完饭后才回来,每次回来都对三婶说自己在外面寻着东西吃了。没过多久,他的全身就明晃晃浮肿起来。

出事那天吃饭前,三叔又出去了,到了晚上也没回来,他的女人也就是墨林的三婶这才想起出去找他。她在村外的沟坎里找到了他,那时,他已经咽了气,嘴里塞满了没咽下去的黄土。三婶看了眼自己那窝囊了一世的男人,一声没哭就回了家。到家后,她熬了一锅观音土糊糊,里面倒进去一包老鼠药,然后就给一家人吃了……

余生拄着拐杖跑出去,找到义林,二人将三婶一家的尸体搬上木轮车,拉到坟地里。进入坟地前,他们发现了三叔的尸体。他们将三叔的尸体从沟畔拉到坟地里,与三婶他们埋在了一起。

过年前,欢颜不放心柳振东和子常一家,也不放心大哥尚文和余生,就让子昂和君来相跟着一起回家叫他们。

秀女置气,仍是死活都不去,她不去也不让子常和儿子浩然去。无奈之下,柳振东只好硬将浩然拉过来,让子昂带走,自己则仍在家里守着。

浩然走后没多久,子常就跟着村里的男人们出门逃荒了,留下秀女一人在西窑里住着。

这天,柳振东拿了些粮食和麸子送给秀女,让她掺到一起熬着吃了,秀女二话没说,一把拿过公公给她的粮食袋子就往窑里走。饥饿已让她无法再置气了。

君来去叫父亲尚文,说:"要是不放心屋里,那就把我留下,你去寨子里,寨子里需要郎中看病,你去了给人看病还能给家里挣些钱——都是富人,我镇不住。"

尚文想了想,便将君来留在家里看门,自己带着看病的药箱和一些药材去了北崖寨。他还去了丰镇,带走了瑞雪的侄子永年。王老先生不愿去,说要看门。

尚文前脚刚走,青峰山的土匪后脚就进了王老先生的家门,他们翻箱倒柜,不光抢走了粮食,还抢走了家里的被褥、衣物。王老先生抱着粮食布袋不撒手,叫道:"你们总得给我老汉留一口活命的粮呀!"

一个土匪上来就朝王老先生的胸口给了一拳,说:"粮食这么金贵,让你这种棺材瓤子吃不是糟蹋了吗!"

王老先生被打倒在地,他喘着粗气,捂着胸口,眼睁睁看着那帮土匪把家里的东西洗劫一空。土匪走后没多久,王老先生就咽了气。

子昂去董家村叫余生,余生不愿去寨子里,这时义林却来了,他站在门口说:"你走吧,我给你看门。"余生看着他,不知该说啥。

义林接着说:"静文是我侄女,给她看门是我应当应分的事。"

子昂马上对余生说:"要不,把我二大也带上,大家挤一挤,每人省出一口,就够我二大吃的了。"

还没等余生开口,义林就口气坚决地说:"我不去,我不去……我哪也不去,我得守住我屋这老屋,守着我大伯——老汉已经不行了,看着就是这几天的事了。"

听义林这么说,余生不禁问道:"他儿子盛林呢?"话一出口,就马上意识到问得有些冒失,忙又补充道:"听静文说,他有个儿子叫盛林——很能挣钱。"

"嗨,就甭提我那盛林哥了,在外人面前看着光光鲜鲜、人五人六的,回到屋却窝囊得要命……像我三叔一样,让老婆拿得住住的……前几年就让老婆撺掇着和我大伯把家分了。"义林说。

"分了家也得管他大呀!"余生忍不住说。

"分家后,倒是经常过来看他大,也偷偷给他大钱,帮他大干活,但他大就是不爱理他,嫌他惯老婆……说自己花自己儿子的钱还偷偷摸摸的,把人活成啥了!唉,老汉有啥话,倒愿意给我说。"

余生再没说啥。他没去北崖寨,而是拿了些粮食,让义林引着去看了趟本家大伯。

没过几天,本家大伯就死了,余生远远地看着他被盛林用一口薄棺材拉到地里,埋了。

十六

尚文一进寨子,就在他住的那孔窑的门脑上挂出了"慈济堂"的招牌,很快便有人找上门来请他看病。住在寨子里的人虽都是有钱人,但大灾当前,他们也不敢大手大脚给诊费,因此,尚文看病挣的钱,也只能勉强维持一家人的生活。

二十多年前所发生的那次土匪事件在尚文的心里留下了难以消除的阴影,它彻底摧毁了尚文的自信心,让他从此一蹶不振,一直活在自我否定中。二十多年来,他说话、行事都非常谨慎,给人看病更是如此。他不再去治那些具有挑战性的、没有把握的病了。三个小子和女儿菊菊一天天长大,尚文便把时间和精力都用在打理家事上。君来和菊菊是自己的孩子,咋对他们都没事,因而他在他俩身上很少花心思,他们也让他非常省心。如今君来已能给人看些简单病,地里的全套活也能拿下来。君来结婚后生了两个女儿,一个已十岁、一个六岁,现时正跟着她妈住在北崖寨里。菊菊前几年就已发落,婆家是不错的人家……倒是君安和君明,一直不让他省心。尚文一直觉得是自己害了尚礼,也就觉得亏欠着君安和君明,对他们俩兄弟的心明显要比自己的两个孩子重。可君安一直都与他拧巴着,不让他干啥,他偏要干。如今,君安跟着苏县长远去他乡,娶了个外地媳妇,生了一儿一女,几年都回不了一趟家。君明虽不像君安那么难管,但却蔫有主意。他在村里的私塾念了几年书后就提出要去城里念。念书是好事,谁都不能阻拦。可君明去了城里后也是很少回家。尚文除了时不时给他捎些钱去外,其他事情就一点也管不上。君明在外面都干了些啥尚文一概不知,到现在已快三十岁了,还没有成婚。尚文每次给他张罗婚事,他都说自己在学堂里好了一个,时机成熟了就带回来给他们几个家长看。

欢颜他们搬进寨子已经快两年了。起初,三家人做了啥吃食还互相送一点,静文也总是抱着孙园来母亲的窑里让母亲看着孙园,自己帮母亲干干活。可日子一久,马玉芳就不高兴了,她对静文说:"日子长着,各家的福各家享,各自的罪,各自受。"

静文怕母亲听见了难受,也就不跟马玉芳犟嘴,从此就只在自己的窑里待着,很少去母亲和两个妗子的窑里串门。

静文的心思,欢颜明白,她也很赞成静文这么做,但她与两个嫂子的来往却依然频繁。她坐在嫂子们的炕上笑着说:"平常想熬娘家,熬不成,这两年把一辈子没熬的娘家都熬了。"

原指望那年能下场透雨,种上一季庄稼,却不料,那年也是滴雨未下,旱情更加严重。渭河里的水早已干枯,河道上积了厚厚的一层浮土,就连井水也几近枯竭。一些地方大半个村子都死得绝了户。这时就从各地传来了人吃人和吃死人的消息——人一死,第二天尸体就不见了。传得最厉害的是刘家洼的腊花妈吃腊花——腊花长得丰满,已经嫁人,因为饥饿,跑回娘家找吃的,谁料想,晚上等她睡着后,却被自己的亲生父母绑了,煮着吃了。村里人好久没闻见肉香,当他们饿狼一般循着肉香找到腊花家揭开腊花家的锅盖时,就看见腊花的两个大奶子正白花花地漂浮在大铁锅里……

随着灾情加重,原先只在丰镇周边活动的土匪,从别处弄不到粮食,肚子饿得招架不住,就想着来北崖寨试试。这一年前前后后就有十来股土匪试图洗劫北崖寨,却都未能成功。

漫长的春天、夏天和秋天就这样在极度的恐慌和煎熬中一日日过去。腊月二十二那夜,天上突然下起了鹅毛大雪,不出两日,地上的积雪已有两尺多厚。欢颜他们互相搀扶着走出窑门,望着白茫茫的田地喜极而泣。在他们看来,这哪是雪呀,是能让他们活命的白花花的面粉啊!

入春后,天上终于零零星星下了几场雨,干枯的地里有了湿气。尚文和子昂回到各自的家里,开始整地,给那精赤的土地里播种庄稼。欢颜把子传和浩然留给两个嫂子照看,自己和君来媳妇也跟着他们回了家,她说:"男人们在地里干活,得有人在屋给他们弄口吃食。"

前些年,君明离开家后先在县上念书,后来就去了西安,西安念完后,又回到县上,在县上找了个教书的差事。旱灾发生后,学校放假,教师和学生都回了家,他便随着家人一起住进了北崖寨。在北崖寨的几年里,他除了与别的男人轮流守寨门外,就在寨子的小学校里给那些有钱人的孩子教书。现在,灾情基本过去,他不顾大伯尚文和母亲香莲的反对,硬是急急火火返回县上去了。

欢颜和子昂回到家没几天,在外逃荒的子常也拖着饥饿的肚子和疲惫的身子回来了。

直至入秋,三家的男丁才将留在北崖寨的家人和盆盆罐罐全部拉了回来。

旱灾虽已过去,但灾情所带给人们的创伤却迟迟难以愈合。

余生又回到了西安,打理起他的铺子,他要兑现自己的诺言,给子传交学费让子传去丰镇东街的新式学堂念书。他还要给子昂张罗着重寻一门亲——眼看着子昂的年纪已经不轻了,却还没给他董家留下一个后。

余生揣着银圆,拿着一套笔墨纸砚和小学一年级课本走进丰镇柳振东的家,他把这些东西放到桌上,对柳振东说:"我来兑现我说过的话,送子传去学堂念书!"柳振东听了却瓷在那里,不知该咋办。他看了看坐在炕沿上的欢颜。

欢颜思量了一下，说对余生说："送娃念书是大事，这钱和这些东西我们就先接下，往后再慢慢给你还。"

余生忙说："还啥哩……一家人不说两家话！"他转向欢颜边上站着的已经高兴得合不拢嘴的子传，"这些东西用完了，就去董家村找你姐静文要，我在她那里留足了你念书的钱。"

子传不住地点头。

说完子传的事，就该说子昂的事了。余生这时却犯了难，不知该怎样开口——明面上，子昂只是自己的"干儿"，他不能管得太宽。他沉思片刻后，婉转地问柳振东："你们有没有想过给子昂续弦？"说着，就透过那副墨镜片看了欢颜一眼。他发现，欢颜根本就不看他，也不接他的话茬。

"咋没想啊！有了月娥那档事后，子昂的婚事我们就不敢再轻易做主了——咱屋这条件，好一点的，人家也看不上咱，只能慢慢碰了……"柳振东无奈地说。

"只要你们有这意思，我出门时多留意着点——至于聘礼啥的，一切都包给我……我是他干大哩么！"余生说。

就在余生兴师动众到处为子昂踅摸媳妇的时候，柳振东家里住进了一个女兵。

夏末的一个傍晚，欢颜刚帮东街的一户人家接生完孩子往回走。她走到街上时，太阳刚刚落山，西边的天上挂着一片火红的晚霞。她看着那抹火红的晚霞，心情觉得格外轻松。就在她快要走到十字路口时，却看见前面有队人马正急匆匆朝这边过来。她看不清那些人的脸，只看到一个个身影在那美丽的晚霞里晃动。她急忙往路边走，准备躲开来。很长一段时间来，街上总有队伍经过，今天这支队伍由东向西，明天那支队伍由西向东，有时还会在镇上住上一个晚上。老百姓一看见队伍来就吓得赶紧躲。

欢颜刚摇摇摆摆走到路边，队伍就已走到了她跟前。要躲避掉显然已来不及了，欢颜索性站住脚，看着他们过去。她发现，眼前这支队伍好像与以往的队伍不同——他们穿的衣服颜色不同，破破烂烂，沾满了泥土，一匹马的背上还驮着一个女兵。那女兵的头垂在胸前，随着马蹄声一摇一晃。

她顺着女兵的身子往下看,竟发现那女兵的一只脚没有穿鞋,裸露的脚背红肿得可怕,还有一些污血糊在上面。出于本能,欢颜喊了一声:"停一下!"队伍立即停住,有人甚至警觉得拉动了枪栓。

很快,对方看见欢颜只是个小脚女人,就收起了枪,一个矮个子兵走到欢颜跟前,操着一口四川音问:"嬢嬢,你有啥子事没得?"

"那女子的脚得赶紧治——不治的话,可就得锯了。"欢颜怕那人听不懂自己的话就指着那女兵受伤的脚,比画着锯东西的样子说。

矮个兵回过头,看了看马背上的女兵,又看了看那只脚,迟疑片刻后,转身问:"嬢嬢,你咋个晓得这个?"

"我小时候见我哥给人治过……噢……我哥是看病先生。"欢颜说。她想仔细看看那只脚到底还能不能治,可还没等她走到女兵跟前,一股恶臭就从女兵那只肿胀的脚上扑面而来,把她熏得立即屏住了气。欢颜用手捂住鼻子和嘴,抬头看了眼女兵,她吃惊地发现,那张脸竟那么稚嫩,看上去比子传大不了多少,爱怜之心油然而生。

欢颜忍着恶臭走到女兵跟前仔细查看那只脚。只见那只脚表面的皮肤红中发紫,脚背的皮肤已溃烂成一堆腐肉,渗出一片模糊的脓血。

"大娘——"一声微弱的呼唤从马背上传来。欢颜抬起头,看见那张稚嫩的脸上一双眼睛充满了祈求。

"女子,甭怕,啊!赶紧治,你这脚能治好——不用锯!"欢颜忙安慰那女兵说。说完,她叹了口气,准备转过身往回走。那个矮个兵却叫住了她,说:"嬢嬢,你别走嚏,你看这个样子要不要得哈。"他一边说,一边往欢颜跟前走,"我们着急要赶路,也没得法子去给她医病,可不可以把她先留在你屋里头,我们给你一些钱嘛,麻烦你给她找个先生医一医,过几天,我们再把她接走嚏……要不要得?"

欢颜感到犯难,一来这女兵的病不轻,她一时吃不准能不能给她治好;二来,这段时间来来往往不断过兵,万一让他们的对手发现了,会不会把这女兵给打死,还牵连到自己的家人……

那矮个病看出了欢颜的心思,忙说:"嬢嬢,您要是为难,那就算了哈。"说罢,就往队伍前面走去,手一挥,带着队伍继续往前赶路。欢颜一时傻站在那里,不知怎么是好。这时,就见那女兵艰难地扭过头来,看了她一眼,眼睛里的泪花被西下的太阳映得血红。

欢颜的心一颤,脱口叫道:"女子——留下吧!"

十七

欢颜怕被人看见,没敢把女兵马上带回家,她看了看四周,发现这里离戏园子不远。从这里去戏园子,只需穿过一条窄道、下得一个短坡。戏园子的四周都有围墙。那里除了演戏、集市日卖牲畜,平时很少有人进去。

欢颜将那女兵扶到戏园子里,等天黑透,街上已经没人了,才将她扶着回到家。

欢颜把女兵安顿在南墙下的那间厦子里,吩咐子昂连夜去娘家把大哥尚文接来,为女兵治脚。她给女兵弄了饭,又把全家叫到一起,说:"千万要走漏了风声……要是让他们的对手知道了,那可就麻烦了。"

当晚,尚文带了药材来到丰镇,给女兵处理了伤口,还教给了欢颜后面的治疗和护理。

四十多天过去后,女兵的烧慢慢退了,肿胀的脚也慢慢塌了下来,那些腐烂的肉已被欢颜一点一点清理干净,创面上已长出粉红色的新肉,将烂成坑的脚慢慢填平。随着脚伤慢慢愈合,女兵的脸上渐渐有了血色,她的话才多起来,也才愿意告诉欢颜她叫王红霞。

十三岁的子传出于好奇,给红霞送饭时常常会问她许多问题,诸如"你屋在啥地方?""你这脚是咋伤的?""你多大啦?咋就当兵了?""你们的队伍是啥队伍?从阿达来?要到阿达去?"可无论子传咋问,红霞都是闭口不语,问急了,红霞就会说:"你别问了,我不会告诉你的——这样对你好!"

正午,柳振东在自家的地里与子昂拔棉花秆,虽然已进入深秋,早晚气候已经很凉了,但到了中午,在大太阳底下干活,身上还是会感到炽热难耐。柳振东脱掉夹袄,只留下件汗夹,准备去地头喝口水——那里放着一个他们从家里拎来的盛着凉开水的瓦罐。这时,他却突然听见地北头有人扯着嗓子对他喊:"叔,来队伍了……赶紧跑呀!"那人边喊边往镇子方向跑。

柳振东急忙掉转头,手搭凉棚往西边那条官道上望。只见一只长长的队伍,正顺着远处那条官道由南向北开来。明晃晃的太阳底下,那些身着统一兵服的人走得很慢,个个像晒蔫的萝卜。柳振东突然想起了住在自家厦子里的红霞,他仔细看,发现那些兵的着装显然与红霞的着装不同,就立即对同样站在那儿往官道上张望的子昂说:"赶紧往回跑……叫你妈把红霞藏起来!"

子昂扔掉手里的棉花秆,抬脚就往回跑。柳振东拎起地上的夹袄,跑到地头,拿上自家的瓦罐也往家跑去。他们都没上官道,直接穿过庄稼地,翻过涧畔,端直朝着东北方向的村子跑去。

子昂上气不接下气跑到梢门口时,欢颜正在院子里铺个席子晒棉花。他使劲拍着门环,扯着嗓子喊叫:"妈!妈!快开门!"

欢颜听到这声音,顿时就感到情况的不妙。她把门刚一打开,子昂就嚷嚷道:"妈,不好了……来队伍了……人很多,他们穿的跟红霞的不一样……我伯让你把……"后面的话还未出口,欢颜已摇头摆手止住了他。

欢颜让子昂赶紧把梢门关了,自己则往厦子小跑过去,边跑心里边合计:"这可往阿达藏呀?"

欢颜推开厦子门时,红霞已站在了门口,她身上穿着那天她来时欢颜让她换上去的静文的旧衣服。刚才子昂疯狂的敲门声,已使红霞感到了不妙,她一骨碌爬起来,溜下炕,耳朵贴着厦子的门缝听……没等欢颜开口,红霞抓住欢颜的手说:"大娘,您别为难,我都听见了——我马上走!"

"看这样子,队伍是要进村了……那么多人,咱屋肯定免不了要住些——"欢颜着急地来回走着,一双手不住地敲打着大腿的外侧。

子昂插嘴道:"妈……把她藏到红薯窖里去吧!"

"红薯窖太浅,藏不住啊!万一被发现,她可就没命了。"欢颜说着,无奈地转向红霞,"看来,也只能让你走了……好在你的脚伤已差不多好了。"

说罢,欢颜吩咐子昂,"赶快去屋里把馍笼拿来。"子昂刚要跨出门槛,欢颜又将他叫住,"再去你屋拿身你的衣服过来。"

在丰镇这一带,像红霞这么大的女娃都是缠了脚的,即使像静文那样没有把脚缠成三寸金莲,也已将大拇指以外的四根脚趾头压断踩倒到脚心,形成了说小不小,说大不大的"萝卜脚"。这些脚穿的鞋,前头很尖,只能容一个大拇指,而红霞的脚是根本就没缠裹过的大脚,这些天,她都是穿着子昂的一双旧鞋下地活动。看着红霞那一双大脚和身上穿着的静文的衣服,欢颜灵机一动,马上让子昂拿来他的衣服让红霞套上。

红霞套上子昂的衣服,穿着子昂的旧鞋,头上戴着一顶草帽,胳膊上挎着子昂拿来的馍笼,就要往出走。"妈,你准备让她往哪走?"子昂突然问。

欢颜顾不上回答子昂,直接对红霞叮咛道:"他们从南面过来,你往东北跑……现在天亮着,要走大道,天黑了再走大道——兴许还能遇到你们的队伍。"她又上下打量了一遍红霞,补充说,"万一有人问起,就说到镇子上走亲戚来了。"

红霞点点头,赶紧往出走。走出梢门时,恰遇柳振东进来,他问:"子昂,你咋还往出跑?"

红霞一笑,说:"大叔,是我!"说完就往东跑去。

红霞走后,子昂对欢颜说:"妈,咱不能这样——她一个女娃,让她往哪里跑?万一被人抓住——"

"她留在咱屋才不保险哩!"欢颜说。

"不如让她先躲到我大舅家,过几天再把她接回来。"子昂说。

子昂的话一下子点醒了欢颜。她当即说:"行,行啊!"她吩咐子昂,"你赶紧去追,与她相跟着一起去你大舅家——她不认识路。"

子昂当即撒腿跑了。

"你明天再回来。"欢颜在后面对子昂补充说。

望着子昂的背影,欢颜的脑子里突然闪出一个念头,她将柳振东叫到堂屋,对他说:"把红霞说给子昂咋样?我看子昂对她上心得很哩。"

"行么——这样一来,她就不用东躲西藏了。"柳振东眼睛一亮,一拍大腿说。

"就不知道人家红霞愿不愿意。"欢颜有所顾虑地说。

"这有啥,愿意了就真娶,不愿意了就假娶。"柳振东说。

那支队伍果真浩浩荡荡开进了镇子,果真有兵住进了欢颜家,但第二天天不亮就又走了。欢颜一家在忙忙叨叨地烧水、做饭、安顿那些兵吃住中,紧紧张张地打发走了那半天又一夜。那些兵一走,欢颜就开始张罗起给子昂"续弦娶媳妇"的事情来。

子昂怕那些兵还没走,第二天就把红霞留在大舅家自己一个人回来了。他一听母亲的计划,竟不好意思地红了脸。

子昂借了辆牛车,拿着一个衣服袱袱到姬家洼把红霞"娶了回来"。当头顶红盖头的红霞坐在子昂吆着的牛车上来到柳家梢门口时,子传就按照母亲的吩咐在梢门口放了一挂鞭炮,故意将说话的嗓门提得很高。

几个婆娘听见鞭炮声跑出来看究竟,她们纷纷议论说:"没听说子昂要续弦呀,这人咋就已到门口了?"

"也不知娶的啥地方、谁家的女?"

……

欢颜见她们窃窃私语,便大声招呼她们进院子来,她说:"这是我娘家大哥的一个病人从南方给我子昂说下的这门亲。"

"这女方家咋没来个人?"

"她们那里遭了灾,家里的人都没了……唉……可要不是这,人家咋能远嫁到咱这?!"欢颜半是"同情"半是"庆幸"地说。

红霞住进了稍做布置后的子昂的厦子。看热闹的人走后,她忙对欢颜说:"大娘,我知道您这是为救我,可我不能与子昂哥真正成婚……我是部队上的人,结婚这事得经过组织批准。"

"子昂已经给我说了,没关系,你们就假装成婚……等你的脚完全好了,你想哪天离开就哪天离开。"欢颜抓着女兵的手说,"你要是觉得我子昂不错,愿意留下来跟他过日子,那就给你们队伍上说一声……那样的话,大娘我更高兴。"女兵感激得不住地点头。

秋庄稼收完时,红霞的脚已完全好了,她在子昂的陪伴下,在镇子方圆十几里,寻找自己的队伍,却没发现队伍的任何踪影。

接下来的日子,红霞就跟着子昂在地里忙乎,帮着家里种小麦。

过完年,红霞还是没有队伍上的任何消息。一个可怕的念头便在她的脑子里闪过"难道他们都牺牲了?!"

在子昂的炕上拉有一条绳子,每到晚上,子昂就自觉地把一个旧被单搭到上面,将睡在里边的红霞与睡在外边的自己隔开。起初,他们都紧张得不说话。子昂白天干完活,晚上本还想读会儿书,怕影响红霞睡觉,就自觉地将夜读停了。他躺在炕上,紧张得不敢翻身,但很快就睡着了——白天干了一天活,他实在太累了。红霞听见他的鼾声后,才能放心地入睡。

这样的日子过了一段时间后,红霞就放松了对子昂的警惕。在她看来,子昂就是个谦谦君子,值得她信赖。有时躺在炕上实在睡不着了,她反而会主动与子昂聊天,聊子昂读过的书,聊镇子上的人和事。子昂最乐意给她讲的还是君安和余生,他说,君安非常了不起,而余生却是这个世上真正懂他的人,就像亲生父亲一样对他好。

"你这位干大一定是个不寻常的人哩——我要是能见到他就好了。"红霞说。

"等哪天他从西安回来了,我就介绍给你认识……他对自己的身世和经历一直闭口不谈,我们也就不便多问。但我总觉得,他与我有种什么缘分,不然他咋会对我那么好,我见他也觉得那么亲呢……"子昂说。

有时子昂也会问红霞:"听你的口音是南方人,南方啥地方的?你的身世和经历能告诉我吗?当然,如果不方便,你就别说。"

"我出生在江南水乡,和几个同学偷偷跑出来参加了革命,后来……"红霞突然不说了。

"你一定吃了不少苦!"子昂善解人意地把话岔开。

"可我毕竟活下来了……我的那些同学都牺牲了……"

"你想回家吗?要是想,我就给我妈和我伯说一声,把你送回去。"

"我当然想,但我现在是部队上的人,我必须尽快回到部队去……"

他们越聊越多,红霞觉得子昂是个靠得住的人,就给他讲了许多自己队伍上的事,也给子昂讲了许多他们的"革命主张"和"革命道理"。

之后的一段时间里,子昂都十分留意来镇上的陌生人。他希望能帮红霞找到她的队伍,可到了腊月,依然一无所获。

欢颜见红霞一时三刻走不了,就劝红霞道:"队伍找不到,你不能不过日子啊,孩子! 不如就与我子昂做了真正夫妻……哪天找到你的队伍了,你该走就走,大娘绝不拦你!"

"这样不是害了子昂哥吗?"红霞说。

"那你以为你们天天这么躺在一张炕上做假两口子,他就好受了? 除非……"

"除非啥,大娘?"

"除非你觉得我子昂配不上你……"

"子昂哥人很好,知书达理……是我配不上他……"

那晚,子昂安慰红霞说:"要听我妈的,你不愿意做真夫妻,咱就不做——咱还这么过着,我不怨你。"

"我愿意!"

子昂和女兵炕上的那条绳子没有了,他们成了真正意义上的夫妻。

真正完婚后的子昂像换了个人一样,满脸满眼都往外溢着幸福。眼看着一张黑瘦的脸渐渐胖了起来。从小到大,欢颜还从没见子昂这么开心过。子昂的心情一好,欢颜的心情就好,欢颜的心情好了,柳振东的心情就好。那段时间,又能听到柳振东有一声没一声地吼秦腔。可幸福舒心的日子总是那么短暂,短暂得让人都来不及回味。

子昂拉着一车土从土壕往回走,走到村西头的巷口时,看见一个身板挺得很直,个子有些矮的陌生男人正站在前面街上四处张望。子昂停下来看了看,见那人正想走过来向自己打听什么,就忙拉着车子进了巷子,本能地避开了那人。

子昂神情恍惚地回到家,将车上的土卸到梢门口,再用小推车,一车一车推到院子里的茅厕边。他机械地干着这些活,脑子里全是刚才看到的那个陌生男人的影子。直觉告诉他,那人是个当兵的,是来找红霞的。

"不能让他把红霞带走——红霞部队里的人也不行!"子昂在心里喊道。

晚上躺到炕上,子昂一直不言语,红霞见他一副心事重重的样子,就问出啥事了。子昂终于忍不住,将下午看到的陌生人的事说给了红霞。红霞听完也是半天不说话。她默默伸出胳膊,紧紧地抱住了子昂。

那一夜,子昂和红霞都没睡着,他们的心里都堆满了话要对对方说,可他们谁也没说。

子昂在心里苦苦斗争了一夜,最后决定放红霞走。

第二天一大早,子昂便到街上转悠,希望能撞见那个陌生男人,然后问个清楚,可他转遍了东西南北四条街,也没看见那陌生人的踪影。连续两天,子昂都这么出去转,都没发现那个陌生男人。子昂释然了,他对红霞说:"是我多心了,人家可能只是个过路的。"

就在子昂已经放下此事时,他却在自家的梢门口撞见了那个人。子昂慌慌张张问:"你找谁?"

"一个嬢嬢,喔,就是大娘。"

"村里大娘多了,你找哪个大娘?"

"这嬢嬢给我妹妹医过脚。"

子昂的心里一紧,说:"你找错了,我妈可没给人治过脚。"

"子昂,你跟谁说话哩?引进来说!"欢颜在院子里喊道。

子昂将陌生人引到院子里,那人一见欢颜就喜出望外地叫道:"嬢嬢,总算把你找到了!"

"你是……"欢颜疑惑地问。

"你认识不到我了哇?去年是我将一个女娃儿交给你的。"那人走近欢颜低声说。

欢颜仔细打量来人,认出来人就是去年那个把红霞交给她的人后,不由得脱口而出"唉……咋还是找来了!"

"出啥子事了哇,嬢嬢?"那人焦急地问。

欢颜强挤出一丝笑,摇摇头,没说啥。她将他引进了红霞的厦子。

当天晚上,红霞就跟着那个矮个男人走了。

红霞走后,一家人的心里都像丢了什么似的,空落落的。欢颜走在街上,有人见她那副失魂落魄的样子,就问:"弄啥哩?跟丢了魂一样。"

"是把魂丢了!"欢颜幽幽地说。

　　与欢颜一起丢了魂的还有一个人,那就是子昂。与红霞一起生活的那些日子,成为子昂一生中最幸福、最舒心的时光。红霞让他的生活变得有了意义,他对红霞说了他这一辈子能说的话。在红霞面前,他找到了人生的乐趣,找到了自信,觉得自己活得真正像个人……

　　红霞走后,村人纷纷打听到底出了啥事,可他们谁也不敢把话问到柳振东一家人当面。有人就传言说:子昂的这个媳妇原来在老家就结了婚,因为不满意那门婚事偷偷跑了出来,骗人说老家人死光了,嫁给了子昂。前几天,她原来的男人一路打听着找到了矿上,一边在矿上干活糊口,一边继续打听女人的下落。那天到镇上买东西时,偏巧撞上了女人,就一把抓着拉走了……欢颜听了这些传言后,就对家里人说:"他们要这么传,那咱也就这么承认了。"

　　见子昂失魂落魄的样子,欢颜的心里非常难受,柳振东见状便去找余生,让余生接着给子昂找门亲。子昂知道后坚决不同意再找,他说:"我有媳妇哩,咋能再找?"

　　"妈知道你的心思,你舍不得红霞……可人家不一定回来呀……再说,就是她想回来,吃了那口饭,脑袋就别在裤腰上,随时都可能丢了性命……"欢颜劝道。

　　"妈,你就甭说了……我要等她……她要回不来,我就打一辈子光棍,绝不再娶……"

十八

　　灾后君明回到县上,发现原来任教的那所小学已不适合自己待了,就在一所高小谋了个差事。

　　欢颜收留红霞那年年初,因为苏县长工作变动,君安也回到了登城县,当了县保安大队队长。

君明见二哥回到县上，就经常去保安大队与哥哥相会。多年未见，兄弟俩有说不完的话。君安发现，自己印象中的那个内向、腼腆的弟弟，现在却变得非常健谈。他记忆力极好，对所经或所闻之事都能绘声绘色地表述出来，而且极富感染力。看得出来，这些年他读了很多书，接受了很多新思想，对时局常有自己独到的见解。君安由衷地夸君明道："你口才这么好，真是一块当先生的好料！"

君安后来才知道，那时的君明已加入了共产党，而且早在前些年，他在西安念书时，就曾组织过驱逐驻地军阀的学生运动，回到登城县后，他还与多所学校师生联名上书，抗议罢免了贪腐成性的县教育局局长……在与君明的接触中，君安不知不觉间就受到了君明思想的影响。他在君明的介绍下秘密加入了共产党，还在他的保安大队里秘密发展了一批共产党员……

腊月的一天晚上，君明突然找到君安，说他们成立了"县各界抗日救国联合会"，准备发表拥护《张、杨①八大主张》的通电，并在县城举行游行活动，让君安也组织起他的人马参与进来。

君安想了想，说："我们肯定参加，但我们得有自己的番号。"他一只手抱着胳膊，一只手支在下巴下，在脚地转来转去，转了好几个来回后，突然眼睛一亮说："我们跟你们不同，我们都是尚武之人——我们就叫'抗日救国牺牲团'吧！"

"好，好啊！"君明拍着手，兴奋地说。

第二天全省的各大报纸上就出现了"登城县各界抗日救国联合会"和"登城县抗日救国牺牲团"联合发表的拥护《张、杨八大主张》的通电。还报道了他们在县城里组织的声势浩大的游行活动。一时间，君安和君明成了全省的名人。

可这件事却惹恼了某些人，驻守在县城附近的杨虎城部下突然叛杨投蒋，准备进入县城消灭君安和君明他们。君明得知消息后，立即差人通知君安，让他们与自己的人一道连夜潜往北崖寨暂时躲避。

---

① 张学良和杨虎城。

　　北崖寨距县城只有四十多里,地势险要,易守难攻,前几年发生旱灾时,为躲匪患和疫病,君明曾和家人在那里住过几年,对那里的一切都十分熟悉。那晚,他们三百多号人马住进寨子后,就一边操练,一边与陕北的红军和西安的杨虎城将军联系,准备随时东渡黄河进行转移。

　　尚文得知君安回到县上当了县保安大队队长,改去县郊一所高小教书的君明经常进城看他哥后,曾高兴地给瑞雪和香莲唠叨:"你们说,这哥俩小时候性格合不来,很少腻在一起,现在大了竟变了,彼此的话密了。"

　　他还自言自语道:"这样好啊,要是尚礼能看见他俩现在这样,不知该有多高兴……"

　　他一点不知道,这两个侄子都已秘密加入了共产党,还在一起干了那么多危险的事。

　　尚文得知君安和君明的事时,他们哥俩已率众进了北崖寨。尚文不禁为两个侄子的处境担忧起来,他心急如焚地叫来君来,让他穿上一身破烂衣服,挑上一担冬储萝卜白菜到北崖寨北门不远的地方叫卖。

　　君来连去两日,寨门就是不开。

　　这日正在寨子里巡查的君安突然听出了君来的声音,忙让人打开寨门,将君来接进了寨子。

　　君来把君安拉到一边说:"我大让你和君明赶紧回去。"

　　君安一听就急了,说:"我以为你给我送情报来了,你竟是劝我回去……这都啥时候了,我伯咋还这么想……你回去给我伯说,日本人都快打到家门口了……"他推转君来的身子,"你赶紧走,赶紧回去……我和君明都不会回去。"

　　君来也急了,嚷道:"我大说了,不把你俩弄回去,我就甭想进家门。"

　　"那正好,你跟着我们一起干。"君安说。

　　眼看着天就黑了,君来只好暂时留下来。他想,君安从小就是个倔屎,自己根本不可能说服他,还不如等找着君明,先说服君明,再让他劝君安。

　　可谁知那天夜里,正当大家都在熟睡中时,寨子的北面却突然响起了枪炮声。君安听到枪炮声赶紧爬起来,他一边往外跑,一边对已经跑出来的人大声说:"大家都甭慌,他们一时三刻打不进来……各自抄家伙,准备迎战。"

可他万万没有想到，他的队伍里早已有人被对方买通。那些被买通的内奸听到外面的枪炮声，就趁乱烧掉了粮仓，炸毁了弹药库。还在君明他们背后放起了冷枪。

君来正站在窑门口不知该咋办，就看见一个人正准备朝君安的后背放冷枪，他二话没说，就挡在了君安和那人之间，替君安挡了这一枪。

君安转身一看，才知道自己的队伍里出了内奸。他把那人一枪打死，扑上去看大哥，大哥的胸口正突突地往外冒血沫子。他一边用手按大哥冒血的胸口，一边大声告诉大家，小心队伍里的内奸。

君来很快就咽了气。君安疯了一样，往北门口跑，他想一定要守住北门口，不能让内奸打开北门，将外面的人放进来。

当君安跑到北门口时，两个内奸正准备趁乱打开北门。君安抬起胳膊就是一枪，其中的一个内奸应声倒下。另一个内奸见状忙撒腿就跑，没跑两步，也被君安一枪放倒。

里面的人与外面的人整整激战了三天三夜。君明的左腿中了枪。君安一直带人死死守着北门，他一面要防外面攻进来，一面还要防内奸在背后放冷枪，不敢有任何大意，三天三夜没合过一次眼。得知君明受伤后，他给手下交代了一声就跑去救君明。可还没等他见到君明，后背就挨了一枪，没过一会儿就咽了气。

临近黄昏时，君明他们已弹尽粮绝，死伤人员无数。这时，对方在外面用喇叭喊："要活捉姬家两兄弟，捉住了有赏！"

君明一听，二话没说，就让手下把君来和君安的尸体搬到寨子南边那个平时一直锁着的南小门口。南小门外便是深不见底的沟。

君明打开寨门，忍痛将君来和君安的尸体推下沟，最后自己也纵身一跳，跳了下去。见君明跳下了沟，几个骨干也跟着跳了下去……

君明跳崖后的第二天，尚文领着十几个村人来到北崖寨。那时，枪声早已停息，厚厚的寨墙上布满了弹孔，厚重的寨北门已经被人打开。寨门内鲜血、尸骸遍地。他们找遍了寨子，也没找见君来、君安和君明的尸体。他来到南小门口，从敞开的南门往下看时，就看见了一片片染着鲜血的白棉絮挂在荆棘枝头，几个黑色的身影沉在半沟。他托人找来井绳，一头拴在城门上,一头系到那些村人的腰间,然后让他们一手拿把镰刀,一手紧抓绳索边砍荆棘边往下一点一点下。他们整整弄了一天,天快黑时,才将这些人全部弄了上来。君来、君安和君明就在这些人中,他们都已绝了气,身上血肉模糊,有枪伤,有碰伤,也有荆棘的刮伤。

县党部突然来人,不许尚文他们为这些"叛贼"收尸。尚文就去托熟人,好说歹说,才弄到了新任县长的手谕,允许他收了尸。

尚文和村民们将君来、君安和君明拉回家,在村头自家的坟场挖了三个墓,买了三口上好的棺材,将他们葬了。

葬完君来他们,瑞雪和香莲仍在堂屋里哭得死去活来。尚文却并不劝她们,自顾自地走到慈济堂,坐到那把他经常坐着给人看病的靠背椅上。他实在太累了,真想闭上眼一走了之。突然有一口热辣辣、腥味很重的东西从尚文的肚子里冲上他的嗓子眼,他一张口,一股鲜血便从他的嘴里哗地喷了出去。

瑞雪和香莲发现时,尚文的全身已经凉了。他像睡着了一样,歪着脑袋,静坐在慈济堂里的那把靠背椅上……

欢颜得知三个侄子出事后,放下手中的活就跑到梢门外找人将柳振东和子昂从地里找了回来。她和柳振东被子昂用木轮车拉着匆匆赶到姬家洼,帮着大哥尚文把三个侄子埋了。她正在处理后事时,就听到了大嫂那凄惨的喊声:"娃他大,你咋也走了呀?你这一走,让我咋活呀!"

这一切简直发生得太突然、太快了,欢颜还没从突然失去三个侄子的惊愕与悲痛中反应过来,她最爱的大哥却这么一声不吭地走了。她不知自己是怎样陪着大嫂和二嫂将大哥送到地里、埋进土中的……

欢颜软瘫在大哥的坟前,往事一幕幕从脑海里闪过。这个曾背着她玩,让她引以为傲,觉得长大后就要嫁给的男人,这个曾给过自己那么多关爱和帮助的男人,就这么匆匆地走了。她懊悔极了,懊悔自己对大哥的关心实在太少。欢颜哭得死去活来,悲恸欲绝。

欢蓉蹲到地上,抓着姐姐欢颜的胳膊与姐姐一起哭。哭过之后,便往起拉姐姐,劝姐姐回家。这是她改嫁之后第一次对姐姐欢颜主动说话。当大哥尚文的棺材被放下墓穴,撒上第一锨黄土时,她才意识到,她在这个世上的全部亲人都已经没了,除了这个姐姐。因为她的拒绝与排斥,那些晚辈她几乎都没怎么见过,就更不用说亲近了……她突然不恨不怨姐姐了。

　　县党部派人在全县范围内大肆搜捕与北崖寨事件有关的人,一些人的家眷也被抓了去。为避风险,欢颜征得大嫂同意后,就叫子昂拉着一辆木轮车将君来媳妇和君来的两个女子送到青峰山,躲进一个远房亲戚家里。

　　自从加入共产党那天起,君明就知道自己的脑袋是别在裤腰上的,随时都可能会死掉,因而他一直没有结婚。可君安不同,他有家室,有一儿一女,如今儿子已经十六岁,女儿已经十二岁。君安的老丈人是识字先生,在当地给人教过私塾,曾捎带着让自己的独生女子——君安的媳妇——也认了些字。君安回到登城县后,给媳妇在县府里找了份打杂的差事。每天两个孩子去学校后,君安媳妇就打扮得光光鲜鲜去上班。起初君明来找君安,君安媳妇还热情接待,毕竟他们是早早就失去了父亲的亲哥俩。可后来,君安的媳妇就不怎么待见君明了,因为她发现君明每次来与他哥说话时,都会有意避开她。她对他们说话的内容起了疑心,就设法想法偷听,等她发现君明干的都是些会掉脑袋的事后,就对君安说:"你好好劝劝你兄弟,别让他干那些傻事。"

　　君安却说:"这咋是傻事?这是再要紧不过的大事哩!"

　　后来,女人见君安已经被君明说动了心,也跟着君明"胡闹"了,担心地对君安说:"你不劝君明就算了,咋还跟着他一起胡闹呀?!"

　　"男人的事,你不懂就少插嘴!"君安说。

　　"君明我管不着,你是我男人,我咋能眼看着你往火坑里跳!"女人说。

　　可君安哪是她能劝动的人,照样该咋弄就咋弄,与君明的来往越来越频。女人没办法,君明再来时,就脸不是脸,鼻子不是鼻子地对待,试图以这种方式将君明拒之门外,拉开君明与君安的距离。

　　可君安哪能让她这么对待自己的亲兄弟,每次君明一走,他就冲着女人发火。时间一久,君安与媳妇的关系出现了裂缝。

　　县府里的一个秘书受命接近君安,就在他苦于接近不了君安时,却在君安媳妇的身上看到了希望。

　　有天早上,君安媳妇照例去给这秘书送开水,这秘书忙上前接住君安媳妇手中的暖水瓶,并主动与君安媳妇闲谝起来。一来二去,二人变得很熟,经常会在一起闲聊。闲聊中,秘书发现了君安夫妇之间的矛盾,他便不失时机地主动"关心"起"嫂子"来,嘘寒问暖,送东送西。君安的媳妇被感动了,便把这秘书当成了朋友,在他的关心中,倒出了自己的苦衷。她想让这秘书给她出出主意,看怎样才能阻止君安与君明不干傻事。这秘书得到了自己想要的东西后,转身就去了县党部……

君安出事后,君安媳妇去找那个秘书,问是不是他给那些抓君安的人告的密。秘书说:"是不是我告的密已经不重要了,你赶紧带着娃们跑吧……你想,君安干下这么大的事,他们能饶了他老婆和娃? ……看在咱关系比较好的份上,我才这么对你说——要是换了旁人,恐怕早就把你和娃们绑了送去邀功了……"

君安媳妇气得干瞪眼。

事已至此,君安媳妇只好回到家,匆忙收拾了点行李带上两个孩子隐姓埋名远走他乡了。直到十多年后,她才与儿子、儿媳、女儿、女婿以及孙子、外孙们举家回到了姬家洼。那时她的儿子已经从政法大学毕业在外省工作了一段时间。他回到登城县,在新政府里当了法院院长。

君安媳妇一直不敢给儿子说出自己当年干的那件"蠢事",她把这种自责深深埋在心底,日日折磨着自己。她开始吃斋念佛,日日跪在佛像前祈求佛主的原谅……

新政府将君明兄弟三人的事迹写成文章,发表在省报上,写进登城县县志。在他们的坟前立了碑,把他们的名字刻进了登城县烈士陵园的墓碑。

十九

年三十后晌,余生冒着严寒从西安回到董家村,准备和一家人过年。

刚一进门,静文就给他说了尚文一家的遭遇。他一口热水没喝就骑着马折身去了丰镇。他知道尚文在欢颜心里的分量,现在,尚文和三个三十多岁的侄子突然全都没了,欢颜的心里该有多难受,他要去看欢颜,得给她宽心。他也要去姬家洼,看望可怜的瑞雪和香莲。

余生到丰镇后却没看见欢颜,柳振东告诉他,欢颜还在姬家洼,她不放心两个嫂子。

欢颜为了照顾两个嫂子,强撑着没让自己倒下去,她不仅不能哭,还得尽量给两个嫂子说宽心话,照顾她们的一日三餐。

余生到姬家洼时天已经完全黑了,欢颜开的梢门。欢颜一见是他,竟吓了一跳,这么晚过来,以为他家出了啥事。

余生在尚文和君来三兄弟的牌位前上了香,低头凭吊了四位亡灵后就在堂屋的八仙桌旁坐了下来。欢颜给他倒了碗煎水,在八仙桌的对面坐下,桌上的油灯闪烁着豆苗似的灯火,映照着欢颜那张异常憔悴、疲倦的脸。余生心疼地看了一眼后就将目光移开,看向炕上木头一般毫无表情和生机的两个嫂子。他想说些宽慰的话,却张不开嘴,说不出口,因为此时此刻,任何语言都是那么的苍白无力,她们心中的悲伤与痛苦哪是几句话就能缓解得了的!这份挖心挖肺的痛,也许只能靠时间来慢慢稀释淡化……

余生默默地坐在那里,不言不语。他的脑子里浮出了在慈济堂里初遇尚文时的情景,尚文那时多么英武,多么年轻而有魅力。那时的他,眉宇之间、言谈举止之间全都透着自信和活力……余生想起了许多往事——是尚文力劝他父亲让欢颜嫁给了自己;自己不在时,是尚文帮着欢颜处理了他家的许多事情;是尚文把子昂带到陕南躲过了饥荒和匪患……可这么好的一个人却说没就没了——他是郁闷死的,是气死的呀!

余生从怀里掏出一摞银圆,放到桌上。欢颜想说什么,余生却摆手制止了。欢颜实在是太累、太难过了,她没有注意余生的表情,如果她注意了,她就能感知到,眼前这个连夜赶来看她的人其实就是墨林,因为从他看见自己的那一刻起,他的眼光里就全是对自己的心疼和对失去尚文哥和三个侄子的难过。这种感情,仅仅是静文公公的余生怎么会有!

旱灾发生前,欢颜堂哥尚仁的母亲就已经过世,尚仁的两个儿子也都已成婚,各有了孩子。一大家人挤在尚仁那院子庄子里。为了让两个年近六十的嫂子有人照顾,欢颜出主意让堂哥尚仁的小儿子带着媳妇和娃住进了两个嫂子的三进院子,种着两个嫂子的地,照顾着两个嫂子的吃住。

他们谁也不提过继的事,或许在他们的心里,一直都还期待着有一天君安的儿子能光明正大地回来。

余生不放心他的店铺,正月初五一过,就又回到西安,经管他的瓷器生意。

这天晚上,余生关了铺子门,在街边的一个饭馆吃饭,一抬头,看见饭馆对面的墙上贴着一张巨幅海报,上写当晚易俗社在武庙街剧社演出《三打祝家庄》。那晚没什么事,余生便决定去看演出,最近一连发生的许多事情,弄得他心烦意乱,他想去散散心。

他叫了一辆黄包车,赶到武庙街剧社。当戏演到石秀、杨雄双探庄,石秀逃脱,而杨雄被抓时,突然传来刺耳的警报声。观众当即争相离席逃命,台上的鼓乐响器戛然而止,演员们跳下台,穿着戏装与观众一起往外跑。人群里有人喊:"赶紧往防空洞躲!"

余生起初还不知道发生了什么,瓷在那里,东张西望,旁边的一个人忙拉他一把说:"赶紧跑,日本飞机要轰炸了。"

听了这话,余生才赶紧猫下腰随着人群往外跑。幸好剧社离防空洞很近,刚进防空洞,就听见一架架飞机轰鸣着从头顶飞过,然后,就听到了此起彼伏、震耳欲聋的爆炸声。

警报解除后,余生跟着人流走出防空洞,当他来到街上时,眼前的一切却让他不寒而栗。只见整个街道硝烟弥漫,到处房倒墙塌,街道上满眼都是残缺不全的尸体,门墙上、树枝上,到处挂着血淋淋的肉团。

余生惊魂不定地绕过这些残缺不全的尸体往回走。他好不容易走到家,却见家和店铺已被炸得面目全非,几乎辨认不出来。黑灯瞎火,余生没法在废墟里翻找东西。他被警察赶着走进人流,跟着人流走到没被轰炸的地方。他们挤在街边,熬过了那难挨的一夜。

第二天天一亮,余生赶紧回到自己那个已被轰炸得面目全非的家,他在残垣断壁里翻找，只找出了一些银圆和一点东西，其他东西都已被炸毁烧光、埋在废墟之下弄不出来了。他无处可去，只好出城往董家村家里走，心想：日本飞机能轰炸一次就能轰炸两次、三次，肯定还会再来轰炸。

他先步行，然后再沿路搭乘顺路的马车、驴车，一点一点往家挪。出城前，一个报童手里拿着一沓报纸从他身边跑过，边跑便喊："快来看、快来盯，宋江昨晚带着一百单八将在省城武庙街上碰到日本飞机尼黑蛋了……"

"快来看、快来盯，宋朝人在民国跑警报哩……"

正如余生预测的那样，自那日后，驻扎在邻省的日军，隔三岔五就出动飞机到西安轰炸，西安的街巷里，每天都能听到刺耳的警报声。

丰镇远离西安，日本飞机不断在西安和周边地区轰炸，登城县县城也被殃及了，丰镇却一直安然无恙。余生一直待在董家村，没再回西安。他很快就做出了两个重要决定：一是尽快将家里东墙下原来的那几间厦子拆掉沿东墙箍一排小窑，二是尽快买些粮食囤起来。他觉得北崖寨那地方躲饥民和土匪可以，躲日本人的枪炮和飞机却是不行，不如把自家的房舍弄好，趁机挖个能藏身的地道，多存放些粮食。

箍小窑那些天里，每天都有四十来个人在家吃饭，马玉芳却偏偏在这时生了病，上吐下泻，几乎起不来炕。余生要请几个女工来帮忙做饭，静文却不同意，说花钱不说，还不够添乱的。余生不知道静文是不是能吃得这么大苦，身体能不能撑得住——那时静文已经有了一女两儿三个孩子，老大孙园九岁，老二孙膑五岁，老三孙强两岁，每天光照顾这几个孩子的吃喝穿戴就够她忙的了。

余生将信将疑地答应了静文。没想到，二十多天的工期里，静文不仅每天能按时做好四十多人的饭，还能一手端着馍盘，一手端着菜盘，脚踩着梯子上下窑顶。余生看着这能干的女儿静文，心里自然会想到欢颜，他在心里说：这女子可真像她妈呀！

一排三孔的小窑和通到门外的地道顺利完工。合龙口那天，余生在窑顶点燃六挂一百响的鞭炮，鞭炮声噼噼啪啪震得大半个村子都能听见。于是，院子里外就聚满了看热闹的人。

余生请来村里为过红白喜事做席的大厨和几个帮厨，在院子里支起炉灶和四个待客的大方桌,设流水席,答谢请来的匠人和泥瓦工以及村里临时来帮忙干活的人。这些人吃席时,又将自己的老婆和娃也带了来。一些站在院子大门口往里张望的大人和小孩,也被余生请到了桌前。这样一来,谢匠人宴席就从中午吃到了后晌,余生几乎宴请了村里一大半的男女老少。他觉得自己已经老了,日本人万一打过来,自己得替茂才和静文挡枪子——如果真有那么一天的话,自己这也算是为村人做一点好事。

从动工的第一天起,义林就过来帮忙,他帮余生盯着砖料,又和茂才换着帮静文拉风箱、收拾碗筷、照顾孩子,忙得不可开交。村里人都说:"义林劲这么大,好像是给他自己家干活一样……"

余生看着义林不把自己当外人看,心里自是高兴。他趁没人时,蹲在灶巷里跟拉风箱的义林说话,问他的身体,也问他的打算。没想到义林却说:"哥,这都啥时候了,你就甭要再瞒我咧,我知道是你——你能瞒了外人……瞒了静文、子昂和我嫂子……你瞒不了我。"

余生大吃一惊,问:"你咋知道?啥时候的事?"

"你刚回来从村子里走过,我就看你的背影咋跟我哥的那么像,可那时我也没往这上面想,觉得根本不可能;后来,我发现你经常一个人偷偷去咱大咱妈的坟上转悠,每次去还会在那里站好久;再想到你把静文的家安在咱原来的庄子上,我就不能不朝这上面想了……再后来,也就是灾情发生后,你给我和咱三叔、大伯送粮食,我就确定你是我哥了——因为那时粮食那么稀缺珍贵,一般人咋舍得把粮食往外送……"义林说,脸上的表情有几分得意。

"那你咋不问我?咋不把这事说破?"余生问。

"你不说我也就不敢问,不敢说破。我不知道你咋会变成这样子?又从哪里弄来茂才这么个儿子和马玉芳那么个老婆?我想你不说一定有你不说的道理。"义林边说边上下左右看余生。

"这事说来就话长了,哪一天我到你屋里去,咱弟兄俩再慢慢说,只是现时你还不能给人说这事!"余生说。

"我懂。"义林说。

箍完窑,余生偷偷买了些粮食运回来。他对静文说:"万一日本人打来,咱有这些粮,心就不慌了……"

　　后来,日本人没有打来,马玉芳却死了。

　　余生从西安回到董家村后马玉芳的身体就一直没好过。她先是又吐又泻,后来就全身发黄。余生赶着马车领着茂才将马玉芳拉到镇上找升明看了好几次,药没少吃,可就是不见好。眼见着马玉芳的肚子越来越大,跟怀了娃似的……

　　余生没想到马玉芳的病会恶化得这么快,他对马玉芳说:"你安心养身子,茂才和几个孙子孙女有我和静文哩——孙老爷留给茂才和你的那些家底,我基本没动,他们以后的吃穿一点都不成问题……静文看着冒失了点,但她通情达理,对茂才也一直很好,将来也差不到哪里去。如果她要对茂才不好,你放心,我先不饶她!"

　　他把茂才单独叫到马玉芳跟前,说:"茂才,你跟你妈说说话。"

　　一天半夜,余生从睡梦中醒来,他爬起来看马玉芳,发现马玉芳已经人事不省。他当即穿上衣服叫醒静文和茂才,让他们请来村上的郎中。郎中看后摇了摇头。郎中走后没多久,马玉芳就咽了气。

　　余生厚葬了马玉芳。

　　静文发现,公公余生好像突然老了很多。他整天把自己关在堂屋里不出门,除了吃饭,基本不见静文和茂才,就是吃饭,也不怎么与他们说话。

　　马玉芳毕竟是茂才的亲生母亲,马玉芳的死,让茂才伤心难过了好一阵。他经常说些"胡话",要把他妈带回河北保定的安肃县去。

　　"咱妈的娘家不是在河南南阳吗?"静文问茂才。

　　"我大在保定安肃县。"茂才拖着哭腔说。

　　"咱大不是咱这儿的人?"静文问。

　　茂才不再言语。

　　静文避开茂才对公公余生说:"茂才好像犯痴病了。"她将茂才的话原封不动地说给公公。公公哀叹一声,说:"茂才可怜,往后你更要多关心茂才哩!"其他话就一句也不说了。

二十

春夏相交的一天早上，丰镇西街的保长又手拿本子埃门埃户摊派兵丁了。他来到柳振东家，对柳振东说："这次的征兵是两丁抽一，老哥，你屋三个儿子，这次说啥也得有一个指标啊！"

"我屋这情况你又不是不知道，子常是孤儿，已经分出去单过了，他娃才十来岁，他也是四十出头的人了……子昂是人家董家的，董家就他一个后，而且，也马上就四十了……我膝下只有这个晚来得子的子传，还不到十六岁——这兵丁咋算也算不到我头上呀！"柳振东解释说。

保长不愿听，用手指咚、咚、咚敲着本子说："以前三丁抽一时，我可以照顾照顾，但这次不同了——前方吃紧，部队不断增兵，已经变成两丁抽一。这次给咱村一下子派了二十六个兵丁……每家都有自己的难处，二十六个兵丁你让我咋完成？再说，上头也没说不是亲生的就不算。咱屋的娃是娃，人家屋的娃就不是娃、就该去送死？没这个理么！"

柳振东生了气，冲着肥头大耳、头发没剩几根，眼珠子鼓在眼皮外面，扇着两片厚嘴唇的保长高声嚷道："这话太难听了吧？你该知道，前几次我可是出了粮和钱的——那不就是为了顶替人头么！"

看柳振东急了，胖保长只好放低声音，缓和了语气说："前几次是前几次，这次是这次，都不是一个队伍——他们各征各的兵。老哥你也体谅体谅我，我这也是奉命办事么！"说毕，他打开手里的本子，从毛笔帽里拔出毛笔，在嘴唇上篦了篦笔尖，然后就在柳振东的名字上重重地打了个勾，他那张嘴顿时就像个没擦干净的小娃的屁眼。他转身往外走，边走边不容争辩地撂下话来："你和嫂子商量商量，看叫哪个儿还是孙子浩然去，提早给收拾收拾，过两天部队开拔时就一起带走了。"

欢颜一直站在灶台后面听，没有插话，这时一看保长要走，忙追出去说："他叔，你看我们还出钱行不行？"

听到这话，胖保长停住脚，转过身，一脸为难地看着欢颜，说："嫂子，这次和前几次可都不一样,这次要人要得紧,如果知道你屋三个儿一个孙子还硬不出一个,肯定会上门绑人的。到时,可就得吃皮肉苦了。"他停顿了一下,欲言又止地蹦出两个字来,"不过……"突出的眼珠子转了几转。

保长的欲言又止让欢颜看到了希望,忙问:"不过啥?你只管说,但凡我们能办到的,一定办——只要不出人就行。"

保长将目光移开,瞅着门口的厦子不停地眨巴眼睛,一副若有所思的样子:"……不过,你们要是出钱多的话,我倒可以试着给队伍上说说,看能不能拿这钱从别处捣腾出个人来补这个窟窿。"他转过脸对欢颜说。

欢颜忙问:"那得多少?"

"咋也得比上几次的翻一番吧!"胖保长说。听到这话,欢颜顿时就傻了眼,她在脑子里迅速算着这翻一番是多少,又想着能从哪里弄来这个数。

保长看欢颜一时不言语,就抬脚往外走,边走边说:"我看你屋还是出人吧——全当我刚才啥也没说。"

欢颜瞬间回过神来,忙追上去说:"就按你说的办——我们想办法去弄!"

柳振东一听欢颜说出的数,忽地从靠椅上蹦起来冲着欢颜吼,蓄着山羊胡须的下巴气得直颤抖:"我就知道这狗屄又想从咱屋榨油水了——不给,这次一个子都不给,我看他狗日的能咋!"

"能咋?来屋把人绑了拉走啊!广生前一阵不就被绑走折腾得死在半路上了,你忘了?"欢颜说。

听到欢颜提广生,柳振东一下子就蔫了。他圪蹴在地上,双手托着头一言不发。欢颜说:"咱小胳膊哪拧得过大腿——好赖人家还让咱拿钱对付,要是钱都不要硬来拉人,咱还咋办?那才是叫天天不应,叫地地不灵哩。"

"可问题是咱到哪弄这么多钱去啊?"柳振东犯愁地说。

"我刚才也想了……现如今……恐怕只能再到恒瑞祥商铺去借印子钱了。"欢颜说得断断续续,生怕惊着柳振东。

"你说啥?再去恒瑞祥借印子钱?"果不其然,柳振东一听"恒瑞祥"三个字,就像被蝎子蜇了一样,一下子惊跳起来。

欢颜看着他,没敢再吭声。

柳振东想了想,说:"要不再去找找余生,看他能不能再接济咱一点。"

"上次'买兵'就是人家给咱出的钱……年前人家又刚箍了三孔窑,茂才他妈也才刚走,咱咋张得开这嘴——还真把人家当摇钱树了?!"欢颜当下就反对道。

晚上,柳振东躺在炕上,翻来覆去"烙烧饼",几乎整整一夜没合眼。几次"买兵"已将那点家底折腾一空,现在不说是出翻一番的钱,就是少出点他也拿不出了。可不出钱又能咋办?!他睁大两眼,望着黑漆漆的窑顶,像是对欢颜说更像是自言自语:"要不,我去吧——这把年纪了,死了就死了——这辈子也活够本了。"

欢颜说:"你以为这是去喝酒坐席呀,是个人都行?!你这把老骨头,就是你想去,人家也不要哩。"

柳振东最后还是听了欢颜的建议,咬牙跺脚去恒瑞祥商铺画了押、借了钱。他颤抖着双手,将借来的钱揣进怀里,仿佛揣进去的是一个浑身长满了尖刺的刺猬,扎得他的心万般的疼,疼得他直不起腰来。恒瑞祥的门槛咋这么高呀?柳振东抬了好几抬才把脚抬起来跨过那道门槛来到街上。他一步一步艰难地往回走,西北风打着旋儿迎面刮来,卷起一股黄土,迷住了他的眼,两行眼泪扑簌簌滚落出来,在他那布满皱纹的脸上纵横成一道道黑红的印痕。

柳振东失魂落魄回到家,将怀里的钱交给欢颜,他是再也没力气看胖保长那丑陋无比的嘴脸了。

欢颜来到保长家的梢门口,正要跷过门槛往里走时,遇着了村里的一个老汉往出走。看见欢颜,那老汉慌张得连话都说不顺溜:"噢——你走,你先走。"他闪开身子,让欢颜先走了进去。

欢颜觉得蹊跷,径直走到保长家堂屋门口,推门进去。只见桌上放了一沓钱,保长正弯腰站在桌边,一脸媚笑地从一个军官模样的人手里接过一些钱。看见欢颜进来,保长下意识地将拿钱的手藏到身后,而那军官也瞬间将面前桌上的钱抓起来,揣到自己的衣服口袋里。保长故作镇静地说:"呦,嫂子来了!"

欢颜明白了:那老汉刚才也是送钱来的,而面前的这两位,一定是正在分赃。不用说,自己拿来的这些钱不一会儿也会装进这俩人的腰包里——柳振东说得没错,他们就是借征兵给自己搂钱哩。欢颜气得想转身一走了之,可理智告诉她不能那样。她拿出怀里的钱,递给胖保长,说:"你数数。"

保长一看那厚度,知道不会少,忙满脸堆笑,说:"不数了,不数了,你说够肯定就够。"

欢颜转身往外走,胖保长跟着出来送,恰遇他老婆走到窑门口,二人便一起把欢颜送出梢门,返身关了门往里走。欢颜听见胖保长在院子里压低声音训斥老婆:"咋看门着哩?人都进屋了还不知道。"

"我送老汉出来时内急,先上茅房了,听见有人说话,赶紧提裤子出来,谁知她已进屋了。"他老婆说。

子昂一听家里又借了恒瑞祥的印子钱,顿时就急了。他平时根本不敢跟柳振东大声说话,现在,他却冲着柳振东喊:"伯,让我去吧,把钱要回来还给恒瑞祥——这种钱,咱可不能再借了!"

不待柳振东说话,欢颜就说:"你去?万一有个闪失,你让我咋给你死去的大交代!"说着,鼻子一酸,眼睛红了。自打部队反复征兵以来,柳振东和欢颜之间似乎已达成了一种默契,他们谁也不提让哪个儿去的事,都只在出钱"买兵"上动脑筋。柳振东深知欢颜的心思,她是绝不会让子昂去的,即便他柳振东想让子昂去也不能说出口,说了,伤害的恐怕不只是欢颜,更是自己。在欢颜的心里,那个已过世三十来年的男人还依然鲜活地存在着,他甚至能感到那个死了的男人在欢颜内心里的分量要远比自己的分量重,他不提说,怕捅破了这层窗户纸让自己难堪。现在,这层窗户纸被子昂捅破了,欢颜深埋在内心里对前夫的那份情感以两股滚滚而下的泪水赤裸裸地展现在他的面前,将他瞬间击倒。他自尊的内心顿时升腾出一股无名怒火,直冲子昂喷射而去:"要让你去的话,还等得到今日?!"

闻讯赶过来、站在一旁一直插不上话的子常这时开了口:"都别犯难了,我去吧——子昂说得对,这钱不能借。"

柳振东又将火舌对准了子常:"你给我闭嘴,你去?你婆娘和娃咋办?"

话音未落,就听子传说:"我去最合适……我俩哥年纪都不轻了。"

柳振东一跺脚,冲子传吼道:"滚!"

欢颜撩起衣襟将眼泪擦干,幽幽地说:"都甭争了,人命比啥都值钱,有争着去送死的劲,不如留着好好干活还债。"

不管咋说,这拨征兵总算又对付过去了。

余生得知柳振东为"买兵"又借了恒瑞祥的印子钱后,便拿了些钱来让柳振东赶紧还给恒瑞祥。那次西安遭轰炸,余生损失惨重,仅凭他自己的积蓄,已无力替柳振东马上还完恒瑞祥的债了,但他至少可以替柳振东还掉一大半。余生没法再动孙老爷留给茂才的那笔钱了——为防日本人来抢,那笔钱已被他藏在一个暂时无法拿出来的地方。

没过多久,丰镇又过队伍了,这支队伍在丰镇住得较久。分给秀女的厦子里住进了一个当官的,他经常进到秀女的屋里要煎水。欢颜经常能听到秀女和他在隔壁窑里的说笑声。这支队伍走后没多久,秀女就不见了。她将浩然留给子常,说自己出去跟人做生意,挣了钱好还借人家的粮。分家后,子常每季的粮食都吃不到头,青黄不接时他就问人借粮吃,春季借的玉米用夏收打下来的新麦还,新麦早早吃完了,又去借玉米,如此不断循环。

当下,子常一听秀女说要出去做生意,简直快惊掉了下巴,说:"就你?一个小脚女人,斗大的字不识一个也想做生意?"

"你也甭小瞧人,我偏给你做做看。"秀女说。

"任你说破天,我也不让你去!"子常说。

子常见秀女不再言语了,以为秀女也只是说说,自己不答应,她就不去了。可他想错了,第二天他下地后,秀女就偷偷走了。

秀女究竟去了哪里? 跟谁一起做生意? 做啥生意? 子常统统不知道。无奈之下,子常只好又当爹来又当娘,十五岁的浩然成天跟着他在地里干活,没多久,就又黑又瘦,不成样子。欢颜见状,强行让浩然在他们的堂屋里吃。

数月过去后,有个陌生人来家里找子常,将一摞钱交给子常,说是秀女给的。子常问:"她现时人在啥地方?"

"前几个月在西安,现时去了哪里,她没告诉我。"来人说。

"她到底做的啥生意? 和谁在做?"子常又问。

"布匹生意,店铺叫惠丰裕——但跟谁做,我不知道。"来人说。

子常将此事告诉了柳振东和欢颜。欢颜当即让子常去西安找秀女,她说:"赶紧去把人找回来,不管是跟谁做生意,都不能就这么将你和娃撇下,自己一个人在外面。"

"西安那么大,我去哪找啊!"子常说。

柳振东急了,说:"你咋听不懂你妈的话哩? 你要是再不把人找回来,这个女人可就不是你的了!"

欢颜让子昂停下手中的活,陪着子常一起去西安找秀女。兄弟俩在西安找了三天,终于在北大街找到了惠丰裕布店,但店铺的主人却不是秀女。那人说:"半月前她就将这店铺转让给我,走了。"

"啥? 走了?"子常瞪圆了眼睛,"你知道她去哪了?"

"不知道。"对方说。

兄弟俩一筹莫展,只好回到家。欢颜听了他们的述说,马上就想起了几个月前丰镇过的那支队伍,想起了从秀女窑里传出来的秀女和那个当官的笑声。她对子昂说:"去,到保长那里打听一下,看最后从咱丰镇过的那支队伍去啥地方了。"

几经打听,欢颜终于得知那支队伍去了上海。欢颜让子昂带着子常去上海找,却被柳振东阻止了,他说:"上海那么远,盘缠在哪? 再说,她既不想让咱找见,就是去了,恐怕也见不着。"

欢颜将目光投向子常,子常摇摇头,说:"甭找了——我大说得对,就是找着了,她不愿回来,咱也是没办法。"

他们没有再去找秀女,秀女也再没回来过。起初,她还经常捎钱给子常,后来连钱也不捎了。欢颜担心秀女在外出了事,让柳振东托人四处打听,说:"活要见人,死要见尸。"结果却是,人和尸都没见着,一直渺无音信。

二十一

转眼秀女已离家出走四年了。

丰镇来了个女人,破衣烂衫,住在东街的戏楼上。她一边要饭,一边为自己寻找婆家。镇上的许多人都跑去看热闹,好几个光棍都想把她领回家,但一看她那全身的样子,都下不了手了,怕这其中有啥蹊跷。

这事传到了欢颜耳朵里,她当即找到柳振东,让他去戏楼看看,看能不能把那女人给子常娶回来。柳振东拄着拐杖来到戏楼前,直戳戳问那女子道:"你给我实说,你姓啥名谁,啥地方人,为啥到了这步田地⋯⋯"

女人见这老汉说话诚恳,直截了当,与别的看热闹的人都不同,就给柳振东说了实话。她姓章,叫淑敏,沟南人,因为不生育,结婚三年后被男人一纸休书撵出了家门。她回到娘家,受尽了哥哥嫂嫂们的嫌弃。无奈之下,就离开娘家,一路往北,一边要饭,一边给自己寻婆家⋯⋯

柳振东信了女子的话,把女子领回了家,当天就让她与大她十几岁的子常完了婚。

淑敏没秀女白,也没秀女长得好看,小鼻子细眼的。但那小鼻子细眼配在她那副小骨架上,看上去也还顺眼。这下子,总算给子常又重新盘了个老婆。

淑敏进门后,子常便让浩然回自己屋吃饭。已经是十几岁的男孩了,再与后娘睡在一张炕上显然不合适,子常便将浩然安顿在了门口的那间厦子里。

本以为淑敏不生育,会对浩然视若己出,但让欢颜和柳振东都没想到的是,淑敏对浩然竟十分冷淡,对浩然的吃穿不闻不问,全然没有当妈的样子。欢颜经常见她端着碗坐在院子里吃饭,根本不顾子常和浩然还没从地里回来。淑敏进门后,浩然的那张脸越发瘦了。无奈之下,欢颜便与柳振东商量,将浩然要过来,与他们一起生活。但子常却不同意,说:"你们年事已高,还是与我和淑敏一起过活吧!"人家的儿子,人家说了算,欢颜和柳振东只好作罢。

九月中旬一天后晌,子传突然从安城村的高等小学垂头丧气地回来,他写字的纸张已经用完好几天了,但他却一直不忍心向父亲开口要钱去买,家里为了还债,几乎将能省的钱都省了,就剩没把嘴缝上,他怎能再去为难父母!那天,老师把他叫到教室外,说:"上学没有纸,就好比打仗没有枪,这咋能行!我看你还是回去叫你大想想办法,好赖给你买些纸来。"老师的话让子传感到十分难堪,他不得不回来找父亲。

子传走进堂屋时,父亲正圪蹴在窑后头拾掇铁锄,他将锄头套到锄把上,然后手扶膝盖吃力地站起来,两手紧抓锄头的头,佝偻着身子在地上用力蹾锄把。母亲坐在窑后头的小板凳上,手里拿个玉米和玉米芯一下一下往面前的簸箕里搓玉米。

看见子传回来,欢颜问:"今儿咋这么早就回来了?"子传没回母亲的话。他走到母亲跟前,蹲下来,从那堆玉米棒里拿过一个玉米和一个玉米芯,也开始一下一下剥起玉米来。

欢颜用胳膊肘戳了戳子传,问:"咋啦?身体不婵活①?"一双慈爱的眼睛在子传的脸上看了又看。

子传这才抬起头,看着父亲说:"大,我写字的纸张用完了。"听见子传的话,柳振东仍十分专注地摆弄他手中的锄头,半天不言传。子传以为父亲耳朵背没听见,又大声说了一遍。

柳振东这才停下手中的活,缓缓地抬起头对子传说:"大想办法给你借!"

子传看着父亲那苍老的手、脸,难过地说:"我看,这书我还是先甭念了,回来,帮屋里干活、还债!"

"啥?不念书了?!"欢颜一听这话就急了,"不念书这债就能还上了?"她缓了缓情绪,然后对子传说,"儿啊,再难也难不到你念书上。"她想了想,说,"你先去你姐家看能不能再借些钱,买了纸张就去学校,其他的,有我们呢——你只管好好念你的书。"

---

① 当地方言,舒服。

子传看了看父亲,见父亲不说啥,只好往董家村静文姐家跑。静文见弟弟突然来了,以为家里出了事,扔下手中正在织布的梭子,忙从织布机上下来迎上去,抓住子传的一只胳膊摇着,不住地问:"出啥事了?咱妈、咱大没事吧?你咋不上学跑这儿来了?"

子传虽只有十五岁,但自尊心却极强。他站在那里,支支吾吾半天,才说:"……咱大、咱妈都好这哩……就是,就是……"

静文越发急了,问:"就是咋了?快说,急死人了!"

这时,余生从院子走了进来,他插话道:"得是屋里又遇到啥难处了?"

"……嗯……我上学的纸张用完了,我不想再念了……我大已经老成那样子,恒瑞祥的债还没还完……"子传语无伦次地说着,鼻子顿时发酸。

余生说:"你书念得那么好,将来肯定有大出息——等你有出息了,还愁那点债还不了?!"他转过脸对静文说:"去,拿些钱给子传。"

余生坐到椅子上看着子传说:"这阵子太忙,没顾上给你大送你念书用的钱——我说过,你只管念,我会一直供你念下去的……回去告诉你大你妈,往后甭再为你念书这事犯难发愁了……你呢,往后也只管踏踏实实好好念你的书,天塌下来有我们这些长辈撑着哩……"说着说着,他竟变得激动起来,语气也发生了变化,变得生动而富有诗意,"念书不光能让你长本事,接触到不一样的人,将来干一番大事,书本还会给你打开一扇扇窗户,让你看见不一样的人生,进入一个精神家园——人毕竟不是一般的动物,等人们能吃饱肚子,穿暖衣裳了,精神家园就显得更加重要了……"

子传在后来的日子里,常常想起余生那天说的话和说话时的语气神态,他清楚地看见,在他那疤痕累累的外表下,藏着一颗多么自信、自尊与高远的心。那天子传就在心里想,余生无论如何也应该是个与书为伍的人,那么,是什么样的遭遇改变了他的命运呢?这个疑问直到多年以后他才有了答案。

一天早上,子传利用课间休息时间去语文老师那里交全班的作业。他敲门进去时,发现语文老师正仰靠在椅背上抱着厚厚的一本书看。他给老师汇报说:"作业没收齐,还差两本。"

搁往常,老师一定会问:"又是谁没交作业?啥原因?"但今天他却只字不提,只轻描淡写地"噢"了一声,头也不抬地继续看他的书。

子传好奇,啥书嘛,这么着迷?就悄悄歪过脑袋去看那本书的书皮,他的动作被老师眼睛的余光看见。老师坐直身子,展开书皮给子传看:"好书,真是好书哩!"

子传念道:"《三国演义》。"子传学习好,又很爱看书,无论谁手里有书,一旦被他发现,他都会想尽一切办法弄来看。

当下,老师问他:"想看吗?"

"当然想啦!"子传不假思索地回答。

"那就赶快去伙房给我弄些水来喝——快渴死了。"

子传拿上老师的细瓷水罐往食堂跑,等他拎着水罐回来时,老师把书往桌上一扔,站起身,高举双臂伸了个长长的懒腰,说:"拿去,我看完了。"

后面的课子传把《三国演义》压在课本下面,老师一转身,他就偷偷抽出来看几眼。下午全班在教室写作业,子传却躲在远离教室的一个墙根聚精会神看《三国演义》。他看得入迷,忘了放学回家,直至天黑还借着月光一个字一个字地看。

欢颜给子传擀了一小块面,切成细长的一撮摆放在高粱秆做成的盖盖上,等子传放学回来下锅给子传一个人吃。可左等右等就是不见子传的人影。眼看着天已黑透了,欢颜有些担心。她让子昂扛上一把镢头去学校找,才把子传叫回了家。

子传遗传了柳振东的宽厚、仁义和浪漫,但比父亲柳振东的脾气要好。无论在学校还是回到丰镇,他都深得周围人喜欢,因而结交了许多朋友。在看了《三国演义》后,子传吃饭、睡觉、走路都在想书里的人和事。他把两个自己从小到大的玩伴善堂和良明叫来,绘声绘色地给他们讲《三国演义》。讲完,他提议说:"咱们学刘、关、张'桃园三结义'也结拜成拜把子兄弟咋相?"

他的提议,得到了善堂和良明的同意。

他们选好"吉日",集结在村外的一处空地上,举行了结拜仪式。子传安排财东家儿子善堂从家里拿一壶烧酒和三个碗,自己则从家里偷拿出来一个香炉和一把香。三个人到齐后,子传指挥着另外两人在周围捡拾一些胡基疙瘩,在那块空地上垒起一个台子,上面摆上子传依据书中描述用毛笔画的关公、刘备及张飞的画像,画像前面摆放上那个香炉。善堂按照子传的吩咐,将从家里偷拿出来的三个碗摆放到台子前面的地上,然后给每个碗里倒了烧酒。良明则按照子传的吩咐给每个人分发了三根香。他们把香点燃,插到香炉里,按年龄大小排了序定了称呼,然后端起酒碗,齐刷刷跪到台子前。子传为大哥,善堂为二哥,良明为三弟。子传带头,另外二人跟着,大声宣誓:"我三人虽为异性,但愿意结为兄弟,自今日起有福同享,有难同当。不求同年同月同日生,但求同年同月同日死。皇天后土,实鉴此心。背义忘恩,天人共戮!"说毕,一扬脖子将碗中酒一饮而尽。

三人站起后,却不知接下来该干些啥,三弟良明一拍脑门,突然想起什么似的将手里的碗使劲往地上一甩,咣当一声,好端端的一只碎花细瓷碗瞬间破碎成了一地瓷片片。二哥善堂一见,急了,冲三弟良明嚷道:"你咋把我屋的碗甩碎了?"

"书里都这么弄。"良明说。

"那我回去咋给我妈交代?"善堂急得想哭。

大哥子传忙上来说:"土匪结盟才甩碗哩,咱不是土匪……"

善堂从子传手里夺回碗,刚才结拜时的豪情顿时消了一半。

子传喜欢看书、看戏,又很有模仿能力,高等小学毕业这年寒假,他就和他的两个结拜兄弟,召集了一帮娃娃编排了秦腔《三滴血》里的一段折子戏《虎口缘》,正月初一在东街的戏楼里演。

《虎口缘》这段,说的是一个叫董莲香的女子随父母进城,在山中遇到老虎,为躲老虎与父母失散,恰遇周天佑也与父母走散,二人之间便发生了一段有趣的故事……

在分配角色时,因为没有女人,女角都得由男的扮演。大家都争着演周天佑,就连董莲香的母亲都有人演,就是没人愿演董莲香。为了把戏演成,子传不得不放弃他最想演的周天佑,而演了董莲香。但没想到,这一角色却让他一夜间名震全镇。

话说早年间,善堂的爷爷爱听戏,曾弄过一个私人戏班子,排了几出戏,后来他爷爷去世,戏班子解散,那些戏服和锣鼓家伙什就被堆放在家里的厦子里十几年没人动。前些年,有些戏班子缺这少那了就来找善堂他大借,借走了的东西有些还回来,有些则没了踪影。善堂大也懒得过问,心想,还省得放在厦子里占地方了。

当下,子传他们从善堂家的厦子里翻出一些戏服和家伙什,在脸上涂抹上油彩,扮上男女,敲敲打打就开演了。虽然整个剧演得乱七八糟,人物出场衔接不上,台词断断续续,有人忘了词,竟跑回后台去问,问完了再出来接着唱,还有人用手扒拉着正在唱的人的胳膊,打断说:"你嫑唱咧——该我了。"但台下的观众却看得十分开心,他们不断发出一阵阵尖叫。

当子传饰演的董莲香穿着一个水红色大襟衣服,绿色裤子,抹着猴屁股一样红红的脸蛋,拿个手绢,跷着兰花指,扭摆扭摆着腰和屁股在戏台上乱晃时,台下顿时就变成了一片欢腾的海洋。

子传憋了嗓子,尖声娇气地与善堂演的周天佑你一句我一句念对白,善堂说:"哎,你看为难不为难些,如今连我老人也寻他不见,谁还顾得找寻你家老人哩!天色不早,我还等着走哩。"

子传说:"嗯,相公,相公这一去,老虎再来了,我倒是该死呀么该活呀?"

善堂说:"老虎已经被我摔死了,你再莫要胆怕。"

子传说:"嗯,老虎死了,老虎死了一会儿再来上个狼,哎呀,那我越发地不得活了……"

台下已笑得乱成一片,有些人笑得流出了眼泪,有些人笑得岔了气,弯着腰使劲捂肚子,还有些人笑得直在地上跺脚。笑声掩盖了台上的表演,后面的对白以及唱词就再没人能听进去了……

无疑,这一场戏在丰镇引起了不小的轰动。大家在整个正月的拜年中,都在学说这件事,"谁家的谁谁演的啥""谁家的谁谁唱了啥""谁家的谁谁笑死人了",等等。说得最多的还是子传的男扮女装,说他演的是如何的惟妙惟肖。

这样一来,子传他们就对诸如唱戏、耍社火这样的事上了瘾。正月十五来临前,他们又紧锣密鼓,弄出一场社火来。到了十五那天,子传带着十几个小伙子踩着高低不同的高跷,脸上涂上红胭脂,扇着红红绿绿的扇子,用竹竿挑着一个个纸糊的灯笼,划着旱船,敲锣打鼓地在丰镇东、西、南、北四条街上走来走去,使整个丰镇顿时又热闹起来。每到一条街上,男女老少都从家里跑出来,挤在巷道里看热闹。

子传爱读书、乐观面对生活的表现给已经被恒瑞祥的债压得喘不过气来的柳振东一家带来了一丝慰藉,也让欢颜和柳振东看到了柳家的希望。

二十二

子传告别快快乐乐的高等小学生活,考上了县第一初等中学却没有去上,他留在了家里,帮哥哥子昂种地干活。他想父亲柳振东已明显衰老,干不动地里的活了,一家人光靠子昂哥一个人干农活维持生存都困难,哪还有钱还恒瑞祥的印子钱、供自己念书?尽管余生叔说供自己念书,可他也已是上了年纪的人,做生意挣钱已力不从心,到哪里去给自己弄念书的钱?自己不能为难人家啊!这一次,子传下了决心,不念了,母亲再劝也没有用。子传宽慰母亲说:"我先在屋帮我哥干几年农活,等把恒瑞祥的债还清了,我再去学堂里接着念……"

子传回家后,家里又开始做起卖馍的生意来。

乡里有人从外地引来红薯秧子,说种出来的红薯又甜又面。丰镇的人没见过红薯,都不敢买红薯秧种到地里。子传要买红薯秧种,父亲柳振东不同意,怕把钱打了水漂。可他老了,拗不过子传,也拗不过欢颜。欢颜说:"没让娃试,咋知道不行?!"最后,他只好同意。

子传与哥哥子昂用卖馍的钱买了红薯秧,种在自家的地里。结果到了秋天,就有了一窝一窝甘甜的大红薯从地里挖出来。

柳振东和欢颜,一人拿一个小板凳坐在红薯地里,面前是子传和子昂挖出来的一堆又一堆的红薯。柳振东夫妇左手捧着巨大的红薯,右手拿把薯蔓擦掉红薯上的泥土,然后再把红薯堆放在另一边,擦完一堆,把小板凳往前移一下。看着太阳底下泛着亮光的一堆一堆的红薯,柳振东那张没牙的嘴一直笑得合不拢,看得村人直生羡慕。

子传把收回来的红薯挑出一些好的储藏在地窖里,让它们发芽,剩下的红薯让母亲蒸了,自己和哥哥用篮子装了到集市里去卖。

来年立春,子传把发了芽的红薯切成小块,保证每块上都有发出的芽子,然后在提前预留好的地里育苗。清明时节,红薯苗已经长大,子传和哥哥子昂就把育好的红薯苗卖给乡邻。那些吃过他们卖的红薯的乡邻争着抢着买子传哥俩的红薯苗。就这样,子传哥俩鸡生蛋、蛋生鸡,挣了很多钱。

有了钱,子传又和哥哥子昂在父亲的指点下在门口的厦子里开了油坊,榨油卖……日子又慢慢地好过起来。

转眼子传到了娶妻生子的年纪,却迟迟没有成亲的意思。

子传不是不想成婚,在他的心里还有一桩心愿没有实现,那就是走出去看看。外边那么人,他还没出去看过呢,他不想这么早就成亲,让自己实现心愿的心有所羁绊。

欢颜懂儿子的心思,还完恒瑞祥的债后就把子传叫到跟前说:"去学堂接着念书吧……再不念,年龄可就大得念不成了。"

子传欣然答应了。

子传去了县第一初等中学。这是他第一次离开家独立生活,也是他第一次走进县城,因此,他看一切都很新鲜,对周围的人和事充满了好奇。他除了上课,哪里热闹就往哪里钻。

一天,班上有个同学带了本苏联小说《钢铁是怎样炼成的》来学校,同学们便很快传阅起来,大家见面都在热议主人公保尔·柯察金。听得子传心里直痒痒,他急切地盼望着能赶紧拿到书。书终于转到了子传手里,他激动地把已经卷了书角的书宝贝一样地揣进怀里,一气儿跑回宿舍,熬了一个通宵把书看完。

接下来的几天里,子传的心情一直都无法平静。他为保尔那钢铁般的意志,那对生命的热爱,以及对革命的执着所感动,也为书中所洋溢出的那种革命激情和理想主义精神所感染。当然,让他更着迷的,还是保尔与冬妮亚、丽达以及达雅的三段恋情。

那段时间，子传满脑子都是保尔，他写了一篇激情洋溢的读后感，语文老师看后大加赞赏，将其刊登在了学校的校刊上。

三年的初等中学生活很快过去，子传以全年级第一名的成绩考进了县第一高等中学。进入高等中学后，子传发现这里的学生个个都很优秀，他们不仅聪明，才思敏捷，还非常有思想。

一个周末的下午，同宿舍的同学张保才把子传拉到一个没人的角落，神神秘秘地对子传说："有个很刺激的地方你愿不愿意去？"

子传立马好奇起来，问："啥刺激地方？"

"你听说过王振学老师吗？"保才答非所问地问。

"就是那个整天留着个长头发，戴副眼镜，一低头，头发就扇到脸上，头一闪，又将头发闪到脑后的那个瘦高个？"子传边说边做了个甩头发的动作，"那个留过洋，在震旦大学教过书，因为思想激进，被震旦开除了的那个王老师？"

"对、对，就是他——每晚都有同学到他屋里去'补课'，你想不想也去听听？"保才忙说。

"当然想了……就怕人家不要。"子传兴奋地说。

当天晚上，子传跟着保才去了王振学老师住的窑里，与挤在窑里的一帮学生听王老师"补课"。王老师的窑洞在两排坐南朝北教师宿舍南边一排的最西头，南靠操场边，西临一条过道，过道对面是南北排开的男女厕所。

保才敲开王老师的房门将子传引了进去。王老师正坐在窗底的办公桌旁，手里端着一个茶杯准备喝水，桌子上放盏油灯，对面的椅子上、炕沿上都已坐满了人。窑洞太小，一些人无处可坐，就脱了鞋坐到炕上。

王老师见保才引着子传进来，并未打问子传的底细，只用眼睛迅速将子传上下打量了一遍，然后就用下巴指了指炕，示意保才和子传坐到炕上去。

说补课，其实与课堂上所讲完全无关，王老师讲的全是外面正在发生的事情，尤其是在国共两党之间发生的事情，许多事情惊心动魄、激动人心。大家全都听得全神贯注……

王老师停下来喝水的空隙,子传急不可耐地提出了自己的问题:"王老师,谁是赛先生? 谁又是德先生? 听说共产党实行共产、共妻哩,得是? "

没等王老师回答,就有学生小声嘀咕:"啥都不知道……问这么没水平的问题,耽误王老师讲课。"

"赛先生就是科学,不是人……德先生是民主,也不是人。"有个学生对子传说。

王老师放下茶杯,抬手示意大家都别出声,听他讲,他说:"这位同学第一次来,像外面的大多数百姓一样,一些事情还蒙在鼓里,大家下去可以跟他交流交流,现在先听我接着讲……"

从王老师窑里出来时,夜已经很深,王老师一再叮咛大家放轻脚步,不要惊醒了别人!

回到宿舍,子传的思绪还沉浸在王老师的故事里,久久不能入睡。第二天晚上,刚把晚饭吃完,他就急不可耐地趴在保才耳边催促保才道:"快走些! 快走些!"拉起保才就往厕所边王老师的屋里跑。保才边跑边笑着说:"咋样? 上瘾了吧?!"

那晚从王老师屋出来后,子传一直不说话,保才问:"你咋不说话哩?"

"王老师刚才说共产党的正规军马上就要打过来了,也不知啥时能打到咱县上。"子传说。

"你没听王老师说,那是早晚的事。"保才说。

子传没有想到,这一日竟在两天后就到来了。那天中午,子传夹着书从教室出来,准备去食堂吃饭,当他刚走到操场边时,突然听到一声巨响,震耳欲聋。他一时反应不过来是啥声音,下意识地捂住双耳,蹲到地上。还没等他直起腰,第二声巨响又传了过来。他这才反应过来,一定是共产党的正规军打过来了。这时,他看见校园里的人开始乱跑起来,有往食堂跑的,也有往宿舍跑的,还有人往教室跑。不少人在喊:"打开了! 打开了!""是大炮声,大炮声!"……

子传猫着腰,抱着头,不顾一切地往食堂跑。他想,现在是吃饭时间,那里一定有许多老师,王振学老师一定也在那里,王老师一定知道究竟发生了什么。

当子传上气不接下气跑到食堂时,食堂门口已聚满了人,乱哄哄吵吵成一片。大家七嘴八舌地议论着,每个人都在问:"得是共产党的大部队打过来了?"每个人也都在做着回答:"可能是共产党的大部队打来了!"每个人的脸上都写满惊慌。子传挤在人群里到处找王振学老师,可就是找不到。这时,他却看见高校长腆着他那硕大的肚子,双手拎着那件灰色长袍的前襟,一路小跑过来,他那副架在鼻梁上没有边框的眼镜已经快掉到嘴唇上了却顾不上往上扶:"大家都别慌、别乱,先各回各的教室去。"他边跑边喊,"老师们也快回教室去,安抚好学生——教务主任已在打听消息,很快就能知道是咋回事了……"

子传和大家又往教室跑,快到教室时,他看见王振学老师正兴奋地站在教室门口的过道里大声对站在那里的教师和同学喊话:"……共产党的西北野战军打过来了,国民党就要完蛋了!"

子传不确定王老师的话是否属实,但打仗了却是千真万确。没看见王老师前,他和大家一样从心底里感到恐慌,一见到王老师,他的心顿时就安静、踏实下来。他和聚在那里的学生被老师们赶到教室里,然后在自己的座位上坐下。突然,他的内心里竟萌发出一种跃跃欲试的冲动,他环顾四周,非常渴望能有人来与他一起交流这种心情。可他却没发现一张与他一样兴奋的脸,每个同学的脸上依然写满惊慌,一些同学甚至坐立不宁。他想到了保才,就起身去隔壁班找保才,可他刚走到教室门口就被门口的一个老师挡了回来:"回座位上去,子弹可没长眼睛!"

在大家焦急的等待中,时间一分一秒过去,高校长的话终于被一层层传了过来:"刚才的声音的确是炮声,国共之间的仗已经打到咱们这儿了……校委会刚才召开了紧急会议——为安全起见,暂时停课放假,请同学们收拾好行李,尽快撤离学校回家!"

一个学生大声问站在讲台旁的老师:"那我们啥时候复课呀?"

老师想了想,说:"啥时复课?到时学校肯定会通知大家。当务之急是赶紧离开学校,回家!"

子传赶紧回到宿舍收拾行李,准备回家。

很快,大家就有了准确消息,那几声炮响是从县东北方向传来的,听说那里已经出现了共产党的正规部队,已和驻扎在那里的国民党兵交上了火。

子传找到保才,兴奋地瞪着两眼问:"咋相?想不想去看看?"

"到哪去看?背不住,还没等看见共产党,那没长眼的炮弹就把咱打飞了。还是赶紧回家吧!"保才说。

丰镇的人也都在纷纷传说,共产党的大部队就要打过来了。镇上驻扎的国民党兵越来越多,穿大官兵服的也越来越多。柳振东家的厦子里又住满了兵。欢颜看到这架势,就担心起子传来,她对柳振东说:"子传这娃自小就不安分,爱出风头……看这情形,这仗肯定是要打了,外面这么乱,不如让子传暂时回来,先甭上学了。"

"确实得把这货叫回来!"柳振东点头说。

"我思谋着,让他先躲到董家村他静文姐家去,董家村没住兵——估计这仗打不到那儿去。"欢颜说。

"这谁说得准!"柳振东说。

"子传一旦回来,那么大个小伙子待在家里,还不被院子里这些当官的就势抓了壮丁去……"欢颜担心地说。

欢颜叫来子昂,让他赶快去县上把子传直接接到董家村静文家去。

子昂走到安宁河沟沿的时候,正好遇到了往回走的子传。子昂接过子传手中的行李卷,转身与子传一起往回走。

翻过安宁河沟时,天已完全黑了。他们行走在窄窄的土路上,道两边是密密麻麻一人多高的玉米地,玉米地里时不时传来唰唰的声音,显得十分阴森恐怖。子昂的身子不住地打战,他颤声问子传:"你怕不怕?"

"怕啥?"子传大声问。

"共产党呀!听说他们经常藏在玉米地里。"子昂低声说。

"我以为你说狼呢……共产党有啥怕的,我还巴不得能遇上呢!"子传哈哈大笑。

子昂吓得直跺脚:"你小点声,让人家听见了可就没命了。"

"看把你吓得……真要遇上了,咱就加入共产党呗——听王老师说,这

天下马上就是共产党的了!"子传兴奋地说。子昂怕子传再胡说,就不再
搭理他,自顾自地往前走。

兄弟二人快到丰镇时,镇子东南方向突然传来一阵密集的枪声和几声
炮声,火光顿时映红了大片天。子传说:"哥,看样子双方在那边已经交上
火了,恐怕咱镇上马上就要有共产党的部队了。"

"那咱咋办?"子昂着急地问。

"咱正好看看呀。"子传兴奋地说。

不这么说还不要紧,子传这么一说,反而提醒了子昂,子昂忙说:"哎
哟,我都给忘了,咱妈让你躲到董家村你静文姐家去。"

"我为啥要躲?"子传问。

"怕把你抓了壮丁……咱屋现在住着一个队伍上的大官哩。"子昂说。

子传想了想,只好跟着子昂连夜去了董家村。

那天,果然有共产党的正规军从北边打了过来,经过丰镇打到西南方
向去了。柳振东家院子里驻扎的国民党兵在傍晚时候就跑光了,他们一走,
柳振东就赶紧叫子常一家四口关紧门窗,吹熄了灯,躲到他们西窑案板底
下的窖里,自己与欢颜躲到堂屋案板下面的暗窖里。这两个暗窖还是前几
年为躲日本人挖的,那时家家户户都挖洞,一些人家的洞口开在灶台底下,
一些人家的洞口开在案板下,洞的另一头有些人家通到院子里的地窖里,
有些人家则直通到村外的沟畔处。柳振东家一直忙着还债,没有精力挖地
道,他们只在案板下挖了这两个能容三四个人的暗窖,上面盖上一块能从
底下推动的薄石板。所幸日本人并没有打到丰镇来,那个窖也就一直没有
用过。如今,为躲国共两党的战火却派上了用场。

枪炮声一直不断地响着,响声越来越大,越来越近,半夜时,欢颜他们
就听见好似有一大群人的喊声和着密集的枪声从镇子北边传来,然后顺着
镇南边往西南传去。天麻麻亮后,就再没听见枪炮声和人的喊声,柳振东
一家这才从案板下的暗窖里爬了出来。

子传和子昂那天晚上赶到董家村静文家后,静文见他们跑得气喘吁
吁,就给他们各倒了一碗水让他们先喝了再说。子昂接过静文递过来的水,
一口气喝下去,然后才对静文说:"叫子传在这儿,我得回去——咱妈还操

着心哩。"

静文和余生都不让子昂走。余生说："你现在回去不是撵着送死吗？人家都设法往出跑哩，你却要跑进去……"

"兴许打不到镇上哩。"子昂说。

"你听那响声，肯定是往镇上打过去了……要不，咱俩一搭回去，我还想看究竟哩。"子传说。

子昂一听子传要回去，就忙说："算了，算了。今黑咱俩谁也甭回了，明早再说。"

第二天一大早，子昂不顾余生和妹妹静文的反对，硬是把子传留下，他自己一个人回了镇上。

之后的十来天里，镇上竟静悄悄的，没再听到任何枪炮声。

二十三

子传刚到董家村时，还能安分。他在家里看看余生的书，和姐夫茂才聊聊天，有时帮姐姐静文干点活。静文决不允许子传出门，憋得子传很快就待不下去了。他要回镇上去，静文不让，他就在饭桌上给一家人大讲道理，什么"革命"呀，"解放"呀，将从王振学老师那里听来的东西往出倒。

静文听不懂子传的那些话，但却知道这些话很危险，不能随便乱说。她劝子传不要胡说，子传根本不听她的，姐弟俩动不动就争执起来，争得面红耳赤。静文说不过子传，急得直将求救的目光投向公公，希望公公余生能替自己说说子传，可没想到，公公却沉默着一句话不说。

晚上，茂才对静文说："这子传，长着胳膊和腿，你这么看着他也不是个事。他要是跑出去惹了祸，我看你咋向你大你妈交代！还不如趁早把他送回去算了。"

茂才这话静文不爱听,她没好气地说:"睡你的觉,用不着你劳神!"

其实静文也明白,她必须尽快想个万全之策,这仗还不知要打到啥时候,这么大个活人,藏在家里的确不是个事。思来想去,静文终于想出了一个自认为还不错的办法——给子传赶紧寻媳妇。

第二天,静文把自己的想法说给公公,让公公托人去给子传尽快说个媳妇,好拴住子传的心,免得子传总想往外跑。余生想,子传要愿意找媳妇的话早就找了,还等得到现在?!但他觉得此一时彼一时,这仗还不知要打到啥时候,子传一时三刻也上不了学,总不能就一直这么把婚事耽搁着。他专程跑了趟丰镇,与柳振东和欢颜商议,给子传张罗着找媳妇。

媒人很快就回话说,姬家洼刘志杰的二女子与子传很合适。媒人还说:"这女子比咱子传小几岁,人很勤快,又很能吃苦。就怕咱子传心性高,看不上。"

柳振东忙说:"他有啥心性高的,咱屋现时这条件,哪还敢挑挑拣拣!"他把头转向欢颜,"你说呢?"

"是呀,咱屋前几年一直背着个债,谁听了都害怕。现在总算把债还清了,但屋里已是穷得叮当响——你跟人家把这事说清楚……只要人家不嫌穷,那就叫两个娃先见见再定。"欢颜对媒人说。

姬家洼是欢颜的娘家,欢颜对刘志杰家的底细一清二楚。刘家几辈人不缺吃穿,种有几十亩好田,家里有骡子有马,还有两院子庄子。刘志杰的父亲生了六个娃,只刘志杰一个男娃,因此,刘家的家产全留给了刘志杰。

刘志杰的老婆第一胎生了个女子,两年后又生了个女子,刘志杰给这个二女子起名叫佩兰。佩兰生下来不一会儿,刘志杰的老婆就因为血崩而亡故了。刘志杰不得不以一头牛作酬劳将刚出生的女儿佩兰奶养在刚生完娃的邻居家。佩兰一岁时,邻居将她送了回来。刘志杰又将她寄养到二妹妹家。

三岁时,佩兰又被送了回来。从此,刘志杰不得不带着佩兰姐妹两个下地干活、在牲畜市和粮食市上倒腾牲口和粮食,父女三人常常一天里喝不上一口水,吃不上一口饭。到了冬天,冰冷刺骨的寒风裹着黄土像刀子一样刮在他们的脸上,晚上很晚回到家,刘志杰才揭开冰凉的锅盖为佩兰姐妹烧水做饭。

　　刘志杰心疼女儿们跟着自己遭罪，只好续弦了个女人照顾她们姐妹。这女人来时带了两个儿子，没过几年又生了一女一儿两个娃。家里娃多，就大的带小的，一点一点把日子往前磨。

　　佩兰干活麻利，但却毛手毛脚，不是做饭时打碎了碗，就是纺线时纺得粗细不匀，因此后妈经常打她。开始时，后妈边骂边打，后来后妈就懒得骂了，直接抓过她的手指头用剪刀剪，剪得佩兰的手指头血呼拉碴。佩兰边哭边从锅底捏些锅灰撒到伤口上止血，旧的伤口还没长好，新的伤口就又有了，佩兰的手指头从此再没长好过。尽管如此，佩兰却从不求饶，还经常跟后妈顶嘴。她这种倔强的性格给她招来了更多更狠的打骂。父亲刘志杰本欲护她，可见她犟成这样，也就懒得再管。倒是佩兰的弟弟给佩兰带来很多快乐。弟弟聪明又可爱，佩兰把弟弟抱大，弟弟稍大一点就十分明事理，对这个性格倔强的同父异母姐姐总是百般庇护……

　　媒人去刘志杰家提亲时，说了欢颜的意思——让两个娃先见上一面再定，刘志杰当即应允。

　　事不宜迟，第二天，媒人就去董家村叫上子传一起去了刘志杰家，让子传与佩兰见了一面。

　　子传和媒人在刘志杰家堂屋的椅子上坐下后，迟迟不见佩兰进来，媒人问刘志杰："咋不见佩兰？"

　　"我让她洗脸、换衣服去了——这几天老有枪声在村周围响，我怕那些当兵的闯进来祸害了她姊妹几个，就让她们用锅底灰抹了脸，躲在西窑炕上摞的被子后头……"刘志杰苦笑一声说。

　　子传终于看见佩兰进来。只见她个头不高，皮肤白皙，五官清秀，一头黑亮浓密的头发在脑后编成一个又粗又长的辫子。她穿了一身新衣服，红着脸走过来对子传打招呼说："你来了？"

　　"我哩？咋不跟我打一声招呼？"媒人笑着问佩兰。

　　"我就是问你哩。"佩兰一扭身子，那张白皙的脸顿时更红了。

　　对于眼前这个女子，子传说不上喜欢，也说不上不喜欢，只是觉得有这么个女子给自己做媳妇也就够了——从此在他的心里，就有了个具体的、未过门的媳妇的形象。在那些难熬的躲避战乱的日子里,这让他有了一个思念的对象,有了一个憧憬未来生活的目标。他虽一直都渴望能拥有保尔与冬妮娅那种轰轰烈烈的爱情,可现实生活不允许他等待——这仗还不知要打到啥时候,他已经二十六岁了。

十几天里没再有兵进镇上,也没再听到枪炮声,欢颜问柳振东:"这仗是不是已经打完了? 要不要把子传从静文家接回来?"

"再等几天看看吧,心里总觉得不踏实。"柳振东说。

"有啥不踏实?"欢颜问。

"这共产党把国民党打跑了,他们咋也走了? 恐怕这仗还没打完哩!"柳振东说。

这话还真让柳振东说中了,没过几天,一支队伍又开进了镇上,柳振东家的厦子里又住进了几个兵,这些兵一直住到过完年。过完年没多久,镇周围突然又响起了枪炮声,这拨住在镇上的兵又被打跑了。

仗就这么来来回回地打着,老百姓渐渐地也都疲了。

子传在姐姐静文家待了一段时间后就待不住了,有天,他借姐姐去二大义林家送吃食就偷偷溜出来跑回了家。

柳振东与欢颜商量,不如让子传去刘志杰家看看老丈人。

刘志杰在家摆了一桌丰盛的饭菜招待子传。当他们刚在饭桌前坐定,准备吃饭时,村子里却突然响起了密集的枪炮声,子弹嗖、嗖地从窑顶飞过。他们急忙关好门窗,躲到桌子下面和炕墙根。

枪声终于在当天傍晚停了,子传怕父母担心,连夜赶回了镇上。当他走进镇上时,却见街上的人都在慌里慌张地乱跑。有人抬着门板跑,有人拉着车车跑,当兵的背着枪跟在这些人身后跑。几门大炮被十几头骡马拉着从街道经过。

子传起初还担心会有当兵的来抓他,可后来就发现,他们忙得根本就顾不上他。他回到家,看见自家的厦子里又住满了兵。正当他东张西望满院子乱瞅时,一个当兵的突然在他身后吆喝道:"喂! 看啥呢?"

子传忙转过身说:"这是我屋,我刚从学校回来。"

欢颜听见子传的声音赶紧从堂屋跑出来,说:"啊,这是我儿。"

当兵的立即说："赶紧,让他也到担架队去。"

子昂担着一担水从大门口进来,一看这情形忙说:"子传,赶快去帮我磨面去,我一个人忙不过来。"

子昂的话提醒了欢颜,她忙对当兵的说:"先让他进磨坊帮忙给你们磨面弄饭,这么多人吃饭,我们忙不过来。"

当兵的也就懒得再理他们,转身走了。

话说静文给二大义林送完吃食回来,发现不见了子传,就埋怨男人茂才道:"你咋把人给看丢了?"

茂才生气地说:"他长着两条腿,我咋看得住。"

静文让茂才赶快出去找。这时,余生走了进来,说:"我去。"

静文马上阻止说:"咋能让你老去呀,外面这么乱,我去!"

"覅争了,我一个老汉,谁能把我咋!"余生说。

余生拄着拐杖走到梢门口时,与正往他家走的保长撞了个满怀,保长急急地说:"叔,你屋的马车要被征用一下——往镇上送粮食。赶紧去把马喂饱,把车套好,送到保公所门口。用完了就还给你。"说完,他就去别家了。

余生不得不折身回来,喂马、套车,然后赶着车去保公所找保长。

弄完这一切,天已经不早了,静文对公公说:"子传肯定是回丰镇家了,现在出去撵,也撵不上,不如明天一大早再去镇上。"

第二天天不亮,镇东北方向又响起了枪炮声。住在柳振东家院子的兵顿时乱作一团,他们大呼小叫着不断地从柳振东家的梢门出出进进。子传听见动静一骨碌爬起来,准备出去看究竟。可还没等他把衣服穿利索,就被哥哥子昂和父亲柳振东按在炕上绑了。他们按照欢颜的吩咐,将子传塞进案板下的暗窖里,不让他出去。

子传刚被塞进案板底下,屋门就被人敲得砰砰直响,欢颜忙去开门。门口站着个兵,他上气不接下气地说:"他妈的,都啥时候了还关着门睡觉哩——没听见打起来了?赶紧弄些吃的!"

欢颜忙点头答应。她返身点火、烧水,准备弄饭。可还没等她把锅里的水烧开,院子里的兵就突然扛起枪一溜烟地跑了。

枪炮声越来越密集,屋里的人又赶紧钻进案板下的暗窖里。

　　枪炮声一直在响。太阳升起的时候，躲在暗窖里的柳振东一家听见一阵巨大的轰鸣声由远及近从窖顶掠过，接着，就从不远处传来巨大的爆炸声。柳振东突然想起余生给他讲过的那次在西安遭遇日本飞机轰炸的经历，他对大家说："听声音，像是飞机哩——要是飞机把窖炸塌了，那咱一家可就被活埋在里边了。"

　　他当即让子昂把暗窖顶的石板推开，一家人连扶带拽地赶紧往外跑。

　　当他们跑出屋门，在房檐底下蹲下，就看见几架飞机贴着窖顶嗖嗖地飞了过去。不一会儿，就听见远处有了炸弹密集的爆炸声。

　　那日早上天不亮，余生还没起床，静文就把茂才推醒让他去镇上找子传。她对茂才说："你赶紧走吧，你要不去，咱大就要去了，你总不能让一个七十多岁的老人来回跑吧?! "

　　茂才只好爬起来穿上衣服往出走。可他刚走出屋门，就遇见了也要去丰镇找子传的余生。父子俩自是一番相争。最后，茂才说："大，你就叫我去吧，要是有啥不对劲，我比你跑得快! "余生见争不过茂才只好同意了。他一再叮咛茂才，要多长点眼色，看情况不好，就赶紧往回跑。

　　骡马已经被队伍上征用了，茂才只能步行着往丰镇走。当他来到镇外还未进镇时，迎面就撞上了一队慌作一团的士兵，其中一个用短枪对着他说："快去，跟着他们去壶山抬伤员。"

　　茂才无奈，只好和一个中年男人抬起一个门板往壶山跑。快到山根时，他们在路边看见了零零星星的尸首。和茂才一起抬门板的那个中年男人说："看来，共产党的部队已经打上去了。"他们战战兢兢来到壶山脚下，子弹在他们的耳边和头顶嗖嗖乱飞，到处都是血肉模糊的伤兵，发出一声接一声的惨叫。这些兵有共产党的兵，也有国民党的兵，他们不是缺胳膊少腿，就是头破血流。有些伤兵看见茂才这些抬门板的人上来，就拼命喊叫，让先抬自己，弄得抬门板的人不知道该先抬谁——伤轻的抬下去可能还能活，伤重的抬下去可能就死了，可伤重的更需要赶紧救啊! 茂才正东张西望不知道该先抬谁时，与他一起抬门板的中年男人低声斥责道："还乱瞅啥呀? 随便抬上一个赶紧走——再不走，咱可就得撂到这儿了。"茂才这才赶紧与中年男人将身边的一个伤兵抬到门板上往回跑。

那伤兵起初还在门板上不停地声唤,很快就不出声了。茂才他们只顾着跑,根本没顾上看这伤兵到底伤到了哪儿,也没注意到伤兵已不叫了。中年男人让茂才抬在前面,自己抬在后面。茂才平时很少干活、跑路,现在他根本跑不动。快到镇上时,茂才的一只脚突然被地上的一个土疙瘩一拌,整个人顿时就往前趴下去跌倒了,担架和担架上的兵也瞬间从门板上滑了出去。等他从地上爬起来看时,那兵早已咽了气。中年男人一见这情形,便丢下门板,撒腿往南跑了。茂才见状,也赶紧往董家村自己家的方向跑。可他没跑多远就被那里的兵抓住,让帮忙拉大炮。

早上茂才走后不久,静文就听到了枪炮声,她不禁为茂才的安危担心起来。孙园已经出嫁,家里还有孙胲和孙强两个半大小子。静文左等右等,不见茂才回来,就让公公看住两个小子,自己拄了根棍子要往镇上去。余生不让她去,说:"你一个小脚女人哪躲得过子弹,茂才和子传又不是碎娃,他们知道保护自己。"

可静义不听,说:"我娘家大就子传这一个亲儿子,他要有个闪失,就会要了我大的老命……再说,茂才也不能出事啊,他不回来,我在屋待不住……"余生见劝不住静文,也就只好由她。

静文颠着一双小脚赶到镇上娘家后,才知道子传早就安全到家了,而茂才却压根没去娘家找子传。这时,密集的轰炸声已经停息,但依然有零零星星的枪声。欢颜一听静文的话就急了,立即让子昂和静文出去分头寻找茂才,让柳振东把门关好在家看住子传,甭让他出去乱跑。安排完这一切,欢颜也提了根棍子踮着一双小脚出去找茂才了。

欢颜刚一出门,就碰见村里的一个小伙子正满身血糊糊地往家跑。欢颜忙上前问:"你咋了?"

小伙子说:"我没事,这血是抬伤兵时蹭上的。"

小伙子已经跑过去了却转头问:"姨,子弹乱飞哩,你不在屋待着,咋还往出跑呀?"

"我女婿茂才不见了,我去找人呀。"欢颜说。

"一大早我看见他也在从壶山上往下抬人哩。"小伙子说。

"那他现在在哪?"欢颜忙问。

"我只看见他一眼,都只顾着躲子弹跑呢……好多抬人的都被炸死到路上了。"小伙子说。

欢颜一听,急忙转身就走。她沿着通往壶山的路一路寻过去……

枪声已完全停了,沿途的沟渠里到处都是死人。一些女人正在那些死人身上翻腾,有的就从死了的军官衣服口袋里翻腾出了银圆,她们连血都不擦就直接揣到了自己怀里。

欢颜一边大声叫着"茂才,茂才!"一边用棍子在死人堆里扒拉。她看见一个当兵的身子下面压着一个男人,身上的衣服很像茂才的,就上去将那当兵的翻到一边。下面压的不是茂才,那当兵的却一把抓住了欢颜的胳膊,吓得欢颜一屁股坐到了地上。原来那兵并没死,只是受了重伤一时晕了过去,被欢颜这么一翻反而醒了。

那兵死死地抓住欢颜的胳膊不放,嘴里艰难地说:"救我……救我!"

欢颜使劲掰他的手,说:"你先松开手,让我看看你伤到哪了,要不咋救你呀。"

那兵这才松了手。欢颜仔细看了看,发现这兵除了到处是弹片的擦伤外,右腿还断了,她对那兵说:"好娃哩,你的腿断了,我拿啥救你呀……你先在这等着,我马上去叫人过来抬你。抬回去就有办法了。"

欢颜离开那个伤兵,继续往前走,一边寻茂才,一边找人抬那伤兵。终于看见了几个穿着老百姓衣服,腰上扎着腰带,手里端着枪的人从前面跑过来,她挡住那几个人说:"赶快过去,那边有个兵腿断了,还没死……抬回去救,兴许还能活。"

那几个人寻过去一看,那兵是国民党兵,而且已经断了气,就端着枪一溜烟往前跑了。

欢颜继续往前寻茂才。

天已经完全黑了,还是没有茂才的任何踪影,欢颜不得不回家。到家后,欢颜发现子昂已回来,却不见静文。欢颜知道静文比她哥机灵,办法也比他多,一定不会出啥事。她让一家人待在家里都先别出去,静等静文的消息。

静文拿着那根棍子从娘家出来后,看见路边沟渠里躺着的死人,有当兵的,有老百姓,当兵的里面有穿这种衣服的也有穿那种衣服的,就想着茂才一定是死了。她一路往东寻找,直到天黑,路边死人的脸已经看不清了,她也没找见茂才。她没有去娘家,直接回了董家村,心想,茂才兴许一看情形不妙,早就反身回去了。

当静文一瘸一拐、筋疲力尽赶到家时,余生正坐在自家梢门口的石雕门蹲上等她。他们看见彼此后,心顿时都凉了——茂才没了!

第二天一大早,余生让静文在家里看住两个孙子,自己亲自出去找茂才。他一路打听着找到镇上,在镇上遇见了被欢颜派去董家村打探消息的子昂,得知都没见到茂才后,二人便分头在镇上的四条街接着寻找。没找见,他们就一路往壶山找。在去壶山的路上,他们打听到很多人被抓去拉大炮了。

壶山上一片狼藉,到处都是血肉模糊的死人,根本无从找起。他们整整找了一天,最后,余生说:"回吧,兴许像那人说的,茂才也被那些兵逼着拉大炮走了。"

茂才的确是被那些当兵的逼着拉着大炮离开了丰镇。他们去了四川广元,十个月后,那些兵撤退去台湾时,茂才才跟着那些一起拉大炮的人,费尽周折跑了回来。

二十四

多年以后,子传在县档案馆里看到了有关这次壶山战役的资料,资料上说:驻守在壶山上的国民党胡宗南部队利用山上的庙宇修建了很多碉堡,山顶那座最大的庙——老君庙——做了指挥部。1948年8月8日那天,西北野战军发起了多次冲锋,都没能攻破对方的防守,牺牲了很多战士。后来,一个名叫杜立海的战士拿着红旗爬上云梯,准备将红旗插上胡宗南指挥中心的窑顶。可还没等他爬到,一枚炮弹就飞过来在他的身边爆炸了,将他从云梯上掀翻下来,他的肠子被炸到了肚子外面。他将肠子塞进肚子,再一次爬上云梯,终于将红旗插到了窑顶……国民党胡宗南部队的侦察机发现山顶的指挥部已插上了"共军"的红旗,以为壶山已经失守,就派出十几架轰炸机对壶山进行密集轰炸,结果将大量自己的官兵炸死在了碉堡内外。这一轰炸,反而帮了西北野战军的大忙,让他们在当地游击队的配合下,在短短的两个小时里,就拿下了壶山。

壶山战役一直被当地人津津乐道地传说着,他们在传说的过程中,不免会添油加醋,尤其是那些参加过抬伤员的人,他们把这场战役传说得比实际更加惨烈。但具体有多少人死在这场战役中,恐怕谁也说不清。在这些传说中,他们也都会提到一个名字曹洪基,他是乡长,共产党大部队打来时,他躲进县城,投靠国民党县党部,后来作为还乡团头子带着还乡团回来清算,结果,壶山战役打响后,他被共产党部队击毙了。

十多年后,当马家坡人在壶山开荒造田时,一个村民挖出了一枚哑弹。他以为发财了,可以将哑弹拆开,将里面的铜卖钱,就将哑弹弄回家关起门来拆卸。可没想到,当他在家里敲敲打打拆卸炸弹时,炸弹却爆炸了,当下就将他炸飞,血肉飞溅开来,挂得满窑都是。

壶山战役的第二天,解放军的大部队开进了丰镇,他们在镇上休整了几天就走了。他们在镇上招兵买马,但实行当兵自愿,独子和正在上学的拒收。

子传挤在征兵的队伍里跃跃欲试,却被欢颜挂着拐杖强行从队伍里拉了回去。

一些兵住进了柳振东家。住进去前,他们先把枪靠在梢门旁的墙上,然后才敲门。那个敲门的兵见开门的是欢颜,就说:"老妈妈,我们是解放军,是穷人的部队,不伤害老百姓……现在,我们想在你们家借住几天,你看行吗?"

兵荒马乱这么多年,欢颜还头一回见当兵的对自己这么客气,住自己家会问自己愿不愿意。她马上说:"行么,行么!"

白天,这些兵帮着柳振东家挑水、磨面,晚上,有些人睡在厦子里,有些则将靠墙放的那堆苞谷秆铺开,直接睡在苞谷秆上。

　　第五天早上天不亮,他们就悄悄地走了,没有惊动任何人。欢颜起床后打开屋门一看,院子里空荡荡的,铺在院子地上的苞谷秆已被整整齐齐堆放到墙角。欢颜急忙去厦子看,厦子里的炕和桌椅板凳,也被收拾得整整齐齐。欢颜站在厦子里愣怔了半天,最后自言自语道:"人跟人不一样,队伍跟队伍也不一样哩!"

　　解放军一走,欢颜就托媒人去找刘志杰商量子传和佩兰的婚事,她想把佩兰赶紧娶进门,省得子传一天从早到晚地想去当兵。

　　结婚的日子很快就定了,他们没请客人,战乱时期,一切从简。

　　子传结婚的头天晚上,欢颜为他准备第二天迎亲时要穿的衣服。她翻箱倒柜了半天,没找出一件像样的衣服来,不是屁股上有补丁,就是袖口和下摆续接了一圈布。欢颜不免有些心酸,站在窑后头偷偷抹眼泪。子传看见了,劝母亲道:"啊呀,这有啥难过的,她是跟我这个人结婚,又不是跟衣服结婚。"

　　一直坐在桌旁抽闷烟的柳振东这时却将烟锅从嘴上拔出来,在桌子角磕了磕,然后将烟锅袋往烟锅杆上一缠,装进衣服口袋里,一声不吭地起身出去了。柳振东已有好几年不抽水烟而只抽旱烟锅了,抽的也都是些廉价的烟叶,经常会呛得他咳嗽不止。此刻,只见他咳嗽着,挂着那根他早已离不开的拐杖弯着腰走出了屋门。一会儿,他又咳嗽着推门回来了,手里拎着一身新衣服,对子传说:"试试,看合不合适。"

　　欢颜眼睛一亮,问:"你从啥地方弄来的?"她拿起柳振东放到炕上的衣服左看右看,苦愁的脸顿时舒展开来,嘴里直念叨:"咋跟变戏法似的!"

　　"要能变就好了——借人家善堂的!他俩个头差不多,应该能穿。"柳振东闷声说,说完就从口袋里掏出旱烟锅又抽了起来。

　　因为战乱,刘志杰怕把佩兰留在家里不保险,急着把她嫁出去,对柳振东如此简单地娶了佩兰也就一点没弹嫌。不仅如此,他还尽可能多地给佩兰陪嫁了些嫁妆——两套被褥,一个羊毛毡,两身新衣服,六节布,还有两个上面绘有花鸟鱼虫油漆得红亮亮的大板柜。他把这些嫁妆绑到一辆铁轱辘马车上找人给佩兰送到丰镇。看着父亲如此上心地待自己,佩兰孤苦的心得到了一丝慰藉。

婚后的日子虽然清贫、辛苦，但佩兰却感到从未有过的温暖与舒心。对从出生后就一直没能体味过母爱滋味的她来说，这样的日子简直就是再好不过的日子了。她不仅能沉醉在子传给她所带来的那些有意思的活法里，还能得到婆婆欢颜亲生母亲般的照顾。子传会在每个夜里，只有他两个人的时候，给她讲自己看过的小说，也会给他讲学校里发生的事。而婆婆欢颜，自打她进门那天起，就从未对她高喉咙大嗓子说过一句话，还会在她身上不舒服的那几天，在她洗脸、洗菜的时候，给盆子里加些热水进去。可这种幸福的体验没持续多久，佩兰的苦恼就来了。这些苦恼与旁人无关，而是来自她自己：欢颜给子传剪了一条裤子让佩兰缝，佩兰关起厦子门缝了拆，拆了缝，竟缝了一整天，最后还缝成了个桶，当欢颜推开厦子门进去的时候，她羞得赶紧将那个桶状的裤子藏到身后；欢颜经了一机子布让佩兰织，佩兰几梭子下去就将织布机上的经线弄断了一大半。当时，静文正在熬娘家，便为佩兰将断了的线头一一续接上。可没织几下，又被佩兰织断了一大片；家里来客人，欢颜叫佩兰把面和硬擀薄，佩兰将面擀出了一个又一个的窟窿。

欢颜见佩兰这样，就知道她在娘家时后妈除了让她干一些粗活啥也没教会她，只好手把手从头开始教佩兰做家务。欢颜的宽厚与耐心让佩兰很快就习惯并喜欢上了这个清贫家庭的一切。她本就是个很要强的女人，现在，更是铆足了劲要和家人一起把日子过好。她很少回娘家，与全家人一起没黑没明地干活，苦争苦熬过日子。

镇上过十月会，家里来了许多亲戚，晚上住不开，佩兰就主动睡在窑后的瓮盖上。亲戚们对欢颜说："你这媳妇一点都不矫情，真跟你的亲女子一样。"

婚后的子传，果然再也不提当兵的事了。但他爱看戏，爱看社火，无论是丰镇还是旁的村演戏、耍社火，他都会跑去看，每次去还要拉上佩兰。这样，村里就起了闲话，说子传就像没见过媳妇，成天把媳妇拉上胡跑。

一次，柳振东知道他们又跑出去看戏后，就坐在炕上一直等，等子传看完戏一踏进家门，他就拿着闭窗杆杆一阵乱抽，子传喊叫道："为啥不能看？一天到晚光干活、吃饭、睡觉，这日子有啥过头！"

"几辈人都这么过过来了,你咋就不能这么过?"柳振东说。

没想到欢颜却向着子传和佩兰,她说:"就因为几辈人都这么过,日子才一辈接一辈过得这么恓惶!"柳振东顿时哑口无言,只能坐在那里干生气。

柳振东突然觉得自己的体力明显不如以前了,干不了几下活,就心慌气短得要命,眼前还直冒金星。子昂发现后就跟母亲说:"我伯这阵子看着明显老了——以后就让他少下地,有我和子传两口就够了。"

欢颜却说:"你伯这人,把地看得比命还值钱。他要不在地里待着,全身都不舒坦。"

"我伯,他身上有几个痦子他可能不清楚,但咱屋那块地的每一寸长啥样子他却清楚得很。但他毕竟是快八十岁的人了,再不能跟以前一样,没黑没明地在地里待着。"子昂说。

"随他心意吧……你只看着,不让他太累就行!"欢颜说。

佩兰为柳家生了个白白胖胖的男孩,年迈的柳振东想:该做的事都做了,心里的愿望也都实现了,这下,自己可以放心地闭眼了。可谁承想,这孩子还没活过半岁就没了。

这孩子出生后不久就总是哭,无论怎么抱着摇晃都无济于事。到了晚上,那一声紧似一声的啼哭对成天瞌睡睡不完的子传和佩兰来说,简直就是巨大的折磨。

有天,欢颜拄着拐拐从外面回来——她的腿已明显不如以前了,多走几步就感到疼、没有力气。她把手里捏着的黄纸片交给子传,吩咐他把纸片上的话誊写上几份,贴到街巷里的树上、墙上。

子传接过纸片念道:"天惶惶,地惶惶,我家有个夜哭郎,行路君子念一遍,一觉睡到大天亮。"他问母亲,"这都是些啥呀?"

"这是请人写的符,能治咱娃哭的毛病哩!"欢颜说。

子传将纸片往桌上一拍,说:"我不写,谁愿写谁写去。"说完就出了屋门。

欢颜无奈,只好拿起纸片找子昂,子昂从不违拗母亲的意,当下就按母亲的吩咐将纸片上的几句话誊写了几份,然后拿出去贴到街巷里的树上和墙上。

孩子的哭并没有因为这个符而终止,每天傍晚依旧顽强地哭着。佩兰已失去了应有的耐心,只要孩子一哭,就气得在孩子屁股上拍,急了还会将孩子往炕上一扔,由着孩子哭。

入冬后的一天,孩子突然发起了高烧,又吐又拉。欢颜请升明配了药,可药水刚给孩子灌进去,碗沿还没离开嘴,就被孩子吐了出来。没过两天,孩子就没了。孩子没了后,一家人难过得在家里哭,可佩兰却怎么也哭不出来。作为孩子的母亲,不哭也不行,她就坐在那里干号。柳振东一看,气得全身直哆嗦,他举起拐拐朝佩兰身上直戳,边戳边颤着声、抖着下巴上已经十分稀疏的胡子嚷:"是你把我娃打死的,还在这干号啥哩……"

柳振东病倒了。欢颜劝柳振东道:"你要放宽心哩,佩兰和子传都还不大,迟早都能给咱柳家添个孙子……"

柳振东却虚弱地说:"只怕是我已等不到那天了!"

第二天早上,柳振东果真就撒手走了。

二十五

赵振武引着他的云南老婆阿桑回到丰镇时,柳振东去世已经半年多了。他们走进西街的后槐院时,几个女人正聚在巷子中间的一棵大槐树下歇凉、做针线活。她们坐在一张旧席上,身边放着各自的针线蒲篮,边做活边谝闲传。旁边地上坐着三个一丝不挂的小男孩,他们围成一圈用脚将一堆土往起堆,"蹬麦秸zi"玩。树上的知了"知了、知了"地叫个不停。

一个眼尖的女人先看到了从西头走过来的阿桑和赵振武,忙停下手中的活,尖着声对周围的姐妹们说:"快看,快看,唱戏的来了。"其他女人一听,也都停了手中的针线,抬眼看阿桑。

阿桑的头上、耳朵上、脖子上和两个手腕上戴满了银首饰,上身穿件紧身红绸缎衣服,下身穿条把屁股包得紧紧的绿色筒状绸缎裙子,领口、袖口和裙边上,绣着黄色的花绲边……树底下的女人和娃们全看傻了眼,他们半张着嘴,眼睛半天都不眨一下。

"妈呀,这是啥打扮,唱戏的也没穿成这样啊?"一个女人回过神来,这么说。地上的娃们爬起来朝阿桑跑过去,围着阿桑看。赵振武冲着一个男娃的光屁股拍了一下,笑着说:"你们可真够凉快的!"那男孩笑着躲开了。

阿桑被女人们看得浑身不自在,都不知该怎么迈步子了,脚底下像扭麻花一样,好几次差点把自己绊倒。

赵振武走到女人们跟前,立住脚,打招呼道:"都在这儿歇凉哩!"

"啊……啊……"几个女人同时点头答道。

"你会说我这达的话?"一个女人尖声问,十分稀罕的样子。

"我是咱这哒的人么!"赵振武笑着说。

"你是谁家的?"另一个女人问。

"我是柳振东的兄弟。"

"振东伯还有你这么个兄弟……我咋不知道!"女人说,"你几个知道不?"她转问其他几个女人,那些女人也都摇头说不知道。她们上上下下重新打量赵振武,一个女人就说:"你还甭说,仔细看,他跟振东伯还真有几分像哩。"

"我八岁就离开了……这几十年都在外面。"赵振武解释说,"哪个是我哥家?"

"井台斜对过那家。"一个娃抢着说。

"不知我哥这会儿在屋不?"赵振武问那些女人,好像又是在自言自语。女人们脸上的表情顿时都严肃起来,没人搭腔。赵振武觉出情况有些不妙,就加快脚步走到柳振东家梢门口。柳家的梢门上贴着一副白纸黑字的挽联,有个角已经翘起,上面的字仍十分清晰。难道哥哥已经不在了?而且看样子也没走多久!那自己大老远跑来投奔谁呀?离家几十年,他与哥哥从没来往过,哥哥的家人能接纳自己吗?或许他们压根儿就不知道世上还有他这么个亲人。

赵振武和阿桑在柳家的梢门口站了半天,最后还是鼓足勇气推开了柳家虚掩着的梢门。

赵振武的小名叫狗剩,是柳振东在赵家的亲弟弟,八岁时被父亲送到青峰山里,给一个财东家的豆腐坊烧火。柳振东从此再未见过这个小弟弟。

狗剩在财东家的豆腐坊烧火不到两年,一个军官带着一队兵住进了财东家。没事时,军官就到豆腐坊转悠,与做豆腐的师傅谝闲传。他发现这个叫狗剩的烧火打杂男孩不光勤快,还十分机灵,就想让他给自己当勤务兵。队伍离开的那天早上,天不亮,他便给财东放了一些银子,硬将狗剩从财东手里带走了。财东怕狗剩家来人向他要狗剩,就编谎说,狗剩偷了他的银子跑了,还弄得跟真的一样,让人出去寻找。第二年,赵父去青峰山看儿子狗剩,才发现儿子已经不见了。他向财东要人,财东反咬一口,说:"你还从我要人哩?我正要找你要我屋的银子哩!"他说狗剩早就偷了他的银子跑了。赵父没办法,只好自己到处找寻儿子,当然是不见儿子的踪影。

闹饥荒和瘟疫那几年,赵父带着一家人外出逃荒,从此音信全无,有人说赵家全家都饿死、病死在了外面。狗剩跟着这个军官走时,人们还都叫他狗剩,跟了军官后,军官才根据他哥振东的名字给他起了个官名赵振武。

振武跟着军官走走停停,不知去了多少地方,也不知他所在的部队换过多少次番号,换过多少次服饰。到云南昆明时,他已经三十好几了,军官做主,给他娶了个云南苗族女子阿桑做媳妇,他也就将家安在了昆明。他与军官成了莫逆之交。部队要去山东打日本人,阿桑非要跟着振武一起去,振武劝道:"这次可是要真刀实枪地跟日本人干,回得来回不来都不好说。"阿桑只好哭哭啼啼送走了振武。结果,振武没死,那个军官也没死,队伍里的许多人都死了。他们随着其他队伍里活下来的人回到昆明后被部队重新整编。那个军官给长官说,我还要赵振武跟我在一起,于是,他又跟着了这个军官。没过多久,他们从云南西部打到缅甸,与缅甸北部的日军作战。身边的人又死了很多,振武和那个军官又都奇迹般地活了下来,他们再次回到云南昆明。

这军官能打仗,脾气却不好,经常得罪人,因此,虽九死一生回来,却没被提升,振武也就没有被提升,照样当着他的普通一兵。有一天,这个军官找到振武,说:"我要到台湾去了,你去不去?"振武说:"我不去,我要回老家。"

振武脱掉军服,带着自己的云南老婆阿桑,提着个大箱子,冒充商人,回来了。他叫回了赵狗剩,不想让人知道他曾是赵振武。

当欢颜看到狗剩和他的云南老婆阿桑时,也是吃了一惊。她虽听柳振东说起过有个弟弟,但到底在外干些啥、是死是活根本就不知道。当下,她只好半信半疑地将狗剩两口请进了屋。

狗剩带着阿桑给柳振东的牌位上了香、磕了头,然后在桌子两边的靠子上坐下。欢颜给狗剩夫妇倒了水,便出去托人到地里叫子昂。子传和佩兰那天正好不在——佩兰去姬家洼看娘家父亲,子传已经复课回学校了。

欢颜陪着狗剩夫妇说话,他们都十分拘谨,说过几句生分的客套话后,话题就自然而然地转到了柳振东身上。欢颜发现,狗剩对柳振东的什么情况都不知道,却对他的什么情况都想知道,心想,要这么被他问下去,恐怕说上几天几夜也说不完。

子昂从地里回来后帮着欢颜做了一桌子好饭、好菜,招待了狗剩夫妇。烈性的西凤酒下肚后,狗剩的话就多了起来,他迅速找到了回家的感觉。他觉得子昂是晚辈,非把嫂子欢颜拉到桌子跟前说话。他的话越来越多,从去青峰山给人烧火开始一直说到扔了军装假扮成商人回来。他说着、哭着,哭着、说着,整整说了一个下午。看着他说话的神态,欢颜渐渐看到了柳振东的影子。欢颜确信,这就是柳振东的弟弟。

那晚,欢颜把狗剩夫妇安顿在梢门口的那间纳门厦子里睡下后,子昂对母亲说:"这下麻烦可就大了,你没听他说吗? 他是国民党兵。现在解放了,到处都在抓国民党兵哩。就是他是我叔,恐怕咱也不敢留呀!"

欢颜说:"你先甭把这茬说出去,旁人问起,只说他是做生意的,等明天他酒醒了,我再问问,看他究竟是咋打算的。"欢颜突然想起了什么,又对子昂说,"这事可千万不能让子传知道,他那个二杆子,如果知道了,还不知会捅出啥娄子来……"

次日早上,狗剩的酒劲过去了,欢颜问狗剩:"他叔,你这次回来是看看就走,还是准备长住?"

"肯定是长住,嫂子! 不走了!"狗剩说。

"可现在不比从前了……"欢颜有些迟疑,不知道后面的话该不该对狗剩说,毕竟他千辛万苦地赶回来。

"我知道,嫂子——咱先瞒着村人,就说我是生意人。哪一天实在瞒不住了,就实话实说。"狗剩不等欢颜说完,就插嘴道。

"那可是要掉脑袋的呀!"欢颜急切地说。

"嫂子,你放心,甭看我杀了那么多日本人,却没杀过一个中国人,就更甭说共产党了。他们凭啥杀我的头? 我不信他们会这么不讲理。"狗剩不以为然地说。

"你要这么说,我就放心了!"欢颜如释重负地说。

欢颜转身找到子昂,说:"你叔说不走了,他是你伯的亲兄弟,咱不留他,叫他到哪里去? 到外面还不如在镇上安全,万一有啥事,乡里乡亲的,也不会太为难他。

几天里,不断有人来柳家看热闹,老一点的男人看狗剩,女人和年轻一点的男人看阿桑。他们长这么大没走出过丰镇,没见过穿这种裙子的女人,也没见过这种眉弓很高、眼窝很深的女人。欢颜觉得老让人来家里像看猴一样看弟媳妇阿桑,也不是什么光彩的事,就拿出自己的衣服让阿桑换上,让阿桑把那些丁零当啷的首饰卸下收起来。她还给阿桑梳了头,在脑后挽了一个与自己一样的发髻。

狗剩在南墙下的纳门厦子里住了几天后,就从带来的箱子里拿出一些银圆交给欢颜,说:"嫂子,你看是不是让子昂帮着给我买院庄子——我人生地不熟的。"

狗剩所给的那些银圆要在镇上买一院像样一点的庄子还远远不够,于是欢颜就让子昂出去托人寻找。几经打听,总算在西街的前槐园买到了半院子庄子,让狗剩两口住了进去。

为了让他们生存下去,欢颜还将家里的地分给狗剩两亩。狗剩根本没种过地,欢颜只好让子昂成天待在地里教狗剩,从犁地、耙地、耱地到施肥、撒种、锄草,从种子进到地里一直到收割回家,变成瓮里的粮食,一项一项地教。

阿桑更是啥也不会,欢颜就手把手教她搓捻子、纺线、拐线、浆线、经布、织布、染布、做衣服,和面、擀面、蒸馍、熬糊汤、腌萝卜叶……慢慢的,狗剩夫妇就将那片台原地上的日子过了起来。

　　冬天,佩兰顺利生下了第二个孩子。这个孩子没能如欢颜的意,是个女孩,佩兰愧疚地对婆婆欢颜说:"要不咱就给这娃取名'转转'吧?"她的意思再明白不过了,就是希望后面的孩子能转过来,转成男孩。公公柳振东的死,让佩兰背上了很重的精神负担。虽说公公的年纪已经不轻了,身体也一直不好,但毕竟最后压垮他的是那个亲孙子的早夭,而他这个亲孙子的早夭又与自己的不上心有很大关系……

　　令佩兰没想到的是,欢颜却说:"'转转'多难听,你看咱娃长得白白净净,多心疼人,不如就叫'翠翠'吧。"欢颜最喜欢秦腔戏《柜中缘》,戏中许翠莲的一段唱词她能完整唱下来,她想给这个孙女起名翠莲,因与二嫂的名字"香莲"重着一个字,只好将孙女改叫了翠翠。

　　欢颜的态度让佩兰十分感动,发誓一定要给柳家生一个带把的孙子出来。可佩兰却再也没有生过男孩。她总共为子传生了七个丫头,只长成了五个,分别被叫了翠翠、迎迎、真真、慧慧和宁宁。

　　看着五个台阶式摆在她面前的丫头,佩兰的心里对那个早夭了的儿子一辈子都念念不忘,悔恨不已,说自己那时咋就有那么多的瞌睡要睡,咋就那么没有耐心! 她也经常会说,要是自己那时年纪再大一些,像后来这样懂得疼娃就好了。

二十六

　　镇上来了个三人工作组,说是新成立的县政府派来发动"土改"的。乡长带着乡政府的一干人在镇南街通往县城的官道口敲锣打鼓迎接了这支三人的队伍。这三人中两个年纪稍长,一个年纪较小。年长的两个中有个比较矮胖,走路气喘吁吁,但他腰杆挺得笔直,看上去很有几分气派。他走在三人的前面。年轻的那个鼻梁上架副高度近视镜,灰色棉袄的左口袋上别着一支钢笔。看见乡政府的人后,他就快步走上前来,指着那个矮胖干部对前来迎接他们的乡长介绍说:"这是郭主席。"他又指向跟上来的另一位干部说:"这是王副主席。"然后做自我介绍道:"我是小李,担任二位主席的秘书。"

那位郭主席当即对乡长补充说:"这可不是一般的秘书,这可是咱县的大秀才哩。"

这三人被乡长等一帮人前呼后拥着引到位于镇东街的乡政府。刚将随身携带的行李卷放下,郭主席就问乡长道:"人都在吧? 咱现在开会咋相?"

乡长一愣,忙说:"都在,都在!"

在郭主席一行到来之前,乡长就打听过,这个郭主席是当兵出身,干事雷厉风行,说一不二,但他还不知道会是如此的雷厉风行法——屁股还没在凳子上坐稳,粗气还没喘匀就要开会呀——看来,这往后的日子可不轻松哩! 乡长的心里犯着嘀咕,脸上却堆满了笑。他高喉咙大嗓子招呼张三:"赶紧出去把大家招呼到会议室去——郭主席要开会呀。"又对李四说:"赶紧给郭主席、王副主席和李秘书把水倒满,端到会议室去。"

郭主席打断他:"也把各村的村主任叫来,一起开会。"

乡长又大声往外对王五嚷嚷:"赶紧派几个人到各村去,把村主任们也叫来……叫他们都麻利些。"

人到齐后,郭主席开门见山地说:"大伙都知道了吧,我们这次来,是帮你们搞土地改革的。啥是土地改革? 概括一句话,就是把地主财东家的地分给穷人种。"

话音未落,下面就开始喊喊喳喳起来。乡长抬胳膊按手,高声制止:"唉、唉、唉,都先甭吭声么,先听郭主席给咱把话说完。"

于是郭主席就将"土改"是咋回事,为啥要进行"土改",怎样进行"土改"等一系列相关政策给大家详详细细说了一遍。说完他就坐下来喝水、喘息。

乡长借机问大家:"都听明白了么?"

回答:"没明白!"

乡长训斥道："刚才耳朵都去喘气去了？"话一出口，就觉着有些不合适，因为郭主席正坐在那里"吱、吱"地喘粗气——他患有严重的哮喘病。

会议结束时，郭主席分派给村主任们一个任务，让他们回村后，将各村的最贫户当天晚上召集到乡政府来开会。

子常是孤儿，西街的村主任还没走出乡政府就想到了子常。他来到子常家，子常正端个大老碗就着自家腌制的萝卜叶咸菜吸溜吸溜喝糊汤。村主任一进门就粗声大气地说："子常，你的好日子来了。"

子常放下老碗，面无表情地问："我能有啥好日子？"

淑敏赶紧招呼村主任坐下，给村主任也盛了碗糊汤，说："他一个闷葫芦，光知道低头干活，端碗吃饭，能有啥好日子等着他呀。"

村主任也不客气，端起淑敏递过来的热糊汤一边吸溜着喝，一边简单地将工作组的意思说给淑敏和子常，最后他对子常说："其实，具体咋个弄法，我也不明白，晚上你去开了会，不就啥都知道了。"

晚上，子常丈二和尚摸不着头脑地走进乡政府的会议室，看见窑里已挤了二十来个人。大家有的坐在条凳上，有的坐在小板凳上，还有的圪蹴在墙边，正在交头接耳地议论，他们都想知道可又都不知道把他们这伙人叫到一起到底要弄啥。子常走到窑后头，那里已没地方坐了，他杵在那里，感到全身都不自在，就硬挤在一个人身边，就势圪蹴下。

过了一会儿，那三个县上派来的干部一边说着话，一边推门进来了。郭主席清了清嗓子，看了看面前这些人，然后说："咱们镇的'土改'就要靠你们了。"

这时，有人沉不住气，插话道："啥是'土改'嘛？"郭主席便一五一十、掰开来、揉碎了地讲了啥叫"土改"，为啥要进行"土改"。他说："要搞'土改'，就得先成立农民协会，也就是'农会'。要是没意见，你们可就是第一批农会成员了。"

"没意见！"这次，大家的声音很齐。有人不耐烦了，冲着郭主席直嚷嚷："都没意见……你就赶紧往下说吧。"

郭主席说了半个晚上，说得他口干舌燥，两边嘴角挂了白沫、胸廓一起一落不停地喘息，却还没让这些人弄明白。他的话不断地被人打断，又不断地被李秘书、王副主席和乡长拽回来。已经开了大半夜了,才总算将会议进入到尾声。他们按照规定,选举了农会的主席和副主席。乡长说:"我看,咱就还让郭主席当主席,王副主席当副主席吧,咱其他人都不懂么! 大家没意见吧?"大家又齐声喊:"没意见、没意见。"

　　子常开完会回到家已是后半夜,淑敏已经睡了一觉了。她打着哈欠给子常开了屋门,问:"这会咋开了这长时间,都说啥了?"

　　子常一屁股坐到炕沿上,说:"快、快,赶紧给我烧碗煎水去,都快把人渴死了,这郭主席也太能屁叨了。"

　　淑敏舀水、点火、拉风箱,很快就烧好了煎水。她舀了一碗端给子常,催促道:"谁是郭主席? 这说了大半晚上到底都说了些啥嘛?"

　　子常仍不回答淑敏的话,只顾"噗、噗"地吹着碗里的热水,然后吸溜、吸溜,一点、一点喝下去,那副专注的样子就像一辈子没喝过煎水似的。淑敏见他渴成这样,也就不再问了,给自己也舀了碗煎水坐下来喝。

　　子常把一碗煎水喝光后,才抹抹嘴说:"要把财东家的地收了,分、分给咱种。"子常已经哈欠连天了,他边说边脱鞋上炕,准备睡觉。

　　淑敏正在喝煎水,一听这话,"噗"的一声,将水喷了出去,喷了一地、一身:"你说啥? 把财东家的地分给咱种?"

　　说话间,子常已经脱了衣服,钻进被窝躺下了。淑敏赶紧脱鞋上炕,盘腿坐在子常身边,捅了捅子常,说:"这可不敢胡说,让人家财东家知道了,还不骂咱是穷疯了……要拿尻子笑话咱哩。"

　　子常已经打上了呼噜,急得淑敏一把揭掉被子,推醒他,说:"到底咋回事吗? 这么大的事,你也睡得着?!"

　　无奈,子常只好坐起来,说:"啥大事?! 我看就是胡谝闲传哩。"

　　淑敏说:"到底咋说的,你原原本本给我说一下。"

　　子常哈欠连天、断断续续地给淑敏学说了郭主席的话。子常越说越乱,越说越说不清,说着说着就连自己都绕进去了:"哎! 你就甭再问了,连我都不信会有这号事,你还信? 依我看,那郭主席的脑子肯定是让门挤了。"说着,他又躺下,背过身去,不准备再搭理淑敏了。

　　子常的呼噜声又起,而淑敏却再也睡不着了,她睁着那双细眼望着黑漆漆的窑顶想心事,直到天亮。

子常又被村主任叫去开会了。

村主任再来叫子常去开会,子常就不愿意了,说:"地里的活都给耽搁了,我还要往地里拉粪哩。"

村主任训斥道:"看你那没出息的尿样,等这事弄成了,那地就是你的了,打下的粮食不用交租子,全都是你的。郭主席都快把嘴皮子磨破了,看来都白说了!"

子常受不住村主任的嘟囔,只好跟着他又去开会。就这样,子常来来回回开了好几天会,心里才慢慢接受了"土改"这件事。

按郭主席的意思,各村村主任回去后都得在自己村开大会,将"土改"的事说给每个人。西街的村主任召开了西街的村民大会,会后他给子常他们几个西街的农会代表分了工,每人负责十七户,把这十七户的财产登记造册,汇总到村主任处,村主任再上报到郭主席那里,郭主席他们再根据全乡登记的财产多少划出地主、富农、中农、贫农和雇农的标准,最后,给每户确定成分。

分给子常的十七户里,有他正租着人家地种的东家,旁人家他都敢去,唯独东家不敢去。淑敏说:"你要是惹恼了东家,人家不给咱地种,往后咱吃风巴屁呀!"

子常说:"那我就不去了,先看看风向再说。"

东家知道自家被分给了子常,就放出话来:"他狗日的要是还有良心,就趁早甭打我屋的主意,如若坏了良心,可就甭怪我不客气——看我咋收拾他。"东家还说,"我侄子在队伍上做大官,毙谁,那是一句话的事。"

这东家的侄子原是国民党部队里的一个小排长,三年前随部队参加了对登城县游击队的"清剿",因为心狠手辣很快在部队里出了名,一跃成了团长。共产党的大部队打来后,这侄子便随着自己的部队逃走了,后来逃去了台湾。但村人并不知道他后来的底细,只知道他杀人不眨眼,只知道他年纪轻轻就当了大官。就连东家本人恐怕也不完全清楚这侄子现如今到底在啥地方。但他在这个时候,将这个侄子搬出来说事,还真把子常给吓唬住了。

其他人和子常一样,遇到了同样的难题——怕财东家报复,不敢进财东家门。

"土改"工作推行不下去,郭主席急得嗓子都哑了,嘴唇上也起了一排水泡。他把王副主席、李秘书和乡长叫到他的窑里,说:"看来得来点硬茬了,明天咱就在镇上的戏园子里召开全镇批斗大会,把那些财东、恶霸、反革命分子抓来批斗……你们先议一议,把明天要抓的人的名单定下来,回去尽快布置下去——要记住,千万不能走漏了风声,让这些人给跑了……"

第二天吃过早饭,子常还在家磨叽,就有人来叫他:"村主任让你赶快往戏园子去。"那人转身走时,又对淑敏说,"嫂子,你也去啊……肯定有热闹看哩。"

子常和淑敏来到戏园子时,戏园子里已人山人海。戏台上拉个白纸黑字的横幅,子常不识字,不知道上面写了些啥。戏台上摆了两张桌子,郭主席、王副主席和李秘书都坐在桌子后面。乡长从戏台这边走到那边,又从那边走到这边,不断朝台下指指点点,大声嚷嚷着维持秩序。子常挤不进去,就和淑敏站在人群后面。

这时,就看见二十来个举着枪的武装自卫队成员把十几个五花大绑的人押到戏台子左边,然后连拉带推地弄到了戏台子上。过了一会儿,就听见前面有人喊叫:"西街的子常呢?谁看见西街的子常了?乡长叫哩。"听见的人接着转向后面喊:"子常呢?西街的子常呢?"

淑敏耳尖,先听见了,当即捅了捅身边的子常:"乡长叫你哩……赶紧往前挤。"

子常这才一边叫着"闪开,闪开,乡长叫我哩",一边从人群里往前挤。淑敏紧跟在子常后面,也不停地叫着"闪开,闪开",趁机蹭到了前面。有妇女就在后面酸不叽叽地嘀咕:"看把她张得,人家乡长叫她男人哩又不叫她,她挤到前面弄啥去!"

另一个妇女说:"人家男人有本事么……你想到前面去,让你男人也长点本事。"

先前的那一个很不屑地说:"她男人有啥本事,除了力气大一点,吃饭多一点,老实得跟个木头疙瘩!"

这时,子常已被乡长拉到台上去了。王副主席对台下大声说:"大家都静一静,下面由西街的贫苦农民代表柳子常发言。"

子常被乡长推到戏台中央,戏台下出现了片刻的安静,大家都仰着脖子,半张着嘴,等待着子常讲话。可子常半天都不开口,站在那里不停地动弹,一双手上来下去,不知道该放到哪,好像那双手压根就不是自己的。

乡长走过去,悄声对子常说:"你赶紧说呀!"

子常扭头看着乡长:"说啥呀?"

乡长低声说:"你是个孤儿,谁都欺负过你,咋欺负的,你给大伙说一说。"

子常大声说:"谁都没欺负过我。"

乡长说:"你大没欺负过你? 你力气大,他没把你当牲口一样使?"

子常说:"我大把我看得比子昂还亲,我出力干活,但我饭量大,一顿能吃十来个人的饭……我大从来都没嫌弃过我,还给我娶过两房媳妇……"

戏台下边掀起了一阵大笑。乡长打断子常的话,问:"那你的东家哩?"

子常说:"东家租给我地种哩,没人家的地,我一家都得饿死。"

乡长生了气:"那你屋的粮食得是多得吃不完? 吃不完就分给我些!"

台下又哄堂大笑起来。子常着急地说:"本来每年交了租子就够我一家人吃的了,但恒瑞祥的印子钱老是还不完,就不够吃了。"

郭主席突然抓住子常的这句话,走到子常跟前,和颜悦色地启发子常道:"对,对,你就说说恒瑞祥的印子钱!"

子常说:"利滚利——那利息多得永远都还不清……但人家事先都给我大说清了,我大也是没办法。"

郭主席接着启发道:"你家为啥要借恒瑞祥的印子钱?"

"为了修路,还为了躲壮丁——我大我妈舍不得让我和我那两个兄弟去当兵。"子常说。

郭主席一拍大腿说:"对么!"

郭主席让子常先下去,然后就对着台下说:"柳子常同志刚才讲的这个例子很典型啊! 国民党抓壮丁弄得多少家庭走上了借债这条路,恒瑞祥这些黑心商户就趁机放高利贷,盘剥穷苦百姓,如果不把他们打倒,广大穷苦百姓哪还有好日子过？咱们成立农会，就是要让柳子常这样的广大穷苦百姓当家做主。要当家做主，是不是就首先得打倒这些恶霸，实行土地改革?!"说到这里，他好像突然想起了什么，就停顿下来往站到台子一边的那几个绑着的人里瞅，然后扭过头向已坐到桌子后面的乡长低声问道："恒瑞祥的老板抓来了没有？"

乡长赶紧站起来说："抓来了，抓来了!"

郭主席站在戏台子上，当着全乡人的面，一句一个"柳子常同志""柳子常同志"，让站在台下的淑敏越听越舒坦。她从来都没有像今天这样因子常而感到荣耀过。回到家，她还兴得凉不下，一遍又一遍地给子常重复戏园子里发生的一切。终于平静下来了，她却又对子常的表现不满了，她对子常指手画脚道："你咋能老让人家郭主席和乡长提醒你哩，这都是明摆着的事么，咱又不是胡编乱捏哩——咱大咋没欺负过你？十八亩地就没分给你一分，让你租地种哩……"

"你知道个屁！分家时我大给我分了，是我没要。"子常说。

"啊？你个傻瓜，为啥不要？"淑敏问。

"浩然妈——"子常偷瞄了眼淑敏，然后改口说，"秀女说，家里的十八亩地在一搭，如果分给我一点，每天干活就都得跟我大他们挨着干，干活时，尤其是农忙时，咋好意思不给老汉搭把手？不如让他甭分给我地，也甭分给我债。"子常说。

"看来，这浩然妈比我精哩。"淑敏说，语气里充满酸酸的醋意。

"你那叫没良心。"子常没好气地说。

子常突然成了镇上的名人，成了农会领导心目中的红人。每逢开会，子常都会被请上主席台发言。讲得多了，子常也就不再胆怯。他在淑敏和土改工作组的点拨下，越来越会讲，越来越会适时地说出一些时髦的词来，比如"剥削"呀，"压迫"呀，"封建地主"呀，"封建豪绅"呀，"当家做主"呀，等等。后来，他在发言中就不光要"控诉"恒瑞祥了，还要"控诉"张家庄那个曾经收养过他，但又经常打他嫌他吃得多的侯姓男人。他还要"控诉"那个王保长借征兵给自己搂钱，逼得他家走上了借印子钱这条路……在这些控诉中，他的那些早已忘却了的痛苦的记忆被慢慢唤醒，那些饥寒交迫的日子也渐渐浮上了他的脑子。于是,他一次比一次讲得多,一次比一次讲得生动,讲到难过、激动处,还会泣不成声,声泪俱下。而这一切,正是"土改"工作组想要的效果。

二十七

对于淑敏而言,每次开大会都无异于一次幸福的体验,她收获着荣耀,也收获着镇上女人们的羡慕。这一过程,满足了她作为女人的全部虚荣心。她本就比子常小许多,加上没生过娃身体没有变形,平日里又让子常惯得很少下地干活,皮肤比一般女人的皮肤要明显光亮白皙,现在再经过一番细心打扮,让她看起来就很有几分姿色,她或站或坐在台下,都是那么的耀眼,引得许多妇女心生妒忌,引得许多男人垂涎欲滴——这些人根本就不是为着看台上的子常、听子常的发言而来,而是为着看淑敏,看淑敏的打扮而来。他们将一双双酸溜溜、贼兮兮的眼睛直勾勾地盯向淑敏,丝毫不掩饰内心里的那种非分与龌龊。有些光棍还会趁人不注意,挤到淑敏跟前悄悄捏一把淑敏的屁股,揣一下淑敏的奶子。淑敏也趁机与镇上的一些小年轻眉来眼去,甚至私下里苟且。那些光棍和小年轻得了便宜还卖乖,四处说是淑敏主动投怀送抱,还说手感如何如何好,身段如何如何妙,子常如何如何有福……

这些话早就传到了子昂耳朵里,他怕母亲生气,一直没给母亲说。最近,传出来的话越来越难听,好像淑敏不只是跟一个小年轻有染,子昂就无法再沉默下去了。他找子常哥婉转地提说了此事,希望他管管嫂子淑敏,子常却说:"传话的人放屁哩,你也信!"

无奈之下,子昂只好将这一切全告诉了母亲。欢颜一听就急了,她把子常叫到堂屋,训斥道:"……无风不起浪,人家以前咋不传你的闲话? 你这上台发言咋还上瘾了？就不能少去几次？镇上穷汉多得是——离了你就不行了？也不说好好管管自己的女人！都闹些啥事嘛,镇上人的唾沫星子都快把咱一家人给淹死了！"

欢颜的这些话,子常也没听进去,他被上台发言的荣耀冲昏了头。他想,这一定是子昂告诉母亲的,他一定是眼馋自己。淑敏的表现和镇上那些光棍及小年轻的闲言,他不是没听到过,只是他压根就不认为这些事是真的,他觉得这只是那些眼馋他的人在过嘴瘾,而且,就是他们抓了淑敏一把,摸了淑敏一下又能咋样,又少不了他子常一根毫毛一两肉——这只能说明他子常现在也活得像个人了,遭人眼馋、嫉恨了。因此,他不光没教训淑敏,还把欢颜和子昂的话原原本本告诉了淑敏,末了,还说了一些指责抱怨欢颜和子昂的话。

听了子常的这一番话后,淑敏的心里就有底了。她说:"咱过咱的日子,碍着他们屁事了！你成天还说他们对你咋好咋好,这下该明白了吧？他们见不得你好哩。你就是他们的一个劳力,在他们眼里你还不如一个几十年都没闪过面的美蒋特务亲。"

子常以为淑敏那天把狗剩叔说成是美蒋特务只是几句气话,没想到第二天天刚亮,淑敏就去了乡政府,将赵狗剩是国民党兵这件事添油加醋地揭发给了郭主席。

狗剩回来那天,欢颜款待狗剩夫妇。出于女人的强烈好奇,淑敏不断出出进进于她和子常住的西窑与院子,狗剩因为喝了酒而大声说的那些话全进了淑敏的耳朵。欢颜一直小心防着子传,怕他知道此事后再"讲政策"把狗剩告发给新政府,她却万万没有想到,隔墙有耳,让淑敏听到了此事,还告发了出去。

当下,郭主席一听淑敏的话,那胖身子竟因诧异而摇晃了一下,差点跌倒。镇上隐藏着一个美蒋特务?！这是多么可怕的一件事情,自己竟一点也不知情！

为防走漏风声,郭主席将淑敏暂时反锁在自己窑里,然后就将王副主席、李秘书和乡长叫到那间乡政府的会议室,开了个紧急会议。乡长嘴里一个劲地说:"不可能呀,全镇人都知道狗剩是个生意人。"

郭主席敲打乡长道："你这么说可就很危险了！"

乡长只好闭嘴。

"先抓起来再说，千万不能让狗日的给跑了！"王副主席紧张又兴奋地说。

郭主席当过兵，比大家想得多，马上说："他既是兵，手里就一定有枪，咱们也得带上枪才行。"

乡长一听，就紧张起来，说："咱那些自卫团员可没几个会打枪呀，他们手里的枪就是个摆设！"

郭主席说："你找把枪，给我，你们只管围上去抓人，如果他敢掏枪，就由我来对付他。"

乡长转身出去找枪，郭主席在身后又补充道："记着给里面装子弹哈！"

当下，王副主席和李秘书跑出去分头寻人，不一会儿，他们就叫来了十几个武装自卫团的成员。

一行人跟着郭主席往狗剩家跑。为了万无一失，他们还派了几个人去了狗剩家的地里。

狗剩正在炕上睡回笼觉，阿桑在脚地扫地抹桌子，家里却突然闯进一群人来。郭主席上气不接下气地站在脚地，用枪顶着狗剩的脑袋，没等狗剩反应过来，就下令把狗剩五花大绑了从窑里拉了出去。

狗剩两口被带到乡政府，关进乡政府的会议室。路上，阿桑问抓他们的那些人："为什么绑我们？"

那些人说："我们也不知道……到乡政府就知道了。"

郭主席突然想起了什么，对王副主席说："去，把狗剩他嫂子一家也抓来。"

抓欢颜一家时他们没带枪，也没带绳子，只一边站一个人抓住他们的胳膊，将他们扭送到了乡政府。一进乡政府院子，郭主席就吩咐将这一家人分开关起来，分别审讯。

子常起床后没看见淑敏，以为她去地里了，心想，太阳咋打西边出来了，这个懒婆娘终于知道去地里帮自己干活了。他伸手从馍笼里拿了两个凉馍，喝了口凉水就扛着两把锄头到院门口的纳门厦子里叫浩然。浩然揉着眼睛出来，接过父亲给的凉馍，边走边吃。

　　他们到地里后，子常却没看见淑敏，心里纳闷道：这一大早不知又疯到哪里去了?! 但他也没多想，就和浩然开始锄起地来。当他锄到地中央时，就听见地头有人朝他喊，说他妈一家都被抓到乡政府去了。子常和浩然当即就扛上锄头往乡政府跑，还没到乡政府，他们就得知狗剩夫妇也被抓了，还被郭主席拿着枪带着人五花大绑起来。

　　子常一听这些，就明白是咋回事了。心想，不管怎样，欢颜和柳振东对他都是有恩的，当年要是他们不收留他，他恐怕一辈子都会在大煤堆上有一口没一口地混饭吃——谁会要一个像他这么能吃的人，侯家不就是一个例子吗! 子常的心里顿时起了悔意。他加快脚步往乡政府跑，进乡政府院子后，就直接跑去找郭主席说情，结果却被郭主席严厉训斥了一顿："亏你还是我们树的典型哩，这么大的事你竟敢瞒着不报——觉悟还不如你老婆高!"

　　欢颜、子昂知道什么就说什么，两人的话完全一致，而佩兰却啥也不知道——狗剩夫妇回来那天她去了娘家，她对狗剩的了解与镇上其他人的了解完全一样。

　　佩兰因为不知情很快就被放了回来，欢颜和子昂因为知情不报而被关了起来。郭主席见欢颜已经那么大年纪，而且明白一个农村小脚妇女没有多大觉悟，几天后就下令将欢颜也放了，只把子昂留了下来，而且没有捆绑，只是暂时关在一个窑里。

　　相对于欢颜一家，狗剩夫妇就没那么幸运了。他们一直被五花大绑着，不让蹲，不让坐。几个自卫团员还气愤地朝着狗剩又踢又打。

　　审讯狗剩的是郭主席。狗剩根本不回避他曾先后当过清兵、军阀和国民党部队里的普通兵卒这一事实，但他却坚决不承认自己是潜伏下来的美蒋特务，不承认他现在还有组织，不承认他干过任何坏事。他反复说："我没杀过一个共产党，我也没杀过一个中国人。我十岁就被人强行带走，伺候人，后来又在山东、云南、缅甸打日本人。多少次我都是从死人堆里爬出来，我之所以敢回来，没跟着他们去台湾，就是因为我手上没沾过共产党的血。"

　　郭主席也是经过一些人和事的人，见狗剩说得理直气壮、一点磕绊都不打,前后经过也都符合逻辑,就缓和了语气问狗剩道:"那谁能证明?"

狗剩想了想,说:"王晋生能证明。"

那年,王晋生与狗剩一起去缅甸北部打日本人,他是另一个营的兵。从缅甸回来时,他们营也打得只剩了几个人,他和狗剩被临时整编到一个班里。当时,王晋生胳膊受了伤,一路上全凭狗剩照顾。他见狗剩人不错,就给狗剩说了实话,说自己是在国民党内部发展起来的地下共产党员,动员狗剩也加入共产党,但狗剩说:"我想回老家,我离家几十年,家里的亲人因为灾荒瘟疫都死了,我得回去过一段安稳日子,加入共产党的事,就等回到老家后再说。"王晋生便也不勉强狗剩。

狗剩回了老家,王晋生则继续留在昆明。云南解放后王晋生去了哪里,狗剩就不知道了。

在处理狗剩的事情上,农会领导班子的意见出现了分歧。王副主席和李秘书力主尽快召开公审大会,处决狗剩夫妇——毕竟他曾是国民党兵。而郭主席和乡长都持反对意见。乡长的意思是,这一家人不像反革命,狗剩回来后也的确没见干过啥反革命事情。

王副主席当即批评他说:"反革命、特务又没写在脸上。"

郭主席则说:"各方口供一致,如果真如他们所言,狗剩不是国民党的官,只是一个普通兵,而且也没杀过共产党,还杀了那么多日本人,几次都是九死一生,那他可就是咱们中国人的功臣!咱不能让他寒了心……"

最后,大家决定,由李秘书回县上进行汇报请示,如果能获得批准,李秘书就去趟云南,找一下那个地下党员王晋生,把狗剩的情况核实清楚。郭主席对李秘书叮咛道:"一定要设法想法找到王晋生,取得证据,我们不能放过一个坏人,但我们也绝不能冤枉了一个抗日功臣。"

李秘书走后的第二天,郭主席就接到上级的通知,要他去省里接受为期三个月的培训。他对王副主席和乡长交代说:"在我回来之前,由王副主席全面主持工作,要看押好狗剩夫妇,千万不能让他们跑了。万一他说的是谎话,那可能还会有他们的同伙隐藏在周围,要防备有同伙来救他。"他也反复叮咛王副主席和乡长,"在我回来之前,先不要对他们下手,也不要对他们动刑。"

数月后,李秘书和郭主席前后脚回来了。

李秘书获得了县委的批准,专程去了趟昆明,找到了当年的那个地下共产党员王晋生,证实了赵狗剩的话。郭主席回来一听,当即就下令将狗剩夫妇和子昂放了。可谁也没有想到,狗剩回到家的当天晚上,就跳进村西头那口废弃的枯井里,死了。

原来,郭主席和李秘书不在的那几个月里,镇上只要开大会,王副主席就让自卫团的人将狗剩五花大绑着押出来,脖子上挂着“美蒋反动特务”的牌子进行游斗。每次游斗,狗剩媳妇阿桑和子昂也都被绑着陪斗。欢颜找到乡长让他去给王副主席说情,乡长却被王副主席警告道:“他们知情不报,已经是大罪,现在你还跟着起哄,操心我连你们几个也一起抓了。”乡长也就不敢再替他们说情了。

余生花钱找人疏通关系,王副主席根本不为所动。

子传得知情况后从学校赶回来,嚷嚷着要去乡政府闹:“抗日功臣就是抗日功臣,咋能不分青红皂白,把人当美蒋特务抓!”

欢颜怕子传出去惹事,就对他说:“好娃哩,人家要是会这么想,就不抓人了,你再嫑添乱了行不行!”

厚道的村人帮着子昂和子传将狗剩从井里捞上来后,欢颜就指派子昂和子传将狗剩看着埋了。阿桑寻死觅活,欢颜只好将她接到自己家,住到佩兰的厦子,由佩兰天天看着。后来,欢颜发现阿桑的肚子一天天大了起来,才知道她已有了身孕,就劝道:“你不为自己想,也得为狗剩想啊,他回来不就是为了给赵家留个后吗?”

阿桑在欢颜一家人的陪伴和调理下慢慢缓了过来,第二年开春,顺利生下了一个男娃,欢颜给她接的生。

阿桑说没有欢颜这娃早就和自己跟着狗剩见阎王去了,因此,她把孩子的取名权给了欢颜。欢颜推脱不掉,想了想说:“那就叫赵子安、小名安安吧!”

子安满月后,阿桑抱着子安去了狗剩的坟前,告诉他,赵家有后了。

欢颜刚被放出来回到家时,子常过去看她,她摆着手,让子常出去。由于着急加上几天在乡政府没吃好、睡好,欢颜回到家后就病倒起不来身了,子常想过去看,欢颜却不让他靠近堂屋门半步。欢颜给子传留下话:"如果我过不来,死了,不许子常两口哭我,也不许他们到我的坟上去。"

子常狠狠地揍了淑敏一顿,揍得淑敏十多天下不了炕。

欢颜的病慢慢好了,但她依然不理子常两口。吓得浩然也不敢靠近祖母。

狗剩夫妇和子昂被抓的那些日子,镇上开会,农会的人再没找子常上台发言。狗剩两口和子昂被放出来后,农会的人又来找子常,可这时的子常却死活不愿再上台去了。狗剩去世后,子常连会也不去开了,每天只知道低着头在地里闷声干活。

埋完狗剩后,余生让静文留在娘家陪欢颜住一段时间,帮欢颜干干活。欢颜明显老了,走路已经颤颤巍巍,眼睛也花了。静文陪着母亲说话、睡觉,帮着佩兰将全家人的被褥、棉衣裤全部拆洗完,又给母亲织了一机子布后才回了董家村。

农会在董家村成立前,余生听到风声就连夜与静文和茂才将家里的一点银圆、钱票以及一些值钱的东西藏到两个罐罐里,用油布包好,分别埋到窑后头的瓮底下和院子里的猪圈里。

董家村农会的人开始进门入室对各家的家产进行登记造册时,静文还没从娘家回来,孙膑和孙强都已去学校,余生那几天也临时有事出门不在,家里只有茂才。农会的人发现余生家啥值钱东西都没有,觉得有些蹊跷,便问茂才:"你大做生意,你家咋能没有金银细软哩?"

茂才说:"前几年,西安的铺子遭日本飞机轰炸,值钱东西全化成灰了。放在家里的那点积蓄,箍小窑用了些,剩下的,都贴补到静文她娘家了——还恒瑞祥的债、买兵、资助子传念书。"

这些话是余生提早教给茂才的,他反复教过茂才好几遍,还让茂才给他试着说一说。茂才开始说得不完整,余生就不断纠正,直到他能将这些话一字不落地说完整。

农会的人将信将疑地走了,要出院子时,却突然转身对送他们出门的茂才说:"钱票、房契就跟衣服一样,时不时要拿出来晒哩,要不然可就发霉、腐烂不能用了。"

第二天中午,家里的人都走了后,茂才见太阳很好,就想起了头天农会里的那个人说的话。他关了街门,在院子里铺了张席子,将猪圈里的那罐银圆、钱票和值钱物挖出来,铺在席子上晒。之后,他又折身进到窑里,费了半天劲,将水瓮移开,挖出瓮底下的那一罐。当他将瓮底下的这一罐值钱物抱到院子准备晒时,却发现晾晒在院子里的那一罐已经不见了。原来,就在他转身回屋挪瓮、挖罐的时候,突然起了一阵风,将席子上晾晒的钱票刮得到处乱飞,一张钱票飘到隔壁院子的茅厕里。隔壁男人正巧在蹲茅坑,见一张钱票从余生家院子飞过来,就立即伸手接住。他提起裤子爬到院墙上往余生家院子看,发现了余生家院子里晾晒的东西。他立即翻墙过去,全拿走了。

余生回来得知此事后,简直哭笑不得,他哀叹一声道:"命里只有八粟米,走遍天下不满升啊!"

乡农会依据汇总的情况,对各户进行了成分划分。子昂家被划成了贫农。子常是无地户,被划成了雇农。宣布成分划分结果的那天,全乡人又都集中到了戏园子里,由乡长站在戏台上逐村逐户宣布成分。

子常又没去开会,代表他家开会的是淑敏。当乡长念道"柳子常——雇农"时,台下的淑敏当下就哭出了声。

台上的郭主席以为淑敏是感动得哭了,就让乡长暂时停下来,将淑敏请上了台。郭主席对台下的乡民说:"乡亲们,我们都要像淑敏同志一样感激共产党的好政策啊!我们共产党的政策就是要为咱这些贫苦农民谋幸福。你们看,淑敏同志都感激得哭出声了。"他转向淑敏,"来,你给大伙说说,你为啥这么激动。"

淑敏一把鼻涕一把泪地说:"我屋一直穷得叮当响,好不容易赶上这回划成分,却给我划了个雇农,那'雇'字多难听,像锥子扎人心哩——我不要雇农,就是给不了富农,好赖也给我个中农啊!"

她哭得更厉害了。台上台下一片笑声。有人早就看不惯淑敏,这时便借机讥笑不止,弄得郭主席十分尴尬。

成分划完后,就开始重新分地,欢颜家的十八亩地分给了别人,而他们分到了别人二十五亩地。秋庄稼一收完,子昂就按农会划分的地,开始拾掇起来——翻、耙、糖完后,接着施肥,下种。

一天傍晚,子昂参加完乡里的大会回来,一进院子就高喉咙大嗓子地喊叫:"妈,妈——"

这几天变天,欢颜腿疼的老毛病又犯了,她刚烧热了炕,躺到炕上,想让热炕驱一驱腿上的寒气。听见子昂叫,赶紧坐起,问:"出啥事了?"

子昂一向行事稳重,从不冒冒失失大声说话,今天人还没进来就大声叫妈,欢颜感到有些意外。

"好事,好事!"子昂边往堂屋跑边说,他兴奋得都有些结巴了,"农会现在搞减租减息……以后谁要再借恒瑞祥的钱,就不用还那么高的利息了——要是他们还敢利滚利放高利贷,就会被抓去枪毙了。"子昂说,"恒瑞祥已经完蛋了,那郭掌柜过几天就要被法办了。"

欢颜听了子昂的话,一句话没说就又躺倒了。欢颜的心里本应高兴才对,可她不知为什么,就是高兴不起来。她想起柳振东在世时一家人为了还恒瑞祥的债所受的那些罪,想起柳振东几乎一天好日子没过过就走了……

二十八

这次划成分,余生家被划成了富农。当农会的人问起他的身世时,他隐瞒了自己是墨林的身世,隐瞒了他在河北保定安肃县的那段历史,农会的人也就无从得知孙老爷留给茂才的那些家底。

这日,农会的一伙人一大早又敲开余生家的门,让余生将一家老小集合到院子里,由几个农会的人看着,其他人分头进入窑和厦子里翻箱倒柜地搜,他们将搜出来的东西堆放到院子里,然后一起拉走。

一个农会的中年男人,进到西屋时,见几个板柜都上着锁,就把静文叫进去,让她将锁子打开。静文掏出钥匙,将几个板柜的锁子一一打开后,那个中年男人立即扑上去,揭开板柜盖,将里面的衣物一件件往出扔。突然,他在里面发现了几节绸缎,就把自己的上衣脱下,把那几节绸缎缠到自己腰上,然后再穿上自己的衣服大摇大摆地走出去。

家里的东西被农会的人这样反复弄走几次后就所剩无几了。每次农会的人来搜拿东西,静文都要上去挡,余生总是把她拉到一边,不让挡。农会的人走后,静文问公公:"你为啥不让我挡?"

余生说:"这事你挡不住,也不能挡!"

静文说:"要是他们把东西拿去分给大伙也行——可你没见他们都把东西拿到自己屋去了!"

余生当即训斥道:"那是个别人——这话以后可不敢乱说!"

刚开始,村里开批斗会,只是绑那两个地主,给他们的脖子上挂上牌牌,让他们站在众人面前接受批斗。后来,有人就出主意说,光几个地主站在那里显得太冷清,不如把富农也绑了去。有人反对说,党对富农的政策已经变了,富农是被团结的对象,他们的财产可以保留。农会领导不识字,对这事很为难,不知该听谁的,他想了想,说:"既是团结的对象,就说明他们现在还不行,还得接受咱们的教育。"他采取了一个折中的办法,村里再开批斗会时,余生和几个富农都被拉去站在地主的旁边接受"教育",但他们没有被绑,只在脖子上挂了个富农的牌牌。

没过几天,余生就病倒了。

欢颜知道后,马上让子昂拉着一辆车将自己和一点粮食拉到董家村。欢颜吃惊地发现,这才几天不见,余生竟突然老成了这样。他的腰弯着,脖子的皮松着,说话有气无力。欢颜劝余生:"这不还分给你地了么,孙膑和孙强也都成大小伙子了……打起精神来,指点娃们种地……带着一家老小好好过日子——人家能过,咱就也能过。"

余生却摆摆手,笑着打断欢颜的话,说:"你就甭给我宽心了,我能活到今天,已经很知足了。"

他下得炕来,坐到桌旁的椅子上,对静文和茂才说:"去,陪你子昂哥到你们窑里坐坐,喝点水,我有话要跟你妈说。"

静文他们出去后,余生却半天说不出话来。欢颜见他不住地用手指在眼镜后面抹眼泪,就劝道:"这咋还哭上了? 这可不像你呀!"

"颜,我是墨林,我是墨林呀!"余生颤着声说道。

"啊? 你说啥?"欢颜瞪圆了眼睛,"我不信,我不信——"头摇得跟拨浪鼓似的。这些年来,欢颜在余生一次次的否定和拒绝中,已经接受了余生不是墨林这件事了,可余生现在却突然说自己是墨林,这简直让欢颜无法接受,她觉得自己的心就像是余生手里的提线木偶,一会儿被他提上来,一会儿又被他放下去……欢颜半张着嘴,瞪圆了眼睛,不敢相信自己的耳朵。

"我是墨林,我就是墨林啊! 你早就觉察出来了,可我那时不能承认……"余生摘下眼镜,用衣袖擦掉脸上的泪,然后猫着腰瘸着腿颤颤巍巍走到欢颜跟前,"你好好看看我的这只眼睛!"

欢颜在余生那只没有疤痕牵拉的眼角,实实在在地看到了她的墨林。她被这似乎早就不是了秘密的秘密震惊得目瞪口呆一动不动。余生抬起他的左胳膊,撩起他的上衣,露出了他左腋下的那颗大痦子。

"天哪!"欢颜大叫一声,差点晕倒在地——几十年来,自己的墨林就在自己的眼皮底下,自己却一直在苦苦地等他、思他、念他。老天爷呀,你咋能这么作弄人!

欢颜的眼泪滚滚而出。

余生赶紧扶住欢颜,让她在椅子上坐稳。

欢颜缓缓站起来,把余生拉到屋门口,打开门,双手捧着余生的脸,重新仔仔细细看,边看边点头,边看边哭,嘴里自言自语着:"是墨林,真是墨林呀!"

余生用袖子给欢颜擦掉脸上的眼泪,然后再次把她扶到椅子上坐下。他转身颤颤巍巍关了屋门,又颤颤巍巍走过去,弯着腰抓住欢颜的双手,望着欢颜的眼睛,说:"我本不想给你说这事,可我最近总觉着自己的身子不美气——怕是老天爷真的要收我走了。我不能、不能把这个秘密带到棺材里去呀!"

"呸呸呸,不许你这么说——老天爷不会那么绝情,我们还没在一搭好好过日子哩……"欢颜突然就像个小姑娘,抽出被余生抓着的手,捂住余生的嘴,任性又气恼地说。

余生咧了咧嘴,脸上浮出一层温暖的笑,蓄在他眼睛里的眼泪吧嗒一下掉了下来,掉到欢颜的手上。

"你咋会变成这相?连声音也变了?"欢颜动情地问。

在那个秋日的上午,在余生和欢颜曾经一起生活过的那个院子的堂屋里,借着从窗户投射进来的柔和的光,余生给欢颜讲了一个长长的故事。

余生从他如何在赴京赶考的路上遇见吴炳义一直讲到他如何死里逃生回到了丰镇,他讲得波澜不惊,欢颜却听得心疼不止。她随着他的述说,一会儿瞪大眼睛半张着吃惊的嘴,一会儿又难过得唧唧地流眼泪。她在这张长满疤痕的脸上,渐渐看到了那个英气逼人儒雅仁义的墨林又真真切切地回到了她的面前。

余生说:"我除了一只眼睛还有点原来的样子,脸上的其他地方早已被疤痕替代。我的喉咙也在那场大火中被烫伤,声音早已不是了我原来的声音。因此,我戴着墨镜,遮挡住容易暴露我是墨林的这只眼睛……"

余生一直说着,中间,欢颜想说什么,却被余生摆手阻止了。

"我活下来、找回来,就是为了照顾你们——对我自己来说,变成这样子后,就已经死了……"

余生说完了。

"茂才妈和子传大都走了后,你咋还不说实情?"欢颜问。

"娃们都这么大了,还说这事又有啥意义?!再说,新政府正在把各家的财产登记造册,我也怕村里人知道我是墨林后就会往下追茂才的底细,那样,孙老爷留给茂才的那些家底全泡汤了不说,还很可能会闹出旁的事来。"

静文见时辰已经不早了,就站在窑门口对着堂屋说:"妈,已经过饭时了,我给咱做饭行不行?我大身子虚,不敢饿得时间太久!"

"你再等一会儿。"欢颜对着门外说。她转过头,又对余生说:"你等着我,我回去给子传媳妇说一声,把屋里安顿好,马上就回来伺候你。"

余生看着她,有些迟疑地点了点头。

子昂用车拉着母亲往回走的路上,母亲将余生就是他的亲生父亲墨林这件事告诉了他。开始他只是觉得有些不可思议，后来，就泪流不止。他想到了余生曾对他说过的那些话和做过的那些事以及余生带给他的那些关爱……像母亲一样，他也为自己的迟钝，没有早点发现余生就是亲生父亲墨林而感到内疚和悔恨。他拉着哭腔对母亲说："我本就姓董，是他的亲儿子，他现在身子不行了，我得给他养老送终……回去安顿好后，我就跟着你一起住到董家村去，也正好帮我妹子静文种种地、干干活。"

欢颜同意了。可等她安顿好家里，和子昂一起回到董家村时，墨林却已躺在炕上，进入弥留之际了。

墨林走时静文还小，对这个亲生父亲没有太多印象，现在得知这个躺在炕上命悬一线的公公竟是自己的亲生父亲墨林时，静文怎么也不敢相信，也接受不了。茂才也被这件事弄糊涂了，半天反应不过来。

墨林让茂才和孙膑他们都出去，只把静文留下来，给他交代后事："孙老爷留给茂才的家底，我都换成黄金，埋在新箍的最里面的那孔小窑与灶房挨着的那个窑腿子下面了。就是有人把咱屋挖地三尺，也挖不出那些金子来。咱屋有过钱，肯定遭人惦记，我不能把钱摆在明面上，就在堂屋的门槛底下，埋了些银圆，你要用钱了就去挖，那是我辛苦挣来的，没有一分一厘是黑心钱。那些金子你甭动它，那是孙老爷的钱，咱不动，新社会也不让动，一动，就会暴露茂才的底细……要是给茂才定了地主，可就没他的活头了！就是那些钱是孙老爷弄来的黑心钱，也与茂才无关，你用不着心虚，就让它埋在地底下，随缘去吧。茂才心实，我不能把这事说给他，但你要记住……"静文流着眼泪使劲点头。

他让静文把茂才叫进来，握住茂才的手说："不管到啥时候，你都不要说你姓孙，不要说你不是我儿……"

数日后，墨林在欢颜的注视下，握着欢颜的手咽了气。咽气时，他的脸上挂着幸福的笑。

埋墨林的时候，义林来了。他对欢颜说，哥哥墨林在病重前曾到他屋给他说："我不担心你嫂子，她有子传和子昂哩，屋里的成分也定得低。我只担心静文和茂才，屋里的成分定得高，茂才还有一些他父亲孙老爷留下的家底，怕早晚会被保定安肃县的人查过来。茂才木讷，静文又是个沉不住气的女人,你要处处替他们多操点心……"

欢颜看着义林,不知道该说点啥好。义林已老得不成样子,满口的牙几乎全掉光了,背已驼得像个虾米,可他还操着静文的心。这个可怜的男人,一辈子没儿没女,就连有女人伺候的家居日子也没过上几天。她对义林说:"儿孙自有儿孙福……你就甭替静文他们操心了,多操心操心你自己。一个人的饭不好做,往后,你就吃在静文屋……"

埋完墨林,欢颜和子昂回到丰镇。欢颜迅速老了下去,她干不动什么活了,每天除了做点饭,帮佩兰带带孩子,就是坐在梢门口的石蹾上,望着巷道发呆。

子昂每天收工后都要蹲在欢颜对面的地上,陪母亲一会儿。子昂的话本来就少,墨林去世后就更加少了,母亲不问,他就一句也不说,只蹲在母亲的对面,从褂子的口袋里掏出旱烟袋,装上廉价的烟丝,划燃洋火,吧嗒吧嗒闷声抽烟。抽过几口后,他就从嘴里拔出烟锅嘴抬头打量母亲,见母亲没啥异样就又垂下眼睛接着抽。他用大拇指不紧不慢地将散乱了的烟丝收拢到烟锅头中间,按一按,好似整个神情只专注在烟锅头上一般。烟锅上最后的一点火星熄灭后,他就在地上磕掉烟灰,起身扶着母亲回去。

二十九

当子传背着行李卷出现在县街道时,他发现街道上的人个个都喜气洋洋,精气神十足,新社会带来的新气象完全写在每个当家做主了的人的脸上。他加快脚步赶到学校,发现学校里也是一派欣欣向荣的气象。

就在子传驻足东张西望的时候,一只大手突然从他后面使劲拍了他一下,他转过头看,原来是他最要好的同学保才。保才的变化可真够大的,才一年多不见,个子一下子就蹿出去多半头。他的头发额茬子低,原来的头发总是遮着眼睛,现在却光溜溜地梳上去,梳成了个大背头,要不是他一笑,就露出了那对很深的酒窝和那口不整齐的黄牙,子传简直都认不出他了。

保才用他手里拿着的那卷纸敲打着子传的胳膊,两眼放着光说:"你这家伙,这么长时间不来学校,我还以为你不上学了!"

"唉,家里出了那么多事,哪有闲心出来上学啊!"子传苦笑一下说。

"出啥事了?"保才诧异地问。

"嗨,一言难尽……赶紧给我说说学校里的情况吧。"

子传中间休过几年学,年龄本来就比一般学生大,现在又结了婚还夭折了一个孩子,在人前就更加不好意思提说自己的那些事了。他跟着保才一边往宿舍走,一边听保才给他说学校里的事。刚复课时,学校的一切还维持原来的不变,很快新政府就颁布了新的教学制度和教学大纲,学校的名字也变了……

子传听着这些变化,感觉自己又与别的同学拉下了一大截距离,急得不得了。他报完道、安顿下住宿后,便一头扎进学业和各种社会活动里,想让自己尽快适应起学校的这些变化,赶上别的同学的步伐。因而,家里的事他便无暇顾及,更没有时间和精力回家看看。余生生病和去世他都未能回去,因为,"抗美援朝"开始了,他和同学们都忙着宣传"抗美援朝,保家卫国"。

入冬后,农活少了,佩兰便刁空为子传缝了一身厚棉衣准备送到学校去,她主要是想借送棉衣之机看看子传都在学校里干些啥,为啥这么久都不回来。欢颜却对佩兰说:"让你子昂哥给送去吧,你一个小脚女人,路上不保险。"佩兰心里不情愿,但却也不敢说啥。

天上落起了雪,早上起来屋门口的雪已积了厚厚的一层。欢颜站在窑门口,抬头看了看天,对子昂说:"看样子这雪今天是停不了了,你就先覂去县上送棉衣了。"

子昂也看了看天,说:"这天也干不成啥活,正好给子传送去——子传没身厚棉衣也不行啊!"

从丰镇去县城要翻两个深沟,子昂一步一滑整整走了一天,半路上还搭乘了一截人家的马车,在掌灯时分才赶到了县第一高级中学。经过打听,他找到了子传的教室。他发现旁的学生都戴着棉帽子穿着棉衣,唯独子传光着一颗大脑袋,穿着一身夹衣服,坐在座位上不停地哈手。

子昂正从门缝往里看,一个学生却开门出来。当他得知子昂是找子传时,就返身回去走到子传跟前悄声叫子传。子传抬头一看,发现是哥哥子昂,赶紧跑出来抓住哥哥的胳膊急切地问:"下这大的雪你咋来了？得是咱妈病了？"

"没有,没有——给你送棉衣来了。"子昂笑着说。

"太好了,你这可真是雪中送炭啊！"子传一边跺脚搓手,一边兴奋地说。

"你走时,咱妈不是给你带了一身薄棉衣吗,咋还穿着夹衣？"子昂问。

子传急不可耐地将哥哥肩上的褡裢接过来,打开里面的袄袄,拿出棉衣往身上套,随口说了声:"卖了。"

"卖了？"子昂吃惊地问。

"嗯,卖的钱支援'抗美援朝'了。"

"你个瓜子……卖了就赶紧回来再拿呀,我要不给你送,你就准备这么过冬呀？"子昂嗔怪道。

"这比朝鲜战场上那些战士好得多哩！"子传说。套上哥哥送来的棉衣棉裤后,子传顿时感到全身暖和了许多。

"我参加了话剧社,正忙着排话剧哩……排好了,就上街去演,宣传'抗美援朝,保家卫国'。"子传对哥哥说。自从加入话剧社后,课余时间,他基本都在编写剧本、排练话剧。

弟兄俩几个月不见,子传有好多话要问哥哥。他和哥哥挤在自己的铺位上,合盖着一床被子,一直聊到下晚自习别的同学回来。

学校不断有学生报名参军,去"抗美援朝"前线。子传好几次都站在征兵报名的队伍里了,却因为顾念母亲而退了出来——母亲已是风烛残年,为了不让自己和两个哥哥被抓壮丁,她曾和父亲借了恒瑞祥的印子钱,为了还恒瑞祥的印子钱,母亲和父亲几乎没过过一天轻松日子。如今父亲已经过世,墨林也不在了,母亲的世界除了自己弟兄几个就什么也没有了。哥哥子昂没给董家留下一儿半女,自己也没给柳家留下一个儿子,母亲要是知道自己报名去了前线,一急之下还不得要了她的命?

从小到大,子传都是那种爱出风头、不甘寂寞落后的人,现在看着别的同学一个个都去了前线,自己却像个缩头乌龟似的还待在学校里搞什么宣传,心里就觉得十分不美气。那段时间,他像被霜打了一样,没有一点朝气,上课不再积极发言,下了课,也总是顺着墙根溜。他羞于站到台上演出,羞于见老师同学。来年秋天,子传就再也缩不下去了,他一咬牙一跺脚,又站到了参军报名的队伍里,瞒着母亲报了名。

保才一听子传报了名,也马上跑到报名处,说自己要和子传一搭到前线去。他们的报名很快就被批准了。征兵的人把他俩引到一个特制的大铁环旁,让他们先后进入铁环里进行旋转测试。铁环越转越快,转着转着突然停下来……从铁环里出来时,子传吐天吐地,晕得站不住脚,而保才却跟没事人一样。于是保才当了空军,子传被分配到炮兵部队,当了随军宣传员。

分手时,保才对子传说:"咱们战场上见,我在你头上替你做开路先锋,替你保驾护航!"

子传则递给保才一张纸条,望着保才的眼睛十分严肃地说:"不破楼兰终不还!"

保才打开子传给他的那页纸,只见上面写的是王昌龄的那首诗《出塞》:

青海长云暗雪山,孤城遥望玉门关。

黄沙百战穿金甲,不破楼兰终不还。

大概是写的时候太激动,子传写的那几行字潦草、有力、狂放。保才本来还嘻嘻哈哈,看完子传抄的诗,顿时就眼睛一热,眼眶里蓄满了泪……

子传和保才互相紧紧地拥抱了对方后,就被不同的部队领着走了。他们被带到不同的地方,接受新兵军事训练。

入冬没多久,子传所在的部队突然接到命令,让他们赶赴前线。接到命令后,子传和战友们被军用卡车连夜拉到西安,在西安没有停歇,就换乘上闷罐火车走了。他们坐在闷罐车里,紧张、兴奋、害怕的情绪紧紧地包裹着每一个人。他们谁也不说话,子传只能听见自己的心跳声和车轮碾压车轨所发出的咣当咣当声。随着这咣当咣当声的持续,紧张、兴奋、害怕的情绪渐渐消减,瞌睡也渐渐袭来,子传和战友们很快都进入了梦乡。

当闷罐车停下来,子传和战友们从车上下车后,才知道已经到了辽宁丹东。坐在丹东火车站候车室等待上边命令的时候,远处传来了一阵紧似一阵的防空警报声,紧接着,一道又一道的命令也跟着传了下来……

当晚,他们就登上了另一列闷罐车,连夜出发了,车里还装着随行的物资装备。子传和几个战友藏在一堆粮食中间,被告知不许发出任何声音。车厢里漆黑一团,啥也看不见,除了车外那滚滚的车轮声再也听不见其他任何声音。子传只能根据越来越低的气温判断,他们这是在一路向北行进,估计已进入了朝鲜境内,心想,不知前面正有什么危险在等着自己和战友们,他既感到害怕,又感到激动。

不知过了多久,闷罐车终于停了,子传他们终于能活动身子下车了。可他们的腿却都酸麻得动不了。子传用双手使劲捏腿,然后才慢慢站起来挪到车门口。

车外漆黑一片,借着天光,子传可以看见四野的积雪。他下得车,一脚踩下去,积雪竟没过了他的膝盖。

子传他们被命令在雪地里就地休息过夜,不许生火,等待天亮。

天亮后,子传和战友们才得以转去营地。

到营地时,大家的双脚都已被冻得又红又肿,子传脚上的靴子已脱不下来。等他忍着疼费劲将靴子脱下来,准备去火炉旁烤火时,却被身后的一个声音阻止住了:"可不敢烤火,那样脚可就掉了!"

这不是善堂的声音吗? 子传惊喜地转过头看——果然是善堂! 他刚从外面进来。

善堂一看这个新兵蛋子竟是子传,顿时就扑了过来,大呼小叫着抱住子传使劲拍打他的后背:"嗨,咋会是你嘛!"

善堂是子传小时候的玩伴,子传曾学着《三国演义》里刘、关、张的"桃园三结义",在村西头的空地上,在摆起来的胡基疙瘩上,摆酒、插香与善堂和良明拜过把子,结为兄弟。后来,子传去了县城念书,善堂和良明继续在镇上种地。善堂家境富裕,却死活不愿意念书,良明爱念书,家境却贫寒,念不起。他俩都在镇上,互相见面的机会比子传多。壶山那仗后的第二年,解放军在镇上征兵,良明和善堂就相约着一起报了名。他们都被安排当了炮兵,分在同一个部队却不在同一个连。抗美援朝打响后,他俩又同时随部队进入朝鲜参战。战争虽然艰苦,但他俩却能时不时见上一面,这对他俩来说,都是莫大的安慰。

当下,善堂松开子传,说:"你站着甭动……等我回来。"他顾不上与子传叙旧,从营地里找到一个洗脸盆,在道旁的积雪处弄了盆雪,端到子传跟前。善堂让子传坐到凳子上,自己则蹲在地上抓起一把雪使劲给子传搓脚。趁着善堂给自己搓脚的工夫,子传忍着疼,给善堂断断续续讲了自己参军的经过。末了,他看着满身泥土又黑又瘦的善堂,问道:"三弟呢? 没跟你在一起?"

子传问的三弟就是他们的结拜兄弟良明。善堂一听子传问良明,顿时脸上的表情就凝重起来,低下头半天不说话。子传见状,马上意识到良明可能出事了,他催促道:"你咋不说话? 是不是三弟出事了?"善堂这才声音低沉地给子传说了下面这些事。

善堂和良明所在的炮兵部队到朝鲜后,便被部署在离三八线不到一千米的一个小山坡上驻守。刚去时一切还好,进入冬天后,情况就变得非常糟糕。敌军的飞机每天都在头上盘旋,炸弹随时都会从天上掉下来炸断他们的运输线。他们渴了,就抓把雪止渴,饿了就吃压缩饼干充饥。

有一次,敌机轰炸后,善堂走出防空洞,发现拉大炮的牛马已被炸得身首异处。良明他们连防空洞上的掩体已被炸碎,滚落的土石压塌了防空洞口,堵住了防空洞。

善堂他们连的人赶紧跑过去挖洞口救人。他们的工具实在太简陋了,等他们拼尽全力挖开洞口,将良明他们连的战友抬出来时,全连的人都已因缺氧太久而牺牲了。

尸体一具一具,在洞外摆出去很长很长。善堂号叫着"三弟、三弟",在那些尸体里找良明,等他找到良明时,良明的全身已经凉了……

从后勤领来包裹战友尸体的白布显然不够用,领导只好发话,能包多少包多少,尽快将这些战友的尸体掩埋了。善堂见此情景,立马从发白布人的手里抢过一块白布,跨过几十个战友的尸体来到他的三弟良明跟前,将良明包好。他想,早晚有一天,自己也会像三弟一样,被埋在这个小山坡上,这可能是自己能为三弟所做的最后一件事了。

善堂不说了,子传忙问:"那后来呢?你怎么到了这里?"

"撤下来,休整!"善堂说。他接着给子传讲了下面这个故事。

良明牺牲后,善堂变得沉默寡言,他突然将生死看得很淡,连里凡有危险的任务,他都会争着抢着去,一心要为良明复仇。

一次,在前沿进行例行侦查时,善堂发现在他们炮兵连的射程范围内有一个美军坦克连正隐藏在对面的树林后面。他背着火炮观察仪匍匐前行,一直深入到离美军阵地几百米处,敌军叽里呱啦的对话声已能隐约听到了,他才停了下来。

他仔细观察,查清了对方坦克和汽车的数量和位置后,就用步话机将这一情况报告给了连部,请求他们马上进行火炮突袭。

连长考虑到善堂离对方阵地太近,有危险,便命令他先撤离出来再说。但善堂坚决不撤,强烈要求连长下令开火,不要贻误战机。他说自己在这里可以就近观察弹着点,实时将修正的射击诸元报告回去,指引火炮精准打击对方,使对方没有喘息的机会……否则,对方一旦发现他们,进行反击,善堂他们的火力根本就无法与对方对抗,那样的话,炮兵班和几十米外的步兵就都会遭受灭顶之灾。

连长将情况报告给上级。上级采纳了善堂的请求,下令立即开火。刹那间,善堂他们连阵地上的数门火炮齐发,对方的坦克、指挥车、油料车纷纷中弹,阵地上顿时火光冲天,浓烟滚滚。数分钟的火力打击,摧毁了对方一个整建制的坦克连,打得他们的阵地一片狼藉,毫无反击之力。

善堂受了伤,却无生命危险。他告别了善堂,子传反身回到宿舍,拿出随身携带的采访记录本,满怀激情地把良明和善堂的英雄事迹编写出一个快板书,在他们这批刚入朝参战的部队中宣传。

三十

　　放寒假时,子传没从学校回来,过年时,子传还没回来,欢颜就日日站在梢门口顶着寒风往巷子的西头张望。子昂见母亲这样,就撒谎对母亲说:"子传叫人捎话来说,学校要搞募捐演出,他忙得很,过年就不回来了……过段时间忙完了,就回来看你。"

　　子昂没想到,母亲却说:"你甭哄我了,他肯定是背着我当兵打仗去了。这号事,咋少得了他?!"

　　子昂忙说:"他要真去,咋也会回来给你说一声。你不点头,他哪敢自作主张? 你就甭胡思乱想了!"

　　欢颜打断子昂的话,说:"甭给我宽心了。唉,儿大不由娘啊! 他这一去,还不知道能不能回来。往后他媳妇和两个女子的事,你要多替他操心哩!"

　　子昂点点头,没再说啥。

　　过完年,欢颜仍经常拄着拐杖立在梢门口往巷子的西面张望。凛冽的寒风吹着她那单薄的身子和苍老的脸,让人看着都心疼。村人看见了,都劝她回去,说:"你老又等子传呀? 风太大了,赶紧回去吧!"

　　欢颜摇摇头,一句话也不说,除了那飘动在西北风中的丝丝白发,整个人一动不动,像一尊庄严又慈祥的神像。

　　子传他们入朝时战争已处于胶着状态,敌我双方一面在三八线上的板门店谈判,一面在战场上打打停停。子传在积极写稿、跟随宣传队在阵地上进行宣传外,还经常参与伤员的救护工作。他经见过母亲救治红霞的整个过程,也经见过母亲经常给家人和邻里处理一些小病小伤,因此,耳濡目染,他也会了一些医疗救护方法。

　　子传在阵地上不知疲倦地为伤员清理伤口、止血包扎,在枪林弹雨中跑来跑去搬运伤员,比那些经过短期培训的卫生员还要得力。他的事迹被卫生队的领导反映了上去,得到了上级的表扬。

　　半年多后,敌我双方签署了停战协定,子传便随着自己的部队回到了登城县。由于他表现突出,部队安排他转业到登城县宣传部当部长,可子传谢绝了,他对找他谈话的领导说:"我还是想上医学院,了却我妈的一桩心愿!"于是,组织上保送他上了西北医学院。

子传去西北医学院报到前先回了趟家。一进后槐院,他就远远地看见了坐在梢门口石蹾上的母亲。他奔过去,抱住母亲,喜极而泣。欢颜颤抖着她那苍老的手,抚摸着子传的大脑袋,说:"回来了就好! 回来了就好!"没有一句抱怨指责的话。

她抬头对着天长叹一声,说:"老天爷呀,你终于开了一回眼!"

善堂也复员回到了登城县,他被安排在组织部,当了部长。从此,良明家就成了子传和善堂两兄弟撞见最多的地方。他们一直接济着三弟良明的父母,善堂后来还把良明的一个弟弟安排在了县粮食局工作。而子传,只要回镇上,就会去良明家看望他的父母。良明的父亲有哮喘病,子传每次回来都会给他从医院里买些药送去。

保才一直没有下落,直到一年后,子传才在县上的抗美援朝烈士名单里看到了保才的名字。

子传已经是三十好几的人了,他成了西北医学院里全年级年龄最大的学生,也是全年级最用功的学生。经历了那么多事后,他对生命有了更深的认识,对生命的尊重也到了无以复加的地步。很快,他的品学兼优在整个医学院里就摇了铃①。

五年的医学院学习转眼就过去了,子传被分配到武汉铁路部门的一家医院工作。就在他兴冲冲准备将母亲和一家老小接到武汉过几天轻松日子的时候,却突然收到了哥哥子昂发来的电报——"母亲病危,速回。"

---

① 当地方言,尽人皆知。

三十一

子传从朝鲜前线回来时,佩兰给他生的二女儿迎迎已经快一岁了。欢颜给这个孙女取名迎迎是希望她能迎来一个弟弟,也是希望迎回父亲子传。

子传从前线回来后的第三年春上,佩兰给他生了第三个女儿——真真。

翠翠、迎迎、真真出生时,子传都不在身边,都是欢颜亲自为佩兰接的生,女儿们的名字也都是欢颜所起。

从前线回来后,子传上了医学院,每年只有寒暑假才能回来几天,其他时候都待在学校。因而,他对女儿们没有什么印象,女儿们也都跟他不亲,见他进门就往祖母身后躲,好像屋里闯入了个外人。

三个女儿的年龄相差不远,生了迎迎,佩兰就把翠翠交给婆婆带。生了真真,佩兰就把迎迎也交给婆婆。这样一来,子传几个孩子小时候的启蒙教育就全都来自欢颜。

真真出生那年,翠翠已经上小学。欢颜识不了几个字,却把念书识字看得比啥都重。她经常会想起她陪着墨林夜读的那些时光,那是她这一生中最幸福的一段日子。那时,她就想,要是自己能认识像墨林一样多的字该有多好。那时她也想,她的后人,一定要让念书,不管他们是男是女。现在,翠翠上学了,欢颜就经常让翠翠引着比她小两岁的妹妹迎迎一起去学校。她让翠翠搬个小板凳放在身边,让妹妹迎迎坐上去听课。她对迎迎说:"去吧,能听多少是多少,总比待在屋里强。"

起初老师不同意,后来见迎迎很安静,并不影响其他学生听课,也就允许了。

迎迎很聪明,比翠翠班上的很多学生还学得快,老师便给她单独安排了一个座位,让她成了班里的正式生。

晚上,佩兰带着真真在厦子里睡觉,翠翠和迎迎一左一右挤在堂屋炕上祖母的两边,听祖母前三十年后四十年讲古经。欢颜用她那没牙的嘴一个古经接一个古经讲,讲到戏文时,还会随口哼唱上几句。她最爱唱的是《柜中缘》里许翠莲唱的那一段。她经常说:"这都是我小时候在娘家看戏时听来的……嫁到董家后就再没看过戏……到了柳家,就更没时间看戏了——"

这天晚上熄灯后,翠翠又让祖母讲古经,迎迎却说:"唱戏、唱戏。"

欢颜清了清嗓子,唱道:"……许翠莲来好羞惭,悔不该门外做针线。相公进门人瞧见,难免得背后说闲言。说奴长来道奴短,谁人替我辩屈冤。这才是手不逗红红自染,蚕做茧儿把自己拴。"

欢颜的气显然不够用了,她一唱三歇,唱得断断续续,一段唱词没唱完,就不唱了,说:"唉,气不够用了,还是给你们说古经吧。"

"好!"翠翠说。

欢颜便开始一段古经接一段古经地说:"……树上喜鹊叫喳喳,左眼跳得扑塌塌。黄狗黄狗你卧下,媒人媒人你坐下。叫我给咱烧茶……炒芝麻,吃饱喝够再说话……你大伯,你听着:咱娃没长下……十七八,拿不了钥匙当不了家……千万给寻……个好阿家……"

欢颜说得断断续续,越说气越短,说着说着,情绪就低落下来,她想起了墨林。而翠翠的眼泪也悄悄地流了下来。祖母真的老了,可祖母怎么会老了呢?她想不通,也接受不了。

欢颜的记性已经不好了,许多古经她已讲了很多遍可她却全然不知。翠翠爱祖母,胜过世上的任何人,祖母讲过许多遍的古经她依然当第一回听。

欢颜每次讲完都会长叹一声说:"唉,你们赶上好时候了,女子娃也能念书!"

她也会说:"我那时要是能念书,兴许……"后面的话,她从来都没说出口。翠翠长大后总在想祖母一直没说出口的那半句话,可她却一直也没想出个让自己满意的答案来。

一天傍晚,欢颜仍像往常一样,盘腿坐在梢门口的石蹾上望着巷子东面的入口处发呆。突然,一匹体形高大的白马从巷口进来,马背上还坐着一个人。那人身着紫色长袍,头戴一顶紫色官帽,胸前别着一朵大红花。巷道的路长年累月被人畜在雨雪天踩出很多深深浅浅的坑,只见那匹马高一蹄、低一蹄地缓缓过来,马背上的人也随着马的晃动上下颠簸着。夕阳的余晖映在这一马一人的身上,使他们看上去金灿灿的好似发着光。

"这不是墨林么!"欢颜惊喜地自言自语道。她想看清墨林的脸却怎么也看不清,看到的只是没有鼻眼模糊的一片。她使劲揉了揉眼睛,她看东西早已一日不如一日清楚了,眼前总好似罩着一层雾怎么揉也揉不开。现在,这层雾就更浓更厚了。

看不清墨林的脸,急得欢颜直哆嗦。她只好从石蹾上出溜下来,迈着一双小脚迎着墨林颤颤巍巍走过去。

"妈——"一声惊叫从身后传来,欢颜晃晃悠悠站住脚,然后缓缓地回过头去看,是子昂正扛着一把锄头从巷子的西头过来。即将退去的晚霞从子昂的身后照过来,使子昂在欢颜的眼里呈现出一个瘦削的模糊的剪影。欢颜没搭理他,缓缓调转头,去寻墨林,却发现墨林和那匹白马已消失不见了。

子昂感到纳闷:母亲腿脚不好,已有很多年离不开拐拐了,现在却把拐拐撇在石蹾旁边空手走出去那么远,一定是出啥事了!他赶紧放下锄头跑过去扶母亲。

"妈,你这是咋咧?咋不拄上拐拐?"子昂急切地问。

欢颜摇摇头,不说话。她呆呆地望着巷子的东头,目光顿时变得空洞而凝滞。

子昂把母亲搀扶回家后母亲就病倒了。她先是两眼发直口角淌水,很快就人事不省。子昂急忙跑去请升明。升明进门时,已是掌灯时分,他端过油灯,掰开欢颜的眼睛看了看,然后就开始号脉、搬胳膊抬腿,最后在欢颜的身上扎了很多银针……欢颜一直纹丝未动。

拔针时升明对子昂说:"怕是中风了——后半夜要是能醒来就还有救,如若醒不来——"他顿了顿,叹口气说,"恐怕就要准备后事了!"

第二天早晨,欢颜仍是人事不省,到了后晌就开始一口一口地捯气了,有时甚至半天都捯不上一口来。

阴历七月中旬的空气干热得能点着火,闻讯赶来的静文握着母亲的手,心里说不出的难过。母亲的手除了骨头和青筋便是一层松弛干巴的皮。她对哥哥子昂说:"看样子咱妈是过不来了——"话没说完,大颗大颗的眼泪就砸了下来。

子昂一听,悲伤地将头扭向旁边。

"天热成这样,人一咽气,可就在屋里停不住了——咱得准备后事呀。"静文艰难地开口提醒哥哥子昂。

静文让佩兰把母亲的老衣①从窑后头的板柜里取出来——这些老衣是埋完墨林后欢颜为自己亲手预备好的。缝这些老衣时,子昂经常会在母亲的脸上看到那种幸福的笑,这笑,含着一点小姑娘般的娇羞。每年六月,欢颜都会将这些老衣拿出来晾晒,每次晾晒时,她都会痴痴地站在晾衣服的绳子前看着它们发呆,晾晒完后,她还会将它们穿在身上,在镜子里细细端详……

当下,静文把外套、内衣,单的、夹的、棉的——母亲的老衣一层一层套在自己身上,然后再一起脱下来叠放到炕头,准备等母亲一咽气就给她换上。

那夜,欢颜没有咽气,她仍在一圈亲人的注视下有一口没一口地捯气。

子传接到电报后,连夜就往回赶,等他踏进家门时已是第四天中午。当他风尘仆仆赶到家握住母亲的手俯身去看母亲的时候,奇迹却出现了——母亲的呼吸突然匀了,没过多久,她竟慢慢地睁开了眼睛。她那迷茫的眼光缓缓地从每一位亲人的脸上划过,最后落在炕南墙上那个不大不小的窗口。她张了张嘴,吃力地说:"我看见墨林了……他骑着一匹大白马接我来了……"说罢脸上浮出一抹不易察觉的红晕。

"去,给我把……子常和浩浩叫来……"欢颜用虚弱的声音说。

子常一听母亲叫他,没穿鞋就和浩然跑了过来。欢颜看了看子常和浩然,又扫视了周围的儿孙们一眼,说:"你们要记住……到啥时候……都要好好活人!"

子常当即哭出了声,说:"妈,我不是人——是我对不住你,对不住我狗剩叔……"

---

① 当地方言,寿衣。

“耍哭了——知道了就好！”

欢颜的目光慢慢灵活起来，说话也渐渐有了气力。她让大家把她扶起来靠着被子斜躺下，然后缓缓地说：“那年入秋后的一天，天气很闷热，我在我大哥的慈济堂里看我大哥给人看病……”

“妈，你大病一场，身子还虚着，不能多说话，等身子好了再说。”子传打断母亲说。可欢颜就像没听见他的话似的照样自顾自地说着。起初她还看着大家，后来她就散乱了目光，直愣愣地看着前面一个空洞洞的地方，好似看着那遥远的过去，看着过去的那些日子。

“……他的眼睛那么亮，一笑，嘴两边就有两道浅浅的纹；他的牙那么白，一笑就瓷白瓷白地露出来……我一看就认出他是谁了，他就是我在壶山上看戏时，一把扶住我，没让我跌倒的那个小伙子……”

欢颜说着说着，口气就发生了变化，好似看见了墨林，好似在对墨林说。

“……唉，你这一把，不光抓住了我的人，还抓住了我的魂，从山上回来后，我的魂就一直都不在我身上，被你抓走了……我们‘八字不合’，义林说我是‘扫帚星’，你偏偏不信，偏偏要把我娶进门。我那时就想，世上咋会有这么好的男人，还让我给摊上了……那时候，我天天晚上睡觉前都要跪在炕上给老天爷磕头，感谢老天爷……每天晚上你坐在灯下念书，灯苗在你眼前晃悠，你的脸就在灯光里晃悠，我远远地看着你，觉得你简直就是从书里走出来的人，就是我在厦子里听我哥念书时，我哥念的那些书里面说的人。我看着你，眼睛都不敢眨一下，生怕一不留神再把你给弄丢了……这辈子我不悔，你得是悔了？唉，也是，你要不把我娶进门，兴许咱们的怡儿就不会那么被人活埋了，咱妈也就不会喝那么多老鼠药一句话也没留下就走了，双喜娃也不会这么一辈子活得可可怜怜，你也就不会变成这相……可你仔细想一想，你也没白娶我，娶了我，你中了秀才，还中了举人……唉，要是我不让你去京城考啥进士就好了！可要是不让你去，你这辈子甘心吗？你不甘心！我知道，你不会甘心……唉，世间的事就是这样，不如意的十里有九……凡事都有定数，任你咋折腾，都逃不脱……”

欢颜整整说了一下午，像要把一辈子没说过的话一次说完，直到晚霞的最后一抹余光从院子的东墙上消失,屋子里的光线迅速暗淡,她才停了下来。期间静文与佩兰给她和了白糖水让她喝、做了鸡蛋拉麦让她吃,都被她摇头拒绝了。

多年以后,当子传那也学了医的三女儿真真想起这一幕时才恍然明白,祖母当年不吃不喝数日,就是要备下一副干净的身子去见她的墨林!

"都要忙乎了……我这就走呀!"欢颜闭着眼歇过一会儿后突然幽幽地说。她睁开眼睛,慢慢地抬起双臂,用两只爆满粗筋的手将头发往后拢了拢,吩咐道:"给我弄盆热水,把我的身子擦洗干净,再把老衣给我换上……"

大家你看看我,我看看你,瓷在那里半天都不动弹。还是子传先反应过来,他对静文和佩兰说:"就按咱妈说的办吧!"

静文与佩兰又立即忙作了一团。等她们从头到脚给欢颜全部擦洗完,把老衣换上,把头发梳理好,她就直挺挺地躺在炕上不动了。

她缓缓地闭上眼睛,用没牙的嘴"噗""噗"地吹着气,越吹越慢、越吹越弱,吹着吹着就不吹了……

欢颜咽气后,家人哭着在炕前的地上烧纸。虽然屋内没有一丝风,那堆灰烬却突然团在一起,飘了起来,在空荡荡的窑顶盘旋、飞舞,然后顺着敞开的屋门飘了出去,越飘越高,越飘越远,最后跃过院墙消失了。于是就有人认定,欢颜的魂附在那团灰烬上飘出去升天了。

"欢颜升天了!"这消息迅即在镇子上传开,有人说:"我就说么,那欢颜整日盘坐在梢门口的石蹾上,已经快坐成一尊佛了。"

"这是佛要归位去呀?!"

子昂默默地走出堂屋,他要将厦子的门板卸下一扇来停放母亲。门板上的一根刺扎进了他的手指,他用另一只手摸索着寻找手上的那根刺,眼泪再一次流了出来。他蹲在厦子的地上用手捂着脸号啕大哭,那声音粗犷低沉,如同山呼海啸。

欢颜被停放在堂屋的后头,一个上好的灵堂很快就被粘贴搭建好。这个灵堂是欢颜前几天亲手为自己铰制的。那天早上,子昂和佩兰出工,翠翠领着迎迎去东街的学校上学,他们都走后,欢颜便从炕席底下摸出一卷包在手帕里的钱揣到衣兜里,拄着拐拐引着真真到街上的商店里买白纸。

商店里的售货员看她买了那么多白纸,还牵着那么小的一个孙女,怕她拿不动,就给她送了回来。

欢颜坐在炕上,就着从窗户里照进来的太阳光整整铰了一天。佩兰中午从地里回来,问她谁家要埋人了? 她没理,只自顾自地铰。"你眼睛不好,这都好几年不给人铰了,咋突然又铰上了? 要再给人家铰坏了!"佩兰说。

"我给我铰哩。"欢颜头也不抬地说。

"你老还硬朗着哩,哪用得着这东西。"佩兰愣了一下,说。佩兰想,婆婆为别人铰了一辈子灵堂,没人不夸她的手艺好,如今趁着眼睛还勉强能看见,为自己备下一幅好灵堂也是情理之中的事,可佩兰没想到,这个灵堂竟这么快就派上了用场。

风水先生来看风水确定墓穴方位的时候,静文的脑子里闪过一个念头:求哥哥和弟弟同意,把母亲葬回董家村,与生父墨林葬在一起。可这念头刚一闪出就被她自己打消了。她想起了柳振东,想起了那个曾给过她全部的父爱、对母亲一辈子言听计从疼爱有加的男人。她也想起了婆婆马玉芳,到了现在,她才意识到,婆婆马玉芳其实也是个可怜女人,她跟了自己的父亲墨林几十年,却被父亲蒙在鼓里几十年,不知道他的真实底细。她当然也想起了父亲墨林临终前交代给她的那些话——要他们守住余生就是墨林这个秘密……

欢颜下葬那天,柳家的院子和街巷里都挤满了吊孝和看热闹的人。她的后人们披麻戴孝,跪在灵前或醒目地穿梭忙碌于人群中。人们在这些穿孝服的人里,看见了子常和淑敏忙碌的身影。

在乡下,像欢颜这个年龄过世已属喜丧,因此,这一日,无论是端盘子上菜的后生还是灶间烧火做饭的女人的脸上,都没有太多的悲伤。一些跪在地上哭丧的女人放下头上的眼罩,用自家纺织的格子布手绢捂在嘴上干哭,边哭边诉说着欢颜的可怜和她们的不舍。那拉长的、婉转有调的哭腔加上絮絮叨叨的念词,更像是在唱戏,在被人上前往起搀扶时,那哭声就会像戏匣子突然被关掉了开关一样戛然而止。然而,她们毕竟或多或少地得到过欢颜的帮助,她们中的一些人在一遍遍念着欢颜的好的同时,也一遍遍地惋惜着一个好女人就这么走了。她们也会自然而然地联想到自己,想到伤心处,也会流下一串真实的眼泪来。

子传叫了十口乐人,在院子的一角摆上两张条桌,唱了几天几夜的戏,下葬这天更是唢呐声、锣鼓声不断。乐队的人被村人里三层、外三层围得透不过气,头上的汗一道道顺着两颊流下来,使整个汗夹都浸在汗水里,但他们吹拉弹唱得依然十分卖力。

亲戚朋友和邻居们,按着辈分长幼、关系远近依次上前磕头祭奠,乐人们会依照他们点的戏一出又一出地唱。轮到静文祭奠的时候,乐人唱了《女祭灵》,那悲情的唱腔和着唢呐那"呜呜咽咽"的哀鸣,惹得原本就哭得声嘶力竭的静文更是大放悲声。

入殓前,欢颜的后人们和众亲戚围绕着棺木转了一圈,与欢颜做最后告别。翠翠突然"婆——婆——"哭喊着扑倒在欢颜身上。那一声声痛彻心扉的呼唤,瞬间刺痛了所有亲朋的心,引起一片号啕。

翠翠轻轻抬起祖母的左手,慢慢地从祖母的手腕上退下那只锡纸镯子,然后缓缓地戴到了自己的手腕上。

欢颜从小不愁吃穿,但嫁到柳家后,日子却一直过得清苦,柳振东根本没闲钱给爱美的她买首饰。镇上过部队那些年,欢颜收集了许多纸烟盒里的锡纸,整整装了一大瓮,她让柳振东把这些锡纸拿出去找匠人给她打成了这只镯子戴在手上,而且自从戴上后就没再取下来过。这是她嫁到柳家后唯一有过的首饰,也是她能从这个人世上带走的唯一首饰。

"翠翠你弄啥呀?"母亲佩兰阻止翠翠说。

"让翠翠戴上吧,给娃留个作念。"静文拦了佩兰道。

多年以后,当翠翠从一所知名大学的物理系毕业时,她抚摸着手腕上的镯子说:"婆,我大学毕业了!"瞬间,泪水溢满了眼眶。

葬完欢颜的当天夜里,天上打雷又闪电,下了入夏以来的第一场瓢泼大雨,直到第二天早上,雨还没有停。

一个二十来岁的青年搀扶着一个四十多岁的大脚女人从雨里跑过来。他们敲响了柳家的梢门。

来开门的是子昂,他在瞬间的愣神后便认出了眼前这个女人。他张了张嘴,却一句话也没说出来。女人见状,当即就知道了眼前这个已经佝偻了身子、满脸皱纹的人就是子昂。

他们就这样静静地对望着,彼此都说不出一句话。站在一旁已经淋成落汤鸡的青年见状,马上瞪着他那双明亮的单眼皮的眼睛,用不太顺流的当地方言问女人道:"妈,这就是我大,对吧?"

女人重重地点了点头。

子昂将一双惊愕的目光转向青年,两股眼泪顿时就像决堤的洪水和着雨水哗哗地流了下来。

青年扑上去,紧紧地抱住子昂,少顷,他又伸出一只胳膊抱住了母亲。

子昂越过儿子的肩膀,将目光移向梢门口的那个石礅,他想把这天大的喜讯告诉给母亲,可那里,空空如也。他缓缓地仰起头,看天,母亲或许就在天上,正微笑着注视着自己这一家三口。

雨,突然停了,天边出现了一道美丽的彩虹,那彩虹七彩的光映在子昂一家三口的眸子里,也映在他们的心上。

2016 年 6 月 11 日至 2017 年 2 月 12 日,北京、西安阎良、三亚,第一稿

2020 年 4 月 5 日至 2020 年 8 月 20 日,北京,第二稿

2020 年 10 月 3 日至 2020 年 10 月 20 日,北京,第三稿

2020 年 11 月 4 日至 2020 年 12 月 6 日,三亚,第四稿

2020 年 11 月 24 日至 2021 年 1 月 18 日,北京,第五稿

2021 年 2 月 24 日至 2021 年 3 月 28 日,北京,第六稿

后记

　　2016 年春的一天中午,我躺在床上和远在咸阳的大姐秋香电话聊天,不知怎么我们又聊到了祖母——聊祖母的为人,聊祖母对我们的种种好,聊祖母对我们的影响……大姐说,她常常坐在沙发上想祖母想到心疼,想到泪流不止——那时,祖母已辞世三十五年了。

　　我们的祖母姓姬,像中国乡村所有的女人一样,她曾被社会和家庭贴上配角、附属的标签,没有地位,没有发言权。但她却以她的善良、聪慧、隐忍、博爱,以柔克刚,化解了生活中一个又一个的难题,战胜了一个又一个的苦难,辅佐、教育、影响了我们刘家几代人。回望历史,无论从哪个角度看,祖母都不应只是生活的配角、家族命运的配角,都应在家族历史中留下浓墨重彩的一笔。

　　挂断电话,我的脑子里突然闪过一个念头——把祖母写下来!在我看来,祖母的故事就是一笔弥足珍贵的文化遗产,它能让我们的子孙后代看清自己的来路,也能指引着他们朝着光明美好的方向前行。我迅速从床上爬起来,在桌上的一页纸上写下了两个带书名号的字——《姬氏》。一部长篇小说的种子就这样种进了我的脑子,并开始迅速发芽、生长。

　　初稿的创作便是以《姬氏》为书名,以我的祖母为原型,以我们刘家家族命运的重大变化为主要线索,以我的故乡陕西省渭南市澄城县冯原镇为活动场所和生活、文化背景,展开虚虚实实的叙事。我几乎每天都要和大姐通电话,从她那里获取素材,倾听她对写作的意见和建议。我也会时不时地与工作生活在老家澄城县县城的表哥张刘贵通电话,向他了解当地的历史和风俗习惯。表哥是那种固守着传统的现代人,他在与我电话交流之余还搜寻到了秦尚谦主编的《澄城风情》、澄城县委宣传部主编的《六十年风云》、澄城县志编撰委员会主编的《澄城县志》等几本有关当地历史文化的参考书寄给我,对我的写作起到了很大帮助。在此,对这几本书的编者表示衷心感谢。

那时,我的腰疾正重,医院的工作又很繁忙,每天的写作只能在晚上十点以后,趴在床上,面对笔记本电脑艰难进行。虽然许多故事都来自大姐的口述,但要将这些故事一个个补缀起来,加上细节描述,给故事中的每个人物注入该有的灵魂,让他们主宰着故事情节一步步往前推进,对于初写长篇的我而言,却也不是一件容易的事。可那时,我却感觉似有神助一般,每天晚上,当我面对电脑时,有关医院里的那些纷繁的事情顷刻间就会自觉地避到脑后,浮现出来的全是几十年甚至一百年前的那些场景和那些人。她们在灶巷里忙活,锅上冒着丝丝缕缕的蒸气,她们的笑声、谈话声伴随着那丝丝缕缕的蒸气温暖地弥漫在我的周围;他们在田间劳作,黄土灌进了他们的鞋子,似乎也钻进了我的指甲缝;我清晰地看见了他们吹着呜呜咽咽的唢呐,披麻戴孝,号啕着将一个个亡灵送进坟茔;我也清晰地看见了他们张灯结彩嬉笑打闹着将一个个面若桃花的新媳妇迎娶进门;我还清晰地看见了她们将一个个鲜活的新生命降生到家里的炕上;我看见了他们的彼此爱怜,也看见了他们的彼此争斗……

就写作本身而言,初稿的写作非常顺畅,若不是身体支撑不住,我似乎能够一直保持着这种饱满的情绪,一刻也不停歇地写下去。那一个个人物、一个个故事、一段段情感,就像泄洪的水,翻卷着一朵朵水花,从我的脑子里源源不断地奔涌出来。每天收手合上电脑,都已是后半夜,当我艰难地从床上爬起来,轻轻晃动着已经酸麻难忍的胳膊和双肩,站在阳台上的玻璃前,看着窗外路灯下昏暗的街道和映在窗玻璃上的我时,心里都有一种穿越了时空的恍惚。

我将每天写好的文字随手发到微信公众号里,没想到,竟引来许多读者的关注、转发。他们有我各个时期的同学、朋友、同事,也有我大姐的许多同学、朋友、同事。他们在谈《姬氏》的同时,也会回忆起自己的祖母以及她们所经历过的那个时代。我大姐的一个朋友——西安某大学哲学系的党老师——在手机里建了《姬氏》研讨群,与他的学生、同事围绕着《姬氏》展开渭北高原乡土文化大讨论。他两次来京专程到医院找我,劝我一定要把《姬氏》写完,他坚信《姬氏》将会是一部有着一定文化价值和文学价值的作品。我的一些大学同学,只要我在微信群里出现,就会追问我《姬氏》的下落。

面对大家的鼓励与关注,我顿然意识到,这部长篇的价值已不应只是一部虚虚实实的家族史,已不应只是我们姐妹对祖母的缅怀,而应是众多像我和我大姐一样有着浓浓乡愁人的共同情怀。我不得不停下原有的写作,重新认真思考这本书该有的样子以及它所应承载的文化、文学价值。

《好人宋没用》的作者任晓雯说:"单个的人构成生活,很多很多人的生活,构成了时代。一个个时代,就构成了历史。人是历史的目的。人是起点,也是终点。"她强调个体的独特性在历史中的作用。那么,我笔下的主人翁呢? 她应该是一个群像还是一个独一无二的个体? 贾平凹先生写《秦腔》时说:"国家改革,社会转型,在农村,旧的东西稀里哗啦地没了,像泼出去的水,新的东西迟迟没再来,来了也抓不住……"这是快二十年前的事。现在,随着城镇化建设和国家扶贫政策的落实,农民的日子越来越好过,农村生活越来越现代化,但乡村,却让我们觉得越来越陌生。那些曾渗透在乡村生活中的各个方面、支撑起整个乡村社会的乡土文化还留下多少? 它们中有多少值得保留下来? 有多少应该彻底摒弃? 它们值不值得我们为它们唱一首挽歌?

带着这些问题,我为这本书重新定了调子:它应是借书写一个独一无二的女人,书写下位于西北高原与关中平原之间那片布满沟壑、山不出头、水不浮舟的台原地上的一段历史;它应侧重于宏大历史事件下个人命运的变化,而非宏大历史事件本身的记叙;它应是对一个已经消失了的时代的追忆,对某些正在慢慢消失的乡土文化的挽留,对那片台原地上曾经生活过的我的先民们的生存状态及精神世界的追索——迄今为止,还没有一本有关那片台原地上长达八十年宏大叙事的小说呈现给世人。贾平凹先生写《秦腔》，是要给他的故乡棣花街树一块碑，我深知自己没有那样的能力和资格为我的故乡澄城县冯原镇树碑，但我却强烈地渴望着能借这部长篇为我的故乡留下点什么。

由于眼高手低，我曾陷入极度的焦虑之中，写作难以为继。为了缓解这种焦虑状态，我只好放下书稿，开始大量阅读国内外经典名著，在阅读中学习文学创作的技巧。

2018年深冬，我的母亲突然离世，按照母亲的遗愿，我们将她葬回了老家，我因此而有了两次近距离接触、感知老家一切的机会，尤其是母亲去世一年后的那一次。我一个人住进小镇的宾馆里，每天起床后，站在无人的街上感受镇上的日出，聆听墙头的鸟鸣。我走在田埂上，闻空气里庄稼禾苗的味道，感受那片台原地上的风吹和日晒。我坐在镇上的饭馆里，听一声声的乡音，品一口口家乡的饭食。我被朋友天生开车拉着，走进一个个院落、一孔孔窑洞，拜访故人，采访、采风。

一次机缘巧合，我遇见了时任人民武警出版社社长的郭海涌先生，他曾组织出版过我的文集《秋灵文集·那一片情深》。他对我的语言和写作天分表示了认可和赞赏。见他如此真诚地肯定与鼓励，我便将已经羞于拿出来再给人看的半部《姬氏》初稿拿给他看，让他给把把脉，开开方。我永远都记得2019年冬天的那个下午，记得他将书稿看完后还给我时说过的每一句话。他坐在我对面的沙发上，满怀激情、两眼放光地告诉我，他坚信这是一部有文化价值、能成为经典的长篇小说；他肯定了这本书里充满乡土气息、富有女性细腻特点的语言和叙事风格；他肯定了作品里反映出来的正在逐渐消失的有关那片台原地的乡土文化……他劝我一定要有信心，慢慢打磨，不要着急出版。他说，一部真正有价值的作品非数年甚至十年的打磨不可能问世……他以他多年的出版专业经验，给了我许多具体的创作建议。那些建议，被他密密麻麻地写在两页纸上……他的这些话和建议，对我是那么的重要，它让我瞬间化解了焦虑，重拾起了自信；它也让我对重新构架这部长篇有了一种茅塞顿开、醍醐灌顶的感觉，使我的写作从此进入了真正意义上的文学创作。我想，他是我的贵人，更是这部长篇的贵人，没有他，就没有今天这部长篇的面世。

　　就在我静下心来，重新构思、谋划这部书的时候，我的好朋友、著名喜剧作家兼导演王宝社大哥来医院办事，他的《独生子当兵》《托》等舞台剧上演了二十多年还在不断地被搬上国家级话剧舞台，而且场场观众爆满。我陪着他匆匆穿行于医院的楼宇与科室之间时，他一直都在与我谈论这部长篇的创作问题，向我传授了许多写作的技巧。后来，我常常电话向他请教，每次与他的通话都很长很长，占去了他很多宝贵时间。他在电话里给我讲采访的技巧，讲谋篇布局的写作技巧，分析一些大家、名著的优点在什么地方……无形中，给我弥补了很多有关写作的专业课程。

　　在接受了郭社长和宝社大哥的指点帮助并完成了大量阅读、采风、采访后，我的脑子里已形成了一个非常清晰的人物关系、事件联系网络图，那些人物和故事已经栩栩如生、呼之欲出。我清晰地记得我胸有成竹坐在电脑前开始二稿写作的时间，那是 2020 年 4 月 5 日的晚上。那晚，我走出小区，在家附近的十字路口燃烧了一堆纸钱。当那堆纸钱燃烧起一片橙黄的火焰时，我仿佛看见了我的那些已故亲人们的容颜一个个从火焰里跳跃出来，笑眯眯地看着我。我双手合十，对着那堆火焰上的他们，默默地说："我一定会为你们、为我们的故乡留下点什么！"烧完纸钱回来，我便近乎神圣地打开电脑，开始了二稿的写作。

　　二稿的写作也出奇的顺畅，到了 9 月中旬，近 50 万字的二稿便已全部完成。大姐和先生大卫是它的第一读者，他们及时反馈了他们的感受。大姐还将书稿发给她的一个小学同学武军明先生，请他在风俗习惯、方言等方面把关。武先生是铁路部门的工程师，但却酷爱传统文化，有过那片台原地的生活经历。他利用整整 12 天，仔仔细细通读了全稿，在风俗习惯、历史事件等方面，都提出了很多中肯的意见。

　　二稿出来后，宝社大哥来院住院检查身体，他躺在医院的病床上通宵阅读书稿，然后坐在病床上给我讲他的感受和修改意见。他告诉我，是故事让他放不下手，而不是因为我是他的好朋友。他苦口婆心劝我不要着急出版，说这是一个好坯子，里面有很多金子一样闪光的东西，一定要再细细打磨。

　　2020 年 11 月 4 日，我带着大家提出来的意见，利用休年假的机会，离开医院,躲到三亚没黑没明地进行了第三稿的修改。每天早晚坐在阳台上面朝大海时,我的眼前浮现出的却是那片少雨的黄土旱原。每天中午坐在院子里那棵榕树下海风湿润润拂在脸上时,我感知到的却是刀割一样凛冽的西北风……

回京前的那天中午,我正坐在那棵茂密的榕树下润色书稿,大卫突然从楼上下来,坐到我的对面,刚要开口,却泣不成声。我被他吓了一跳,问其原因,他才哽咽着说,三稿看完了,说不出的难过和释然。我想起《飘》的作者玛格丽特·米切尔,想起玛格丽特的后任丈夫约翰·马什。马什是玛格丽特的慧眼伯乐,他白天做广告人辛苦赚钱,晚上为妻子玛格丽特充当编辑。马什的出现,拯救了当时正陷在屈辱和痛苦中的玛格丽特。就像没有马什便没有《飘》一样,没有大卫的欣赏、鼓励和全身心的关注,我想,这部长篇也不会这么顺利面世。

三稿完成后,我又进行了三遍语言和文字的润色,我的四个姐妹还有四妹夫和表哥都参与了文稿的最后把关,尤其是我的四妹秋云,她仔仔细细通读了全书,大胆删除了 2.3 万多字,那些文字都是我舍不得删却在很大程度上稀释了书的精彩、拖沓了书的节奏的内容。我吃惊地发现,我的四妹如果不做工程师,一定会是个不错的文学编辑甚至作家。

2021 年的曙光到来之际,我终于最后完成了书稿并交给了国际文化出版公司,书名改为了《欢颜》。

初稿发在微信公众号上时,曾有多位读者将它称作女版《白鹿原》。在我看来,且不说《欢颜》的文学性与艺术性比《白鹿原》相差了十万八千里,单从写作的角度、表达的方式看,二者就大不相同。《白鹿原》是从男性的视角,以男人和男人的社会为中心、以两个家族矛盾冲突为主线进行的有关宏大历史的叙事,它那史诗般的内容堪比米哈依尔·肖洛霍夫的《静静的顿河》。而《欢颜》则是从女人的视角,以女人和女人的社会为中心进行的宏大历史背景下小人物命运的叙事,它是一部个人心灵的历史。但我从内心深处深深地感谢着《白鹿原》的作者、我的陕西老乡陈忠实先生,在二稿动笔前,我曾认真拜读过两遍《白鹿原》,从中学到了很多技巧。

书稿交给出版社后的那天晚上,我一个人在小区的花园里散步,脑子和身体都很空很空。我想让自己想点什么,却一点也想不起来、想不下去。我就那样,空空地绕着花园一圈一圈地走,不知疲惫地走,直到楼上的灯一盏盏熄灭。

那晚,我睡了五年多来最踏实的一个觉。

好几天后,我才能集中起精气神,认真回想我到底都写了些什么,在快餐文化盛行、纸质媒介不受欢迎的今天,这么多的文字,有人愿意去读吗?莫言先生的《丰乳肥臀》《檀香刑》,余华先生的《活着》都写尽了人间的悲苦,他们在写悲苦的同时,也写进了大悲悯,写进了时不时会从悲苦中跳跃出来的小幸福。回看《欢颜》,我发现,我在不知不觉间,也写进了那么多的苦难,这些苦难甚至离奇的故事都有它们的生活原型。这让我想到,生而为人,或许就是为着受这份苦难而来的。但似乎,我也在不知不觉间写进了很多爱。爱,或许是一道光,照亮了人类凄苦生活前行的路。

帕斯捷尔纳克动笔写《日瓦戈医生》,源于他五十六岁那年父亲的去世,而我写《欢颜》,也是源于一个个亲人的离世,它让我清晰地看到了生命的有限性。对我而言,写完《欢颜》,出版《欢颜》,让更多的朋友读到《欢颜》,唤醒和感知到我们内心深处那最温暖、最深情的乡愁,已成了我的一种使命,成了我生命的最大意义!

2021 年 3 月 28 日,北京,家